作家IP工场

北方有佳人

张七七　著

山西出版传媒集团

北岳文艺出版社

·太原

图书在版编目(CIP)数据

北方有佳人 / 张七七著. —太原:北岳文艺出版社,2019.10
ISBN 978-7-5378-5968-4

Ⅰ.①北… Ⅱ.①张… Ⅲ.①长篇小说-中国-当代
Ⅳ.①I247.5

中国版本图书馆CIP数据核字(2019)第139794号

书　名:北方有佳人	策　　划:王朝军　高海霞	印装监制:巩　璠
著　者:张七七	责任编辑:高海霞	装帧设计:张永文

出版发行:山西出版传媒集团·北岳文艺出版社
地址:山西省太原市并州南路57号　邮编:030012
电话:0351-5628696(发行部)　0351-5628688(总编室)
传真:0351-5628680
网址:http://www.bywy.com
E-mail:bywychs@163.com
经销商:新华书店
印刷装订:山西人民印刷有限责任公司

开本:787mm×1092mm　1/16
字数:454千字　印张:29.75
版次:2019年10月第1版　印次:2019年10月山西第1次印刷
书号:ISBN 978-7-5378-5968-4
定价:59.80元

目录

灭门 / 001

追凶 / 031

寡妇们的心机 / 053

厉害的新镇长 / 082

女人的杀戮 / 100

日本人来了 / 133

该死的年轻人 / 141

日本军医的用心 / 158

空手套白狼 / 181

杀宴 / 194

婆婆配好的男人 / 212

土匪赵老末的爱情 / 237

黄河鸽子鱼事件　/ 265

逃离木扎　/ 279

内鬼　/ 295

美人秦香莲　/ 342

日本人的一盘棋　/ 362

嫁祸大龙山的下场　/ 392

活死人　/ 416

杀掉你的爱人　/ 441

各自珍重　/ 465

灭 门

1

　　这年夏天比往年都要热，日头毒辣了许多，站着不动，一会儿就是一身汗。留根爬在两米高的竹梯上，青色小褂解开了扣，褐色壮实的胸膛冒着幽幽的油光。他伸长胳膊，正在往宋家大门的门头上挂着大红灯笼。宋家的大门气势恢宏，就像宋家在木扎镇的样子。

　　"奶奶的这天，要热死人咯。"在下面扶着梯子的花婶嘟囔了一句，"留根儿，你说说，这宋家的大门也太大了吧，得这么高的梯子，不提防着还真会掉下来。这门有什么说头不成？"

　　"说头？说头大了去了。"双手正了下灯笼身子，留根低了眉眼看着自己的婆娘，说，"这大户人家的大门是有讲究的。你看，这大门叫作'广亮大门'，门楣上有雀替。门内外都有门道，门口有上马石、拴马桩。这要是在天子脚下，王府的大门才会这么阔气呢。"

　　花婶低头看大门左侧一个凸起的台阶，说："那就是上马石啊？还有雕花呢，做什么用的？"

　　"这是让年龄大身体不好的人，还有不懂武的文人上马时踩着的。"

　　"这样啊，还真有说头呢。对了，镇长家那大门也很威风，是不是和宋家一样?"花婶想起镇长林双江家的大门,朱红色,很气派,看起来不比宋家逊色。

"你一个婆娘懂什么?"留根撇撇嘴,"宋家的大门若是王府的,他林家的大门就是土财主家的。你想想,它的门头上没有雀替吧,门边也没有上马石吧。虽然宽敞,总归比不上宋家。你觉得它威风,还不是因为里面住着个一手能遮住木扎整个天的林双江。"

花婶嘿嘿地笑了几声,抿了下干燥的嘴唇,露出两颗微微突起的暗黄色门牙,用力地咽口唾沫,说:"还是宋家大门好,这明天新娘子的轿子,我看三四顶并排着都能进大门。"她看着院内一派热火朝天的忙碌情景,继续说道:"听说这新娘子和四少爷般配着呢。牛奔镇上的大户人家,还是独女,嫁妆不知有多丰厚。人也俊俏,四少爷一个读书人,往常眼特高,这会儿偷偷地看了人家,忙不迭地就答应下来了。"

留根看了眼谈兴正浓的花婶,不吱声了。三十岁不到就被人称作"婶",可见花婶的脸和身段是经不起细看的。她是宋老太太的贴身丫头,使唤顺手了,不想将她嫁出去,就说给他了。留根没有反对,他从来就没对宋家的人说过半个"不"字。木扎所有人都知道,没有宋家,就没有他宋留根。命是他们捡回来的,学堂好歹是他自己不愿上的,现在又成了宋家的管家,所以,给他说媳妇这事儿,只要宋老太太满意就成。

汗水从脸颊上蜿蜒而下,淌到唇上,苦咸苦咸。留根伸手擦下额头,手指刺痛了一下,他低头看看,中指上一根长长的倒刺,蓄了几天,硬茬茬的。头还没抬起,一阵热风扑来,大红灯笼上巨大的黄穗子荡到脸上,竟像被人抽了一巴掌。

手摸着脸,心里一阵烦躁。

"留根,当心点,别摔咯。"花婶见梯子有点晃动,提醒丈夫。

"啰唆。"留根突然没了好脸色。

花婶愣了一下,不知道自己哪里得罪了他,不服气地嚷道:"怎么着,当上宋家管家就拽了?没理没由地就训人?"

"你……"留根刚想再说她两句,突然看到木扎镇保安队长董少宾带着几个背着长枪的队员往宋家走来。董少宾手里还捏着几张纸,走得趾高气扬,胳膊甩得手里的纸哗哗地响。

这董少宾可是木扎镇的地头蛇,有枪,胆壮,心也狠。别说商人宋家,就连镇长林双江都让他三分。木扎的人都知道他贪钱,给他盯上了,皮下油膏都要被刮了三层,人见人躲,实在躲不过去,就闪到路边,弯腰对他满脸堆笑。

留根暗道不妙,木扎无人不知宋家要办喜事,在这节骨眼上,他气势汹汹地过来,准没好事儿。

他赶紧溜下梯子,还有几级,心里着急,干脆膝盖一弯,跳了下来,灰土扬了起来,花婶缩紧脖子哆嗦了一下,急道:"你还想打人?"

留根瞪她一眼,随即堆起满脸笑容迎向走过来的董少宾。花婶转过身,看到是董少宾也愣了一下。

留根迎上前去打着哈哈:"董队长,什么风把您给送来了?您看看,这喜事明天才办,今儿正忙着,本想晚上给您送帖子去,请您大驾光临呢,明天您来,坐上座,我这四弟的喜事就有分量了。"

"你四弟?哼哼,"董少宾把手搭在留根的肩膀上,用力一捏,"四弟?够看重自己的啊!"

留根脸色不变,换了个话头:"董队长,不知今日有什么吩咐?"

"吩咐不敢,我来拿走我的东西。"董少宾收回手,将右手食指插进领子里转了一下透透气。他是个仪表整洁的人,再邋遢的天人也不邋遢,除了眉眼间的戾气,倒有了几分书生气。他把另一只手里捏着的纸抖了几抖,说,"叫你们当家的出来吧,我这东西大了,拿走了怕是伤了宋家的筋骨,不和宋当家当面说说,我心里过意不去。"

留根看了眼他手里的那几张黄油纸,又小心翼翼地揣摩了董少宾的笑脸,脸上的肌肉不由自主地抽搐了一下,他忙朝花婶使个眼色,花婶会意,赶紧进门通报当家宋文忠。

2

木扎镇有个人尽皆知的地下赌场。按理说,自南京国民政府成立以来,一直全国禁赌,这赌场说什么也该设得偷偷摸摸才对,可偏偏木扎镇就这么冠冕堂皇地开着，想来一方面是因为南京对木扎镇来说太远了，另一方面木扎镇公所也有不得已的苦衷。世道动荡，政府杂税多如牛毛，各地只好自编名目，赌博抽头又快又多，是敛财的捷径。木扎镇财政收入里，"筹饷收入"一项，其实就是来自赌场的收入。后来，在"国防经费"中，干脆就有了"赌饷"一目。在木扎镇，赌博的形式各式各样，有以鸟和虫做赌具的，还有麻将牌、牌九、牛牌、十二位等杂赌。赌博没好事儿，这是天下人都知道的道理，但就有人蛾子一样不顾死活地冲着火光扑过去，然后尸骨无存。木扎镇虽是个人口只有几万的北方小镇，但因赌博家破人亡的传闻就没歇过。就在三天前的一个早晨，街头出现了一个光着身子的年轻人，不过十七八岁的年纪，蓬头垢面，四仰八叉地躺在大路中间，瘦削的身体伤痕交错，表情木讷眼神空洞，竟无丝毫羞耻之心。有路人觉着有碍风化，几人合力将他抬到路边，找了张破席子搭在他身上，远远望去，像是路边多了具死尸。宋家老大宋学仁看见了，不禁吓了一跳，手脚发麻，却强作镇定，侧过身子看了看跟在身边的媳妇金咏梅，笑嘻嘻地说："不吉利啊，我媳妇难得和我出趟门，竟遇到这晦气。"

金咏梅白皙的手轻抚已经有八个多月的大肚子，露出大家小姐才有的那种浅浅笑容，矜持，含蓄，还有点倨傲，她看了眼丈夫，说："肯定是个赌徒，八成是输光了，被人揍成这样的。"

宋学仁一个激灵，手脚愈加发麻，越是害怕越是忍不住又瞅了瞅几米开外的那张破席子，席子在烈日下纹丝不动，仿佛遮挡的就不是活物。他又看了眼金咏梅，心脏扑腾扑腾一阵乱跳，就在昨天，他刚刚把从家里偷来的那几百亩良田的地契给输了，输给了木扎镇那豪华气派的地下赌场。他以为他会赢，尽管他只在第一次进赌场时赢过。

宋家老大宋学仁就好赌博这一口。

他第一次上赌桌是被董少宾带过去的。

虽然他性格懦弱，三十来岁了，仍然一事无成，但他有个精明能干、左右逢源的媳妇金咏梅，还有个家道殷实、实力雄厚的老丈人。有这两位在背后撑腰，气势也不输其他三个弟弟。如果这样下去，无风无浪，踏踏实实地过日子，日子自然也是红红火火。可他又是一个不甘寂寞的人，木扎镇最热闹的地方就是赌场，虽然父亲再三严禁家里人涉足赌场，但他没事了还是偷偷摸摸地进去转转，时间一长，他就被董少宾盯上了。

董少宾是谁？是木扎镇的瘟神，人见人躲。他的相貌倒是端正，人模人样，个子高挺，皮肤白净，眉目儒雅。不了解他的人，还以为这是个饱读诗书的文化人。了解他的人，提起就摇头，还得背地里摇头，让他看到了，那可是吃不了兜着走。董少宾也从不遮掩他的坏，他也不需要遮掩。董少宾之所以有这个胆，是因为他有人有枪。他本来是个土匪，政府剿匪，先抚后剿，提出的条件很优惠，既往不咎，想回家的回家，不想回家的，改编为政府的保安队。土匪老大却软硬不吃，铁了心要当自己的山大王。董少宾那时只是一个土匪小头目，却动了心，暗地里联系政府军，里应外合，干掉了土匪老大，带着自己的人马下山接受改编，摇身一变成了保安队长。保安队作为警察的补充以维持治安，可以自行招募，本来有人数限制，但董少宾却让保安队的人数超过了规定的十多倍。小小的木扎镇，保安队竟然有四百多人，都赶上一个县里的了。这完全是他的私人武装，听命于他。从前当土匪，可以抢劫，现在成了政府的人，就不能明火执仗地抢了。这么多人的开销，仅靠上头给的那点钱自是不够，所以，他就打了开赌场的主意。他当然不会亲自去开赌场，但他可以让自己的手下去开，昔日的土匪兄弟脱了保安队的服装，摇身一变成了赌场老板。当然，这老板也是表面的老板，真正的老板是他董少宾。保安队负责治安，当然也就包括赌场的治安。任谁欠了钱，只要他带着保安队出马，人家卖儿卖女也得给。但是，木扎镇老百姓的兜里能有几个钱？猴年马月才能赚个痛快。

木扎镇有俩大户人家，一个就是镇长林双江，这人坯子硬，好的是诗书文墨，他董少宾近身不得，那他只好将目光放到宋家那不学无术没啥本事又处处觉得自己很有本事的老大身上了。

宋家有钱，你先别看宋家酒坊销路甚广的美酒"霸王香"，也别看遍布木扎镇的店铺，什么药铺、酒楼、旅馆……你就看宋家已婚的三个儿子娶来的媳妇，那个个都是人物。老大宋学仁的媳妇金咏梅，是邻县白水县金家的长女，金家做大烟生意起家，南京国民政府禁烟时，人家立即到上海圈地投资办了好几家纺织厂，赚得个盆满钵满。金家一儿两女，这庞大的家业原顺着风水就留给儿子了，不料，金咏梅嫁入宋家前一年，金家已年过二十的继承人莫名得了场怪病，晚上晕倒，夜里就臭了。金家当家的痛不欲生，一大把年纪，也不想再折腾个儿子出来，放话儿子女儿一个样，但金家不招上门女婿，这金光闪闪的家业将来二一添作五，一个女儿分一半。你说，这宋家就白白赚了半个金家的产业，能不更牛吗？

宋家老二宋学义的媳妇叫汪冰，是个长着一双丹凤眼的漂亮女人。汪冰的娘家比不得金家富贵，也没有老三媳妇李美兰的官方背景，不过是在县城牛奔镇开了三家酒楼，但娘家心疼女儿，怕她进了宋家这样的大户人家遭公婆和妯娌冷眼，竟然卖了一家祖传的酒楼给她置办了嫁妆，也是风风光光地被宋家迎娶进门。

再说宋家老三宋学廉的媳妇李美兰，她出身虽不是大富大贵，家里不过在牛奔镇上开了一个不大不小的中药铺子，但她还有个蛮有说头的身份，她是牛奔镇镇长牛豪胜的干女儿。这干亲家结得那是有情有义。李美兰自小聪明伶俐，十岁不到便识得各种中草药，还对药理略知一二。十四岁时的一天，她独自上山采草药，黄昏时分，在山脚下碰到了一个脸色煞白，浑身颤抖几乎要丧失知觉的老妇人，老妇人身边还有几个牛高马大的男性随从，此时却个个面露窘色束手无策，老妇人被蛇咬了，却不让他们查伤口，怕是咬得不是地方。李美兰蹲下来，轻声细气地问老太太，老太太挥退了那几人，才气虚短促地说了个大概，原来她路过此地，急着解手，就钻进了一处草丛，不料却被什么东西给咬了，她估摸是蛇。那东西咬的不是个能够轻易示人的地方，是屁股！你让一个六十岁的老太太怎么说呢？李美兰看了看老太太越来越灰败的脸色，心头一紧，说服老太太，查看了伤口，果真有清晰的蛇牙印。李美兰见过父亲给人解蛇毒，也认得这是蝮蛇的牙印。她急忙将远处的几人喊过来，说等不得了，赶紧让他们把老太太背到不远处的李家药铺里。自己转身又跑上山，寻得鲜薺草，回去后洗净捣成汁让老太太冲服，又将捣烂的药渣敷于伤口周围。老太太缓过劲儿来不久，一拨人就上门了。原来，这老太太是镇长牛豪胜的母亲。牛豪胜是有名的孝子，一听母亲在山上被蛇咬了，连轿子都坐不得，便赶紧带着医生一路狂奔过来。老太太不愿让其他医生见着伤口，不肯走，他便将李美兰用的方子问过了医生，见很适当，便托她好好照看老太太。一个星期后，老太太完全恢复，对李美兰喜欢得很，做主让儿子认了她做干闺女。这后面几年，李美兰和老太太感情深厚，连带着牛豪胜也把她当自家闺女看。她出嫁时，他是真按亲闺女的标准出的嫁妆，吹吹打打半个小时，这嫁妆都没有完全离开牛奔镇。

宋家当下的产业多是祖传，也说不上是哪一辈发的迹，总归是宋家人丁兴旺，当家宋文忠善于经营，产业只增不减，要不然也娶不来这三个家境殷实的媳妇。眼下老四即将娶进门的媳妇也不容小觑，娘家在牛奔镇家业殷实，她的嫁妆，不敢和金家给金咏梅留下的半门家业比，也敢放眼木扎镇无人可以比肩。只不过，如今宋家当家宋文忠儿子四个，前三个成了纨绔子弟，能成气候的，估计也就是老四了。虽然老四宋学洁刚刚从北平学成归来，身手还未完全施展，但见识和胆略在言谈间已显山露水。宋文忠想着，待老四结婚成家后，就把身上的担子逐步移交给他。至于那仨兄弟，给他们各人分点家业，让他们不愁吃穿就行了。宋家如今的家底，养他们一辈子，自然没问题。人算不如天算，他怎么也想不到，老大竟然和董少宾勾搭上了，偷出了家里几百亩良田地契，还输了个精光。谁都明白，摊上赌博这类秽事，再大的家业那也不够败。得当机立断，快刀两头斩。

"通知各门，马上去祠堂。"宋文忠看着一张张祖传下来的地契被董少宾用中指敲弹着，好像听见了老祖宗们痛苦的呻吟声。他太阳穴突突地跳起来，火气压不住地往外冒，他对着留根大喊起来。

留根慌得一溜儿小跑，还不忘喊了声花婶帮着一起找人。

3

宋家祠堂背山面水，高大敞亮，屋顶用了八块透明琉璃，阳光从不同角度射到屋内，把一屋子人照得热气腾腾，似乎有流动的光影，把每个人的表情映射得明灭不定。

屋子正中间是张朱红色的八仙桌，族长宋柏生端坐其上。他的右侧是宋文忠和他那一大家子，左手边坐的是宋文忠的弟弟宋文彬和他的独子宋学礼，还有一些其他族人。管家留根和十多个用人站在天井处，董少宾和他的三个手下也站在其中。宋家族长说了，要等宋家处理好家事，他才能拿走那几百亩良田。

所有人都看出来，宋文忠是动真格的了，他不仅请来了族长，甚至还喊来了弟弟宋文彬。他和宋文彬并不亲厚。这个弟弟，年轻时候和现在的宋学仁有得一拼，好吃懒做，还在外面嫖女人。当年祖上分家，是怕他连累家里。当时留给俩兄弟一样多的财产，他两年不到便挥霍一空。宋文忠瞧他可怜，送给他几顷良田度日，平时基本也没啥来往。这回喊上他，并不指望他能有什么高见，宋学仁赌博输了家业的事儿放到族里处理，他作为宋家的长辈，至少在形式上，也是应该参加的。

整个祠堂，挤了满满的人。宋文忠其他仨儿子，有着和父亲相似的表情，眉头紧锁，眼神凝重，眼梢里却有藏不住的雀跃。家大业大兄弟多，少不了争利夺益明争暗斗。平日里家规严格，兄尊弟卑，加上老大媳妇背景够强，能力不弱，这家业眼瞅着就是宋学仁囊中之物，如今他却挖了个坑跳了进去，甚至还自觉拨拉着土把自个儿给埋了，眼下这份家业对其他人来说就有了无限可能。

宋文彬垂着眼睑，谁也不看，看的是手中的这盏茶。宋文忠有钱啊，上来就是大红袍。懂茶的都知道，武夷山大红袍源自千年古树，稀世之珍。九龙窠陡峭绝壁上仅存四株，系植于山腰石筑的坝栏内，有岩缝沁出的泉水滋润，不施肥料，生长茂盛，树龄已达千年。元明以来便是历代皇室贡品，有价无市。能喝上它，那是身份。宋文彬脸上纹丝不动，心里却暗自冷笑，你宋文忠比我强有什么用？这武夷山的大红袍你就是能当白开水喝甚至用它灌树浇花又如何？看看你的儿子，都孬种成什么样了。老大一次赌博就输掉良田几百亩，比起我当年有过之而无不及。四个儿子有三个拿不出手，这第四个还不知能成啥样。我宋文彬再不济，我儿子宋学礼不赌博，而且他还是正经的文化人，在南京上了大学，虽然上了一半就回来了，那也是因为他学的是日语，眼下日本人在中国横行霸道，他气愤至极以此为耻才主动休的学，这不正说明他顶天立地筋骨硬嘛。想着想着，这大红袍的滋味倒是越发清冽爽口。

汪冰的丹凤眼不老实，把每个人的表情都审了一遍，火辣辣的，不藏不掖。她就是这样一个泼辣有心机就外露的女人。妯娌之间，她最见不得金咏梅平日里那清高样儿，不就是娘家有钱吗，至于说话拿着腔调吗？现在好了，自己的男人都管不住，看你以后的气焰还打哪儿出！

李美兰依旧是眼观鼻，鼻观口，口观心。家业大兄弟多的人家矛盾多纠纷缠人，始终是个绕不过去的坎儿，她认为过好自己的日子很重要，自己是个容易知足的女人，不掺和那些事儿。长辈们怎么说就怎么来。她瞥了眼丈夫宋学廉，他正低头用心品茶，他虽没什么治家能力，总还是妥妥地过着日子，对自己也是巴心巴意地好着，她很满足。

宋文忠的小女儿宋江雪更是清闲，只揣摩着手里的唐诗宋词。自己迟早要嫁人，家里的这些东西，她捞不着什么，顶多为了面子给她一份还不错的嫁妆。大哥赌输了的田产，想来也不会影响到她的嫁妆。所以，她不想关注这些男人之间的事情，没意思。不过，她还是抬头看了眼金咏梅，这个向来招公婆喜欢的大嫂，现在是什么滋味，她还真有点好奇。她又看了看跪在地上的大哥，从她的角度看上去，宋学仁那耷拉在胸前的下巴上有两道清晰的血痕，她撇了撇嘴角，大嫂平日里看上去知书达理，私底下一定是个厉害的角色，这血道子，一定就是她下的手。

宋江雪猜对了。留根告诉金咏梅她丈夫偷了地契赌博并输光了后，她转过身就给了宋学仁一个耳光，宋学仁捂住了脸，她干脆用手去抓，宋学仁躲闪不及，下巴上就留了两道血印。宋学仁自然也不敢还手。金咏梅虽然平常恨他无所事事，但在人前，她还是给足了他面子，表现出来的是一个优雅含蓄知书达理恪守礼教以丈夫为中心唯丈夫是从的贤惠女子，这还是她第一次表现得像个乡下泼妇，看来是真惹恼她了。

宋学仁跪坐在地，浑身瘫软，他知道自己犯了宋家大忌，这回凶多吉少了。孩子即将出生，这日子刚开始，却被他搞砸了。父亲兴师动众，会怎么处置他？他不由偷偷地瞟了眼站在一边的媳妇。金咏梅正低头看着自己隆起的肚子，刘海耷拉下来，看不清她脸上的表情。她紧握拳头，青色的血筋像蚯蚓爬上了雪白的墙壁，身子轻微地颤抖着。头顶突然响起一声炸雷，宋文忠拍着桌案吼道："分家业，现在就分！"

金咏梅最担心的事情终于发生了！天旋地转，她赶紧握住右手边李美兰的胳膊，深深地吸了口气。她是何等聪明，一下子就明白了公公的意思。公公显然是要把这几百亩良田算在分给宋学仁的家业里了。天啊，孩子还有俩月就要出生了，他一出生就一无所有了。

宋学仁却一片懵懂，脑袋微微扬了扬，似乎还暗中松了一口气，他本以为父亲对自己的处罚会很重，原来却是分家业，这家业，早晚都要分的。

金咏梅捕捉到了丈夫的表情变化，心里暗暗叫苦，他哪里晓得其中的厉害？就这样一个呆子，居然会去赌博！宋家有钱有势，谁能想到，子孙却如此不争气。

金家陪嫁来的半壁江山怕是也得不到一个子儿了。

她转脸去看站在天井处的奶妈贾雪荣，那个满脸褶子眉眼沉沉的老妇人悄悄地冲她摇了摇头，她在暗示她不能急躁。家族里的会，女人自然是没有说话的地方。金咏梅觉得胸口发闷，她抚着胸口，长长地出了口气，自己只能接受这一切了。

族长宋柏生咳了一声，清了清嗓子，说："文忠和我商量过了，这家业本来就要分。原本打算待明天老四娶回媳妇后就着手进行。既然老大出了这事儿，文忠的意思现在就分了。手心手背都是肉，做父亲的要公正，不能因为老大赌博，就少了他应得的家业，当然，一碗水要端平，也不能因此让其他儿子吃亏。"

宋文忠看了眼宋学仁，摇了摇头，叹了口气，说："几百亩良田啊，木扎镇四分之一的良田啊，从太爷爷辈起，那就是宋家的风水宝地啊。宋家能有今天，靠的就是几百亩良田一年年的收成积攒过来垫的底子，都叫你给败了！我是恨铁不成钢啊！也罢也罢，这几百亩良田我原打算分成四份，四兄弟一人一份，眼下它只能全归你了。和宋家那些酒楼、药铺、茶楼比起来，几百亩良田分量更足，份额更大，要不是看在你媳妇就要生娃的分上，我是要你媳妇就算是变卖嫁妆也要把漏洞给补上。我看，你以后是要吃你媳妇软饭了。"他喘了口气，想想，又狠狠发声，"我宋文忠今天在列祖列宗面前，在族长面前，在你叔叔面前再说一句话，你宋学仁再赌一次，就不是宋家子孙！我有四个儿子，少了你一个，宋家不至于伤筋动骨。"

宋学仁一下子瘫坐在地上，这么说来，他和媳妇不是什么都没了吗？

除了金咏梅压抑不住的啜泣声，祠堂内一片寂静。李美兰紧紧地握着她的手，低低地说："大嫂，你别伤心太狠，对孩子不好。"说到孩子，更让金咏梅心如刀绞，她摸了摸肚子，犹豫了一下，终是满面赤红地跪在公公的脚下求情："爹，求您看在即将出生的孩子面上饶了他这一回吧。"

宋文忠虎起脸来，厉声斥责道："你是怎么管自己丈夫的？赌了多日居然都不知道！我绝对不能松这个口。要不然，宋家的子孙谁都可以去赌，赌完了就求我，那宋家就真的完了。"

金咏梅无话可说，心下绝望，不由悲从中来，耸动着肩膀，压抑地哭出声来。没一会儿，突然捧着肚子倒在地上，吓得宋学仁大叫起来："咏梅，咏梅，你没事儿吧……"

贾雪荣赶紧跑进来，扶起金咏梅大呼小叫起来："小姐，小姐，你怎么样啦，呜呜……我们家小姐命苦啊，在家菩萨一样被人供着，哪里吃过这个苦啊？"

"美兰，快，快给嫂子把把脉。"老三赶紧推着媳妇去看金咏梅。

场面一片混乱。

董少宾慢慢地踱步进了祠堂，大太阳底下看了这半天早就累了，要不是宋文忠提出让他作证，要不是宋家在木扎有钱还有点势力，他都不用出面，直接使唤手下通知一声把地拿走就行，何苦受这份罪？当然，能支撑他站到现在，还有一个原因就是宋家二儿媳汪冰。宋家没人知道他和汪冰是青梅竹马。少年时他们有过一段朦胧的情意。只不过，他是穷人家的孩子，汪家看不上他，他追问过汪冰，汪冰也从不给他一个干脆话。他慢慢灰心了，觉得自己高攀不上汪家，再见她了，就变着法子讽刺挖苦她，她自然也不是好惹的，两人彼此疏远。他一气之下就去当了土匪，又受了招安，来到木扎镇保安队。没想到，冤家路窄，还是在木扎镇遇上了。如今她貌美如花，容颜夺目，被宋家的好日子滋润得千娇百媚。他想接近她，她却总是有意无意躲着他。这让他心里很不是滋味，把宋家老大弄成赌徒，未尝没有借机报复宋家的意思。他站在院子里，得意扬扬，有意无意总往她身上瞟，目光遇到了，她却像往常一样仿佛不认识他一样一闪而过。董少宾的心情却仍然很好，宋家今天这事情，他董少宾是主角。这事儿想想就让人激动。他清了下嗓子，扫了眼围着金咏梅的那拨人，故意不去看汪冰，直接走到宋文忠面前，笑嘻嘻地把地契在他面前晃了晃，说道："好，好，好，你们家事处理得差不多了，这地儿我该拿走了，没问题吧？"

宋文忠脸色冷峻，缓缓地点点头。

董少宾扯了下嘴角，转身扬长而去。

刚离开宋家祠堂，董少宾狠狠地将脚下一颗石子踢飞，恶声道："宋文忠，这个老奸巨猾的家伙。"

当宋文忠的目光像刀子一样冷冷地看着他时，他一下子就悟出了宋文忠着急分家的意思，宋学仁什么都没了，你董少宾再找他赌博，是占不了什么好处的。

"谁不知道他大儿媳金咏梅的身家！宋学仁这条大鱼想溜走，没那么容易。"手下张田甲凑上来说。是张田甲和他一起从牛奔镇去山上当的土匪，十多年来一直跟在他身边，算是忠心耿耿的心腹了。

董少宾摇了摇头："宋学仁那个怂包，让他从媳妇手里抠出点东西，怕是难咯，他媳妇是个厉害的角色。"

"董队长的意思……"张田甲揣摩了一下，说，"就放过这小子了？"

"放过？"董少宾嘿嘿地笑出声来，"金咏梅有半个金家，宋学仁抠出一丁点，就足够我们在一帮穷鬼身上抠个一年半载，你说我能放过他吗？"

董少宾回头看了眼宋家祠堂正门两侧威风凛凛的石狮子，眯了下眼，江山易改，本性难移，宋学仁这块肥肉，油还没熬透呢。

4

祠堂里，金咏梅刚刚顺过气，咽喉里发出粗喘，夹杂的啸音令人心情悲凉。看着素来冷静贤淑的媳妇这般落魄模样，宋文忠到底不忍，叹了口气。宋夫人宋钱氏忍不住开口道："快把老大媳妇扶回去休息，她这身子重了。"

李美兰应了一声，扶着金咏梅想起身，却又少了一把劲，不由看了眼汪冰，汪冰故意别过头当没看见。贾雪荣立即上前，吃力地托起自家姑娘沉重的腰身。

宋钱氏看了眼汪冰，皱了下眉头，想呵斥两句，又觉得身在祠堂，丈夫没说话，自己再多说不妥当，宋柏生和宋文彬都在这儿，不能让人看了笑话，忙舒展开眉头。

宋学仁爬起来，想偷偷地溜出去。

"站住!"宋文忠喝道,"你还有脸去追你媳妇?我告诉你,论心思,你不及你媳妇缜密,论心性,你不及你媳妇沉稳。总之,你根本就比不过你媳妇。如果不是看在她的面上,我就直接把你从族谱里踢出去了。"

宋学仁面红耳赤,低声嘟囔道:"她的面子,不就是金家的财产吗?"

"你说什么?"宋文忠没听清,但见他竟然回嘴,这么大的事情,似乎对他没什么触动,火气更大,拿起桌上的茶盏朝着儿子的面门砸了过去。

宋学仁没料到父亲不仅动口还动了手,根本躲闪不及,杯子直奔额头而来,人一下子就懵了,直到有一丝血迹漫过眉毛遮住眼睛,才恍然,额头被砸破了。

宋钱氏一下子就不乐意了,宋学仁毕竟是她的第一个儿子,从小宠他。现在虽然恨他不争气,但对他的惩罚已经够重了。她倏地站起来,尖声道:"子不教父之过,学仁有今天,你就没责任吗?下这重手做什么?"

宋文忠刚刚扔过茶盏的手不由颤抖了一下,他看了眼儿子脸上的血红,正和着汗水在脸上氤氲散开,心里到底疼了一下,但还不等他开口,族长宋柏生脸色已经变了。

宋柏生变脸,不是因为宋文忠砸伤了他的儿子,而是宋钱氏竟然敢对着宋文忠大喊大叫,这成何体统?

"我说宋家媳妇,这宋家祠堂哪有你们女人说话的时候?"他虎着脸责问宋钱氏。

宋钱氏自然知道宋家规矩,也知道宋柏生是个古板传统讲死理的族长,所以一直以来,只要进了祠堂,她都不会发声。刚刚在处理大儿子的问题上,她虽不满丈夫手段太狠,但还是忍着始终不发一语,但儿子被砸得一脸血,作为母亲,她怎么能忍住?

她深深地吸了口气,慢慢坐下,咬着牙没有接话。

宋柏生冷哼了一声:"文忠,看看,都被女人爬到头上去了。家里乱,也在意料之中了。"

宋柏生这话没有善意,宋文忠的脸色也难看起来。祠堂里的气氛有点尴尬了。宋文彬慢慢品着大红袍,冷眼看着,并不打算说话。他儿子宋学礼却开口了:"族长,您老别生气。老话不是说家家有本难念的经吗?大哥这次犯错,肯定是钻了人家的套了。董少宾是什么人？木扎镇还有人不知道吗？这次栽了跟头，以后一定不会再做这种混账事了。如今外面乱得很，大伯家里产业富庶人丁兴旺，外姓人眼红得不行。宋家可不能自己乱起来，正中别人下怀啊。"

宋文忠看了眼这个侄子，没想到他竟会在这个时候打圆场，还说得恰到好处，看不出来，宋文彬这个中途退学在家赋闲的儿子有点眼色。

宋柏生也意识到刚才那话有点重了，心里不由紧了一下，虽说木扎镇的宋氏宗族观念深入人心，涉及宋氏事务，他可以一呼百应，但对于财势双全的宋文忠家来说，他这个族长，只有到了祠堂里才能显出分量。平日里，自己的日子还得仰仗着宋文忠。宋家旁支多而杂，但真正混出名堂的，也就是宋文忠了。每年春节，宋文忠都会给他奉上所谓的红利。红利很丰厚，足够他一家大半年的开支。其实这就是白送的，他对宋文忠的产业可没有一星半点的贡献。他知道，宋文忠是冲着他的族长身份。宋文忠要是不高兴，可以一分钱都不给，他宋柏生连一个怨字都说不得。

"刚刚学礼说的话倒提醒我了，现在外面确实很乱，我想明天老四娶亲的事儿还得慎重一点，"宋柏生把话岔开，"木扎镇虽小，也是一座庙，各路神仙都有，本来只有一个土匪赵老末，日本人来了县城以后，又多出来个共产党的游击队，还有国民党的忠义救国军，都是在刀口上讨生活。宋家家大业大招人，而老四亲家又是牛奔镇上的大户人家，嫁妆丰厚，不能不防。乱世之中办喜事，想想都让人不放心啊。"

宋文忠点点头，宋柏生这话很有道理。这两天他也在头疼这事儿。日本人驻在牛奔镇，目前还没顾得上光顾木扎镇，不足为虑，而赵老末的土匪、共产党的游击队、国民党的忠义救国军却都驻在离木扎镇不远的山上，他们也要吃饭，万一打起迎亲队伍的主意，这事儿还真难办。

"我看，迎亲人手越多越好。要不，我来叫上一些族里的年轻人一起去，学洁大喜，他们也帮衬帮衬？"宋柏生道。

宋文忠沉思了一会儿，人再多，双拳也敌不过人家有枪有炮，相反，阵仗越大是非越多。他摇了摇头，说："有劳族长费心了，我想，也不耽搁后生们了，这迎亲一来一往，一天就没了，别误了他们讨生活，晚上，都来老宅喝喜酒沾喜气。"他想了想，又说，"不过，防人之心不可无，我们还是早做提防。我这两天都在考虑，我想把原来计划的迎亲安排改变一下。"

宋柏生疑惑地看着他："怎么个改变法？"

宋文忠说："大龙山那里有土匪赵老末，他听到风声必定有所图谋。我和留根去牛奔镇迎亲，接到新娘，绕开大龙山，走白龙水旁边的那条小路，不放鞭炮，不吹唢呐，尽快赶回木扎。那条路崎岖难走，颠簸得厉害，比原路要多耗时一倍，料谁也想不到花轿会从那儿来。老二老三仍按原来的计划从大龙山走，也带一帮人，抬个花轿，大张旗鼓，吹吹打打。"

宋柏生摸了摸下巴，点点头："这一下子就用了三十六计中的五计，假道伐虢、李代桃僵、暗度陈仓、瞒天过海，空城计，好，好，好。"

宋文忠说："我本来还有一个计划，走大龙山的那支队伍，让董少宾负责，所有人都由保安队员来扮，带上枪，真要有人打主意，就狠狠收拾他一家伙，让他们知道知道，宋家也不是好惹的。"他狠狠地瞪了一眼宋学仁，"这个不争气的家伙，把这一切都搅黄了。"

宋文彬打了一个冷战，忙低下头喝茶，心里却想，这宋文忠的心也实在狠，大喜之日，居然就有痛下杀手的想法。他其实也早就知道哥哥的为人，这也是他几十年来，过得再苦，也不敢招惹哥哥的原因。他确实怕他。

宋柏生摇了摇头："这个计划不好，不管是土匪，还是日本人、共产党、国民党，尽量少招惹为好。结下梁子，以后就没得安生了。咱平民百姓，乱世之中，还是好好过日子，打打杀杀的事情，还是少沾为妙。"

宋文忠点了点头："我也是这么想的，所以才一直犹豫。和董少宾撕破脸皮也好，省得我再操这个心。这次就只用一下空城计，他们就是抢不到嫁妆，最多也就是丧气，谅他们也不会怎么样。"

老二老三交换了一下眼神，想想可能在大龙山遇到土匪，心里就慌张，再看宋学仁，眼神里就有了恨意，要不是他，按爹的计划，走大龙山的就是董少宾的保安队，现在好了，轮到他们了。老二吞吞吐吐地说："现在临时改变，恐怕不好吧？迎亲的路线，是之前商量好的，老四亲家那边要是有意见就不好办了。"

宋文忠当然知道他的想法。除了老四，他对老大老二老三一直都很失望，都说龙生龙，凤生凤，偏偏这三个活宝胆气全无，如果生在普通家庭也就罢了，偏偏是生在有这么大家业的宋家，这怎么能让人放心？他皱着眉头，口气充满嫌恶："就这么定了！"

他看了眼四个儿子，站了起来："今天晚上早点休息，明天分为两路，哪一路都不能出差错，快去快回。"目光一转，瞪着老大，狠狠地说，"你在家给我好好反省，想想以后的日子怎么过吧。"

5

宋学仁灰头土脸地站在祠堂门外，日头西斜，前方的宋家大院笼罩在一片橘黄色光影中，墙壁敦厚，他却穿过它的筋骨看到了媳妇金咏梅正躺在满顶床上，床顶上一个白胖白胖的娃娃跨坐在仁兽麒麟上手舞足蹈。金咏梅两手贴合隆起的腹部，孩子已近足月，本该是个祥瑞的贵子，却因父亲嗜赌，还未出娘胎便多舛起来。他看不清媳妇的表情，却也明白，只要回屋他便逃不过一场更为难堪的责骂。

金咏梅的责骂不在声高，而在眼神的清冷，她自小读书，做不来泼皮的事儿，他下巴上的指甲痕绝无仅有。但她的眼神会说话，温柔时漾着水波，愤怒时燃着火焰，轻视时藏着冰刀，他曾为此深深着迷，可眼下，他知道，他媳妇的眼里将会射出根根利箭，将他戳出无数个窟窿。

踏进房门时，金咏梅正斜靠在奶妈贾雪荣身上喝着萝卜羊肉排骨汤。她看了眼丈夫，就像他不存在一样，仍旧全神贯注地用汤勺将羊肉拨弄到一边，自顾自地喝汤。喝完以后，她长长地吁了口气，似是对着碗里的羊排说话，声音低沉："怀孕以来，公公特别重视这个孩子，一天三顿汤，早饭前，是桂枣山药汤，下午是羊排汤或猪肚汤，入睡前是紫苏生姜红枣汤，没有一天落下。但是，从明天开始，这喝了快三百天的汤水再也没了，喝不着了。"

宋学仁听不得媳妇声音里的凄楚，鼻子一酸，说："我们自己烧。"

金咏梅起身缓缓地走到丈夫身边，问他："自己烧？你烧？还是我烧？"

宋学仁低下脑袋，他听出媳妇的话外音，以前的日子，衣来伸手饭来张口，从明天开始，就得自食其力了。可怕的是，他们没有收入，过日子恐怕还得靠变卖金咏梅的嫁妆。

见丈夫脸色难堪，知道他听懂了，金咏梅便收住了。她问："我走了后，他们又说了什么？"

"安排明天老四迎亲的事儿。"见媳妇不再说分家的事儿，宋学仁松了口气，赶紧接上话。

"迎亲的事儿？这不早就定好了吗？"

"族长和我爹的意思，老四媳妇陪嫁多，怕被歹人盯上，临时换下路线更安全。"

"这样啊。"金咏梅看了眼身边的贾雪荣，低头沉思了一下，又问，"具体怎么说？"

"明儿迎亲，老二老三按原计划走大路，只不过是空城计，吹吹打打造声势，咱爹、留根和老四带着嫁妆走白龙水旁的那条小路回来。"

"你呢？"金咏梅追问。

宋学仁头都快耷拉在胸口了，声音也越来越低："咱爹让我在家待着……"

金咏梅哼了一声："这个家，你都快成外人了。"沉默了一会儿，她咬了下嘴唇，说，"明天你也去。"

"我去？咱爹都说了，让我在家里反省。"宋学仁声音讷讷地。

"反省有什么用？反省能让你爹改变对你的看法？能让你爹对你刮目相待？"她手摸腹部，声音低沉，"为了这个孩子，你也得去，虽说现在分了家，但你还是宋家的长男，宋家的男人都去了，就你不去？难道你想被排斥在外？再说了，外人看到了，会如何说你？你以后还如何在木扎镇混人？你一定要去！好好表现，将功补过。"

宋学仁听媳妇这么一说，虽是满脸苦恼，但还是乖乖地点了点头，说："那好吧，明天早上，我去求求咱爹。"。

"我今天身子不舒服，晚上就让奶妈照料我，你睡隔壁她屋里吧。"金咏梅又坐回桌前。

"好好好，你身子要紧，我睡隔壁屋里。"宋学仁连连点头，"你放心，我知道错了,再也不和姓董的来往了,以后我踏踏实实地过日子,再也不惹你难过了。"

金咏梅已经闭上了眼睛,嘴里轻轻地"嗯"了一声,算是应了他的话。

这个男人,没什么指望了。

6

宋学仁躺在床上睡不着。窗外月光皎洁,屋内无风闷热,冰块都放到媳妇房里了,这脸上的汗珠子顺着下巴往下落。他机械地摇着蒲扇,脑里想的全是白天的事儿。不能想,想着就揪心,媳妇的目光和哭声像刀子一样追着他,挥之不去。他确实对不起她。原先给他说好的媳妇,是金家的二女儿金咏雪,他第一次上门拜访金家,首先看见的却是金咏梅,她好像正要出门,差点和他撞在一起,两人目光相撞,她的脸瞬间通红,慌慌地退到一边,慌慌地问好。她的慌乱却显得她更可爱。正式见了金咏雪,他却失望了,金咏雪拘谨、安静,虽然长得也不错,但身上少了一些活力。回到家里,他当即反悔,缠着父母要娶金家大女儿,被宋文忠训斥了多日,他始终不松口,最终如了愿。金咏梅确实让他放心,家里家外全靠她撑着面子,他完全可以当甩手掌柜。可他没有管好自己的手,把手伸到了赌场,生活像过山车一样,他一下子被摔得鼻青脸肿,害得她跟着自己受累。眼泪不由自主地涌出来,他抱着枕头,把头埋在上面,无声地啜泣着。无论如何,从明天开始,好好过日子,求求父亲把自己带上,他如果不带他,那也是他咎由自取,怨不得别人,只能洗心革面,找个营生,从头开始,做一个真正的好丈夫好父亲。这样想着,心里好受了一些。他从枕头上抬起头,侧耳听了听,隔壁好像有了点动静,估摸她今晚也睡不好,孩子大了总在折腾,白天又让她伤了心,怎么可能休息好呢?

宋学仁叹了口气,下床准备找盆水洗洗脸,却听见隔壁的门发出"咯吱"一声,虽轻微,但在寂静的夜里扎耳朵。他站在窗前往外看,就看到贾雪荣的身影快速地穿过圆形拱门,去了宋家前院。

这么晚了,她去干什么呢?一定是媳妇夜里饿了,让她去前院弄点吃的。月份越大,越容易饿着。唉,今天真对不住媳妇了。心有戚戚,匆匆洗了把脸,宋学仁躺回床上，东想想西想想，不一会儿竟睡着了。睁眼的时候，就看到窗户外沿上红灯笼的黄穗子随着晨风飘进屋里。他一个激灵，赶紧爬了起来，迅速穿衣洗漱，简单吃了两口，就和金咏梅一起到了宋文忠的院子。宋文忠还没出来，其他人都衣装整洁地站在天井里。

李美兰见了金咏梅，上前拉住她的手，轻声问："嫂子，好了点吧？"

金咏梅反手拍了拍她的手，笑道："多亏了你照料，好多了。"

李美兰低头笑了，她性子过于温和良善，并不擅长妯娌间逢迎相处，于是就没了话。金咏梅看人通透，自是明白，也就不再言语。

汪冰却抬头看天，阴阳怪气地说："你说这天上云怎么突然多起来了？起床的时候还万里无云呢。不过，云再多，晴天它还是晴天，变不了天的。"

大伙儿都听出她这是对宋学仁含沙射影，也不好搭话。宋学仁握了下媳妇的手当没听见，就等着宋文忠出来。

约莫过了十来分钟，宋文忠和宋钱氏一前一后出来了。

宋文忠一见老大也在场，脸就垮了下来，看看他，又看看金咏梅，心里明白，这一定是她的主意。

宋学仁忙迎上前去，颤抖着声音说："爹，四弟迎亲，多个人多个帮手，就让我也去吧。"

宋文忠冷冷地哼了一声，没理他。

宋钱氏看看一边挺着大肚子的儿媳妇，又看看大儿子额头上泛着血渍的白纱布，心里不忍，对宋文忠说："就让老大也去吧。老幺娶亲，他是老大，正理该去，这也是他们小两口的心意，别在大喜的日子里让孩子们难受。"

宋文忠看了眼夫人，眼睛一瞪，像是怪她多嘴，但到底没有说不行，算是默许了。他淡淡地说："走吧，不要误了好时辰。"

大家立即动身。新娘入门的时辰很重要，老话都说会影响到男方家庭中的长辈、父母以及丈夫的运气。所以，昨天临时改变路线后，宋文忠又让宋钱氏重新测算出一个吉时。这可不能耽误。

"唉，等等，"金咏梅突然喊住丈夫，她从贾雪荣手里接过一顶草帽，说，"日头大，容易出汗，要是腌渍了头上的伤口，发炎就不好了，快戴上。"

宋学仁"哎"了一声，听话地把帽子戴上，其他几个兄弟想笑却没敢笑出来，他本来身着丝绸长衫，面相儒雅，戴上了草帽，却不伦不类了。

宋学礼牵着一头壮实的骡子站在村头的老槐树下，见着宋文忠一行，老远迎了过来，和他们一一打了招呼，然后对宋文忠说："大伯，我也和你们一起去吧。"

宋文忠有点疑惑，"噢"了一声，尾音上扬。

宋学礼忙解释说："我知道牛奔镇有一些日本人，万一遇到他们，我会日语，可以和他们交涉，也省了一些麻烦。"

宋文忠想想还真是这个道理，点点头，对宋学礼说："你还真是有心了，行，就和你的堂兄弟们一起去凑凑热闹吧。"

日头越来越大，照得人头皮发麻，脸上都是汗水纵横，知了声从四面八方扑了过来，压得人呼吸都费力，身下的骡子也在呼哧呼哧喘着粗气。宋学仁把草帽往下压紧，媳妇真贤惠，多了顶草帽遮阳，确实比他们舒服多了。

7

新娘子一家人早早就在进镇的路口候着了。看到宋文忠也来了，不由吃了一惊，宋家当家的亲自迎亲，好大的面子。宋文忠解释了一下回去的路线，亲家也表示理解，立即又找来一顶花轿。于是，喇叭唢呐齐声响起，两顶花轿起轿，一群人浩浩荡荡地走回木扎。经过一条岔道，看看四下无人，人马立即分成两拨，一拨由老二老三带着，抬着那顶空花轿，沿着大路继续吹吹打打而去，一拨由宋文忠带着，偃旗息鼓，沿着小路衔枚疾行。小路过于狭窄，磕磕碰碰不好走，就连骡子都是高一脚低一脚，人坐在上面也颠簸得厉害，更别说花轿了。新娘子坐在轿子里，不停地发出轻声惊呼，声音也是清脆撩人，老四有些着急，想上去问问，可又觉得不好意思，眼睛总往花轿上瞟。其他人看着，哈哈地笑他，开他玩笑。因为是临时改道，应该比较安全，大家心情比较放松。宋文忠看在眼里听在耳里，也是心思顺畅。

"大哥，瞅瞅你这帽子，也太那个什么了吧。"宋学礼跟在后面，看着草帽，越看越滑稽，"这草帽，也太土气了，哪里是你这种身份戴的？你看看，"他手指不远处几个正在田地里弯腰干活的农人，"那是他们戴的。"

宋学仁扭头一看，那些干活的农民，果真都带了顶和他头上一样的草帽，不觉有点羞恼，把草帽一摘，扔给后面的留根。

留根接住了，笑嘻嘻地说："对嘛，这草帽我戴还行。"说着，便将草帽扣到自己的脑袋上，看上去果真很合适，其他人又笑了起来。

宋学礼正笑着，却突然捂住了肚子："哎哟哟，不好了，这肚子不对劲儿啊，我得方便方便去。"

看着宋学礼狼狈地捂住肚子钻到路边的草丛里，众人又笑了。留根扯着嗓子说："我听说牛奔镇镇长他老娘就是在草窝子里方便时被蛇咬了一口，你屁股腚子嫩，更要当心了。"

众人更是乐不可支。

宋学礼收拾停当，赶紧小跑着追上队伍，可没过一会儿，又捂着肚子往路边跑。一连跑了几回，他蹲在草窝子里，双腿打战，连起身的劲儿都没了。各种不知名的小虫子围着他嗡嗡地飞着，他不耐烦地伸手拍打，"啪啪"地，小虫子黑芝麻点一样地往下掉。

刚拎起裤子，"啪，啪啪"，更大的"啪啪"声传来，像爆炒豆子一样，藏在草丛里避暑的鸟儿呼啦啦地在他周围腾空而起。宋学礼意识到有些不对劲，赶紧蹲下，心脏怦怦地乱撞起来。他小心翼翼地拨开草丛，往土坡下看去，顿时头皮发麻，双手颤抖，只见一群拿着砍刀和长枪的人从对面的土坡冲了下来，"啊啊"地号叫着，枪口对着四周一阵乱放，好几颗子弹飞到他的脚边，砸进泥土里，发出"噗噗"的暗响。

躲在暗处的宋学礼都吓得浑身发颤，更别说被这伙来历不明的人包围在中间的宋家男人们了。那些轿夫和雇来挑彩礼的人早吓得四下逃窜，那伙人也不阻拦，一会儿工夫，原本蜿蜒一里多地的迎亲队伍就剩下了宋家带来的家丁、管家留根，以及花轿里的新娘子。

那伙人也不说话，闷头把嫁妆往他们骑来的马上放着。如果有人拉着不放，一枪托上去，那人也就乖乖地放了手。宋学仁手脚发麻，本来要往人堆里躲，但见父亲紧紧绷着的脸，又觉得这是一个机会，他硬着头皮过去，刚开口问了句：

"你们这里干什么？"就被人用枪托砸倒在地。他并不急着从地上起来，要的就是这个效果，不管怎么，他还是好好表现过了。一个骑着棕色大马蒙着黑色方巾的人一直站在那里不动，待抢完所有嫁妆，他拍马过来，站在宋文忠面前，冷冷地说："宋家当家的，你别感到委屈，你应该庆幸我是来抢了你。有人给我通风报信是让我来杀你们的，老子盗亦有道，只要财，不要命。"

宋学仁听这人这么讲了，胆子陡地壮了起来，从地上爬起来，拿眼瞪着那人，手握成了拳头，一副要扑上来与他拼命的架势。宋学洁、留根看着宋文忠，等他发话。宋文忠对着他们摇摇头，示意他们保命要紧。所有人只好眼睁睁地看着这伙人拿出几十个大袋子，将箱箧内的嫁妆倒出来装好，放在马匹上扬长而去，临了还不忘将他们的骡子全都顺走。

前后不到半个时辰，这上百人的队伍就剩下十来人，所有人都有点发懵，愣愣地看着宋文忠。宋文忠却想得开，东西没了不打紧，人没事才更重要，他安抚众人道："别懊恼了，宋家不缺东西，你们没事儿最好了。这世道本来就乱，走吧。"

"老爷，您看，新娘子……"留根用手指了指边上寂静无声的花轿。

宋文忠看了眼老四宋学洁，说："老四，去把你媳妇搀扶出来，轿夫都跑了，怕是要和咱们一起走回去。蛮远的路，要受罪了。"

宋学洁点了下头，怏怏地走到花轿边，掀起帘子，将已经哭得梨花带雨的新娘扶了出来。

看着浑身颤抖的新娘子，宋文忠宽慰道："老四媳妇呀，别伤心了，回家后，你的嫁妆宋家出，不会让你在妯娌里受委屈的。"

新娘知道此时哭也无济于事，便微微地点头，慢慢地小了声。

"回去后，我们得把这事上报给县长，一定要剿灭这帮强盗。"宋学洁狠狠地说，"宋家平时没少上供，竟然还是被摆了一道，这事儿得有个说法，要不然，这以后谁都可以打宋家的主意。"

"不对呀，"宋学仁把事情咂摸了一遍，"不对呀，爹，我记得那个强盗头子说，有人给他们通风报信，会是谁呀？"

这句话像是一枚炸弹，"轰"的一声响后，一下子都安静下来。这条路是昨天下午临时定的,连亲家都没通知,也就是宋家人知道。宋文忠将眼前的人扫视了一遍,想起了什么,问:"宋学礼呢?"

大家四处看了下,是啊,宋学礼人呢?

"噢,我想起来了,那小子说今天肚子不舒服,都拉了好几回了,可能正在拉稀。"留根说道。

"这么巧,强盗过来了,他去拉稀?"宋学仁摇了摇头自言自语道。

其他人也若有所思。

正说着,就见宋学礼捂着胸口,跌跌撞撞地跑了过来。

"你刚刚是去哪里了?"宋文忠皱起眉头,话里带话地盘问道。

"我刚刚到那边的山坡上拉稀去了,"宋学礼喘着粗气,指着身后不远处一个山丘,"今天早晨我起得早,没等我娘做早饭,看到厨房有点剩馍剩菜,就吃了,估计是吃坏了肚子。"

"刚刚来了一拨强盗,把东西全抢走了。"宋文忠观察着宋学礼的脸色道。

"我在那边听到了枪声,看到了,吓了我一跳,"然后好像悟出了点什么,跳了起来,"大伯,您不是怀疑我通风报信了吧?"

宋文忠眉毛一挑,没说话。

"要是我通风报信,我怎么着也不会在强盗来的时候跑开呀,这不是更让我说不清楚吗?"宋学礼着急地解释。

留根上来,说:"当家的,现在不是追究这个问题的时候,我们还是赶紧上路吧,得赶吉时啊。"

宋文忠点了点头,队伍又上路了。

走了一段路,宋学礼又捂着肚子叫了起来:"不行了不行了,又疼了,你们前面走,我一会儿赶上来。"说罢一路小跑钻进路边的林子里。

留根看着他的背影,凑到宋学仁身边,低低地说:"宋学礼可疑。"

宋学仁看了他一眼,说:"他刚刚解释得也蛮有道理的。如果他有贼心,躲在家里岂不是更好?"

"这才是最可疑的。本来没他的事儿,两家关系一直不怎么样,很少有往来。他这么积极,还不是为了排除嫌疑?"留根揣测说。

老四一边小心翼翼地搀扶着新娘子，一边闷闷地说："肯定是他勾结土匪，要把宋家的男人一网打尽，夺宋家的家业。"

　　宋文忠将他们的话听到耳里，打了个激灵，开始不安起来："别说了，这些事儿回去再商量。留根，你去把宋学礼找来，别让他在后面耽搁时间长了。我们要加快速度。"

　　宋文忠的语气让大家都紧张起来，不由四处张望。

　　留根正了一下头上的草帽，应了一声，刚要迈开腿，就看到前方来了一支出殡的队伍，大概十多人，个个头上腰上缠着白布条，抬着一个黑色棺材，吹着响亮的唢呐。他不由得回头看了看宋文忠，还真是晦气，刚刚被抢了嫁妆，现在又碰到这种事。

　　宋文忠眉头皱了起来，他眯眼看着越来越近的队伍，都是壮年男人，身形剽悍，表情却没有应有的悲伤。他头皮一麻，脸色愈发严峻。

　　出殡队伍走到了跟前，一个带头模样的人摆了摆手，唢呐停了下来，他走过来看看他们，又看看他们身后，脸上有点困惑，眨了眨眼，问他们："你们不是迎亲吗？嫁妆哪里去了？"

　　宋学仁没好气地说："倒霉透了，被强盗抢了，一个子儿都不剩。"

　　宋文忠赶紧说："不说了不说了，大伙儿赶紧靠边站，让人家先过吧，出殡也是讲究时辰的。"

　　"时辰？"那人嘿嘿笑了两声，"是啊，如今做事是要弄清时辰的，唉，"他摇了摇头，样子感到无限惋惜，"你们倒霉，我们也倒霉，本来还想捞些嫁妆呢。看看，原本冲在嫁妆的份上，我还特地为你们准备了一口棺材呢。"说完，掏出手枪，顶住宋学仁的脑门。

　　宋家男人全都呆了。

　　宋文忠知道遇上亡命之徒了，一定是凶多吉少，他立即过去，双手抱拳："好汉，你既然来了，想必也清楚我们是什么人家。要钱，宋家有，要多少，哪怕宋家卖了家业，也一定双手奉上。"

　　"你说的，我都信，宋家是不会失信于人的，"那人冷笑一声，"可惜，我盗亦有道，自然也不会失信于人。拿钱就干活，人家是让我来杀人的，嫁妆是另外赠送。有了是我们的福气，没有，也不能怪人家，这人还是要杀的。"话落枪响，宋学仁连哼一声都没来得及，身子软软地倒了下去。

其他人当场就瘫倒下来。宋文忠捂住胸口，慢慢回头看了眼身后瑟瑟发抖的家丁们，感到眼前一片发黑。这拨人和刚才那拨不一样，同样的盗亦有道，那道不是一回事儿。这伙人更黑。老大死了，老四也要死，自己也要完了。好在老二老三走了另外一条道。早知道这样，全让他们走那条道了。他看了看倒在地上的宋学仁，摇了摇头，抬起头来，对那人说："看来今天这一劫是躲不过去了，这要有多大的仇恨啊。你告诉我，到底是谁要毁了宋家，让我死个明白。"

那人歪着头看了看四周群山，想了一会儿，点了点头，说："人之将死，其言也善，你的要求也合情合理，换了我，这样不明不白地死去，也是死不瞑目的。将心比心，我就坏一次规矩，告诉你吧。"他走过来，趴在宋文忠的耳朵边，轻声地说了几个字，然后又笑着说，"其实也不算坏了规矩，你知道了，反正你也要死了。"

那人说的话却把宋文忠吓住了，一改老成持重，手脚发抖，脸色发白，眼睛凸出，瞪着那人叫道："不可能，这绝对不可能！"

那人道："没什么不可能的，我干脆再给你说清楚吧，你们啥子兵分两路，老子就不会兵分两路了吗？真是麻烦。不过，你放心，这活儿我会做得干净利索，保证您老和孩子们一个不少，全都聚齐。嘘，小的们，把响器吹起来，送老少爷们上路了！"话到最后，他的声音里竟然也带着悲怆的哭音。

话音刚落，唢呐声又嘹亮地响起来，剩下的人从怀里掏出短枪，朝着迎亲队伍一阵射击，枪枪都是要害。

但也有例外。

留根一直留心听着那人说话，那人说到最后一句，他情知不妙，就势卧倒，但还是晚了，胳膊上中了一枪。他倒在地上，闭上了眼睛装死。枪声落了下来，偶尔还响起一两声。他知道，一定是土匪发现有人没死透，在补枪。他在心里哀叹，死定了，一定死定了。这时，他听到新娘的哭声，新娘子边哭边哀求："我和宋家没关系，我还没有拜天地，不算是宋家人，求求你们放过我，求求你们，求求你们别杀我……我家也有钱，你们可以把我带走，让我们家拿钱来赎我……"

有人冷哼了一声,然后又是一声枪响,新娘子痛苦地叫了一声,便没了声音。天啊,太狠了,这帮人太狠了!

脚步声向他靠近。他在心里叹了口气,想想自己这一辈子,生下来就没了爹妈,到了宋家,好歹吃穿不愁,也娶了媳妇,只是,自己想过的日子,还没来呢,怎么就要死了呢?不甘心啊。又想,我都不甘心了,那几个少爷岂不是更不甘心?当家的机关算尽,兵分两路,听那人的口气,那路人马也完了。唉,人的命运真由不得自己啊。

正想着,被人狠狠地踢了一脚,他屏住呼吸,静静地躺着不动。过了几秒钟,憋不住了,轻轻地吸了口气,微微地把眼睛张开一条缝,却发现站在自己身边的却是刚才说话的那人,他蹲下来,把他头上的草帽取了下来。留根忙闭上了眼,心脏一阵狂跳,完了,自己也要死了。那人看了看草帽,拍了拍他的脸,捏了捏他的鼻子,却嘿嘿地笑了起来,把草帽又扣在了他脸上,然后站起来招呼队伍:"撤了,完活收工,回山喝酒吃肉。"

留根更加害怕,他肯定知道自己是在装死,临走之前,肯定要干掉他了。留根心里一急,竟吓得昏死过去。

而林子里的宋学礼趴在地上,看到这一切,已经吓得爬不起来。

8

日上三竿,宋家院子里的女人们有点不淡定,许多凑热闹的都来问宋钱氏新娘怎么还没到。宋钱氏的心愈发慌张,吉时就快到了,还不见一个人影。这不合常理。宋文忠做事稳重踏实,绝不会有差池,难不成出了什么事儿?

她看了眼身边三个儿媳和女儿,眉头越皱越紧。她们也担心了,都和她站到了门口大红灯笼下,踮着脚看远处。

金咏梅一手扶墙一手托腰,额头上的黑发已被汗水打湿。宋钱氏心疼道:"咏梅啊,你回屋里等吧。太阳大,你这身子吃不消。"

金咏梅声音有点虚弱,但语气很坚定:"我还是在这儿等吧,都这么长时间了,怎么还不回来?我这心里有点不踏实。"

"你奶奶呢？"宋钱氏扭头找人，"让她扶着你一点，她怎么不在这儿？"

"噢，她今天不知怎的，身子有点不舒服，我让她先回屋躺会儿。"金咏梅说，"妈，要不，找个人到村口看看，他们该回来了。"

宋钱氏点点头，向后院扬声喊道："花婶，花婶。"

花婶一路小跑过来，扶住宋钱氏："老太太您喊我？"

"嗯，你去村口看看去，迎亲队伍怎么还没回来？"

"好，我马上去。"花婶又是一溜儿小跑，动作利落。她从小就被爹妈卖到宋家当丫头，一直在宋钱氏身边，有眼色又机灵，到了婚嫁年龄，宋钱氏舍不得她离开，就做主许配给了留根，她很感激老太太。宋家待人宽厚，她虽是个丫头，却很少受委屈，自己吃饱穿暖不说，还能补贴家里。放眼木扎镇，自己再也找不到这样好的东家了。

几个女人又在日头下张望了好一会儿，愈发奇怪，宋家男人不见回来，让去村口看看的花婶老半天也不见回来，怎么回事？

"他们人呢？老二媳妇，你去看看。"宋钱氏喊汪冰去村口再看看。汪冰却不是听话的媳妇，红润润的嘴唇一撇，轻轻软软地说："这么大的日头，我可走不了几步，再说了，媳妇您有三个呢，再不济，不是还有个女儿吗？"

汪冰阴阳怪气的话，仿佛给宋钱氏心里窝的那把火又添了一捆柴。看着老太太脸色变了，汪冰反而心里特别痛快。她知道宋钱氏不喜欢自己，说到底，还不是因为自己在三个媳妇中没后台嘛。得，你看不上我，我汪冰还不吃你这一套呢，好歹我娘家还是有点底子的，我怕什么呢？你面上都不待见我了，我犯得着须臾奉承吗？

"要不，我去看看吧，我站这儿好一会儿了，腿脚麻软，活动活动也好。"金咏梅手心里都溢出汗来，她心慌得不行，吉时都过了，该有人回来了呀。

"怎么着也轮不着你去。"宋钱氏狠狠地瞪了眼汪冰。

汪冰低头看地，不看老太太。

"我去吧，"李美兰说，"不管村口有什么动静，我看了就回来和你们说一声。"

"也好也好，快去吧。"宋钱氏的声音有点发抖，心里越来越不安。

李美兰加快了步子，离村口还有点距离，就看到花婶正低头抱着腿，坐在一棵树下，还不停地发出痛苦呻吟。

　　"怎么了，花婶？"李美兰小跑过去，发现花婶的右小腿血淋淋的，吓了一跳。

　　"唉，真倒霉，急着去村口，不知道哪里来了一条疯狗，不声不响地突然就咬了我一口。"花婶龇牙咧嘴地说。

　　李美兰弯腰检查了一下，说："赶紧先回去，用点淡盐水把伤口洗干净，到后院桃树上摘点鲜桃叶，用嘴巴嚼烂了捏成饼状，敷在伤口上，每天换一次，十天左右就会没事。你顺便跟老太太说一声，我就在这儿等他们了。"

　　"哎，我这就回老太太话去，你在这儿再守一会儿，站在树下，有荫凉。"说罢，她便一瘸一拐地离开了。

　　树下有块石头，李美兰站在上面，右手搭上眉骨，伸着脖子往前面看。前方是青山绿水，火辣辣的太阳下，每份绿都发着油亮的光，刺眼。小路蜿蜒崎岖，被山山水水隔断，在视线里若有若无。

　　蓦地，一个影子出现在视野里。她眯着眼睛，使劲盯着看，终于确定是个弯着腰跌跌撞撞的人影。她的心一下子空落落的，怎么只有一个人影呢？会不会是其他过路的人？宋家男人呢，怎么一个都不见？

　　又看了几眼那人影，她的心"咯噔"一下，她认出来了，是留根。

　　出大事了。

　　她跳下石头，拔腿就向留根跑去，热风呼啦啦地撞击着她的眼她的鼻她的嘴，她不能呼吸了，眼前一片血红。留根戴着顶草帽，浑身是血地站在她面前，老牛一样地喘着粗气，沙哑的喉咙发出"哊哊"声。李美兰想，你就这样吧，最好一辈子别发出声音来，这一发声，宋家的天都塌了。

　　"三少奶奶，都死啦，都死啦，呜呜呜……"留根到底说话了。

　　李美兰眼睛猛地一瞪，脑袋不受控制地晃动起来，她哆嗦着嘴唇，把留根上上下下看了又看，血迹布满全身，伤口在右胳膊上，衣服上还有子弹擦过后留下的硫黄硝石味儿。

　　浑身的力气突然被抽走了，腿一软，她一屁股坐到地上，天真塌下来了。

留根"呜呜"地哭着佝偻着身子往前走,他还要给老太太报信呢。

李美兰一个人坐在杂草丛生的泥巴地上,浑浑噩噩地,脑海里一片空白,竟然连丈夫宋学廉的样子都想不起来了。

身后隐隐约约地传来了撕心裂肺的哭嚎声。宋家的女人都过来了。一日之内喜事成丧事,宋家四个女人成了寡妇,场面一片混乱。

宋钱氏捂住胸口,看着眼前的乱象,泪水涟涟,她们失去的是丈夫,而她,不仅没了丈夫,还有四个儿子呀。谁还能比她更心痛?但她却必须得比她们更早更快地清醒过来,宋家的男人们不在了,她的当务之急,是要稳定人心。可是,如此惨变,媳妇们已经乱成一团,金咏梅煞白着脸,抱着树干闭着眼睛流泪,胸口起伏不定,多可怜呀,顶多两个来月,孩子就要出生了,却没了父亲;汪冰披头散发地往前冲,她要去找丈夫,被宋家两个用人紧紧拉住。她素来是个人精,人前人后再大的事儿都不吃亏,如今也露出她的不堪来;李美兰已经彻底地懵了,呆呆地坐在地上没了反应……怎么稳定人心?连她自己都稳不住。

宋钱氏捶打着胸口,宋家到底犯了什么太岁,要经历这样的灭门惨祸?

越来越多的人聚集过来,他们显然也被这样的惨事惊呆了,女人们陪着宋家女人抹泪,男人们都在猜测着事情的原委。

"族长来了,族长来了。"人群中有了点骚动,围着的圈子让出个豁口,宋柏生一脸沉重地走近宋家女人,他的身后跟着一脸悲伤的宋文彬。今天早晨,宋学礼要和宋家一起去迎亲,他不同意,却拗不过儿子。别人传了留根的话,说除了留根,都死了,他眼前一黑,怕是自己的儿子也逃不过这个劫了。

"唉,"宋柏生眼眶子发热,重重地叹气,对宋钱氏说,"怎么会发生这样的事儿?宋家媳妇儿,苦了你了。咱们还是先回去吧,这么热的天,大太阳底下,不舒服,要保重身体啊。"

宋钱氏看了眼宋柏生,心里暖了一下,他的出现到底稳定了人心。她点点头,流着泪道:"做梦都想不到会发生这样的事儿,我们都乱了……他们的身后事,就劳烦族长了。"

宋柏生应了:"你放心,我会安排好他们的身后事,也会给你们宋家一个交代,无论如何也要找到凶手。"

说罢，他环视了一下围观人群，喊了一些壮年男子安排着去收尸。

看到宋家的女人们被搀扶离开后，宋柏生把也要去收尸的宋文彬叫住，把他带到一边，说："文彬啊，听说学礼也去了？"

宋文彬抹了一把泪，点了点头。

"唉，是命数啊。"宋柏生看了看周围已经散去的人群，压低了声音，"你就别过去了，会有人把学礼带回来的。没了学礼，你这年纪，和你媳妇商量一下，她不行，你完全可以再找个年轻点的，再生几个娃。"话锋一转，"你安排几个人看紧宋宅，防止几个女人瓜分家业。"

宋文彬一愣，看着宋柏生。

"虽然这个时候说这话绝情了点，但不得不防。宋家的财产，无论如何不能落到外姓人手里。"宋柏生板着脸严肃地说，"这几个女人娘家都比较强势，一旦她们恢复了精气神，完全有可能打这个主意，我们不能不防。"

宋文彬眼珠子转了转，似乎预见了什么，却也喜不起来，毕竟，自己最宠溺的唯一的儿子没了。

"安排好后，你到祠堂来，咱们一起来商量商量如何处理宋家的家业，一刻都不能耽搁。"宋柏生拍了拍他的肩膀，"老祖宗的东西，一针一线不能丢。"

追 凶

1

宋柏生的安排,已在宋钱氏的意料之中。她对宋柏生很了解,他不为个人,确实一直在为木扎镇的宋氏宗族殚精竭虑。宋家家业庞大,这一脉宋家除了宋文忠,就是宋文彬,宋柏生一定会建议宋文彬来接管宋家财产。她自然不会同意。再多的家业,到了宋文彬手里,也只有败光的份。但宋柏生的决定完全站得住脚,她要怎么做,才能不让宋文忠的心血落到宋文彬手里?她抚着额头,坐在正厅里,看着院子里红彤彤的灯笼,鼻子又是一酸,都这个岁数了,平时和媳妇们无伤大雅地斗斗心智也就算了,却不料老来丧夫又丧子,还要提防家业旁落,唉,不能想,一想心就撕裂了一般。可是,眼下不想能行吗?

花婶一瘸一拐地过来,声音呜咽:"老太太,老爷他们,他们都回来了,您去祠堂看看吧。"

宋钱氏一口气从胸腔里迸了出来,号啕大哭,几秒钟后,左右厢房里的几个媳妇也都发出凄厉的哭号声,她们从婆婆的哭声里,预料到是丈夫回来了。

哭了一会儿,宋钱氏站了起来,花婶赶紧上前扶住,她边抹泪边问:"留根伤口怎么样?他有没有和你说了什么?"

"谢谢老太太操心,他包扎好了,已经到祠堂去了。他从头到尾没说话,人都傻了。"

"还有谁去了祠堂?"

"除了族长,我听说宋氏辈分高的都过去了。"

宋钱氏心里一沉,这不但是处理死人的事儿,看来还要一起处理活人的事儿。宋柏生逼人太甚,往生的人还没入土呢,他就着急着安排宋家的财产了。

"宋文彬去了没有?"

"应该去了。我早晨听人家说,学礼少爷也去迎亲了,恐怕……所以我想他可能也去了。"

宋钱氏叹了口气,问道:"你还知道些什么?"

"我听回来的人说,除了老爷、少爷们,一起去迎亲的那三四十人也都没了。他们被各自家人先领回去了。新娘子也没了,不过,被她娘家人领回去了,说还没拜堂,还是他们闺女。"

宋钱氏的眼泪又流了出来,那三四十人的音容笑貌在她眼前晃动起来。还有那个据说读了许多书长得很漂亮的老四媳妇,人生还没开始,就这样结束了。

"老太太,要不要也喊上少奶奶们过去?"花婶低低地问。

"不用,"宋钱氏立即否决了,"她们太年轻了,受不住,去了也只会哭。还有,我怕……祠堂里,她们还会遭受更大的打击。"她担心的,是宋柏生会直接提出宋家财产问题,她们会更加仓皇。

花婶没听懂什么叫更大的打击,还有比刚死了丈夫更大的打击吗?但老太太不说,她就聪明地不再多问,只是小心翼翼扶着老太太往祠堂方向走去。

祠堂里,宋文忠和他的四个儿子躺在地上,依旧是宋文忠在最前面,四个儿子按照顺序排在后面,像他们活着的时候一样。他们已经被初步地收拾了一下,但面目依然瘆人。

宋钱氏一个个地看过去,心随着丈夫和儿子死了一遍又一遍。太狠了,太狠了,他们的伤口不是在脑门就是在胸口,直接来拿命,这都是什么样的仇恨啊?宋家不发横财不做恶事,与人为善,做人做事都留有余地,为何是这样的下场?

宋柏生坐在上端,仔仔细细地端详着宋钱氏的表情,心里不由钦佩起来,一般女人遇到这事儿，早就六神无主哭天抢地了，她竟然能够压制住悲伤，细致地给丈夫儿子整理头发和衣襟，为了宋家，不得不防着她呀。

宋钱氏突然抬头问道："不是说宋学礼也去迎亲了吗？他人呢？"

宋学礼也是宋家人，如果也遭遇不测，就该和堂兄弟们一样躺在这儿。

宋文彬眼神闪烁了一下，就在宋钱氏到祠堂之前，他刚刚经历了悲喜两重天。原以为儿子必死无疑，不料，带回来的尸体中竟然没有他，杀人现场也没找到。这说明了什么？说明他还活着呀！他不禁狂喜。但狂喜不过几秒钟，随后他便皱了眉，一起出去的男人，死的死，伤的伤，你却人影都不见，又说明了什么？

"回老太太，"胳膊上缠着绷带的留根站在老四脚边，吸着鼻子说，"事发前，学礼少爷说肚子疼，跑去拉稀了，然后，就一直不见他的人。"

宋钱氏慢慢地直起身，"噢"了一声，听不出什么情绪，只有扶着她的花婶感受到她的身子晃动了一下。

宋文彬却着急了："留根，你这话什么意思？你不也是活着回来了吗？"

"我是装死躺在那里。你们怀疑我是应该的，我确实该死，老爷收养我，把我抚养大，四个少爷从未将我当外人，视我如兄弟，我只能眼睁睁地看着他们被……被杀，可我、我又有什么法子呢？"

"杀他们的，会是什么人？"宋柏生盯着他问。

"我从未见过那些人，不过，他们开枪杀人，熟门熟路，我觉得像是活动在窟窿山的忠义救国军，或者是大龙山的土匪。"留根猜测道。

"他们有没有说什么？"宋柏生看着躺在地下无声无息的父子五人，接着问留根。

"老爷说，要钱宋家有，哪怕要整个宋家，都会奉上，只要放过人就行。但为首的那人说，他们来就是拿钱干活，有人让他们来杀宋家的。"

所有人都倒抽了口气，买凶杀人，这得有多么大的仇恨啊。

"那人说了没说是谁买凶杀人的？"宋柏生追问。

留根说："老爷问了，那人趴在老爷的耳朵边也说了，应该是老爷认识的人，老爷十分震惊，大喊不可能。"

宋柏生皱起了眉头："看来必是文忠认识的熟人，这人到底是谁？能买通这些贼人来杀人的，这人的财产也不是个小数目。会是谁呢？"

细细地想了一阵，众人皆是毫无头绪。

"对了，我们前后遇到两拨人，第一拨人抢走了新娘子所有的嫁妆，说是有人给他们通风报信，但那带头的人说，他们盗亦有道，只要财，不杀人。第二拨人也说盗亦有道，只不过这道是拿钱干活，就是杀人。"留根想了想，说。

宋柏生眼中闪出怒火，恨恨说道："这人也太狠毒了，为了万无一失，居然找了两拨人，分三路，一定要置宋家于死地……"

"第一拨人来的时候，宋学礼在做什么？"宋钱氏突然开口。

"第一拨人来的时候，他也不在现场，也是在拉稀。"留根回忆了一下，看了一眼宋文彬，说道，"当时，老爷和少爷们就有点怀疑通风报信的是学礼少爷。"

"你胡说，"宋文彬跳了起来，"人拉稀有什么办法？只是凑巧罢了。"

宋柏生面色凝重起来，一次拉稀不在现场还能说得过去，第二次怎么也这么巧？偏偏就是在这一次，人家大开杀戒。更可疑的是，他人又不见了。怕是逃走了？

"买凶的人就是宋学礼。"宋钱氏浑身颤抖，手指宋文彬道，"我一直纳闷，宋家迎亲，宋学礼为何要掺和？原来是别有目的。"她转向族长，哑着嗓子说，"族长，一切都很清楚了，宋家临时改道迎亲，分两路人马，就这么些人知道，他无事献殷勤，要一起迎亲，竟是和坏人串通一气，要害我宋家，我宋家满门啊……"话未说完，身子就要瘫软下去，旁边有人赶紧帮着花婶将她扶到椅子上。

其他人听了，频频点头，种种迹象显示，宋学礼是内鬼。这几乎没什么疑问了。宋文彬还想说些什么，张了张嘴，却发现无话可说。

宋柏生震怒，命令族人，看到宋学礼立即就抓，如若反抗，就先断了他的胳膊和腿。留他活着，不是心疼，而是要他交代出到底是什么人动的手。

2

天黑了，宋家老宅白幡招展，白色灯笼里的灯火影影绰绰，透出些鬼气。女人们坐在厅堂里，谁也不说话，眼前是男人的身影，耳边是男人的声音，那么真实,伸手便可触及。

宋钱氏缓缓起身,在院子里慢慢地踱着步子。花婶亦步亦趋紧跟在她身后。她朝身后摆摆手,阻止花婶上前。这里有八棵老槐树,是三十多年前娘家的陪嫁,新婚第二天,她便和丈夫执手种下。后院里还有八棵榆树,也是如此。木扎有老话,家宅院子"中门有槐,富贵三世。后宅有榆,百鬼不侵。"槐树木质坚硬,生长速度极其缓慢,三十年方可成材。宋文忠曾在树下对着四个儿子说,这槐树成材了,你们也该成人了。还说,花草树木皆有魂灵,所以我们要像对人一样对待它们。

木扎镇的居民都喜欢种植槐树,图的就是它的寓意。读过书的人都知道,槐树在古代是三公宰辅之位的象征,还与书生举子相关联,被视为科第吉兆的象征。如果你是外来户,用它来怀祖再好不过了。在木扎,一直流传着这样的民谣:"问我祖先来何处?山西洪洞大槐树,问我老家在哪里?大槐树下老鸹窝。"此外,木扎镇还有一句俗语,叫作"门前一棵槐,不是招宝就是进财。"所以,宋文忠带上四个儿子,又在院门外亲自种下了一棵国槐。

如今,这些槐树依旧在夜风中簌簌地发出叶子摩擦的声响,种树的人和树下长大的孩子却已奔赴黄泉阴阳两隔。

宋钱氏哽咽了一下,慢慢走到院外,看向枝繁叶茂的槐树。槐树下蹲坐着几个年轻人,看到她,赶紧站起来打着招呼。宋钱氏微微点头,眼眸子却倏地暗了下去——这几人,一定是宋柏生唤来盯着她们的。

回头便走,冷冷地唤花婶:"关门。"

回到厅堂,宋钱氏一张嘴,就把三个儿媳妇震住了:"打起精神了,再这样哭哭啼啼,你们将会人财两空!"

金咏梅不解地问:"妈,这话怎么说?"

"怎么说?"汪冰不等婆婆张口,又刻薄起来,"再怎么说,也轮不到你说呀,大嫂!你别忘了,就在昨天,爹已经分了家,大哥和你的财产已经叫董少宾给拿去了。现在,宋家的家业怎么着也和你无关了。你这么关心做什么?"

"你给我闭嘴!"宋钱氏大喝一声,她对这个貌美却刁钻的媳妇已经忍无可忍,"你的公公,你的丈夫,还有你的大伯小叔子们还躺在棺材里,你就在这儿煽风点火,唯恐宋家不乱?你当真就不能和妯娌们一条心吗?"

汪冰撇了撇嘴,扭头不说话了。

"眼下都这种情况了,还说什么分家不分家的。怎么分?你汪冰一个人算一家?丈夫都没了,还在这儿逞什么口舌之快?你要么学着你弟妹不说话,要么学着你嫂子说点人话!"宋钱氏越说越生气,手也抚上胸口气也粗了起来。

"妈,你快别生气了,"李美兰见婆婆气色不对,赶紧站起身来给她续了杯茶,"气坏了身子,让我们三个怎么办呀?"边说边掉眼泪,眼神也恍恍惚惚起来。

"还能怎么办?散伙呗。"汪冰不张嘴则已,一张嘴就能让别人喘不过气来,"我就是这样说话,从来都是。妈,我知道您老看不惯我,不过您放心,事情发生后,我想过了,人在情在,人走情冷,学义走了,我也犯不着守着这个地儿,我走便是了,以后也不会污了您的眼了。"

"弟妹,你快别说了。"见婆婆眼睛都闭了起来,金咏梅赶紧岔开话,"妈,您刚刚说人财两空,是什么意思?"

宋钱氏缓缓地睁开眼,沉声道:"宋柏生已经派人在监视我们,他们就在院门外。我明白他的心思,他怕我们将宋家的财产给分了。"

"什么?"汪冰跳了起来,"这个宋柏生也管得太多了吧?宋家男人都不在了,财产不分给女人,难道还分给他呀?"

"不是给他,是给宋文彬。"金咏梅轻声地说,"妈,你是不是担心这个?"

宋钱氏点点头:"咏梅啊,还是你头脑转得快啊。你们公公和宋文彬一直是兄弟不和。我那个小叔子,一直在觊觎宋家财产,苦于没有机会。现在他大哥和侄子们都走了,他作为唯一的弟弟也有了入主宋家的理由。这个机会,他一定会紧抓不放。"

"宗族里,确实有在兄长不存、家无男丁的情况下,将家财转给弟弟的事儿。"金咏梅说。

"那就是说,族长并不可怕,可怕的是宋文彬。"听说可能分不到财产,汪冰担心了,开始正经地考虑问题。

"不是说,引来贼人杀人的就是他儿子宋学礼吗?如果是真的,他宋文彬是无论如何也动不了宋家分毫的,族长处事还是公道的。"李美兰也分析说。

"宋学礼杀人在先,宋文彬霸财在后?"金咏梅点了点头,"美兰说得对,宋文彬不成隐患,但即使这样,族长也一定会对我们严防死守。"

"木扎一大半都是宋氏,都对族长言听计从,而且,我了解宋柏生,"宋钱氏道,"他对宗族利益看得很重,他既不会放过杀人凶手,也不会因为同情我们而损失宋家财产一分一厘。"

"那我们能怎么办?"李美兰声音颤抖着问。

"怎么办?"汪冰往门外走去,显然是不想再谈了,"能怎么办?争一点是一点呗,总不能还真的人财两空吧。好歹我也做了两年宋家儿媳,要是净身出户,还不叫人家笑死?你呢,就更惨咯,上门不到一年,就……唉,不说了,说了叫人伤心。"

李美兰受不了汪冰的冷言冷语,又想起惨死的丈夫,心下剧痛,又呜呜地哭了起来。

"美兰,别难过了,她就是这张嘴,别放心里去,再说了,这都是命,再哭他们也醒不过来了。"金咏梅一脸倔强,轻轻地拍打着李美兰的后背,安抚道,"我们要解决眼下的难题,要振作起来,别让他们走得不安心。"

宋钱氏暗自点头,老大媳妇确实有当家的风范,目光落在她高高隆起的肚子上,心里豁然一亮:"咏梅,我们还有希望,很大的希望。"

两个媳妇不解地抬头看她。宋钱氏并不挑破,她的心定了,呼吸也平顺了,她慢慢地收回眼神,字字清晰地说:"一件事一件事地解决。宋学礼这个祸害,他以为自己能躲一辈子吗?花婶!"她看了眼花婶说,"告诉留根,加派人手盯住宋文彬一家,进出的,连只蚂蚁都别放过!只要抓住宋学礼,我就要让他血债血偿!"

宋钱氏一身戾气,让金咏梅下意识地哆嗦了一下,她心神不宁地摸了摸肚子,孩子正好翻了个身,拱到她的手边,心里不由一颤,又将心里面的伤口往深处撕裂开去,她把唇紧紧咬住,压下满腹悲意。

3

　　与此同时，宋钱氏的小叔子宋文彬更是心神不宁。

　　离开宋家祠堂，宋柏生震怒的模样一直在他眼前晃动。他知道，不管儿子跟这件惨祸有没有关系，都说不清了。他拐到一处酒馆，刚喝了两盅，就有点晕乎乎的。他想，和酒没关系，是他心慌意乱。

　　离家老远，就看到老婆李月华站在门前东张西望。她肯定从别人口中听说了儿子的事儿。他踉跄地走向李月华，还没张嘴，李月华就将他一把拽进屋子里，动作利落地关上门，压低声音问："怎么回事儿？学礼人呢？"

　　他甩开她的手，不悦地说："我哪里知道？"

　　李月华仔细地打量他，目光忽明忽暗，充满审慎。

　　"你干吗这样看着我？"

　　"宋文彬，你说实话，是不是你和学礼商量好的？"李月华说出这话后，把自己也吓了一跳，四处看了一下，倒真有点做贼心虚的样子。

　　"商量好什么？"宋文彬摸了摸额头，那里仍然阵阵晕眩，对老婆刚才那话一时没反应过来。

　　"你们父子俩商量着勾结土匪把你哥宋文忠一家子的男人全杀光了？"李月华的声音里竟是哭腔，这要是真的，想着都叫人害怕。

　　"啪"地一声，宋文彬的手挥到了老婆脸上。他再不济，也不过是游手好闲，杀人越货的事儿，就是再借给他十个胆，他也做不来。

　　"我告诉你，祸从口出！你就是不信我，你还不信你儿子？你看过他杀过一只鸡没？你这话要是让人听了，转身告诉宋家那老太太，那就是把谋财害命的罪名给坐实了。她会把我们一家老小吃得连骨头渣子都不剩！"

　　李月华趴在墙壁上，颤抖着看着丈夫那张震怒的脸，不敢再说一句话。

　　"我虽然眼红我哥，但从没有坏心。当年我爹分财产，那是公平的，是我自己没用，耗尽家财。我私底下虽然抱怨，那也不过是嘴巴撒撒气。我和他是亲兄弟，我要是杀人谋财，我和畜生有什么分别？"他越说越气急败坏，"我什么时候做过伤天害理的事儿？你说说，我什么时间做过？"

"那现在怎么办?"李月华也觉得自己那番话理亏了,颤颤地问。

"宋柏生已经和我说了,大哥走了,我那几个侄子也不在了,照族里规矩,宋家的家业我来保,无论如何不能落到那几个外姓的寡妇手里。"

"可是,如今人家都在怀疑是学礼做的,他们会放心让你来保宋家财产?"

"学礼不会做这事儿,我的儿子我了解。"宋文彬坐下来,忍不住又叹了口气,"可是,他人现在在哪里呢?他可千万别犯傻跑回来呀,现在宋家正在火头上,当真是有理也说不清啊!"

夫妻二人忧心忡忡地盯着煤油灯,不知如何是好。

"东子呢?"宋文彬想了想,打起精神来问李月华。

"他今天被族长叫着,去白龙水那儿把你哥和几个侄子带回来了,累得不轻,天一黑就回去休息了。"李月华说。

宋文彬看看怀表,说:"也休息够了,他那么年轻,一觉就能缓过来。我去叫他,让他在村外守着,如果看到学礼,立即让他离开,能逃哪里就逃哪里吧,等风声过了再说。"

宋东子是宋文彬的家丁,也是个苦命的人。父母早死,刚刚十多岁便成了孤儿。他腿脚利索,能说善道,宋文忠便喊他到宋家帮忙,无非是想给他条活路。宋文彬知道后,也找上他,带着他玩乐了两天,他自是更喜欢这样的日子。再说那时宋文忠正是创业未半,手里没什么活钱,下人们的日子就比较清苦。他掂量了一下,就决定替宋文彬跑腿了。如今十多年过去了,他整天跟着宋文彬东摇西晃的,也成了个吊儿郎当的痞子。虽然见宋家如今家业万贯而宋文彬家道中落,心下有些后悔,但到底对宋文彬还是心存感激,对于宋文彬交代的事情,他一直都很用心。这不,虽然他困得腿脚打战,还是坚定地倚靠在村口那棵老槐树下,使劲儿地睁了眼看着四周,竖了耳朵听动静。

木扎在刚刚过去的大白天里经历了一场骇人听闻的风暴,弄得人心惊惶,好不容易才陆续入梦,现在夜深人静,连狗看了他都懒得叫一声。他想,宋学礼如果不是个傻子,就一定不会回来,回来不是找死吗?这么一想,精神就有些松懈,打个哈欠,刚想闭眼眯一会儿,就看见一团黑乎乎的影子凑到他面前,吓得他"啊"地尖叫一声。

"谁啊？大半夜的，想吓死人啊？"宋东子摸着胸口叫道。

"是我！"

是宋学礼！

宋东子一惊，忙问："学礼少爷？"

"嗯。"宋学礼应了一声。

"我的天呀，你怎么回来啦？"

"我怎么不能回来？这里是我家，我不回来我去哪儿？"宋学礼一脸疲惫，看了看宋东子，问他："你待在这里干什么？"。

"我的哥呀，你还敢回来？赶紧逃吧。"

"逃？"宋学礼愣了一下，"我为什么要逃？"

"你大伯家一下子被灭门了，就你不见了，都说是你做的，现在族长也好，宋家老太太也罢，都派人盯着你家，说抓到你血债血偿。"宋东子说着就抓住他胳膊，急得要拉着他跑。

宋学礼脸色涨红，一把甩开他的手，叫道："不是我做的我为什么要逃？我要回去，你别拦着我。"说着就往家里走。宋东子拦了几次都没法拦住，只得忙跟着他一起回去。

宋文彬和媳妇没敢睡，仍坐在桌前发愣，门突然被推开，吓了他们一跳，抬头一看是宋学礼，更是大惊失色。

"东子啊，我不是让你拦住他，别让他回家吗？"宋文彬气急败坏地质问宋东子。

"爹，没东子什么事儿。我咋不能回来？我犯什么事儿？"宋学礼一屁股坐下，对李月华说："妈，我饿坏了，赶紧给我整点什么吃吃。"

李月华应了一声，赶紧起身到厨房去。

"东子，你到门口盯着点。"宋文彬吩咐宋东子把风。宋学礼已经回来了，他得把事儿问清楚。

"学礼，你告诉我，是不是你勾结了土匪？别说他们怀疑，就是我听了心里都有疑惑。"

"爹，真不是我，我是你儿子，你都不信？我哪里认识什么土匪啊？"

"我信，我怎么不信你？可是，我信有用吗？你怎么正好那个时间拉肚子啊？"

"我不正好去拉肚子，我能活着回来吗？"宋学礼烦躁地扯着自己的头发，"爹，我亲眼看着他们被打死，我吓傻了，浑身瘫软，都起不来了。"

"那你看到是什么人干的没？"

"没有，有点远，我眼神又不是特别好，就是觉得他们下手特别狠，让人反应不过来。"

"学礼啊，唉。"宋文彬不知说什么是好。

"不过，爹，"宋学礼犹豫了一下，"我后来想起来，前几天，镇长请我喝酒，问过宋家迎亲的事儿。我当时喝醉了，就告诉他老四迎亲的时间和路线。不过，我想一定和镇长无关，先不说这边临时改变路线他不知道，就说他这个人，也干不出来这种事。"

宋文彬细细地想了下，也觉得是这个道理，不过，他到底是告诉了镇长宋家迎亲路线，哪怕是旧的路线，也会被有心人拿来说事儿。他凑过去，低低地说："学礼，你听爹一句话，马上离开木扎，一刻都不要耽搁。族长抓到你，就算没有真凭实据，为了给宋家那几个女人一个交代，也饶不了你，把你宰了都有可能。赶紧走，等风声过了，事情真相大白后，你再回来。"

"不，我不走，"宋学礼回得干净利落，"我趴在林子里想了半天，不回来就更说不清了。我这要是再一走，就把罪名坐实了。如果真相一直不能大白呢？难不成我要躲一辈子？"

"那，那你先躲起来，藏在家里阁楼上别出来。我看看事态发展，我们再做打算，好不好？"宋文彬拗不过儿子，妥协了。

"不，我没做过这事，行得正，站得直，不躲不藏。天一亮，我就去找族长把事情说清了。他们没有真凭实据，能把我怎么样？再怎么说，民国也是个讲法制的社会。现在是日本人的天下，那也是有王法的。"他见宋文彬神色依旧慌乱，反而镇定下来，"爹，别担心了，我一会儿吃点东西，睡一觉，养足精神，明天再不好过，我也要把它过好了。"

宋文彬一夜未眠。临近天亮，他蹑手蹑脚地凑到儿子的卧室门前听动静，里面传来抑扬顿挫的呼噜声，想来宋学礼白天惊惊咋咋累坏了，睡得很沉。他怔怔地站在那里，发了好一会儿呆。李月华出来做早饭时，还以为丈夫是给儿子站岗呢，心里也紧了起来。

起床洗漱后，坐在桌上吃着早饭，宋学礼神态自若，宋文彬和老婆倒是一口都吃不下。该说的话昨夜里都说尽了，知道儿子这是铁了心要去族长那里力证清白。儿子能否逃过这一劫，他们也只能听天由命了。

4

宋柏生刚起床，就有人来报，说宋学礼昨夜里偷偷回来了。宋柏生顾不得洗漱，正要叫人把他抓过来，报信的又说，宋文彬一家三口已经到了他家门口。

宋柏生倒是愣了一下，难道真不是他做的？

"让他们先进屋吧，待我洗漱好了就出来。"他想了想，多半真不是宋学礼犯的事儿，如果是他干的，跑还来不及呢，哪里还有送上门的道理？如果他能自证清白，这宋家的家业以后就是他们一家的。这是最好的。他捏了捏眉心，今天的事儿真多，宋文忠父子出殡，调查凶手，还要安抚宋家那几个寡妇，关键还要提防她们打宋家财产的主意。他甩了甩胳膊，草草地用水扑了扑脸。宋柏生走到厅堂，一眼便看见宋学礼端端正正地坐在那儿，神色如常，倒是宋文彬夫妇一副忧心忡忡的样子。

见宋柏生进来，他们都站了起来。宋柏生抬手下压，示意他们坐下说话。他坐下来喝了口清水润了润嗓子，便直接对宋学礼说："昨天的事情你也知道了，你还有什么要说的？"

"族长，那惨祸真不是我干的，那是畜生做的事。我虽不敢白翊饱读诗书，但也略懂圣贤道理。昨日出发较早，我娘来不及准备早饭，我便随意吃了家里俩馍，还有一些剩菜，吃了才觉得有点馊味儿，当时仗着年轻，想没事儿。谁知在迎亲回来的路上就开始闹肚子，到事发时拉了有七八回。每个地儿我都记得。他们杀人的时候，我正好在不远的山坡林子里方便，吓坏了，愣是在那里趴了几个时辰动不了。那时我就知道你们一定会怀疑我，但这事儿真不是我做的。说什么我也不能背这个罪名。我敢回来，一来是因为我坦坦荡荡，二来是因为我知道这么多年来，宋氏一族纠纷问题不断，但族长您都能秉公处理，不偏不倚。我是清白的，还请族长明察。"宋学礼很细致地将昨天经过诉说了一番，基本和留根说的差不多。

宋文彬察言观色，见族长神色缓和，赶紧补充道："是啊，族长，您想想，如果真是他做了这丧尽天良的缺德事儿，他还敢回来吗？那不是送死吗？"

宋柏生沉思了一会儿，也觉得宋学礼不像做这事儿的人，他看着他长大，知道他也不是个心狠手辣的人，更没有做了这事还敢回来的胆儿。他点了点头："这事儿别说是木扎镇，就是放在全国也罕见，不但是宋家不会放过凶手，我们宋氏家族也绝不会放过，无论追到天涯海角，一定会要个说法。现在一点线索都没有，活着回来的人就只有你和留根，所以就你俩嫌疑最大。别怪我无情，我总得把这事儿搞清楚。你说，如果不是你，会不会是留根呢？"

"不像是他。我趴在高处看得清楚，那些人对准每个人都开了枪，没有任何和留根对上的迹象。留根保住了命，实在是运气好。"宋学礼说得很直白。

"对了，学礼，你不是说前几天你和林镇长喝酒时，他问了你老四迎亲的时间和路线了吗？"宋文彬提醒儿子。他虽然觉得这事儿对儿子不利，但看族长对儿子的信任多于怀疑，便把这事儿说了出来，万一真是林双江干的，自己也立了一个大功。

"什么？林镇长？"宋柏生吃了一惊，待问明白了，略略沉思了一下，便否定了，"不会的，林双江不是这样的人。再说了，迎亲路线不是临时改变了吗？他哪里知道新路线。"

宋文彬忙说："虽说林镇长平时清廉公正，维护乡里，但有可能是面子上做得好。老四媳妇的彩礼那么多，眼红是正常的。如果说路线的话，只要有心，从牛奔镇到木扎，大大小小也不过就那几条路，凭他的人手，想拦截迎亲队伍，还不是一句话？除了他，还有镇上的保安队，董少宾有几百号人，带上枪，分成几拨做这事，也完全有可能。您说，是不是这个理儿？"

宋柏生脸色开始变了，他若有所思地说："你这么一说，我倒觉得董少宾也挺可疑的。前天中午，文忠因为学仁赌博输了田产的事儿大动肝火，在祠堂里分家，明眼人都看出来，文忠那是做给董少宾看的。董少宾会不会因此报复他们？

劫了彩礼，被认出来后就杀人灭口？"

"有道理，真有这个理。想想啊，分家前，学仁和董少宾走得近啊。没准董少宾是从学仁那里知道迎亲路线，然后派人手在各路等着。还有啊，我记得留根说，他怀疑是忠义救国军干的。这个忠义救国军，打着消灭日本人救国救民的幌子，干着打家劫舍的勾当，要不然，他们的粮饷打哪里来，是不是？"宋文彬连拍大腿，越说越激动，"为什么要怀疑自家人呢？外姓人眼红宋家的，一抓一大把。学礼和留根能死里逃生，宋家没有被赶尽杀绝，我们应该高兴才是，怎么还能补他们一刀啊？"

宋柏生仔细观察宋文彬父子的神情，确无做作之态，宋文彬急着洗刷儿子，宋学礼坦坦荡荡，一副清者自清的样子。线索到这里断了没什么，如果能找到行凶的人，自然也能挖出报信的人。他用力拍了下桌子，站了起来，声音铿锵有力："不管是谁干的，忠义救国军也好，镇长也罢，或者是董少宾，他们都是我们宋氏族人的仇人，哪怕拼上全族的性命，也要让他们血债血偿，一个都不放过！"

宋文彬激动得连连搓手，他听出了族长对儿子的信任，没有比儿子的清白更重要的事情了。他连连附和着，声音响亮地说："对，让他们血债血偿。"

"就该血债血偿！"蓦地，宋钱氏阴森森的声音从厅堂拐角处传来，"我要是来迟一步，敢情族长您就准备一言堂，放了这个杀人凶手了？"

宋钱氏身体瘦削，头戴白花，一身白衣，走路脚跟先着地，轻捷迅疾，像是飘着靠近宋学礼，她双眼圆睁，恨不得从里面射出刀子扎到他身上。她咬着牙，恨恨地说："纵然你再巧舌如簧，也过不了我这一关！"

"不是，不是，嫂子，"宋文彬立即拦到儿子前面，"嫂子，您刚刚没听完我们说的话。族长和我们都认为，是外姓人干的可能性最大，他们眼红大哥才下的手。"

宋钱氏冷笑几声："眼红你大哥？放眼木扎，最眼红你大哥的是谁？"声音扬起，她逼近宋文彬，"小叔子啊，我看是你在眼红你大哥吧。"

"不是不是，嫂子，您这话就难听了，我们是一家人，怎么可能做这种天打雷劈的事情？学礼敢回来，不就证明了他没干这事吗？要不然，这不是把自己的脑袋搁在铡刀下面吗？"

"他不回来他能去哪儿？他要是能去哪儿也不至于休学后一直在家无所事事了。有句话叫什么？最危险的地方也是最安全的地方。我看他打的就是这个主意吧。"

"你，你……"宋文彬想辩解，却发现在宋钱氏面前，自己口拙得厉害。

"宋家媳妇，文彬说的也有道理。这事情必须要细查，切不可凭自己的猜测。如果硬说是学礼做的，谁亲眼看见他给凶手送信？"宋柏生打圆场，"宋家媳妇，大家都知道你难受，我们也一样，但你这样一口咬定是学礼，也不大妥当。无论如何咱先冷静下来，把事情好好琢磨琢磨，可不能放过了真正的凶手啊。"

"我呸！"宋钱氏发怒了，颤抖的手指着低头不语的宋学礼，"明明这个混蛋就是内鬼，你们还在这儿东拉西扯。留根作证，一次劫财一次夺命，两次都在他拉肚子的时候，也太巧了。我告诉你们，谁都别想护着他。我丈夫儿子虽然没了，我宋钱氏也是有娘家的，你们要是糊弄我，就别怪我找娘家人来给我做主。"

这话说得够狠，是要撕破脸皮了。宋柏生和宋文彬面面相觑，一时不知道说什么好了。

宋钱氏的娘家来头不小，钱氏一族在县里比起宋氏不仅不逊色，而且因为宋钱氏的妹妹是县长夫人，更是家大势大。日本人来了，县长还是县长，只不过背后多了日本人撑腰，虽被人背地里戳脊梁筋，但人人都知道，更惹不起了。惹了钱氏，引来了钱家的人，怕这事情处理起来更麻烦了。县长大人要横起来，强行决定将宋家财产交由几个女人掌管，也不是没有可能，到时候祠堂就被动了。

面对宋钱氏的咄咄逼人，宋柏生妥协了："要不这样吧，先把学礼扣起来，我们再细细追查，一定会给宋家一个交代。"他看了看宋文彬，宋文彬惴惴不安地看着儿子。

"爹，就听族长的。"宋学礼走到宋钱氏面前，诚恳地说，"我行得正站得直，如果扣下我能让伯母心里踏实，我愿意配合。我相信族长一定会抓到真正的凶手，给大伯和堂兄弟们报仇，还我清白。"

宋钱氏冷冷地将目光移到门外，看太阳红彤彤地跃上木扎的天空，看白幡在老槐树底下肆意地摆动身子，眼眶越来越热，泪水又落了下来。

5

县长的连襟遭遇横祸，县长自然要为宋家主持公道。他亲自来到木扎，带来了办案经验丰富的警察，汇合了镇上警察所的人员，冒着烈阳，在案发两个地点和木扎来回调查了两天，但作案者经验丰富，他们找不到任何蛛丝马迹，也不敢下定论是救国军、土匪或者共产党的游击队干的，只能宽慰受害者家属，他们一定会全力以赴调查。县长看看尸体已经出了尸斑，就劝大姨子说，天气太热，尸体不能放长，赶紧让姐夫和外甥们入土吧。宋钱氏将头低下，扯下嘴角，心下冷哼，指望你们，丈夫和儿子只能永不瞑目了。

第二天一大早，棺木出村的时候，天上连朵云彩都没有。宋家五个女人一身白衣，哭哭啼啼地走在队伍的最前面。"要想俏，一身孝"，围观者掬一把同情泪之后，看着三个年轻寡妇的目光就多了些颜色来。年纪轻轻便没了丈夫的女人，往往就让人有了很多想象。再加上她们是宋家的媳妇，平日里姿态甚高，少与外人接触，如今放大了搁在他人的眼皮子底下，怎不令人好好观看一番呢。

这三人各有特色。最好看的，是老二媳妇汪冰，瓜子脸，肤白骨细，婀娜多姿，尤其是那双丹凤眼，噙满了泪水，欲滴未滴，楚楚可怜；老三媳妇李美兰温婉可人，一副小家碧玉的情态，那清瘦的身板，布满泪痕的苍白的脸，惶恐不安的眼神，我见犹怜；最让人慨叹的，是老大媳妇金咏梅，大得吓人的肚子，突显其命运的多舛，然而，她坚定地搀扶着婆婆，步伐艰难却稳稳向前，没有人怀疑这场劫难对于她的打击，也不会怀疑她面对这场劫难的勇气。

棺木入土的时候，黑压压的云突然从天边翻滚而来，刚填好上，雨点就噼里啪啦地砸下。送葬的人群开始慌乱，各自四下躲雨，只有宋家五个女人和花婶兀自在大雨中静默。宋钱氏在雨幕中使劲儿地睁着眼睛，厉声朝着三个儿媳和女儿喊道："看到了没？只有我们了，大雨来了，所有人都跑了，我们只能靠自己！"那些避雨的人们尴尬地走回她们身旁，可是，雨水已经浇得她们透心凉。

相互搀扶着回到家里，花婶赶紧张罗着熬上了姜汤。宋钱氏看着几个媳妇，叹声道："赶紧回屋换了衣裳，一起到厅堂里，喝了姜汤再议议后面怎么办。"

"那我就不用过来了吧？想来你们说的也是家里财产的事儿，反正和我也没什么关系。"宋江雪见嫂子们离开后，一边解开孝服上的衣带一边问母亲。

"唉，你看着办吧。"宋钱氏看了眼女儿，心里未免又是一阵难受。女儿从小爱学习，有主见，两年前在县城里上完了中学，还想和老四一起去北平上学，被自己拦下。女孩子嘛，总归是要嫁人的。学那么多东西有什么用？眼看女儿真到了要出阁的年纪，本来凭宋家的实力，给她找个大户人家轻而易举，如今她父兄皆亡，家里的财产能否保住还难说，想要嫁个像样的人家，怕是不容易了。

宋江雪看了眼母亲，说："妈，您这是担心我？"

宋钱氏想笑一下安慰下女儿，表情却多少有点扭曲："雪儿啊，你放心吧，妈也就你一个嫡亲的人了，妈一定会为你争取足够的嫁妆，绝不亏了你。"

宋江雪抿了下唇，轻声道："妈，你想得太多了。我要找的，是适合我的人。如果他看中的是我的嫁妆，我是不会嫁的。我宁愿陪着你，爹和哥哥们都不在了，嫂子们怕是各有各的想法，也只有我一心一意想好好陪你了。"

宋钱氏点点头："是啊，怕是都想离开宋家，宋家这当口已经是是非之地了。"

宋钱氏有心理准备，所以，当汪冰挑着眉毛，用她软乎的声音抑扬顿挫地嚷着分家时，她只是定定地看着大儿媳和老三媳妇。

汪冰犹自闹腾着："妈，不是我心狠，丈夫尸骨未寒就闹着分家，而是夜长梦多呀。上回你说过，怕是宋文彬一家对我们要下手了。妈，你也别不看我，我知道您在心里骂我呢。骂我我也得说呀，我不像有些人，肚肠子长着呢，拐了不知道多少弯。我就做个出头鸟，说出所有人想法而已。"

"所有人想法？"宋钱氏哼了一声，看向李美兰。李美兰仍是神情恍惚，还没有回过神来。她的心一软，三个儿子中，老三这对小夫妻新婚宴尔感情正浓，老三走了，对李美兰无异于晴天霹雳。

"美兰，你的想法呢？"

"啊，我，我不知道，我……"李美兰呜呜地哭了起来，"妈，你说怎么办呢？"

宋钱氏觉得这一辈子的眼泪都在这两天流干了，她不知如何回答老三媳妇，这其实也是自己想要问的。可是，她去问谁呢？儿媳妇们还能问问婆婆，而她的主心骨已经躺在了黄土地里。平常里里外外都是当家的在操持，媳妇们慑于公公的强势，也都收敛着。她乐得清闲，没事就吃斋念佛，现在当家的去了，把她推在风口浪尖上，为了宋家，她不得不强打精神应付着这一切。

"咏梅，你说呢？"她望向怀有身孕的大儿媳。金咏梅坐在椅子上，斜着身子靠在奶娘贾雪荣的身上，正闭着眼睛不知想些什么。贾雪荣轻轻地拍了她的后背，低声提醒："大小姐，老太太问你话呢。"

金咏梅愣了一下，正住身子，说："不管如何，我听婆婆的。"

"既然如此，汪冰，"宋钱氏看向精神最足的老二媳妇，沉声道，"我不同意分家。男人们不在，女人还好好的，我们要守住这个家。"

"守住？怎么守？"汪冰声音尖利起来，"拿出女人的看家本领？一哭二闹三上吊？也行啊，美兰最擅长哭了，我擅长闹，大嫂擅长什么我不知道，不过上吊这事儿谁都会，你挺着个肚子上吊最能让人舍不得，效果最好。"

"你……"宋钱氏气得猛地站了起来，"汪冰，平日里你争强好胜，说话尖酸刻薄，我们让让你这日子就过去了。眼下宋家困难重重，你竟然还这样说话，到底是什么心眼儿？"见婆媳二人杠上了，金咏梅和李美兰赶紧强打精神劝了起来，场面一下子就混乱了。

"老太太，老太太，"留根小跑着进了厅堂，"族长带着宋文彬来了。"

厅堂内立即静了下来，几人互相看了一眼，隐约觉得不妙。宋钱氏最先镇定下来，她点点头坐下，又看了看儿媳妇们，说："说曹操曹操到，他们的目的很明显，记住了，绝对不能让宋家落到宋文彬手上。"

三个儿媳妇紧张起来，知道不管是为了宋家，还是为了自己，家人必须抱团一致对外，这场仗只能赢不能输。

6

宋柏生和宋文彬还有几个本家德高望重的族人走进厅堂，见宋家几个女人端坐那里似等候多时，不由愣了一下，他们来的时候并没有通报啊。

"你们都在这儿，也好，我们正好把一些事儿说说清楚。"宋柏生说。

"说罢，迟早要说的。"宋钱氏也不和他们绕弯子，接话道。

宋柏生和宋文彬都没料到宋钱氏如此回答，反而不知道如何张嘴。宋文彬看了看这个嫂子，他知道宋钱氏厉害，他素来有点怕她。宋文忠娶她的时候还没有分家，她进了门后，哥哥对她言听计从。分家就是她的主意。分家之后，兄弟二人接触不多，怕也是嫂子的主意。

"既然宋家媳妇开口如此爽快，我们就不绕弯子了。"宋柏生坐了下来，喝了口花婶端上来的茶，说，"今天文忠和孩子们都入土为安了，他们留下来的东西也该好好打算一下了。"

"替谁打算？"宋钱氏接话快而狠。

"当然是替宋家打算，"宋柏生知道遇上了对手，不由放下茶盏，表情凝重地说，"宋家如今一个男人都没有，这宋家基业无论如何不能落到外姓人手里。我这么说，可能让你们心寒，但这是族里规矩，容不得马虎。"

"你就直接说出你的打算。"宋钱氏面无表情地看着族长。

"家业是文忠拼下来的，自是不能给旁支。文忠这支只有个亲弟弟文彬，这家业自是由他来接管。"

"你也道这家业是文忠拼下来的，他走了，家业不给他手无缚鸡之力的媳妇儿媳妇，反而给身强力壮的弟弟，"宋钱氏走到宋文彬面前，居高临下地看着他，"再说了，当年我公公分家业时，两兄弟是一模一样的。文忠持家有方，壮大家业，而我的小叔子却败光了家业。现在，族长你要把文忠毕生心血交给一个败家子，是存的什么心？你想他用多长时间把这份意外的横财给挥霍了？"

这话说得一针见血，三个儿媳妇听得热血沸腾，心下才明白，平时婆婆真的是收敛含蓄，吃斋念佛的。再见宋柏生和宋文彬等人，各个脸色都青白交加。

宋钱氏手指宋文彬接着说："况且，我宋家灭门最大的嫌疑人，就是你的儿子，你这般急不可耐地上门想索我家业？你好歹也压压欲念，过段时间再做打算，还真怕路人不知你司马昭之心啊！"

宋文彬冷汗都冒了出来，求救般地看向宋柏生："这是族里的决定。"

"不管怎么说，这是宋家基业，按族里规矩，只能留给姓宋的。"宋柏生口气也有点硬了。

"谁说我们没有姓宋的？且不说我已冠我夫姓，我女儿雪儿不姓宋吗？"

"她迟早要嫁人的。"宋柏生一口否定。

"那我可以招个倒插门的丈夫，让孩子姓宋。"宋江雪听得厅堂的动静，赶了过来，正听到说到她的话，便回话。

"不行，族里没这个规矩，那男人身上流的就不是宋家的血！宋家媳妇，你们钱家也是这个规矩吧，就是你婆家人来了，怕是听了这话也无言以对。"宋柏生板着脸道。

宋钱氏见宋柏生一上来就堵死她借助娘家势力的后路，不由悲愤交加，她哑着嗓子吼道："今儿是我丈夫儿子入土第一天，你们就上门逼迫他们的妻子母亲，这也欺人太甚了。"

宋柏生看着眼前五个女人，缓了口气，说："也罢，头七过了我们再谈这个问题。咱打开天窗说亮话吧，今天过来，就是让你们心里有个准备，我警告你们，宋家男人虽然不在了，族人的眼睛可都是雪亮的。你们谁也别想打宋家家业的主意，我自会派人盯着。"

宋钱氏暗自松了口气，只要有时间就能好好筹谋。她看了眼表情尴尬的宋文彬，说："族长，虽说文忠他们已经入土，但都还在下面睁着眼，那个勾结匪人的凶手，招了还是没招？"

宋文彬急道："事情还没有弄明白，你怎么就咬定我家学礼是勾结匪人的凶手？你说话得有证据。"

宋柏生伸手制止了他，说："这两天不是在忙出殡的事吗？你放心，这事儿族里决不放过，一定会倾全族之力，挖出凶手，给宋家一个公道，不放过一个凶手。留根，"宋柏生冲着站在门口的留根说，"你再把山事那天学礼的表现说说。"

留根忙又细细地说了一遍。

宋柏生皱起眉头，看了眼宋文彬，缓缓地点点头，说："学礼确实可疑，如果有他一份，我宋柏生决不袒护。"

"既然族长也觉得可疑，为何不严审他呢？靠我们自己猜来猜去，何时能有真相？"

"那你的意思?"

"设公堂,严加审问。"宋钱氏斩钉截铁地说。

宋文彬眼皮子一跳,赶紧制止:"怎么可以自设公堂呢?"

"这是族里的规矩。"宋钱氏冷冷地看了宋文彬一眼,宋文彬立即无话可说了。

7

祠堂里,宋学礼跪在屋子中央,竭力为自己辩护:"族长,伯母,不是我干的,要不然,我早就逃了。"

宋文彬也不断为儿子说话:"是啊,是啊,灭门不是小罪,真要做了,谁还敢回来啊?"

"有贼会说自己是贼吗?凶手杀了人会昭告天下他杀人了吗?演戏谁不会?少在这儿给我装!"宋钱氏咬牙切齿,眼冒冷光,恨不得扒了宋学礼的皮。

"不是,族长,像林镇长和董少宾都有可能……"宋文彬赶紧说,宋学礼也连连点头。

"你们也真能嫁祸别人,留根,"宋钱氏说,"把你这两日查到的告诉他们,让他们死了嫁祸别人的心。"

"是,老太太。"留根说,"族长,昨个儿你提到这两人,老太太就派我打探了。事发那一整天,镇里那些会枪的和董少宾的保安队都没有外出。所以,说是林镇长和董少宾干的,不可能。"

宋柏生看宋学礼的眼神也愈发凌厉:"宋学礼,你还有什么话要说!"

"不,即便不是他们所为,也是旁人做的。我宋学礼顶天立地,没做过的事儿我不能认!"宋学礼叫了起来。

"哼,我看你嘴巴太硬了,"宋钱氏转身看宋柏生,"族长,族里有让人张嘴的规矩吗?"这是要给宋学礼用刑的暗示,谁都听出来了。

宋文彬看宋柏生沉吟着不作声,知道他是默认用刑,不由浑身一颤。

立即上来两个身强体壮的族人,宋柏生看着宋学礼道:"学礼,我劝你自己招了吧,族里的刑罚你没见识过,这一道一道来,最后由不得你不说。"

"民国法律规定，不许私设刑堂，"宋学礼叫了起来，"私设刑堂是要负责任的。"

宋文彬紧紧抱住儿子，伤心道："儿子啊，你当初就该听我的，不要信什么人还你清白。眼下，你就忍忍吧，既不是你做的，迟早会水落石出。"他知道，儿子越是用所谓的法律对抗宗族，下场越是惨淡。

宋学礼还想说什么，早有人上来缚住他的胳膊，一人拿出一块一尺长半尺宽的粗木板，道一声"得罪"，便猛地扇向他的嘴巴。"啪"的一声，宋学礼的脸被扇到一边，嘴巴立即红肿起来。

"说不说？"宋柏生怒问。

"不是我做的。"宋学礼忍痛坚持道。

又是"啪"的一声，宋学礼整个身子都斜到一边，看得金咏梅她们浑身打战。

但宋学礼就是不承认。

"换面儿。"宋柏生大喝一声。宋文彬听了，腿一软便瘫坐在地上。

木板的另一面，布满了铁钉。

就一下，宋学礼嘴唇周围的肉全部被翻起，鲜红的血液瞬间淋落一身，他浑身一抖，人便昏了过去。

宋文彬赶紧扑过去抱住儿子。

宋钱氏扫了一眼，冷冷地道："你还有儿子可以抱，我只能到阴曹地府才能见他们一眼，只怕去了那里，他们恨我不能为他们血刃仇人，早早喝了孟婆汤，于我是前世人了。再抱抱吧，抱一次，少一次。"说罢，转身带着儿媳妇们离开祠堂。宋文彬颤颤地伸手，想摸摸儿子血肉模糊的脸，又无处下手，心里刀绞过一样，他猛地抬头，盯着宋家女人们的后背，眼睛露出狼一样凶狠的光来。

寡妇们的心机

1

从祠堂出来,金咏梅感到有点吃不消。已过五十的贾雪荣这几日身子也弱得很,几乎是拖着步子。她扶着金咏梅,几乎承担了她一半的重量,脚步也有点踉跄。她见金咏梅紧蹙眉头,喘着粗气宽慰说:"大小姐,你身子要紧,这场面以后和老太太告个饶,还是不见的好,惊动了孩子就不好了。"

宋钱氏听了,回头看看金咏梅孱弱的样子,叹了口气,说:"我真是糊涂了,这个时候还拉上你。后面有事儿,你就别跟出来了,你肚子里可是宋家的指望,养好身子比什么都重要。"

金咏梅低头应了一声,眼眶里又蓄满了泪花。

宋钱氏替她将额前汗湿的碎发别到耳际,轻声说道:"别难过了,孩子啊,再难的坎儿都会过去。有我在,别怕。"抬头看了看乌云密布的天空,声音又绷紧起来:"早晚那混账东西会交代的。"

"可是,"李美兰想到宋学礼受刑时怒目圆睁的模样,犹豫地说,"妈,我总觉着通风报信的不像他,也许,也许他真是冤枉了。"

"你说什么?"宋钱氏吃惊地看着低着脑袋的老三媳妇,"他受了点刑,不承认就能自证清白了？美兰，我知道你心地善良，又是打小给人看病的，见不得有人受伤。但是，宋学礼一点都不冤。他若是这点刑都受不住，他也做不出来伤天害理的事儿。换句话说，他越是能受得住，他就越有问题！"

李美兰咬住嘴唇不敢说话了，心里还是有点不同意婆婆的想法，按照婆婆的意思，不管他是受不住承认了还是受得住不承认，都是他宋学礼干的。看来，婆婆是咬定他了。

宋钱氏挨个看了三个媳妇和女儿，一字一句地说："你们给我听着，宋文彬一向对宋家虎视眈眈，如今宋家遭了灭门之灾，他不顾兄弟情分，迫不及待上门要接管宋家，蛇蝎之心昭然若揭。现在，我们抓住他儿子，强迫族长给他用了刑，我们和宋文彬已经撕破了脸皮。接下来，不是你死就是我亡。"她遥指着院门口的那棵老槐树，声音铿锵有力，"咱们的男人虽然去了，但他们种下的老槐树还在那里陪着，他们的魂魄还在那里，看着我们朝朝暮暮，陪着我们风风雨雨。所以咱们不怕，就是踩着刀锋过日子，也要把这日子过得风风火火。"

因为过于激动，宋钱氏忍不住咳嗽出声。花婶连忙上去帮她抚背顺气。金咏梅和李美兰对视了一眼，上前各自握住婆婆的一只手，虽不说话，却是安慰。

汪冰冷冷淡淡地看着眼前几人，哼了一声，扭头跨进院子，几步就跑进厅堂坐着，一脸愤懑之色。

宋钱氏知道她又要闹腾了，皱了下眉，倒也没有避开。这是没法避让的问题，家业也好，年轻寡妇们的未来也好，总要搁到台面上理顺了。

"你们看看，你们看看，被盯上了吧，动不了了吧。要是按我说的早点分家，每个人也能弄些财产傍身，也让我们有点心理安慰不是？现在好了，啥都没了。"

"老二媳妇，你说得轻巧，这几日咱什么时候闲过？再说了，当天晚上，族长就派人守在院门外，你以为你能拿走宋家什么？我告诉你，分毫都拿不走！"宋钱氏看着二儿媳，心里着实厌恶。

"是啊，弟妹，眼下咱的问题一是给公公和丈夫找到凶手，二是如何防着不让宋文彬霸占了宋家财产，至于分家什么的，暂缓吧。"金咏梅说。

汪冰斜了一眼金咏梅，没有搭理她，但那表情，分明是听不上她的话。金咏梅也想起事发前公公已做主分家的事,一时窘住了,低头再不出声。

"弟妹,你说呢?"汪冰看着李美兰。

"说实话,我爹我娘今儿一大早让人捎了话,让我先回娘家。"李美兰搅着手指,轻轻地说,都不敢抬头看婆婆。她来自小康之家,家庭和睦,父母也极疼爱这个女儿。女婿意外去世,宋家竟然没有派人通知参加葬礼,便知家事复杂,想着自己女儿性格柔弱,便托人捎话,让她先回家再做打算。

"对的嘛,自己的孩子自己心疼,再怎么着,宋家是婆家,不是娘家,哪有自己的亲娘疼得紧?我娘家也是这个意思,让我尽量回去。反正我在宋家是过不下去了。"说罢,也不看婆婆,施施然起身,一副我马上就回娘家,你奈我何的样子。

宋钱氏紧抿双唇,看着汪冰甩着胳膊跨出了院门,对李美兰柔声道:"美兰,要不你就先回娘家待几天,缓缓身子,别想得太多。"

李美兰低头"哎"了一声。

宋钱氏又看了看在一边沉默的金咏梅,问:"咏梅,你呢?"

金咏梅沉吟了一下,语气肯定地说:"妈,我不回娘家,一来我这身子骨越来越沉了,不想折腾;二来弟妹们都回去了,您一人太苦了,我在这儿陪陪您。"

宋钱氏眼眶子红了,握住金咏梅有些水肿的手,用力地拍了拍,又点点头,哽咽得说不出话来。

2

院门外,宋东子正倚在老槐树下,日头越来越烈,热浪试图冲开树荫将他拍晕,他喘着粗气,坐立不安。自从宋家男人出事,他便蹲守这儿。三天了,白天受着日晒,晚上还得去祠堂照应宋学礼,很是困乏。他强打精神,两眼无神地盯着宋家高大的朱门。突然门"咯吱"一声打开了,他忙站起身来,见是汪冰从里面走了出来。他弯了下腰,道:"哎哟,二少奶奶,您这是往哪儿去啊?"

汪冰挑了下眉,明白他就是宋文彬安排的盯梢,心里很是窝火,却知道不能表现出来,遂将手中的锦帕轻轻一挥,在眼下沾了沾,哀声道:"唉,你也是知道的,出了这么大的事儿,这个大院子是没法待了,我还是先回趟娘家缓缓。"

宋东子吸了下锦帕留在空中的香气，见她虽脸色苍白眼睛红肿，但眉眼依然动人，可想起宋文彬的叮嘱，心神一凛，不为所动地将汪冰从头到脚打量着。

汪冰知道他这是防着她带走宋家钱物，恼了，但话说出来，却又是另外的味道："哎哟，瞧你这眼神，把人家都上下剐了好几遍了，疼。"软软的语气让人怜惜。

宋东子心里一颤，浑身上下酥酥痒痒，一时愣在那里，不知道说什么好了。

"怎么样啊，剐出了点什么呀？"汪冰掩住口鼻，嗤嗤一笑，"瞧瞧，这大热天的，衣裳单薄，能藏住什么呀？"

宋东子便盯住她一身象牙白的上裳，浑圆的胸部，细软的柳腰，不觉喉咙一紧，嗫嚅着道："再单薄的衣服，都能藏东西，不行，我要搜搜。"

话语里已是猥亵之意。汪冰却不恼了，她轻挪着步子，绕着宋东子转了两圈，一脸嘲讽，说出来的话就更难听了："你？就你，你试试看，你哪只手敢碰我下衣角，我就能把你哪条胳膊剁下来喂狗！"

宋东子震在那里不知如何作答，再看汪冰，却又一脸笑容，柳腰一摆手一抬，手帕不经意地滑过他的脸，一阵香气直冲脑门，他便觉得一阵眩晕，再看她婀娜的背影，傻呵呵地笑了起来。

又听得门口有了动静，回身一看，是李美兰。

老三媳妇也准备回娘家？宋东子摸了摸被汪冰迷晕了的脑袋，有点不解。

李美兰看到宋东子杵在那儿看她，不由瑟缩了一下。她从来就胆小怕事，看宋东子那样子，想必就是婆婆说的，他这是守在门口防止她们带走宋家东西。

李美兰抖抖霍霍地上前，想绕开宋东子，宋东子偏偏不让，她往左他也往左，她往右他也往右，就是不让她离开。

"我要回一趟娘家。"李美兰看着地面，低声道，"我什么都没拿。"

宋东子嘿嘿地笑了："你说没拿就没拿？我不信，让我搜搜。"越说越兴奋，本来还抱怨这大热天不让人待屋里，现在瞧来，真是美差。

李美兰吓坏了，眼泪都掉了下来。

"瞅瞅，瞅瞅，这是做贼心虚呐，难不成真拿了什么？"宋东子阴阳怪气地说，"这么单薄的衣服，都藏哪儿呢？"眼睛盯上了李美兰高耸的胸口，手也开始往前探出去。

"住手！"一声大喝，吓得宋东子一哆嗦，抬头一看，竟然是宋钱氏站在门口。

"宋东子，你竟然敢对我宋家媳妇动手动脚，你是不是活得不耐烦了？留根，"宋钱氏回头冲院里喊道，"带上人，给我把宋东子押到祠堂。"

留根远远地应了一声，带着四个身形剽悍的家丁从院里走了出来，直扑宋东子而来。

宋东子吓得腿一软，扑通一声跪在地上："老太太，老太太，饶了我吧，我只是嘴上说说，我再也不敢了。"

"你是嘴上说说，我可是动真格的。"宋钱氏走到宋东子面前，一脚将他踹翻，"女人家是不经吓的。"

宋东子赶紧爬起来抱住宋钱氏的腿，一个劲儿地告饶，他心里清楚，调戏族里已婚妇女罪责不小，更何况还是刚刚死去丈夫才两天的寡妇。要是被送进祠堂，他可能连小命都保不住。"老太太，老太太，"他猛抽自己耳光，"你饶了我，我做牛做马报答你。"

宋钱氏不吱声，只是盯着他那只摸上李美兰胸部的右手看，他恍然大悟，扭头看见左手边一个小石礅，拿起来便狠狠地朝右手砸过去，丝毫没有犹豫，比起一条命，一只右手算什么？

手骨断裂发出咯吱声，钻进耳朵里，瘆人。李美兰捂住眼睛不敢瞧，宋钱氏却看得仔细。宋东子疼得已经发不出声了，冷汗一滴滴地顺着脸颊流到地上。宋钱氏蹲下来看着他，眼睛里有一把刀子："别以为宋家只剩女人，就由得你们欺负。你就是狗仗人势，还得看看仗的那是不是人。你也别怨我，手是你自己废的，你下手这么果断，想的只怕是到了祠堂活不了，你也不敢指望宋文彬能为你说上话。宋东子，我们宋家曾救济过你爹妈，当年还想让你进入宋家，也算是看着你长大，知道你骨子里不是个恶人。今天的事儿就到此为止，这院门你继续守着，但说话做事儿你要心中有数。你放心，这宋家是我的家，没有任何东西会流出去，更不会有任何人能将它拿走。宋家媳妇拿不走，你主子也拿不走！"

宋东子一边吸着冷气一边点头。

李美兰却不知何时回到屋里拿了药箱，她犹豫着靠近宋东子，轻声说："我给你包扎一下吧。"

宋东子看了眼毫无知觉的右手，耷拉着眼皮没有吱声。李美兰蹲下来，轻柔地将他右手放在手心捏了几下，抬眼对宋钱氏说："妈，他这手真是废了。"

宋钱氏转身离开，仿佛没有听见。

李美兰细心地用夹板固定好宋东子的右手，将药箱交给留根，然后低着头，离开了宋家。

3

汪冰的父母有点气闷。当初卖了家酒楼给女儿做嫁妆长脸，谁料不过两年，女婿就没了。听女儿说，宋家族长已经派人盯住宋家，再也不可能从宋家拿回分毫，即便是自己的嫁妆，如今也属于宋家的财产了。

他们小心翼翼地看着女儿，想听听她有什么打算。

"爹，妈，这是你们女儿的命，我也不想怨天尤人了。你们看，要不要帮我留点心，再找个合适的人？我总不至于赖在宋家做一辈子寡妇，或者留在汪家啃你们吧。"汪冰看着爹娘，一本正经地说。

她爹倒愣住了："闺女呀，这，这女婿走了才两天工夫，你就提再嫁，不妥吧？"

"有什么不妥的？"她娘不紧不慢地说，"女人的好年华不过几年，难不成要我女儿为他守个三年孝？一个酒楼都已经赔进去了，再赔上青春，呆子呀？"她把汪冰搂在怀里，用手梳理着女儿的头发，说，"闺女，妈支持你，我一会儿就找几个媒婆唠唠去。你放心，不委屈你，找到合适的，就是再卖个酒楼也会把你风风光光地嫁出去。"

汪冰点点头，将脑袋抵住她娘的颈窝，眼神却渐渐地有点茫然，心里不及嘴皮子利落，空落落的。

而李美兰在父母的劝慰下，除了掉泪，再也无话可说。父母知道女儿女婿感情要好，但也知道宋家面临的窘境，眼下女婿没了，女儿又懦弱胆小，回了宋家，必定会受到更多的委屈，所以力劝她留在家里，可李美兰却只是摇头。

"美兰啊，你听父母一句劝吧，宋家只剩下了寡妇，族长态度又那么强硬，日子肯定不好过。你若是回去，受人欺负是小事，怕是被人连骨头渣子都啃得不剩一丁点呀。"她娘陪着她掉泪，想说服女儿留在家里，"你在娘家，弟弟还小，没有人会给你受委屈，你做你喜欢的事儿，上山采药也好，做做女红也好，帮忙照料药铺也好，行吗？"

李美兰还是不应答。

她爹沉不住气了："闺女啊，算你爹妈求你还不成？我们就一儿一女，不想你们大富大贵，只想你们平平安安。你要是回了宋家，我和你妈一大把年纪，还要茶饭不思日夜挂念你，你忍心吗？"

李美兰心里更难受了，爹妈对自己的好毋庸置疑，确实不能再给他们添堵了。

"那，那干爹什么意思？"她抽噎着问。

"你干爹一听到消息就来过咱家了，他也主张把你接回来。他还说，宋家以后就是是非之地了，你受不住的。"

李美兰叹了口气，点了点头，算是应允了父母。

4

宋家的院子冷清了许多，入了夜，白色的宫灯，晕黄的灯火，使得院子阴阴森森地寒意袭人。宋钱氏坐在厅堂里，望着院里的老槐树发呆，三个儿媳，只剩下大腹便便的金咏梅还坚守在这儿，估计念的也是这点血脉。日子长了后，她还会不改初衷吗？到时宋家怕是真的要完了。

"你这个死鬼，害人不浅啊，走了走了，还带走我四个儿子。你们爷儿几个倒好了，到阴曹地府都不忘结着伴，把我孤零零地留在这人世里，还要为宋家殚精竭虑，我怕我撑不住啊。"她低声诉说，好像往常一样，丈夫还坐在她左手边，笑嘻嘻地倾听着，她说得对，他便应承，她不讲理了，他便笑而不语，"儿媳妇就剩老大的了，我怕她生了孩子，也不想留下来，你这一脉怕是绝后了。你说这这么多年来，你我不曾作奸犯科，就连对下人都是和颜悦色，怎么会有这样的灾祸？"

"妈，妈，"金咏梅托着后腰慢慢地走到宋钱氏身边，脸色虽是苍白，神情却镇定了许多，"别难过了，妈，弟妹们年纪小，事发突然，暂时离开也不是不能理解，过两日，咱让人去把她们接回来，这院子就不会冷清了。"

宋钱氏挽着金咏梅坐下，苦笑一声，说："咏梅，妈知道，心里最苦的人是你呀，怀着孩子，偏偏还遇到这么大的事儿。妈最放不下的就是你，无论如何，妈都会和你在一起挺过来的。妈有时坐下来想想以后的日子，心里就发慌，难受得不行……"

"快别这么说了，妈，事已至此，伤心难过无济于事，我会打起精神，和您一起保住宋家，更何况还有美兰、江雪呢，即便汪冰口头上叫得厉害，也无非是怕自己人财两空。妈，你若是真想留住她们，其实也不是没有办法。"她望着婆婆，说，"族长和宋文彬不就欺负宋家没有男丁了吗？可我肚里的，没准就是个男孩。只要把他生下来，他就是宋家的男人，族长和宋文彬也就无话可说了。我想，您肯定也有这方面的打算。"

宋钱氏深深地吸口气，认认真真地看着金咏梅，点了点头，说："确实这样，宋柏生第一次逼迫上门，我就想到了，可是，"她的语气里有着一种试探："可是，这样以后，你就要成一辈子的寡妇了。我一个老太婆，五十多了，顶多十多年就下去找他们团聚。你的日子，难熬啊。"

"妈，你是知道我的，"金咏梅握住婆婆冰凉的双手，"我和学仁夫妻一场，他对我打心眼里好，他走了，到底还是留给我一个孩子，让我有个念想。再说了，我这性子断是不能改嫁受气，落人口舌。所以，这日子，我熬得住。"

宋钱氏眼眶发热，声音哽咽："我信你，咏梅啊，就冲着你这句话，我只要还有一口气就撑着，这个家还是个家。"

"嗯，"金咏梅用力地点点头，"一个完整的家。"

"可是，汪冰和美兰未必肯回来熬这个苦啊。"宋钱氏有点担忧。

"会答应的，妈，寡妇改嫁对于一个女人来说，并不是件容易的事儿。只要让她们明白，这宋家以后就是她们的，一荣俱荣，一辱俱辱，她们一定会放弃改嫁的念头，尽其所能守住这个家。"

"是啊，像样的男人怎会要一个寡妇？美兰，我想，和她好好说说应该没问题。有问题的，是汪冰呀。这个妮子，你想想这两天她那样子，唉……"一想到二儿媳，宋钱氏忍不住叹了口气。

金咏梅没有吱声，她知道婆婆其实已经有了打算。她瞥了眼站在厅堂门口的贾雪荣，两人对视一眼，又各自将眼神转了开去。

5

第二天，宋钱氏去了汪冰娘家，带回了汪冰。她虽不待见汪冰，但宋家要完整，就不能让她改嫁。宋家仅凭她和大媳妇守不住，她已经和小叔子彻底撕破了脸，和族长也恶声相向，往后的日子，她们两个妇道人家，谁都可以踩一脚。自己活着还好，可自己百年之后呢？要是儿媳妇们和她一条心到底，牺牲自己保全宋家，这就多了一份摄人心魄的悲壮，至少表面上，都得忌惮几分，而她们娘家也是有力的后盾，想欺负她们，也得考虑考虑她们的娘家。

只要最能闹腾的汪冰回了宋家，李美兰自然不在话下。

汪冰的父母自然不乐意女儿回去做一辈子寡妇，没给宋钱氏好脸色。宋钱氏心里戚戚，满腹心酸，但仍强装笑脸，许诺将宋家五家酒楼交给汪冰打理，并且，等宋家稳定下来后，可以在娘家寻一个女孩收养过来，以备将来养老送终。汪冰也明白，虽说自己貌美如花，但到底丈夫死得凄惨，乡里的话并不好听，有克夫之说，名声已经不妥。再说，改嫁的时间难以把握，不替丈夫守孝就急吼吼地嫁人，定有人说三道四，说她不守妇道，耐不住寂寞，谁敢娶？守孝后再寻人家，好年华逝去不说，难道就果真能寻得良人？思来想去，想着自己在婆家一直是个厉害的角儿，只会给别人添堵，哪有人能让她受委屈？想来思去，还是回到宋家好。于是，汪冰带着一副心不甘情不愿的样子回了宋家。李美兰看到两天未见又瘦一大圈的婆婆出现在药铺门口，眼泪就止不住往下流。婆婆虽年过五十，却因保养适宜，一直面色红润皮肤光滑神色安然，现在却皮肤暗沉，眉眼萧索，神情黯淡。她赶紧把婆婆搀扶进屋，倒了杯凉茶，自己也端了凳子，靠着她坐着。她知道婆婆来的目的，她想，她一定要回宋家，就当是替丈夫孝顺娘了吧。

李美兰的父母没有拦她，他们也明白其中的弯弯仄仄，既然宋钱氏已经替女儿打算好了将来，将宋家所有药铺交由她打理，也想好了养老送终的问题，想必女儿在宋家也不会受到什么委屈，更重要的是，孩子自己一心想回宋家，他们自然也不会强人所难地拦住她了。

所有的媳妇都回来了，宋钱氏带着宋家所有女人聚在男人们的坟前，香烟袅袅，树荫浓郁，他们环绕着一棵老槐树安眠，也给了前来悼念的亲人一份浓荫。女人们将头发整齐地向后梳去，除了宋江雪，她们在脑后都挽了个髻，别着一朵白色丝绸做的天女木兰花。天女花花瓣洁白，花蕊紫色，凸起的花心青绿相间，叶如翠雕，花似玉琢。天女花源于太古时期，生长在海拔近千米之上的山上，十分稀有，因此被赋予了冰清玉洁，清高自守的寓意。戴上了它，便有了坚守亡夫之心。天女花在风中颤颤地抖动，映衬着火红的立领上装，如同冰与火的对弈。寡妇再嫁前不能穿红装，除非决定从此不嫁。她们手牵手沉默不语，绿树红衣，抔抔黄土座座新坟，叫人见了，感慨万分。当她们迈着或轻捷或沉重的脚步回到木扎镇，人们站在路边看着她们，发出阵阵长叹，这群倔强的女人硬是将自己的一生作为祭品交给了命运，但愿她们能得偿所愿。

回到家里，换下了红裳，重又穿上孝服，宋江雪看了看嫂子的大肚子，问母亲："妈，也就是说，我们唯一的希望就在大嫂的肚子上了，是这个意思吗？"

"是啊，只要是个男孩，就一定能保住家业，宋柏生也无话可说。"宋钱氏肯定地说。

汪冰来了精神："对，谁说宋家无男丁啊，我大侄子可不就是响当当的男丁。"她细细地看了下金咏梅外凸的大肚子，嘿嘿地笑了，"一定是个男孩，是吧，美兰，你懂医，你说。"

宋钱氏、金咏梅、宋江雪赶紧看李美兰，目光殷切。

李美兰轻轻点头，道："我以前给孕妇看过，一直也是八九不离十。前段时间我看过大嫂的肚脐眼，是凹下去的，她又好吃酸食，都道酸男辣女，男孩可能性很大。"

话音刚落，其他几人都舒了口气，宋家有救了，以后只要大伙儿抱成一团，这日子就能顺风顺水地过了。

头七过后，宋柏生准备按约前去宋家商量处置家业的事情。宋文彬本来也要跟着他去宋家，宋柏生还是把他劝住了，人太多，倒像族里欺负人家寡妇，正大光明的事情反而落人口舌了。族长的话，宋文彬不能不听，只得留在祠堂了。宋柏生不但没有带他，甚至也没有带其他族人。他觉得自己一个人就行。到了宋家，当宋钱氏提出金咏梅怀的有可能是男孩，也是宋家的男人时，宋柏生一下子懵了，心有不甘，以孩子太小为借口，还是坚持把家业交给宋文彬来看管，并说，这在古代也有例子，奶娃子儿皇帝继位，都是叔叔或者伯伯做摄政王。宋钱氏冷笑，说，也有的奶娃子儿皇帝继位，是太后摄政，你既然做这样不伦不类的对比，那我也算得上是太后吧。几个媳妇也一起向宋柏生发难，宋柏生本来以为十拿九稳的事情，冷不防又杀出一个还没出生的孩子来，一时阵脚大乱，步步后退，经过艰难争吵，最终商定，如果金咏梅生下的是男孩，就由他继承家业，一切照旧。如果生的是女孩，那么，就由小叔子宋文彬来负责宋家，"我不能眼睁睁地看着你们把财产带给外人。"宋柏生说。

宋钱氏皱眉："族长，你明知道宋文彬儿子和这惨案脱不了干系，怎么张嘴闭嘴就是想把宋家交给他呢？莫不是你得了他们什么好处？"

"胡说。"宋柏生听宋钱氏怀疑他的人品，异常生气，脸也垮了下来。

"那我问你，族长，你到底打算怎么处理宋学礼？如果他死活不承认，你就认定他是清白的？"宋钱氏追问。

"宋家媳妇，我想有件事儿你还不知道，昨天宋文彬找到我，给我看了一封南京来信。"宋柏生说。

这封南京来信，是一封回信。原来，事发当日，宋学礼回到家后，便给一个在南京政府工作的同学写了一封信，将宋家横遭灭门惨事详细述说一遍，让同学帮他转交政府高层关注。第二天一大早，这封信就由宋东子作为加急件邮寄出去了，他这才敢去找族长自证清白。自证清白说白了就是自说自话，让人相信不是一件容易的事。但如果上面来人调查，他的胜算就多了，至少祠堂就不敢肆意处置他。这叫未雨绸缪。

宋钱氏听宋柏生说了，恨得咬牙切齿："这小子鬼心眼多着呢，想借政府的手为自己洗白？他把宋氏家族放哪里了？眼里还有没有祠堂？"

宋柏生心里清楚宋钱氏的意思，心里冷笑，这简直是拿他当小儿戏耍嘛，他是不会上当的。他无奈地笑了笑，说："这事儿确实难办了。信上说，不久之后，南京就会有重要人物来木扎调查此事。"宋柏生背着手在宋家厅堂里踱着步子，疑惑地说，"我们会不会真是冤枉他了？要不然，他怎么敢招惹政府的人来调查这件事呢？"

"是不是被冤枉的，也由不得谁猜测，那也得等政府来人调查后再说。"宋钱氏恨恨地说，"这小子心机太深，还有这一招，即便受刑都没说这事儿，他到底在打什么主意？"

宋柏生也百思不得其解，上次宋学礼吃亏不小，到现在他的嘴巴都不能正常开合，进食都是靠一根粗管子把流食灌进去吞咽。如果当时他就说出写了信给南京这事儿来，说不定祠堂还不敢给他上刑呢。

"我看，不管他打的是什么主意，既然南京来人调查，那我们就等等吧。宋学礼还是先扣着，省得你们不放心。"宋柏生往门口走去，跨过门槛，又皱着眉眼回头用毋庸置疑的口吻说，"宋家基业只能留给姓宋的，宋家媳妇，别出什么么蛾子。"

等宋柏生走了，众人都盯着金咏梅看，她们的命运全都在她肚里这个孩子身上了。

"妈，"金咏梅摸了摸额头，那里烫手，这几天她的压力越来越大，肚里孩子的性别各占一半几率，谁能排除掉那百分之五十呢？"我想，我们得做好生女孩的准备。"

众人一愣，看看她，又看看李美兰，然后都去看宋钱氏。

宋钱氏静默了一会儿，说："咏梅的顾虑是对的，美兰再有经验，也有看走眼的时候，我们确实要做好是女孩的准备。"

大家的心又拎了起来。

"做准备，怎么做准备？"汪冰又激动了，"难不成我和美兰也怀一个，让宋柏生再等上十个月？可我们找谁怀呀？"

宋钱氏不搭理她，低头想了一会儿，说："眼下，只能打听一下，这附近有没有正好怀着孩子的人家，预产期和咏梅也差不多。"她看了眼花婶，花婶明白这是让她去留意，连忙点头。

"这不行，"金咏梅连连摇头，"妈，我们能想到的，族长肯定也能想到。木扎镇就这么大，哪家有快临产的媳妇，他找几个人打听一下就全出来了，他势必会做安排。"

"那附近镇上呢？美兰，你是牛奔镇的，你托人打听打听？"宋钱氏有点慌了。

"怕是族长也会想到这些，这附近的镇也被盯上了，怎么办？"李美兰犹豫道，"我担心以后我们连出门都会有人拦着。"

"拦着他们倒不敢，这可是限制人身自由，"宋江雪道，"他们顶多有人跟着我们，看我们做什么。"

厅堂里静默了，宋柏生态度坚决，如果解决不了生男孩的问题，节外生枝是必然的。

"我妹妹，"金咏梅环视了一下各人，又看了眼奶妈贾雪荣，"和我差不多时候怀了身孕，只能指望她了。"

宋钱氏愣了一下说："我怎么没听你说过？"

"我妹夫是个逃难的外乡人，读过书，有点文化，到金家做事，娶了我妹妹。他是南方人，好像他们那里有种说法，有孩子时不能太早告诉别人，要藏着好好地养着肚子。我也是前几天家里托人带话让我回去，才知道我妹也怀了孩子，和我日子差不多。"金咏梅详细解释道。

众人精神一振，既然是亲姐妹，这事就好说了。首先，即便孩子出生以后互换了，也不担心对方怠慢了孩子，其次，妹妹为姐姐保密，想来也是尽心尽意。

"可是，"汪冰喝了口茶，又泼了盆冷水，"如果大嫂妹子家的，也是个女孩呢？"

众人一时无话。

宋钱氏悲愤交加，长叹一声，说："那就是命！"

厅堂里安静极了，连窗外老槐树树叶摩擦的声音都听得异常清晰。如果金咏梅的妹妹生的也是个女孩，当真是天亡宋家。

"好了，别哭丧着脸了，不管如何，前面的路比原来想的好走多了。"宋钱氏打起精神，"如果你们嫂子姐妹都生了女儿，我们就认了，但现在，可不能泄气，要一步步好好打算才会万无一失。"

金家在白水县，离木扎至少三百里路，等到生孩子后再去调换自然不行，必须要将她事先偷偷地接到附近安置方可。如何进村，安置在什么地方不被族长发现，如何将生下的孩子互换……这些都是不小的问题。

"现在宋家连一只苍蝇都别想逃过宋文彬的眼睛，这事儿只能靠花婶了。"宋钱氏拉住花婶的手，"花婶啊，宋家的将来就在你手上了。"

现在的宋家，管家留根忙着大大小小的家事，花婶反而按照老太太的叮嘱，每天拿着账本，到宋家各处酿酒坊店铺酒楼药铺对账监管，每天都早出晚归，这宋柏生和宋文彬都知道。所以，也只有她外出，别人才不会有过多疑心。

"老太太，您快别这么说，没您就没我小花。当年若不是您收留了我，我都不知道现在会有多糟糕。我打小在您身边长大，早就把自己当成宋家的人了。您放心，这事儿我一定办妥了。"花婶激动地说。

宋钱氏点头，想想，又叮嘱了她一句："这事儿除了我们这些女人知道，绝不能让其他任何人知晓。就是你丈夫留根都不能告诉，知道吗？"

花婶一脸困惑，不解地问："留根都不能说吗？"

"嗯，多一个人知道，多一份风险。不是有意瞒着他，留根好酒，万一哪天喝高了，吐出去了怎么办？宋家经不得任何风险了。"宋钱氏细声细气地解释说。

"好好好，我听您的，老太太。"花婶连连点头答应。

宋钱氏对留根还是提防着。尽管留根说自己是装死才逃过一劫，她还是心存疑惑。宋学礼交代说，那帮杀手训练有素，出手异常狠毒，直接奔着的是要钱又要命，难道一个大活人躺在地上就成死人了？他们连人装死都看不出来，那他们干脆回家种地算了。但怀疑归怀疑，没有真凭实据就不能说，再加上宋学礼嫌疑最大，宋学礼有嫌疑，宋文彬也就说不清了，扣住宋学礼，就牵制住了宋文彬接管家业。她全副身心都用在了这上面，族长也被她牵着走了，把留根忽略了，但她不会忽略。不过，眼下她也不能对任何人说出她的怀疑，宋家就剩下这些女人了，不管那惨案是不是有留根一份，把他惹毛了，宋家从里到外就都不安生了。

"还有，美兰，"宋钱氏想了想，又说，"你得备着点催产药，只要有一个肚子痛，另一个，就必须靠药物催产了，她们姐妹必须同时生孩子才能进行互换，明白吗？"

李美兰点点头，扭过头来对金咏梅说："只要开了当归、川芎、艾叶在两边备着就行。既然月份差不多，都该是足月出生，用点催生的中草药，对母体和孩子都不会有什么伤害，放心吧，嫂子。"

金咏梅轻轻点头，唇角扯出了一点笑意，似是不太担心。

"那好，算算日子，这孩子恐怕不到一个月就要来了，我们开始准备吧，希望你们的公公和丈夫能保佑我们跨过这道坎儿。"宋钱氏疲惫地说。

6

第二天，贾雪荣故意出现在木扎镇上，神色谨慎地打听附近哪里有孕妇的人家，将宋柏生和宋文彬的注意力转移出去。花婶顺利地坐了驴车到木扎镇，转了汽车到了白水县，找到金咏雪，说清来意。没想到金咏雪一口拒绝。见到金咏雪之前，花婶在颠簸的车上想过，就算金咏雪舍不得孩子，也会因为和金咏梅姐妹情深考虑考虑的。却没料到，被拒绝得如此干脆利落，甚至都没好脸色。倒是她丈夫王安庆多打听了几句，一听说事成之后会给一笔丰厚的报酬，就把金咏雪拽到一边嘀嘀咕咕了好一会儿，想来金咏雪也有点惧怕丈夫，磨蹭半天只好答应。

花婶尽管木讷，也觉察出金咏雪有些异常，她对姐姐好像没有像别人那样的姐妹情谊，提起姐姐时，她的神态张皇，有点畏惧，这种畏惧又不似长幼有序，而是忌惮，害怕，似乎金咏梅是蛇蝎，避之唯恐不及。她看了看金咏雪居住的屋子，简陋寒酸，一点都不像是赫赫有名的金家女儿。金咏雪结婚也就一年多，和金咏梅这个姐姐一比，怎么有这么大的差距？

只不过，花婶善于发现问题却不善于分析，又是大线条的人，很快就将这些疑惑抛之脑后，这也不是她该操的心。

花婶回来后，按照宋钱氏的吩咐，又在附近一个村子里找了块菜地，那里有一个六米多深荒废多时的地窖，曾经储存过山药。她花大价钱把这块菜地买了下来，然后又花了几天工夫收拾干净。为了万无一失，宋钱氏又让她和贾雪荣验证了一番，贾雪荣在下面喊，她在上面竟然听不到任何声音，隔音效果出奇的好，即便孩子出生时啼哭，也不会被人听见。准备好后，李美兰先将金咏雪夫妻接到自己娘家，然后又在一个夜里将他们安置到地窖里，由有接生经验的贾雪荣照料。

一切安排妥当后，距离金咏梅生产日期不过半月时间。

只不过，她们并未等上半月，因为这一番折腾，金咏雪住进地窖后的第五天，就出现了破水征兆。

听到花婶带来的消息，宋钱氏看着大儿媳风平浪静的肚子，心里一阵阵酸楚，千算万算，就是没算到这个。

金咏梅摸了摸自己的肚子，别说旁人，自己一辈子的命运，不也交付在这个肚子上吗？她猛地闭上眼睛，一咬牙，便向身边的桌子撞去，一阵剧痛袭来，她几乎晕了过去。

众人吃惊之后，心里明白她这是为了宋家，不让计划落空，要和妹妹同时生出孩子才不得不这么做，震动不已，忙围到她身边帮忙。李美兰按了按她肚子，孩子已经往下坠了，羊水也开始外流，便示意大家把她搀扶到床上。

"小雪，关好院门和厅门，"宋钱氏喊女儿，"别让外面人发现这里的动静。"她又低头看大儿媳，哽咽着说，"孩子啊，就是再痛，你也得忍着，不能发出太大的声音，被外面人听到了，知道你正在生孩子，我怕后面有麻烦。"她握紧了儿媳妇的手，泪水已经流了出来，"要是疼，你掐我。美兰有接生经验，你别怕。"

金咏梅忍痛安慰着婆婆："没事儿，妈，我忍得住。"

宋钱氏点头，不停地给她擦拭额上的汗珠。宋江雪看大嫂咬住被子浑身颤抖压抑着疼痛，自己也不由得掉泪。汪冰难得地听着李美兰的使唤，和花婶陀螺一样地忙转着。家丁们都被打发到前院去了，后屋的这群女人因为早先做过种种设想，并准备得当，现在即便忙乱也井然有序。

夜幕降临，贾雪荣回来了，宋钱氏一见，立即问金咏雪的孩子是男是女。贾雪荣捶打着酸软的腰腿，一脸笑意盈盈地告诉她，金咏雪生了个男孩，她已处理好，就等这边孩子出生后再做打算。宋钱氏知道这事儿一大半成了，不由得劲头十足地指挥着大家应对金咏梅的生产。因为富有接生经验的贾雪荣的加入，不多时，一声细微的啼哭声响起——孩子生下来了。几个人赶紧凑过去，一看，不由长叹一声，是个女孩。因为来得不情不愿，这孩子看上去有点柔弱，一身青色。

大家已来不及失望，立即把孩子简单收拾了，装进一个菜篮里，盖上一层棉纱布，由花婶挎着，去地窖换孩子。

"门口宋东子还在守着，我刚刚回来时，就被他盘问了好一会儿。"贾雪荣担心地说，"花婶不一定能顺利过去啊。"

"这孩子出来时声音像猫哼的一样，他一个大男人，未必知道这是生孩子。分散一下他的注意力，应该没问题。"宋钱氏说。

"我来吧。"汪冰看了眼菜篮子道，"我先出去和他搭话，花婶跟在我后面，天黑，他也看不清楚，你趁他不注意时赶紧离开。"

见汪冰难得为宋家出力，宋钱氏对她的脸色缓和下来。不料，汪冰却说道："您老还是板着脸对我吧，我汪冰别的本事不行，这张脸吸引男人的注意还是行的，我不过是在做我擅长的事情而已。现在您觉着挺好的，后面还不知怎么讨厌我这样呢。"

宋钱氏一下子被噎住了。

汪冰已经扭腰往院门外走去了，花婶赶紧挎着篮子跟在她身后。

7

宋东子看到汪冰直奔他过来，条件反射地从地上站起来，讨好地看着她笑。汪冰端了碗凉茶，直接递到他左手里："喝一口吧，这么闷的天，热坏了，后面想守都守不成了。"

宋东子想，她是知道我右手废了。他看了眼指节僵硬的右手，没有说话，也没喝茶。汪冰不动声色地站到他对面，挡住他的视线："怎么了，怕我这水里有不干净的东西？"言罢，她翘着兰花指把水端回来，轻轻抿了一口，然后又把碗塞到他手里。

宋东子愣了一下，端起茶碗几口就喝光了。汪冰眼神清亮地看着他，他的脑后，是花婶渐渐消失在夜色中的背影。

回来的时候，花婶遇到了麻烦。

在她遇到麻烦之前，汪冰就有预感，出去容易回来难。估摸两盏茶的工夫，汪冰又出了院门，花婶该回来了，她还要替她打掩护。不曾想，出了院门，竟然没有看到宋东子，而是另一个青年。汪冰的心脏猛跳了一下，暗念了好几声"阿弥陀佛，佛祖保佑"。她想，花婶出门时自己对宋东子无事献殷勤，是不是惹他怀疑了？她遥望村口，那里黑漆漆的。

花婶正高一脚低一脚地往家赶。篮子里的孩子睡得正香，她带上了三少奶奶给准备好的草药汁，喂了孩子两滴。这也是没有办法的事，如果孩子在路上哭闹起来，一切都完了。

看到村口老槐树的影子若隐若现，她镇定了许多，耳朵也没了千奇百怪的声音，心跳也稳了下来。

但树下怎么会有个人影？她愕然地停住了脚步。

人影朝她移动过来，显然已经发现她了。怎么办，来人究竟是谁？

待看清是宋东子，她的脑袋轰地炸了，毫无疑问，他是冲着她来的。

"呦，风高月黑的，胆儿挺大的呀，说吧，黑灯瞎火的，你一个妇道人家从哪儿来的啊？"宋东子围着她转了两圈，看到她手里的菜篮子，"你不会告诉我，你是去地里准备明天下锅的菜吧？"

花婶慢慢地放下菜篮子，心里如鼓在擂，她慌张地思考着如何把这人应付过去。宋东子把脸凑过来，眯着眼睛从上到下地看她，嘿嘿地笑着说："我明白了，你这是趁留根忙着宋家大小事情，私自会情郎吧。"他显然是在调戏她。宋家的媳妇他不敢乱来，但花婶只是宋家一个下人，他的顾忌就少了许多。花婶心里一动，故意装作更加慌乱，急急地摆着手说："大兄弟，你可别乱说，叫留根听了去，我还有好日子过吗？"

宋东子愣了一下，没想到，自己随口一说，没想到这女人竟然还真有相好。他的胆子更大了，笑嘻嘻地说："想过好日子？那就得看看我有没有这个善心了。"他那还能用的左手开始不老实了，摸上了她的头发，见花婶没有反抗，手顺着头发落在了她肩上……

花婶半个身子都木了，但她不能推开他的手。宋东子是什么样的人，她早有耳闻，他整天和宋文彬横行乡里，没少吃过大姑娘小媳妇的豆腐，二十多岁的大男人至今没有娶媳妇，对女人想得慌。眼下这节骨眼上，她要是对他翻脸，那宋家费尽心血的调包计就全完了。宋东子见花婶没啥动静，一下子来了精神，以往占的便宜就是过过嘴瘾或者趁人家不注意揩一把油，心里跟猫挠似的痒痒。尽管花婶其貌不扬，容貌不过中下，但毕竟还是一个女人。最重要的是，她有短处被自己捏着，谅她也不敢对他怎么样。他猛地将花婶压在树干上，气喘吁吁地说："你放心，你从了我，我一定会给你保密，留根不会知道你在外面有相好的。"又说，"相好嘛，一个是，两个也是，不嫌多。"

宋东子力气很大，在她身上使了劲地咬着揉着搓着，花婶呜呜地咬牙忍受。不知过了多久，他才心满意足地拎起了裤子，看着无精打采的花婶，说："走吧，回去吧，记得动静小点儿，别叫留根给发现了，到时可就不管我事儿了，嘿嘿。"

花婶深深地吸口气，站直身体，收拾好衣服，提起篮子，踉踉跄跄地迈开腿，心慌意乱，竟没注意到篮子上盖的棉纱布竟然掉了下来。等她发现了，刚要弯腰去捡，宋东子眼疾手快，抢先捡了起来。花婶忙慌慌地小跑起来。宋东子见花婶突然加快速度往前走，本能地觉得蹊跷，几步追上去，往篮子里一看，竟然是一个正在挥着胳膊蹬着腿的婴孩。天气炎热，这个孩子躺在柔软的棉纱上，光着身子，上面还有点来不及洗净的血渍，是个男孩！

他一把抓住花婶，表情凶狠："这个就是你的老相好？我看是宋家要移花接木了吧！怪不得汪冰没事儿端什么水给我喝，敢情那个时候你溜出去呀。幸亏我想着那个女人无事献殷勤，恐怕有猫腻，所以才事先在这儿守着。果然如此！"

花婶腿一软，哆嗦着手抓住宋东子的胳膊哀求道："你就当没看见……刚才我都依了你，做人要讲良心……"

"不行，族长已经交代过，只要宋家长媳妇生出来的是女娃，宋家所有的东西都是我家老爷的。你说，我凭什么知情不报？"

花婶见软的不行，索性豁出去了，冷声说道："宋东子，你不要忘了你的手是怎么残的，只要老太太将那天你调戏宋家儿媳妇的事儿说出去，你以为你能逃得了？"

宋东子怔住了，宋柏生是什么人，他怎会不知道？固执死板，动不动就执行族规，即便自己揭发了宋家换子一事，他也会一码事归一码事，自己恐怕还是没什么好下场。人家毕竟是一个宋家的，自己这支宋家，还远着呢。

"你就是把这事儿捅出去了,难不成你还想宋文彬分你点家业,或者把你当家人一样护着?再说了,宋家媳妇从老太太到几个少奶奶,哪个娘家没有点背景?你捅了她们的马蜂窝,这以后还想有好日子过?你得罪了他们,恐怕连自己是咋死的都不知道!"

宋东子皱着眉头想了半天,这个女人说的不是没有道理,这事儿一旦露馅,等于把宋钱氏、金咏梅,不,所有宋家的女人都害了,害了她们,她们大不了回娘家,个个娘家都不是他能惹的。而他捅上去了,族长和宋文彬也不见得会给他什么甜头,他就是一条狗,能得到一块骨头就算不错了。想来想去,这事儿还真不能捅上去。他摇了摇头,对花婶说:"也罢,今天我没看到这菜篮子。不过,我也得有点好处才行。"

花婶忙说:"我给老太太说说,你想要多少钱,尽管开口。"

宋东子摇头:"我不要钱,我一个穷鬼,身上有了钱,说不清,我只想有个老相好。"

花婶明白他的意思,心里一阵厌恶,眼看东边已经冒出白光,时间不等人,再纠缠下去,这天一亮,好多事情就难以掩盖了。她忙点点头,算是答应了。宋东子这才把棉纱布递给她,还不忘在她手上捏了一把。花婶盖好篮子,慌慌地往宋家赶去。宋东子不声不响地跟在她的后面,既然两人已经说好了,那她的事儿也就是自己的事儿,他还是得帮衬着,把这事儿做圆满了。

宋家的大门半开,是汪冰故意留的。她不能老在外面引人怀疑,只好先回屋里。看守就坐在大门对面的石墩上。宋东子拉了一下花婶的胳膊,朝后面努了努嘴,花婶领会,躲到大槐树后面。宋东子过去,问看守有没有发现什么情况。花婶趁他和看守说话,忙蹑手蹑脚地从看守的后面绕了过去,进了大门。

金咏梅刚接住孩子,孩子就醒了,发出嘹亮的哭声。

宋东子仿佛惊叫起来:"难道生了?"

看守满腹狐疑地说:"女人生孩子不是疼得大呼小叫吗?怎么就没听到一点动静呢?"

宋东子瞪他一眼,说:"你看看这院门距离她们内院有多远,能听到才怪……不知道是男孩还是女孩。你赶紧告诉族长去,我在这儿守着。"

没过多长时间，宋柏生和宋文彬就急急忙忙赶了过来，看到宋东子还尽职尽责地蹲守在那儿，忙上前来问："是生了吗？"

"我听到有孩子哭，动静挺大的。"

"男娃还是女娃？"这是他们最想知道的事儿。

"我不知道，我一直待在这儿，没进去过。"

"有没有什么不对劲的地方？"

"昨天晚上，我守到月亮正中，肚子不舒服，亮子接着守，我回来没多久，就和亮子一起听到有孩子的哭声。亮子给您二位报信了，我就一直坐这儿盯着大门，眼睛都没敢闭过，暂时没发现有啥不对劲的地方。"宋东子说。

"我想不会有问题的。"宋文彬对宋柏生说，"这个院子所有的门都有人看着，这帮女人钻不了空子。"

宋柏生点点头："走，进去看看。"

几个人还没到门边，门咯吱一声开了，宋钱氏神清气爽地走出来，看到他们几个，也不吃惊，就像是专门来迎接他们的。

"呦，这么早就来了？"她笑哈哈地打招呼。

宋文彬的脸黑了下去，看她的神情，八成生了个男孩。

"宋家媳妇怎么天没亮就出来了？"宋柏生问。

"呦，族长您不也是天没亮就到我这儿来了吗？"宋钱氏把话挡回去，"人逢喜事精神爽，这不，几乎忙了一宿，我那媳妇生了，争气，真争气！"她扬头看着眼前三人，一字一字地往外蹦着说，"是个男娃！"

宋文彬一言不发就跨进院里，眼见为实，万一她们使诈呢？

宋钱氏声音冷了下来："小叔子，你想往哪儿去啊？霸占你哥的家业没指望了，还想硬闯你侄媳妇的内室不成？"

宋文彬止住步子，说："谁知道生的是男是女，单凭你说就行？"

宋钱氏冷哼一声，喊道："雪荣，将你家大小姐的孩子抱出来露露脸，让他好好看看这宋家的江山，都是这孩子的了！再也不用怕狼心狗肺的抢了去！"

宋文彬的脸一阵青一阵红。但他的目光随即紧紧盯住贾雪荣胳膊弯里的孩子。孩子被一层棉布包裹着，皮肤皱皱的，红红的，头皮上还有点污垢没有清除干净,他伸手想要揭开那层棉布,宋钱氏却说道:"慢着,你这手可伸不得,要是吓着孩子,说好听点,那是不知道轻重,说不好听的,是别有居心,存心伤着孩子。"

"你……"宋文彬气得不知道还能说什么话,浑身都在发抖。

一个大男人竟然被气成这样,宋柏生也无奈了,他拍了拍宋文彬的肩膀,说:"宋家媳妇,你来把布掀开,我们看了也就安心了。"

宋钱氏这才翘着小拇指,用大拇指和食指夹住棉布一角,小心翼翼地揭开,几人一看孩子胯间,是男孩,这可做不了假。

宋文彬掉头就走,宋钱氏声音响亮地冲着他的背影喊:"这孩子叫宋祖佑,祖宗保佑。"

宋钱氏又扭头看着宋柏生,宋柏生抿了下嘴,倒是真心实意地道:"既然如此,你们先代替孩子守着这份家业。等他长大了,自然就是他的。文忠和学仁地下有知,也会欣慰的。"

"这事儿告一段落,但他们的冤仇还得仗着族长费心了。"宋钱氏看着宋文彬的背影道,"不管如何,在南京派人过来查明真相之前,宋学礼不能放走。"

"这你放心,一件事对一件事,我自然分得清。文忠和几个大侄子的冤债,我一定会帮他们讨回来。"宋柏生说,"你也别怪我前些日子派人守在这儿,我有我的立场。"

"我明白,族长。"宋钱氏语气柔顺,态度和蔼。但这只是表象,不提看守还好,一提这个,恨不得眼里能冒出一团火,将眼前的宋柏生烧得一干二净。

即便花婶不说,她也看出她是经历了千辛万苦才将孩子顺利带回宋家的。花婶头发蓬乱,衣服皱成一团,胳膊上带着青紫,双眼红肿,都在暗示着她被人占了便宜。

"是谁?"她把花婶拉到一边。花婶却不吭声,问急了,就抹眼泪。

宋钱氏更加不安,问她:"是不是宋东子那个畜生?你给我说,我给你做主!这个畜生,已经断了一只手,他还敢有这个豹子胆!他真不怕族里的规矩了?"

宋钱氏追问得紧,花婶只得轻声啜泣着把事情经过对她说了。

宋钱氏眼睛红了，将花婶搂在怀里，说："宋家对不住你了。你放心，我一定不会放过他！等风头过去了，我找个机会收拾他。"

"不，老太太，他拿住了我们把柄，万一狗急跳墙说了出来，后面就……我宁愿吃了这个哑巴亏，也不想再生事端了。"

宋钱氏想想，她说的话也有道理，不由长叹一声，宋家男人走了，现在连宋东子这样狗一般的人物也敢来欺负宋家的人了。"他还有什么过分的要求？"宋钱氏踌躇了一下，又问。

"没了。"花婶低下头，没有说出实话。宋东子摆明着想要长期霸占她，她想想都害怕，但她又不敢对老太太说，怕她知道了，一时按捺不住，去找宋东子算账，又生出一桩桩事来。宋家的女人，特别是老太太，太不容易了，她实在不忍心再让她们操心自己。

走一步说一步吧。

8

黑漆漆的晚上，祠堂一侧的小屋里，不时传来老鼠来回窜动摩擦草屑的窸窣声，好几次，它们都从一个男人的脚背上翻过去，也不见什么动静，便愈发猖狂起来，顺着那人的腿吱吱叫着一直往上蹿，一直到脚底有微微起伏晃动才惊觉这是个活人。这个任老鼠在身上肆虐的活死人便是宋学礼。他倚靠在墙壁上，望着对面窄小的窗户外起了毛边的月亮发呆。困在这里，像是深山老林不知日月，想来快一个月了。南京至今无人过来，他很慌张，怕是还要在这里待上一段时间。好在宋钱氏这几天忙着照料一出生便拯救了宋家的大孙子，无暇再纠缠族长审查他，让他心里安定了些。这些天，嘴上的伤口又化了脓，吃着老娘李月华送来的饭菜，"刺啦刺啦"地吸着凉气，惹得她在门外泪水涟涟，自己看了心里也难受。屋子空空荡荡，除了老鼠就是自己，他把那天发生的事情一遍遍地在脑海中重放。身体的疼痛刺激得大脑格外清醒，他像个经验老到的九门侦探，抽丝剥茧地推理着造成这桩惨案的泄密者的身份，活着回来的，只有自己和留根。自己问心无愧，难道是留根？不像。留根自小被宋家收养，成年后宋家给他张罗了媳妇，还让他做了管家，宋家上下待人做事一团和气，也不会让他难受，没理由啊。留根不过是反应比别人快，迎着子弹的声音及时倒下而已。但是，自己也确实看到带头的那人在他身边蹲了一会儿，还拿起看了看他的帽子。子弹有没有击中要害，那人还看不出来？这么想来，留根又可疑了。但是，看到这一幕的只有自己一人，如果说出来，会不会无人相信呢？会不会又被人诬为反咬一口呢？

这么一想，冷汗就冒出来了。正想着，门外一阵窸窣，很快又消失了，好像是他出现了幻觉。但那几秒钟里发出的声响，在寂静的夜里异常清晰。他浑身一颤，这不是什么老鼠、蛇什么的弄出的声响，是有人来了。如此风高月黑，来人想做什么？他紧贴着墙壁，小心翼翼地移动到门口。半晌，没动静了。他屏住呼吸，用手轻轻地推门，门竟然咯吱一声，开了。

有人要放他出去！又是谁呢？

他探出身子，左看右看，除了树枝被风吹得诡异地在地上群魔乱舞，不见一个人影。他条件反射地逃进了夜色里。

这个晚上，李美兰正在柜面上整理账目，这事儿她做起来有点辛苦。她懂医药，会给人看病，却不会管账。但她好学，白天每笔账都看账房先生算计，晚上，一笔笔地回忆，自己再演算一遍。这几日奔波几家药铺，一遍遍演练，长进不小，好歹看着这些收支进出的数字，不是天书，也不头晕目眩了。

摸了摸后脖颈，摇了下脑袋，精神又振作了一些。抬头看了看黑夜，想起往日里此时正是与丈夫你侬我侬之时，心里又惆怅起来。突然响起了敲门声，她吓了一跳，举着煤油灯摸到门边，怯怯地问："谁？"

有人低低地回她："我。"

她愣了一下，把门开了一条缝，再一细瞧，果然是宋学礼！

他不是被关押在祠堂里吗？

谁放了他？

她犹豫了一下，还是开了门，将他搀扶进屋，刚撒手，他便一屁股坐在地上，背靠着椅子没了知觉。她把煤油灯举到跟前，看到宋学礼面色潮红，两颊皮肤瘢痕交错，嘴唇周围仍在溃烂，轻触他的手心，烫得骇人，想来是发高烧了。她忙先将清热解毒的草药熬上，又拿来药品，帮他处理好嘴角周围的伤口。在等药期间，高烧得迷迷糊糊的宋学礼醒过一次，待看清是李美兰，他咧着嘴，含糊着说了两句话，第一句，不是我干的；第二句，我想我上当了。第一句李美兰自然听得懂，第二句，她没明白。想问问，宋学礼又闭上眼睛没了反应。

喝了药后，宋学礼发了一身汗，头脑清爽了许多。他告诉李美兰，今天晚上，放我出来的人，一定就是真正害死宋家男人们的凶手。现在想想，自己着了他的道了，无故逃走，不是心虚是什么？

他拍打着自己的脑袋，伤心地说："怎么这么犯浑呢？现在浑身都是嘴，我也说不清啊！"

李美兰却轻声地说："我相信你。"

宋学礼愣住了，抬头看灯光下的李美兰，一缕碎发落在鬓角，红润的双唇，挺立的鼻梁，温柔的目光，美好得像是画里的人物。他怦然心动，赶紧低下脑袋道："这个时候你还信我，谢谢你。"

李美兰有点吃惊自己的想法，但看看一脸书生气的宋学礼，还是笃定认为他做不出伤天害理之事。看了看外面深沉的夜色，又看看陷在泥沼里无法脱身的男子，踌躇了一下，叹了口气说："想来你也无处可去，回家肯定不妥，明天老太太发现你不在了，第一个就会跑到你家里不依不饶，"又想了下，说，"要不，你就藏在这药铺的阁楼上吧，那里堆放的都是草药，平时没人上去，不会有人发现你。我每天抽空给你送饭，你别弄出动静来就行，你看呢？"

宋学礼使劲地点了点头。李美兰考虑得十分周到，眼下他哪里能现身？只要被发现，这冤屈，他不扛都不行。只有先藏起来，等到南京那边来人将宋家惨祸调查清楚并还他清白，他才能重见天日。

9

果不出李美兰所料，天刚亮，宋钱氏就得到宋学礼逃走的消息，她立即带上留根和几个家丁，找到宋柏生，杀气腾腾地直扑宋文彬家要人。宋文彬夫妇自然不知宋学礼下落，也坚决不认为宋学礼此举就是做贼心虚。

宋钱氏眉头一扬，厉声道："你们自然舍不得交出儿子，因为你们心里清楚，一旦找到他，他就是跳进黄河也没法为自己申辩了。"

李月华紧紧拉住她的衣袖，连声哀求道："嫂子，嫂子，一定是出了什么事儿了，学礼不会自己跑了，要不然，他当初干吗自己送上门去？你是看着学礼长大的，他不是这样的孩子呀！"

宋钱氏斜了她一眼，说："弟妹，我们妯娌一场，别怪我说话难听，当然了，即便是难听了，你在我这儿受了什么委屈，回去还有丈夫可以发发牢骚，还可能看我们走远了，偷偷地和藏起来的儿子说说话。我能跟谁说去？都是女人，亡夫丧子，那得是什么样的苦命？知人知面不知心，画虎画皮难画骨。人心隔肚皮呀，学仁是我生的，我一手带大的，他竟然会去赌博，还输了家里良田百顷，这我都不知道。你们家的儿子，我一个礼拜能见上一眼就算是有眼缘了，他是什么人，我哪里知道？"

李月华实在不是宋钱氏的对手，听了她的话，愣了半天不知如何接话，宋钱氏也不再搭理她，直接对宋柏生道："族长，他们二人是不会交出宋学礼这个杀人凶手的。我看，我们要搜家！"

宋文彬气得大叫："宋钱氏，你别太过分了！"

宋钱氏不恼不怒："过分？这个词儿刺耳了，你家儿子都待在祠堂这么多天了，怎么就突然跑了？是不是心虚熬不住，越想越没指望了？杀我全家男丁的凶手跑了，我来他家看看，叫过分？谁过分？是谁在哥哥尸骨未寒、侄子们还未入土为安的时候就谋我们家业的？是谁派人十二个时辰盯着宋家大门，欺我一门寡妇？宋文彬，你没资格说我过分。难不成真把宋学礼藏家里了？看你这屋子也不大，能藏哪儿呢？难不成这屋子里还有地窖？"

宋柏生眉头一挑，似有所悟，北方一到冬天气温奇寒，许多人家都会有一两个地窖，用来储存入冬后的食物。地窖多在屋外，但也有人家怕招贼，挖在屋内。他看着宋文彬发青的脸色，越发觉得可疑，遂斩钉截铁地说："搜，仔细搜。跺跺脚底下，听听声音。"

宋钱氏补充说："不仅搜人，还给我搜宋学礼那混账的屋子，看看有没有其他的证据。"

宋文彬张嘴想骂，又知道骂不过宋钱氏，想使横，可他哪里横得过族长？他悻悻地和老婆退在角落里，看着留根带着宋家家丁将屋子跺得灰尘铺天盖地，翻得乱七八糟。

人没搜到，却搜到了一封信。这封信之所以被留根留意，不是因为内容，留根不识几个字儿。留根之所以认为这是一封很重要的信，是因为宋学礼将他放在一个上了锁的抽屉里。宋学礼的桌子有八个抽屉，只有一个抽屉上了锁。只有一个抽屉上了锁也没什么奇怪，奇怪的是，其他七个抽屉里，也放了许多信件，这就把这封独自栖息在上了锁的抽屉里的信件衬托出一份与众不同来。留根到底机灵，立即悟出了这封信的重要性，赶紧拿出来交给了宋钱氏。

宋钱氏把信递给宋柏生。宋柏生抽出信纸，共有两张。他看个开头就愣住了：这是忠义救国军司令王佩飞写给木扎镇镇长林双江的，大意是，让他拉拢宋学礼加入忠义救国军，利用懂日语这个特长为国服务。

这封信的内容宋文彬第一次听到，听完后他就立即打了个寒噤，儿子怎么会和忠义救国军扯上关系了？写给镇长的信怎么又会到他手里？宋家的事儿，他们不也有嫌疑吗？这岂不是让儿子更说不清了？

宋柏生当机立断，立即和宋钱氏等人前去找林双江，宋文彬见了，也要跟着去，他是没有帮儿子完全洗脱罪名的能力，但最起码，他可以通过观察，看看能不能发现有利于儿子的证据，再谋后事。

他们突然出现在镇公所，让林双江吓了一跳，听清来意，他摸了把修理得整整齐齐的山羊须，一口否认："虽说宋学礼确实告诉过我宋家老四迎亲的路线，但我那时是随口一问，他也就随口一说。我林双江是什么人？我在木扎镇当了十多年的镇长，你们还不了解一二？我一不贪财二不贪权，我要你宋家儿媳妇的嫁妆干什么？我们林家也没穷到那种地步。杀人的事儿，我就更做不来了，我就是一个书生，乱世之中挂名当个镇长，哪里还有胆子去杀人？"

宋柏生和宋钱氏都暗自承认林双江说得有理。木扎镇能和宋家比肩的，也只有林家了，他确实犯不着为了那点嫁妆杀人。

"但如果你不是为自己呢？"宋钱氏扬着手里的信，说，"林镇长，你不缺钱，忠义救国军缺钱啊，军饷粮食都需要钱，难保你不会和他们勾结做出这等恶事来？"

"要做也是他们自己做。他们是军队，要枪有枪，要人有人，干什么还要和我勾结啊？宋老太太，我知道你苦大仇深，但也不能信口开河啊！"林双江好脾气地解释。

宋柏生知道从林双江嘴里问不出话来，但却抓住了一个核心，他道："林镇长，忠义救国军可没人和宋学礼在一起喝酒，也没人问宋学礼迎亲的时间和路线，就冲我们手上的这封信，足以证明你和忠义救国军之间有勾连。如果让我们查出来是忠义救国军干的，你就是最初的泄密者，我告诉你，就算是拼了整个木扎镇的宋氏家族，我也会让你们一命偿一命！告辞！"

林双江显然被这话镇住了，他愣了一下，才不冷不热道："走好不送！"

出了镇公所，宋柏生立即交代留根："从现在开始，你就给我盯紧林双江，看他和什么人往来，一定要注意他的一举一动。你要隐蔽些，别叫他发现了。"又转向宋文彬："你不是着急为儿子申冤吗？有些留根顾及不到的地儿，你去盯着。我也会知会族里的子弟，处处留意林双江。"

宋文彬连连点头，宋柏生这个时候还愿意让他做这事，这是对他的信任，对他信任，又何尝不是对儿子的一份信任呢？

宋柏生对宋钱氏说："宋家媳妇，我越想越觉得这个林镇长不对劲，说出来不怕你生气，我真没怀疑过宋学礼，只不过他在拉稀的时间上太过凑巧而已。现在有了新线索，我认为要好好追查下去。"

宋钱氏沉默了一会儿，说："宋学礼那小子是不是被冤枉的，现在下结论还为时过早。既然他跑得不见踪迹，那我们就转个目标，细细地查查林镇长近期所为，看能不能发现些蛛丝马迹。"

林双江谋夺宋家老四媳妇嫁妆的蛛丝马迹没被查出来，倒是查出他正在四处活动，勾结日本人，力争让日军把一个物资中转站设到木扎镇来。

宋文彬恨恨不平地说："林镇长明明是国民党的人，日军人没来之前，比谁都爱国。我记得国民政府一成立，就任命他是木扎镇镇长，这都十多年过去了，日本人来了，他怎么就不能拿出点气节来，为国民政府多尽忠呢？"

宋柏生也很气愤地说："是啊，现在日本人来了，他就争着当汉奸了，把日本人的物资中转站设在木扎，以后麻烦就多了。"

宋文彬不解地问："这怎么说？"

宋柏生道："你想啊，日本人早几年就全面侵华了，占了很多地方，弄得是鸡犬不宁。我们木扎的位置偏了些，被大小的山围着，基本上见不到日本人，周边虽有共产党的游击队、国民党的忠义救国军，但这里不是他们的目标，也没战事，算是不幸中的万幸，但日军的物资中转站建到这儿，这里就成了要害地区，日本人还能不派兵过来把守？这些物资，对谁不是好东西？还不知道有多少人过来争抢，现在可不是民国以前动动拳头就行，是要放枪放炮的，天知道木扎会变成什么样。"

宋钱氏说："日本人来不来木扎，那不管咱们的事儿，咱们现在最要紧的，就是调查是不是林双江勾结了忠义救国军杀了我宋家男人。"

宋文彬缩了下脑袋，他是知道一些事儿的。宋学礼从前在南京上学，如今也有很多同学留在南京，通过信件来往，宋学礼虽偏居木扎，却也知晓几分天下事。三年前，日本人两周之内在南京杀了三十多万人，其残暴无道已经完全超出了他的理解能力。他们若是出现在木扎，那日子还能过得舒心吗？

厉害的新镇长

1

一列灰蒙蒙的火车轰隆隆地喘着粗气,慢腾腾地在北方广袤的平原间行驶,像个老人,疲态甚重。

头等车厢里,年轻男子武剑斜倚着红色金丝绒铺就的软沙发,双眼肆无忌惮地打量着为数不多的女乘客。身边一个男子侧躺在另一边,藏青色礼帽遮住整张脸,却好像看到了武剑的一举一动,笑哈哈地说:"现在你有眼福,十年前,这火车是不能男女同车厢的。"

武剑嘿嘿一笑:"师傅,这您也知道?"

那人懒洋洋地答道:"这天下我不知道的事儿有,但还真不多。知道我为何要买头等车厢的票了吧,要是坐在三等车厢,你也看不到此等赏心悦目的女子。"

武剑眼角余光瞥了眼正前方靠门第三张弧形沙发,那里有个正襟危坐的官员模样的中年男子,身着中山装,十月的天气还不是很凉快,即便是头等车厢也有点闷热,他却扣实了最上面的扣子。他身边还有个戴着金丝边眼镜的小伙子,肤色白净,嘴角清爽,看上去像个刚出校门的大学生。这二人正是他们此行的"猎物"。

"这眼福可昂贵了,车票都是三等车厢的四倍。"武剑嘟囔了一声。

"嘘,"身边的男子坐了起来,浓眉大眼,鼻梁高挺,棱角分明,他右手食指竖在双唇中间,作势低声道,"声音轻点,给茶房听了,知道我们愣充有钱人,连茶水都不给续了怎么办?这闷热的天,想渴死我呀。"

说完这话,他站起身子,整理下府绸大褂,朝武剑刚刚瞥眼的那位官员模样的人走去。武剑立即收回停留在美女身上的目光,专注地看着自己的师傅。

他年轻俊朗的师傅刚走到官员身边,袖笼里突然冒出一支钢笔,悄无声息地落到了地毯上,他竟然没有发觉,继续往前走。武剑摇了摇头,还是这一招。不过,这招倒是屡试不爽,那个小伙子叫住了他:"这位先生,您钢笔掉了。"

年轻男人停了脚步,回头看了眼地下,恍然大悟,赶紧弯腰捡起钢笔,小心翼翼地看了好几眼,才郑重地放回口袋:"太谢谢你了,要是你不提醒,这支笔就丢了。"

小伙子也是个好奇心重的人,他立即追问:"这只笔对你很重要吗?"

年轻男人又掏出钢笔,顺势坐到那两人对面,拧开笔帽,露出笔头,说:"这是一只清代晚期的金星笔,笔头百分之五十含金,包浆完美,过了快四十年了,用起来还是得心应手。关键是,这支笔,是我爷爷留给我的。我爱不释手,到哪儿都带上它。这要是丢了,怕是我爷爷在地下生气了,哪天晚上爬起来拿着拐杖追着我打就吓人喽。"

小伙子不由笑出声来,但那官员模样的人一直微闭双眸,听着那人滔滔不绝地说话没有任何反应。

"你们这是去哪里?"年轻男人貌似顺口问了一句。

"我们去木扎镇。"小伙子应答得很快,他一脸兴奋表情,根本没有发现他的上司已经睁开眼睛,一脸不悦地瞪着他。"我们是从南京来的,特派员。"小伙子打开手中的公文包,从里面掏出一张报纸,指着上面一篇新闻说,"看到没,宋氏灭门惨案。"

"宋氏灭门惨案?"年轻男人皱了下眉头,接过报纸,"哪里的宋氏?"

"木扎镇上的大户,三个月前,老四结婚,那天宋家男人都去迎亲了,谁知在回来的路上,叫人给全杀了,父子五人,还有没来得及拜堂的新娘子以及家丁，一共被杀了三四十人。"小伙子喋喋不休地说。

"木扎这地儿离南京远着呢，这消息怎么上了南京的报纸？"年轻男人看了眼新闻大标题，奇怪地问。

"新闻后记上说，惨案有两个幸存者，其中一个被怀疑是与凶手里应外合的泄密者。这个所谓的泄密者有关系很好的同学在南京政府任职，他担心自己会被冤枉，就写信求救来了。他那同学把信件转给了相关人员，一直得不到重视，干脆就捅到报纸上。这事儿一见报，很多人都关注了，上面就派我们来调查这事儿了。"

年轻男人听了，眉头皱成"川"字，不安地问道："木扎镇有几户宋家？"

"几户？"小伙子想了想，说，"我听说，木扎有个宋氏宗族，宋家应该有好多吧，但这个被灭门的，是木扎镇最有钱的那家。据说，他们被灭门，是因为凶手看上了丰厚的嫁妆。"

"完了，完了，"年轻男人一阵哀叹，懊恼地说，"我是个生意人，此次要去的正是木扎镇，而且好巧不巧，我就是要和宋家做一笔大生意，半年前就约好了，因为战乱，到现在我才有时间过来。来之前忘了再联系一下。这下好了，都泡汤了。"

那官员模样的人上下打量着眼前一脸苦相的男人，终于开口说话了："这也没什么，你这生意是和宋家做的，只要宋家还在做生意，宋家男人有没有，关系应该不大。"

年轻男人歪了下脑袋，皱着眉头想了一会儿，说："宋家男人都没了，宋家女人能做得了生意？唉，管不了了，都上了车了，去了看看再说吧。"摇了摇头，又叹气了，"唉，这消息，太惊悚了。"他坐直身子，很恭敬地问那位官员模样的男人，"不知您怎么称呼？"

"我叫刘红驹，是南京任命的木扎镇镇长。"那人道。

"刘镇长，噢，失敬失敬。"年轻男人点头示意，又想了下，不解地问，"那原来木扎镇镇长呢？"

"我就是去取代他的。政府已经得到消息，这个木扎镇镇长表面接受南京政府，暗地里却勾结重庆政府的忠义救国军，我这次去还要代表政府把他就地正法了。"这未来的木扎镇镇长说起杀人,表情愉悦,一看就是个中老手。他见自己对面那年轻商人看起来就是谨小慎微之人,便不忌讳让他知道自己此行的目的,甚至还带着点炫耀。

年轻男人果然感到惊奇,张口结舌地看着他。他见了,撇了下嘴,又闭上了眼睛,心里冷笑,还真是没见过大世面的商人,一听到打打杀杀就被吓坏了。

2

煤灰包裹着暗沉的列车,又在烈日下行进了一个多时辰,终于长吁口气,停在了牛奔镇。木扎镇过于偏僻,列车不能直达。

火车刚停下,武剑就按照师傅的指示,走到刘红驹身边,恭恭敬敬地问道:"刘镇长,我师傅想请您赏光,和我们一道前往木扎镇,不知您意下如何?"

刘红驹点点头,不错,这商人还是很有眼色的。牛奔镇到木扎有几十里山路,既要找马车代步,还要商量价钱,也是烦人的事儿。

出了火车站,武剑前去雇马车,三人在路边一边等着一边就眼前的景致闲聊,多是南方北方天气、房屋、树木的差别之类的话题。

武剑雇来的马车不错,驾车的是个老把式,他驾着车在颠簸的土路上如履平地。武剑跟他打听宋家灭门的事儿,老把式立即把他知道的兜了个底朝天。不过,再怎么兜,那也是道听途说。老把式能说上一二,和他整天驾车载人有关。他说得最多的,不是案件本身,而是宋家多了四个寡妇。越说越兴奋,附会的内容就越多。听得刘红驹和小伙子跟班有滋有味。武剑也很入神,不停地追问那个刚丧夫就急着要嫁人的汪冰到底风骚成什么样。

"还没娶媳妇吧,小伙子?"老把式笑道,"那你见了她可了不得,就一眼,我包你腰部以上酥酥软软腰部以下硬硬邦邦。"

武剑脸腾地就红了,偷偷看了眼师傅,师傅也在笑,只是他的笑,蒙着一层缥缈的雾气,他看得出师傅的眼神清清冷冷。

车子到了一处山脚,年轻男人喊了声:"老把式,停一下,方便方便。"

武剑立即说:"我也要方便一下。"

老把式一边喝着马车停下,一边打趣武剑:"宋家那小寡妇听得你胯里撑得难受了吧。"

武剑难为情地笑了一下,转身就跟在师傅的身后进了旁边的林子里。

"你们动作快点,这地儿可是有土匪的。宋家男人出事儿,就离这儿不远。"老把式提高声音对着树林喊道。

回应他的,不是人声,而是枪响。

子弹擦着他飞向身后,他愣怔地定在那里,慢慢地回头看停驻在路边的马车,那个官员模样的人正痛苦地捂着心口,瘫软在座位上。那小伙子煞白着脸,四处张望,眼神却一片惘然,除了同样呆住的老把式,周围没有一人。可怕的静默,时间被拉长了,几秒钟就是一辈子,小伙子熬不住了,仓皇尖叫起来:"我们是南京政府派来的,打我们主意就是打政府主意打皇军的主意,对我们不敬就是对政府不敬对皇军不敬……"

声音蓦然静止——武剑和那个年轻商人从林子里慢慢地走了出来。他们面无表情地看着他和老把式。

他们手里各自拎着一把短枪。

"你们,你们……"小伙子说不下去了,眼泪鼻涕还有冷汗爬了一脸。

两人都不说话,举枪对准他和老把式,老把式说话了,这虽是他人生最后一句话,倒也有点哲学的意味:"你们比灭了宋家的凶手更狠。"

枪响人灭,树林里鸟乱飞兽乱走,武剑收好枪,低着头和师傅将三人尸体拖到林子深处,这里常有野兽出没,人迹罕至。两人费了好大工夫才处理好尸体,又狠踹了马儿一脚,马儿嘶鸣着拖着身后的车子狂奔。

"武剑,干净吗?"年轻男人问。

"干净,那老头是我在半路上拦到的,没人见到我。"

"很好,那你知道我叫什么吗?"。

武剑微一点头,说:"刘红驹,汪精卫新任命的木扎镇镇长。"

新刘红驹满意地点点头,拿起死去的刘红驹的皮包,从里面掏出一张公文,细看之后,将上面的照片换成自己的,又拿出备好的钢模,沿着原来的钢印,刻在自己的照片上。

做完这些,他将身上的衣服仔细地拍打一番,又问武剑:"知道坐头等车厢的另一个好处吗?"

武剑傻傻地摇头。

"头等车厢在列车的最后面,离车头最远,也就离煤灰最远。你没见着坐三等车厢的人下车时个个灰头土脸一身煤灰吗?我们这是要去上任做官呢,能让自己像是从灰堆里刨出来的吗?"

武剑恍然大悟,对师傅再次佩服得五体投地。

3

汪冰又开始闹腾了。

她看着酒楼每日的账目被账房交给老太太过目,一笔笔盈利都被老太太收藏在某个隐秘的角落,她的心就成了火堆,她的四肢百骸就是干枯的薪柴。她想,她要将自己给烧死了,烧死在宋家这个大棺材里。宋钱氏抠着钱,是为了刚出生的大孙子,她汪冰辛辛苦苦周旋在酒客中间,也不过是为了那个假冒了身世的婴孩。她不甘心,不是说酒楼交给自己经营的吗?那盈利就该归自己。她问李美兰,李美兰并不在意,每天都亲自将药铺的收支解释给婆婆,不留分毫。汪冰试图和这个没心眼的弟妹联手闹一下,最起码要按一定比例将盈利收入交给自己。要不然,老了老了,为他人作嫁衣忙碌一辈子,什么都没有。李美兰只低头笑笑,未接她的茬,她终于愤怒了。

必须分家,宋家家业已经无虞,按各房分家也很合理。

宋钱氏叹了口气,汪冰就像一颗定时炸弹,在你刚刚松口气,准备休养生息时,瞬间就轰隆一下响了,炸得你猝不及防。把这个炸弹排除掉,虽然有引爆上身的危险,但何尝不是置之死地而后生?

"分,按汪冰说的,分家。"宋钱氏想通了,想通了,这"分家"两字说出来也就轻飘飘的了。

"咏梅是长房媳妇,如今有了长孙,这家业一半给孩子,然后剩下的另一半,三房媳妇,我,还有江雪,平均拿。"老太太提出分家方案。

"这怎么行?"汪冰第一个跳了出来,"妈,你怎么能把一半的家业给……给……"她下意识地看了看紧闭的院门、安静的前院,压低声音道,"给一个外人?"

金咏梅的脸"唰"地白了。

宋钱氏捏了手绢的手轻轻按了下眉心,慢悠悠地走到汪冰的面前,将她上上下下看了个仔细,那眼神似乎是刀子,一刀一刀地刮着她的皮毛,汪冰毛骨悚然地看着婆婆。

宋钱氏突然抡起手,一巴掌"啪"地扇到她脸上,震得汪冰两耳发出凄厉的轰鸣声。宋钱氏咬着牙齿,阴冷冷地说:"你相不相信,我动一下手指就能让你彻底消失?"她冷冷地扫了眼厅堂里所有的女人,"答应分家,是我在妥协,在退让。男人没了,宋家每一步都很艰难,此时闹分家,分明是想把宋家推向地狱,让宋家万劫不复。这是什么样的歹毒心肠?"她盯着汪冰,所有的人都盯着汪冰。是啊,宋家好不容易消停了几个月,可就有人不在乎,把她们耗尽心血争取来的平静生生打破。

汪冰心虚了,她低着头检讨自己那句不该说出口的话,这句话万一叫别人听到,宋家顷刻间就会灰飞烟灭。她明白其中的利害,只是听说宋家一半财产都归那个并没有宋家丝毫血缘的孩子,觉得太不合理,一激动就没管好嘴巴。

但她依旧犟着嘴,不服气地说:"我只想拿到自己应得的,然后好好地过自己的日子,我有错吗?"

"你得的那份不比我们任何人少,你擅长管理酒楼,就把酒楼折成现价给你,以后所有的盈利就是你的,你就可以随心所欲地过自己的日子,想找几个男人都行。"宋钱氏后面的话已经是在明着讽刺汪冰不想守妇道,她连表面上仅存的那点婆媳的脸面都不想再维持了。

汪冰没想到婆婆竟然说这样的话,刚想回嘴给自己找回点颜面,院门"咯吱"一声,被人急急地推开了,族长宋柏生一脸怒气,大踏步地走进厅堂,还没站稳,就高声说道:"想分了宋家家业,没门!"

众人一惊,关起门来才说的话,他是怎么知道的?还这么快?难道宋家有人给他报信或者他到现在还派人盯着宋家?

"所有的家业,哪怕是一针一线,都姓宋。你们分家,就是让寡妇带着宋家的财产离开宋家,这不合规矩。我告诉你们,不是姓宋的,想离开宋家,可以,宋家关不住你们一生一世，但是，离开宋家，就必须净身走人，想带走一个子儿都不行。"

汪冰已经调整好了情绪，宋柏生的出现，让她立刻找到了宋家媳妇的感觉，她不阴不阳地问："那我找个倒插门的行吗？"

"那也不行，倒插门的，就是住在宋家，就是改了宋姓，身上流的也不是宋家的血，骨子里也是外姓人。"宋柏生一口回绝。

"那我嫁给你儿子呢？"汪冰损他。

"别说我儿子不会娶个寡妇，就是娶了你，他也不能从宋家拿走一针一线，这里的任何东西都是文忠长孙的。这个世界需要规矩，这就是宋家老祖宗的规矩！"宋柏生一边正气凛然地说话，一边蔑视地看着汪冰。

汪冰冷哼了一声，扭头不看他，心却沉沉地往下坠，坠到不知尽头的黑暗里。

众人不欢而散，每个人心里都沉甸甸的。别人未来的生活有无限可能，但她们的未来却只有一种选择，那就是守着这份家业在这里度过一生，没滋没味的一生。除非可以抛开宋家的家业。

"到底是谁告诉宋柏生我们正在分家呢？"汪冰百思不得其解，她看着婆婆的背影，她此刻也很费解吧。

死了离开宋家的心，汪冰有点豁出去了。她那颗蠢蠢欲动的心已经给婆婆挖出来示人，她也不用藏着掖着。自分家未遂后，宋钱氏提高了各房的月例钱，足足是以前的三倍。汪冰也不再纠缠钱的问题，每天把自己打扮得花枝招展，经营酒楼也没以前用心，早晨转一圈，日头还没上来就跑到赌场里。

她没想明白自己安的是什么心。

她就是想让董少宾看到自己。

每当她坐在牌桌上搓起麻将牌，董少宾就会站在不远处，眼神飘忽不定，但偶尔落在她身上，都是满满的关切。她喜欢这样的感觉。他们是青梅竹马，挑破那层纸之前，他也是远远地注视着她。她来赌场，却也并没打算重新和他在一起，就是闲得慌，心里长了荒草，想来消磨些时间。

多数时间，她是赢钱的，同桌的男人根本招架不住她媚眼如丝，魂不守舍地胡乱出牌，引得她芳心大悦，心情好到极致，她甚至一扭细腰，就坐到你的腿上，软言软语地劝慰一番。待你欲伸手占个便宜，她又蛇一样地滑了出去，让你既恨得牙痒，又疼得心颤。再次出牌，哪有什么赢的心思？揣度的，都是打哪张才符合那小美人的心意。

无意间回头，就能看见董少宾阴沉着脸，她便心情大悦，回过头来继续快活。这样的日子，她如鱼得水，不管是真开心还是假做戏，她起码要比宋家其他女人快活许多。

甚至比花婶还自在。

自从宋东子抓住宋家换子的把柄，花婶就被迫成了他的相好。田间地头，白日黑夜，只要宋东子想了，她就得顺从。她想着自己被一个混混威胁和糟蹋，心里就难过，但如果她不从了，她又怕这个混混掀起更大的风浪来。她最害怕的是留根，每次回家见到他，她便内疚自责，对留根越发地好，留根自是很满意，至少表面上，日子过得还算滋润。

没人知道她暗地里流了多少泪。

4

随着林双江的奔波，日军最终敲定将物资中转站设在木扎镇。

木扎开始热闹起来，林双江亲自带人，挨家挨户通知，让各家准备好小旗子，白底红日的，准备欢迎日军进驻木扎。白底红日的旗子是什么样的，木扎很少有人知道。林双江便做了些，让大家仿着来，每家每人都要有一面旗子。

木扎虽然闭塞，镇公所连报纸也不常见，不知道日本旗子是什么样，也不奇怪，但却不可能不知道，日本人已经占领了大半个中国，是豺狼一样的侵略者。林镇长这种行为，是帮日本人，这分明是在做汉奸。

"披着人皮的狼，平时人模狗样，我看，宋家那事儿就有他的份儿。"宋柏生十分气愤，他看着桌上的那面白底红日旗子，又看了看窗外耀眼的烈阳，下了一个结论，"他一定没有好报，迟早会有人收拾他！"

他背着手像个预言家一样说完了这句话，心情顿时好了许多。屋内有点闷热，他决定到镇上去转转，做旗子的事儿自然不用他动手，这都是娘们干的活儿，正好也省得脏了他的手。他心里虽然痛斥林双江的汉奸行径，却也不敢和他对着干，他还不想引火上身，先看看各家反应再说吧。

街上人不多，所以，当宋柏生和衣冠楚楚的刘红驹擦肩而过时，他一下子就注意到了这个陌生的异乡人，那人衣着整洁，走路又快又有力，神情自若，仿佛一切胸有成竹，看来这人是个有身份的人，他出现在木扎，一定是有重要事情要做。他摇摇头，自嘲地笑笑，这人一定还不知道，木扎快要成为日本人的地盘了。他目送那人走进宋家酒楼，又觉得自己甚是无聊，遂又晃到别处。

汪冰看到刘红驹和武剑，也觉得这两个陌生人不像一般人，两人皆浓眉大眼，身姿挺拔，仪表不凡，在一屋子酒客中间如玉树临风。她一扭小蛮腰，笑吟吟地迎上去："两位打哪儿来啊？眼生得很啊，快，天冷，屋子里面坐。"

武剑见她面若桃花，声音软软的，心里竟如小鹿乱撞，见她看他，忙把目光移到一边。刘红驹用眼角余光瞄了他一眼，暗自好笑，他冲着汪冰笑道："有劳老板娘领路，若我没猜错，这是宋家的酒楼，老板娘您就是宋家二媳妇汪冰汪女士了。"

汪冰眼睛闪了一下，打开一个小包间的门，回头笑道："还真给您说对了，这木扎像样的酒楼，都是宋家的。我呢，搭个帮手罢了。"

武剑见她没有否认自己是汪冰，马上就想起了马车老把式口中的风骚小寡妇，脸"噌"地红了。

刘红驹眉眼扫过汪冰，说："宋家家大业大，酒楼本来就是是非之地，让一个女人家，嗯，还是这么漂亮的女人家来守着，不容易啊。好好的一个家，怎就遭到这样的变故，唉。"又是一声长叹。

汪冰坐下来，脸也板了起来，问他："这位先生是第一次来木扎？"

"第一次。"刘红驹饮了口茶道。

"既然是第一次来，怎会对宋家的事儿这么关心？"她警惕地问。

"好奇啊。这样的事，我活了几十年还从没听说过。在牛奔镇听人议论，说是土匪干的，也有的说是自家兄弟干的，还有说是什么队伍干的，什么说法都有，也都是道听途说。"

"你是做什么的？"汪冰又问他。

"你看呢？"刘红驹让她猜。

"我看你这气派，当官的？"她看了眼脸色依旧红彤彤的武剑，又看看气定神闲的刘红驹，揣测道。

刘红驹摇了摇头："我是个生意人。"

"噢，做生意的，您一说就觉得您像了。做什么生意？"

"大生意。"刘红驹身子向前倾了倾，声音低沉地说，"实不相瞒，我这次来木扎，原是想和你们宋当家的谈笔生意，下了火车才知道宋家已经发生巨变，唉。"

汪冰的眼神黯淡下去，人也沉默了，刘红驹知道她又想起了宋家灭门惨案，便捧了茶不说话。

良久，汪冰开口道："是命该如此吧。"不知为何，她很信任眼前这位因为宋家变故而无法做成大生意的商人，可能和他的气度不凡有关。他看她的眼神很正，虽有调笑之语却无猥亵之意，尤其他的跟班，见了自己竟然还会脸红，看来鲜少去风月之地，是个规矩人。他既然对宋家的事儿有点兴趣，那就讲给他听吧。她想，是不是自己太寂寞了？白天和三教九流的人周旋，说的话看似如鱼得水，也只有自己知道许多都是言不由衷。今天就好好说会话吧。

刘红驹特别关注活着回来的宋学礼和留根："哦，留根说宋学礼嫌疑最大？"

"不仅是留根自己说，宋学礼自己也上门承认两次事发时他都不在现场。"

"留根是什么人？"

"我们宋家的管家。打小就被宋家收留。我听婆婆说过，有年冬天，雪下得很大，我公公清早打开门，看到门前的积雪上倒着一个七八岁的孩子，就赶紧抱进屋里。等他醒了，问了很久的话，才知道他刚成了孤儿，讨饭过来，晕倒宋家门前。宋家瞧他可怜，就收留下来。等他长大了，公公看他做事踏实能干，人也比较耿直老实，就让他做了管家，我婆婆又将自己的贴身侍女花婶嫁给了他。"汪冰喝了口水，瞥了眼若有所思的刘红驹，说，"难不成你怀疑他？"

刘红驹摇摇头："本来想，他活着回来比宋学礼活着回来更值得深思，宋学礼好歹不在现场，避过了那样的场面，而他身处其中，竟然还能活着，难免叫人怀疑。但听你这么一说，他还真没理由做这个丧心病狂的恶人。"

"是啊，我们都不会怀疑他。现在除了大嫂产下的男孩，宋家已经没了男丁，只有他里里外外地照料着，快成了我们的主心骨。他没有任何理由伤害宋家任何人，因为宋家从来对他只有恩德没有宿怨。"

刘红驹点点头，又问："那就只剩下宋学礼了，他承认没有？"

"他自然不会承认。可也奇怪，他竟敢跑到族长面前自证清白，结果被关押了，前些日子不知怎的又逃跑了。这下，反而让更多人认为他心里一定有鬼。要不然，他干吗跑呀？"

"这么说，你也认为宋家灭门惨案有他一份？"

"宋家被灭门，谁能得到好处？也就是他们家了。他虽是个辍学的大学生，但他爹宋文彬游手好闲，我怀疑是他和他爹又找了什么人一起勾结了忠义救国军干的，想图谋宋家家业。"

刘红驹眉头皱了起来："怎么只怀疑忠义救国军呢？这附近不是还有日军、八路军的游击队、土匪吗？我倒觉得土匪的可能性更大。"

"宋学礼说，他曾把迎亲的事情告诉过林镇长。我婆婆他们在宋学礼房里发现了一封忠义救国军写给林镇长的信，说想让宋学礼利用会日语的能力为救国军服务。后来，留根调查发现事发时林镇长的人都没有离开过木扎，留根还说，那帮歹徒训练有素，手法凶狠，不是乌合之众能做来的，所以大伙儿都怀疑是有人勾结忠义救国军做的。"

刘红驹和武剑对视一眼，若有所思。

从汪冰的酒楼出来，刘红驹问武剑："你怎么看？"

武剑支支吾吾地说："我没认真听，偶尔一句半句的，没什么想法。"

刘红驹斜了他一眼，不知是调侃还是训斥："我看那老把式很会看人，上半身酥了下半身硬了吧。"说完，便加快步子朝前走去。

武剑红着脸赶上，问他："现在去哪儿？"

"去哪儿？去宋氏族长家，啧啧，我离开酒楼前特地问了汪冰，宋柏生家在哪里，你当真一字都没听进？"

武剑不好意思地挠挠脑袋，嘿嘿地赔着笑脸。

"我看你是中了那个女人的魔障咯。"刘红驹摇摇头，看着他发窘，好气又好笑。

5

宋柏生刚从外面回到家,就看到那个之前在镇上与他擦肩而过的男子,正端坐在厅堂里,显然是来找他的。他忙走过去,抱拳问道:"这位先生是?"

刘红驹起身回礼,亮明了身份:"我是南京政府汪主席的特派员刘红驹。"他目光淡淡地看着宋柏生,"我此次来木扎,一来是为日军在此建立物资中转站做准备,二来调查宋家灭门惨案。"

"这我都明白,林镇长已经挨家挨户通知日本人要来木扎了。宋学礼在南京的同学那封回信我也看了,知道南京会派人过来调查宋家灭门惨案。"宋柏生把几件事一联系,眼前这个特派员即便没有掏出任何证明来证实身份,他的存在也是合情合理。

"我听说疑犯宋学礼逃走了,至今下落不明?"

宋柏生额头出汗了:"看管不严,不过您放心,宋家一直在派人找他,只要查实确是他所为,就一定会严惩不贷。"转念一想,他又道,"但是,刘特派员,我怀疑宋学礼确实有点冤,这事儿应该是林镇长勾结忠义救国军干的。"

他分析得比汪冰更仔细,刘红驹听了连连点头,却也并不发表自己的意见。

听完宋柏生的讲述,他决定到宋家走一趟:"我再去找留根问问当时的情况。"

宋柏生要陪他,他笑笑摇头说不用。问清了宋家的位置,他带着武剑穿过树荫浓郁的老槐树,走进了宋家大院。

院子里,一个身形丰腴的年轻女人正抱着个婴孩背对着他晒太阳,他咳嗽一声,女人回过头来,鹅蛋脸,宽额头,柳叶眉,水汪汪的杏核眼,小巧的鼻梁红润的嘴……他愣了一下,再细看她眉宇,却少了记忆里的飒爽英气。他舒了口气,心里又颤巍巍地抖动了一下,天下竟有如此相像之人。她看着他,眼神倏地冰冷,充满警惕。他笑笑,举起双手,后退一步,拉开与她的距离,以示自己无害,轻声说道:"别紧张,我是南京派来调查宋家惨案的,我想找留根问问情况。"

"他在后院,"金咏梅扭头朝屋里叫道,"花婶,花婶,有人找留根。"

在等待留根的时候，刘红驹站在树荫里，装作不经意的样子，偶尔瞥一眼金咏梅。金咏梅碰到他目光，他忙闪开，金咏梅脸一红，干脆抱起孩子回屋了。

留根过来，有问必答，细细地把那天经过说了一遍。虽然刘红驹已经从汪冰、宋柏生那里听过这些，但这次仍是听得很认真。他一边听，一边仔细打量留根，倒是一副憨厚老实人的样子，没什么可疑之处。正说着，站在一旁的武剑叫了声特派员，又指了指日头，提醒他有更重要的事情，他便结束了谈话。离开宋家时他忍不住回头张望，内院房屋重叠，金咏梅的身影早就不知消失在何处了。

这更重要的事情，便是完成真刘红驹的"遗愿"——将与忠义救国军勾结的木扎镇长林双江就地正法。

到了木扎镇公所，却不见林双江的身影。问了人，有人说，没有重大事情，林镇长都是在家办公。

刘红驹笑了，在家办公？看来这个镇长的日子过得还不错。

刘红驹问清了林府的位置，立即赶去。林家宅子比不上宋家气派，但也很大气，下人正要通报，刘红驹推开他，直接走了进去。

林双江刚吃过午饭，正坐在厅里闭着眼睛打着盹，放在身旁的唱片机里传来了红极一时的大上海歌星李香兰的靡靡小曲儿，一杯上好的金骏眉散发着沁人心脾的茶香。

感觉有人站在跟前，他下意识地睁开眼，两个陌生男人正目光炯炯地看着他。他吓了一跳，忙站了起来："你们是干什么的？"

刘红驹拉过一张椅子，自顾自地坐到他对面，朝他笑了笑，说："我们是什么人？我们是南京政府派来的特派员。"

林双江松了口气，宋学礼同学回信的事儿他也听说了，看来都是自己人。

"真奇怪，我从南京来，你怎么就不紧张呢？"刘红驹问。

"我为何紧张？"林双江不解。

刘红驹凑近他，一字一句地说："我是汪主席派来的，你是蒋介石任命的。我们各为其主，你的主子已经跑了。"刘红驹轻轻地拍了下脑袋，做恍然大悟状，"瞧我这人，话只说了一半。我不但是南京政府派来的特派员，还是来代表南京政府接管木扎镇的镇长。"

"不可能！我虽然是重庆国民政府任命的，但那是抗战以前，日本人来了以后，我就归顺了日本人，接受的也是南京汪主席政府的领导。"林双江大声说道，"怎么说换就换了？凭什么换我？你的任命状呢？"

刘红驹朝后面摆了一下头，武剑立即打开随身携带的公文包，掏出一份任命状，递了过去。

林双江仔细地瞧着，看了文字看照片，看了照片又看人，见无讹误，便哭丧着脸说："汪主席远在南京，自然不知道这里的情况，我现在做的事儿，都是为汪主席和皇军效劳的。我忙了这一年多，还让皇军把他们的军用物资中转站设在了木扎镇。"

"你说的是实话，但你也有两个问题，一是你也是重庆政府任命的镇长，不是汪主席政府任命的。二来，据我们所知，你身在曹营身在汉，和军统的忠义救国军还有勾结。"

林双江脸色涨红，很快就变得苍白，他急急地辩解道："木扎镇情况特殊，有皇军，有共产党的游击队，还有军统的忠义救国军，哪一方都不能得罪，我与忠义救国军也是虚与委蛇，应付他们而已。如果可以，我愿意配合你们把忠义救国军灭了。"

刘红驹摇了摇头，笑呵呵地说："你看来还真是一个墙头草，说倒就倒。我倒不关心什么忠义救国军，我只想当我的镇长。"

林双江愣愣地看着他，猜不透他的葫芦里卖的是什么药，想喊人进来，可看看他身后抱着膀子站在那里的武剑虎视眈眈地盯着他，又不敢了。

刘红驹又道："我到木扎第一件事，就是调查宋家的灭门案，听说你和这事儿也有关系。"林双江心里兀自挣扎一番，低声道："我承认，我给忠义救国军报过信，把从宋学礼那里探到的宋家迎亲路线告诉了他们。忠义救国军找我要粮饷，我不想挨家去收，把这些扣在百姓头上，想了想，就让他们去打宋家主意。宋家家底厚，这点嫁妆丢了，根本就不算什么。我没想到忠义救国军竟然抢了嫁妆后又杀人。我本意绝非是要宋家灭门，我这是为木扎的百姓着想。"

"为百姓着想？宋家就不是百姓？你当真为百姓着想，就该拿出自己的家业。"刘红驹看着眼前热气腾腾的金骏眉，吹了一下，喝了一口，抬起头来，笑哈哈地说，"你林家比起宋家也不逊色嘛。"

林双江支吾着说不出话来。

"武剑，让他把刚刚说的都写下来，再签上名字。"

武剑立即从公文包里掏出钢笔和纸张，放到林双江面前。林双江无奈，只好将刚刚讲述的内容一一写下，并签上名字。

刘红驹拿过去，细读一遍，然后收起来，慢悠悠地说："宋家出事后你有没有去吊唁？"

林双江摇摇头："没有，一来他们不是正常去世，警察都在调查，我担心自己去了，会被他们抓住把柄；二来宋家也没有开设灵堂，警察调查完后就下葬了。"

"也就是说，宋家出事后的详细情况你并不知道？"

"我不想知道，我一想到因为我提供了消息，才让忠义救国军找到机会杀了他们，我就……不是滋味。"林双江的声音更低，他显然为这事儿感到懊悔。

刘红驹沉默了一会儿，站起身来，说："林双江，忠义救国军是抗日力量，你竟然勾结他们。我奉上峰指令，今儿就送你上路吧。"说完，掏出手枪，对准林双江。林双江好像没有听懂他的话，茫然地看着他。他扣动扳机，林双江应声而倒。

枪声引来了木扎镇警察，也引来了保安队，还有林家家人和一群看热闹的百姓。刘红驹没事人一样坐在林双江之前坐过的座位上，端起金骏眉放在鼻子下使劲地嗅了几下，小抿了一口，也不看眼前实枪荷弹的警察和保安队，只是示意了一下武剑。武剑会意，拿着刘红驹镇长任命状在人前走了一遭，人群便无声了。

刘红驹这才抬头，慢条斯理地说："此人是重庆政府派来的，是国民党的奸细，暗地勾结忠义救国军，我奉上面指令，只要是重庆的人，无论是谁，必须立即就地正法。"

众人被震慑住，再不敢有任何非议。

6

刘红驹走马上任。他坐在林双江的办公室里，檀木太师椅感觉不错，他向后一靠,抱着脑袋问武剑:"你看看,我像不像镇长?"

武剑托着腮,围着他转了两圈,点了点头:"像,像,别说是镇长,县长的派头也不过如此。"

刘红驹摇了摇头,说:"唉,这官不好当啊。"

武剑看了看放在桌子上的林双江的自供状,小心翼翼地问:"老大,这个怎么处理?要不要交给宋氏族长?"

刘红驹摇了摇头。

武剑不解:"宋家灭门的事儿不是已经很清楚了吗?宋学礼把宋家迎亲的时间地点告诉了林双江,林双江又告诉了忠义救国军,然后忠义救国军劫财杀人。我们为什么不把这些告诉宋族长和宋家老太太他们,了结此事呢?"

"你呀,当真是被宋家二媳妇给迷晕了,在酒楼时,她明明说了,留根回来说,出现了两拨人,一拨抢嫁妆,一拨直接杀人。按林双江的供词,那就是一拨人一次性做的事儿。事情没这么简单,林双江知道的,不过是原来的迎亲路线,宋家临时改变的路线他就不知道。因为林双江在宋家出事后根本就不想知道与此有关的消息,所以一直误以为正是自己提供了迎亲路线才导致宋家男人被杀。真正提供消息的肯定另有其人,这人想必正在偷着乐呢。"

"那我们可以将林双江的供词公布于众,麻痹真正的凶手,没准会找到机会呢?"

"不,只要我们还在调查,凶手就会心神不宁,一定还会有所谋划。这样我们才有机会逮住他。你难道不觉得,主动坐牢的宋学礼能够跑掉就是有人别有用心所为吗?"刘红驹眼睛放出光来,"这就更有意思了,猫和老鼠的游戏,拼的就是耐心。"又对武剑说,"武剑,这张供词收好,别公布,我主要是用它来应付日本人的。咱做的可是刀口舔血的买卖,一丝一毫都不能有差错。宋家的事儿,还要许多活儿要干,要特别注意留根一家和宋家大儿媳金咏梅。"

武剑大惊,摸了摸后脑勺,他也见过留根和金咏梅,自己怎么就没发现这两人可能会有问题呢?他赶紧问:"为什么要注意他俩?"

刘红驹皱着眉头:"我也说不清楚,但我感觉凶手不是宋学礼,就是留根,至于金咏梅嘛,我觉着她看到我们有些过于紧张了。"

武剑摇头："一个是受了宋家百般恩惠的孤儿，一个是宋家长媳，怎么可能会对宋家下这般狠手呢？我倒觉得宋文彬一家最可疑了，即便不是宋学礼，也是他爹干的。"

"我倒觉得宋学礼的嫌疑可以排除了，"刘红驹说，"他做事有章法，主动到族长那儿自证清白，还写信给南京同学以防万一，说明他有底气，不怕官府知道。还有一个最大的疑点，灭门这事儿也不像是忠义救国军所为，他们属于军统，军统做事还是有底线的。忠义救国军司令王佩飞我还是略知一二，他毕业于黄埔军校，也不可能做出滥杀无辜的事儿来。当然，咱们也不能一下子就把他们排除了。能够被称得上训练有素的，木扎附近除了窟窿山上的忠义救国军，还有大龙山的土匪赵老末和麦河共产党的游击队。我看，至少目前为止，他们都有嫌疑。"

武剑沉重地点了点头，狠狠地说："不管是哪一家干的这事儿，咱都不能轻饶他们。"

刘红驹点了点头。他转过身子，看着窗外，窗外的鸟在树上喳喳地叫着。他表情凝重，眉头紧皱，似乎背负着千钧重担。

女人的杀戮

1

林双江在木扎当了十多年镇长,说被杀就被杀了,很多人都大吃一惊,有人觉得可惜,但有人却暗道活该,谁让他做了汉奸呢?其中就有宋柏生。

宋柏生早上还咒着林双江早晚会被人收拾了,中午他就被新任命的镇长给干掉了。当真是诅咒灵验了?连宋柏生都觉得惊奇。待听说这杀了老镇长的新镇长竟然就是上午时分来拜访过他的特派员刘红驹,他反而疑惑了,这人不也是南京政府派来的汉奸吗?他脑袋里甚至闪过一个可怕的念头,这新镇长是为民除害呢,还是杀人灭口或者黑吃黑?

他想起早晨看到刘红驹走进了宋家酒楼,连忙来到宋家,找到汪冰,细细打听了一番,也没觉着哪里不妥,于是就叮嘱汪冰密切监视刘红驹,尽可能摸一摸他的来路。汪冰看了眼六神无主的族长,觉得他这是没事找事,官家的事情,管他什么事呢?再想起他对宋家的刁难,便没再搭理他。

酒楼是个好地方,牛鬼蛇神,各种消息,应有尽有无所不有。汪冰听他们绘声绘色地描述刘红驹干掉林双江是手起枪响人倒,真是酣畅淋漓,似是绝世高手在为民除害。活该林双江近期引来日本人,又逼着各家做日本旗子,早有人对他颇多怨言。

正说着,刘红驹一脚跨进了酒楼。有酒客认出他,嘴里的酒咕隆一声咽下了肚,却再也不敢说话。好似传染,大堂里安静下来,有人料到这个面相陌生的年轻男子,就是刚刚说起的新任镇长,便想起了传说中他杀人时骇人的淡定,心下顿生畏惧,想看又不敢细瞧。汪冰抬头见了,带着清脆的笑声迎上前去:"哎哟,镇长大人来了,快里面请。小二,赶紧着,先上一壶好茶来,再把顶级的'霸王香'温上两壶。"

众人一下子明白了,宋家新守寡的二儿媳妇儿汪冰和这位刚上任的厉害镇长是老熟人了,再瞧瞧这老板娘说话的万种风情,没准两人还有那么点来着,冲着新镇长杀人不眨眼的手段,那什么也只能意会不能言传了。

汪冰瞥了眼门外一众看客闪烁不定的眼神,施施然地掩上小包间的门,很满意地乐了一下,她要的效果,有了。

"你那动不动就臊着脸的跟班呢?"汪冰斟了茶递给刘红驹。

"臊着脸也得看是见了谁,他替我办事儿去了。"刘红驹看着眼前这个唇红齿白、满脸春意的女子,心有所动,看来她与丈夫的感情并不怎么样。宋家的水还是蛮深的。

"上午的时候你还说自己是个商人,怎么下午就成了镇长?"汪冰右手的食指和中指缓缓地在桌上交替爬行,像只调皮的小老鼠,不知怎的,就爬到了刘红驹的胳膊上。他那裸露在外的皮肤上的汗毛清晰地竖立起来。汪冰咯咯地笑了起来,"心虚了?该不是假冒的吧?"

"假冒?商人?镇长?哈哈,"刘红驹不否认也不肯定,玩世不恭地说,"我是做生意的,物资买卖是生意,当官也是生意,但凡有利可图的,都是生意。木扎虽然偏了点,但龙蛇混杂,有马上就来的日本人,有忠义救国军,有土匪,还有共产党的游击队。势力越多,这生意就越好做。我何乐而不为呢?"

汪冰自然听不出来他是不是假冒的,她也不关心,她不过是和他逗乐而已。

"听说你是帮日本人做事的,政府派到这儿当镇长的?"她随口问。

"是啊,怎么,你也关心政治?"

"我?政治?很奇怪吗?"汪冰自嘲道,"我怎么就不能关心政治了?不是说政治就是立了牌坊的婊子吗？这样的婊子当然令人好奇了。"

刘红驹认真地看了她一眼，不知道她怎的语气就哀怨起来。

汪冰意识到自己有了情绪，便转了个话题，问他："日本人可怕不可怕？"

刘红驹深深地吸口气，说："他们在南京两个星期杀了三十多万人，你说可怕不可怕？"

汪冰倒吸一口凉气，骇然道："我之前也听说了一些，以为是以讹传讹夸大了数字，听你说来，想必是真的。日本人真是这么残忍？"

刘红驹歪着头，绷着脸问她："汪小姐，我是替南京政府做事的，也算是替日本人做事的，你说这话，不怕我把你办个抗日的罪名吗？"

汪冰却笑得更夸张了，她的半个身子倚过来，靠在刘红驹的肩上，声音里也有了撒娇的意味："哎哟，我的大镇长，人家是相信你才这么说嘛，出了门，谁敢这么说啊？我对你这么信任，你就忍心害我？"

刘红驹脸色松弛下来，喝了一口茶，说："你这么一说，我还真不好把你拿下来治罪了。你如此信任我，我很感激，一恩报一恩，我也给你说实话吧。"他朝她勾了勾手指头，一脸神秘。汪冰不由自主地凑近他，他低声说，"日本人迟早要到木扎镇来，我要提醒你，特别是像你这样漂亮的女人，更要小心点，要是被他们看到了，啧啧，那就麻烦了。"

汪冰却笑得花枝乱颤，媚眼如丝地看着刘红驹，说："你说的是实话吗？"

刘红驹说："当然是实话，我给日本人做事这么多年，还不了解他们吗？"

汪冰说："我不是说这个，我是说，在你眼里，我真的漂亮吗？"

刘红驹嘴里的茶差点喷出来，他赶紧咽下，绷起脸来，严肃地说："汪小姐，我刚才是给你说真的，你千万不要当儿戏，以后见了日本人要躲得远远的。"

见他认真，汪冰愕然，缩下脑袋，但很快又笑嘻嘻地凑上来，说："日本人来了我也不怕，不是还有你这个给他们做事的镇长做靠山吗？他们在这里人生地不熟，还不是得事事仰仗着你吗？"

刘红驹微愣，却又笑道："你就不怕我比日本人更可怕？我都对你说了，我是一个生意人，你就不怕我把你给卖了？"

"不怕，就是你把我卖了，那也是我自找的，没准我还在美滋滋地帮你数钱呢。"汪冰嘻嘻地笑道，脸上像盛开了一朵花儿。

刘红驹哈哈大笑起来，心里却暗道，真是个长袖善舞的女人，如果是武剑，怕是已经去了三魂六魄了。

包间内相谈甚欢，包间外那些竖起耳朵的酒客却只听得里面传来阵阵愉悦的笑声。看来，这个风骚十足的老板娘又为宋家找了个靠山。

之所以用"又"，是因为汪掌柜已经有个让人忌惮的靠山，那就是董少宾。汪冰独立掌管酒楼后不久，董少宾就每天派三个保安队员在酒楼里蹲点，为汪冰镇场子。他自己倒是挺奇怪的，就是来了，也只是站在对面的一处当铺前往这边看几眼，也不过来。

汪冰却不想有什么靠山，酒楼里打着哈哈的人多了去了，出了酒楼，谁还记得说过的酒话？今天不过是和往常一样普通的一天，对于她来说，在宋家每一天的滋味都是一成不变的。酒楼打烊后，她快快地挪着步子，往死气沉沉的家里走去。

推开院门，倒是有出乎意料的热闹。厅堂里，竟然坐满了人，宋钱氏、金咏梅、李美兰、宋江雪都在，甚至连很少出现在前院的家丁和他们的家属也都在。他们一边在做着迎接日本人的白底红日旗子，一边在说着什么，表情既兴奋又有点诡异。

汪冰找个位置坐下来，倒没有出手帮忙，只是看着日本人的旗子，叹了口气，说："你们晓得日本人有多坏吗？"

众人看她，有的点头有的摇头。

宋钱氏说："能有多坏？打仗嘛，不就是两军交战，他们杀了中国人，中国人再把他们给杀了？"

"今儿我酒楼里来个客人，说是从南京那边过来的。他说，日本人两个星期时间就在那个城市杀了三十多万人，把城市都杀空了。"

众人变了脸色，面面相觑。花婶问："有这么坏？太可怕了。这还是人吗？禽兽不如。"

"我还听说，日本人看到漂亮的中国女人就不放过，许多女人都叫她们糟蹋死了。"汪冰在酒楼里可不是白待的，随着日本人要在木扎建立军用物资中转站这事儿传开，越来越多的人开始谈论起日本人来。

听了她的话，众人都变了脸色。李美兰颤声道："我也听说过，我娘家牛奔镇交通方便些，前两年有一些来自南方那边的难民，说了好多日本人的恶事，真叫人害怕。"

"那，那日本人眼下就要来了啊，"宋江雪将手中的旗子扔到地下，狠狠地踩了两脚，气愤地说，"那个林双江是怎么回事？为什么把那样的禽兽引到木扎来？亏他还是木扎的父母官呢。"

"如今木扎已经变天咯，"汪冰成功地把众人的注意力吸引到自己身上，神情有些得意，"今儿都没出门吧？难道你们不知道？林双江已经被杀死了。"

"啊？"众人目瞪口呆。

"木扎已经换了新镇长，是帮日本人做事的，叫刘红驹。"汪冰瞅了瞅粉嫩的红指甲，决定还是不帮忙做旗子，只是说话好了，"就是他，杀了林镇长，他不像林镇长是重庆政府的官，他就是日本人管的南京政府派来的。看来，日本人是真的要来了。"

"我们要赶紧想办法，"金咏梅放下手中的旗子，"万一传说是真的，我们是不是都会倒霉？"

女人们对那"倒霉"二字心领神会，各个露出惧怕的表情。

李美兰想了一会儿说："我知道，有种草药吃了会让人皮肤过敏，脸上会生出许多红斑来，十分难看，但它对人的身体无害，只要停了药，没几天就会恢复原样。"

宋钱氏看了看外面的天，夕阳正把院子里的老槐树照得一片晕黄，她把花婶叫过来，吩咐道："我看事不宜迟，趁现在天还亮着，你去最近一家药铺拿点回来，今天晚上，我们就把药给熬上，指不定哪天日本人就来了，我们要早做准备。"

李美兰把药名告诉了花婶，花婶赶紧出门，刚拐个弯，就被躲在拐角处的宋东子一把抓住。花婶吓了一跳，慌忙看看四周。

宋东子笑了："看来你开始替我着想了啊，竟比我还担心叫人发现。"

花婶红了脸没说话。宋东子头一歪，示意花婶跟上他。两人一前一后，去了金咏梅妹妹金咏雪生孩子时蜗居的那个山药洞。这里是宋东子威胁花婶就范的地方。

宋东子称心如意地在花婶身上折腾着，花婶闭着眼睛，忍着他嘴里散发出来的浓重的口臭味，眼里的泪水不知不觉地流了出来。宋东子折腾够了，这才放她离开。

宋东子满足地躺在床上，想着花婶忍气吞声的样子，心里无比畅快，眯着眼睛，哼着黄色小调休息。头顶上响起轻微的动静，像是有人顺着梯子下来了。他以为是花婶去而复返，淫笑道："怎么了，不满足，想再来一回合？"

耳边传来了沉重的喘气声。

他睁开眼一看，竟然是膀大腰圆的留根。

他吓了一跳，但转念一想，这留根平时木讷得像头老牛，整天对谁都是唯唯诺诺的，怕他作甚？再说了，他也只是宋家的一个管家，说白了，和他一样都是下人，是人家的狗。他有宋家的把柄，谅他不敢对自己怎么着。他从床上坐起来，漫不经心地问："你怎么到这儿来了？宋家今天很闲吗？"

留根倒没有表现出他想象中的震怒，语气很平静："你睡了我老婆？"

宋东子笑笑，那笑容里带着点嘲讽，你这不是明知故问吗？你都站在这里了，还有什么不知道的？说不定你早就怀疑了，跟踪花婶呢。

"你忘了你手是怎么废的？"留根语气仍然平静。他如此平静，宋东子倒有些紧张了，但他还是强作镇定，脖子梗了梗，说："没忘，但花婶和宋家老三媳妇怎么能比？她可不值我废了任何东西。"他斜着眼睛看了留根一眼，话里有话地提醒他，他也只是一个下人，是无法和老三媳妇的丈夫比的。

"但我能要了你的命。"留根突然出手，一把箍住宋东子的脖子，勒得宋东子喘不过来气。

"你信不信，我只要稍稍那么一使劲儿，你宋东子就成孤魂野鬼了。"

宋东子脸色发紫，连声求饶："留根，留根，手下留情，什么都好说，手下留情。"

"我想要你的命，不过是眨眼的事儿。"留根一扫之前平凡庸碌的样子，眼神凌厉，仿佛变了个人。

宋东子听出留根绝不是开玩笑，再看他一脸杀气，心里害怕了："留根，你说吧，你让我做什么我就做什么，只要你放过我。"

"聪明人。"留根咧了下嘴角，"从现在开始，你做我的内应。你是宋文彬的人，宋文彬素来和族长走得近，你要把知道的族内一切事情都告诉我。"说着，手上又加重了力道。

宋东子疼得脸都青了，连留根说这话的原因都不敢问，抽着气连连点头答应。

留根松开手，拍了拍他的脸，阴冷地说："还有一条，今天的事儿，你不许告诉我老婆，以后也不能再找她，如果让我再看到你纠缠她，我随时都能要了你的狗命。"

看着留根的背影，宋东子一身凉汗，平常看他不声不响，刚才就像换了一个人，竟是一身杀气。他心里一动，脸色大变，宋家出事，除了宋学礼，活着回来的，不还有留根吗？难道他和这事儿有关？他打了一个激灵，如果真是他勾结歹人杀了宋家男人，这是一个多么可怕的人，就是有他十个宋东子，也死无葬身之地了。他越想越怕，浑身哆嗦，谁能保他的命？只有族长和宋文彬。

宋东子当了留根的内应不到一个小时，就告了留根的密。宋柏生和宋文彬一听大惊，立即叫人把留根从家里绑到了祠堂。

留根进去一看到宋东子慌张的模样，就明白事情原委了。宋文彬上上下下地打量着他，阴沉着脸，问他："留根，看不出来啊，你平时装得挺像回事，怎么竟然威胁宋东子做你的内应？你说说，到底是何居心？"

宋柏生厉声说道："宋家出事后，从头到尾，我们都在听你说，从来没有怀疑过你，你要不是心里有鬼，怎么会让宋东子帮你打听消息？你老老实实地招来，要不然，宋家的家法你也是知道的。"

宋文彬道："当初你话里有话，一直把祸水往学礼身上引，可怜我家学礼，就这样成了你的替罪羊，还受了那么多罪，如今更是下落不明。你说，那个泄密者，那个私通歹人让宋家灭门的，是不是你留根？"

留根看了他一眼，将目光轻飘飘地瞟向别处。

宋文彬见他目光满含轻视，十分恼火，对宋柏生说："族长，这小子隐藏得深，不是一般人物，想要他自己承认，我看是不可能的，怕是要大刑伺候了。"

宋柏生没有言语，转身看向窗外。宋文彬明白这是默许，脸上不自觉地露出得意的笑容，他要把儿子受的委屈尽数还给留根。他越发相信凶手应该是留根。儿子做不出那样的事，活着回来的另一个人又怎能洗清嫌疑呢？再看看留根，平时怎么就没看出来呢？那带着铁钉的面板一下下打在留根的身上，前胸后背，皮肉翻飞，惨不忍睹，可他咬牙忍着，除了大颗大颗的汗珠从额上滚滚落下，愣是直挺着身子跪在那儿一声不吭，甚至连一声呻吟都没有。

宋柏生见了，不禁打了一个冷战，感到头皮发麻，所有人都看走眼了，这个留根水深着呢，要么是冤枉他了，他就是一条好汉，要么这事儿真是他做的，能做出如此歹毒事情的人，也绝不会是一般人。拿宋学礼和留根对比一下，他愈发觉得宋学礼可能是冤枉的，倒是这个留根，有可能真是内鬼。他抬手制止了行刑的族人，问留根："你承不承认？"

留根咬着牙，颤抖着说："我没做过的事儿死也不承认，你们想屈打成招，做梦。我告诉你们，我让宋东子打听族里的事情，就是为了早日抓到宋学礼那个凶手，为老爷和少爷们报仇。"

宋柏生愣了一下，这个理由倒是说得过去，但他听了，更加觉得此人可疑，平常不声不响，现在却像换了一个人，尖牙利齿。这话里还有话，可能还顺便捎带着讽刺他无能。他不由跨上一步，吼道："这是我们宋家的事情，轮到你插手吗？"

"我自小是个孤儿，是老爷太太收留了我，把我养大，把我当儿子看。老爷少爷出事了，我自然要为他们报仇。指望你们，这都几个月啦？有点消息没有？唯一的嫌疑人宋学礼，你们还让他逃了。他被关在屋子里，门还锁着，若不是你们开的锁，怎能逃走？到现在你们还不紧不慢地调查，猴年马月才能还老爷和少爷们一个公道。我看，你们根本就是知道宋学礼的下落，故意瞒着，想把宋家灭门这件事拖到后面拖没了。"

宋柏生被他说得脸红一阵青一阵，宋文彬还故意在一旁煽风点火："族长，这小子竟然信口雌黄怀疑您的能力，我看，得再给他上点刑才行。"

"动不动就上刑，你们还真想屈打成招啊！"宋钱氏的声音从门口传来，她的身后跟着金咏梅和李美兰,还有女儿和花婶,"什么时候,你们带走我宋家的人,都不用说一声了?宋家男人不在了,你们就欺负孤儿寡母,不把我们宋家放在眼里了?"

看到难缠的宋钱氏,宋柏生头就开始疼了。他示意宋东子把事情原委一一道出。花婶听得心惊胆战,知道留根这是发现了自己和宋东子的丑事。她看了眼已经血肉模糊的丈夫,觉得天地旋转,几乎支撑不住了。

宋钱氏显然也没料到留根会做出这样的事。她想了一会儿,说:"这件事一时半会儿也理不清,现在人已经被你们打成这样,如果不处理一下,是会出人命的。我先把留根带回去治疗,然后再详细盘问。"

宋文彬冷冷地说:"这怎么行?万一让他跑了呢?"

宋钱氏一眼瞪过去:"你以为他是宋学礼吗?没做过的事,他干吗要逃?倒是你,一下手就这么狠,你这是借着他朝我示威呢,还是想靠着蛮力把罪名安在他头上,好洗白你的儿子呢?"

宋文彬嘴巴张了张,又找不到更有力的话,只好闭了嘴看宋柏生。

宋柏生说:"宋家媳妇,要不这样,和宋学礼一样,先把他关在祠堂里,等我们调查清楚再说。"

宋钱氏一口回绝:"和宋学礼一样?宋学礼除了嘴上受点伤,前胸后背有人碰他一下了?把他关起来?想他死啊?等你们调查,要等到啥时候?"

宋柏生接连被质疑,越发难堪,正想发作,却看到汪冰带着刘红驹跨进了祠堂大门。

宋柏生皱了下眉头,宋家什么时候搭上新镇长了?

"我听说宋家族人一出事儿,就会在祠堂解决,现在看来,果不其然。"刘红驹四周打量一下,目光落在留根身上,血腥味已经引来一些不知名的小飞虫,正在厅里飞来飞去,有的已经迫不及待地趴伏在他身上。花婶流着泪,挥着手绢驱赶着。

刘红驹说:"你们这是私设刑堂。"

"刘镇长,这是家务事,老话说,清官难断家务事,我看您这次有点多管闲事了吧。"宋柏生并不害怕眼前这个看起来威严有力的新镇长。

"有家规，但也有国法。"刘红驹板着脸道。

宋柏生冷笑，说："日本人就要来了，国将不国，还讲什么国法？"

刘红驹大怒："就凭你这句话，信不信我办你个通共反日的罪？"

宋柏生用拐杖狠狠地捣着地，说："我只知道重庆，不知道还有什么共产党，说我反日，我就反日，是中国人都要反日，你能把我怎么样？"

刘红驹脸红了一下，但还是恶狠狠地说："私通重庆比私通共匪罪行更重。"

宋柏生看出刘红驹不保下留根不会罢休，也觉得自己刚才说得太冲，这个镇长没有揪住不放，也算给了他面子，他也不想在这个特殊时期与他撕破脸，心里再怎么鄙夷他刘红驹不过是日本人的一条狗，一条没有脊梁没有骨气的哈巴狗，也不能放到桌面上来，想到这里，便冷哼一声，再也不说话了。

刘红驹斜了宋文彬一眼，把施刑的族人推开，小心翼翼地弯腰扶起留根，说："先回去再说。"

宋文彬眼睁睁地看着他们离开祠堂，急得像热锅上的蚂蚁："族长，就这么让留根回去了？我们好不容易才发现这条新线索，就这么断了？"

"你又不是没看到这个新来的镇长的态度，他摆明着是在护留根，他还有日本人撑腰，和他闹僵对我们没有任何好处。"宋柏生眯下眼睛，"妥协只是暂时的，只要留根在木扎，一旦发现问题，我们随时可以将他抓起来，如果这事是他干的，那他就得拿命来偿。"

宋文彬想到儿子宋学礼蒙受着冤屈，现在又下落不明，无奈地叹了口气，但随即又打起精神，无论如何，这也算好事，留根已经落到众人的视线里，好歹分散了他们对宋学礼的关注。

2

回到家里，刘红驹坐了一会儿，见没自己什么事儿，也就告辞走了。

宋钱氏问了留根，留根说的和在祠堂说的一样，自己找上宋东子，只是心里着急，想早点找到宋学礼，还老爷少爷们一个公道。宋钱氏顾不得多想，得先把留根安置妥当。

留根根本无法躺下，只能仗着胳膊上的一点好肉侧身依靠在墙壁上。花婶哭得他心烦气躁，就这副样子，还偷人！想吼她两声，又看到宋钱氏正皱着眉头看李美兰替他处理伤口，便不好发作，只好把注意力转移到伤口上。

宋钱氏和李美兰当然知道其中的是非曲直，但留根不知道，想安慰两人，却又不知从何说起。李美兰动作很轻，但疼痛是避免不了的。她小心翼翼地用棉球吸收伤口上的液体，又涂抹上收敛伤口的药膏，交代花婶说："花婶，今天晚上留根很可能要发烧，你一定要盯紧点，我已经把药先熬上了，体温一升高，赶紧就让他喝下。"

宋钱氏话里有话叮嘱花婶："伤口不能挤压，留根这些天要受大罪了，睡不了觉，脾气一定好不了，你要多担待一些。"

花婶一边呜呜哭着一边点头，都怪自己被宋东子拿捏，害得留根吃了这样的苦头。留根打她骂她都成，可他现在连瞧她一眼都不瞧，自己心里有苦，但这苦却只能咽进肚里。

宋钱氏看看花婶又看看留根，她很快理清了前因后果。显然，花婶自老大媳妇产子那晚被宋东子捏住把柄后，就一直受制于他，而留根撞破了此事，遂以此要挟宋东子。留根为什么要这么做？他的理由能完全相信吗？他真的是为了给宋家死去的男人报仇才想打探族里的大小事情吗？说实在的，宋家出事后，她不仅怀疑宋学礼，也怀疑过留根，但留根没有非做不可的理由。而宋学礼使坏，比起留根来，理由更充分些。今天发生的这事儿反而让她吃不准了。

她心里一颤，突然觉得大事不妙，宋东子知道宋家换了孩子，一直不说，那是因为花婶委身于他。如今事发，花婶断不可能再和他往来，那么，宋东子还会对这事守口如瓶吗？

她觉得可能性不大，狗没了食物，饿极了，难免乱咬一气，何况是人？接下来怎么办？好不容易稳定下来的宋家难道又要面临暴风骤雨？

这边宋钱氏因为宋东子殚精竭虑，那边宋文彬拿出了十块大洋，重奖宋东子。他没有看走眼，宋东子确实一心跟着他，为了表示对他的赞赏，他甚至拿走了李月华辛辛苦苦攒了一年多的私房钱。为此李月华三天没给他做过一顿饭，晚上也关了房门不让进，他只好睡在儿子的房间应付过去。

宋东子得意扬扬，拿了钱就上了宋家酒楼，直接要个包间，点名要汪掌柜来关照。汪冰想着留根前胸后背的伤口，恨他恨得牙痒，但酒楼是赚钱的地方，犯不着得罪客人，于是也就去了包间。宋东子见她果然来了，倒是有点发蒙。汪冰身着南方流行的织锦缎紧身旗袍，更显得丰乳肥臀，一步一生花，看得他眼都直了，心里生出怯意，再转念一想，她冲的是钱，而自己这会儿身上也有几个钱，心里稍稍踏实一点。

汪冰扭腰坐在他身边，笑嘻嘻地问他："难得你上酒楼来，今天是啥风把你吹来了？发财了？"

"不发财就不能来？你整天都在酒楼里，想见你也只能到这儿来了。"

"我有什么好见的，不就是一个寡妇吗？"汪冰给他倒了杯酒，自己先饮了一口，又递给他。

宋东子激动得手脚不稳，赶紧凑着杯沿上的口红印，将酒一口喝下："寡妇怎么了？寡妇最有风情了。"酒没喝几杯，他就觉得自己已经醉了，左手不由自主地摸向眼前那张俏生生的脸。

汪冰轻轻巧巧就让了过去，奚落道："废了只手还不长记性，非要把你绑到祠堂你才记得住。"

宋东子见又拿他右手说事，脑袋一热，说："现在最怕去祠堂的，哪里是我？是你们宋家的几个娘们儿。族长念念不忘要把宋家的财产交给我家老爷，本来这事儿就成了，偏偏大少奶奶生下了个带把儿的。啧啧，你说，要是他知道那个带把儿的不是……"他故意卖个关子，让汪冰自己去猜。

汪冰睁大眼睛瞪着他，宋东子竟然知道这事儿！哪个环节出问题了？

宋东子见汪冰发愣，知道自己成功镇住了她，这个秘密比天还大，她汪冰再看不起他，谅她也不敢怎么着自己。他就大胆地伸出胳膊抱住她："我不是有意拿这事儿要挟你，我就是一直喜欢你。宋家男人在时，你就像天上的月亮，高不可攀，我只能远远看着。可现在，男人们都没了，你也犯不着守活寡，只要你跟了我，我刚才说的那句话就烂在肚子里……"他的心跳得厉害，急切地看着她，她会是什么表现？会不会就范？

汪冰白了脸，问他："我知道你的意思，如果不从你，你就会把你知道的事儿摆到祠堂里去说，是不是？"

宋东子觉得手心里都是汗，想想要得罪宋家的几个女人，就等于得罪了女人娘家的势力，心里也害怕，但要放了怀里这个风骚美人，他也是不甘心的。昔日连正眼都不敢看她，现在都把她抱在怀里了，离她乖乖就范就差那么一点点了。他松开手，抓起桌上的酒猛灌几口，借着酒胆，使劲儿地点头："对，你不从我，我立即就去族长家里，一分钟一秒钟都不耽搁，然后，族长就会把宋家所有财产给我家老爷，你就成了个一无所有的漂亮小寡妇，到那时，谁都可以欺负你……"

他见汪冰沉默着不吭声，又大着胆子环抱着她，说："如果那时没人要你，我就娶你，好不好？"

他说着，竟有点为自己的话而感动，眼睛有些湿润。

汪冰"扑哧"一声乐了，扭过身子，纤细的手指轻轻地戳到宋东子的额头上，说："瞧你喝多了，竟说胡话，酒桌上的话不能当真的，什么事都得清醒着说。来，既然来了，就多喝点，我再给你拿瓶'霸王香'来，我请客，喝痛快了，一觉就能清醒，清醒了，好好说话，怎么说都行，都依你，好不好？"

"你说真、真、真的？都依我？"宋东子激动得语无伦次。

"真不真，你心里自然是有数的。"汪冰的手指画着他的下巴，软软地靠在他身上，说，"来，我陪你喝，不醉不归。"

宋东子呵呵地傻笑，大口大口地灌着琼浆玉液，一边喝一边想，这真是美好的一天。

没过一会儿，宋东子头向下一顿，趴在桌上呼呼睡去。

汪冰出了门，急急地向宋家大院赶去。

3

李美兰给留根处理好伤口，便回到了药铺，又开始准备给宋学礼治伤的药。宋学礼已经在药铺阁楼上躲了两个多月，嘴边的伤口几近痊愈，宋家灭门惨案真相仍然遥不可知。她叹口气，端着药上了阁楼。

宋学礼正盘腿坐在药草堆中间，手里拿了本药理书，闲来无事，他只能靠看书打发时间。听到楼梯口传来脚步声，他的眼神热烈起来，是李美兰上来了。他终于明白为什么即使眼下处境艰难，却依然觉得这每一天并不是那么难受，原来只是因为可以见到她。这个狭小闭塞的阁楼简直是他的天堂，比家里还好。如果让他一辈子都待在这儿，他想他也愿意。

李美兰正凑近他的脸，细细地察看他的嘴角，她离他那样近，他的呼吸将她额前的碎发拂起又落下，她的眉眼那么清晰，皮肤吹弹可破，双唇红润光泽，他心里一颤，闭了眼睛不敢再看。

李美兰哪里知道宋学礼的心思，对她来说，他不过是个需要照顾的病人。她见伤口愈合得不错，心情好了许多，便把留根和宋东子的事情告诉了他，当然，宋东子为何能拿捏住花婶这事是万万不能讲的。宋学礼听了，对留根的举动也觉得奇怪，更印证了他心中对留根的怀疑，但他听出李美兰话里都是对留根的维护，也知道留根对这宋家的重要性。他想了想，还是忍住没有将自己对留根的怀疑告诉李美兰。

他看了看正低头收拾药盘的李美兰，轻声说道："这都是因为我才惹的事，拖累你了，要不，我不躲了，我去找族长把这事儿说清，明明嫌疑人不只我一个，为何偏偏要这样对待我呢？"

李美兰皱了一下眉头，摇了摇头："你不能出去。本来林镇长也有嫌疑，可他已经死了，死无对证。你现在出去，更说不清了。你再忍耐一段时间，南京来调查这事的镇长我看很有能耐，族长也忌他三分，他一定会让真相大白于天下，到那时你再出来就没事儿了。"

宋学礼见李美兰字字句句皆是为他着想，心里已经湿乎乎泛着热气，忍不住抓住她的双手，说："美兰，要不是遇到你，我现在说不定早被抓回宋家，生生被按上罪名已经死无葬身之地。在这个时候，除了我爹妈，只有你相信我，待我洗清冤屈出去后，我一定会报答你。"

李美兰脸红了，想缩回手，又被他抓得紧紧的，感受到男人粗糙有力的手掌灼热的温度，心里像有头小鹿在蹦跶着，她意识到这是一种不太妙的情绪，便快速地调整一下，小声说："我没想着要什么感谢什么报答，我只是觉得你不是做那种事的人，我也见不得人受伤，即便不是你，我也会救助的，所以你别放在心上。"

宋学礼有些发愣，原来在她眼里，自己和常人没什么区别，心里一阵难过，脸色便灰了下来。李美兰慌慌地挣脱了他的手，站起身来，快步跑下楼去。

4

宋家的女人围着汪冰，人人表情惶恐不安。花婶脸色苍白，不停地抹着眼泪。汪冰从酒楼回来告诉大家，宋东子知道了调换孩子的事儿！

花婶一阵自责，觉得这一切都怪自己。

宋钱氏听汪冰说了发生在酒楼的事儿，心里发慌，对宋家来说，宋东子就是一颗定时炸弹，那根引爆的弦已经被他拉起来了，随时都可能引爆了，怎么办？宋钱氏焦急地看着众人。

"妈，宋东子是条喂不饱的狗，留根断了他能从花婶这儿得到的好处，他就开始胁迫弟妹，怎么办？"金咏梅蹙眉，满脸担忧地看着婆婆，又看了看汪冰。她自然知道最好的办法是一劳永逸地解决宋东子，但她不能明说，那会显得她毒辣狠绝，她不能给人留下这样的印象。

宋钱氏沉吟不语，倒是汪冰沉不住气，冷笑一声道："大嫂，其实吧，最着急的该是你，这孩子可是从你肚子里出来的，按理说他宋东子要的也是你的命。我嘛，"她抿了下红彤彤的唇，"不过他怎么就盯上了我呢？"嘴里却又"扑哧"笑出了声，"还是我这朵花儿香啊。"

宋钱氏没有搭理她，抬头看着金咏梅："老大媳妇，平素你很有主见，你看这件事如何处理是好？"

金咏梅摇摇头，说："妈，我还真没想到会出这样的事儿，眼下心里乱得很，一时也没有什么主意，我听您的。"

宋钱氏盯着大儿媳妇没吱声。她看人自有眼力，金咏梅心里在想什么，不说十拿九稳，她基本上也能猜个差不离。罢了罢了，媳妇还年轻，还是让自己做恶人吧。她看了看门口的老槐树，像是在喃喃自语："宋东子这个祸患，留不住了？"又顿了下，看了看众人，语气更加肯定，"留不住了。"

金咏梅果然很镇定，倒是汪冰瞪大了眼："妈，您这心，有点狠吧。"

"宋家就剩下咱们几个女人，在这乱世中要活下去，总得有个狠心人，你们小，恶人我来做。"宋钱氏悠悠地叹了口气，又看了看当年男人们栽下的槐树，"他们父子地下有灵，也会赞成的。"

媳妇们顺着婆婆的目光看着老槐树，入秋了，黄澄澄的叶子从树上飘下，像有了灵魂，在她们的眼里慢慢地打着旋儿，像是对她们示好。汪冰不知怎的眼睛湿了，而金咏梅却不由自主地瑟缩了一下。

宋东子不能留！可这事儿谁来干呢？怎么才能做得神不知鬼不觉呢？

宋钱氏看了看花婶，斟酌了半天，说："花婶，让留根来做这事吧。"

花婶一个哆嗦，扑通一声跪了下来，哑着嗓子说："老太太，求你别让留根做这事儿了，这事儿虽然对宋家好，但到底是……他，他没做过啊！"

"到底是伤天害理，是不是？花婶，你想说的是不是这话？"宋钱氏眼睛红了，"伤天害理啊，图谋人命啊，可我的丈夫我的孩子，他们的天理，怎么就被伤了害了呀！"她紧咬牙关，还是忍不住号啕起来。

她们都愣住了，自从宋家男人去世后，宋钱氏虽经常落泪，但都没有失态过，如今这般老泪纵横，疲态尽显，确实令人不忍。

花婶流着泪，嗫嚅着说："老太太，我已经对不起留根，虽说这也是为了宋家，我是被迫的，可他是个大男人，我丢的是他的脸，这几天他一句话都不和我说。我也只想和他平平安安地过日子。老太太，只要不是这种事儿，再苦再累再难的事儿，我和留根做牛做马都心甘情愿。再说，留根威胁过宋东子，我怕宋东子一出事儿，他肯定会被怀疑上。"

宋钱氏心里翻江倒海波涛汹涌，让留根做这事儿，她并非心血来潮，而是有自己的想法，留根做了这事儿，以后就不能不听宋家的，他们就是拴在一条绳子上的蚂蚱，最重要的是她想看看留根如何下手。这灭门的事儿，宋学礼的嫌疑最大，但对于留根，她还是心存疑虑的，能做出这事儿的人，一定是心狠手辣的人。她想看看留根是不是这样的人。但花婶这么一说，她心也软了，花婶为了宋家，牺牲太多了。如果自己再坚持，把花婶逼急了，后面万一这两人不和宋家女人齐心，那就更麻烦了。

"那该怎么办呢？"她叹了口气，放弃了让留根下手的打算。

"要不让刘镇长来干？"汪冰犹豫了一会儿，说，"我和他说过几次话，他话里话外就是一个图钱的生意人。虽然是个官,但如果我们给他足够的钱,想来他也是肯做的。他的手段,咱们也听说了。他杀老镇长,眼睛都不眨。如果他肯干,十个宋东子也不是他的对手,他想让他咋死,宋东子就得咋死。"

"他会愿意吗?镇长也是个官,咱们要干的这事儿,可是犯法的。"宋钱氏有点心动,但又觉得镇长未必肯出手。

汪冰撇下嘴:"什么官不官的?只要给他钱,这就是生意了。"

宋钱氏点点头,正打算安排让汪冰和他接触一下,试探一下他的意思,金咏梅却摇了摇头,说:"妈,我觉得不行,我们这事儿本来就见不得人,自然是知道的人越少越好,不能为了灭一个人的口再让另一个人知道。再说,我们对刘镇长的底细也不是很清楚,弄不好,引狼入室,我们被他拿捏住,那就更难办了。"

"这也不行那也不行,那你说怎么办?"宋钱氏灰着脸,叹着气说。

金咏梅咬了咬牙,一个字一个字地说:"我们自己干!"

宋钱氏心里一紧,不由伸手按住胸口。想来想去,除了亲自动手,确实没有其他办法了。她慢慢地呼了口气,点了点头,只能这么办了。金咏梅和汪冰应该都没问题,但李美兰却是绝对下不了这个手的。她看看众人,说:"今天正好老三媳妇不在,她太心软了,到时候,把她支开吧。"

5

木扎镇的秋天是一年四季最美的时候,阳光特别耀眼,天空更是特别蓝,你抬下头就是一个响亮的喷嚏打得浑身舒爽。这不,宋柏生已经打了三个喷嚏了,这让他舒爽之后又怀疑自己是不是感冒了。他揉了揉鼻子,就看到镇上最有名的算命先生刘半仙从宋家出来。他摇了摇头,看来,这些女人是找刘半仙来算后半生的命了。

"半仙,好些日子不见你给别人算命了,怎么今天又开始重操旧业了?"宋柏生喊住了他。

刘半仙见是宋家族长,忙停了下来,说:"宋家老太太让我来算算,到底这宋家犯了什么太岁,才惹得这番惨祸。"

"噢,"宋柏生一扬眉,"算出了什么?"

刘半仙回头指着身后的宋家大院，说："你看，这院子里有树，就是一个'困'字呀，八棵树，分两排，各四棵，就是'双困'，这风水大凶啊。"

"既然这样，那把树挖了如何？"

"您和老太太想的一样，但是，挖了树，树是没了，那围住的尽是人了，便成了'囚'，也不好，不如再种一棵，要大的，越大越好，这围住的'木'就成了'本'，这凶就被破了，宋家就会慢慢好起来的。"

宋柏生见刘半仙说得头头是道，笑了笑，问他："老太太信了吗？"

"信！怎么不信，已经唤了管家去镇上林场里看树了。"

宋柏生又看了眼宋家大院，秋日里的老槐树，树叶伶仃，随风颤动，有气无力，一点生气都没有。他长叹一声："是啊，宁可信其有，不可信其无，这风水，还是要信的。"

留根买了一颗火炬松，巨大的树冠，粗壮的树干，庞大的根系，看上去威风凛凛，配得上宋家大院。留根指挥用人把树抬进院子，看到树坑已经挖好，不由愣了一下，说："这么快就挖好了？"

"你一走，就找人挖了，人多也不费什么工夫。"金咏梅瞄了眼巨大的树坑，恍惚看见宋东子正躺在里面撇着嘴看自己，心里一抖，赶紧看树，见是火炬松，奇怪地问，"怎么买它？"

"刘半仙只说买树，要大的壮实的，也没说买什么树。我听林场的人说，这火炬松是洋人那边过来的，有气势，像火把一样，火力旺，歪门邪道的东西都要避着它，能看家护院呢。"

金咏梅点点头，说："还有这个说法？那真是太好了，但愿从此以后能护住宋家，再也不要出事儿了。"

留根立刻招呼众人把树直立起来，准备往树坑里放，金咏梅见了，赶忙上前拦住："等等，现在还不能栽，刘半仙说了，得等个好日子，还要去庙里上过香吃过斋才行。把树先搁坑边上吧，不时给树根浇点水就行了。"

留根一听，赶紧照做。刚把树放好，汪冰娉婷地走进院子，围着树"啧啧"两声，留根知道二少奶奶有些刁钻，也不以为意，只有金咏梅清楚，那"啧啧"背后的含义——第一步做好了，这第二步就要轮到我汪冰出马了。第三步，宋东子就要见阎王了。

6

宋东子这些天就耗在汪冰的酒楼了，吃香的喝辣的，汪冰也不来收他的账，这让他产生了一种错觉，以为自己把汪冰拿捏定了，便愈发得意起来，甚至在心里细细地盘算着，如何才能把宋家的这个天大的秘密用得足足的。他想，既然能拿捏住汪冰，那么，把汪冰攥到手里后，任他摆布完了，再去拿捏李美兰？他暂时还不打算动金咏梅，尽管她没惹过他，但不知为何，他看到这个女人害怕，总觉得她是个深不可测的女人。

能把汪冰和李美兰拿捏住，那也值了。

这天酒楼刚开门，他便熟门熟路地走进"定点包厢"，叫来一壶宋家秘制的"霸王香"，美美地喝上了，边喝边想，越想越得意，酒便喝高了，迷迷糊糊地就看到汪冰扭着水蛇腰靠了过来，头更晕了，满眼都是她的影子，抽了抽鼻子，闻到的都是她的香味。

汪冰挨着他坐下，胳膊搭在他肩上，轻声细气地说，"东子，我给你商量个事儿，日本人要来咱木扎镇建个啥子物资中转站，更多的日本兵就会跟着来了。这当兵的都是男的，肯定是爱上酒楼爱女人，我打算将酒楼扩大规模，还要找些女的来陪他们喝喝花酒，你看怎样？"

"喝、喝花酒？"宋东子舌头打结了，他有点激动，"什么花酒，不就是找妓女嘛。"

"话不能这么说，咱们木扎什么时候有妓女了？"

宋东子讨好地朝她笑着："你说没有就是没有，你说啥都对。"说着，就伸出手来，要抓汪冰搭在他肩上的胳膊。汪冰却站了起来，像是想起了什么，皱着眉头来回走了一会儿，摇了摇头，苦恼地说："可咱木扎镇就这么小，哪里有女人肯陪日本人喝花酒呢？"

"可不是嘛，这陪人喝酒，得八面玲珑才行，木扎镇的女人，除了你，还有谁玲珑来着？"

宋东子站起来，摇摇晃晃地走到汪冰跟前，打了一个酒嗝，说："那些日本人，我听学礼少爷说，个个都是豺狼，你可不能陪他们喝酒。"说罢，手也抚摸上她细滑白嫩的脸蛋，邪声邪气地说，"我可舍不得。"

"那怎么办呢？"汪冰这次不躲不闪，反而猫一样地蹭了蹭他，"你给拿个主意？"

宋东子激动起来，说："让我拿主意？真的？"女人让一个男人给拿主意，这都是在心里认定了对方才会这样，他有点语无伦次起来，"好，好，我想想，想想……对了，干脆就找一些妓女来吧，我听说她们样样精通，喝花酒，陪男人，都行，把日本人伺候得服服帖帖的，你还怕酒楼赚不来钱？"

汪冰眼珠子转了转："哪里能找到妓女？"

"这我清楚，县城里就有，干脆去省城，宋家又不缺钱，省城的妓女档次高，技术好，保准男人满意。"

"可我从未去过省城啊。"汪冰低着脑袋捏着手指头轻声说。

"我去过，我带你去，"宋东子急不可耐地搂住她的腰，笑嘻嘻地说，"只要你不怕我把你给吃干抹净了就行。"

汪冰斜了他一眼，满目风情："讨厌呀，你。"

宋东子心旌摇曳，正想凑过去亲她一口，她却摇着头说道："可我们去省城，万万不能让别人知道，你想想，这么好的发财机会，要是让别的酒楼知道了，也用这招，那我还怎么赚钱？"

"行，那我就偷偷和你去，别人问了，我就说去找少爷了。"宋东子一口应承下来，然后又急不可耐地把嘴凑了过去。

汪冰伸出白葱似的手指挡住了他的嘴巴，身子却往他身上靠了靠，软软地说："别急吼吼的嘛，我给你一把钥匙，今天晚上，宋家的人都去庙里上香吃斋，明天早上才能回来，今晚你到我家，我在家里等你，咱们有的是时间。"说罢，她从随身携带的荷包里掏出把黄铜钥匙塞到他手上。

"有的是时间，有的是时间，我这就回去准备准备。"宋东子喜不自禁，他把钥匙放在鼻子底下狗一样地嗅着，一股女人的馨香直冲脑门，他几乎要笑出声来，自己和她就是天壤之别，可今天晚上，这个仙女一样的女人就要躺在自己的怀里了，就要成为他的女人了。这放在从前，是想都不敢想啊。好不容易等到了天黑，宋东子偷偷摸摸地来到了宋家大院，汪冰果然没有骗他，打开院门后，他赶紧从里面掩上，院里一片漆黑，看来汪冰还没有从酒楼回来。那就等一会儿吧。乐滋滋地摸索着往前走，突然一个趔趄，一头栽进了一个大坑里，一嘴泥巴。他吓了一跳，爬起来试了试，竟然特别深，只能露出个脑袋来，不由在心里狠狠地骂起来，这宋家搞什么幺蛾子，大院子里好好地挖这么一个大坑，妈的，这是要埋人啊，我呸，我今晚就睡了你宋家媳妇。他费了一番工夫才气喘吁吁地爬出坑，吐出嘴里的泥土，又拍了拍身上的污泥，抬头看了看天空，没有月亮和星星，黑得伸手不见五指。汪冰要回来了吧。他急不可耐地向门外张望。

酒楼那边，汪冰揣摩着宋东子也该到了，就简单交代了一下伙计，拿了一壶酒准备回家，刚提着裙摆下了酒楼的木梯，就看到刘红驹跨进酒楼，看到她，绽开一脸笑容。她忙迎上去给他打招呼："呦，这天都黑成这样了，镇长您怎么才来呀？顶多半个时辰就要打烊了，这黑灯瞎火的，我可不能陪你了。"

刘红驹笑着点点头，说："中午时打算来的，刚准备进来，被武剑喊走了。你要不信，你问宋东子，我中午正好碰到他，他喝多了，我还扶了他一下。闻到他身上的酒味，我这酒瘾也上来了，忍了一下午，这会儿好不容易有点空，就赶紧过来了。听汪掌柜的口气，你这是急着要走？"

汪冰心里"咯噔"一下，宋东子中午和他打过照面？

刘红驹见她神色不对，不由多打量了几眼，看到了她手中的酒壶，不解地问她："什么好酒不在店里喝，准备躲起来独饮啊？"

汪冰皱起了眉头，声音里满是愁怨："唉，什么好酒，木扎最好的酒不就是我们宋家的'霸王香'吗？酒楼里到处都是，我至于躲起来独饮吗？只是长夜漫漫，镇长您哪里会知道寡妇夜里的苦。我这样老去，不醉了自己，又怎能入睡？"

"哦，"刘红驹点了点头，脸色变得正经起来，"酒还是少喝一点的好。不过，一个人喝酒是否太寂寥了？要不，我陪你喝？"

汪冰看了看天时，宋东子肯定已经到了宋家，自己回去晚了，是要误大事的。这个刘红驹，怎么早不来晚不来，偏偏这个时候来。她勉强挤出笑脸，说："镇长您看，一天忙下来，到了这个时候，我也是乏得很，怕就是陪您喝两盅，也不能尽兴，改日再和您好好地喝上一壶，我做东，您看如何？"

刘红驹看出她是真的急着回去，也就不再纠缠，伸出胳膊弯腰向前一伸，笑哈哈地说："你要是有事儿你就回去吧。"

汪冰一愣，索性直说："确实有点急事儿，镇长您进店，'霸王香'随意喝，记账上，我请。"说罢，弯了下腰转身便离开。

刘红驹看着汪冰隐隐约约的背影，若有所思地皱了皱眉头。

7

汪冰急匆匆地往家赶，还没到门口，就看到有个模模糊糊的黑影向这边张望，看身形就是宋东子。她低头看了看手头的酒壶，努力地压住心中的那声叹息，加快了步伐。

见汪冰来了，宋东子赶紧迎上来，拉起她的手一起走进院子里，低低地说："这院里好好的挖个这么深的大坑做什么？害得我刚摔了进去，一身泥。幸亏是我，要是换了你，细皮嫩肉的，还不疼坏了？"

汪冰愣了一下，好久没听过一个男人说这样心疼自己的话了。大概是因为想着即将做成"好事"，宋东子看她的目光里似乎有种朦胧的情意。光线如此黯淡，她竟然感受到了。

"黑乎乎的看不见，你跟着我走，刚刚等你的时候，我来回走了几遍，不会再跌进去了。"宋东子心情甚好，脚步异常轻快。汪冰反而有点挪不开步子。

进了屋，汪冰点了煤油灯，宋东子疑惑道："怎么不开电灯？"

"电灯光线亮，这周围住户都知道家里人去上香了，别让人怀疑。"

宋东子释然了，看着簇动火焰下镀了层金光的汪冰，心里一阵酥软，迫不及待地将她抱进怀里。

"别急嘛，"汪冰千娇百媚地推开他，拿出两个酒杯来，"喝点酒，助助兴。"

宋东子嘴都笑歪了，重复道："助助兴，助助兴，是要助助兴。"

汪冰倒了杯酒，递到他唇边，他毫不犹豫地一口喝下，然后，他东施效颦地也倒了杯酒凑到汪冰的红唇上："你也喝，你也助助兴。"

汪冰抬手轻轻地压下酒盏，柔声道："我不需要，你需要。"

宋东子有点不解，这女人说的话真难懂，听听就头晕。他摸了摸脑袋，说：

"酒不醉人人自醉,这话我真信了,怎么……"手里的杯子"哐当"一声掉落地面,身子也软了下去:"这,这酒……你……"他猛然醒悟,不敢置信地盯着微微蹙眉的汪冰:"你,你下了药?!"

汪冰蹲下来,仔细地看他,声音微微颤抖着说:"宋东子,你知道不知道,无论你手里的筹码有多大,无论你多用心,你终究还是一条狗,是狗就该吃狗该吃的,你居然还想吃天鹅肉。这就是你的悲剧了,还真不能怪我。"她笑嘻嘻地抓住他的手,放在自己柔软的胸脯上,趴在他耳朵边,像哄孩子一样柔声说道:"看你就要死了,我就满足你一下,你喜欢它,就让你摸摸,你到了那边,可要记着我对你的好。"

宋东子努力睁大眼睛,却挡不住浓浓的困意,手掌忍不住拼命地抓了几下,便陷入了一片黑暗。

汪冰站起身来,揉了揉胸口,宋东子濒死挣扎,下手特重,抓疼她了。她打开电灯,坐在桌边,看着宋东子的脸,不由想起进院子时,他拉着她的手说的贴心话。"唉!"她深深地叹口气,到底是没了男人的寡妇,一个龌龊的男人说几句贴心话,自己就觉得暖心。

在后院等着的宋钱氏、金咏梅和花婶见了灯光便走了过来,花婶的手上拿了根褐色的细麻绳,这根绳子是宋钱氏挑中的,材质是剑麻,因为纤维质地坚韧,既耐磨、耐盐碱,又耐腐蚀,通常屠户们对猪牛羊等大型肉类动物进行分割时,就用它来悬挂。宋家去年春节,有人孝敬了半边猪肉,就是用剑麻系着送来的。把宋东子迷昏再勒死他,是几个女人唯一能想到也能实际操作的灭口手段。

谁都不说话,按事先商量好的,力气最大的花婶将绳子套上了宋东子的脖子,交错后向相反的方向使劲儿地勒紧,其他人按住宋东子正在抽搐的腿脚。即便没了意识,宋东子的挣扎还是让汪冰出了一身汗,她松开手,阴沉着脸走到床边,拿起枕头,捂到他的口鼻上,然后将自己整个身体都压在枕头上。厅里的钟摆在夜里发出清晰的声响,每一下都敲击在她们的心上。宋东子终于不动了,她们也瘫软在地上。

花婶走到院里,拿了把铁锹跳进坑里,埋头挖了起来。又挖了一个人躺着的深度,她才上去,和金咏梅、汪冰合力将宋东子扔进坑里埋好。当宋家的女人们相互帮扶着爬出坑后，屋后传来了一声嘹亮的鸡叫。

刚睡下不到三个时辰，院子的大门就"咯吱"被人推开了，李美兰、留根还有用人们从庙里回来了。院子里静悄悄的，他们抬头看了看日头，今儿老太太起得比往常有些晚。正想着，宋钱氏出来了，看了眼留根，一脸正色道："昨儿上了香也吃了斋守了庙，今儿就把树移上吧，托刘半仙的吉言，种了这树，我们宋家的困局就破了。"

8

宋东子不见了，宋文彬刚开始并没放在心上。这小子手里有了些钱，一定会出去玩乐，但五六天还不见人影，就难免令人生疑，那十块大洋能支撑几日？问了一圈身边人，有人说，半月前听他说过，说是应了老爷的要求，外出去找少爷。宋文彬立即出了一身冷汗，他可没有让宋东子去找宋学礼。他赶紧去找宋柏生，宋柏生也觉得甚是蹊跷。

"族长，宋东子怕是出事了。以往他去任何地方，都会和我说一声。现在他没声没息的，恐怕凶多吉少。"宋文彬越说越恐慌，宋东子于他而言是左臂右膀，他要是出了事，就等于断了他一条胳膊。他仔细回想了，近期宋东子干的最多的，是紧盯宋家，难道……

"族长，宋东子如果出事，一定是宋家那帮女人干的。她们心狠着呢。当初让东子盯着宋家女人，第二天早上我发现他右手出了问题，问他原因，他说自己跌跤摔到石头上了。当时我没在意，现在想想，一定是那帮女人害的。族长，我越想越觉得有问题，一定是宋家……"

"宋文彬！"宋柏生见宋文彬又要把矛头对准宋家女人，不由得生气了，猛地打断他的话，呵斥道，"你不要想宋家财产想疯了，啥事儿都往人家头上扣，几个女流之辈，能把宋东子怎么样？"

"族长，我这话是有依据的。"宋文彬恨恨地说，"我来这儿之前，特地从宋家院门口过了一趟，那院子里突然就栽了一棵大树。为什么晚不栽早不栽，偏偏这几天栽？这里面一定有猫腻。"

"你就胡扯吧！"宋柏生拍了下桌子，喝道，"我告诉你，栽树这事儿我知道。宋家找了刘半仙算命,栽树是刘半仙的主意。这都是好些天前的事情了……也幸亏我那天看到刘半仙,要不然,听你的话就跑过去找人家质问,又是出丑!"

宋文彬愣了一下,但还是不肯罢休:"族长,我还是不放心,东子我了解,他绝对不会无缘无故地跑掉不见了,况且,我一直待他不薄,这段时间也没什么让他非走不可的事儿,一定是遭到什么不测了。我想来想去,也就宋家那几个女人了,一定是东子撞到了宋家不愿意让人知道的事儿,她们杀人灭口。她们突然栽起的那棵树,看着让我这心里发毛,一定要挖开看看,不看我说什么也不放心。宋东子是我带大的,他就是我半个儿子,族长,你要为我做主啊。"

"宋文彬呀宋文彬,你说挖就挖了?这可是半仙破宋家困局的招儿,你挖了,若是没挖到宋东子,那帮女人会把你剥皮拆骨的。我为这事儿,已经焦头烂额了。"宋柏生见宋文彬如此固执,觉得头疼。

宋文彬一梗脖子,说:"我管不了了,族长,这可是事关一条人命啊,你有责任追查下去。"

一说到族长的责任,宋柏生就颇为无奈。再说,宋东子不管怎么说,总是宋家的人,虽然只是个下人。宋家几个女人确实也有嫌疑,宋东子不但负责盯着宋家,前一段时间刚刚把管家留根得罪了,而留根算得上是宋家的支撑了。不管宋家女人和宋东子失踪有没有关系,都应该去一趟。想到这里,他点了点头,算是同意了。当然不能让宋文彬一个人去,宋家女人根本就不买他的账。这个男人也确实不争气,还得他宋柏生亲自出马。他带着族里几个有声望的老人和宋文彬一起到了宋家,宋钱氏却正好不在家。宋柏生不由松了口气,宋钱氏实在不好对付,她不在,事情就好办了。

听了他们的来意,金咏梅和汪冰暗叫不妙,两人都觉得这事儿办得天衣无缝,怎么也没想到居然会有人怀疑。事情突如其来,两人没有心理准备,未免有些慌张。特别是汪冰,一向尖牙利齿,这会儿也吞吞吐吐。宋文彬见她们神色有异,更觉得栽下的这棵新树有问题,跨上一步,冷哼一声,说:"是你们找人挖,还是我们挖?"

金咏梅知道这时不能慌乱,要沉着,她将怀里的孩子递给身后的贾雪荣,跨上一步,瞪着宋文彬,厉声说道:"你不要逼人太甚,你口口声声说树下埋有宋东子，如果挖不到怎么办？"金咏梅决定豁出去了，这坑挖得极深，即便起了树，也还要往下再挖半米多。是福是祸，得赌一把。哪一种日子不是自己赌来的？宋文彬觉得自己已经有了九成九的把握，他说："挖不到，挖不到我就把头割下来给你们当夜壶！"

汪冰见金咏梅如此这般，胆子也上来了，捏着嗓子冲着宋文彬尖声道："哎哟，好歹还是叔叔辈儿，有这样和侄媳妇说话的吗？这种夜壶，憋死了我也尿不出来啊。"

宋文彬脸红一阵白一阵，半晌，恶狠狠地说："我用身家性命相赌！"

"性命？要不起！"金咏梅冷冷地说，"这棵树是我们请了半仙看了风水后，半仙支的招儿，是为了破宋家困局。宋家冤仇尚未得雪，凶手至今奔逃在外，你身为叔叔，却一而再再而三地欺我孤儿寡母，不顾血肉亲情，执意毁我宋家，我们人单力薄，自是阻止不了。"金咏梅转身看着宋柏生等人，朗声说道，"宋家遇到大难以来，叔叔不但不体恤我们孤儿寡母，反而步步相逼，今天又来发难，各位做个证，如果起了树，树下什么都没有，宋家坟头的山丁子劳烦各位督促叔叔种下。"

宋文彬哆嗦了一下，变得犹豫起来。

山丁子在木扎镇是种让人又喜欢又畏惧的树木。它的果实酸甜可口，红彤彤地耀人眼睛，木材可用来做家具，可以说既好看又实用。但不知从何时起，木扎镇就有了这样的说法，山丁子的红果，能导引往生者的灵魂轮回转世，如果能在亲人的坟前移上一棵，那亲人不仅会早点转世为人还会觅得极好的去处。但它同时还有另一种说法，山丁子由恶灵把守，移植时，会引鬼上身。所以，这山丁子对逝者有再多好处，活人都不敢移栽它们，怕被恶灵缠上。二十多年前，木扎镇曾有个年轻人不信这个邪，移种了一棵山丁子到心上人的坟前，几天后不仅自己暴毙而亡，连带着父母也突发恶疾，一月之内撒手人寰。从那以后，山丁子招惹不祥被坐实，无人敢碰。

眼下，金咏梅敢说出移植山丁子这话，看起来胸有成竹。宋文彬迟疑地看了眼宋柏生，宋柏生说："文彬啊，我看你真是想多了。"

宋文彬死死地盯着火炬松的根部，恨不得自己长了透视眼，能够看到躺在树根下的宋东子。他低着头反复思量了一会儿，觉得这是一个机会，宋东子十有八九是被宋家女人害了，她们几个女人，要想把这事儿做得神不知鬼不觉，只能埋尸在树下，他觉得自己的判断不会错，值得冒险。如果此时不能击倒宋家的这几个女人，以后就更没有机会了。他踌躇了一会儿，咬着牙说："挖，挖不出来，我就去哥和侄子坟前栽山丁子。"

金咏梅一阵慌乱，忙用力地掐着手心，提醒自己千万要镇定。她转过头，低沉地喝了声："留根，带人挖。"

留根一帮人动作虽快，但火炬松根系深而庞杂，还要注意不要碰伤了它，足足挖了一个时辰才将大树起了，众人伸长脖子往树下看，还是厚厚的泥土。宋文彬不死心，来回走着，嘴里嚷道："别停，继续挖，再挖。"

手指甲已经掐进手心肉里，金咏梅却浑然不知疼痛。坑里尘土飞扬，越挖越深。宋文彬的脸色愈来愈白，而宋柏生已经一脸不耐烦，这个宋文彬，当真是疯了。正想着，头顶传来了宋钱氏的呵斥声："怎么回事？怎么又到宋家撒野来了！"

众人赶紧回头，宋钱氏外出回来了，见院里人杂树倒，顿时眼冒金星，但很快发现，事情并没有败露，遂放下心来，厉声责骂着。

金咏梅没有回头，她死死地盯着坑底，突然，她看到留根一锹下去，宋东子藏青色的衣角便呼啦一下露了出来，甚至还随着铁锹挥动的余威晃动了两下。她心里大骇，还未及反应，却发现留根手脚极快地挖了一锹土将衣服重新掩埋在暗无天日的地下，接着他不但住了手，还挪动脚步，踩在上面，没事儿人一样和众人一起抬头看着宋钱氏。

宋柏生看着宋钱氏，心里发虚，想想自从宋家遇此大难以来，自己虽然是为宋氏家族着想，但确实也把这帮寡妇逼得够呛，关键是，自己几乎每次都不占理。他脸有些涨红，冲着留根他们挥手叫道："别挖了，就是挖到地球另一边也挖出不个什么东西来，赶紧栽上。"他扭头瞪了宋文彬一眼，抖着手指着他，一脸恨铁不成钢的表情，"宋文彬啊宋文彬，我都跟你说了，你就是不听，你真是鬼迷心窍了。"

宋钱氏跨上一步，说："慢着，就这样算了？我们这可是选了时辰栽下来的树，你们说起就起了，说栽上就栽上了？上下嘴唇一碰，就折腾我们宋家半天不得安宁，世上哪有这么轻巧的事儿？"

宋柏生觉得确实理亏，赔着笑对宋钱氏说："我明儿亲自去一趟，请刘半仙再来算算，再算个良辰吉时。"

宋钱氏怒道："算了，宋家折腾不起了，你们只要不再来打扰，我就谢天谢地了。留根，把树栽上。"

宋文彬傻眼站在一边，心有不甘，却又无法分辩，只能眼睁睁看着留根他们将树重新移植到坑里。

他灰溜溜地跟着宋柏生离开了宋家，如一条丧家之犬。

回到祠堂，宋柏生阴沉着脸说："说话要算话，你去山上起五棵山丁子吧。现在想来，你逼她们真的太狠了，她们终究是你的嫂子和侄媳妇，我这把年纪了，还被你哄得团团转，老脸都被你丢尽了。宋家也有男丁了，你就死了接管宋家家业的念想吧。你要是真的关心你哥一家，就多留心打听打听宋学礼的消息吧。宋家的大仇，宋氏家族是一定要替他们报的。这才是你应该操心的大事。"

宋文彬有气无力地应着，内心里满是恐慌，他向来就信这些神灵鬼怪之说，想着要去做招惹恶灵的事，他就手脚发软。可是，说出去的话不兑现，他宋文彬以后如何在木扎混人？就是宋柏生也不会答应的。得罪了族长，就等于得罪了整个宗族。他还没这个胆。那就想想如何移植山丁子吧。他突然想起，儿子宋学礼就从不信这个，这小子念得书多，动不动就让他信科学。他挺了挺胸，妈的，父子一条心，从现在开始，老子也不信这些歪门邪道的玩意！不就是移植五棵山丁子吗？木扎镇周围山上山丁子可不少，随处都可以弄到。去种，我宋文彬一言九鼎，言出必行。可想想宋东子活不见人死不见尸，实在不甘心。宋东子不在宋家的大树下，他一个大男人，若还活着，会在哪儿呢？想了想，他对宋柏生说："族长，宋东子不见了是事实，我看，即便不是宋家女人们干的，也该是留根干的。留根因为他的告发，被祠堂大刑伺候过，肯定怀恨在心，没准他就是被留根杀掉的，或者被他关到什么地方了。"

宋柏生想了一下，也觉得留根和宋东子的失踪脱不了干系，但从上回祠堂审留根那件事来看，镇长刘红驹摆明着护他，这个突然出现在木扎镇的镇长一出手就在光天化日之下杀了坐镇木扎十多年的老镇长,手段不可谓不毒辣,和他撕破脸,他宋柏生还没这个胆子。承认这点没什么丢人,他背后有日本人,还有南京政府撑腰,放眼木扎,谁敢得罪杀人像捏死蚂蚁一样的刘红驹?族里出面已经不大合适了。他背着手,皱着眉头想了一会儿,叮嘱宋文彬找人监视留根,并一再交代,一定要有真凭实据再抓他,千万别犯了刘红驹。

宋钱氏阴沉着脸坐在厅堂里,夜色已经降临,院子也恢复了整洁,太阳底下发生的一切好像是场虚无的噩梦,只有还在怦怦直跳的心脏提醒自己又遭遇了一回劫难。想想都后怕。说来也怪,她当时正在李美兰的药铺里,毫无征兆,心里突然就不安起来,总觉得家里要发生事情,赶紧往家里赶——若来迟一步,土坑再多挖几下,宋东子这事非露馅不可。

"妈,"金咏梅忧心忡忡地看着她,"留根看到了。"

"看到什么了?"宋钱氏没反应过来,不解地看着大儿媳妇。

"他看到宋东子了。就在你进来那一会儿,大家都在看你,他挖到宋东子的衣服,但他很快又埋了起来。"

宋钱氏头皮紧了一下,缓缓坐直身子,沉吟一会儿,说:"宋家把留根养大,不是亲生儿子也当是亲生儿子了,他不会给宋家找事儿,这个,我还是可以断定的。"说完,又想起自己之前对他的怀疑,琢磨了一下,觉得自己多疑了,如果他想对宋家不利,这挖到宋东子,他就不会重新埋起来。

"可是,我还是有点不放心他。"金咏梅望着茫茫夜色喃喃说道,随即又低头看了眼左手掌那道刚掐出的血痕,它横叠在一块浅白色的印痕之上,那是陈年旧伤,若不仔细看决计看不出,但它分明存在着。

宋钱氏心疼地看着大儿媳,今天这局面,亏得有她撑着。她朝金咏梅笑笑,安慰她说:"你别担心了,今天也累了,好好休息休息,留根那边,我自会处理的。"

9

留根这天精神出奇地好,早早吃过晚饭,主动殷勤地替花婶收拾碗筷,收拾完后,催着花婶上床。这可是很久都没有的事情。特别是和宋东子的丑事败露以后,留根都没拿正眼看过她。她以为他再也不会碰自己不贞洁的身体,本来已死了心,想着就这么将就着过吧,两个人守着彼此,不说话不交流,就老死一起吧。夫妻之间的亲热也不是非要不可。丈夫能要她,她自是充满喜悦,但她很快就发现不是那么一回事。

"你这个娼妇,好狠的心啊,"留根用力地动作着,突然喘着粗气冒出这么一句。花婶吓了一跳,留根从前在亲热时,要么叫她花花,要么叫她亲亲,从来没有用过这样不堪的字眼。她以为自己听错了,问他:"你刚才说什么?"

留根的声音有些沙哑、扭曲:"不管怎么说,你到底和宋东子好过,怎么就下得了手?"他双手掐着她的脖子,更加粗鲁地撞击着她。花婶的脑袋嗡的一声,几乎要炸了,她摇了摇头,留根的手松开了一点,眼睛瞪得像要杀人:"我看到宋东子被埋在树下了,按道理说,最想杀宋东子的应该是我,怎么也轮不到你们这帮女人动手,还瞒着我!你说,这到底是怎么回事?"

留根的劲儿太大,花婶有点吃不消,觉得自己像一条被扔到砧板上的花鲢,被人狠狠地用刀刮着鱼鳞。即使这个时候,她还想着宋钱氏的交代,杀宋东子这事儿知道的人越少越好,因为拔出萝卜带出泥,归根结底,宋东子还是因为知道换孩子的事儿才被灭口的,怎么也不能灭了一个人的口却又让另一个人知道了。

花婶摇了摇头,艰难地说:"我不知道你在说啥……"

留根手上又用了点力气,花婶连连咳着,脸涨得通红。他又松开了一点,恼怒地说:"我对宋家忠心耿耿,几十年来风里去雨里来,何时怠慢过?你们倒好,这么大的事情,居然还瞒着我,把我当作外人了吗?怕我害了宋家不成?"

花婶忙摇头:"不是,不是,老太太没这个意思……"

听她这么说,留根的动作停了一下,突然像变了一个人,把手从她脖子上拿开,抚着她的头发,声音也变得温柔:"老婆子,我是你的丈夫,宋家待咱再好,咱终究还是下人,最亲的还是咱们自己,胳膊肘不能往外拐。有什么事儿,你要和我商量着来,不能瞒着我。特别是在这乱世之中,灾难来时,谁能保护你?还不是我嘛。你知道什么,都对我说说,我好做到心中有数。"

这番话说得花婶心中翻江倒海,想想自己为了宋家被宋东子胁迫,做了对不起留根的事儿,留根并不清楚前因后果,只是想当然地以为宋东子是她的相好,她确实也是这么给他解释的，但留根没打她也没骂她。想想他说的话也有道理，两人是夫妻，是要过一辈子的人，为什么还要瞒着他呢？再说，他从小被宋家收留，早就把宋家当成自己家了，老太太把这一切都瞒着他，确实不应该，想想都让人伤心。留根有点异常，其实也是正常的，这事儿放在谁身上，心里都不好受。花婶哽咽了："留根，我啥都给你说，我也早就应该告诉你了……"

留根从花婶身上爬起来，给她披上衣服，扶着坐在床头，花婶一边抹着泪一边把所有的事儿都倒了出来，从当初宋家女人商量换孩子到自己如何被宋东子胁迫，再到宋家几个女人如何对宋东子下的手，如何在树下埋了他，一点都没保留统统对他说了。说到伤心处，泪如泉流。留根也是一阵唏嘘，起身拿来毛巾，体贴地给她擦着眼泪。听花婶说到最后，留根扇起了自己的耳光："你混账啊你混账，你老婆为了宋家，受了多大的委屈，你还怪她在外面有了相好，你是人吗？"

花婶感动不已，忙伸手拦住他，说："你别责怪自己，怪我，我原本也是为你好的，不想让你趟这浑水……"

留根满脸泪水，张开双臂抱着她，把她拥在怀里，喃喃地说："真是为难你们了，这些事情，哪是你们女人做的？老太太糊涂，你们也糊涂啊，我一个大男人，身强体壮，在宋家长大，怎么就不找我做呢？让我做了，也是给我一个机会，让我报恩啊。"

花婶怕他心里难受，忙说："这不但是我的意思，也是老太太的意思，都是为了你好，不想把你也卷进去。"

留根点点头，却又坚定地说："以后再有这样的事，你一定要事先告诉我，我留根没有宋家早就成了孤魂野鬼，如今就算舍了我这条命，我也会好好保护宋家！"

花婶用力地点点头，丈夫说得这话有情有义，她也相信丈夫是个言出必行的人。

能嫁给他，她觉得自己是个幸运的女人。

10

这事儿过去没多久，有一天，当花婶发现金咏梅的妹婿王安庆鬼头鬼脑地朝宋家大院张望时，她第一个念头便是赶紧告诉留根。

金咏雪的丈夫王安庆不是个老实人，只是直到婚后金咏雪才发现这一点，却又因为在他身上投入了太多的感情而不舍得放弃他。王安庆这名字有着浓厚的地域特征，他来自安徽安庆，那个地方金咏雪根本就没听说过。日本人攻占了南京，离安徽只有咫尺之遥，王安庆辗转逃难，最后来到了牛奔镇。因为长相斯文，读过中学有点文化，写手好字，金家就将他收入门下，做了账房先生的助手。一来二去，就和年少怀春的金咏雪好上了。金家当家的瞧着王安庆老实本分，做事也踏实，就让他与小女儿结为连理。这是多少男人梦寐以求的婚事啊，全白水县的人都知道，金家唯一男丁早些年暴毙身亡，百年之后，这金家庞大家业二一添作五，两个女儿一人一半。这娶了金家女儿，就等于娶了半个金家，作为一个逃难的难民，这真是他前世修来的福分。谁料，王安庆并不珍惜这福分，新婚不久，他就迷上了赌博，很快就将金咏雪的大笔嫁妆拱手送给了赌场。金家当家的派人围追堵截都不成，便想让女儿与他离婚，可金咏雪陷了进去，说啥都不同意。一气之下，金家当家的就给他们另买了一座房子，把他们赶出家门，断了往来。王安庆虽然感激金咏雪对他情比金坚，屡次声称要痛改前非，但赌瘾实在太大，顶多两天就熬不住。到了后来，甚至逼着金咏雪和姐姐换孩子，拿了大笔的钱后又去赌场。小赌只能怡情，他不满足，便将金咏雪母女丢在家里，只身跑到有更大赌场的木扎镇，基本就吃住在赌场里。他大手笔的豪赌终于引起了一个人的注意，那就是木扎镇保安队长董少宾。

董少宾是个聪明人。这个赌场要赚钱，靠木扎镇的布衣百姓，一天扔几个子儿进来，一辈子也赚不了几个钱。可是，这个偏远小镇，有几个能一掷千金？之前有一个，死了，不仅自己死了，全家男人都死了，宋家没什么指望了。眼下来的这个出手豪气的王安庆，让他激动了一下。打蛇打七寸，他马上派人调查了王安庆，知道他是金家的女婿，正高兴着，派去的人说，金家在两年前就把他们赶出家门，断了他的经济来源。那么，王安庆在赌场这些天的大手笔是从何而来，就值得好好琢磨了。

董少宾越想越兴奋，王安庆是条大鱼，要慢慢地用心地钓。

再多的钱也架不住往赌场里扔，王安庆很快花光了换孩子的钱。从家里出来时，他留了豪言壮语，要为妻子赚回嫁妆，这下好了，身无分文地回去，别说金咏雪难受，自己也觉得不堪，不知何去何从，便不由自主地跑到宋家门口。宋家好歹也算是门亲戚。他到底是个书生，除了赌博，还没做过伤天害理的事儿，即便是将自己的孩子和大姨子的孩子换了一下，也认为那孩子的日子只会好不会坏，心下就坦然。可他一想到自己赌博输了钱，心里发怵，到了宋家门口，却也不敢进去了，当他看到一个满脸阴沉的壮汉紧握双拳疾步向自己走来时，他下意识地调转身子，拔腿就跑。

日本人来了

1

日本人真的来了。

木扎镇的大街小巷家家户户挂满了各色彩旗，有长方形的，正方形的，圆形的，有一米开外的，半米大小的，也有巴掌大的，它们在烈日秋风下哗啦啦地作响，颇有点虚张声势的架势。上午十点左右，镇长刘红驹将镇上的人都组织起来，列队站在镇里最宽最长的街道两侧，各人手里拿着一面白底红日旗，有一下没一下地挥舞着。女人们都抢着站在槐树的树荫下蔽日，你看看我我看看你，扯着嘴角无奈地笑笑。有人往脸上抹了锅底灰，连脖子都不放过，黑乎乎的瘆人；有人穿着最破旧的衣服，上面还尽是污垢，满眼邋遢；宋家几个女人的脸上更是布满麻麻点点的红疹红斑惨不忍睹。镇上的男人们见了，都心照不宣。日本人是洪水猛兽自不是空穴来风，提防着总没错。

半个多小时后，日本兵来了。他们穿着土黄色的军服，黄色的长靴，各种长枪短枪机枪大炮，队伍长长的，少说也有千余人，队伍整齐划一，踩得地皮微微颤动。他们的表情也不凶，甚至还冲着路两边的人们笑。这让木扎镇的百姓心里轻松了一下，他们还会笑，不像传说中的凶神恶煞呀。待他们走到面前，百姓们甚至都有点喜欢上他们了，因为他们从口袋里掏出了大把糖果和香烟，向人群中撒去。花花绿绿的糖纸，包装整齐的香烟，对于穷乡僻壤的百姓充满着无与伦比的诱惑，他们弯腰抢成一团，你推我搡，你挤我赶，甚至有人被推倒在地，爬起来就骂爹操娘。抢不到的，还有主动走到日本兵面前，点头哈腰一脸媚态地伸手讨要。宋家的女人不抽烟，也见识过更好的东西，她们站在树下冷眼看着乡邻们的丑态，心下不胜唏嘘。金咏梅突然用手拐了下李美兰，慢慢地蹲下，捡起脚边的一颗糖果。李美兰愣了一下，看了眼马路中间那群正在看热闹的日本兵，他们中有人正看过来，她马上会意，赶紧拽下汪冰，一起蹲下来将身边的糖果捡起来揣进口袋。

刘红驹跑前跑后左一声太君右一声皇军，一副汉奸嘴脸，汪冰见了，"呸"地吐了口唾沫，心里没来由地有些难受。

汪冰没想到，自己那声"呸"清脆撩人，吸引了好几个日本兵的注意力。他们盯着她看了会儿，有个日军军官突然走了过来，看了看她们几个的脸，用生硬的中国话问道："脸，你们的，红斑，怎么的？"

李美兰吓得躲到金咏梅身后，汪冰一脸不屑地扭头看天。金咏梅强作镇定，低低地说："可能是红斑狼疮吧。"

日本人还想说些什么，刘红驹在那边看到，赶紧快步过来，毕恭毕敬地弯腰，做出请的手势，殷勤地说："井上太君，一路辛苦，先去镇公所，酒席已准备好，为各位接风洗尘，请！"

那个叫井上的日本人哈哈大笑，看起来十分满意，拍了拍刘红驹的肩膀，说："红驹君，你的，大大的，良民。"

看着刘红驹弯着腰背追随日本人的背影，汪冰冷哼了一声："狗腿子。"

汪冰一直是高看刘红驹的。他相貌堂堂，一到木扎镇，就出手不凡除掉林镇长，又在留根事件上压住了宋家祠堂那帮老朽，还经常到酒楼给她撑撑门面，她一直对他印象不错。可日本人来了，他就换了张脸孔，一副奴才相。

刘红驹再到酒楼，汪冰便不想再给他好脸色看了，他还没坐定，她便冲他骂道："汉奸，日本人的奴才。"

刘红驹不怒反笑，大言不惭道："这等乱世，先活着吧。汉奸怎样，奴才又如何？要放得下身段，该当龙时就是一条龙，该做狗时就要会汪汪叫，还要叫得响亮，汪……汪汪……"他一边学着狗叫一边直往汪冰身上凑。

汪冰不耐烦地将他推开，不悦地说："这狗叫得真难听，别把其他狗都叫来了。"

刘红驹哈哈大笑："我一只公狗，叫来的可是母狗，我这是叫你呢！"

汪冰气急，站起来扭头就走。刘红驹把玩着手里的青花瓷酒杯，脸上挂着笑意，眸子里却寒意凛冽。

2

木扎镇热闹起来。日本人让刘红驹出头，招募了木扎许多青壮年，用了近两个月时间，不分昼夜，终于在木扎和牛奔两镇间开挖铺设出一条三米见宽的石子路。这之后，白日黑夜里大型卡车隆隆声不绝于耳，军用物资源源不断地运往木扎镇，驶进木扎镇西边的仓库。刚开始，人们还有点恐惧，只敢躲在家里，隔着门缝或者窗户偷窥，时间长了，惧怕之心淡去，也敢走出家门，对着包裹严实的卡车好奇地揣测，一见到荷枪实弹的日本兵从车上跳下来，就赶紧缩回家里，关好门窗，当起了自欺欺人的乌龟来。

林双江之前准备的仓库很快就不够用了。日军联队长井上一夫找到刘红驹，要他想法子再找个大点的仓库。刘红驹想了想，说："太君，最好的仓库在宋家。"

刘红驹带着井上一夫和十来个日本兵直奔宋家，宋家几个女人顶着满脸红斑忐忑不安地看着他们。刘红驹说清来意，宋钱氏一口回绝："刘镇长，自从宋家当家的去了后，就已经不做物资储备的行当，仓库我们已经转租给了他人，这合约还没到期，怎能毁约呢？听说您也是生意人出身，自是知道，生意人信用当头，宋家不会自毁招牌。"

一个日军翻译模样的人叽里呱啦地说了一阵，日本兵立即拉响枪栓，对准了眼前的女人们。

刘红驹赶紧拦住，点头哈腰地对井上一夫说："别着急别着急，待我再说说，再说说。"

"你们也看到了,"刘红驹抹了把头上的汗,绷起脸,很严肃地对宋家女人们说,"要命还是要信用?"

宋钱氏咬牙切齿地说:"自己是奴才,还想把我们宋家也变成奴才?休想!"

刘红驹摇了摇头,凑近宋钱氏,低低地说:"宋老太太,奴才这事儿后面再说不迟,好汉不吃眼前亏,你一大把年纪,豁得出去,你的儿媳妇们呢?你的大孙子呢?他们日本人可是吃人骨头都不吐啊!"

老太太一愣,看着一团惶恐的儿媳妇们,沉默不语。

"妈,"金咏梅靠近宋钱氏,拉了下她的衣角,战战兢兢地开口,"那仓库也刚租出去不长时间,租户也没放多少东西,我们给他们换一处,减点租金,想来他们也会体谅的。"

宋钱氏看着眼前凶相毕露的日本人,知道不行也得行,叹了口气,低头不说话了。

刘红驹立即眉开眼笑,凑到井上一夫跟前,点头哈腰地说:"好了好了,宋家同意了。"井上一夫带着那群日本兵出了门,可又停住了,回过头来又进了屋。刘红驹一惊,赶紧跟了过来。

井上一夫在金咏梅身边停下来,细细地看了看她,又看了看李美兰和汪冰,回头对刘红驹说:"红驹君,她们的脸,红斑的,有病,得找人看看。"

刘红驹松了口气,立即接话:"有病,有病,看看,看看。"

"叫军医小林君。"说完,井上一夫又看了眼金咏梅,调头离开。刘红驹忙也慌忙跟上,身后传来了汪冰低低的嘟哝声:"我呸,是奴才才要日本人看病。"刘红驹脚步顿了一下,又不着痕迹地离开了。

老太太红了眼睛,抬头望着丈夫和儿子们长眠之地的方向,对眼前的儿媳妇说:"本来这些事哪里需要我们女人出面,命苦啊。如今,宋家自己的事儿再大都是小事儿,日本人对宋家的事儿,再小都是大事。树大招风,我怕他们已经盯上咱家了,今天要的是仓库,谁知明天又会要什么呢?"

"妈,"金咏梅安慰道,"您别难过了,如今天下都是日本人的,我们得罪不起啊。那个刘镇长,我们也得罪不起。"

李美兰忧心忡忡地说:"刚才那个日本人说,要找个人来看我们的红斑,怎么办？这一看就要露馅了。"

"日本人哪里懂我们的中药？大不了我们就说用错了药。"汪冰不以为然，"操不了那么多心了。哎哟，这日子，怎么把自己过得跟秋天的蚂蚱一样？累死人了。"

日本军医小林真雄来到宋家的时候，李美兰还在药铺里忙着。这让几个女人心里不踏实，都不懂医药，这个日本军医问起来，万一答错了如何是好？好在这个日本军医并不像别的日本兵那样嚣张跋扈，相反，动作轻柔，恭谦有礼，让她们心里放松了许多。他目光温和地端详着金咏梅脸上的红斑，带着白手套的手指轻轻地按压了几下，语气颇为肯定地说："不是红斑狼疮，没事。"他的中国话说得还算行。金咏梅有点惶恐地看了看他，他会不会揭穿她们的小把戏，然后向她们问罪？

没想到，小林只是说："我配药，治好你们。药铺，宋家有，我抓药去。"木扎镇不大，他要负责部队的医疗，自然很快摸清了这里的药铺情况。

在药铺忙碌的李美兰，听到脚步声，抬头看见是一个日本人，吓了一跳。她心惊肉跳地看着他，声音颤抖着问："抓，抓药？"

小林奇怪地脸红了一下，不好意思地紧握双手，凸起的骨节青白交加，他看出了她的不安，很体谅地压低声音，轻声说道："我家里有个妹妹，像你一样大，一样的药铺。"

李美兰见他和蔼，鼓足勇气问："你想她了？想家了？"

小林神色一暗，不说话了。

李美兰见他身上没有枪，也没有刀，心里放松多了，不由自主地多问了一句："那你为什么要离开她，离开家，到我们这个陌生的地方来呢？"

小林垂下眼睑："我不来不行。我的家很好，也开了一个药铺，妹妹很可爱，药铺生意好，我很想一辈子就这样，可是，开战了，部队需要医生，家里只有妹妹，所以我来了。"他的声音不自觉地透出委屈，像个被迫离家独行却总也找不到出路的伤心人。

李美兰不知如何接话，陪着他静默着，耳边，传来了军用重型卡车肆无忌惮的叫嚣声。

3

就在小林真雄看着李美兰遥想自己妹妹的时候，来到木扎镇的日本兵终于给小镇带来了枪声。这枪声打破了小镇的平静，让木扎镇的百姓切身体会到战争的可怕。

刚开始，谁也没想到是打仗，当剧烈的枪声传来时，他们甚至都没想起好奇地出去看看，只是困惑地摇摇头，距离春节还有好几个月，咋就炒起豆子来了？半晌之后，有悲痛的号啕声钻进耳朵里，他们才恍惚着那声音可能是枪声，吓得魂飞魄散，赶紧关了门窗，一直到太阳下了山，没有动静了，这才犹豫地走出家门打听情况，一打听，镇里竟有几人受到牵连，命丧黄泉。他们在受害者家属的哭诉声中，加上各种小道消息，很快就弄清了这次枪战的来龙去脉。

大概在上午十点，木扎镇阳光和煦，照得大街地面上的影子格外生动。日军驻地门前禁区十米外的两侧，老百姓们继续着各自的营生，卖菜买菜，吆喝打诨好不热闹。一个老乡卖完了筐里的菜后，低头一边整理东西一边走，不知怎的，就走到了禁区内，哨兵"哗啦"一声拉响枪栓，叽里咕噜地喝叫起来。老乡吓得赶紧退后，低头弯腰间，却又突然一扫惧意，伸手从筐里抽出一把短枪，可还没扬起来，日军哨兵便眼疾手快扣动扳机。老乡就这样被一枪毙命了。枪声一响，街上那些卖菜的、卖柴火的、卖米的突然一起发难，从隐蔽处拿出枪或者砍刀向日军驻地大门冲去，两个日军哨兵寡不敌众被当场杀死。更多的日军涌出来，街头出现混战，无辜的路人没有经验，在横飞的子弹中抱头鼠窜，运气好的伤了胳膊或腿，运气差的，直接就奔赴黄泉之路。日本兵或蹲或站，或藏在墙角或伏在地上，但凡看到活的，举枪便射，而他们的对手，仍旧呐喊着向前冲，不一会儿，就倒下了十多人。有人把手指放在嘴里，吹了一声尖利的口哨，他们便撒腿就往街外边跑去，街外不远处的树林里拴着十几匹马，他们飞速上马，马蹄儿扬起漫天尘土，待尘土散去，他们早已像一阵风一样消失得无影无踪。

井上一夫把刘红驹和董少宾叫来，厉声痛斥，两人垂头丧气，大气都不敢出。井上一夫愤怒地喝问："你们说，这伙人到底是什么人？"

刘红驹去看董少宾，和他比起来，自己来木扎时间不长，自然不如地头蛇熟悉。董少宾已经被井上骂得一肚子火,不想搭话。刘红驹怕场面冷下,又惹井上发怒,只好自己揣摩道:"会不会是土匪?"

"土匪?"井上皱眉想了一会儿,点了点头,"看他们那样子,完全是一群乌合之众,这帮土匪,真是不知天高地厚。"

刘红驹听了,挑了下眉头,接着分析说:"我看他们八成是来抢东西的,特别是枪,他们土匪离不了这个。"

董少宾说:"他们居然敢和皇军打,真是拿鸡蛋碰石头,纯属找死。"

井上看了看他,问道:"少宾君,你是保安队长,熟悉,你说说。"

董少宾说:"我同意刘镇长的看法,在木扎镇和牛奔镇中间有个大龙山,盘踞在那里的土匪实力不弱,他们的老大叫赵老末,此人十分剽悍,过去专挑护院厉害的人家打劫。今天这事儿,十有八九就是他做的。"

井上一夫皱起眉头:"这么说,他这是把我们大日本皇军看成一帮护院的了?"

董少宾道:"赵老末就是一个大老粗,我看他下山前都没有探听过您这儿的虚实,想着您不是正规部队吗?肯定有好东西,就来了。"

"那会不会不是土匪,而是抗日军呢?我听说窟窿山上、麦河都有抗日军在活动。"井上一夫盯着眼前两人,一字一句地问道。

董少宾知道这是个敏感的问题,闭了嘴没敢接话,刘红驹装作没听出话外之意,避重就轻地说:"看他们的身手,乱糟糟的不经打,不像是正规训练过的,就是乌合之众。"

井上一夫心里也认定了此番枪战是土匪赵老末所为:"既然是木扎镇附近的土匪,那这镇上一定有他们的家人,统统给我抓起来。"

"不会。"董少宾和刘红驹异口同声说道。刘红驹看了看董少宾,示意他先说。

董少宾说:"太君有所不知,我们这里的土匪一般不会在家门口。一是家门口都是熟人,沾亲带故的,不好祸害;二来熟人多,容易被人认出,做啥事都不方便,都是到很远的外地当土匪。我以前也查过了,这帮土匪包括头目赵老末,全都是外地人,有许多还是南方那边流窜来的难民。"

井上一夫更恼怒了:"一个小山头的土匪,竟敢来挑衅大日本皇军,他也敢!"

刘红驹说:"他们这是活得不耐烦了,保安队从前也剿过几次,无奈寡不敌众,每次都无功而返。我看,要不要皇军出动,把他们剿了?"

井上一夫点了点头:"明天就派一个中队去剿匪。"他转向董少宾,说,"你们的保安队配合,你亲自带路。"

董少宾忙一个劲地点头:"好的好的,我带路带路。"

董少宾和刘红驹出了门,看看离井上一夫远了,董少宾恨恨地说:"妈的,这狗日的日本人,说是让我们保安队配合,还不是让我们打头阵当炮灰吗?"

刘红驹笑呵呵地看着他,表情诡秘,但却也不说话。

董少宾有些纳闷:"你这么看我干吗?你有什么好办法吗?"

刘红驹说:"办法有倒有,既能保证董队长按照日本人的要求,带队打头阵,又不会损兵折将。"

董少宾停下脚步,满腹狐疑地看着刘红驹,问他:"你到底有什么好主意?"

刘红驹说:"我知道保安队从前剿过匪,但我也知道,兵匪本来就是一家,你董队长肯定也有和赵老末沟通的渠道。你今晚派你的亲信上大龙山一趟,给赵老末报个信,让他连夜把队伍转移了,明天你带着日军上山,自然连一个土匪都找不到,这事儿不就完了吗?"

董少宾愣了愣,歪着头盯着刘红驹:"你为什么给我出这个主意?你不会是勾结那个啥子井上一夫给我下套吧?"

刘红驹收起笑容,有点愠怒地瞪他一眼,说:"董队长,你怎么就拎不清呢?日本人没来之前,木扎镇是谁的?还不是咱俩的吗?对,保安队是你的,但它同时是不是也是我的?你不愿意让保安队打头阵受损失,我就愿意吗?咱俩是一根绳子上拴着的,我胳膊肘能往外拐吗?"

董少宾听了,拍了拍脑袋,不好意思地嘿嘿地笑了:"糊涂,糊涂,我他妈的被这帮狗日的日本人气糊涂了。"

刘红驹拍了拍他的肩膀,说:"现在糊涂了没啥,以后可不能再糊涂了。"

董少宾忙连连点头:"不会了,不会了。"

该死的年轻人

1

那次给木扎镇十多户人家带来灾难的枪战似乎只是个意外,日本人虚张声势地带着保安队去剿匪,奔波了几天,却连一个土匪的影子也没有看到,最后只好作罢,木扎很快恢复了平静。

这天清晨,金咏梅正抱着孩子站在门口晒太阳,突然看到妹妹金咏雪抱着孩子来了,她的心不由一疼。妹妹抱着的,应该是自己的亲骨肉。妹妹来干什么呢?她忙把怀里的孩子递给花婶,低声说:"赶紧抱进去。"

金咏梅还没来得及开口招呼,宋钱氏已经出来了,迎着金咏雪快步走过去,热情地说:"来来来,稀客稀客,当真是稀客呀。"她热乎地接过孩子,又喊大儿媳妇,"咏梅,快,带妹妹进屋说说话。"

金咏梅拉住妹妹的手往屋里走去。一进屋,金咏梅便皱紧眉头看着妹妹,问她:"你怎么来了?"

"我怎么不能来?凭什么不能来?亏心事做多了,见不得我了?"金咏雪一开口口气就很冲,看着姐姐,眼神里也是满满的挑衅。

金咏梅沉了脸,赶紧回头关上门,压低了嗓门说道:"说的是什么话,我们姐妹俩不是说好了再不提那件事了吗？你也不是不知道我那时的处境，哥既然能对我下手，将来也不会放过你的。既然当时你帮了我，现在就该把那事烂在心里。"见妹妹脸色不大好，她缓了缓口气，说，"如今日子这么艰难，我们姐妹俩难道不应该相扶相助吗？"

"相助了呀，怎么没相助？"金咏雪目光充满嘲讽地看着她，"所有的事儿，如果我松了口，你还能好好地站在这儿吗？"

金咏梅叹了口气，一脸无奈，声音里带着哀求，说："咏雪，你别这样和我说话好不好？你来看我，我很高兴，但你这样……还不如不来，反而叫人疑心。你来这里干什么？"

"干什么？"金咏雪眼里有了泪花，"姐，我对你再有想法，即使你下药要了咱哥的命，即使你抢了原本属于我的丈夫，我也懂得姐妹两人就该一条心，我能干什么呢？我拆你台还是揭发你做下的亏心事？你放心好了，我不会的。我只是来看看我的孩子而已，我到现在还没好好看他一眼呢，我连他长什么样子都记不得了。"

金咏梅眼泪涌了出来，声音也没控制得住，呜咽着说："我知道我知道，我这样也是迫不得已，你想孩子我又何尝不想？我马上就让人把孩子抱来。"

金咏雪也嘤嘤直哭，宋钱氏和花婶一人抱着一个孩子正好刚到门边，听到金咏梅的话忍不住连连叹息，她们听出来了，这姐妹俩都各自想着自己的孩子呢。宋钱氏叹了口气推开门，走了进来。

金咏梅愣了下，赶紧擦泪，拉着妹妹站起身来。

宋钱氏把怀里的孩子交给金咏梅后，立即示意花婶，花婶忙将宋祖佑递到金咏雪怀里。金咏雪抱着孩子，眼神急切地将孩子看了又看。孩子好脾气，大概是血缘使然，虽是和她第一次见面，却也不哭不闹，软软的小手在她脸上摸来摸去，咿呀地说着自己才能懂的话。宋钱氏一旁瞧着，话没说眼眶就热了："咏雪，我们宋家对不起你，让你受委屈了。你放心，祖佑就是宋家的大孙子，这满门宋家，所有的家业，都是他的，我们绝不会亏待。你那边的孩子，将来宋家也会准备好一份像样的嫁妆。她是宋家的骨血，绝不会委屈她的。只是，真的委屈你了。"

金咏雪的泪更停不住了。宋钱氏给她拭泪，轻声细语地说："你和咏梅是姐妹，平时来往很正常，你只要想孩子了，就过来看看。若是嫌路远，我就给你在木扎买套院子，这样也很方便，你说好不好？"

金咏雪却摇了摇头，说："老太太的心意我领了，我知道孩子在这里不会受委屈，没有不放心的。自己的骨肉，想得慌是自然的。我哪里能来木扎？我的父母年纪大了，哥哥老早就走了，"她又抽了口气，抬头看了眼姐姐，继续说："他们受的打击太大，身子骨不好，我即便不与他们住在一处，但也要随时照应着。"

宋钱氏自然知道金家的事，她看了看同样泪流满面的大儿媳，叹了口气："你们俩姐妹好好叙叙旧，我先出去了。"

姐妹俩的心思全在怀里抱着的孩子身上，都没抬头应声。宋钱氏替她们关好门，慢慢挪着步子走到院子里。花婶亦步亦趋地跟着，心里却犯嘀咕，刚刚金咏雪在说哥哥突然离世时，很明显地看了眼金咏梅，那眼神有点奇怪，似乎有什么内容，但自己又看不懂。她又想起一年前，因为换孩子这事儿，她第一次和金咏雪接触，就觉得这个妹妹似乎对姐姐有种不满甚至憎恨的情绪，难不成这俩人有什么恩怨？她敲了敲自己的脑袋，摇摇头，怎么会呢？她们可是一母同胞的两姐妹呀。肯定是自己想多了。

金咏雪下午离开时，宋钱氏交给她一张银票，金咏雪一看面额，吓了一跳，立即把银票塞了回去。老太太将银票折好，装进了孩子的兜里，缓声道："咏雪，这是我们宋家给孩子的见面礼，你就别推了。我替我丈夫和四个儿子谢谢你，没你的帮忙，宋家就守不住，他们的母亲和妻儿的处境就会不堪至极。"

金咏雪看着老太太，也不推脱了，她点点头道："您放心吧，我会好好照顾思佑的，我刚刚给孩子起名王思佑。"

这名字一说，几个女人各自又难过起来。

金咏雪是和丈夫一起到木扎的，只是刚到镇上，王安庆赌瘾就上来了，一头扎进了地下赌场，没钱赌看看别人赌，过过眼瘾也成啊。

金咏雪离开宋家，就赶紧到赌场外等丈夫，日头都快落了，也不见王安庆的影子，孩子在她怀里饿得直叫，她急得连连跺脚。董少宾从赌场出来，看着她焦急的样子，再仔细看看，她长得和金咏梅有些像，心里就有数了。他回到赌场将王安庆叫过来，说："看别人赌了一天你一个子儿都没花，心里不是滋味吧？不过，你媳妇从宋家出来，总不会空着手吧？"

王安庆顿时如醍醐灌顶，对呀，不是有宋家吗？

王安庆急急忙忙地出了赌场，看到金咏雪在外面等着，忙小跑过去，讨好地接过孩子，对着金咏雪堆出一脸肉麻的笑。

第三天一大早，王安庆就拿着一张银票出现在了赌场，当董少宾得知这张银票竟有一百大洋，暗自吃惊，这些钱在木扎镇能买下好几栋像样的院子，他王安庆打哪来的？媳妇给的？他们的钱不是给金家当家的掐断了吗？那就只能是宋家给的。金咏雪来一趟宋家，宋家就如此大手笔地给她钱，这里面一定有问题。董少宾带上两个人，站在了正在叫嚣着押注的王安庆身后。

董少宾叫过王安庆，拿过他的银票看了看，向身后两个人努了努嘴，那两人上来架住他就往赌场外拖。王安庆傻了，扭头去叫董少宾："我怎么了？我又没出老千。"

董少宾说："你这银票有问题，我得查查。"

把王安庆带到保安队，少不了一阵折腾。王安庆本就是个肩不能挑手不能提的书生，哪里经得住董少宾百般手段？嘴巴上刚挨了两巴掌，就哭爹喊娘，但他好歹知道，有些事是不能说的。即便脸被扇得红肿如猪头，他也咬牙说那银票是自己在路上捡来的。他见董少宾不信，又改口说是自己偷来的，董少宾自然知道他在瞎扯，觉得不下重手他不说实话，就让人将所有的家伙都上齐了，王安庆一看，人都瘫了，刚说了句"我真不知道"，一个尽是铁钉的板子就抽到他后背上，连带着皮肉全部掀起，他一下子晕死过去。

董少宾一盆水浇到他后背，他立即就疼醒了，腰背佝偻如虾米，离了身体的皮肉神经质地抽搐着。他的嘴已经合不拢，口水顺着嘴角掉在地上，他哼哼唧唧地说："说，我说。"

董少宾拍了拍他的脸，柔声笑道："早说了多好。"他慢慢地坐下来，呷了口茶，问他："你说吧，这钱到底是哪来的？"

"是，是……"王安庆费力地咽了口唾沫，"是从我媳妇……"

"你媳妇？你媳妇如今拿不到金家的钱！她的钱哪来的？"董少宾直起身子凑近了追问。

"是，是从……"王安庆正想说实话的时候，门口突然传来了刘红驹震怒的声音："怎么回事儿？这里发生什么事了？"

董少宾心里"呸"了一声，却不得不堆起笑脸，转头迎向刘红驹："哎哟，镇长，您怎么过来啦？有事儿？"他是不会得罪刘红驹的，这人有心计不说，还和日本人打得火热，尽管他对此不齿，但大丈夫能屈能伸，只要他刘红驹不直接冲他来，他就有足够的耐心和韧性慢慢和他磨。说到底，木扎镇是他董少宾的，不是他刘红驹的。

刘红驹虎着脸，说："你在赌场把他带走时，动静还挺大的，许多人都看到了，包括武剑。"他指着躺在地下苟延残喘的王安庆，问道："董队长动了这么大的肝火，不知道这位在你赌场犯了什么忌讳？"董少宾正想开口，刘红驹又抬手阻止了，继续说："武剑已经去赌场问过，他一没插话没捣乱，二没出老千，你把他带到保安队，看来是别的事儿了。你开赌场这事儿，我就睁只眼闭只眼，你好我好大家都好，但保安队的事儿，我就不能不过问了。其实呢，本来我也打算睁只眼闭只眼的，可刚才宋家大儿媳妇告到镇公所来了，说保安队长无缘无故将来宋家走亲戚的妹夫给抓走了，要说法呢。这我就不能不过问了。董队长，你总得给我这个面子吧。"

董少宾愣了一下，一是没想到金咏梅反应这么快，直接就向刘红驹要人，听说刘红驹和宋家走得近，看来不是空穴来风，二是刘红驹这话绵里藏针，滴水不漏，既向他要人，又给足了他面子，他如果再不听，那就是不识抬举了。他忙站起来，笑哈哈地说："我正想着去给你报告呢，你来了也好，是这样的，前天这小子在赌场里还身无分文，今天就挥金如土，我怀疑他这钱来路不正，所以才带来问问。"

刘红驹斜了眼躺在地下闭着眼睛，差不多只出气不进气的王安庆，摇了摇头，说："董队长，我这就要说你了，你把人都打成这样了，那只是问问吗？咱可不是土匪，咱代表堂堂南京国民政府，咱不要脸，可也不能让政府丢脸啊。凡事要讲点方法、手段，不要动不动就打得人家哭爹喊娘的，让老乡背后捣着咱的脊梁筋骂咱连土匪都不如。再说，有苦主吗？有人报案说丢了钱还是遭窃了？"

董少宾脸色青红交加，无法应对。

"捡的也好偷的也罢，连个苦主都没有，你就凭自己的臆测对他下此重手？"他蹲下身子仔细地看了看王安庆身上的皮肉，"啧啧，董队长啊，这也亏得我了解你从不徇私枉法，旁人瞧了，还以为你想屈打成招逼他认了莫须有的罪名，然后自己独吞那笔钱呢。"

董少宾心里油煎火烧一样，恨不得用那满是铁钉的木板将刘红驹全身拍个遍，但他不得不咬着牙，摆出一副幸亏你了解我的样子，嘿嘿地笑着说："镇长教训的是，我确实考虑不周，差点落人口舌。"

"这人已经被你伤成这样，我看，再下去是要出人命的。"刘红驹站起身来，走到比他矮半个头的董少宾面前，"宋家在木扎势力雄厚，如今又把仓库无偿给了日本人使用，井上君对宋家很满意，事情能在我这儿结束就决不能让她们捅到日本人那里，你说呢？"

把日本人都搬出来了，董少宾想，看来这条发财的线要在这儿断了。罢了罢了，山高水长，后面有的是机会。他点点头说："我还真不知道他是宋家的亲戚，还麻烦镇长在宋家面前说点好话，我这一时手重，伤了她们的亲戚，以后定当登门道歉。"

刘红驹笑了一下，一边示意武剑将躺在地上的王安庆扶起，一边回话："那是一定的，少宾兄身为保安队长，一切都是从木扎的治安出发，这也是公事公办，宋家会理解的。"又拱手道，"那我告辞了，宋家大儿媳还在我办公室等回话呢。"

走到门口，突然回头，眼眸子里似笑非笑地看着董少宾："少宾兄，他那张银票呢？"

董少宾忙掏出银票，双手捧着恭恭敬敬地递了过去，心里却恨得要死，这个狗日的刘红驹，哪天你落到我手里，我定让你求生不得求死不能，咱走着瞧，我要让你知道，这木扎镇，到底是谁的木扎镇！

2

　　王安庆被武剑搀扶着走出保安队，全身鲜血淋漓，街上人们看到，吓了一跳，纷纷避让。王安庆浑身没劲，只能由着武剑拖着前行，猩红的血在褐色的土地上留下长长的一道印痕，令人心惊胆战。武剑索性蹲下身来，将他背在身上，阳光下两人的影子叠在一起，呈现出怪异的形状。

　　刘红驹皱着眉头跟在他们身后，一副心事重重的样子，不知道在想什么。

　　"武剑，把他带到我办公室，我有话要问。"

　　武剑站住了，一脸疑惑地看着刘红驹："他都成这样了，你还问啥啊？先找个大夫吧。"

　　"问过了再找。"刘红驹面无表情地说。董少宾下这么重的手，一定有名堂。王安庆这事儿，并不是金咏梅找他的，是武剑随口告诉他的，他以为是件普通的敲诈勒索，原本也没打算去干涉，但听武剑说，这人是金咏梅的妹夫时，他心里一动，立即带上武剑直奔保安队，好在去得及时，总算把人要过来了。正好王安庆此时惊惧，死里逃生，趁热打铁问他话，应该不费什么工夫。瞧了大夫，他缓过来了，可能什么都别想问了。事情的发展果然如刘红驹所想，王安庆死里逃生，对救他的刘红驹感恩戴德，要不是身上疼得站不住，他都有跪下给他磕头的想法了。可他没想到，刘红驹一张嘴，问的是和董少宾同样的问题。他呆呆地看着刘红驹，心里叫苦不迭，出了虎口又掉了狼窝，这个镇长看来也没安什么好心。可他不说，行吗？在董少宾那儿，那话都从喉咙里蹦了出来，只是嘴皮子没来得及张，就被刘红驹打断了。刘红驹紧紧地绷着脸，眼睛眨也不眨地盯着他。王安庆忙低下头，不敢看他。这个秘密太重大了，他觉得自己不能说，说了以后，宋家完蛋，金家也不会原谅他，金咏雪更是饶不了他，他便是人人喊打的恶人。他想侥幸一回，看看能否含糊过去。

　　他抬起头，还没张口，刘红驹冷冷地说："你若不实话实说，我也不会打你，我只会再将你送回到保安队去，武剑身强体壮，再将你背回去我看是不成问题。"

　　站在一旁的武剑立即满脸堆笑地朝他点点头。

王安庆暗自叫苦，落到董少宾手里，那就真完了。与其向董少宾招，还真不如向这个刘红驹招了。这人无论说话、做事，都比那个董少宾文明，像是一个讲道理的人。再说，听他口气，和金咏梅走得也近，他要是对宋家好，应该也不会以此要挟宋家吧。

关键时刻，王安庆的赌瘾又上来了，自己不是铁打的汉子，反正都是招，那就赌眼前这个镇长是个正派人吧。那就招吧。

王安庆就详详细细地招了，连当初躲的山药地窖在哪儿都说了。

这个惊天的秘密让刘红驹愣怔了一会儿，他想起了那个站在槐树下一脸警惕地看着自己的女人，真没想到，这个外表平静的女人，身上却背着如此重负。宋家的女人个个表面光鲜，谁会想到，她们其实过得比谁都恓慌，即使汪冰，自己一直觉得她轻浮，原来也是满腹心事。他心里不由感到一阵难以言明的酸痛。

王安庆仔细地揣摩着刘红驹的表情，刘红驹的表情奇怪，像是在神游，但可以肯定的是，他脸上没有得到这个惊天秘密的惊喜表情，也没有愠怒的意思，这让他心里稍稍安定了一些，但愿自己赌对了。

正想着，有人在门外说道："镇长，宋家三个儿媳过来要人了。"

刘红驹从梦中醒来，忙让来人把宋家媳妇放进来。肯定是他把王安庆带出保安队时，被镇上人看到了，然后告诉了宋家。

来得正好。他笑笑，推开门迎了出去。

宋家三个风姿绰约的女人站在镇公所的院子里，像是一道明媚的风景，来往的人忍不住看了又看。阳光把她们婀娜的影子镌刻在黄泥巴地上，这地儿就有了一种婉约和朦胧。金咏梅低着头用力地拽拉着手里的手绢，瘦削的脊背透露几分悲苦。李美兰右手拎着个药箱，左手正扶着大嫂，轻声地说些什么。汪冰最是轻松，正两手背后，四处打量。见刘红驹出来，李美兰轻轻地拍了拍金咏梅，金咏梅心思沉沉，突然被打断，猛地抬头，惊慌地看着刘红驹。刘红驹闭了下眼睛，宋家女人的秘密他也知道了，眼睛发酸，突然就觉得心疼。

李美兰已经看见屋里的王安庆，赶紧进去给他处理伤口。武剑跟在刘红驹的身后，不时地看看汪冰，撞到汪冰的目光，又慌慌地移开了。汪冰觉得好笑，心情却不错，没话找话地逗弄他，武剑更是手足无措。刘红驹看了眼武剑的熊样，摇摇头,带着金咏梅走进另一间屋子说话。

"我要带他走,我妹妹很担心。"金咏梅声音细小却很坚定。

"可以,我让武剑给你找辆马车拉回去,他受了挺重的伤,走不了。"刘红驹很干脆地答应了。

金咏梅倒是愣了一下,说:"我是听人说他受伤了,没想到会重到不能走路。"

"在保安队受的伤,董少宾下的手。"他紧盯着眼前垂着头和手帕过不去的宋家大儿媳,若有所思地说,"王安庆不是木扎人,董少宾却对他下手,你知道为什么吗?"

金咏梅惶惶地摇头。她已经猜出一定是那笔钱被王安庆从她妹妹手中抢走,跑到赌场里赌钱,引起了董少宾的注意。董少宾这条披着人皮的狼,一定是想到了什么,想从他这儿下手。现在最让她担心的是,董少宾和刘红驹从王安庆那里知道多少。

"我看董少宾不仅仅是为了钱,他把王安庆弄过去,可能还有其他目的。他在木扎说一不二,很有手段,铁打的人都熬不住他十八般武艺,没有他做不成的事儿。你这个妹夫,我看就一书生,怕是没能熬得住啊。"

刘红驹似有所指,金咏梅抬头看他,眼神里依旧是困惑不明。

"我去时他已经浑身是伤,人也昏了,我也不知道情况,按董少宾的手段,如果没达到目的,这后面……"他顿了一下,又说,"王安庆总会说出来的,不管是什么事。"

金咏梅脸色倏地苍白,她何等聪明,自然听出了刘红驹的意思。这意思有三层,它们还呈递进之势,第一,董少宾想拿王安庆知道的秘密要挟宋家,估计还没得逞,要不然,按董少宾做事的风格,此时宋家已经不得安生;第二,董少宾是头狼,这次猎物跑了,他一定会想法再来,将其重新抓回,不达目的誓不罢休;第三,要想一劳永逸,就要彻底断了董少宾的念想。她觉得心肝脾肺肾都揪到了一起,不由难过地想,又要害人了吗?自己的手上,又要沾上淋漓的鲜血了吗?

王安庆被接回到宋家,他像条死鱼一样趴在客房的床上,背上的伤口太多,面积太大，药不够用，李美兰正低着头将穿山甲、田七、百草霜、石膏、瓦松、冰片、珍珠粉等药材放在钵里用力地研磨着。他偷偷地眯着眼睛看了一会儿，回到宋家，必定是安全的。心定了下来，又觉得自己大难不死必有后福。

李美兰走到他身边，将研磨好的药材轻轻地撒在创口上，他疼痛难耐地嗷嗷叫起来。李美兰轻声安慰道："熬过这一阵就好了，不过是伤了皮肉，筋骨还是好的。我本想给你用些生川乌来镇痛，但这药分量不太好把握，容易伤人，就没敢用。你就忍忍吧。"

王安庆动不了，只好哼了一声表示听到了。他想宋家虽然换走了自己的孩子，但给了许多钱，又替他收拾烂摊子，给他治伤，是有情有义的人家。可自己呢，却把人家这惊天的秘密交代给了刘镇长，刘镇长是好人还好说，如果是个坏人，势必对宋家造成难以想象的恶果。宋家要是知道是自己捅的娄子，还不将自己剥皮拆骨？他暗下决心，说什么也不能承认自己已经吐露了秘密，不管如何，瞒一阵是一阵。

但愿那个刘镇长是个好人，这事儿对谁也不会提。

宋钱氏和金咏梅过来了，王安庆背上的伤口让她们不忍直视，但她们不能离开，她们要问他一个问题，这个问题很直接，那就是——你到底有没有告诉董少宾和刘红驹宋家女人们换了孩子的事儿。诸如董少宾为何抓你，为何下了如此毒手这种问题没有任何意义。她们也明白，问这个问题也不过是图个心安，因为无论他的答案是什么，他都不能活了。因为你说了那个秘密，那就必须死，这样可以死无对证；你没说，更得死，这样可以防止被董少宾和刘红驹给盯上，一劳永逸。

金咏梅从镇公所回来，关上门，和婆婆商量了半天，只能这么干了。

两个女人居高临下看着这个男人，目光充满了悲悯，这个本来与她们的生活无甚交集的男人，因为宋家男人的离去，阴差阳错被牵扯到宋氏家族的争斗中，最后因为自己的贪婪而成为牺牲品。这只能怪他自己。佛语说，给你修路的，是你自己；埋葬你的，也是你自己。大白话就是自作自受。

面对她们的问题，王安庆坚定地摇了摇头，说，董少宾再打他，他都咬死不说，而刘红驹救了他，根本就没问他。金咏梅心里一沉，这个男人显然没有说实话，刘红驹话里有话，显然是知道了什么。刘红驹似乎并没有什么恶意，要防备的就是董少宾。她再三追问，王安庆都咬定一字都没说。两个女人很明显地松了口气。宋钱氏低声说："真是难为你了。你先好好养伤，现在天也黑了，明天一大早，我们就让留根去通知咏雪来陪你。你放心，宋家绝不亏待你和咏雪。"

金咏梅也轻声说："你好好休息，我们出去了，今天晚上美兰会来照顾你，你这伤口，不懂医术的是不敢碰的。"她携了李美兰的手，和婆婆一起离开了充斥着血腥和中草药气味的房间。

金咏梅拽着李美兰一起走，是有事情要和她说。这件事情她和婆婆也商量好了，除掉王安庆，得由李美兰下手。她们想做的事儿，王安庆未必没有防备，但对李美兰，他一定会放松警惕。她既老实胆小，又是个正在照顾他的大夫，他必不会怀疑。

李美兰听金咏梅这么一说，吓了一大跳，她从来就是救人，让她杀人，怎么可能？她看了看大嫂，又看了看坐在一旁默不作声的婆婆，惶恐不安。

金咏梅看着她焦急的样子，幽幽地说："弟妹，上回族长一群人到家里的院子里挖树，还记得吗？"

李美兰下意识地看了眼院子里的火炬松，怎会不记得？声势那么大，后来宋文彬还移植了五棵山丁子，从此气焰被打压下去，好些天都没来为难宋家。

"宋东子确实就埋在那树下。"金咏梅扭头看着院里那棵树，声音肃杀如凛冽的西风。李美兰随着她的目光看过去，火炬松枝繁叶茂生机勃勃，谁会想到，那下面还埋了个人？她不由打了个寒噤。

"除了你和小姑子，宋家的女人都出手了。"她收回目光，似在看李美兰，又似穿过了李美兰的身体看向黑夜中的某一处。

"宋家是我们最后的归宿，不守护好，我们就是浮萍是蓬草，无根无系，无处可去。我们想你胆小怕事，心地又善良，事事想着替你承担，不让你插手。可人算不如天算，总有事情让你躲不过去。王安庆不死，换孩子的事情迟早会暴露。同样是宋家儿媳妇，谁也脱不了干系。"

李美兰浑身颤抖，金咏梅的话她听得明白，自己也得倚仗着宋家活下去，凭什么别人的双手鲜血淋漓而自己就白白净净的？再说了，王安庆死在宋家，一定会有人来查，除了隐秘下毒，还真没其他的法子。

思前想后，她终于低声应承下来："好，我做……我想想办法。"

宋钱氏依然沉默，喉咙里却发出一声哽咽，压抑而悲怆。她那两个年轻的儿媳妇瞬间都红了眼睛。

李美兰在婆婆和大嫂的陪伴下去了趟药铺，她想了想，拉开了装有生川乌的抽屉，将其尽数带走。宋钱氏不放心地问："美兰，可有把握？"

李美兰点点头，抖着声音说："生川乌虽能入药，能镇痛，但有很强的毒性，主要会对心脏造成伤害，最后表现为心脏的毛病离开，就连仵作也查不出来。"

宋钱氏点点头，说："这个好，他从保安队被带出来时，就是昏迷不醒的样子。很多人都看到他伤得很重，连刘镇长都可以作证，没有熬过去也是正常的事。"她看了看夜色中耸着单薄肩膀的李美兰，心里一阵难受，老三多么心疼这个媳妇呀，他要是知道自己的老娘逼着她去杀人，该有多伤心，唉。

她想了想，对金咏梅说："让花婶去把老二媳妇喊回来，这样的事，宋家的媳妇们一起承担。"

回到家，老远就听到王安庆痛苦的哼哼唧唧声，李美兰吸下鼻子，低声说了句"我去熬药"，就小跑着钻进了厨房。宋钱氏和金咏梅对望一眼，走到厅堂里坐下。她们还是有点担心李美兰下不了手，权当是给她壮胆，也算是宋家女人齐心协力吧。

半个时辰后，汪冰扭动着腰肢跨进了院子，经过火炬松时，下意识地绕开了几步。她见婆婆和大嫂在厅堂里正襟危坐，咂了咂嘴，说："这都是什么事啊，天都快黑了，还把人叫回来？"

宋钱氏示意金咏梅将王安庆的事情说与她听，也说了即将要做的事情。汪冰看了眼院里的火炬松，撇了撇嘴，心下知道婆婆此举是把大家绑在一起共同进退的意思，心里不痛快，但也没说什么。

又过了半个时辰，李美兰端了碗温下来的药走了出来，低声对宋钱氏说："妈，药渣我刚刚放到锅膛里烧了，没有留下任何东西。"

宋钱氏上前搂了下她的肩膀，接过药碗，说："客房里的下人我已经支开了，他们谁也不懂得照看病人，你在他身边照看，没有人会起疑心。"到了客房门口，她将药碗重新放回李美兰手里，抬了下下巴，示意她进去。

李美兰咬咬牙，推开门走了进去。

王安庆见了她，忍不住哀求："有没有什么药，能压压这痛？我真受不了了，求求你了。"

李美兰垂下眼睑，轻声说："我给你熬了碗药，帮你收缩伤口，也能稍稍缓一缓痛感，你喝下试试，不明显的话，我再熬点其他的药。"

王安庆不疑有他，迫不及待地凑过去，就着李美兰手里的勺子，一口一口地喝完。

将药碗递给门外的金咏梅后，李美兰坐在一旁的凳子上，心有戚戚地看着他。王安庆还在狠狠地呻吟着，渐渐地，声音越来越大，下人们房里的灯也逐一亮了起来。宋钱氏和金咏梅、汪冰作势慌张地跑了进来，连声道："怎么回事儿，怎么好像严重了？"

李美兰凑近王安庆，仔细地查看一番，苍白着脸说："妈，我看伤口上起了白脓，像是被感染了，导致身体其他器官出现了炎症。这些草药只能治标不能治本，怕是扛不过去了。"

王安庆已经无法说话，他看着站在眼前的女人们笔直的腿，心里一下子明白了，他刚刚喝下的不是止痛药，而是夺命汤。可他也只能心里明白而已，嘴里已经发不出任何声音。

下人们围了过来，个个束手无策，瞪着眼睛看着王安庆流着口水，腿脚抽搐，动作由剧烈到缓慢，再到彻底静止。

金咏梅突然将手绢往地上一扔，狠狠地说："留根，去找族长，找镇长，找保安队长，我要为我可怜的妹妹讨个说法！"她泪流满面，在场所有人都感到了她身上弥散出的彻骨悲伤。李美兰看着她，泪水也控制不住地溢出了眼眶。

3

天边透出微光，金咏雪已经走在来木扎的路上。

董少宾冷着脸看着王安庆的尸体不说话，他带来的一个仵作正在尸体上忙乎着。宋柏生和刘红驹询问着李美兰。

李美兰一边抹泪一边小声地说着:"他后背伤得太厉害,只好趴着,皮肉都掀起来了,再加上他是从保安队到镇公所再到宋家,耽误了时间,救治得不及时,怕是已经感染。我用了些草药,也无非是收敛血水,防伤口感染是不可能的。他痛了一夜,也叫了一夜,下人们都听到了。"

"这晚上怎么你在他房里守着呢?这是下人们的事儿。"宋柏生不解地问。

"他这伤要时刻看着,不停地上药才行。"李美兰颤抖着手解开王安庆后背上的一条纱布,血水还在缓缓地往外渗,"一会儿药就没用了,我就在这儿一边看着一边研磨药,随时给换上。"她指了指旁边的钵,里面还有剩下的药粉。

刘红驹边听边四处张望,不知怎的,就对上了金咏梅的眼。金咏梅心里一惊,极快地移走眼神。

刘红驹咳了一声,引起众人注意,才问:"他死时有何表现?"

李美兰又抽泣起来:"突然声音就大了起来,浑身抽搐,像是极疼,然后就不动了。再摸鼻下,已经没了呼吸。"

刘红驹又问:"那你看,他这样的反应像是哪里出了问题?"

李美兰歪着脑袋斟酌着说:"他喘不过气来,呼吸急促,我觉得像是心脏受不了了。"

宋柏生点点头,看了看王安庆,叹了口气,说:"唉,多年轻的后生,惹了什么,怎的被打成这样?董队长,不知你有何解释?"

大伙儿都盯着董少宾,等他说话。

"保安队抓人自然有保安队的理由,这个,即便你是族长我也无可奉告。"他面无表情地回答。

仵作此时正蹲在王安庆的脑袋边观看,他甚至用手指抹了下尸体的嘴角,又放在鼻下仔细地闻了闻,然后皱下眉头,扭头看身后的李美兰,问:"他还服了一些药?"

李美兰点头:"一回来就赶紧给他服用了一些护心脉的药,像赤芍、丹参,它们能益心定志,散瘀排毒,还有生姜、桔梗,它们是'引经之药',能引导各药药效上达至胸膈,一共服了四服。"都这么久了,各种药混合在一起,自是闻不出生川乌来，李美兰很冷静地回答。

"会不会是你这些口服的药引起了他最后的死亡呢？"董少宾死死地盯着李美兰。李美兰手心已经是涔涔汗意，她控制不住地哆嗦起来，像是害怕又像是气极，但她还是很努力地强调："这些药用得对与不对，你可以问问仵作，他临死前的样子在场许多人都看到了，我不会编排。"

董少宾看了眼冲他摇头的仵作，冷哼一声："你说他是心脏原因就是心脏原因了？是不是你在其中下了什么药？"

"董队长这话从何说起？"一直轻声啜泣的金咏梅上前，硬声说道，"他是我妹夫，我们为何会下药？"

"这就要问你们自己了。"董少宾话里有话，他盯着她的眼神像一条吐着信子的毒蛇，咄咄逼人地说，"这么年轻的人，受点皮肉伤，心脏就受不了？谁信？"

"我信！因为他心脏一直就不好。"门口突然传来了金咏雪嘶哑的声音，天还没亮，宋家就来人接她到木扎，她就想一定是自己的冤家惹事了。到底惹了什么事？宋家人开始不肯说，问急了，才告诉他王安庆被木扎保安队抓去，受了刑，没熬得住，已经死了。她一路号啕过来，嗓子都坏了，结果，刚到门口就听到董少宾刁难人的话。

她快步跑到王安庆的尸体边，想扑上去抱着他痛哭一场，却看到他趴在那里，后背血肉模糊，也不敢下手，索性便一屁股坐到地上，不管不顾自己大家闺秀的形象，踢蹬着腿号啕起来，破了音的嗓子在木扎低空盘旋，让人心生悲苦。

金咏梅蹲下抱住妹妹，流着泪不停地安抚着。

董少宾转下眼珠，尽管他怀疑王安庆是因为掌握了宋家某个不可告人的秘密而被灭了口，但他伤痕累累地从保安队被人背出来也是人所皆知的事实，别羊肉没吃到，反而惹了一身腥。罢了，既然王安庆老婆承认丈夫有心脏毛病，那他的死就和保安队没多大关系。想到这里，他松了口气，拍了拍手，说："既然死者妻子承认死者有心脏问题，那就是了。"一副他突发心脏病身亡干我何事的样子。

"董队长，如果不是被你打成这样，他好好一个年轻人怎么可能会因为心脏问题死掉？"宋钱氏厉声道，"我知道你董队长一直对宋家虎视眈眈，害了我宋家失去几百亩良田，如今又盯上了我儿媳妇的妹夫，一句轻飘飘的心脏病，就想把自己的责任推脱掉,你做梦!你也太不把宋家放在眼里了!"她转头看族长宋柏生,红着眼道,"族长,可怜我宋家一朝死光了男人,什么人都来欺我孤儿寡母,就连来宋家探亲的亲戚都不放过,你可得为我做主啊!要不然,这宋氏宗族的脸往哪里放!"

宋柏生自然要为族人出头,但他又不敢对手里有人有枪的董少宾硬气,他只能对抄着手看戏一样的刘红驹说道:"镇长,木扎百十人都看到了死者从保安队出来时遍体鳞伤,保安队一句无可奉告就可以枉杀人命?刘镇长您最讲法治,宋家这次就交由您做主了!"

刘红驹挑了下眉,这个老狐狸,烫手山芋扔过来了,还直接砸到手心里,不接不行,可接了就被烫了一手泡,但作为木扎的父母官,他不能当着这么多人的面再把这山芋扔回去。于是,他郑重地点点头,说:"族长说的有道理,这事儿要不给宋家一个交代,我看木扎镇的百姓就会人人自危。"他看着董少宾,语气略有不悦地说,"董少宾,你是保安队长,身负保护木扎镇老百姓安危的重任,人杂事多,偶有失手我能理解,但这次,你该更慎重一些才是。他是宋家的亲戚,无论如何,你事先都应该先给宋家,还有宋族长打个招呼。不过,相信董队长也不是有意搞成这样的,事已至此,一味纠缠也没必要,我看,保安队表示一下,以告慰死者家属吧。"

董少宾的脸抽搐了一下,向来只有他刮别人的油,有谁能动他牙缝里的一丝肉?刘红驹他还真敢说!都说强龙不动地头蛇,他还真为了给宋家撑腰要和自己撕破脸啊!但他董少宾还真不能撕破脸,和谁都不能撕破脸。和刘红驹?他是镇长,又是日本人的红人;和宋柏生?他是木扎宋氏的族长,一呼百应,保安队一半的人都姓宋;和宋家几个女人?不行,她们每个都有背景,得罪不起,关键还有一个青梅竹马的汪冰,他不想让她对自己再生出厌烦来。他看了眼一直站在门外冷眼旁观的汪冰,心里沉了沉,走到宋钱氏跟前,沉声道:"刘镇长说得极是,这件事保安队确实做过头了,我愿意拿出一百块大洋略表心意。"

宋钱氏冷哼一声:"一条人命,一百块大洋,那我宋家岂不是能拿下你保安队所有人命?"

"你?!"董少宾被宋钱氏一呛,不由恼怒,这个牙尖嘴利的老太太。

"这样好了，"刘红驹搭住董少宾的肩道，"少宾再出一百块大洋，我刘红驹私人出一百块大洋。人走了，留下孤儿寡母，确实不易，扶持一把总是应该的。"

董少宾舍不得，但事不关己的刘红驹都主动掏腰包了，自己再往后缩，脸面无存啊。

下人们开始收拾客房，王安庆被换上了新衣服，仰面躺在床上，他的后背血液已经凝固，再也不觉痛苦，等庙里来人做个法场，留根就会送他和金咏雪回家。

金咏雪换上雪白的丧服，映得脸更是苍白。其他人各自忙去，就金咏梅在这陪着她。她木着脸看着丈夫，心里却再也没了怨念，人死如灯灭，还是多想想他的好处吧。她一直把这两年的婚姻当作地狱，现在想想却也是天堂，有丈夫的女人，丈夫再不争气，对自己再恶再凶，那也是主心骨。没丈夫的女人，缺了那根骨头，心就坍塌了。可又细想了一下，自从丈夫迷上了赌博，天堂已成了地狱，她倒宁愿是个寡妇，带着别人家的孩子过一天是一天，只要自己的孩子在别人家过得好就行。她不笨，王安庆死得蹊跷，那后背伤她瞧了，怎么着也折腾不死一个年轻人。他是在宋家死的，宋家这些女人定是玩了手段。能把宋家女人逼得杀人，必定是攸关宋家存亡之事，能牵涉到王安庆的，只有换子这事儿。如果因为王安庆而导致换子之事暴露，引起宋家大乱，宋祖佑定会被牵连，这不是自己愿意见到的。换句话说，王安庆这也算是为儿子丧了一条命，该的。

她在那儿心思千回百转，金咏梅站在她身后感慨万千，金家的女孩当真是命运多舛。她在妹妹身边坐下，也不言语，只是陪着她坐着。

"王安庆心脏很好，从没任何毛病。"

金咏雪扭过脸，看着姐姐愈发惨白的脸，竟轻笑出声："从没毛病。"她再次强调，嘴角的那抹笑像罂粟一样地弥散着渗入骨血的毒。

日本军医的用心

1

李美兰迅速衰弱了，大襟子棉袄像挂在竹竿上一样被西风吹着鼓起来，素来红润的小脸失去了水灵，头发干枯地紧贴头皮——竟比死了丈夫时更为憔悴。再给宋学礼换药时，她竟是连一句话都不说了。宋学礼欲言又止了几次，终于忍不住问她怎么了，她恍惚着找个借口搪塞了，然后，依旧魂不守舍地行走在宋家大院和木扎街上几家药铺里。

她的心病了，魔怔了。每个夜里都大睁着眼睛，看着站在床边血肉模糊的王安庆。刚开始时，她还在心里争辩着，诉说着自己的迫不得已，到后来，她就任他看，一直看到天亮。她知道王安庆并没有站在床边，她这是在自己吓自己。但她确实对人生不抱有任何希望了，不再拾掇自己，头发胡乱地挽个发髻，随便一处都髭着头发，衣服一周半月不换一套，更别说在脸上涂脂抹粉。宋钱氏知道她这是自责自贱，也知道旁人的劝说是没用的，她建议她去趟寺庙，上几炷香，抄一遍《往生咒》，超度逝者灵魂，解脱一下自己。

李美兰就去了，她两手紧贴掌中三炷香，东南西北地拜了拜，口中默念《金刚经》，又添了二十两香油钱，便坐在斋室里全神贯注地抄写《往生咒》，一笔一画，写得极尽心力。每写一个字，心里果真清明一分，于是，愈发认真起来。再抬头，就看到日本军医小林真雄站在桌边，一脸欣喜的表情看着她写字。她放下毛笔，施施然起身，轻声道："你妹妹也喜欢写字吗？"

小林真雄摸了摸后脑勺，扯开嘴角，欢喜地笑了。

天气晴好，秋意盎然，鸟儿的叽喳声，泉水的叮咚声，悦耳悦心，两人沿着幽径缓步前行，影子斜斜地铺在一侧的草木上，层层叠叠，别有一番情趣。

"没想到能在这儿遇见你。"小林的声音低沉温和，熨烫得李美兰心里很舒服。

"我很少来，来也是和家人一起，今儿是第一次独自来。你常来吗？"她扭头抬眼看他，夕阳在他的耳边，把他那半张脸熏成红色，这个日本人平常得就像邻家大哥。

"我是佛教徒，没来之前，我就把木扎的寺庙摸清了。这些日子已经来过好几趟了，但今天是最高兴的一次。"他看着李美兰，轻声道，"不是孤单一个人了。"

李美兰心中一动，是啊，有个人陪着说话多好啊，就像现在，血肉模糊的王安庆早就不知被她扔到了哪里。

李美兰和日本人小林在夕阳中漫步时，宋家几个女人正围坐在厅堂里揣摩着镇长刘红驹的心思。王安庆刚被带回宋家，金咏梅就把刘红驹在镇公所大院的话原封不动地告诉了宋钱氏，两人都听出了刘红驹是在提醒宋家杀人灭口。她们反复琢磨，也觉得这确实是一劳永逸的办法，才对王安庆动了杀念。可事后再想想，刘红驹的潜台词似乎还意味着，他已经知道那个天大的秘密了。这才是最可怕的，但奇怪的是，他又没有任何表示，反而还在帮她们。他为什么这么做？他是个什么人？他到底有什么企图呢？

"他真是个奇怪的人，"金咏梅皱着眉头说，"他会不会找个机会勒索我们？"

"你见过勒索别人之前还白送一百块大洋的吗？"汪冰摇了摇头，"勒索我们，最好的时候不就是王安庆那件事吗？只要他随着董少宾的话多说两句，我们杀人这事儿就不可能干净利落地了结，甚至都能牵连出那件要命的事，如果他以此要挟，"汪冰扭头看宋钱氏，"妈，你说说，他提任何要求，你是不是都会答应他？"

宋钱氏点点头，汪冰这话有道理。

汪冰又说："我觉得他一点都不像个镇长，根本就不像是个当官的，我揣摩着，他这个镇长会不会是冒充的？"汪冰被自己突然冒出来的念头吓了一跳："我记得他在酒楼喝酒时说过，他是个生意人，又说把当官当生意来做，他确实怎么看也不像个正儿八经的镇长。以前那个林镇长，那才是个镇长的样子嘛。"

汪冰这么一说，众人又觉得刘红驹实在是深不可测，相比宋东子和王安庆，他才是最可怕的，甚至董少宾都没法比。宋钱氏忧心忡忡地说："我看，大家还是小心点他……他这样的人，不会做赔本的买卖。"

金咏梅决定试探试探刘红驹。

她在一个午后，带着宋祖佑在镇公所门口晒太阳，等刘红驹出来的时候，她抱着孩子迎了上去。

刘红驹看到她好像有些意外，但随即露出一脸笑容，笑呵呵地问她："找我有事儿？"

金咏梅抿下嘴唇，说："上次我妹夫那件事，要不是你帮我们宋家说话，董少宾一定会刁难我们。我是来表达谢意的，谢谢你帮了我们孤儿寡母。"

刘红驹摇了摇头，说："看你说的，"他见她抱着孩子有些吃力，顺手将孩子接到自己怀里，"我只是说了句公道话，那一百块大洋也不过是顺水人情，借花献佛了，宋家二少奶奶可没少请我喝'霸王香'。"

金咏梅听了，不觉轻笑道："那下次得让她请你多喝几杯。"

刘红驹瞧了她一眼，笑道："好，恭敬不如从命。哎哟，这小家伙还真挺沉的啊，你细胳膊细腿的，也能抱得动？"

"打生下来就抱，习惯了，就不觉沉了，"她抬眼观察他的神情，继续说道，"要是他爸还在，哪里还需要我抱呢？"

"唉，是啊，"刘红驹亲昵地捏了下孩子肉乎乎的小脸颊，"我也没见过你丈夫，不过看这孩子，你丈夫长得应该挺周正的，但我仔细看呀，儿子像娘，这孩子还是像你更多。"说完又把鼻尖对准孩子的脑门，嘻嘻哈哈地斗着孩子玩乐。

金咏梅困惑了，他显然不知这孩子的底细，是宋家的女人们想多了吗？

2

去了趟寺庙后，李美兰渐渐恢复如常，又成了个水灵灵的小妇人。阁楼上的宋学礼早就恢复了，但他哪里都不能去，只能蜗居于此，每天等着李美兰一日三餐送上来。

李美兰都是在街上给宋学礼买饭，基本上买包子，有皮有馅儿健康营养。刚开始的时候她很谨慎，还想好了一些说辞，如果有人问起，她就会说多买几个带回家去，或者当点心什么的，但从未有人问起，她便疏忽了。所以，当留根看到她在包子店一气儿买了十多个包子并尾随在她身后时，她丝毫没有察觉。

留根站在药铺外，想了一会儿，猛然悟出她这是给宋学礼买的，不由大喜，赶紧跑回宋家告诉了宋老太太。宋钱氏刚开始不信，但想想老三媳妇的菩萨心肠，再想想翻遍了木扎就是没有翻自家的药铺，便觉得大有可能。可她不想为难自己的儿媳妇，这个儿媳妇刚刚从杀人的阴影中走出来，再有个风吹草动估计就受不住了。她特地给李美兰放了个假，让她回牛奔镇看看爹妈。李美兰不觉有诈，给宋学礼买好了一天的肉包子，带上些布帛丝绸和糕点就回娘家了。

宋钱氏带着留根杀气腾腾地直奔药铺，不费丝毫力气就把宋学礼从阁楼上揪了下来。接到信儿的宋柏生和宋文彬很快赶了过来，宋学礼已经瘫软在地，爷俩儿交换了一下目光，都是无限悲伤。他俩明白，宋钱氏这次不把宋学礼剥层皮才怪！

宋学礼又被押回到宋家祠堂。他的面前一字儿排开各种刑具，他才发现，上次的铁钉面板不过是最简单的一种，他慌张地抬头找宋文彬，宋文彬已经哆嗦得站不住脚了。他又扭头看宋钱氏，宋钱氏的整张脸都在阴影里看不真切，嘴角的那抹快意人心的笑倒是清晰可见。

宋学礼当然还是咬紧牙关，坚决不承认是自己干的。在宋钱氏的催促下，宋柏生只好命令用刑，先用的是夹指棍。

夹指棍越收越紧，十指连心，宋学礼面孔扭曲，连声惨叫。宋文彬心疼儿子，"扑通"一声跪倒在宋钱氏面前，鼻涕眼泪流了一脸，哭喊着说："大嫂，嫂子，我错了，我再也不会对宋家的事儿说一个字，我再也不求接管宋家的产业，求求你放过学礼吧，那真不是他做的。他还是个学生娃啊，手指夹坏了，还能做什么？"

"手指夹坏了，命不还在吗？总好过宋家男人手指健全却没得命吧。"宋钱氏不为所动，宋文彬求救地去看宋柏生，宋柏生也没办法，宋学礼私自逃走，欲盖弥彰，除非凶手自己出来认罪，否则他是跳进黄河也洗不清了。

宋文彬双目充血，死死地瞪着宋钱氏，恨不得冲上去和她拼个鱼死网破，但他不能，儿子还在她手里。自从给大哥和侄子们的坟头移植了山丁子，他已经在木扎抬不起头来，满心希望儿子能平平安安，可眼下儿子遭罪受累他却无能为力，他不由抱头蹲在地上，和着儿子的惨叫声干号。

"十指连心，宋学礼，这你都能扛住不认，那好，那就再上更厉害的，我就不信你不承认！"宋钱氏见宋学礼已疼得满地打滚还咬牙不认罪，气得叫起来，"给我拔指甲，拔光了他！"

"不，不，"宋文彬直着身子跪在地上用膝盖移到宋柏生身边，一把抱住他的腿哭道，"族长，你不能让她这么做，她疯了，她要毁掉我儿子，她儿子死光了，见不得我有个儿子呀。"

不说还好，一说宋钱氏更是发怒："好你个宋文彬，你实在欺人太甚，"她看着宋柏生，阴森森道，"族长，我这是在为丈夫儿子报仇呢，你要是阻止我，就是阻止他们沉冤得雪！"

宋柏生见她话已说到这份上，叹了口气，对宋文彬摇了摇头。

已经疼晕过去的宋学礼猛然感到更揪心的疼痛袭来，他暴睁双眼，看到自己的每根指头都被固定在一个架子里，一根尖钉已经插进了大拇指指甲的肉里，一把铁钳正伸过来钳住和肉分离的指甲盖。他知道自己要面对什么样的遭遇了，索性大叫："死老太婆，你休想屈打成招，我做鬼都不会放过你！"

宋老太太整个人都沉到了阴影里，她无动于衷地轻声道："拔。"

宋文彬想冲上去护住儿子，却被人架住胳膊行动不得，他一会儿大声地咒骂宋钱氏，一会儿又哀求行刑的人手下留情，却无人理会他。

宋学礼想晕都没法晕过去，因为第二根指头又被尖钉插入，他嘶哑着喉咙哀号着,恐惧地看着向手指靠近的钳子,嘴唇颤抖地唤着"不不不",眼看着撕心裂肺的疼痛又要再来一次,门口传来整齐划一的脚步声——日本兵来了。

领头的是军医小林真雄。

李美兰是个聪明伶俐的人,刚离开木扎不久,她就觉得不妙,宋家三个儿媳妇好久都没回过娘家,像说好了一样,都在守着这个家。眼下,娘家也没事儿,自己也没提过想回家,婆婆怎么就主动让自己回娘家呢?越想越不安,她呆站了一会儿,突然想到了宋学礼,撒开腿就往回跑,回到药铺一看,阁楼里果然一团糟糕,宋学礼早已不见踪迹。她知道是婆婆抓走了他,也能想到宋学礼将要面对的局面,可凭她一己之力根本不可能救出他来。她想找刘红驹,又觉得和他不熟,于是她想到了小林真雄,不管怎么说,族长和婆婆还是会忌惮日本人,不敢撕破脸。她立即赶到日军驻地,费了一番工夫才见到小林,得知她的来意,小林忙向井上一夫汇报。井上一夫听说这个年轻人会说日语,也很感兴趣,就让他带着一队日军赶到宋家祠堂,把那个年轻人带过来。

宋学礼模模糊糊看到有人过来,下意识地大喊:"救我,快救我。"

待看清是日本人后,他立即用日语叫喊起来:"快救我,快救我。"

小林真雄威严地扫了众人一眼,问:"族长,哪位?"

"狗日的小日本。"宋柏生心里暗骂了一声,不太情愿地站出来,说:"我是。"

"我要带他走。"小林直接开口要人。

宋柏生一愣,宋学礼什么时候和日本人搭上关系了?他还没张口,宋钱氏站起来,一口拒绝:"不行,我们这边事儿还没处理完。"

"你们中国人就是这样处理事情的吗?"小林带着雪白手套的手轻轻抬起宋学礼已经被剥掉指甲盖的大拇指,"那我们是不是该入乡随俗?以后和宋家打交道也用这样的方式?"

宋钱氏被噎住了。

"木扎会讲日本话的中国人很少,我们的翻译不够,需要他的服务,带走。"小林手一挥,两个日本兵上前将宋学礼从地上扶起来,离开了宋家祠堂。

宋文彬抹了把眼泪松了口气,却转瞬又揪住了心,跟日本人走了,做日本人的翻译,那岂不是人人喊打的汉奸?

唉,当汉奸总比不明不白冤死在自家祠堂里好吧。

3

木扎突然响起的鞭炮声让许多人下意识地缩了下肩膀,噼里啪啦炒豆子一样的声音让他们想起了几个月前日军驻地门口的那场血战。不过,四处迸溅的红纸屑透露出的喜庆很快让他们回到了现实,他们打听了一下,原来是新开张了一家药铺,叫长春堂,位置就在宋家酒楼的斜对面。不论什么年头,药铺的生意都是好的,生老病死人之常情,谁能离得了药呢?

刘红驹正坐在宋家酒楼,他抿口小酒,问一旁作陪的汪冰:"这药铺是什么人开的?我怎么不知道?"

汪冰伸出两根葱白一样的手指捻了颗花生米丢进嘴里,脆脆地嚼了几下,待香气完全弥漫了口腔才懒懒地说:"您既是大镇长又是个生意人,居然不知道这事儿,真是怪了。您都不知道,我一个妇道人家怎么会知道?"

刘红驹却笑了,似有所指地说:"连你这样的交际花都不知道,看来这药铺里面大有文章啊。"

汪冰脸色一下子变了,杏眼一瞪,尖声道:"你说谁是交际花?"

刘红驹好像才意识到自己这话不妥,赶紧笑着说:"玩笑话,玩笑话,何必当真呢?你是宋家的儿媳妇,什么都不缺,做什么交际花?别当真,别当真。"边说着话边盯着对面人来人往的新药铺琢磨,"新开铺子竟然不知会一下镇长,木扎难道没有规矩了?有意思,有意思,我且看看去。"说罢,竟然站起身就走,完全没理会仍气鼓鼓坐在那里的汪冰。

刘红驹背着手穿过看热闹的人群,一边嘻嘻哈哈地和认识的人打招呼,一边慢慢地踱进药铺,一抬头,就怔住了。

站在他对面的掌柜看清了他的样子,也怔住了。

"掌柜贵姓?"刘红驹漫不经心地四下打量药铺,开口问道。

掌柜和他年纪相仿,穿着青灰色长布裳,相貌儒雅,眉宇间有着商人的精明,他看着刘红驹,像是换了人,一点也没有先前招呼他人时的热情,不冷不热地回答说:"免贵姓乔,在下乔洪涛。"心里却暗自骂道,"装吧,你就装吧,你这个混蛋!"

"这里的气候可比不得延安,日头毒辣风大雨少,谁说的要扎根在那里此生绝不离开?怎么反悔了?"刘红驹扭头看看前后没人,便敞开了说话,他看出对方一脸讽刺的表情,自己说话也是夹枪带棒。

"是啊,步你后尘了,看你飞得那么高,眼红了呗。你能投奔汪伪政权,我就不能另谋出路做只择木而栖的良禽?"

刘红驹哼了一声,低下头来,好久没说话。乔洪涛也不着急,慢条斯理地收拾着柜面上的药材。新铺子开张,看的多买的少,药铺要想有人气,得有一段时间积攒才行。鞭炮声落地不久,铺子就安静下来,热闹看完了,看客们该干吗干吗去了。

"真没想到是故人在木扎再见了,"刘红驹拿了块根状的中药摩挲着说,"我离开延安,一来是因为那里太清贫了,二来也想离开董同志……我想你也知道那个原因。我其实没什么政治抱负,不过是想在乱世里混口饭吃。诸葛亮说,'苟全性命于乱世,不求闻达于诸侯,'大概就是这个意思吧。"

乔洪涛抬头看他一眼,眼神冷冷地不接话。

刘红驹不在意,接着说道:"我如今是木扎的镇长,当然,机缘巧合,混口饭吃而已。你是来做生意的,不管是什么生意,只要是治病救人的,我自然会多关照你。"言下之意,你乔洪涛来自延安,目的可疑,不过你放心,就冲咱俩这交情,还有我这人的脾性,我是不会向日本人告密的。

乔洪涛却不领情,仍是用鄙视的眼神瞥了他一眼说:"我就是一个做药材买卖的生意人,合法经营,不想招惹也惹不起当官的。所以,镇长大人您不来'关照'我长春堂,我就谢天谢地了。"

刘红驹不以为意地嘿嘿笑了两声,心下却想,你当我是个呆子?日本人一来木扎,你就出现了,打什么主意具体的我不敢说,大方向我还不知道吗?你也不想想,老子和你朋友一场,也是从那个地方出来的,还不了解你和那个地方的办事风格?但他也不好说破,打着哈哈说:"那好,那好,你安心做你生意,没有必要,我刘某绝不出现在你面前,绝不污了你的眼。你忙,你忙,我告辞了。"

也不管乔洪涛有没有听,用手指着对面的宋家酒楼说,"我这'霸王花'刚喝一半呢,得喝完咯,酒钱都付了,不喝吃亏!"

离开药铺,刘红驹的脸就垮了下来,这木扎镇,以后看来要血雨腥风了。他心事重重地回到酒楼,到了包间一看,汪冰竟然还坐在那里生闷气,这才想起自己之前说的话,不由从心里哀叹一声,女人真是麻烦。他凑过去,笑嘻嘻地说:"还在为刚才那话生气呢?"

汪冰白了他一眼,眼眶红红的不理他。

他耐着性子哄她:"你别把交际花这个词想得难堪,赛金花你听说过吧。你看,她本来是个交际花,后来跟了大状元洪钧,虽然是个小妾,但陪他出过国,还拜会过维多利亚女王和威廉皇帝。丈夫死后不久,八国联军侵华,把北京百姓害得悲苦连天,她竟出面去和联军统帅瓦德西见面,劝告他约束士兵在北京城的恶行,还真奏了效,她甚至还保护了北京城一些文物,后来人们一提到她就竖大拇指。由此可见,说谁是交际花,也不尽是说这个女人坏,对不对?"

汪冰听了反而更气,她手指刘红驹,语速极快地呛声道:"姓刘的,你别以为我管着酒楼成天和客人说笑,就觉得我是一个轻浮的女人,我告诉你,我汪冰读的书未必比你少。就你说的交际花赛金花,那是你这样的男人看她。我读过刘半农的诗,他说,中国有两个'宝贝',慈禧与赛金花,一个在朝,一个在野,一个卖国,一个丢脸。你说你这话不就是在含沙射影地骂我丢脸吗?"

刘红驹愣住了,他还真不知那个叫刘半农的诗人写过这诗,这下好了,话没说好反而陷得更深,但他嘴皮子溜,心思一转,便露出一副杀身成仁的表情,豁出去一般地说:"你若是交际花,那我就是拆白党。"

汪冰"扑哧"一声忍不住笑了出来。"拆白党"这个词她当然听过,木扎再偏,也是能看到报纸的,木扎再穷,她宋家不穷,她和丈夫也曾去大上海玩过几次。这个词在上海满大街都能听到,专门指以色相行骗,白饮白食骗财骗色的男人。他刘红驹都自轻自贱到这般田地,自己何苦还纠缠他一句玩笑话呢?她起身倒了杯热茶,递给他,好像是有意为自己刚才的蛮横无理赔不是。刘红驹笑笑,接过来一口饮下。她又看他蹙起了浓眉,想着他刚从新开的药铺里出来,不由想到,是不是在那里遇到什么麻烦事了?

刘红驹惊奇地说:"这么明显?你都看出我心事重重了?"

汪冰点点头:"就差额上没写几个字,我有心事,哈哈。"她想了下那样的画面,自己先乐了。

刘红驹乐不起来,忧心忡忡地说:"这木扎镇,日本人建了个军用物资中转站,各路神仙都来了。你瞧,有护卫物资站的日本兵,有林镇长那样听命于重庆方面的人,还有我这个汪主席的人,哦,对了,还有土匪赵老末、国民党的忠义救国军,没准还有共产党的人。唉,他们要在这里大闹天宫喽,以后别想安生了。我这个镇长不好当呀。"

"这样啊!"汪冰小吃一惊,"这么小的一个镇,来了这么多人,都来干吗呀?谁是共产党?除了林镇长,还有谁是重庆的人?"她一脸好奇地追问。

"你呀,好奇会害死人的。这个世道,知道的东西越多越危险。"刘红驹呷了口酒,提醒她道,"你听听就罢了,别放到心里,当心祸从口出。"

汪冰笑了一下,说:"我才懒得知道呢,不过是配合你一下,制造点气氛嘛,瞧着你不开心,逗你一下。我一个失了丈夫的妇道人家,不过是在这里慢慢等死罢了。"这话说得凄凉,她的表情亦是充满哀伤。

刘红驹叹了口气,也不说话了。他的所有心思都在想着新开的长春堂里的乔洪涛,这只是开始,谁知道木扎镇还会来什么妖魔鬼怪,还要发生什么惊天动地的事呢?

4

日军翻译宋学礼第一次看到木扎新任镇长刘红驹是在寒意逼人的街头。街上人来人往,他们手提肩担,筐里袋里尽是年货,肥厚的青鱼,油腻的猪下水,粉白的年糕,鲜红的贴纸,浓浓的年味灼热了他们的心,宋学礼却只看到了耀眼的红,一如他眼中那缕缕血丝。

新任镇长本是他的救命稻草,他在黑咕隆咚的宋家祠堂熬过一夜又一夜的时候,在宋家药铺阁楼里艰难地等待真相的时候,南京来人彻查宋家惨案是他迫在眉睫的希望,就是现在,宋钱氏再也无法对他严刑逼供了,他还是想着赶紧查清,还自己一个清白,然后想法辞掉日军翻译。他不想当汉奸,他要回到宋文彬身边，做个安分守己的儿子。可是，新任镇长刘红驹来到木扎一年多了，真相仍遥不可及，他要向他讨个说法。退一步，哪怕听听他的想法也行。"你是不是和宋家一样，也怀疑我是出卖宋家的凶手？"他开门见山地问。

刘红驹将眼前这个眉目俊朗的年轻人仔细打量一番，目光定在了他缠了厚厚纱布的左手上："你的手怎么回事？"说完后又明白了："是宋家对你用刑了？"

宋学礼垂眸看了眼依旧疼得钻心的左手，恨恨说道："这已不是一次两次了，幸好是左手，也幸亏小林真雄来得及时，要不然，我这两只手都要废了。你看，他们就死死咬住告密者是我，我一点办法都没有。人人都怀疑我，不怀疑我的，只有我爹，还有……"他差点说出了李美兰的名字，幸好及时刹住了口，"我被关押在祠堂后面的小屋里，有一天夜里，门突然开了，我下意识地就跑了，可是，跑出去后，我发现我上当了，一定是真正的凶手故意放我走，好让我浑身是嘴也说不清。现在好了，连族长都不信我了。我知道，您也肯定怀疑是我，毕竟，人都死了，我能活着回来也太说不过去了。"

刘红驹也不瞒他，开口说道："你的事儿我都知道，武剑一直在盯着。说实话，我也有点怀疑你，不仅仅是因为你活着回来了，还因为你确实将宋家老四迎亲路线透露给了林双江。虽然是改变前的路线，但你透露过这是个事实。"

宋学礼痛苦地摇了摇头："我怀疑过是林双江做的。我与他素无交往，他突然在宋家老四迎亲前找我去喝酒，然后套我话，他一定是蓄意而为……就是他做的，我也绝不可能是和他勾结在一起的，我毕竟受过高等教育。我离开南京回到木扎，本来想利用自己一己之力尽力弥合我父亲和大伯之间的过隙，主动去参加迎亲，抱的就是这个想法，结果却弄巧成拙，弄到现在，我浑身是嘴都说不清，现在还不得不给日本人做事，靠他们来保护自己……"

刘红驹盯着眼前文质彬彬的宋学礼，确实无法把他和宋家灭门惨案的凶手联系在一起。林双江被击毙前，说过给忠义救国军递过信，想让他们捞宋家一票，但宋学礼说的路线，宋家已经改了，也不会造成实质性的损失。从现场回来的，除了宋学礼还有宋家管家留根，宋家怎么就死死抓住他一人不放呢？

刘红驹心里一动，两人比较起来，他还是觉得留根的嫌疑最大。他说不清自己为什么会这么想，但他相信这个年轻人说的话。他不动声色地拍拍宋学礼的肩膀，说："这样吧，我陪你去找族长和宋老太太解释清楚，毕竟都是一家人，能和解就和解吧。你别提心，你现在给日本人做事，他们也不敢对你下手。"宋学礼还有些犹豫，刘红驹不由分说，揽住他的肩膀就往宋柏生家走去。

到了宋柏生家，刘红驹把自己从林双江那里得来的情况说了，宋柏生却根本就不信他的话，质问道："你说林镇长临死前承认了曾经告诉过忠义救国军宋家迎亲路线，让救国军抢宋家嫁妆，可现在死无对证，你那时为什么不留活口？"

刘红驹说："我有林双江的口供，此外，我到木扎，绝不仅仅是为了宋家灭门案。我杀林双江，那是奉命行事，他勾结重庆政府！宋氏宗族的事情，我没打算插手，但我没想到你们这样对待自己人，你看看宋学礼的手，都快废了。"

宋柏生冷笑一声，讽刺道："有口供不立即拿出来，现在才来说，我看，是因为宋学礼已经投靠了日本人了吧，为了巴结日本人，你至于这样吗？再说了，林双江都死了一年多，他的笔迹已经没人能记得了，谁知道你说的口供是真是假。除非忠义救国军自己承认，是林双江给了他们的信，而且还是改变路线前的信，否则，宋学礼就是最大的嫌疑人。即便他投靠了日本人，一旦我们找到证据，同样会大义灭亲，饶不了他。别以为日本人能护住他，我们宋家不怕！"

刘红驹无奈地摇摇头："你真是太固执了，你想过没有，当时活着回来的可不只是宋学礼一个人，还有个宋家管家留根，"他看了眼宋柏生，宋柏生皱了皱眉。刘红驹心里有数了，宋柏生一定也怀疑过留根。刘红驹接着说："杀人时宋学礼是躲在山上方便，可留根却在现场，那些人又不是生手，他们连一个人是不是装死也看不出来？"

宋柏生沉默了一会儿，说："我不是没有怀疑过留根，只是，宋家对他恩重如山，他根本没有理由这么做。而宋学礼，除掉宋家男人后，宋家直系亲属就只剩他和他父亲两个男丁了，按照族里的规矩，他们能得到整个宋家。这个诱惑就太大了，为了这，丧心病狂也没什么好奇怪的。"说完以后，他似乎忘了自己就是全力支持宋文彬接管宋家的族长，却愈发觉得自己刚才想到的确实很有说服力，他斜了宋学礼一眼，转身往地下吐了口唾沫："呸，一条狗还想入主宋家，我呸！"

宋学礼大怒，冲上去就要理论，被刘红驹一把抓住胳膊，沉声道："年轻人，做事要压得住性子，如此毛糙怎么给自己洗刷冤屈？族长这不是误解你了吗？等真凶被抓到后，他自然明白你的为人。走吧，我们去找宋老太太。不管老太太怎么看你，你该说的还得说清楚。"

宋学礼记住了刘红驹的话。他看到宋钱氏时，硬生生地压住了对她的不满与愤怒，甚至还诚恳地向她问了声好。宋钱氏却是仇人相见分外眼红，听了刘红驹关于林双江临死前的交代，她的反应和宋柏生一样，根本不相信，仍旧一口咬定宋学礼就是那个杀千刀的告密者。她说："宋学礼，别以为卖国求荣当了汉奸就一了百了了，我告诉你，这事儿没完呢！"

宋学礼见她冥顽不灵，气急冷笑道："老太太，别忘了，是你们宋家把我逼成了日本人的一条狗。我告诉你，我如今只能当条狗了，怎么样？就算是我干的，你又能怎么样？别说是你，就是木扎的镇长，就是县太爷，他现在也拿我没、办、法！"说罢没看老太太一眼，转身就走。刘红驹见宋学礼话说到这个份上，几乎没有转圜余地，不禁摇摇头，叹了口气，也跟着离开了宋家。

宋钱氏见宋学礼如此嚣张，尤其是听了他最后说的那些话，气急之后胸口突然剧痛，一口腥味冲出喉咙，逼得她"哇"的一声，张口吐出一团血块。金咏梅闻声而来，吓得面容失色，"花婶，花婶，"她大声地喊着花婶，却听不到她答应，想着应该是出去办事了，又想到小姑子在房里，又大声喊道，"江雪，江雪。"

宋江雪听到嫂子慌乱的声音，赶紧从屋里跑出来。

"江雪，快、快去找美兰，妈吐血了！"金咏梅扶着婆婆瘫软的身体，颤抖地说。

宋江雪看到老娘这般模样，吓了一大跳，拔腿就往街上跑去。可她到了药铺，才知道李美兰去了寺庙上香。她无头苍蝇一样转了几转，一眼瞥到斜对面新开的药铺长春堂，赶紧跑过去，一脚跨进店里，正好乔洪涛抬头，她一眼看到了他炯炯有神的眼睛，心里没来由地跳了一下。她喘着粗气结结巴巴地说明了来意，乔洪涛听了，赶紧拿了药箱跟着宋江雪来到宋家。正坐立不安的金咏梅听到动静赶紧迎出来，把乔洪涛带进宋钱氏的卧室，她是如此焦急，以至于忽略了乔洪涛初见她时讶异的表情。

宋钱氏脸色蜡黄地躺在床上，神志已有几分清醒，见来了个陌生人颇感奇怪，宋江雪赶忙解释了一番。乔洪涛端个凳子坐下，问了情形号了脉，说："老太太，您这是由于暴怒伤肝，气火上逆而引起的呕血，从吐血量来看，还挺严重的。您得当心再往后面还会犯，到时候您老会感到胸胁疼痛，心烦不宁，难以入眠而且多梦，甚至可见惊狂骂詈，不辨亲疏，都属于这种情况。用药上宜泻肝清胃，我给您开个丹栀逍遥散、伐肝煎的方子。"

宋钱氏听他一番话，知道是个有本事的大夫，遂放宽了心，朝他点点头，说："年轻人，麻烦你了。"

乔洪涛笑笑："我是大夫，应该的。宋太太万事要放宽心，当以身体为重。您休息，我这就去给您开药。"

金咏梅和宋江雪把他送到门口，他想了想，把手里的方子交给她们道："你们切记，不能再让老太太生气了，否则，只会越来越严重，到时就难以控制。我这个药方也让府上的大夫瞅瞅，可以再斟酌些。府上也有药铺，这药就自己抓吧。"

金咏梅听了，知道此人心思缜密，不想给人留下抢人生意的话柄。她忙把方子递给他，说："乔大夫，您瞧的病自然是到您药铺里抓药，等我弟妹回来了，我再让她给婆婆看看便是。"

乔洪涛看了她一眼，也不推脱，收好方子放入药箱外的兜里，拱手准备告辞，一直低头站在金咏梅身边的宋江雪突然开口说："嫂子，花婶不在，留根他们也挺忙的，我来送送乔大夫吧，他第一次到这里，我怕他回去的路不熟悉，我也正好顺便把他开好的药拿回来。"

金咏梅看她一眼，看到她耳朵微微泛红，正在不安地用手指绞着辫子，心里便明白，这位被养在深闺的小姑子对眼前清风明月般的大夫有了好感，遂笑呵呵地说："那一定得送，迷了路是要耽误时间的，婆婆还等着药呢。那就麻烦你了。"转过身，又笑意盈盈地和乔洪涛打招呼："乔大夫您慢走，我去陪陪婆婆。"

金咏梅回头往回走，满脑子都是刚才宋江雪害羞的模样，心里想，得探探婆婆的口气，宋江雪也到了出嫁的年纪，难得对一个男人有好感。这个乔大夫看上去也不错，撮合一下没准能成呢。她到婆婆房间一看，宋钱氏已经睡着，想着这也不是个什么急事儿，便回到自个儿屋里休息了。

没多会儿，她就听到了宋江雪唤下人煎药的声音，有点纳闷，这丫头回来得也太快了，既然对人家有意思，怎么不磨蹭一会儿再回来？莫不是担心老太太的病，还是人家根本对她无意？

她侧身上床，看了眼已经睡着的宋祖佑，突然就掉了泪，她想孩子了，想王思佑，孩子都两岁多了，自己才见过一面，那孩子天庭特别饱满，和宋学仁一个样。宋学仁，她眼眶子温热起来，两年了，她快要忘记他的模样了。

喝了乔大夫开的药，宋钱氏感到心口轻松了许多，便问起诊金的事儿。金咏梅愣住了，自从美兰嫁进宋家，这一家人看病就都是美兰包揽下来，也就一时没想起来请人看病要出诊金这回事。宋钱氏知道儿媳妇疏忽了，有点不悦，说："看你平时做事有条有理进退有度，怎么连这个都忘啦？这要是传出去，还不坏了宋家的名声？你把诊金准备丰厚些，再去药铺问问美兰有什么好药材，给乔大夫送过去一些。"

金咏梅被训得有点尴尬，正准备应承，宋江雪却迅速接了话："妈，别老让嫂子跑来跑去了，贾妈生了病，如今都是嫂子在照顾祖佑。这孩子晚上总睡不好，嫂子好几夜都没法休息。您说的那些东西，我给乔大夫送过去。"

宋钱氏有些意外地看着女儿，说："太阳打西边儿出来啦？你什么时候会主动干这些跑腿的活儿？"

金咏梅了解小姑子的心思，顺水推舟地说："一定是小雪心疼我才主动要跑腿了，那麻烦小雪了，带孩子还真是个体力活，以往看奶妈带，也没觉得难，怎么我一带，这孩子就天天夜里闹腾？我现在确实困得很。"

宋江雪还没来得及高兴，宋钱氏却看出点门道，她冷声道："做娘的谁不是这样把孩子拉扯大的？小雪在外做事说话没个分寸，我不放心，还是你去吧。"

金咏梅也不好忤逆婆婆，只好轻声道："好，我去。"

宋江雪气得跺了下脚，扭身走出了屋子，宋钱氏又看了眼低眉顺眼的大儿媳妇，缓了声音说："咏梅，你别生气，我这把年纪了，还看不出小雪那点心思？可我不想她遭罪。你想想，乔大夫是外地人，来路不清，我看他年纪比小雪大上十多岁,也不一定能看上她。再说了,小雪他爹和哥哥们的仇没报,我哪能让她出嫁呢?出嫁是喜事啊,宋家大仇一日不报,一日没有做喜事的资格。"

金咏梅点头说:"妈,我怎么会生气?我也是看出了小姑子的心思,想帮她一把,我没有您想得周全。我这就去乔大夫那儿一趟。"

金咏梅到了乔洪涛的药铺,却看到宋江雪也正在他那儿转悠,而乔洪涛却一直在柜台里整理药柜,鲜少抬头看她,不像是对她有意的样子。妾有情郎无意,唉,有小姑子难受的时候。金咏梅摇了摇头,不知不觉轻叹出声。乔洪涛听到门口有动静,抬头看见她,目光里有种一闪而过的惊喜。

宋江雪自然没有察觉到心上人看自己嫂子的目光,在长春堂里,她通体舒畅,每个毛孔都充满愉悦,她像只欢快的小鸟,扇动轻捷的翅膀,扑腾腾地往乔洪涛那里飞去。近二十年的日子里,她第一次感到内心深处莫名欢喜。她喜欢乔洪涛老成持重的样子,看他修长的手指拂过药材,她都能兴奋得浑身战栗。乔洪涛待她极为客气,透出一种生疏,但她想,他就该是这样礼节周全的男人。她喜欢他这样,恨不得就待在他药铺里不回去,看他收拾铺子,看他给人称量药材,甚至看他漱口洗脸,什么都行,只要能让她看到他。

金咏梅把诊金给了乔洪涛,看看小姑子还没有走的意思,只得自己先回去了。

乔洪涛仍然在忙着手中的活儿,有时也和宋江雪说说话,虽然都是围绕着宋家药铺里的药材,但她特别愿意告诉他。他问她知不知道宋家从哪里进药,怎么价格这么便宜还种类齐全,又说,自己一个人守着个铺子,实在不能出远门进药。宋江雪说:"那就到我们家药铺进药,我让我三嫂按进价给你。"乔洪涛眼睛发亮,有点不敢置信:"能行吗?"宋江雪说:"没事,我回去就跟她讲。"乔洪涛还说,他想过要给宋老太太开百宝丹,那药对老太太的身体有极好的药效,她这毛病,只有这药能根治。宋江雪脸有些红,她根本就不知道百宝丹是怎么回事。

宋江雪回到家里,看到李美兰也回来了,就悄悄地把乔洪涛说的百宝丹的事儿讲了。李美兰倒知道百宝丹,曲焕章的曲家白药,对刀枪创伤有特别疗效,但用这药内服,她还从未给病人用过。婆婆的吐血症,若要让自己开药,用这个她还是会犹豫，但看乔大夫给婆婆开的药方，确实医术了得，他这么说，那就肯定会有效果。这药五六年前很好进，可惜自从日本人全面入侵中国后，武力打压此药的销售渠道，宋家的药铺也无此药可售。宋江雪见李美兰说得头头是道，不由感到羡慕，如果自己也知道这么多，就能和乔大夫多说一会儿话了。

宋江雪本来对药材不感兴趣，但一到长春堂，就见乔洪涛摆弄药材，沉迷于医药之中，和她说的话，十有八九也和药有关。她就天天跑到李美兰的药铺，谦虚求教，又央求李美兰进药时加大数量，这样，乔洪涛就可以到宋家药铺进药了。李美兰也看出了她的心思，本着成全小姑子的想法，希望她能得到自己奢望不到的幸福，就竭力满足她所有的要求。

宋江雪扔下了不离手的唐诗宋词老庄孔孟，像是长春堂的女主人一样，一有空就迈着轻盈的步子到了药铺，招呼着看病的乡民，协助乔洪涛为病人煎药包扎，动作越来越熟练，人也越来越有活力，忙得不亦乐乎。乔洪涛慢慢地对她好声好气起来，这让她的快乐落到了实处，更是雀跃，几乎就整天奔走在李美兰和乔洪涛的药铺之间。但她也有担心，自己整天抛头露面，要是遇到日本人就糟糕了。这天，她正在李美兰的药铺帮忙，突然看到小林真雄来了，吓得将手里的药一扔，尖叫一声，人就躲到阁楼上了。

小林真雄目光沉了下来，作为日本人，他在木扎人眼中如避之不及的蛇蝎，人见人躲，这让他浑身不自在，无法自如地行走在大街的清风白日里。李美兰从里屋走出来，他还没有调整好情绪，目光充满委屈。李美兰看着楼梯木板周围溅起的灰尘，想想小姑子刚刚脚踏木梯慌张上楼的样子，摇摇头笑了。她的笑，像一缕春风，立即将小林真雄郁结的心思吹得烟消云散，他身后的宋学礼也咧嘴笑了。

小林带着宋学礼来这里找一味中药。宋学礼的指甲正在恢复期，需要中药外敷。宋学礼很感激地看着小林，小林不但在危急关头将他带出宋家祠堂，还用心治疗他手指上的伤。他被带到日军驻地没几个小时，伤口就化脓了，他高烧了三天，小林真雄费尽心思替他退烧，为他用药，这才把他从鬼门关拽了回来。如今，这手指虽然不及受伤前利落，好歹已收放自如。关键是，他又能看到心爱的女人了。他贪婪地看着她，为她的一颦一笑欢欣鼓舞。

李美兰拆开宋学礼手指上的纱布，细细地察看伤口，伤口虽仍是面目狰狞，但四周已经结痂，新生的粉嫩的肉芽撑着一层薄薄的指甲，让人看到新生的活力与希望。她嘟起红润的唇，凑近手指，轻轻地吹着即将伤愈的指头，轻声问宋学礼疼不疼。她的声音酥软绵糯，宋学礼觉得手指头都是甜滋滋的，他傻乎乎地笑着说："不疼，不疼，一点都不疼。"

李美兰也笑了，她看着小林，眼神里满是赞赏："这个伤，我可能治不好，手指头感染起来的速度比一般地方来得快，药材根本就压不住。你真行。"

小林心里也溢出浓浓的甜味，但他是个老实人，所以老老实实地说："我用了百宝丹，也就是白药，它止血很厉害，又能散瘀消肿，加上学礼君身子骨硬实，意志也很坚定，才有这样的疗效。"

"百宝丹？唉，我知道这药的特殊疗效，几年前，我们药铺也进过，现在进不到了。这药在大城市里才能进到，是吧？"她想起了乔洪涛说过这药对宋钱氏的病有极大作用，不由心思一动。

"是的，不过，现在是战争时期，这药主要提供给军队，一般百姓买不到。"

她叹了口气："我这里每年总有几个受了刀伤的乡邻来看，因为没有百宝丹，治疗效果就很差，甚至有人因为感染就残废了。作为大夫，我都恨自己无能。如果我这儿也有百宝丹该多好啊，我就能多救几人了。"

小林正想说话，就看到一个身材高大的男人走了进来，李美兰显然认识他，招呼道："乔大夫，我这儿进了些好药，您看看要不要拿点？"

乔洪涛没想到会有个日本兵在这里，他略微愣了下，才道："好啊，给我看看。"

李美兰就给他看了张进货单，乔洪涛要了几样，说好拿的时间就要告辞。小林喊住了他，问道："你不是新开了个药铺长春堂吗？怎么不自己进货？"

乔洪涛答道："宋家有个这么大的药铺，木扎的人都到这儿来买药材了。我这铺子啊，干脆就以给乡亲们看病为主，用药量也不大，再说，就我一人守着铺子，出去进那点儿药，就得关一天的门，得不偿失。幸亏李掌柜仁义，让我到这里拿药，省了很多事儿。"

小林点点头，目送乔洪涛离去，心里想，这人还有自知之明，和宋家药铺竞争,他的实力显然不够。他回过头来,对李美兰说:"中药虽好,但也有局限性,疗效太慢,在这方面,还是西医来得快。你若是感兴趣,我可以教你西医。"

"真的?!"李美兰开心地叫了起来,脸上的笑容明媚灿烂。小林真雄点点头,也是一脸开心的笑容。宋学礼看着他们两人卿卿我我,脸色阴沉下来。

第二天,小林就给李美兰带来了一瓶百宝丹,还送来了一套四册彩印版西药药谱——《天德新药大全》。李美兰细细察看着百宝丹的药瓶,说:"曲家的白药太抢手啦,听说有许多假冒的,不知道这是不是真的?"

小林真雄笑了,他将药瓶拧开,给李美兰看瓶口药粉中多出来的两粒药片:"是不是真的,看这药片就知道了。这药片很独特,它既是曲氏的特殊标志,又是药力很强的药,专门用于危重病人,还可以保护药品经久不变,所以有保险防护的意思,有人称它为'保险子',被说成是'白药中的白药'、'丹中之丹'。这可是曲焕章钻研出的独特的方法,假冒药粉容易,假冒'保险子'可就难了。"

李美兰又打开《天德新药大全》,里面还有多幅插图,可谓图文并茂。李美兰爱不释手,一个劲儿地说着感谢。小林开心地瞧着她的样子,温柔地说:"只要能帮你,能让你开心,我都会努力去做。"

李美兰的表情就有了一种困惑,她眨了眨眼睛,像是犹豫,又像是斗争,终于艰难地说:"你知道的,你现在不是在你的国家你的家乡,这是我们的国家……你帮我做这些,我很感激你……你以后还是少来这里吧,不安全。"

小林原本趴在柜台上的身子慢慢地直了起来,他看着眼前美好的姑娘一阵恍惚,她竟然对他说出这样推心置腹的话,鼻子一酸,眼眶就热了,她这是在关心他吗?也许是的,但她同时也是在提醒他,他是这个国家的侵略者。他觉得自己有必要解释一下,他还是不同于其他人的。他很认真地说:"李小姐,我到中国三年了,我没杀过一个人,我只是一个医生。我参军是因为国家需要我,但我作为医生,我不杀人,我只救人。另外,我还是一个佛教徒,我深信救人一命胜造七级浮屠。"他很肯定地说:"李小姐,你也许不信,但我确实只是一个穿着军装的医生,我和那些军人还是不一样的。"

李美兰歪着脑袋想了一会儿,用力地点了下头,说:"我信。"她摇了摇手中的书,说:"我们都是医生……你自然是和那些人不一样的。"

气氛又轻松起来，小林翻开书，找到关于盘尼西林的那一页给李美兰看，轻声解释道："中医的百宝丹对刀枪创伤特别有疗效，但你知道吗？西医的盘尼西林才厉害呢。这盘尼西林大概一年前被发明出来，据说它能'起死回生'，对控制伤口感染非常有效。西医认为导致伤口感染的是链球菌，它的破坏力强大。发明者当初是这样做实验的，他们给八只小鼠注射了致死剂量的链球菌，然后给其中的四只用盘尼西林治疗。几个小时后，只有那四只用盘尼西林治疗过的小鼠还健康活着。不过，很可惜，这药还没有被广泛使用。等将来大规模生产了，它一定能够造福人类。"李美兰对这些一无所知，完全是个新奇的世界，她全神贯注地倾听着，和小林真雄愈靠愈近而不自知，直到小林突然停下来目光灼灼地看着她，她才反应过来，忙红着脸缩回脑袋和他保持一定的距离，支吾道："你知道的真多。"

小林费力地咽口唾沫："我在国内上的是军医大学，我一直都很关注西医的发展。"

"噢，"李美兰还是有点不自在，没话找话说一般，"这么厉害的药，我这个铺子要是有得卖就好了。"

小林见她红云上脸低眉顺眼的窘样，内心充满柔情，他不假思索地说："这盘尼西林现在是没有卖的，但是，你想要百宝丹，这有何难？我给你弄些就是了。"他深深地吸口气，鼓足勇气，慢慢地伸出右手，将李美兰鬓角的一缕碎发捋顺，别到耳后，手指不经意间擦到她柔嫩光滑的脸颊上，两人都火烧眉毛般各自迅速缩了回去。

5

乔洪涛看到百宝丹时，连说好药。李美兰笑着说："乔大夫，我已经给婆婆服了几回，效果果真明显。"

乔洪涛有些疑惑地问她："这药全被日本人控制了，你从哪里弄来的？"

李美兰也不瞒他，告诉他说是日军军医小林真雄送来的。

乔洪涛恍然大悟，盯着那几瓶百宝丹，目光再也移不开了。

李美兰笑着说："乔大夫，你是不是想拿几瓶？你拿吧，我这儿一时半会儿卖不了多少，也就是救急时用用。你是专门给人看病的，这药对你更合适。"

乔洪涛一听，这话正中下怀，立即掏了银票给李美兰，然后对她留下的两瓶药看了又看，李美兰笑着将这两瓶也递给了他，说："我要是需要，就到你铺子去拿好了。"乔洪涛连声道谢，喜不自禁。

小林真雄再来，看到药不见了，很是奇怪，问李美兰，才知道被刚开张的长春堂的掌柜买走了。小林不动声色地和李美兰聊了一会儿，然后出了药铺，转身到了乔洪涛的长春堂，进门就往柜台里药架上看，没有发现百宝丹。他心一沉，这药可是战场上的抢手货，日军已经把控了所有的生产和销售渠道，抗日组织到处在寻找它……这个乔洪涛有问题。

乔洪涛见小林真雄一进铺子目光就四处扫射，心里不由大惊，这个日本人是军医，有专门的药品供应渠道，也无须别人给自己看病，进别人家的药铺，自然动机不纯，有不可告人的目的。乔洪涛心里明白，他已经发现李美兰那里的百宝丹被自己买来了。

他迎上来，客气地问道："太君，不知有何贵干？"

"哦，正好路过，就进来看看，你忙你的，我这就走。"小林也不挑明，转身离开了乔洪涛的铺子。乔洪涛站在门外看他背影消失不见，立即转身关了店门，跑到里屋，将一个柜子移开，露出了一道门，里面是间暗室，他走了进去，将那十多瓶百宝丹拿出，快速将柜子恢复原状，然后把药全部放到柜台里。他知道自己过于急躁了，一下子就卖光了百宝丹，招来了日本人的怀疑，这药再难得再重要再舍不得也必须拿出来卖了。

布置好后，他打开了门，坐在柜台后面，看着门外的日头，等着日本人上门。果不其然，半个时辰不到，井上一夫就带着小林真雄和一队日本兵杀气腾腾地过来了。乔洪涛诚惶诚恐地迎上去，点头哈腰地问好。井上一夫也不言语，在铺子里转了一圈，等他看到放在药架上的百宝丹时，愣住了。他回头看小林，小林的脸青一阵红一阵，他喃喃地说："刚才我来的时候，确实没有。我走了，它就立即出现了，我看更有问题。"

乔洪涛赶紧解释："太君，您误会啦，我从宋家药铺进了很多药，还没来得及全放上来。"

井上一夫拍了拍他的肩膀说："没事，误会，一场误会，你这个大夫很好，很好。"

李美兰趴在柜台上，看到一队日本兵进了乔洪涛的药铺，吓了一跳，不由出了柜台，站到门口远远张望，待看到乔洪涛点头哈腰送走日本人，这才松了口气。乔大夫怎么会惹上日本人呢？她百思不得其解。日本兵从她药铺前经过的时候，她看到了跟在井上一夫身后的小林望了她一眼，神情有点难堪，她这才隐约觉得这事儿和自己有关。看来，小林真雄送给她的百宝丹不是白送的，他清楚这是抗日武装急需的药品，用她做诱饵呢。她越想越气，脸色就越来越白。下午，小林真雄和宋学礼再来到她这儿时，她狠狠地瞪了小林一眼，转身就上了阁楼再也不下来，就让他俩在下面坐冷板凳吧。

李美兰没有猜错，小林真雄确实在利用她。

井上一夫怀疑木扎镇潜伏有抗日力量，但除了数月前大龙山土匪赵老末策划的日军驻地门前的血战，木扎可谓风平浪静。他觉得更大的危机就隐藏在平静表面之下，他要引出抗日力量一举歼灭。小林就给他出了个主意，抗日力量缺医少药，百宝丹更是因能"起死回生"而让他们冒着风险到处寻找，放一些百宝丹出去，从购买者下手，没准就能抓住抗日分子。能够帮他完成这事儿的只有拥有木扎数家药铺的李美兰，利用她也实在是无奈之举。不过，他其实打的是一举两得的主意，既满足她拥有百宝丹的愿望，又可引出抗日分子。

他心里充满内疚。虽然乔洪涛在搜查时把药放到了药架上，但他确实可疑，相信井上一夫也意识到这一点。也就是说，他的计策已经完全奏效了。他原本很高兴，但他看出来李美兰不高兴，他就觉得自己也高兴不起来。他想，像她这样聪明的人，可能已经推测出自己送她百宝丹的真正目的。

过了近一个时辰，李美兰下来，一看这俩人还在铺子里坐着，又扭身准备避开，小林忍不住轻唤了一声："李小姐……"

李美兰想了下，走了下来，抬头看他，眸子黑白分明，却没有了以往的羞怯与欢快，她冷声道："太君，你和他们，没什么不同的。"

小林嘴巴张了张，却不知道说什么好，呆怔了一会儿，黯然离开了铺子。

宋学礼看着小林无比萧索的背影，心花怒放，凑到李美兰跟前，低低地说：

"日本人没一个好东西,你可得提防着他们。"

李美兰斜眼看他:"那你为什么要当日本人的翻译?"

宋学礼脸色暗了下来,苦恼地说:"你又不是不知道我在何种境地攀上了日本人,现在除了你,还有谁认为我在宋家灭门惨案中是清白的?人人都认为是我勾结暴徒杀了宋家的男人,我不当日军翻译,估计连一天都活不下去。"

李美兰叹了口气,说:"唉,你怎么就摊上这事儿了?不过,只要你没做,就问心无愧。你做了日本人的翻译,在木扎人眼里就是不折不扣的汉奸,如果那件事儿你能沉冤得雪,还是尽快想办法从日本人那里脱身才好。"

宋学礼用力地点着脑袋,看着这个唯一相信他理解他并为他着想的女人,他恨不得能立即将她拥在怀里,但他不敢,他想,等自己被证实清白了,就正式地向她告白,非她不娶。

空手套白狼

1

木扎的冬天刻骨地冷，宋家屋后的小河上结了厚实的冰层，来往的人可以直接在冰上行走，让人瞧着连带着心里也冷，就连木扎的小日本也抵不过这样的天气，连驻地的门都不出，木扎陷入了一种有气无力的平静里。

金咏梅在这种平静里备受煎熬，她看着宋祖佑棉敦敦地围着炭火盆玩耍，想着这样的冷天王思佑会在做什么，又想着妹妹金咏雪身着丧服幽怨的眼神，不禁打个寒战。她们姐妹俩素来知己知彼，王安庆的死是个没有说破的明白事，已经回到金家的金咏雪会不会将仇气撒在王思佑身上？

她坐不住了，要去看看她，看看自己的亲骨肉。她告诉了奶妈，贾雪荣点头道："你回娘家天经地义，有什么好顾虑的？正是闲时，大家都在串门走亲戚，你大大方方地和老太太说回娘家就是。"又说："大小姐，不要委屈自己，想看孩子就多回几趟娘家，不会有人怀疑。你要把以前的事都忘了。虽说二小姐搬回金府，你去了难免会见到夫人，但我想，你自打进宋家，除了回门，都没回去过，这几年了，夫人或许不会再那样对你。即使她还那样给你脸色，你全当没瞧见便是。"

金咏梅缓缓靠近贾雪荣的怀里，她尚在襁褓，贾雪荣就开始照顾她，一直到现在，一切都是为她着想，既是自己的主心骨，又是最后的依靠。自己的母亲，哪怕有她一半的心待自己，她也不会成了现在的模样。

"大小姐，到时我和你一起回去，把小少爷也带去。她看到孩子，再大的仇气也会先扔一边儿去了。"

金咏梅点点头，贾雪荣说得极有道理，是个想得周全的人。

不过，她们怎么也没想到，还有个对宋家耿耿于怀的人正在暗处紧紧地盯着金咏梅的一举一动，这个人就是董少宾。

董少宾因为王安庆的事儿赔了两百块大洋，几天都茶饭不香，他发誓要连本带利地弄回来。王安庆死了，但蛛丝马迹还在那里，只要盯紧金咏梅，迟早有一天，会被他发现端倪，他就可以百倍地讨回那两百块大洋。王安庆死后，他让自己的心腹张田甲死盯金咏梅，务必事无巨细都要掌握。金咏梅抱着孩子找刘红驹道谢，金咏梅给乔洪涛送诊金他都知道，更别说她回娘家这事儿了。前面几件事他没放在心上，只是对刘红驹腹诽了一段时间，听说金咏梅主动去感谢刘红驹，才知道刘红驹对宋家确实有所不同，本来还对他陪着自己出了大洋心生感激，这一来，才明白他是以退为进多诓了自己一百块大洋。想明白了这事，董少宾把他家祖宗十八代都操了个几十遍。但也只能放在心里恶毒恶毒，见了刘红驹还得笑脸相迎。

金咏梅回娘家，这里面一定有文章。

张田甲回来后，将姐妹俩见面的情景详细给他描述了一遍。金咏梅一下车，家人都亲热地迎了上来，但寡居在娘家的金咏雪却站在门边冷着脸一动不动，这有点耐人寻味。更耐人寻味的是，当贾雪荣抱着孩子在金咏梅身后下车时，金咏雪却神色大动，快速地走过来，小心翼翼地将孩子抱进怀里，一脸慈母样的温柔。金咏梅回身静静地看着，没有言语。金咏梅在娘家待了三天，离开的时候，是金咏雪送出门的，两人一人抱着一个孩子，各自紧搂着，金咏梅上车后，将手里的孩子和金咏雪交换了，然后和贾雪荣离开。

"队长，我觉得有点不对劲。"盯梢的张田甲分析道，"即便是姐妹情深，也不能将对方的孩子当成自己的那样亲啊。"

董少宾心思一动，问道："金咏雪的孩子有多大？"

"我看那俩孩子身量差不多，该是月份相当的。"

"你去金咏雪原先住的地儿问问，看她孩子是不是和金咏梅差不多时候生的。"董少宾已经抓住了核心，他忍不住在内心狂笑。他看着窗外阴沉沉的天空，心里想，就让你们好好过个冬天，待到春暖花开，艳阳高照，那拳脚施展出来才更惬意。

2

春暖花开，万物复苏，木扎镇很快又扑腾腾地热闹起来，双手兜袖顺墙下滑蹲墙角晒太阳的已经不见了，大街小巷家家户户都忙碌起来，下地耕种的，出门讨生活的，都在1943年的这个春天格外努力。宋家仓库成了最热闹的地儿，日军的物资源源不断地输送到这里，有枪，有弹药，还有大量的药品。就连井上一夫也承认，木扎真是个好地方，物资中转站设在这儿十分安全，近两年来，除了大龙山的土匪赵老末带着几十人乱打过一气，就再也没人打过这些物资的主意，他们的任务就简单顺利了许多，人人心情都不错，在木扎镇也彬彬有礼起来，对百姓也和声细气，相处融洽。慢慢地，他们就有所松懈了。到后来，他们连翻译宋学礼这个中国人都不避让了，宋学礼偶尔也会知道某批物资的内容、数量、押车人数甚至路线。他并不在意这些，他在意的只有两件事，一件是自己身负的冤屈，还有一件就是李美兰对自己的态度。可自从百宝丹事件后，李美兰怪上了小林真雄，连带着自己也不被待见，这让他愁苦不已，便常常到汪冰的酒楼里借酒消愁，有时会遇到刘红驹，两人就边喝边聊。刘红驹和他喝过几次酒后，愈发肯定他不会是宋家灭门案的告密者，因为他酒一喝高，不用你问，但凡他知道的，事无巨细，他都会心无城府地一一说起。所以，当宋学礼说到有一批西药将运往木扎时，刘红驹笑容灿烂地又给他把杯中的"霸王香"倒满，豪情万丈地说："好酒，咱们喝！"

刘红驹走出宋家酒楼时说不出的神清气爽，他寻人将烂醉如泥的宋学礼送回日军驻地，自己慢悠悠地在街上晃荡，看天色渐暗，行人稀少，他才走进了乔洪涛的长春堂。

乔洪涛看见是他，低了头继续忙手上的活，没搭理他。他也不生气，自个儿寻个凳子坐下，极有耐心地看着他在那里忙碌。乔洪涛看了他两眼，不悦地说："有事儿？"

刘红驹点点头，漫不经心地说："有一笔大买卖，要不要做？"

乔洪涛放下活儿，两手交握，慢条斯理地说："刘镇长，你也看出来了，我长春堂不过是个小药铺，给乡亲们看看病而已，从来就是小本买卖。你说的大买卖，我有心无力。"

刘红驹笑了笑，直接说道："一卡车的西药，要不要？"

乔洪涛一愣，瞪着眼睛看他。

刘红驹说："我记得之前井上带了人差点抄了你的店，听说就是因为你店里有那么点百宝丹。可那顶啥用呢？我看你这药铺虽小，但要你弄药救命的人可不少啊。那卡车里装的还不是中药，是疗效更好的西药。"

乔洪涛站起身来，坐到他对面，皱着眉头紧盯了他一会儿，又起身将店门关了，重又坐下，沉声道："刘红驹，你我心知肚明，我需要这药。你不要诓我，就算你我道路再不同，但咱是中国人，我也信你不会害你那些曾经的兄弟。这药，我要了！"

刘红驹沉默了，乔洪涛这句"曾经的兄弟"，让他心里翻江倒海，把他带到了几年前的延安，那里有他热血狂放的青春，生死之交的兄弟，还有一笑起来就像太阳般明媚的她！他端正了脸色，说："我只要钱，不要人命，这消息很实在，没有水分，你大可放心。"

乔洪涛点点头："我且信你一回，你开个价。"

刘红驹伸出食指晃了晃："一百块大洋。"

乔洪涛皱了下眉头，语气里有了种嗤笑："还真贪心啊，漫天开价，能值这么多？"

刘红驹也不争辩，手指头蘸了点水，在脚边的地上写出了货物、数量、押车人数和路线，写好了，抬头看乔洪涛，说："根据以往行车经验，我还知道这车会在哪里停下来给水箱加水，这个地点既有利于伏击，又有利于撤退。这桩生意，你稳赚不赔。"乔洪涛想了想，咬牙道："成交！"

揣好银票,刘红驹出了长春堂,又在街上晃了一阵,待天色完全黑下来了,他又进了一家名叫致和的丝绸庄。掌柜朱子青见是镇长,眉头一蹙,打烊以后才上门,无事不登三宝殿。刘红驹直接走到他面前,也没废话,单刀直入地说:"朱老板,最近没什么消息传回忠义救国军吧?"

朱子青头皮一紧,茫然地说:"镇长这是从何说起?"

刘红驹冷笑一声:"算了吧,朱老板,木扎的底细我不摸清,我会来这儿当镇长?你藏得再深,我也能辨得出。"

朱子青见他说到这般田地,索性也不争辩,只是扯着嘴角看他,不但看上去不以为然,似乎还有点嘲讽的表情。刘红驹见他一下子就默认了身份,再看他表情,感到奇怪,问他:"这么爽快?你就不怕我到日本人那里把你吐出来?忠义救国军可是和日本人对着干的。"

朱子青盯着他的眼睛,一字一句地说:"三年前,我在南京见过真正的刘红驹,你,是冒牌的。"

刘红驹显然没想到他会这么说,一下子蒙了。

朱子青颇为得意地说:"刘镇长,噢,不,在下还不知道阁下尊姓大名,不过,不管你是谁,要是日本人知道了你刘镇长是个冒牌货,他们会怎么样?物资中转站是林双江斡旋来的,你在日本人来之前杀了他,又冒充新镇长,你居心何在?日本人会放过你?"

刘红驹醒过神来,不由哈哈大笑。朱子青看着他,也笑了起来,两人似乎心照不宣了。

刘红驹捋了捋头发,笑着说道:"我原先只是个生意人,本来是要和宋家做一笔大买卖。火车快到木扎了,才知道宋家被人灭了门,生意做不成咯。正好遇到新来的镇长,那家伙一路上忧心忡忡,说木扎他待不了,日本人一来,什么人都会来,他可不想遭罪。我就给了他一笔小钱,竟然就把他打发了。"他看了看琳琅满目的丝绸,继续说:"来这里都快三年了,一直安稳着,我都快忘了自己是个冒牌货,还多亏你提醒。不过,我只是把官场当作了生意场,什么忠义救国军,共产党的游击队,还有大龙山的土匪,我一概没兴趣,我只喜欢赚钱,谁的钱我都赚。"

朱子青带着一脸审视看着他，沉默不语。

他往朱子青面前凑了凑，笑嘻嘻地说："你们忠义救国军人马多，虽说是军统的队伍，但在这穷乡僻壤，你们肯定缺医少药。除了这个，我手里还有个情报，非同寻常，情报中的情报，怎么样，有没有兴趣？"

朱子青沉吟着看着他："我凭什么信你？"

"出问题了，你去告诉小日本我是个冒牌的不就成了？"刘红驹不以为意地说。

朱子青心动了，问："你的价钱是多少？"

刘红驹却道："这个情报我不要钱，但我要你用忠义救国军的情报来换。"

朱子青不解，警惕地问："你要我们的情报做什么？"

刘红驹收起了笑容，变得严肃起来："你别紧张，我要的情报对你来说根本就没什么价值，但我需要。宋家被杀，据活着回来的宋学礼说，这其中牵扯了两拨人，一拨人抢了嫁妆，另一拨人杀了宋家所有的男人，但事发时他正在一边拉肚子，没看清楚，只知道第一拨人蒙面，第二拨人装成送葬的。这两拨人下手都很专业，我听了，可以肯定的是，其中有一拨，一定有忠义救国军。所以，我想知道，忠义救国军在宋家灭门案里是第一拨人还是第二拨？"

宋家男人被杀的事情已经过去快四年了，对于忠义救国军来说，确实是陈芝麻烂谷子。朱子青站起身来，给刘红驹倒了杯茶，自个儿也喝上了一杯，慢慢地说："你说得没错，忠义救国军确实动了宋家。正如你之前说的，救国军人多事多花费自然就多，宋家嫁妆虽然丰厚，但对于宋家来说不过九牛一毛，所以我们就动手了。我们是第一拨的，只是抢了嫁妆，绝对没有杀人。"

刘红驹长长地松了口气，朝他点了点头："这我相信，你们司令王佩飞是黄埔出身，是个职业军人，不会滥杀无辜，我也一直觉得第一拨不是共产党的游击队，就是你们救国军。那你认为，这第二拨杀人的会是什么人？"

朱子青皱着眉头想了一会儿，说："这第二拨可以把共产党的游击队排除掉，他们不会做这种人神共愤的事情。剩下就只有一个可能了，那就是大龙山的土匪赵老末干的。"

刘红驹的眼睛眯起来，说："你肯定是赵老末干的？"

朱子青点了点头，说："我这么说，也是有依据的，现在我们救国军和共产党的游击队都在争取他，两个月前我上了一次大龙山，赵老末设宴招待，我们一起喝酒的时候，我听见有土匪说到了那事儿，说晦气，以为能大发一笔，结果颗粒无收。"

刘红驹抿口茶，叹了口气，他相信朱子青的话，放眼木扎，也只有大龙山上的土匪会做出这样的恶事。不过，对于宋家来说，无论凶手是忠义救国军还是土匪赵老末，他们根本无法报仇，平时叫嚣得厉害，也不过是吼的那口气。她们现在最想要的，是找出给土匪报信的人，然后尽其所能地去折磨他，以泄心头之恨。而对于刘红驹自己来说，他也不愿意木扎的各种势力失去平衡，目前这种状况最合他心意，木扎镇被日本人占据，镇外左边有国民党在窟窿山的忠义救国军，右边是共产党领导的麦河根据地，国共合作表面上如火如荼，两支队伍看似遥相呼应却又各自为政，稍远些的大龙山土匪就成了两支队伍争取的对象，日本人因为忌惮镇外的这三支队伍，平日里在木扎镇也算是"安分守己"。刘红驹即便知道了动手的是赵老末，他暂时也不想说出来打草惊蛇，他现在的想法恐怕和宋钱氏一样，开枪的是谁，那是后面要解决的事儿，送信的，那才是首先要千刀万剐的。想到这儿，金咏梅哀怨的眼神又在脑海里闪现，他看到了她眼眸里深不见底的悲哀，心里有点郁闷，他想，如果她愿意，他一定会帮她为丈夫报仇，带着她脱离仇恨的痛苦与煎熬。

"现在还有一个关键的问题，两拨人马都接到了迎亲路线改变的信儿，信儿是谁递出去的？一个人做的，还是两个人？"刘红驹问出了心里最大的疑惑。

"这个我当时也很纳闷，我是一直到宋家出事后才知道，林双江告诉我由我传回窟窿山的那条迎亲路线已经改变，但我们的队伍竟然出现在改变后的路线上，我一直百思不解。我只是救国军安插在木扎镇负责传递消息的人，并不直接参与。我知道告知救国军宋家新的迎亲路线的，一定不是林双江，而是另外一个人。我就追问了一个同伴，他只是隐约知道，是宋家自己人给的信儿。"

刘红驹下意识地问："男的女的？"宋家临时变更迎亲路线，也只有姓宋的知道，肯定是他们中的某个人传出去的，会是谁呢？

"我那同伴也不清楚。我也不爱管这些浑事，就没追问了。但是，给土匪们递消息的我知道，一定是个女的。那天在大龙山，土匪喝高了，还说了一句话，说他妈的上了那个娘们的当了。"

"一个女人？"刘红驹皱起眉头，首先想到了金咏梅。但再一想，这大龙山离木扎可有段距离，比窟窿山要远上许多，起码还有十多里地，还是在山上。宋家是迎亲前一天下午临时改变了迎亲路线，一个女人送信，还是知情的宋家女人，谁有这个体力？还有，会是谁离开这么长的时间又不被人注意到呢？金咏梅？当时她就快临盆了，绝对不是她。想到这儿，他顿感轻松许多。

"你觉得会是谁呢？"

"这个我就不清楚了，但那土匪说，说好的嫁妆没了，白白杀了那么多人，还按那个女人说的留了一个人，早知道，连他也干掉了。"

刘红驹明白了，这个女人不仅让土匪抢嫁妆，还要土匪杀光在场的所有人——除了一个人。也就是说，那个人平安回来了。

那就是留根或者宋学礼，只有他们两个回来了。

一个女人要杀掉一窝男人却留下一个不杀，那个男人一定和她关系匪浅。按道理讲，宋学礼一个学生娃，和宋家任何女人都搭不上关系。不对，宋家有女人护着他，那就是李美兰，她冒着危险把他藏在阁楼上。可没听说李美兰和丈夫不和，要留人，也要留下她丈夫才是。那是留根？刘红驹的心咚咚地跳动起来，难道那个女人是花婶？

朱子青见刘红驹表情阴晴不定，喝了口茶道："这些事你回去慢慢琢磨，你想知道的我已经尽我所能告诉你了，现在，该把你的情报给我了。"

刘红驹放下手中的茶盏，笑道："那是自然。"

他说了日军运送药品的情报后，想了想，似别有用心地笑道："朱掌柜，看在你解除了我心中疑团的分上，我卖一赠一，再告诉你一件事，麦河共产党的游击队也知道这个情报。"

朱子青沉下了脸："刘红驹，你什么意思？你卖给了共产党再卖给我们，两边牟利？"

刘红驹却撇了撇嘴："朱老板，你我就打开天窗说亮话吧，这些年的国共合作，你我皆知是同床异梦、表里不一。我这么做是帮你，你让共产党的游击队和日本人先打，日本人胜了，难免损兵折将，你再下手就容易得多。游击队胜了，也会损失不小，你等他们撤退时再出手，以逸待劳，既得了药品，又打击了他们的气焰，一举两得，何乐而不为呢？他们最便捷的撤退路线也只有那么一条，你瞧，轻轻松松你们就一箭双雕。"

朱子青并不相信刘红驹就是一个商人，他本来怀疑他真实身份是共产党的地下党，他这么一说，又觉得不像。他有点拿不准，眯着眼睛审视他："你到底是什么人？"

刘红驹又恢复了笑嘻嘻的模样："我？我刚刚不是说了吗？我只是一个为赚钱不择手段的生意人。"

3

花了一百块大洋买到的情报当然要赶紧送出去，乔洪涛趁着夜色摸到了一家卖山货的店铺，小心地看了看四周，这才伸手在门上有规律地敲了几下，一阵悉窣声后，屋内有人应了："这么晚了，买什么都等天亮吧。"

乔洪涛忙答道："等不得啊，掌柜的，明天家里来客人，今儿赶紧买了山货泡起来，明天才能有的用。"

又是一阵声响，门"咯吱"一声打开了，乔洪涛身手敏捷地一闪而入。

山货店的掌柜姓钱，是个四十多岁的中年男人，他这店铺每周只开三天，其他几天都在外面跑货。作为乔洪涛的下线，他就是借采货的机会将各种情报传递出去。乔洪涛将刘红驹的情报复述了一遍，钱掌柜一听就是明天的事儿，赶紧收拾东西要走。乔洪涛突然觉得不安，对他说："老钱，设伏地点确实放在刘红驹提议的地方最好，但撤退路线我们得变一变。"

"怎么变？"钱掌柜问。

"不能直接向北，要向东迎着日军可能增援的路线走上四五里路，再向北折回根据地。"

"为何如此麻烦？"钱掌柜不解。

"因为我信不过刘红驹，他既能将情报卖给我们，也能将情报卖给别人。他这样一个背叛自己信念的人，什么事都可能做得出来，不能不提防他。"乔洪涛垂下眼睑,"以前信过,信错了……唉,不说了,你赶紧去把消息递给董队长,路上小心点。"

离开山货店,乔洪涛看着月朗星稀的夜空,想着天明之后董明霞将带人伏击日军,尽管对她的指挥作战能力深信不疑,心里还是有点紧张,唉,当真是关心则乱。

第二天上午十一点左右,长春堂掌柜乔洪涛百无聊赖地坐在柜台后面喝着茶水,不远处的日军驻地突然响起了尖厉的哨声,然后四辆装满日本兵的卡车从街上呼啸而过。乔洪涛精神一振,看来董明霞得手了。按照刘红驹提供的伏击时间,此时董明霞的队伍应该正迎着这四辆卡车撤退,这条撤退路线虽然极为凶险,却也出其不意,依董明霞的机警和两人多年来的交往,她自然能够明白自己的意图。想到这里,他慢悠悠地呷了口茶,笑了。

乔洪涛猜得没错。游击队按照他的安排行事,兵行险招,不但劫了满车的药品,而且顺利撤退,倒是忠义救国军,不但没能伏击到董明霞带的游击队,反而被日本兵追击过来狠狠地打了一顿。

朱子青闻讯既怒又惊,这情报是从自己手里递出去的,如今,他们什么都没捞着,还连带伤了不少人,这以后还有谁会相信他的情报?如果被有心人利用,自己就是再多张嘴也说不清。刘红驹到底是何居心?他要是不给个说法他誓不罢休,别忘了,他手里还有那张牌。

朱子青直接到了镇公所,闯进了刘红驹的办公室。

刘红驹听了朱子青的话不由大吃一惊,这明明是周全的计划,怎么会出问题?

刘红驹想了一会儿,说:"日本人丢了物资,你们却没有伏击到共产党的游击队,也就是说,最便捷的撤退路线他们放弃了,难不成他们会迎着驻在木扎的日军援军撤退?这风险也太大了。"

朱子青也愣了一下,他看看刘红驹,冷笑一声:"看来,他们并不信你,宁愿赌一把也要避开你知道的路线,啧啧,倒是和宋家迎亲前临时改路线异曲同工啊!"

朱子青走后,刘红驹陷入沉思,他终于意识到,比起几年前在延安,乔洪涛已经老谋深算了许多，并不是轻而易举就能对付的。

正守在长春堂里的乔洪涛得知忠义救国军与日本人干了一仗的消息后也是一身冷汗，并且地点还是刘红驹推荐的撤退路线上。幸亏改变了撤退路线，要不然，董明霞就被救国军给伏击了。救国军怎么会出现在那儿？只有一个可能，那就是刘红驹不但把情报卖给了他，还卖给了忠义救国军。这完全有可能，他自己就说了，他就是个唯利是图的商人。正想着，门口有动静，他以为来了病人，站起来刚想招呼，一看是刘红驹，他冷笑一声又坐下了。

刘红驹大大咧咧地坐到他身边，还动手给自己沏了一杯茶，小抿了一口，才得意地说："情报没问题吧？我刚从井上一夫那儿过来，日本人正暴跳如雷呢，他们到现在也不知道是谁劫了药品，听说他们追到了一拨人，可明显这拨人没有拿到任何东西。"

乔洪涛朝他拱拱手，说："感谢。不过，我也有个十分困惑的问题想请教一下刘镇长，日本人后来追到的那拨人是什么来头？他们怎么会出现在你推荐的游击队撤退的路线上，难道仅仅是运气不好？"

刘红驹仿佛早知他会有如此一问，神色不变地接话说："我也感到奇怪，听井上的描述，那拨人可能是救国军，不知他们是从哪里得来的消息。真叫人后怕，幸亏你早有筹谋，刘某对你深感佩服，佩服！"

乔洪涛盯着他，说："难不成这种情报也可以论着斤两卖，谁都能挖到？刘红驹，不要老算计别人，就算要当个赚钱第一的商人，也要有道义，不要断了自己的后路。"

刘红驹听出他的言下之意，很干脆地否认道："我知道你怀疑我，但确实不是我做的。再怎么着，延安的那段情义，我刘某人还记着。话不投机半句多，我告辞，"他一口喝尽杯中茶："唉，茶太淡，不如酒来得痛快。还是到对面喝两口痛快呀。"也不看乔洪涛，甩手跨出长春堂，过了街，就进了宋家酒楼。

乔洪涛看着他的背影，摇了摇头，这人的话，根本就不能信，但这人还是有利用价值的。至少自己可以肯定，他不会向日本人告密。即使这样，对他时刻保持警惕也十分必要，听其言观其行，走一步说一步。

刘红驹到酒楼是想借酒消愁的，朱子青手里有自己是冒牌货的证据，救国军此番被游击队摆了一道,难免把怨气撒到他身上。虽然他在乔洪涛那里坚决不承认,用旧时情谊糊弄过去,但像乔洪涛那样精明的人,也绝对不会相信。想想也颇为闹心,还是喝酒吧,这宋家的霸王香,入口绵软,后劲却不容小觑,好,一醉解千愁。他刚在包间里坐下,还未及唤来小二上酒,就听见孩子的咯咯笑声,接着看到金咏梅来了,她被横冲直撞的宋祖佑带着走进了酒楼。此时未到就餐时间,酒楼里显得空旷,金咏梅放心地陪着孩子折腾,孩子抱着一张凳子停了下来,她赶紧直起身子捶了捶腰,顺手将鬓角的头发理到耳后。她刚要喘口气,突然感觉有人在盯着自己看,一回头,就看到刘红驹热热的眼神和若有所思的神情,她的脸立即红若桃花。

刘红驹走过来,正好孩子挪步到他腿边,他一弯腰就抱起孩子,高挺的鼻梁也作势顶上了孩子的小鼻尖,一大一小都乐了。金咏梅也放松了,她将手搭在孩子的背上,轻声说:"这孩子,就喜欢闹腾。"刘红驹移开鼻子看她,笑了笑,正要开口说话,汪冰听到动静从楼上下来,看到三人站在一起,貌似一家三口亲亲热热,尤其是刘红驹看着金咏梅的眼神,让她浑身不舒服。

金咏梅却并没有看到她,叹了口气,低声说道:"可怜这孩子,还有俩月就满三岁了,还没见过他爹。没爹的孩子即便是乐,也是瞎乐。"

刘红驹轻声道:"我可以当他爹。"那口气一改往日的玩世不恭,说得正儿八经。

金咏梅心里一动,低低地说:"那我就让祖佑拜你做干爹好了,将来你可以护着他,也可以教他做个男子汉。天天和女人们在一起的孩子,长大了,我怕不够刚强,有你伴着他,我也就省心了许多。"

汪冰"哎哟"了一声走到两人中间,桃花眼一挑,话里有话说:"我说大嫂,省心什么呀?这孩子原本就不是你的事儿!"

金咏梅听着汪冰暗指孩子的身世,身体立即一僵,脸色红里转白,她从刘红驹的手里接过孩子,低声道:"时候不早了,我得回去了。"然后在汪冰冷漠的眼神里逃一样地离开。汪冰冷笑一声,扭头一看,刘红驹正一脸温柔地看着金咏梅远去的背影,气得脚一跺,尖声道:"有什么好看的,真喜欢看,怎么不追过去看?"

没想到刘红驹歪了歪脑袋，笑嘻嘻说了声"有道理"，然后果真抬腿就离开了，汪冰顿觉不堪，气得连声咒骂"狐媚子，死男人"，骂着骂着又觉得自己比起金咏梅来更是不如，不由悲从中来，索性蹲在酒楼门口哭泣起来。

杀 宴

1

春天里的木扎美不胜收，清明过后的绿树红花，生机盎然，但对于宋家的女人们来说，这不过意味着她们又熬过了一个没有男人后的寒冬。她们都明白，风雨飘摇的木扎，任何风吹草动都能将她们抛入万劫不复的漩涡，永难翻身。

日军物资被劫并没有影响到木扎百姓的生活，但它引起了驻扎在县城的日本宪兵的注意，宪兵司令决定一周后来木扎视察物资中转站。井上一夫找来刘红驹，让他这段时间带着保安队，做好治安工作。

这自然是个能卖个好价钱的情报。刘红驹又出现在长春堂内。听了他的情报，乔洪涛没忍住，满口讽刺道："你一会儿离开我这儿是不是还要去趟致和丝绸行，会会朱子青？"

刘红驹一听，也不瞒了，干脆打着哈哈说："乔掌柜，你们共产党真是厉害啊，不仅连朱子青的身份都摸清了，还把刘某人的心思猜得八九不离十。"

乔洪涛哼了一声："我就知道上回劫日本人物资那事儿你也告诉了救国军。我告诉你，国共团结抗战这些年，打的都是日本人，好歹也算是兄弟，倒是你刘红驹别忘了我的话，只顾赚钱没道义，小心掐了自己的后路。"

刘红驹手指敲着桌面，一副玩世不恭的样子："你放心，大是大非我分得清楚，我不会出卖中国人，只会卖日本人的情报赚些钱，能多赚一份何乐而不为？至于你们国共双方是情比金坚还是同床异梦，我管不着。对我来说，这只不过是桩生意。再说，按你说的，你们既然是兄弟，目标还一致那就更好办了，我卖给你们双方，无论谁得手都不会让对方失望，你说是不是？"

乔洪涛叹了口气，竟然不知如何反驳。

"或者，你知道这事儿，按兵不动，救国军自然会想法除去那个司令，你乐见其成也不错。"刘红驹看着一脸严肃的乔洪涛，"但我偏偏知道，你不是乐见其成的人。"

这俩人，还真是知己知彼。乔洪涛苦笑了一下关门送客，然后来到山货店挑了些核桃，借机将情报交给钱掌柜，让他转告游击队长董明霞，设法刺杀日军宪兵司令。

随着日军宪兵司令视察木扎日子的临近，汪冰愈发忙碌起来。前几日，井上一夫在宋学礼的陪同下找到她，说要在宋家的酒楼给司令接风，让她好好准备准备。汪冰刚开始不想接这桩生意，日本人个矮身短罗圈腿，令她满心厌恶，但宋学礼给她报了个让人怦然心动的价格，又晓之以理动之以情，办好这次宴会，宋家自然就攀上了日本人。虽然这不光彩，可如今这年月，就该先保护好自己再图谋其他。你不愿意做，别的酒楼求之不得，宋家酒楼在木扎称霸了这些年，谁不眼红？若是别家酒楼得到机会，宋家酒楼怕是要英雄末路了。

汪冰就接下了这单烫手生意。

接待日军宪兵司令的宴会规模大、档次高，可不是好应付糊弄的。虽然无心攀附日本人，但最好也不要招惹了这帮魔鬼。汪冰找人收拾了店面，又开高价请来县城的三个大厨，再按照大厨的单子配置厨房用具，购买菜品，忙得左右脚不分。花销也自然如流水一般，很快就花完了日本人给的定金，汪冰就不断地向婆婆要钱，引来了宋钱氏的不满，一点一点地打发她，还多次出言刁难。汪冰见她这样很是生气，这酒楼赚的钱又不归自己，干吗要受这份气？她干脆挑明了告诉宋钱氏，要钱是为了准备下周接待日军宪兵司令的宴会。她说："妈，我知道你看不上我，三个媳妇里你最不喜欢的就是我，但我好歹是为宋家做事，即便我平时叫嚷得厉害，也不过是叫叫而已，什么时候比别人多占了宋家的好处？你若是这般不信任我，尽可找别人来管酒楼。美兰不行，她胆小，不会应酬，不过，我看大嫂行，你让大嫂来好了，我保证不会说一个不字。"

站在一边的李美兰见宋钱氏脸色阴沉，赶紧拽了拽汪冰的胳膊，说："二嫂，你别生气，妈不是不知道你要钱的用途嘛，你早说了还真能不给？"

金咏梅也赶紧说："弟妹别开我玩笑了，我哪里会做酒楼的生意？我其实是家里最没用的，这个家就靠你和美兰了，宋家酒楼多药铺多，要不是你们俩用心，还真不知如何是好。就连妈这身体，还在管理着酿酒坊。"

汪冰这段日子因为刘红驹的关系，最不待见的就是金咏梅，听她这么说了，瞥她一眼，不屑地说："谁说你是最没用的？你是宋家的功臣，若没你肚里的宋祖佑，宋家早就完了。噢，我差点忘了，宋祖佑不是从你肚里出来的，照理说，不该这么急着给他找爹吧？"

金咏梅知道汪冰指的是她主动提出让刘红驹做孩子干爹那事儿，不由脸红了一下。宋钱氏把汪冰恨得牙痒，却也知道汪冰说的话有道理，便缓了脸色轻声说道："你早说不就行了吗？一会儿你跟我去镇里钱庄取钱。不过，这日本人的生意不好做，你要小心些，千万别捅娄子。"

"我就是怕捅娄子才一直悄悄地准备，你们可别对外人说这事儿，日本人咱得罪不起。要不是这，我也不会接这个烫手山芋。唉，可惜我这为了宋家的心，已经成了驴肝肺了。"汪冰拍了拍胸口，扯了下嘴角，"好在年轻身体好，要不然，早就气得吐血了。"

宋钱氏胸口又堵起来了，一阵闷咳，金咏梅吓得赶紧轻拍她后背给她顺气，李美兰右手指也搭上了她的脉。看她们忙成一团，汪冰也有些慌了，乖乖地闭上嘴巴，不敢再吭声了。

正忙乱着，院子里传来宋祖佑嗲嗲的声音："大大，大大。"金咏梅有点疑惑，走到院子里，看到奶妈贾雪荣正牵着孩子教他喊站在一旁的刘红驹"大大"，孩子因为和刘红驹早就熟了，也不见生，喊得开心，刘红驹听得更是眉开眼笑。

"你怎么来了？"金咏梅小声地问，又觉得这口气好像和刘红驹关系很亲密，有点不妥，便不好意思地脸红了。

汪冰这时正好从里面出来，看她和刘红驹说话这神情，不悦地哼了一声，目不斜视地从他们身边走过去。

刘红驹轻笑一声，把孩子从地上抱起来，对贾雪荣说："听说你身体一直不太好，我来陪孩子玩一会儿，你进屋休息去吧。"

贾雪荣看了自家姑娘一眼，笑嘻嘻地点点头，就回自个儿房间了。刘红驹看了看光线黯淡的厅堂里李美兰正在给宋钱氏号脉，问："里面怎么回事？"

"唉，我婆婆突然有点不舒服。"金咏梅叹了口气。

"给汪冰气得？"刘红驹想着汪冰离开时趾高气扬的样子，一语中的，"那你赶紧进去看看，我带着孩子随便转转。"

转着转着就转到了侧院留根、花婶住的房间。他们的屋子很宽敞亮堂，屋内被花婶收拾得很整洁。刘红驹四下张望，看到了墙上挂着一顶草帽，他将草帽拿起，仔细观察，果然看到有一些暗褐色在藤草的缝隙里，他放在鼻子下细细地闻了闻，一股暗沉的血腥味撕开藤草香气流入他的鼻翼。刘红驹心里一动，土匪要留活口，他们肯定不认识这个人，这人身上得有个标记。会不会是这顶草帽？正在这时，留根进来了。他先是看到小少爷宋祖佑在他床上一个人玩着，而后又看到镇长刘红驹皱着眉头看着手里的草帽想着什么。他有点不解刘红驹怎么会出现在这里，小心翼翼地上前问道："刘镇长，是不是有什么事？"

刘红驹举了举手里的草帽，留根明白他对这顶草帽感兴趣，忙解释："这是我戴过的，宋家出事那天我戴的就是它。"

刘红驹挑了下眉毛，留根看来并不知道这草帽背后的含义，否则，一来不会把草帽留下来，二来也不会直言出事时自己正戴着它。难道宋家出事儿真和他无关？

"宋家出事前一天晚上你和花婶在哪里？"他问。

"在家啊，"留根说，"当时宋家特别忙，老爷太太又很重视这门亲事，交代我一定要布置好。大小事情我都盯着，我盯不过来的，花婶帮我盯着。我们一直在忙，快到凌晨才休息。"

刘红驹点点头，没再问什么，抱着孩子走了出来，没几步，就看到了花婶。

他认真打量她，见她身子骨看起来确实比较壮实，便不动声色地问："花婶，宋家出事前一天晚上，你在哪里？"

花婶奇怪地看着他道："我能在哪里？当然在家啊，你都不知道那天宋家有多忙啊，怎么可能外出呢？"

她见刘红驹盯着自己看，似乎明白了什么，急了："刘镇长，我确实在家，不信你问留根，他是管家，什么事都得管，又没有三头六臂，我不帮衬着怎么行？那天一直忙到凌晨才歇下，也就躺了三个多小时，我就把留根喊起来继续忙了。"

朱子青说给土匪报信的是个女人，深更半夜，深山老林，几十里的路程，一般女人哪里做得到？花婶看起来身体强壮，是宋家女人中最有可能外出告密的，但她的解释无懈可击。刘红驹自己也困惑了，除了她，宋家还有哪个女人有这个脚力？这不来宋家观察还好，一观察，留根和花婶似乎都没嫌疑了。这让他有点意兴阑珊，转了一会儿就把孩子交给金咏梅离开了。

2

刘红驹前脚刚走乔洪涛后脚就来了。宋钱氏看到他也颇为高兴，听他说是因为惦记着她的病来的，就迫不及待地让他给自己把了脉。李美兰笑着说："妈，您这样，我会以为您不放心我给您治病呢。"

宋钱氏拍拍李美兰的手说："我知道你不会想多的，大夫各有所长，多听听总是好的。"

乔洪涛又听了李美兰最近给宋钱氏开的调养药剂，连连点头，对宋钱氏说："老太太，您这位儿媳妇是行家里手啊，有些药用得比我厉害，佩服佩服。"

"我嫂子妙手仁心，这木扎十之八九的人都请她诊治过。"宋江雪不知何时出来了，她换了件月牙色的春衫，勾出玲珑有致的身条，乌黑黑的头发打了两条辫子，搭在丰满的胸前，随着她的步子左右摇摆。她将手里的茶放到他手边，浅浅一笑，继续说道，"不过，你到木扎以后，有些人就找你啦。"

李美兰故意说道："小姑子，就算女生外向，你也得给我点时间适应啊。"

到底是个未出阁的大姑娘，宋江雪被看穿心事，不好意思地脸红了，但还是忍不住瞥了乔洪涛一眼,没料想,乔洪涛也正好抬眼看她,嘴角还有一抹温柔的笑意,她的心更是"扑腾扑腾"地如小鹿乱撞。这个芳心萌动的姑娘沉浸在自己的爱情里,以为男女相爱就是看到对方心儿慌慌的感觉。其实乔洪涛心里并不慌。他喜欢的并不是她,吸引他到宋家来的是金咏梅。看到她的第一眼,他就被吓了一跳。若不是他知道董明霞此时正带领着游击队驻在麦河根据地,他一定会以为她为了某个任务来到了木扎宋家潜伏。她们是多么相像啊,孪生一样的面孔,身材也差不多,只是眉宇间的神情太不同,比起刚强飒爽的董明霞,金咏梅更沉稳大方,当然也更柔美。他此次来宋家,其实就想见见金咏梅,见到金咏梅后做什么,他倒没想过。他也不能明着拒绝宋江雪,那样,即便是拿为宋钱氏看病这样的借口出现在宋家,也是有些牵强了。

乔洪涛没有看到金咏梅,有点失落,又不能老待在宋家不走,和宋钱氏聊了一会儿,最后只得告辞。宋江雪有点羞涩地跟了出来,她站在他身侧,如小家碧玉般美好。太阳暖烘烘地把他俩兜头兜尾地罩在一起,连影子都密不可分。这让她感到一种渗入骨髓的甜蜜。

"今天怎么没看到其他人?"乔洪涛像是随口一问。

宋江雪立即回答:"大嫂在屋里哄孩子睡觉,刚开始我还听见有声音,这会儿,估计大人孩子都睡了。二嫂这段时间特别忙,很少在家。"

"噢,春天是比较容易犯困,大人孩子都是。"说完,又觉得光说金咏梅意图明显,便随口问道,"你们家的酒楼最近很忙吗?人来人往的,镇上有什么大户人家要办喜事?"

宋江雪很高兴自己不是他眼中一无所知的人,她恨不得把所有知道的事无巨细全告诉他,于是,她凑近他,很神秘地说:"我告诉你,你不能告诉别人哦,我们家的酒楼最近要办一场大的宴会,欢迎日本人的一个大官。举办之前不能让人知道。二嫂说,要是因为消息泄露引来事情,到时宋家会很麻烦的。"

乔洪涛心里一动,马上就悟出来,井上一夫要在宋家酒楼举办宴会招待来木扎视察的日军宪兵司令。他低头看着宋江雪殷切邀功一样的神情,温和地笑着说:"你这么相信我,我很开心,你放心,我绝对不会告诉别人这事儿。你也当从没对我说起过。"

乔洪涛和宋江雪分开后，没有直接回长春堂，而是拐进了山货店。他告诉钱掌柜，游击队要立即改变原计划，宪兵司令来木扎，肯定护送的兵力不会少，如果伏击，可能会吃亏。钱掌柜急了："如果不伏击，那怎么干掉他？"

乔洪湖说："我听说日本人会在宋家的酒楼宴请宪兵司令，我准备在酒菜里下毒。"

钱掌柜想了想，说："怪不得，我今天早上去林家包子铺买馒头时，看到宋家的汪掌柜在那儿定了许多馒头。我和林家掌柜还比较熟，我看他对日本人也是看不惯，我来想办法买通店主下毒。"

乔洪涛有点犹豫："这样能行吗？并不是所有人都有勇气抗日的。"

钱掌柜道："试试看吧，不行了再想其他办法。"

乔洪涛沉吟了一下，叹口气道："你带上家伙，他若不同意，就得下手除了他，不然，我们设在木扎的据点就危险了。"

钱掌柜闻言，也叹了口气。

乔洪涛果然猜对了，明哲保身虽然会让人在这样的年月里庸碌到死，但人如蝼蚁，活着不易，更多人选择的是苟且偷生。很显然，包子铺的林掌柜就是这样的人，他无论如何都不同意在馒头里下毒，无论是搬出民族大义还是金钱利益，他都不愿意干，他说他只想守着包子铺守着老婆孩子好好过日子，日本人来不来木扎和他无关，只要有人来买包子就行。钱掌柜见劝说无望，阴沉着脸，手也摸上了腰里的匕首，正准备动手，一个五六岁的孩子跑出来，抱着林掌柜的腿，嗲嗲地唤道："爹，我饿了，我要吃肉包子。"林掌柜忙不迭地给孩子拿来一个热气腾腾的包子，吹了好几口气才递给他，眉眼弯弯地不停叮嘱："慢点啊，别烫着噎着。"

钱掌柜的手就有点不听使唤了。他看看天真无邪的孩子，又看看忠厚老实的林掌柜，叹了口气，掏出了匕首，却是放到了案板上，冷声道："林掌柜，我今天从没在你面前出现过。"

林掌柜立即明白他原来是打算杀人灭口，腿一软，差点摔倒，但脑袋反应还是够快，他马上哆嗦着说："没有人，今天没有任何人找过我。"

乔洪涛听了钱掌柜的回话后，说："要是我，也是下不了狠手的。算了，我亲自来。"瞧着钱掌柜一脸丧气,知道他为未完成劝说任务而懊恼,就宽慰他说,"我们还是有收获的,最起码知道了宴会的时间就是明天晚上。你和那家包子铺熟,你告诉我,他家的面粉从哪里进的,水从哪里来。其他的,你就别管了。这事儿人越多越不容易办,我一个人就行。"

钱掌柜把乔洪涛送走,站在路边,忧虑地看了看店外耀眼的阳光、街上从容的行人,谁能想到,一场血雨腥风正在酝酿中,木扎的平静很快将被打破。

3

近五月的天,太阳亮得很早。刘红驹起得也早,那个日军宪兵司令下午就要到木扎,今天将会格外忙碌。一天之计在于晨,填饱肚子有精神。他伸了个懒腰,在红彤彤的朝霞里和武剑一起来到了宋家酒楼解决肚子问题。只是在包间里等了许久,也不见汪冰过来,他倒有点奇怪,以往再忙,只要他出现,汪冰是一定会来陪他的。他走出包间,看见汪冰正双手叉腰,站在楼梯上指挥众人忙碌。

刘红驹咳了一声,汪冰扭头看到他俩,腰身一扭,款款走下楼梯,先朝着武剑妩媚地一笑,然后乐呵呵地看到武剑低着脑袋小媳妇儿一样地退回到包间。刘红驹嗔怪地看着汪冰说:"别逗他了,他哪架得住你一个眼神啊?"

"那你就架得住了?"汪冰斜身倚靠过来,软软的身子透着一股香气沁人心脾。

刘红驹笑嘻嘻地伸手揽住她的香肩,调笑道:"架不住也得架,要不,下回你就不给我这机会了。"

汪冰听得高兴,不由笑出声来。

"今儿怎么这么忙,你都亲自上阵了?"刘红驹纳闷地问她。

"哎呀,反正今晚就开始了,我也不怕有人挖了我墙角,就告诉你吧,今晚这里将举办一场木扎镇从未有过的盛大宴会。"汪冰歪下脑袋,得意地说。

刘红驹心里"咯噔"一下:"莫不是日本人要你准备的?"

汪冰点点头:"是啊,那个联队长亲自上门了,我敢不接?快把我累坏了,好在今晚以后我就能轻松了。"

"你怎么不早告诉我?"刘红驹松开搂着汪冰的胳膊,绷着脸道,"这可不是个小事儿!"

"不能说啊,怕有人知道了会闹事儿。怎么了?"汪冰见刘红驹神色不悦,有点担心地问。

刘红驹四下观察,就看到敞开门的包间里,武剑正夹了一个包子往嘴里送,他大喊一声:"武剑,吃不得!"武剑吓得手一哆嗦,包子掉到了地上。

"怎,怎么了?"武剑被吓得不轻,拿着筷子的手在发抖。

刘红驹弯腰捡起地上的包子,扔到店门口,立即跑来两条土狗低声吠叫着争夺起来,吃完后又各自散开。没事。汪冰看着摇头摆尾离开的土狗轻声道:"这是林家包子铺送来的,这几年我们家酒楼一直从那儿进货。你怀疑有问题?可那狗吃了不是好好的吗?你想多了吧?"

"无论如何,不能再进林家铺子里的东西,所有之前和宋家酒楼合作的商铺这次都不能用,所有的菜肴还有面点,全部自己做。"刘红驹沉声道。

"为什么?"汪冰不解地问,"酒楼都已经准备好了。"

"准备好了也不能用。"刘红驹看着汪冰,收起笑脸,严肃地说,"木扎的太平是假象,土匪、忠义救国军、共产党的游击队一直都盘踞在它的外围,他们若是知道宋家酒楼今晚承担了招待日军司令的宴会,一定会在宴会上下手。硬拼不大可能,很可能在饭菜里做文章。"

"他们怎么会知道宴会在我这儿办呢?"汪冰不服气,"你看,你不是到现在才知道吗?"

"没有不透风的墙,我不知道是因为我没想知道。但有心人,只要有双会观察的眼睛和一个会思考的大脑,就知道你宋家酒楼要有大活动。你这次就听我的,进日本人嘴里的东西必须要宋家自己做才行,任何人都不能相信,就连我,你也别信。"

汪冰仔细地看着他的眼睛,他是真真切切地关心自己,心里一热,嘴上却说:"我从来就没有相信过你。"

刘红驹点点头:"这就对了,相信我你不会有好下场的,"突然一扬眉:"哪怕再被我吸引,你也不能喜欢上我。"

仿佛被说中了心事,汪冰脸一红,将头扭到一边:"呸,谁会喜欢上你这样的混子?"

刘红驹也不生气,喊着武剑离开了。两人饿着肚子心事重重地走在大街上。路过林家铺子时刘红驹看着排队买包子的人也忍不住了,买了四个,和武剑一人两个站在旁边就解决了。吃完后,刘红驹让武剑四处转转,自己马不停蹄地跑了长春堂和致和丝绸庄,告诫乔洪涛和朱子青不许在木扎镇的地盘上给他找麻烦,更不能在宋家酒楼惹事。只要不在木扎镇,随便他们在哪里收拾宪兵司令他都不管。乔洪涛和朱子青满口答应。他们答应得过于爽快,刘红驹自然不能相信他们,但自己也没办法阻止,只能让董少宾多派人手到酒楼加强防卫。董少宾一直在暗地里护着汪冰,听了刘红驹说的事儿,怕会牵连到心上人,不敢大意,立即调动人员,三步一哨五步一岗地将酒楼围了起来。

刘红驹走后,致和丝绸庄的伙计凑上来问朱子青是否终止计划,朱子青冷笑着摇头:"为什么要终止?今晚的宋家酒楼就是小日本的墓地。"

太阳渐渐往西的时候,长春堂掌柜乔洪涛出现在林家包子铺,他很难为情地告诉林掌柜肚子突然不舒服,来不及回长春堂了,想在他家借个地方方便。林掌柜给他指出茅厕的位置后就自己忙起来。乔洪涛走进包子铺后面的小院子,就看到一口敞开了盖的水井,左右看看无人,他掏出个小瓷瓶,将里面的粉末尽数倒入其中,然后捂着肚子煞有介事地钻进了茅厕。

乔洪涛走后,林掌柜迎来了这天最忙碌的时候。他吩咐伙计从院子里打来井水,和面切片做包子馅儿上蒸笼,有条不紊井然有序,等宋家管家留根来的时候,八笼包子整整齐齐地放在蒸笼里,温润的乳白色让留根忍不住咽了口口水,但他还是告诉林掌柜,宋家酒楼今晚不需要包子了,但这包子钱酒楼认。

按说这是好事儿,既然酒楼认账,这包子要不要,林家包子铺都没损失,但林掌柜这个实诚人想多了,他以为是酒楼嫌弃他家包子,有点生闷气,待留根走了,他拿起一个,权当是晚饭,一边啃咬一边嘟囔着这么好吃的包子竟然不要,放到明天就会坏掉,真是家大业大不在乎,还想再发两句牢骚时,却突然一头栽倒在地,口吐白沫,一命呜呼,等媳妇发现时,他的身体已经有点僵硬了。

撕心裂肺的哭喊声惊动了许多人,包括不远处的山货店钱掌柜,他跑过去一看,心里有了数,也十分难过。他蔫蔫地往回走,想想,就直接走到了长春堂。

这很不合规矩，他们说好单线联系，从来只有乔掌柜找钱掌柜，但他很难受，无论如何，乔洪涛不该在水井里下毒，让无辜的人遭殃。乔洪涛看着眼眶发红的钱掌柜，心里也难过，说："谁会想到宋家会半途变卦……这是个失误，林掌柜出殡时，你多上些礼金……"

钱掌柜哽咽着点了点头，本来想埋怨乔洪涛几句，但心乱如麻，话到嘴边，不知道说什么好，只得闷闷不乐地离开了长春堂。

宋家酒楼临时变计，前功尽弃，还伤了一条无辜的性命，乔洪涛坐立不安，眼瞅着就要到宴会开席的时间，他决定最后再搏一次。他从店里拿了些草药，来到宋家。宋家只剩宋江雪和宋钱氏，其他人都到酒楼帮忙了。

"是镇长说的，这次宴会很重要，不能让别有用心的人利用了，所有进嘴的东西全部是下午临时从别处采购的，原先准备好的都用不上了，这也导致酒楼人手不够，我就让家里用人都去帮忙了。"宋钱氏对乔洪涛的印象不错，很有耐心地解释给他听，"咏梅和美兰也去搭个帮手。"

"噢，原来如此，要不这样吧，这天都快黑了，想来酒楼时间很紧，我也没什么事儿，干脆也去帮忙？"乔洪涛说。

宋钱氏听了有点意外，但她想到眼前这人自己实在了解不多，还是慎重点好，便说道："这不合适，您一个大夫，手金贵着呢，哪能让你干这些粗活？不行不行。"

见宋钱氏口气坚决，乔洪涛再要求就显得刻意了，他笑了笑，只得起身告辞。宋江雪送他出来，两人在夕阳下慢慢地走着，晚风缓缓地吹到脸上，温温润润，让乔洪涛一下子想起了温和的金咏梅。但现在走在身边的不是金咏梅，是她的小姑子，爱慕自己的宋江雪，爱慕自己……乔洪涛心一跳，对呀，这小姑娘如今眼里心里尽是自己，能不能通过她来下药呢？汪冰防谁也防不到自己的小姑子啊。

他酝酿了一下情绪，收住脚低头看宋江雪，又伸手将她额头上一缕乱发整理好，注视她的眼睛里脉脉含情，宋江雪心里一跳，满心期待又羞涩地回望着他。

"江雪，你是个好姑娘，我第一眼就知道了。你喜欢我，这我也知道，但我却不敢回应你，本想和你保持足够的距离，可是，我又管不住我的心……"乔洪涛转身看着西边的夕阳,声音里充满矛盾与痛苦,满眼都是落寞。

宋江雪听心上人说也喜欢自己,开心不已,她拥住他宽阔的后背,颤着声音轻声道:"既然喜欢我,为什么想拒绝?"

"因为我是带着仇恨出现在木扎的,这个仇我一定要报,但报仇会牵连到你,所以,我不敢接受你的心意。"乔洪涛无奈地说。

"仇恨?"宋江雪紧了紧手臂,是啊,他这样沉稳的人一定经历了许多磨难,"什么仇恨让你不能接受我的心意?"

"我的仇人就是日本人。"他咬牙切齿地说,"日本人杀了我爹娘,占了我家园,从此我只能四处流浪,不杀他们,我誓不为人。"他一脸悲壮。

宋江雪吓了一跳,她松开手臂,呆呆地站在他身后。他转过身,凄然一笑:"是吧,你看,你听到日本人三个字就吓坏了,我怎么能把你拖进来……"

"不,不是,"宋江雪看心上人满脸悲伤,顿时勇气倍增,倔强地抬起头,说,"我一个人是害怕他们,但有你在,我就不会害怕,你尽管报仇,不要担心我,如果需要,我也愿意帮助你。"

乔洪涛慢慢地张开胳膊,轻轻地将宋江雪拥住。他有了片刻犹豫,这么单纯的姑娘,他要利用她,这会害了她和她身后的整个宋家。可是,他的使命就是杀日本人,把万恶的侵略者赶出中国,没有牺牲哪来的胜利呢?

"你不害怕?还肯帮我?"

"嗯,"她使劲儿地点头,从额头到下巴一片绯红,"只要是为你,我就不害怕,只要我能做到,我就愿意帮你。"

乔洪涛叹了口气,直直地盯着宋江雪,低低地说:"那我告诉你,我的仇人来了,今天晚上,我必须要除掉他们。我已用尽其他办法,都失败了,现在,你愿不愿意帮我?"

宋江雪眼神迷离却异常肯定地点点头。

4

天色完全暗下来,天空不见月亮也不见星星。致和丝绸庄的门"吱呀"一声被打开了,一个身着黑衣的人影迅速融进夜色里。他身手矫健,行动快捷,很快就出现在镇公所门口,他警惕地打量四周,后退几步,一个助跑,攀着墙头翻了进去。今天宋家酒楼招待日本贵客,保安队也都去警戒了,他轻轻松松地摸进刘红驹的办公室,打着手电翻找了一会儿,在抽屉里找到了刘红驹的任命状。他从口袋里掏出相机,将上面的照片拍了下来,然后又放回原处,轻手轻脚地离开了镇公所,不一会儿又回到了致和丝绸庄,关上门,拉下脸上的蒙布,竟然是朱子青。他摸黑将相机里的胶卷取下,放入一个黑盒子里,递给了正在等待的一个伙计,说:"今晚就把它送给王司令,让他找人送到重庆,查一查照片上的这个人究竟是何来历,我要看看他到底是重庆派来的,还是真的是汪伪的人。"

5

在这危机四伏的夜晚里,刘红驹心里愈发不安,他有一种感觉,今晚会出事儿,并且是大事。

他和保安队长董少宾带足了人马,已经将酒楼围得水泄不通,也把内部的各个角落都查了一遍。酒楼里虽是忙碌但井然有序,没什么可疑的。他巡视到后堂,发现能碰到食材的都是宋家自己人,心里稍微安定了一些。他转了一圈,看到金咏梅正在配菜,便走过去,说:"不常配菜吧?我来帮你。"

金咏梅抿嘴浅笑,说:"不用,你做你的吧。"

"我现在已经没什么事了,该布置的都布置好了,武剑也在那儿盯着呢。"他蹲下来,觍着脸说,"我虽然没配过菜,但我头脑聪明手脚麻利,你一教我就会。"

金咏梅"扑哧"一声笑了起来,但再看他直直地盯着自己,眼神炽热,心里觉得慌,忙说:"不需要的,被人看见了堂堂镇长在后堂配菜像什么话?你赶紧出去,出去吧。"

刘红驹只好站起来,柔声说道:"那我出去了,你累了就歇一会儿。"他刚转过身,就看见汪冰站在后堂的门口,一脸妒意地瞪着他。他尴尬地笑笑,从她身边挤了过去。

夜色更深,酒楼外传来了汽车刹车声,日本人到了。刘红驹扯了一下嘴角,转身准备去厨房盯着。还没走到厨房,就看见宋江雪从里面出来,润白的双手捧了碗热气腾腾的鸡汤。刘红驹摇了摇头,这个宋家大小姐第一次干这种活吧。擦肩而过时,他眼角的余光突然扫到她的双手竟在不由自主地颤抖。他停下来,扭头看她背影,竟觉得那走路的姿势也是僵硬的。他快步走到她面前,堵住去路,盯着她,也不说话,就见这姑娘眼神慌乱,不敢看他。他心下已明白了八九分。

刘红驹伸手拿起碗里的汤勺,舀了一勺鸡汤,慢慢地放到嘴边,果然,宋江雪的脸色越来越白,他轻轻地吹了几下,却将汤勺又慢慢地移到宋江雪的嘴边,声音轻柔地说:"喝下它。"

宋江雪瞪大杏眼,惊恐地摇头。

"有问题,嗯?"刘红驹将勺子放回碗里,见宋江雪只是低头不说话,又问,"不回答?要我强灌到你嘴里去?"

宋江雪觉得刘红驹是个说到做到的人,她更加惊恐地连连摇头。

"告诉我,谁指使你这么做的?"

宋江雪咬紧牙关,沉默不语,一副你就是把我杀了剐了我也绝不说一个字的样子。

刘红驹长长地叹了口气,痛心疾首地说:"傻姑娘啊,你想过没有,只要有一个日本人死在宋家酒楼,你以为你们宋家还有好日子过?到时候可真是家破人亡啊。你一己私心害了全家,你忍心吗?"见宋江雪面露不安和后怕之色,他又追问:"是不是乔洪涛让你做的?"

宋江雪不语。刘红驹已能断定就是乔洪涛所为,这家伙,竟然能够让宋家大小姐为他下毒,看来没少下功夫骗取这春心萌动的姑娘的感情。为达到目的,他乔洪涛真是不择手段啊,他也对得起那个女人?他突然觉得,自己可能做错了,当初为了成全他和她,他宁愿伤自己的心,离开了延安。现在看来,乔洪涛未必适合她。

"你还在哪些菜里下了毒?"他又问。

"没有了,只有这鸡汤。"宋江雪低低地说。

刘红驹不放心,逼着她到了厨房,亲眼看着她把每样菜都尝了一遍才放心,然后他把宋江雪带到武剑身边,很严肃地交代说:"武剑,你给我看住她,一刻都不能让她离开你的视线,就是上茅房了,也把她给我带进去。"

武剑见他面色凝重,忙点点头。

6

这是一场豪华的宴会。汪冰听取宋学礼的建议,将酒楼内饰布置得充满东瀛情调,她将宽敞大厅内的八仙桌全部撤去,原木的榻榻米地台和茶几沿着挂着东瀛美女画像的墙壁摆放了一圈,又花了钱从县城请来十多位经验丰富的"交际花",她们身着日本和服,浓妆艳抹,细白的双手搭着大腿跪坐在茶几后,日本人进来,她们露出恰到好处的微笑。井上一夫觉得很满意,朝身边的宋学礼"吆西"了几声,躬身将日军宪兵司令山本太郎请进大厅。

厅内立即响起了红透上海滩的日籍女星李香兰《恨不相逢未嫁时》的歌曲。"交际花"们纷纷起身,各自寻了目标款款起舞,酒楼内一派歌舞升平的景象。

曲毕,山本心旷神怡地端起酒杯开始致辞,对木扎的日军表示了慰问,也对美丽的酒楼掌柜汪女士表达了谢意。他很快就致辞完毕,向着人群举起了酒杯。刘红驹快速地扫视一眼他身边的人,突然看到之前倒酒的那个年轻伙计有点奇怪,他看着山本手中酒杯,眼神充满狂热,仿佛这杯酒承载了他所有的热情与希望。刘红驹心里一抖,猛地一步向前一把夺过山本手中的酒杯,山本吓了一跳愣愣地看他。几个日本兵掏出短枪对准了刘红驹。刘红驹晃了晃杯中的红酒,看了眼满脸惊愕的伙计,喝道:"你,过来,喝了它。"

伙计在日本人虎狼一样的眼神里镇定地走向刘红驹,经过山本身边时,他突然扔掉手里的托盘,藏在托盘下的右手里多了一把短枪,还没有来得及举起,早有准备的刘红驹抢先开枪,伙计应声倒地。

媚眼如丝的"交际花"们惊叫着,瑟瑟发抖地挤在一起看着面色苍白的酒楼主人汪冰,汪冰早已自顾不暇,她在第一时间就被日本人扣了起来。

汪冰吓坏了,忙不迭声地解释道:"我真不知道会有这事儿呀,这个伙计也是一个星期前招来的。我只知道他叫老五,其他的真的不知道呀。"血水已经流到她的脚边,她害怕地想往后挪,却被日本人钳住了胳膊动弹不得。

山本脸色阴沉,他看了看周围,又对井上一夫叽里咕噜了一番,汪冰、刘红驹听不懂,赶紧去看宋学礼。宋学礼此时却脸色大变,他听这两人的意思是宋家酒楼和抗日力量勾结,妄图谋杀日本人,罪不可恕,要把汪冰带回县城严审。他赶紧上前为汪冰求情道:"太君,这里面一定有什么误会。"

井上一夫大怒,叽里呱啦一顿话,日语中夹杂着中国话,他说:"就是你招惹的事儿,你说这宴会只有宋家酒楼能办而且能办好。现在竟出了这情况,你让我向上头怎么交代?!你还敢替他们说话,难道说你和他们也是一伙的?"

宋学礼不敢说话了,他只好求援地看着右手提枪的刘红驹,刘红驹看了眼全身发抖的汪冰,她也在看他,眼神里充满了惊骇恐惧和祈求。他扭过头,躬腰对井上一夫道:"太君,您先别急着生气。依我说,这事情蹊跷啊。您想啊,这宴会在宋家酒楼举行,但凡出一丁点事儿,她宋家就脱不了干系,她怎么会在自家的酒楼里挑事儿?一定是什么人摸清了这里的情况混了进来。太君,我刘红驹可以用性命担保,汪掌柜绝没问题。我们不能让真正的凶手逍遥在外啊。"

井上一夫冷静下来,也觉得在理,便同山本咬了一会儿耳朵,看在刘红驹保驾有功的分上,不再追究汪冰,但却给刘红驹一个星期的时间破案,挖出幕后主使者。

日军离开后,刘红驹仔仔细细地检查了那个伙计的衣服、行李,一无所获。再次追问汪冰,汪冰呜呜地哭着说,她对他确实一无所知,还说,后悔没有早告诉刘红驹这摊事,要不然就不会差点把自己给赔进去了。刘红驹见她还陷在极大的恐惧中,就不忍再问,让金咏梅和李美兰护送她回去,又让留根、花婶和一帮用人收拾酒楼。他交代留根要尽量将酒楼布局还原成之前的模样——这酒楼,还是做木扎人的生意来得踏实。

刘红驹心里其实有点数,这个伙计不是乔洪涛的人就是朱子青的。他先去了长春堂,乔洪涛只承认利用了宋江雪在菜里下毒,至于在酒里下毒的绝不是他。乔洪涛一脸蔑视地看着他:"看看你现在做的事,是不是帮日本人调查这件事也是一笔生意?他们给你多少钱?你看看你自己,本来就是共产党的叛徒,现在又枪杀了一名抗日志士,木扎谁人不知你刘镇长是日本人的红人?你说,要是,"他凑近他,盯着他的眼睛:"要是董明霞知道你成了这样的人,她会怎么看你?"

刘红驹心里一疼,董明霞,那个留着齐耳短发,笑起来声音像银铃一样的女子,是他的软肋呀。他避开乔洪涛的眼神,似是不以为意地说:"她怎会知道?

知道又怎样？这事和她又有什么关系？"

乔洪涛笑出声来："什么关系？刘红驹，当真是离开太久了，居安不思危啊。你想想那些年，你我二人还有她，什么任务不在一起？"

刘红驹猛地抬头，他听出了他的言下之意，气息不稳地问道："你是说，董明霞也来到了木扎？"

乔洪涛抱住胳膊，重重地点点头，用嘲笑的口吻说："刺杀山本的任务就是她交代下来的。你真行啊，即便不能像几年前那样为她出生入死，也不该做她的挡路石啊，现在好了，你还杀了一名抗日志士。"

"她，她交代的？"刘红驹有点语无伦次，那张明媚的脸在眼前东摇西晃。

"她现在负责麦河根据地的游击队。我说刘镇长啊，你知道她在这儿以后，还会不会再玩什么花样？是不是想把她捕来送给日本人？"

刘红驹仍心头大乱，不知如何回答。乔洪涛却以为他在董明霞和做汉奸中间找平衡，嗤笑一声，几年前的信誓旦旦也不过如此。

刘红驹痛苦地摇了摇头："你说我是叛徒也罢，汉奸也罢，但我几年前离开，是因为我知道她选择了你，我不愿我们三人尴尬，也不想她有丝毫为难，所以才……"

"所以才说走就走？"乔洪涛愤愤道，"你以为你高尚，成人之美？她什么时候选择我了，我自己怎么不知道？"

刘红驹愣住了，董明霞没有选择他？

乔洪涛见他眼睛闪亮了一下，冷笑了一声，说："也不会选择你。她说了，我们俩之间，她谁也不选，选谁都会伤害对方。"

刘红驹还是有点激动，最起码，这说明自己在董明霞心目中的地位并不逊于乔洪涛，但乔洪涛接下来的话又让他心里一阵难过。乔洪涛说："你现在最好死了心，我们是两路人，暂时相安无事，但如果你威胁到我们，我相信她也不会放过你。"

刘红驹的脸抽搐着，手也不由自主地颤抖起来。他深深地吸了口气，平静地说："乔老板，虽然我们现在各为其主，我是在为日本人做事儿，但你抚着良心问问自己，我什么时间出卖过你们的人？从前不会，现在也不会，将来更不会，信不信由你……"

他说完这话，扭身就走，他走得铿锵有力，只不过泪水已簌簌而下。

离开长春堂，估计乔洪涛看不到他了，刘红驹的脚步慢了下来。他回到镇公所，呆呆地坐了一会儿，洗了洗脸，无精打采却又不得不强打精神来到了致和丝绸庄找朱子青核实。朱子青自然不承认那个伙计是自己的人。刘红驹看他青色的眼睑，灰败的脸色，便知他此刻正处于痛苦中，也就断定那人是忠义救国军派来的。朱子青见他一副了然于心的神情，知道瞒不过他，也懒得再狡辩。想想那个年轻的活力四射的生命就这样在他手上戛然而止，不由愤恨不已，他控制不住地讽刺道："刘镇长，你可真行啊，保驾有功，当汉奸还真当出感觉来了。"

刘红驹道："我不管你怎样看我，我还是坚持那句话，你忠义救国军怎么打小日本我都管不着，但绝对不能在我的地盘上生事，在这之前我已经警告过你，你出尔反尔还来怨我？"说着说着气就上来，他盯着朱子青恶声道："不管你承不承认那伙计是不是你的人，我告诉你，你应该感谢我，要不是我一枪毙了他，落到日本人手里，他能不能顶住还是另外一回事。别忘了，你们军统投敌的已经够多了。你们一屁股屎，我如果不给你们收拾，你们怎么收拾？真是狗咬吕洞宾，不识好人心，还可着劲儿地挖苦我！"

他见朱子青惊愕地看着他，突然觉得自己说得有点多了，忙缓了口气，慢条斯理地说："你说，我该如何向日本人交差呢？"

朱子青也听出他说的都在理，遂调整情绪，略加思索，看了看木扎南边遥远的山脉，低声道："你可以推到大龙山土匪身上。"

婆婆配好的男人

1

宋家女人尤其是宋钱氏陷入空前的恐慌中。昨晚酒楼出事，让她知道了日本人的厉害。汪冰若是被抓，宋家必不能独善其身。别说家业了，甚至连小命都保不住。好在现在宋家暂时安全了，这让她对刘红驹充满了感激，若不是他为汪冰说话，汪冰未必能顺利脱身。宋家一定要想法抓住刘红驹，要让他为宋家保驾护航。她看了看坐在左侧也是一脸惊忧之色的金咏梅，心里一动，说："咏梅啊，我想请刘镇长吃顿饭，感谢他昨天帮了我们，你看如何？"

金咏梅看看婆婆，又看看坐在对面霜打了茄子一样的汪冰，说："妈，您看着办吧。"汪冰难得地没有吭声，她还没从昨晚的事件里缓过劲来。

宋钱氏看了媳妇们一眼，说："那就这么定了，明天晚上在酒楼，我亲自作陪。"

第二天晚上，宋钱氏带着媳妇们在酒楼里为刘红驹举办了一场盛大的宴会。

刘红驹坐在几个女人中间，一杯接一杯，喝水一样地灌着黄汤，谁敬酒都来者不拒。他知道自己是在借酒浇愁，几年前的意中人就在木扎，自己竟然不知道，真可谓是咫尺天涯。眼下，自己又成了她最为不齿的汉奸，这叫他情何以堪！越想越闹心，越闹心越难受，酒上了头，人扑通一声就趴到了桌子上。

宋钱氏呷口茶，看了眼不省人事的刘红驹，轻声道："咏梅啊，你把刘镇长扶回去吧。"

汪冰闻言心里不爽，脸上却是笑眯眯的，很体贴地说："妈，为什么要大嫂送？大嫂带孩子已经够累了，这到镇公所的路我比她熟悉，让她送还不如我送。"

宋钱氏自然看得出她这是在争风吃醋，也不跟她绕弯子，开门见山地说："汪冰，刘红驹喜欢的人不是你，是咏梅，你天天送他回去都没用。经过昨晚的事，我是彻头彻尾明白了，日本人可不是族长，我们几个女人闹腾几下他就会做些让步，那些人的逻辑我们不懂，他们心狠手辣，没什么做不出来的。宋家靠我们几个女人根本就不行。没有男人的宋家就是沙子堆出来的城墙，风一吹就能倒。我们不仅要和族长斗，要和宋文彬父子斗，甚至还要提防着日本人盯着宋家的产业。没有几个有势力的男人罩着不行。"

汪冰急着插话："可是……"

宋钱氏抬手往下压，打断了她："刘红驹喜欢咏梅，我这么大把年纪当然看得出，我不信你汪冰看不出来，咏梅感受不到。我们正好投其所好，拴住他。他在木扎，已经是只手遮天，好在为人不坏，所以我也放心把咏梅交给他。"

金咏梅正襟危坐，眼睑低垂，婆婆说的也有道理，但自己就这样答应了，也不合适。她摆出了一脸难堪的表情，眼神闪烁地听着婆婆将自己配给刘红驹的言论，似乎不知该如何是好。眼角的余光里，妯娌汪冰看着自己的眼神里带着恨意，好像自己偷了她的男人，她把脑袋垂得更低了，更显得我见犹怜。

"汪冰，你不用这样斜眼看你大嫂。我看，你还是把力气花在保安队长董少宾身上，他是木扎的地头蛇，有人又有枪，日本人也懂不惹地头蛇。我知道董少宾以前和你是一个镇上的。宋家出事后他就放过话，说宋家酒楼他罩着。若不是对你有以前的情分，他凭什么帮你罩着酒楼？日本人那边，我也看出来了，那个叫小林真雄的有时间就往美兰的药铺跑，我想他是喜欢美兰的。"她看向李美兰，她正一脸惶恐地看着自己，心里一软，柔声道："美兰，你要和小林真雄处好关系，必要时，可以给他一些甜头。"

李美兰显然被吓坏了，脸色苍白地看着婆婆，喃喃地说："妈，我不会的，我做不出来。他，他若知道，会很难受的。"

这个他，指的自然是黄土之下的丈夫。宋钱氏想起老三，心里一疼，沉默了一会儿，说："你也不必怪我，我既然说了出来，就已经打算好了，以后到了地下不见他们便是。"

汪冰对婆婆幻想的死后的世界不感兴趣，冷哼了一声表示蔑视。宋钱氏无视她，目光转向自己的女儿："小雪，你也别再和乔洪涛黏糊，他不过就是个药铺掌柜，能有多大出息？对宋家没有用。我看你呀，还是多接近接近能帮上宋家的男人吧。"

宋江雪不敢置信地看着自己的母亲，乔洪涛是她第一次动心的男子，母亲却一直反对，眼下又说出这样的话，她突然悲从中来，不由双手掩面，呜呜地哭出声来。她并不是和了水的泥巴可以让人随意揉捏，她对自己的未来自有主张，绝不会为了宋家舍弃自己的爱情。这泪水是为苦命的宋家女人而流，为三个嫂子，还有，母亲。

"妈，你把你的儿媳妇和女儿当成什么了？交际花？"汪冰将手里的筷子用力地拍在桌子上，咬牙切齿地说，"你让我们去取悦男人，真不要脸。你怎么不去缠着宋柏生？！"

宋钱氏的手摸上了隐隐作痛的胸口，扫视了眼前的二儿媳，理直气壮地说："乱世里要活下去，什么恶心事都要去干，就是日本人看上你了要糟践你，你也得咬着牙忍了。要不然，就去死！"

汪冰咄咄逼人地说："我可不想为了宋家和董少宾不干不净，让人笑话，如果要和他好，我就要嫁给他，让他入赘宋家。"

宋钱氏立即否定："不行，董少宾这种人过于阴险，我们根本不是他的对手，只能利用，不能引狼入室。"

"那你就不怕我羊入虎口了吗？"汪冰气愤地说。

宋钱氏的声音冷冰冰的："没准我这还是遂了你心意呢。为了宋家，每个人都得做出牺牲。"她看了看依旧昏睡的刘红驹，又看了红了眼眶子的金咏梅一眼，说："已经很晚了，咏梅，你送他回去吧。"

金咏梅静默了一会儿，深深地吸了口气，仿佛是对自己肮脏的命运投了降，她弯腰将刘红驹的胳膊搭在自己柔弱的肩头，深一脚浅一脚地离开酒楼，留下其他脸色各异的宋家女人。

刘红驹人高马大，金咏梅身量娇小，走了一会儿就气喘吁吁。刘红驹的半个身子都倚靠在她身上，渐渐地，似乎感受到身边是谁，喃喃地道："我很重吧，你放开我，我自个儿能走，别把你累坏了。"然后就很努力地直着身子，无奈腿脚发软，挪个三两步便支撑不住靠了过来。金咏梅反而不觉得累了，这个男人对自己有情义她怎么会没感觉？看她的眼神，和她说的话，都熨帖着她空荡荡的心，就像现在，他怕累了她，用最后一丁点的理智控制着自己的双腿。她轻声说："没事的，很快就到了，你就靠着我吧。"

刘红驹终究是喝高了，听了她这话，就放心地靠过去，她脖颈处随着汗液散发出一股诱人的馨香，他低声呵呵笑道："好香啊，我喜欢。"说完连嘴巴都凑过去了，惊得金咏梅汗毛都竖立起来，又不敢发出声音来，夜晚太寂静，一丁点声响都格外清晰。

她声音颤抖着轻声哄他："别闹了，就到了，别闹了……"哄他的话还没说完，就被他拐着胳膊跟跟跄跄带到墙边的拐角处，她踮着脚从他的肩膀处钻出脑袋，借着月色看出是镇公所的围墙，便松了口气，使劲儿地推他，却推不动。这个喝高了的男人正低下脑袋，把自己脸紧紧地贴在女人的脸上蹭来蹭去，双手紧紧地箍住她的腰。金咏梅浑身僵硬，下意识地提起穿着中跟尖头皮鞋的脚使劲地朝他的小腿上踢去。这一脚正踢在小腿骨上，刘红驹叫了一声松开了手，金咏梅迅速地逃离他身边，颤声道："已经到了，你酒也醒了，自己进去吧。"

刘红驹弯腰摸着自己遭罪的小腿骨，低声笑了："都到这儿了，不进来坐坐？"他见金咏梅站在一边不动，突然又说："不拉拢我了，让你婆婆知道了，还怎么做她听话的儿媳妇？"

金咏梅吃惊地看他："你没醉？"

刘红驹直起腰身，声音含混不清道："我醉了？不知道。不过我这人经常和各种人打交道，比旁人警惕许多，哪怕喝得再高，即便身上没劲儿，头脑也是清楚的。若是头脑不清楚，被人算计了怎么行？"他摸摸自己的脑袋："被风一吹，头倒是疼了。"

"那，那我婆婆说的，你都听到了？"金咏梅觉得自己像是光天化日之下被扒光了衣服站在人潮汹涌的大街上，她难堪地低头，"你听到她给我们每个人安排的男人了？"

他没吭声，却软着腿脚走到她身边，拉着她的胳膊，说："我是真想帮你，你婆婆既然做了这样的决定，你现在就是回去了，宋家今晚也一定不会给你留门，你到我那里，可以聊聊天，喝喝茶，你不要害怕，我又不是老虎……"说罢低头看她，见她犹豫不决，就帮她做了决定，揽着她胳膊的右手略微使劲，便带着她走进镇公所的大门。

到了镇公所的宿舍，刘红驹想给金咏梅倒杯茶，可还没摸到茶壶，酒劲上来，身子直往地上歪。金咏梅只好搀着他到床边，本想安排他睡下，她就在外面坐上一夜，谁知到了床边，他却拉着她不让走，她身子一软，也就留下了……

刘红驹直到日上三竿才悠悠转醒。

醒来后闭着眼睛重温昨夜一场春梦，年轻美丽的董明霞躺在自己的身下宛若一汪暖暖的春水，把他浑身上下每个毛孔都温存得从未有过地舒畅。他和她紧紧纠缠于夜的深处，那里没有离别，没有牵挂，更没有你死我活的对立，只有温暖的肉体，甜蜜蜜的爱意。想着想着就笑了，忍不住舒胳膊展腿，小腿骨那儿刺痛得难受。他愣住了，模模糊糊地想起昨夜被金咏梅踢了一脚。头脑越来越清晰，他心中猛地一惊：那不是场虚无的春梦，是真实的男欢女爱，但董明霞不是真的，是金咏梅。

刘红驹用力地按了按自己的太阳穴，有点懊恼，正想起身，门口有了动静，他立即闭上眼睛装睡。轻微的脚步声传来，一股绿茶香飘飘荡荡地直奔肺腑。他睁开眼，金咏梅正站在床边看他，他有点窘，目光不知道往哪里放才好。金咏梅像换了一个人，脸色绯红，满脸喜乐。她坐在床头，侧身躺在他怀里，浅浅地笑着。阳光从门底的缝隙里钻进来，一片耀眼的金色。

"明霞是谁？"金咏梅的手指在他的心口画着圈，突然轻声问他，"你昨晚一直在喊这个名字。"

刘红驹一惊，他现在对不起两个女人了，一个是董明霞，自己心里明明有她，然而却与另一个女人有了私情，有了私情，却喊着别的女人的名字。金咏梅虽有疑惑，却也是含情脉脉地看着他。他不能伤害她。他只得给她解释："她是我从前喜欢的一个人，几年前的事儿了，不过，"他顿了一下，接着说："她一直在我和另一个男人之间摇摆不定，我不忍见她为难，就主动离开她了。好几年了，差不多都忘了。"他摇了摇头，笑了笑，说："你和她长得真有点像，昨晚酒力上头，恍惚了，你别放在心上。"

金咏梅心里有点毛毛刺刺，原来他并不是真的喜欢自己，而是把她当成了藏在心里的意中人。她深吸了口气，告诉自己，只要他现在对她上心就行，她才不计较他的过去，她金咏梅不是那种患得患失的女人，日子要想往前好好过，你就不能回头看。再说谁没有过去呢？

刘红驹意识到这个时候他又犯了个忌讳，在刚刚和自己有私情的女人耳边谈意中人，无论怎么说，都是一种伤害。他仔细地想了想，董明霞已经越来越模糊，他下决心离开她时，就已经准备把她忘掉了。这几年，他确实已经把她忘掉了。他现在喜欢的是金咏梅，这个不幸而又坚强的女人。他绝不能再伤害她了。他立即拥着她，轻轻地说："咏梅，那个女人于我，是一段抛不开的岁月而已。我不是随便的人，昨晚也不是因为喝多了酒才和你好，我是确实喜欢你。第一次见你，是在宋家的老槐树下，我从未见过一个像你那样优雅、温和的女人。和你处得越久，我就不由自主地想靠近你。昨夜听宋老太太那番话，我就觉得自己中了魔障，我不知对你的喜欢竟然表现得那么明显，旁人一眼就瞧得明白。"他温柔地看着她，有点小心翼翼地问她："我对你说实话了，你也对我说实话，你喜欢我吗？是你真心想和我在一起，还是因为老太太说的才和我在一起？"

刘红驹的表情达意让金咏梅耳根子都红了，尽管她心里清楚，她守寡带着换过的孩子守在冷冰冰的宋家，不论是哪个男人过来向她示好助她脱困，她都会对他充满感激，哪怕要用肉体来拴住两人的关系，她也会愿意的。和其他男人相比，这个男人更像座大山一样矗立在她身后，让她踏实、心安，她怎会不喜欢？喜欢了，又何必遮遮掩掩做作呢？她很肯定地点了点头，说："我对你，也是实实在在的喜欢。"

刘红驹笑了，他把胳膊伸到女人的细腰上，稍一用劲，便将她提到自己的眼前，他看她的眼神比门外的骄阳还热烈，她看他的眼神却如昨夜的月光一样温柔。他亲上她的嘴，喃声道："咏梅。"

听，喊的是咏梅，不是明霞。

一番温存后，刘红驹记挂起她身处的漩涡，问她："咏梅，你告诉我，宋家出事前一天晚上你在哪里？"

金咏梅听出他话里的用意，却也不生气，笑着说："我捧着八个多月的大肚子和奶妈在一起。"

刘红驹失笑，自己怎么能问出这个没经过大脑考虑的问题？但他还是接着她的话问："和奶妈一起？为什么不和你丈夫在一起？"

金咏梅沉默了一下，语气萧索地说："那天中午，董少宾上门讨要我丈夫赌博输掉的几百亩良田，我丈夫被公公狠狠教训了一顿。我实在生气，就把他赶到奶妈屋里了。你为什么这样问？"

刘红驹也不瞒她，把自己从朱子青那儿知道的关于给土匪送信的是宋家一个女人的事儿告诉了她，然后分析道："我看眼下那递信儿的女人最大的可能就是花婶了。"

金咏梅眼神闪了一下，随即摇头，很肯定地说："不可能，她自小就在我婆婆身边，字不识几个，很少单独出去和外人打交道。再说了，宋家待她不薄，她这样做，实在没有理由。而且，那晚我睡不着，月亮都上房顶了，我还能听到她的说话声。一大清早，她的声音又叽叽喳喳地响起来了，我睡意正浓，恨不得上去堵住她的嘴。"

刘红驹沉思了一下，也觉得说不通，就换了个话题："我把我知道的都告诉你了，宋家还有什么事是我不知道的，你要告诉我，万一，我说是万一，后面有什么事我才能及早做准备。"

金咏梅犹豫了一会儿，终是和盘托出了宋家女人做的那些事，包括为保住宋家家业和妹妹金咏雪换孩子，还有杀了知情人宋东子并埋在树下，以及为了永除后患逼迫李美兰毒杀了王安庆。

每听一件事，刘红驹就僵直着背往床头靠一些，听到最后，整个腰都挺直起来。他着实惊骇不已，这几个女人，竟然做出了这等事，每件事都能把她们推向万劫不复的深渊。不过，这样的世道，不是你死就是我活，这些女人的作为不过是为了更好地生存，也不是不能理解。他紧紧地拥着她。作为一个男人，他要好好保护她。

　　他沉思了一下，又详细地问了她们是如何埋尸树下的。听到金咏梅说留根也发现了树下的王安庆时，他心里不由一紧，留根这个人目前还不能完全摆脱嫌疑，还得当心他。他说："咏梅，树下的那具尸体是个定时炸弹，要赶紧移走。留根我还是不太信他。虽说给土匪送信的是个女的，但给忠义救国军送信的是男是女我们并不知道。防人之心不可无。"

　　金咏梅也紧张了，伸手搂住他的脖子，慌慌张张地问："怎么移啊？埋尸之前我们谋划了很久还是被宋文彬怀疑，还让留根也发现了，如今……"

　　看着金咏梅慌张无措的样子，刘红驹有点心疼，安慰她说："你别慌，这件事交给我做就行了。你想个办法把家人支走，我和武剑去把尸体挖出来带走处理掉。"

　　"那棵树太大，既要挖，还要回填，需要好长时间，人手只有两个肯定不够，你最好还得找个帮手，否则等老太太她们回来了，你们可能还没处理好。"金咏梅提议。

　　刘红驹点点头，可是又犯愁了，能找谁呢？

　　看了看怀中闭眼小憩的金咏梅与董明霞高度相似的那张秀气美丽的小脸，突然心中一动，对了，就找乔洪涛。

2

　　女人们心照不宣地看着眼前水灵灵的金咏梅，一夜之间，她就像枯萎的金钱草被喂足了水，从头到脚都活了过来，泛着晶莹的水色。宋江雪想起了冤死的大哥，恨恨地咬着牙齿；汪冰恨不得眼睛里能射出根根利箭，将她戳得千疮百孔；宋钱氏不动声色看着自己一手导演的成果，只有李美兰看向金咏梅的眼神有种悲悯的情怀。金咏梅并未觉得对谁愧疚，自己所做的这一切，还不是为了这个家？只是，李美兰似对她的愁苦了然于心的眼神，让她有点后悔曾逼其动手毒杀王安庆，她这么个单纯的女子，不该被拉进污泥中。

　　"妈，"她清了清嗓子，试图掩饰自己纷乱如麻的心情，"宋家这次化险为夷，躲过日本人，真是万幸，我想，定是上次去寺庙求愿有了效果，得了庇佑。既是这样，我们就应该选个日子再去山上烧香还愿。后面还有漫长的路要走，不知道还会遇上什么糟心事，我们再去求求菩萨保佑宋家老小平平安安。您看呢？"

宋钱氏向来相信神佛，听她这么一说也觉得有道理，便道："咏梅说得对，这敬佛本来就该时时去。我看这两日天气不错，我们就明天去还愿吧。和上回一样，明天宋家老老小小都去。咏梅，一会儿你让留根打点一下，把场面做足了，晚上大伙儿都留庙里守斋夜。"

刘红驹看了金咏梅传递给他的消息后就跑到长春堂，乔洪涛没好脸色看他，他也不以为意，开门见山地就要乔洪涛帮忙挖树移尸，乔洪涛怀疑他是不是神智出了问题，竟然告诉他这种事情还拉他挖树移尸。刘红驹干脆直说道："这树下的尸体和金咏梅有关系，是她下的手。如果被发现，你也知道后果。"

乔洪涛吃惊地看着他，金咏梅这样的女子会图谋他人性命？看刘红驹的神情也不似说笑，他踌躇了一下，问："你凭什么就信我会去帮忙？"

刘红驹似笑非笑地说："我知道你是共产党，你算是有把柄在我手里吧。当然，你可能不怕这个，但我现在是汪主席的人，还和日本人混得好，你想要情报，我这就有。你总不会因为这件小事儿就把我这条线断了吧？"

乔洪涛说："你不是要钱才给情报吗？你愿意为这样的小事儿而伤害了自己的生意？这倒有些奇了。"

刘红驹摇了摇头，说："乔老板，你其实还不了解我。我确实喜欢钱，但除了钱，我心里还有情义两字。"

乔洪涛说："我希望你能记住我们之间的情义。"

刘红驹笑了："你放心，刘某人虽然只是在乱世之中混口饭吃，但情义与金钱相比，自然情义两字最重。"

乔洪涛撇下嘴："你说的比唱的还好听。算了，你就说什么时间吧。"

刘红驹正色道："明天晚上就去。"

第二天天一黑，看看四处无人，刘红驹带着武剑和乔洪涛摸进了宋家，反锁大门，脱去长衫，赤膊弯腰埋头苦干，松软的黄泥被一锹一锹地铲起堆放到一边。火炬松树根巨大，半个多时辰后，三人汗如雨下，武剑不由发了牢骚："镇长，你说这几个女人是不是疯了？都敢杀人，还埋在自家院子里，您说她们平时进进出出的，也不害怕？她们可是女人啊。"

"她们不是一般的女人，"刘红驹站起身擦了把脑门上的汗，"再柔弱的女人被逼入绝境也会狠毒起来，兔子被逼急了也会咬人，绵羊渴了还会喝同伴的血呢。哎哟，树根差不多全出来了，武剑，你扶着点树干。乔掌柜，咱一起用力把树移到那边墙上去。"

三人合力，终于将火炬松庞大的根系全部从坑里扯出来，火炬松完整地被靠在厅堂一扇窗户旁。三人又赶紧挖下面的土，武剑心里有点打鼓，只好不停地说话来掩饰："宋东子我见过，人高马大的，你说这几个女人怎么下的手？"

"美人计，"乔洪涛说，"她们最大的可利用的资本不就是自己的容貌吗？"说完了便想起了金咏梅，他看了看刘红驹，刘红驹也看他一眼，两人同时"哼"了一声转过头去。

武剑完全感受不到身边这二位碰擦出的火花，好奇地问："那会是谁呢？"

刘红驹对他翻个白眼："除了那位让你见了就腿软的汪掌柜，还会有谁？宋家老太太？还是胆小如鼠的李美兰？"

武剑不解地摸了摸脑袋："不是还有金咏梅吗？"

话音未落，刘红驹挥起锹，一锹黄土朝他招呼过来，他吓得抱头躲避。脑袋上的黄土清理完了，他还是没想明白自己刚才那话到底怎么招惹到刘红驹了。

宋东子的尸体已经腐烂成白骨，武剑念叨着阿弥陀佛将它们收拾到一个黑色编织袋里。

把火炬松移回到坑里时出了个不大不小的问题，把树从墙边往坑里移时，因为武剑手一滑，火炬松歪了一下，粗硬的树枝把窗户上的一块玻璃砸碎了。

火炬松被移回原位，三个人看着地下的玻璃碎片犯了愁。刘红驹让武剑把玻璃渣子收拾到编织袋里，在院子里转了转，跑到金咏梅住的后院，见她卧室窗户上玻璃大小与碎掉的那块差不离，便取了一块下来，然后移到厅堂窗户上一比，尺寸正好。安上了玻璃，他忙又从她屋里找来一张刺绣用的样纸，手脚利索地将没了玻璃的窗户糊了起来。忙完后，三人赶紧锁好门离开。

第二天一大早，宋钱氏烧香回来，汪冰直接回了酒楼，李美兰也去药铺张罗。菩萨再显灵保佑宋家,这日子还得自己经营着。宋钱氏一走进院子就觉得有点奇怪,她嗅到了一股新鲜的泥土味儿。她仔细地看看四周,发现火炬松周围的土质变得松软,似乎被动过,她不动声色地将用人遣散,然后看着提议去寺庙的大儿媳金咏梅。

金咏梅知道瞒不住,只好说:"妈,是刘红驹挖的,他听说留根发现了宋东子在树下,为以防万一,觉得还是偷偷地移走好。"

宋钱氏沉吟了一下,问金咏梅:"宋家的事儿是不是刘红驹都知道了?"

金咏梅点点头:"他说知道了才好应对后面出现的问题。"

宋钱氏不放心地说:"你就这么信他?"

"不信也不行,妈,您说要男人罩着宋家,这些事不告诉他,以后出了问题他怎么罩?"金咏梅表情木然地看着宋钱氏,"妈,我只是把你的想法付诸实际行动罢了。"

"这么大的树,刘红驹一个人做不来,还有谁?"

"武剑和长春堂的乔掌柜。"金咏梅说。

"武剑是刘红驹的人,乔掌柜为什么愿意蹚这趟浑水?"宋钱氏有点不解。

宋江雪闭了下眼睛忍不住笑了。她轻轻捂住胸口,那里甜不可言,是了,乔洪涛来帮忙,一定是因为自己的原因。他说过他是喜欢自己的,你看,他不仅说了,还用行动证明了。她急忙找个理由跑了出来,迫不及待地进了长春堂,看到乔洪涛就傻呵呵地笑着。乔洪涛正在给一个老头看病,她就静静地站在一边看着他,眉眼里尽是道不尽的柔情蜜意。

乔洪涛心里叹了口气,送走病人后,关了门,给她倒杯温热的水,斟酌半天,轻声道:"宋姑娘,我要给你说一些话,我知道我说完后你会很难受,还会恨我利用你,但我不想再骗你了,你是个好姑娘,我不忍心。"

宋江雪愣愣地看着他,他这话是什么意思?他不喜欢自己吗?可他亲口说过他是喜欢自己的。泪水从眼眶里涌出来,她抽噎着说:"你想说你根本就不喜欢我,上次你说的,不过是骗我为你办事,对不对?既然如此,那你昨天为什么又帮宋家做事?"

乔洪涛明白昨天挖树移尸的事情宋家发现了,所以宋江雪误以为是因为她的关系他才去帮忙。他便解释道："正是因为上次骗了你，差点害了你，所以昨天刘红驹一对我说，我是无论如何都要去的。"

"你为什么不接受我？我到底哪里不好？你告诉我，我改。"宋江雪哭声不断。

"因为，因为我有喜欢的人。你看，我比你大了十几岁，怎么可能之前没有喜欢的人呢？虽然现在没有和她在一起，但这颗心，确实在她身上。这些年了，一直都在，所以，江雪，是我对不住你。"乔洪涛说完，虽觉有些尴尬，但也感到一阵轻松。

宋江雪见他说得如此直白，更加伤心，又羞又气，只得抽抽搭搭地离开了长春堂，在外面晃荡了一会儿，等泪水干了，无精打采地回家。刚进门，就看到宋钱氏黑着脸瞪着她。她打个招呼就想回屋，却被宋钱氏叫住了："小雪，我跟你说过，不要再缠着乔洪涛，他对宋家没有任何用处，别听了他的名字魂就丢了。我这段时间正在找媒婆给你物色个在木扎能说得上话的男人。我已经和她们说了，这个男人一定要能帮上宋家，哪怕是死了老婆离了婚的。"

"妈，你太过分了，"宋江雪尖着嗓子叫起来，"我是你女儿，不是你维护宋家的工具。"她扭身回到房里，扑倒在床上，悲痛欲绝，意中人利用自己的单纯差点害了宋家，母亲又不顾她的情感直接从宋家利益出发为她介绍对象，她又不是那几个嫂子，都结过婚了，好歹有点"掉价"。自己一个黄花大闺女，就这样被自己的亲妈掂量着想卖个好价，像货物一样。自己的命怎么这么苦啊！她抱着枕头哭了一会儿，越想越委屈，越委屈越闹心，站起身来，将梳妆台上的一个插着花的瓷瓶狠狠地摔在地上，瓷片飞溅到她裸露的脚踝上，划破了皮肤流出了血。她"呜呜"地蹲下来，抱着膝盖哭得更惨。李美兰回来，到了楼上，听到哭声，慌慌地过来一看，吓了一大跳，赶紧回屋，拿来纱布和药膏，一边给她处理伤口一边轻声安慰。

宋江雪慢慢平静下来，抽噎着说："三嫂，你说我妈怎么变成了这样？我是她的女儿，你们是她的儿媳妇，她竟然指使我们去接近其他男人，甚至暗示你们可以出卖身体。我都快不认识她了。"

李美兰也难受地叹了口气，宋钱氏的变化令她吃惊不小，但她和宋江雪不同的是,她将顺婆婆变化的痕迹,试着理解她:"她一天之内失去丈夫和四个儿子,打击太大,她认定的疑凶就在眼皮子底下,却不能坐实他的罪名为丈夫儿子报仇。族长和小叔子又对宋家虎视眈眈,让她疲于应付。现在日本人来了,很多事都是她没法预料和应对的……作为宋家最大辈分的人,她要替丈夫和儿子守住宋家,可她到底是个女人,这些男人都难以承担的压力,要么彻底把她击垮,要么就让她硬着心肠把自己变得冷漠无情。她这也是被逼的呀。"她轻轻地按压了下已经包扎好的白纱布,然后收拾旁边的药品,接着说:"这么多事儿一起出来,她能坚持到现在,已经不容易了,要是我,这其中任何一件事都能把我逼疯了。小雪,咱妈也不容易。"

宋江雪沉默了,自己还真没这样替母亲想过,她总要成为别家的媳妇,宋家的财产也和她无关,无非是嫁妆多少的问题,所以,家里的事她向来不关心。父亲和哥哥们在的时候,私下里,母亲也颇为强势,甚至经常干预家里的大事,她以为她强悍到能应对所有危机和风险。现在想想,她之前的强悍是有丈夫和儿子在背后支撑的强悍。她到底只是个普通的女人。不过,再怎么去理解她,宋江雪还是不能原谅她以牺牲女儿人生来换取宋家平安的做法。她幽幽地说:"理解她又如何,总不至于因为理解,就真的心甘情愿地成为她的棋子?反正我受不了。难道你不难过吗?"

"我当然难过,可难过又有什么办法?难过了,你三哥他……"她哽咽了一下,"他就能从地下爬起来安慰我吗?能像以前那样让我躲在他的身后护我吗?坚持一天是一天吧,妈身体不好,不能再受打击,我们要是再惹她生气,她若真倒下了,宋家一定朝不保夕,我们就更不知道何去何从了。除了你,我们宋家四个女人都在丈夫坟前起了誓,生死都是宋家人,娘家那是回不去了。"

宋江雪心疼地看着她,在善良的三嫂面前,她还有什么好抱怨的呢?她抹了把泪水,心情舒缓了一些,拉着李美兰的手,恳切地说:"三嫂,和你说会话,心情好多了。离开学校回来后,我就不爱出门,就在家读读书,也没什么能说话的人,别人看我是风光的宋家大小姐,其实不过是准备用来联姻的木偶,外表光鲜里面千疮百孔,这样的日子我真受够了……其实我真羡慕你,那个日本军医喜欢你,你也能和他说得来,还有宋学礼,看得出来,他也喜欢你。"

"你别乱说,什么日本军医喜欢我?不过就是认识。现在根本就不见面了。"李美兰想起小林真雄利用她引诱抗日分子就生气,但再想起在寺庙时和他在一起说笑的愉悦时光,眼神还是不觉闪现丝丝缕缕的温柔。她回过头,看到小姑子歪着脑袋笑着看她,不好意思地推了她一下,换了个话题道:"再说,宋学礼怎么可能会喜欢我?被妈听到了,我又要挨骂了,别忘了,他可是杀人疑凶。"

"三嫂,我不信他会是对宋家下毒手的人。那天在酒楼,就是给日本人办宴会那次,他盯着你看,他看你的目光我看得懂,就像我看乔掌柜一样,"宋江雪抓住李美兰的手道,"你是个好人,所以了解你的人都喜欢你,我也是。"她吸了吸鼻子,苦笑道:"可我连个真心喜欢我的人都没有,我是不是很惨?"

李美兰将小姑子揽在怀里,轻声说:"怎么会没人喜欢你呢?你这么好一个姑娘。你听三嫂的,每个女孩都会被一个男子喜欢上的,一定会有的,你的那个只不过还没有出现。没准明天他就来了呢?"

宋江雪破涕为笑。而李美兰却被她提到的宋学礼乱了心神,小姑子说得没错,宋学礼确实喜欢她,他躲在阁楼的那些日子,他看她时,那目光也是那样的温柔。她装作不懂,其实她懂得那目光是什么意思……她暗暗地叹了口气,心里既甜蜜又惆怅。

3

宋家酒楼的一处包间里,保安队长董少宾和掌柜汪冰相对而坐,两人都盯着自己手里的那盏碧绿的茶水默不作声。夜半时分,酒楼早已打烊,周围一片静谧。

这是汪冰嫁到木扎来第一次和董少宾单独见面。对于这个年少时的心上人,她那时看不上他,并不是他不够好,而是因为他穷。谁想到他一气之下竟跑去当了土匪,成了木扎镇保安队长,而她又鬼使神差地嫁到了木扎镇。她刚到宋家,也曾担心他旧情复燃找自己,好在一直相安无事,董少宾不但没有找过她,甚至还躲着她。这让她安心许多,甚至对他心生感激。董少宾设局从宋家老大手里夺走了几百亩良田,还把大嫂的妹夫王安庆毒打一顿,站在宋家的立场上,她应该恨他,但她恨不起来,董少宾所做的都是针对大哥大嫂的,她对大嫂一直亲热不起来，这事儿和她有什么关系呢？更让她心生感激的是，宋家出事后，他放话谁敢动宋家酒楼就是与他董少宾过不去。与董少宾过不去的人，至少目前木扎还没有。宋家酒楼没了男人，但仍然一如既往地红红火火生意兴隆，也不能说和他放出的这些狠话没关系。他这是表明了要帮她护她。

汪冰觉得，她必须得把这个庇佑落到实处，即便宋钱氏不挑明，她也得未雨绸缪。本来，她把希望寄托在那个身份神秘的新任镇长刘红驹身上，但刘红驹看上的是她平日里最看不惯的大嫂金咏梅，她想不通不服气满心愤恨却也无可奈何。既然宋钱氏知道董少宾和自己少年时的那点破事，那就用那点破事做点文章好了。即便董少宾仍然恨她，那恨应该也淡了许多，凭自己几年来磨砺出来的长袖善舞与满眼风情，再抓住不撒手也不是难事。

"这几年都不理我，突然找我来，就是为了请我喝茶？"董少宾看了看灯光下那张略有倦意的脸，心里有点不是滋味，低下头来，淡淡地问。

汪冰抬头看他，眼睛有了湿意："是你不理我，你要是理我，我如今也不会过着这生不如死的日子。"

董少宾沉默了。这么多年了，他不是没想过她，现实越冷冽，最初的时光就越美好。哪怕已经过了这么多年，她已是别般模样，他依然坚信她心里还是有他的，只待时机成熟，他们就可以重温旧梦。他一直都抱有这样的念想，对宋家出手那么狠，求财是一方面，也未尝不是想引起她的注意。宋家出事后，他也想找她，但又怕她再次拒绝。他已经不敢再被拒绝了。他只能迂回给她发出信号，让人把宋家酒楼护得妥妥当当，她该明白，他想守护她后半生，这是在投石问路。可她就像不知道一样，仍旧是从前的模样，对他不冷不热。他甚至绝望了，觉得这个女人再也不会理他了，所以，对王安庆下手，就是准备再次狠狠地打击宋家，可能只有把宋家彻底击垮了，她才会注意到他，回过头来找他。他没想到，比他预想得还要快，她真的来找他了。但他也不敢抱多大的幻想，她肯主动找他，必然有事，还是非他不可的事。他看了眼汪冰眼角的泪水，压抑住内心激烈动荡的感情，低顺了眉眼，说道："你别难过了，有什么事儿，你对我说。"

汪冰拭去泪水，脸上浮出浅笑，说："我一定有事儿才找你吗？如果我找你，只是想让你帮帮我，帮我顺心如意地过完我的后半生呢？"

董少宾的指头轻轻敲打着桌面，心里满是喜悦，她终于开口了。汪冰这话说得文绉绉的，又似话里有话，他还是习惯直来直去，于是皱了眉头道："这话怎么说？"

"我婆婆让我和你走近些，拉拢你可以护住宋家。"她不隐不藏地说。

"所以你才来找我？"董少宾愣了一下，有些不悦，找他原来不是她自己的意思，她并没有悟出他一直在想着她，护着她。

汪冰喝了口茶，没应声，当是默认了。

董少宾的脸有点挂不住，兴奋的心直直下沉。中午听说她要找他，他兴奋得像个毛头小伙一样傻乐了好久，却没想到，她是为了宋家才来找自己。他站了起来，脸色阴沉地转身就走。

手刚搭上门把手，身后传来了窸窣的布料摩擦声，他犹豫着回头，愣在那里。汪冰脱着自己的衣服，单薄的夏衫已经褪去，浅青色的肚兜慢慢地从润如白玉的身体上剥离，丰满的乳房如两只白兔一样微微颤动。这样的情景，无数次在他梦中出现，现在终于真切地出现在他面前。她在诱惑他，用她年轻美好的身体。他的脑袋嗡的一声爆炸了，回过身，掐着她的细腰将她抱起放到八仙桌上，脑袋深深地埋到她的胸前，深深地叹了口："好吧，你让我干什么都行，就是为你死了又如何呢？"

两人是干柴遇烈火，真有天崩地裂之势。

汪冰虽然外表招人，也不过是虚张声势，自从丈夫去世后，她从未与他人有染。董少宾虽迷恋权势金钱，却也不是好女色的人，因为他心里有她。少年时求之而不得，怎叫他不迷恋？八仙桌发出咯吱咯吱的响声，汪冰媚态横生地趴在桌上接受着肉体的极度欢愉。她既想哭，又想笑。她想哭是因为想到了刘红驹，她看到他第一眼时，就心有所动，奈何他喜欢的却是金咏梅。她明明喜欢着刘红驹，宋钱氏却怂恿金咏梅与刘红驹好，金咏梅居然真的就和他好了。她必须要出这口恶气。她需要一个帮手，这个帮手就是董少宾。她想笑，是因为想到了宋钱氏，如果她知道是自己促成了儿媳妇和曾霸占了宋家几百亩良田的董少宾的交媾，她会怎么想？一个人在夜里流泪，对着死去的儿子的魂灵忏悔？只不过，她的想法却和宋钱氏的想法不一样，宋钱氏想让她攀上董少宾保护宋家，她却打算毁了宋家。

董少宾倒是怜香惜玉，动作温柔，看得出来，他是真心喜欢她的。也好，他是真心待她，也算是有个依靠了。眼前晃着宋钱氏的眼神，她总是那么嫌弃自己，汪冰从心底发出冷笑，别怪我无情，是你逼着我走到这一步的，你不把我当人，我就不让宋家安生。

风平浪静过后，喘息声渐渐平缓，董少宾帮她整理好衣服，问她："你想我怎么帮你？"

做完就说，好像是一场交易，这个男人到底还是没什么情趣。汪冰不悦地皱着眉头，瞪着眼睛问他："你是不是以为我是在用肉体来逼你为我做事？"

"没人能逼得了我，除非我愿意。"董少宾将她额上的乱发拨到一边，"从现在开始，我愿意和你一起，哪怕让我现在娶你，我都愿意。"

他还是爱她的。

汪冰鼻子一酸，不由紧紧地搂住他，咽喉哽住无法说话。两人静静地温存了一会儿，汪冰开口，告诉了董少宾宋家所有的秘密，杀了宋东子，埋在院子里的火炬松下；金咏梅的儿子是和她妹妹换来的。

这都是他梦想从王安庆那里得到的消息，不，比王安庆能说的更多。

董少宾愣了一下，说："你可以不用告诉我这些，你只用告诉我为你做什么就行。"

"不，我愿意告诉你所有的事。"她喝了口董少宾递过来的茶，"这些事压在我心里难受，你看，我都有份的，我是个坏女人，都敢杀人了。"

他摇了摇头，笑嘻嘻地说："我是个坏男人，正好和你相配。"又看了眼她一脸决然的表情，问她："你想做什么？"

"宋家欺我太甚，我再也不想忍气吞声了，我要让老太婆和那个假模假样的金咏梅吃不了兜着走。能一下子击倒两人的，就是那个冒牌的继承人宋祖佑，我要你帮我弄死那孩子！"她一脸狠毒。她虽恨宋钱氏，但因为刘红驹，她现在更恨金咏梅。

他有点吃惊地看她，她杀宋东子他可以理解，杀一个孩子，而且只是为了报复大人，这妇人的心就毒了。即便他董少宾在木扎无恶不作，那也从未对孩子下过手。他想了想，斟酌着说："不可，你要清楚，如果杀了那孩子，这家业你们女人就再没有理由可以护住了。落到宋文彬手上，那可是前后脚的事情，到时，你婆婆再厉害也无法扭转乾坤，而宋家安排财产的事儿根本就没我说话的份。宋文彬背后是族长，他们可没有你婆婆和妯娌们好对付。"

他见汪冰的眉头皱起来，又怕惹她不高兴，忙一边讨好地给她按摩着有点红肿的膝盖，一边说："其实，换孩子的事儿我早就知道了，拿孩子下手，还不到时候，等时机吧。"

汪冰果然吓了一跳，疑惑地问他："你早知道换孩子的事儿了？你怎么会知道？"

"是从王安庆的事情上推出来的，我的人曾看到金咏梅带着孩子回娘家探亲，对妹妹的孩子极为亲热，又看到金咏雪对宋家那孩子依依不舍，就觉得奇怪，找人调查了，这俩孩子出生的日子都一样，我就知道是换了孩子了。所以，王安庆才突然有了那笔钱。"言罢，他突然想起，那时就觉得王安庆死得蹊跷，忙问，"对了，王安庆是不是你们弄死的？"

汪冰仰头看他，眉眼里的笑含着一种成功耍弄人的得意："你说呢？哈哈，你还吐出了二百块大洋。"她摸了摸董少宾泛着青色的下巴，柔声道："心疼了？要不要我帮你连本带利弄回来？"

董少宾堵心了，竟然被几个女人耍成猴样。他挑着眉看汪冰："连本带利？"

"既然那孩子现在不能弄死，那就把他绑了，让老太婆出点血。她向来抠门，我办日本人的宴会，和她要钱，还被她训斥了几次，好在酒楼虽然出了事儿，日本人也没赖账，要不然，我看她要活剐了我。真是越想越憋屈。我这次一定要她好看。"汪冰说得快意，嘴角的笑藏都藏不住。

从宋家弄钱，又不用杀孩子，董少宾是愿意的，他想了想说："保安队不能干这事儿，但我可以找人干。"

"谁能干得了？"汪冰疑惑地问。

"大龙山的土匪赵老末。"

董少宾将她扶好，觉得身子又热乎起来，在她耳边嬉笑道："以后到我那儿去吧。"声音里满是压不住的情欲。

"讨厌,"汪冰啐了一口,人却又挂到了他身上,突然想起金咏梅和刘红驹,心里又有点难受,"金咏梅和刘红驹好了,绑那孩子还得当心点,我看刘红驹挺有能耐的。"

董少宾点了点头,说:"这个人待在木扎迟早是个祸害,我一直想收拾他。我手下说他经常到长春堂去,不知和长春堂掌柜有什么隐情。我正准备找人打听打听,看看他到底是不是南京那边派来的特派员。"

"你怀疑他?"

董少宾摇了摇头,说:"不是我怀疑他,是我不相信任何人。"

4

这些天风一直都很大,携裹着来自更北边干燥的空气,呼啸着越过山林,气势汹汹地直扑木扎而来。

金咏梅屋子的窗户上缺了块玻璃,她知道是被刘红驹挪到了厅堂窗户上,也没放在心上,交代了花婶配块来装上,没想到花婶竟然忘了这事儿。肆虐的北风很快撕破了那层纸,呼呼怪叫着钻进屋里,宋祖佑被吓得哇哇大哭,怎么也哄不好。宋钱氏见了,就让金咏梅带孩子住到宋江雪的屋子,让宋江雪和自己挤一挤。宋江雪正对母亲一百个不满,立即拒绝,执意和金咏梅换着住,反正只是将就一晚。

就是这个简单的决定,改变了她的一生。后来她无数次地回想起那个晚上,都为自己的任性懊悔不已。

半夜时分,风声躁响,木扎镇沉睡在略显燥热的七月里,月亮明晃晃地照着宋家大院,老槐树影绰绰地在地面上左右摇曳,两只护院的狗警惕地竖着耳朵听着愈来愈近的脚步声,还未及吠叫,就见两个馒头滚到脚边,忙不迭地追上啃咬起来,没一会儿,它们就倒在地上,四肢狂蹬,口吐白沫,呜呜地低吼两声便没了动静。随着风声过来的是得得的马蹄声。大龙山土匪赵老末骑着一匹白马,着一身黑衣,指挥着两个手下带着迷香钻进用人居住的侧院。他在月光下静静地打量着宋家大院,终于找到了他要找的那间屋子,那里有个叫宋祖佑的孩子就是他今晚的目标。两个土匪从侧院出来,点头向他示意。他跳下马,大步走向金咏梅的屋子，拔开了屋门。他的动作虽轻，奈何宋江雪正在浅睡，听到动静，猛地惊醒，刚直起身子，就看到一个男人凑到跟前盯着她看。她刚要张嘴惊叫，那人伸手捂住她的嘴巴。她毫不犹豫一口咬了下去，那人"嘶嘶"地倒抽了口凉气，语气阴森地喝道："你信不信我把你们宋家杀个片甲不留！"

宋江雪害怕了，立即松了口。那人松开了手，恶狠狠地盯着她，目光像刀子一样锋利，她不敢喊了，但她即便害怕，也毫不示弱地恶狠狠地盯着他。那人倒有些惊奇，抱着胳膊就着月光看她，目光慢慢地变得温柔，接着就笑了。

宋江雪愣了一下，这个人是什么人？难道和大嫂有私情？她想到这里，脸唰地通红，指着门口说："你出去！"

赵老末正要开口，两个土匪慌慌地跑进来，问他："老大，怎么还不走？"

赵老末弯腰，动作极快地扯起床单将宋江雪裹住，然后抱起来递给身后的土匪："带走！"

两土匪赶紧把她接住，跟在他身后出来。赵老末踹开了宋钱氏的房间，不见孩子，又踹开了金咏梅住的屋子，就看到金咏梅坐在床边浑身发抖，身边并没有孩子。他扫视屋里，发现金咏梅正试图用脚将一双小鞋子踢进床下。他冷笑一声，走到床边，推开金咏梅，弯腰看到孩子正躺在床下，还在呼呼大睡。他拽着孩子的脚把他拉了出来。金咏梅扑过来抱着他的腿紧紧不放，嘴里不断求饶。赵老末一脚将她踹倒，吼道："你再过来我立即扭断他脖子！"

金咏梅吓得脸色发青，却真的不敢再上前了。

赵老末抱着孩子出来，宋钱氏也从屋里奔到他跟前，她看到赵老末手里的孩子无恙，松了口气，又看到女儿被另外一个土匪横在马背上，不由皱起了眉头。大概是经历过太多的打击，所有的厄运她都能坦然面对了。她沉声问道："大兄弟深夜到宋家做客，不报上名来吗？"

赵老末愣了一下，做了这么多年土匪，他还没见过在这样的场合下还能如此镇定的人。他倒也客气，朝宋钱氏笑了笑，说："大娘，我不是来做客的，我是来绑你的孙子的，我是大龙山的赵老末，今晚来得仓促，就不再打扰了，欢迎大娘有空到我们大龙山做客。"

他说完，就要从宋钱氏身边挤过去。宋钱氏横过一步，拦住了他，说："大兄弟果然是爽快人。我也是爽快人，咱爽快人做爽快事儿，人就不要绑走了，想要多少钱，你开口，我现在就给。"

另一个土匪过来，把宋钱氏拉到一边。

赵老末上了马，朝着宋钱氏摇了摇头，说："大娘，理儿是这个理儿，可土匪也有土匪的规矩，得先把人绑走了，我再托人送信给你们，到时再一手交钱一手交人。你这样做，爽快是爽快，可坏了规矩，不好。"

宋钱氏心里慌了，身上的劲一下子泄了，身子发虚，腿发软，如果不能当场用钱解决，这孩子的处境就有各种可能，如果是土匪单纯的绑票还好说，万一是仇人支使，那就可怕了。想想宋家这些年遇到的事儿，她不能不担心。绝对不能让宋祖佑陷于困境，他陷于困境，就是宋家陷于困境。她打起精神，几个箭步窜到赵老末的马前，拽住赵老末手里的缰绳，嘶哑着喉咙说道："把孩子留下来，绑人不过是为了钱，她是我女儿宋江雪，你可以把她带走，这样你就没有违背土匪的规矩，我赎女儿的时候会付你两个人的赎金。"

赵老末愣了一下，扭头去看被另一个土匪横放在马背上的宋江雪，眼睛里满是困惑，不过，细细想想，老太太的主意也不错。

宋江雪本来在挣扎，听了母亲的话，呆在那里。母亲的心真狠啊，土匪要的是赎金，他们带走宋祖佑，无论如何都不会伤害他，而她，只是一个姑娘，难道母亲不知道一个大姑娘被土匪绑上山会面临什么样的劫难吗？她为了宋家的孙子，居然连女儿都不管了！宋江雪看着月光下的母亲，母亲的脸阴晴不定，狰狞而可怕，她为了宋家，都快把女儿和媳妇逼成娼妓了。她能为保住她的清白而放弃维系宋家家业的冒牌孙子吗？宋江雪知道是不可能的，她绝望地闭上眼睛，再也不想看她一眼。

赵老末似乎在犹豫不决，他看着宋江雪，问她："你就是宋江雪吧？这事还怪难办的，你是啥意见？我想听听。"

宋江雪睁开眼睛，母亲看着她，目光充满哀求与期待，她看了看赵老末，赵老末也似笑非笑地看着她。她缓缓说道："就按她说的办吧……我知道你们要绑的是那孩子，绑那孩子也不过是要钱，既然如此，绑谁都一样。我既是她的女儿，她总不会把我丢在土匪窝里不管不顾。再说，绑我也比绑个孩子好，这个年纪的孩子好闹腾，不好带，你们也嫌烦。"

赵老末点点头，笑嘻嘻地说："我的意见和你一样，我看这样好。"

宋钱氏皱着的眉头明显地舒展开来，表情也放松了许多，金咏梅也长长地松了口气。宋江雪看着她们两个的神情，心如刀绞，她转向赵老末，淡淡地说："你们也别担心，她若舍不得掏钱赎人，凭你们的本事，再来一趟也没什么问题，即便她们跑到远处，躲得了和尚躲不了庙，总会回来的。或者，你们生气了，杀了我泄愤也成。"

赵老末坐在马背上，对着她鼓掌："你的主意不错，咱俩又想到一起啦。"

他转身看着宋钱氏，哈哈大笑，说："大娘，你这个女儿有个性，我喜欢，这可是钱买不来的！谢谢你了，大娘，你那宝贝孙子你留着，钱，我也不要了，我就要这个人了。"说罢，把仍在酣睡的孩子拎起来，往宋钱氏的怀里一丢，调转马头，把宋江雪从另一个土匪的马背上拎过来，让她侧身坐好，一手将她拦腰抱着，一抖缰绳，喝了一声"走"，像风儿一样离开了宋家大院。

院外还有十几个土匪，一个年轻土匪带着他们，看样子是在望风。

宋江雪侧靠在赵老末怀里，努力地压抑着胃部的不适。赵老末胯下的白马头高身大，躯干壮实而四肢修长，腿蹄轻捷地踩踏在木扎坑坑洼洼的街道上，她第一次坐马，还是在惊吓之后悲伤之时，整个人被颠簸得头晕目眩，肢体酸软。赵老末低头看她如此安静，不禁笑了。打劫绑票这么多年，第一回见到不哭不闹主动配合的人质，真有意思。月色撩人，佳人在怀，颇有诗情画意。陶醉了一会儿，方才不舍地对身后的一众土匪开口道："木扎的镇长和宋家关系不错，我看他一会儿就会追上来了。丁火跟着我往北走，你们往南走，引开他们就行，别来硬的，早点回山。"

丁火是在院外带着那群土匪的小头头，他应了一声，紧紧地跟了上来。

赵老末猜得不错，当留根跌跌撞撞地跑到镇公所叫起刘红驹，告诉他土匪突袭宋家，绑走了大小姐时，刘红驹大吃一惊：木扎镇有日本人，还有保安队，这帮土匪胆子也太大了！他立即带上了董少宾的保安队，听着动静，土匪像是向南边跑了，便立即向南狂追。

赵老末到了镇外，回头看看夜色中的木扎镇，有点意犹未尽。董少宾托人带信，要他绑了宋家的孙子，信里还附上了宋家布局示意图，连那孩子住的屋子都标好了。一切都很顺利，顺利得悄无声息，一点都不痛快。这不符合他的性格，他赵老末更喜欢刀剑里讨刺激。他把宋江雪抱起，扔给那个叫丁火的土匪，说："你带着她在这儿等我，我回去看看。"

丁火问："老大，你回去干吗？咱不是绑到人了吗？"

赵老末瞪了他一眼："干吗？下趟山不容易，这票太顺了，就这么着回去没劲儿。上次偷袭小日本，虽然干掉两个，但我们也损失了几个兄弟。我去抓个日本人来看看长得什么样。妈的，上次太仓促了，日本人长啥样都没看清。你等着，我很快就回来。"说罢，调转马头飞身离去。

丁火让宋江雪坐在马背上，自己下来，站在一边老老实实地等着。半个小时不到，赵老末回来了，马背上果然驮着个已经昏过去的日本兵。

"是哨兵，估计在木扎的日子太顺了，老子走到他面前了他才反应过来。"他把宋江雪抱下来，又将日本兵丢到丁火的马背上。宋江雪始终低垂着眼睑，木偶一样地被他抱到马上跨坐在前面。赵老末看她疲惫不堪，皱下眉头，对丁火说："你先走吧，我带着她走慢点回去。"

丁火不解，赵老末瞪他一眼，吼道："我怕颠着她，行了吗？"

丁火不好意思地摇摇头，说了句"好嘞"，扬鞭策马先走了。

赵老末回到山上时，天边已经露出亮光。宋江雪竟然背靠在他怀里睡着了，脸上还带着令人心疼的忧伤和抑郁。赵老末倒没惊动她，将她抱起来，安置到自己的房里睡下，又回头找到丁火，吩咐他把前年劫杀宋家男人的所有东西都烧掉埋掉："一个都别留下，不能让她发现了。"

丁火一夜跟随，知道老大对这个女子动了心思，便赶紧带个土匪去办。

对宋家灭门，大龙山的土匪其实未得到好处，有人已经在他们前面劫走了所有的嫁妆，他们杀人后，就将那些人身上能顺的都顺走了，包括扳指、烟斗、怀表、腰佩，还有些大洋。宋家有钱，他们身上的自然都是好东西。丁火一边挖坑一边摇头直喊可惜，到最后，手里还剩一块怀表，他举起又放下，到底是舍不得。他当土匪前，家里开了个修表的铺子，知道这玩意的好坏，眼前的这块，珐琅面、黄金壳、珍珠口、微雕画，价值不菲，也只有宋文忠这样的家业才戴得起。他看了看身边的土匪，趁他不注意，手腕一收，把怀表放进了口袋里。

宋江雪醒来的时候，已是下午，她饥肠辘辘地坐在赵老末的床上发了一会儿呆，猛然想起自己被土匪绑到了大龙山，脑袋嗡地一响，头皮发麻，慌乱地看看，衣着完整，心里又稍稍缓和了些。没过多久，一个土匪端饭进来，她认出是昨晚那个跟在赵老末后面的丁火。

宋江雪将就地吃了几口，便放下碗筷。她被抓到大龙山，土匪讨要的赎金一定不会少，不知道母亲在交赎金时干不干脆。她听人说，土匪对付女票向来凶恶，很多女人都被土匪占了便宜，赎回后又不敢声张，只能咬碎了牙齿往肚里咽。她有点后悔了，昨晚如果开口求求母亲，也许她会有另一种选择。她暗自摇了摇头，这不过是自己的妄想罢了。她在屋里转了几圈，有点纳闷，难道女票都会被单独安置在一个屋里，还有人送饭送菜好生款待吗？她在窗前站了一会儿，似乎没人看守，就试着打开门走了出去。门外阳光正好，七八米处是一片青翠的竹林，一群土匪聚在那里。她仔细看看，两个土匪压住一根碗口粗的绿色大竹，另两个土匪拖起地上一个血肉模糊的人，扒了裤子，不知在他臀部上忙了什么，然后将竹梢插在了后面，那具身体剧烈地颤动。赵老末背对着门口，两手抄在口袋里，兴致勃勃地观看。宋江雪恨恨地想，土匪真是没人性。正想回头，更惨绝人寰的一幕发生了，赵老末说了声"放"，按住竹子和人的几个土匪同时松手，竹子迅速反弹，那具身体被拉得离地，臀部后面，一根细长细长的东西被极快地拉扯出来，宋江雪蓦然反应过来，那是人的肠子！

刚刚吃下去的那几口饭，翻滚着涌到口腔，吐了出来，酸水顺着口角流出，她捧着胃依着门口滑坐到门槛上。那具躯体已经掉到地面，竹梢上还留着长长的肠子。

赵老末听到动静，回头看见宋江雪面色惨白，一副要晕厥过去的模样。他回头扬手打了丁火一巴掌，怒气冲冲地说："妈的，她醒了怎么不告诉我？怎么能让她看到这些？"说完，快步朝她走来。她想向后躲让，可是，她浑身无力亦无路可退，只能任着魔鬼一样的赵老末将她拉着回屋关上门。赵老末的声音很轻柔："那是个日本人，死了活该。好了好了，门关了，不怕了。"

门关了，门外的世界还在啊。宋江雪在昏过去的一瞬间想。

第二天，赵老末又来了，也不说赎金的事儿，就带着她在山上转悠，说是陪她看竹子。大龙山山腰以上，常年青翠，这在北方十分难得。山上种植了大量刚竹，耐寒又抗高温。赵老末站在她身边，指着山腰的竹子说："这些都是我移种的。我是福建人，喜欢竹子，这竹子好活，有气势。其实，我更喜欢毛竹，只是这地方不适合，温度和水都不行。"

"为什么喜欢毛竹呢？"宋江雪情绪不高，但她怕沉默会让他不高兴，做出什么出格的事来，遂随口问道。

赵老末见她对自己的话题感兴趣，兴致更高了，他解释道："毛竹的长法与旁的竹子不同，刚开始长，怎么也长不动，慢得很，但五年以后，它就发了疯一样地长啊长啊，半年时间里就会蹿到三十多米。长得快的时候，一天可以长半米多，你耐住性子盯着它瞧，甚至都能看到它是怎么长的。你想啊，春天里还是一棵齐腰高的小竹苗，到了秋天它就能直插云天啊，那是什么气势！"

"是吗，怎么会突然长得这样快呢？"宋江雪是真的感兴趣了。

"因为在栽种后的前五年里，它们并不是像我们表面上看到的那样无所作为，它把所有的劲儿都使在了地底下，用在了根系伸展上。五年时间，它的根可以扎到几里以外。这么充分的准备、这么强大的根系，才会有爆发。"

"这么说，如果大龙山有毛竹，它的根就可能伸到木扎去了，对不对？"宋江雪仰起脸，为自己的设想兴奋了一下。

"可这里是刚竹，"赵老末伸手刮了下她的鼻子，开心地说，"它的根就在大龙山。"

身体的碰触让宋江雪一下子记起了自己肉票的身份，她垮下脸，不着痕迹地后退两步，和赵老末拉开了些距离。

土匪赵老末的爱情

1

宋钱氏一直没有收到赵老末索要赎金的信件,那晚带走宋江雪时说的不要赎金只要人,竟然不是开玩笑的话。一切都很平静,大小姐宋江雪好像并没有被绑到大龙山,只不过是外出贪玩忘了回来,但她确实是被绑票了,整个木扎都知道这件事。宋文彬觉得这是个机会,他按捺了几天就再也按捺不住。最初,他对宋家即将掏出大笔钱感到幸灾乐祸,现在,他感到机会来了,他可以把这件事作为逼迫宋钱氏放弃家业的一次机会,他梳理了一下整个事情,又事先组织好语言,喊上儿子宋学礼,也不说事由,便精神振奋地去找族长宋柏生。

宋柏生见到他客气地点点头,只是看到他身后的宋学礼,又顿时一脸不屑。宋学礼知道他表情背后的意思,便装作没有看到。

宋文彬也不绕弯子,直接从宋江雪被绑这件事说起:"族长,宋江雪被绑走有十多天了,按大龙山的规矩,三天之内要讨赎金,这么长时间没动静,这是什么意思?"

没想到宋柏生想得和他差不多,他有点忧虑地说:"我也听说了,那天晚上土匪是要绑宋家那孩子的,再怎么说,那孩子的身份特殊,总要比一个姑娘家值钱，结果只带走姑娘。我在想啊，这宋家的大小姐模样俊俏，他赵老末是不是看上人家啦？"

"正是，正是，"宋文彬一副忧心忡忡的样子踱着步，"万一宋江雪成了赵老末的压寨夫人，那赵老末就成了宋家的姑爷，他肯定想霸占宋家财产。他们人多枪多，关键做起事来还不要命。到时候，宋家不让出家业都不行啊，您说呢？"

宋柏生捋了捋胡子，点了点头。

"所以，族长，不是我宋文彬死磕着宋家那帮女人不放，而是那帮女人确实护不了宋家。为了保护我们宋家基业，宋家所有家业就应该交给我来打理。"宋文彬对自己的意图直言不讳。

宋学礼一愣，他爹怎么还在打宋家家业的主意呢？就因为他这个心思，弄得所有人都怀疑自己是杀害宋家男人的真凶。移种山丁子之后，他以为他爹没了那心思，谁知道他一直都在等机会。宋学礼叹了口气，说："爹，你就别一天到晚惦记宋家的东西了，宋家老太太本来就怀疑我串通别人杀了宋家男人，你这样一来，不是害我吗？我更说不清了。"

这回宋柏生却态度鲜明地站到了宋文彬这边，斥责道："你爹也是为了整个宋氏家族着想。他说得对，不能给土匪这个机会。"

"谁说宋江雪一定就成压寨夫人了？不是你们自己在这儿乱猜的吗？叫外人听了，就是欲加之罪何患无辞！"宋学礼反应激烈。

"你一个汉奸，这里没有你说话的份。文彬，你跟我去宋家摊牌，走。"宋柏生斜了眼宋学礼，满脸看不起人的表情。宋文彬见事情按照自己的设想往前发展，也顾不得儿子刚刚被人叫作汉奸，乐呵呵地跟在他后面。宋学礼气得一脚踢在了梨花木太师椅上，又踢疼了脚趾，心情无比郁闷。

宋柏生和宋文彬的身影一出现在宋家门口，宋钱氏的手就按上了脑门，知道他们又来图谋宋家。她也知道他们将以何为借口，这次，恐怕靠自己难以摆平。她把站在一边的金咏梅叫来，咬着耳朵让她赶紧找刘红驹来帮忙。

宋柏生态度坚决，无论宋钱氏如何保证宋江雪能够平安归来，他都坚持让宋文彬接管宋家。宋钱氏气得浑身哆嗦，指着宋文彬的鼻子骂道："狼心狗肺的东西，你侄女叫土匪绑去生死未卜，你做叔叔的就在这儿落井下石。宋文彬啊宋文彬，从宋家出事的那一刻起，一直到今天，你没有一分钟放弃过霸占你大哥家业的念头吧。你让我相信你儿子清白，我呸，我看就是你们父子俩把消息传给了恶人，才害得我宋家没了男人。宋文彬，你司马昭之心也别太明显了！"

宋文彬仿佛看到宋家已唾手可得，也不着急，他知道宋钱氏嘴皮子厉害，就怕自己说个什么，立即又被她抓住了把柄，所以任由她骂，也不回嘴，只是憋不住内心的快意，扭着脖子到处看，看到什么都让他心思顺畅，这些，那些，宋家所有的一切，都将是他宋文彬的了，一直看到刘红驹进了宋家大门，他才从心里叹了口气，料到这次又没戏了。

果然，刘红驹拍着胸脯向宋柏生保证，镇公所一定会对此事负责，设法救出宋江雪。

宋柏生根本就不相信他："怎么救？土匪盘踞大龙山十多年，我这么大年纪没听说过不给赎金就能把人救出来的事，你以为你和董少宾手上的保安队能把人从土匪窝里带出来？哼，保安队，吓吓老百姓还行，真和土匪打，我看队伍还没开到大龙山，人就溜走一半了。"

刘红驹微笑道："保安队不行，不是还有皇军吗？"

宋柏生看了他一眼，嗤笑了一声，说："就算你是木扎镇的镇长，他日本人为什么听你的？你说去大龙山剿匪日本人就去了？还真把自己当回事儿。"

刘红驹也不生气，依旧好声好气地说："你怕的是宋江雪成了土匪夫人霸占宋家家业，我把宋江雪带回来，事儿不就结了吗？再怎么说，宋家族谱上记载的名正言顺的继承人是宋祖佑，不是宋文彬。"

宋柏生沉吟半晌，最终点点头，说："行，宋江雪回来了，此事就不再提，她若不能回来，宋家家业必须交给宋文彬。"说完掉头就走，宋文彬自然不敢一人留在这里，低着脑袋立刻跟上他。

宋钱氏吁了口气，和刘红驹打了招呼，掭着腰进了屋子。金咏梅看婆婆的身影消失了，走近刘红驹，担心地说："日本人真的会听你的去大龙山救我小姑子吗？"

刘红驹轻声道："别担心，有我呢。"

刘红驹说着，手就揽在了她腰上，金咏梅红着脸娇媚地扭了下身子，笑着把他的手打掉了。

宋钱氏侧身隐在窗户边上看着，面无表情。

2

武剑作为镇长刘红驹的得力助手，从来都是唯命是从，可这次，他炸毛了。炸毛的原因是听说刘红驹要去找日本人上大龙山剿匪。他觉得这是个民族感情问题，赚钱可以，左右逢源也行，但不能没有原则。所以，这个毛头小伙儿开天辟地第一次板着脸对刘红驹说："我不同意。大龙山的土匪再怎么作恶多端，那也是杀日本人的土匪。再说，哪怕保安队去剿匪也行，让日本人去，那是让日本人杀中国人。"

刘红驹道："武剑，日本人剿匪只不过是迟早问题。你别忘了，这帮土匪早就和小日本干过一仗了，虽然日本人后来的反应不大，那是因为有更重要的事情忙。忙过了，自然就要剿匪了。再说了，就在十天前，土匪杀了一个日本哨兵，还把尸体送回来侮辱他们。井上一夫已经打算对大龙山下手。我不过是顺了形势，反而能得到日本人更深的信任，以后，我在木扎镇的生意才能做得更好更顺嘛。"

武剑直恨自己年纪小见识短嘴皮子也不利落，刘红驹还没说几句话，自己就又觉得全有道理，但他还是不服气地小声重申自己的观点："反正，我看着日本人杀中国人就难受。"

刘红驹叹口气，说："若是所有人都如你所想，中国就不会是今天这个局面了。"又斜了他一眼说："你小子，翅膀硬了？敢和我叫板！小心我把你拍到墙上抠都抠不出来，一边待着去！"

武剑便老老实实地贴墙站着，问："待到几时？"

"待到你认识错误为止。"说完抬腿就走，准备去找井上一夫，一回头，就看到武剑赔着笑脸跟过来，他便虎着脸道："干什么？"

武剑很没志气地道："你话音刚落我就意识到我错了，呵呵。"

井上一夫对刘红驹提议上山剿匪一事答应得很爽快。自从他带着部队进驻木扎镇，一共出过四次问题，一次驻地被袭，一次装满药品的卡车被人半路拦截，还有一次在宋家酒楼举办的宴会上差点被人下毒,最近一次,是在十天前,有个哨兵半夜被人掳走,第二天晚上尸体就被摆放在驻地门前,浑身是伤,肠子竟被完全扯去。这几件事中,除了物资被劫,其他的都可断定是大龙山土匪所为。尤其是宋家酒楼那次,还牵扯到宪兵司令山本,自己也险些受到处罚,刘红驹也查实了确实是赵老末所为。大龙山的土匪已是他的心头大患,如果不及早清剿,这后面还不知会有什么棘手的事呢。

刘红驹又把这个消息卖给了长春堂的乔掌柜和致和丝绸庄的朱掌柜。

武剑看他一脸得意地收好银票,很不屑地轻声咕哝道:"空手套白狼,奸商,骗子。"

刘红驹头也不抬地说:"信不信我一掌把你拍到墙上去,撬都撬不出来。"

武剑委屈地道:"干吗这么用劲?刚才还是抠不出来,这回都撬不出来了。"

3

大龙山上,赵老末正从篮子里给宋江雪挑拣从山下买来的水果,几个心腹在一旁向他汇报下一趟的绑票计划。丁火突然跑来,说山脚下有个自称是共产党游击队队长的人要见赵老末:"是个女的,还挺漂亮的。"

赵老末眼一瞪:"漂亮,能有你嫂子漂亮?"丁火立马低了脑袋不敢吱声。

赵老末对宋江雪的好,大龙山的土匪都有目共睹。宋江雪如今还是对赵老末不冷不热。其他土匪都觉得纳闷,这样爱作的女人,霸王硬上弓得了,犯得着低三下四地供着吗?女人嘛,你越当回事她越蹬鼻子上脸。可赵老末真动心了,连赎金都不要,整天陪吃陪喝陪玩,都二十多天了,连手都没拉得上,怂得很。可他乐在其中开心得要命,连带着对土匪们也和气了许多。他已经放话了,这个女人他要定了。现在满山的土匪见了宋江雪无不恭敬地喊嫂子。宋江雪气得不知吐了多少口唾沫,无奈也管不了别人的嘴,索性当没听见。赵老末就当她是默认了。眼下他眼里心里都是宋江雪,你现在当他面说有个女人漂亮,他听了自然不爽。

"共产党到我这儿来干吗?"赵老末疑惑道,"多少人?"

"就那个女队长和她一个手下,说是游击队的副大队长。"

赵老末皱起了眉头:"就俩人?这是她胆儿大呢,还是不把我大龙山放到眼里啊?让她上来,会会。"

董明霞决定上大龙山的时候就做好了被刁难的心理准备,但也没想到一上来就看到几十个土匪都拿着枪对着自己。她镇定地将双手举到两耳处,浅浅笑道:"就这样招呼人?"

"我们是土匪,怎么招呼人都不为过。"赵老末见她不慌不忙,笑意盈盈,倒是心生赞赏。"你说你是共产党的游击队队长,啧啧,"他上下打量着她,柔顺的齐肩黑发别在耳后,藏青色的上衣衬得面色白净,眉似黛色春山眼如浩渺秋水,柔美有余刚性不足,"我看像个刚过门的小媳妇,哈哈哈。"一帮子土匪也跟着他哈哈狂笑。

董明霞也不恼,说:"那你怎样才信我的身份?"

"你只带一人上山,是有胆识,但是不是也太小看我大龙山了?这里也不是谁想来谁就能来的地方。要我信你,成,咱比试比试。带队伍,没身手服不了众。"

"行,"董明霞答应得干脆,"你说怎么比?"

"比手脚功夫吧,就你这身架,我怕你说我占便宜。这样吧,干咱们这行的离不了枪,咱就比画比画射击吧。"赵老末头一歪,随手从土匪中间点出一人,说:"来,就你,过来。"听到叫唤的土匪小步跑过来,赵老末弯腰从篮子里拿了个寸把长的小油桃,让他走到二十米开外站好,把油桃放到脑袋上顶着,从赵老末这边望过去,油桃就成了一个小黑点。他瞄了一眼后,动作极快地从腰间抽出短枪,抬手便射,"砰"的一声枪响,小黑点不见了,那个土匪兴高采烈地跑过来,脸上还溅了不少油桃汁。土匪们大声叫好。

董明霞笑笑,从篮子里挑了个比油桃个头小上一圈的杏子,喊了声:"杜立三。"跟她上来的那人立即走了过来,将杏子含到口中,露出一半,然后小跑到土匪原先站的位置上。土匪们哗然,这可比赵老末的难度大多了,杏子本来个头比油桃小,现在只露了一半,从董明霞这儿看过去,连个影子都没有。他们屏气凝神,盯着董明霞。董明霞拔枪、抬手、扣动扳机,一气呵成。杜立三快速地跑来,杏子外露的一边没了,他脸上也沾有稍许的汁水。他吐出嘴里的另一半,这下其他人更是呆住了——杏子的另一半竟然完好无损,只是有上下两道很浅的牙印。这个游击队长不仅艺高胆大,这个叫杜立三的跟班也不简单——只要他稍一紧张,牙齿就会磕破杏子皮。

赵老末倒是痛快,当即拍手叫好认输。丁火看土匪们一脸钦佩地望着董明霞,心里多少有点不快,朝他们叫道:"嫂子说过一个故事,她说,'先秦有个楚国人在捏白垩土时,鼻尖上溅到一滴如蝇翼般大的污泥,他就请朋友匠石替他削掉。匠石挥动斧头,呼呼作响,随手劈下去,就把那小滴的泥点完全削除,而他自己的鼻子没有受到丝毫损伤,他站在那里面不改色心不跳。宋国的国君听说这件事,就把匠石找来说,你也试试用斧头削去我鼻子上的污泥。匠石说,我以前能削,但是能被我削的朋友早已经死了!现在,我不敢削了。'"

赵老末没听懂,正在揣摩意思,董明霞笑了,说:"大龙山卧虎藏龙,果然了得,确实如此,也只有小杜咬着杏子,我才有信心开这一枪,换作别人,他没胆量我也没信心,但我想,你们老大,无论是谁顶着那油桃,他都能击中。所以啊,还是大龙山技高一筹。"

赵老末终于明白了,丁火讲这个故事是为了给他挣回面子,结果还真挣回来了。不过,他这心里怎么就不痛快了呢?宋江雪对自己爱理不理,竟然讲什么故事给这帮子土匪听!

可他还不好发作,董明霞还站在那儿看着他。他调整了下心情,将董明霞请到屋里说话。不过,当他听董明霞说日军会在近日围剿大龙山时,他笑了:"董队长,你哪来的消息?想攻我大龙山?我在大龙山近十年,大龙山周围三里地没人敢放枪。大龙山地势复杂,他小日本要敢来,早就来了,还等到现在?"

董明霞仍试图说服他:"不管这个消息真假与否,有备才能无患。"

"你只是单纯来通知我这个消息的?"赵老末觉得董明霞上山的缘由没这么简单。

"我们也知道,你已经和日本人对上了火,一次无功而返,一次杀了个日本哨兵,既然我们的目标一致,我希望你能加入抗日队伍中,和我们一起打日本人,人多力量大,一定能把日本人赶出去。"董明霞说。

赵老末笑了,站起身来,摆出送客的架势:"怪不得上来就说日本人要打大龙山，原来目的在这儿。不好意思，我赵老末野惯了，不服人管。杀日本人，我赵老末还是喜欢自己来。你也别想说服我，这事儿不可能，请你回去吧。"

董明霞还想说服他，赵老末回头喊丁火："你们嫂子还说过什么故事，能说明白我的意思？"

丁火想了一下，笑道："还真有一个。"

赵老末听了，又是一愣。

丁火说："嫂子说了，先秦的庄子是个有才能的人，楚王派了两位大臣去找他，想让他当宰相。庄子正在钓鱼，头也不回地说，'你们楚国有个神龟，已经死了三千年了，楚王用竹箱装着它，用漂亮的丝绸盖着它，珍藏在宗庙里。可是，这只神龟若是活着，是宁愿死去留下骨骸在宗庙里显示尊贵呢，还是宁愿活着在泥水里拖着尾巴呢？'那两位大臣说，'肯定是宁愿拖着尾巴活在泥水里。'庄子就接话说，'你们走吧！我仍将拖着尾巴生活在泥水里。'"

董明霞立即就听明白了，赵老末不想与游击队合作态度坚决，再说下去只能弄僵了关系，只好无功而返。

董明霞前脚走，赵老末后脚就把巴掌挥到丁火的脑门上："你个兔崽子，敢说老子是王八？"

丁火嘿嘿地笑道："老大，这是个故事，大概就是说，你喜欢自由自在的日子，用再好的东西换你的自由你也不乐意。"

赵老末点点头，想了一会儿，很郁闷地问："你们嫂子经常给你们讲故事？"

丁火挠了挠头，说："也不常说，讲了几个，都挺有意思的，大伙儿都爱听。"

赵老末闷闷地说："我一个都没听过。她都说什么故事了？"

"说的都是特别有深意的故事，我们听不明白，她就解释给我们听。"

"她声音很好听，"赵老末抬头看着碧蓝碧蓝的天空，心里有点发酸，"她专门挑我不在的时候讲故事，她这是在躲我……她是宋家大小姐，读过许多书，一定知道许多故事，我也想听听。"声音里竟有一种委屈。

丁火忍不住提醒道："老大，嫂子是读书人，肯定喜欢那些读书人做的事。"

赵老末一脸茫然："读书人会做什么事？"

"我听人讲过,现在的女孩子喜欢花呀首饰呀什么的,要不,你送送?"

赵老末眼睛一亮:"对,对,送花。"

当天晚上,赵老末就抱着一大捧玫瑰花来了。火红的花衬着他红彤彤的脸,脸也好好洗过了。宋江雪见了,却冷笑了一声,说:"俗气。"

一盆水兜头兜尾地浇灭了赵老末那颗火热火热的心,这玫瑰在木扎并不多,听丁火说女孩子都喜欢玫瑰,他就让丁火带人化装进镇,冒着危险,把整个镇的玫瑰都买下来了,也就一百多枝,他全抱过来了。玫瑰枝上有利刺,还把他胳膊戳了好几个红点,结果人家没正眼瞧一下,还说什么"俗气"。他尴尬地看着宋江雪,讷讷地说:"什么花不俗气?"

"天女木兰花。"宋江雪歪着脑袋瞪大明亮的眸子看他。

赵老末愣了一下,这花?!他当然知道这花了,那么稀有,又挑地儿长,到哪里能找到?宋江雪看他沮丧的样子,有点得意地撅起红嘟嘟的嘴唇啧啧了两声,一弯腰就从玫瑰花下钻了出去,到屋外赏月了。

4

两天后天刚亮,大龙山山脚下突然传来一阵枪声,竹林里的松鸡被惊醒,头脑不清不楚地撞向竹枝,在空中回旋着跌落地面,云雀子弹一样射向缥缈的云朵。赵老末应声而起,马上想起了董明霞带来的情报。妈的,小日本真上大龙山了。

几百名土匪迅速集合,赵老末倒也不慌,从前在木扎主动进攻日本人没章法,那是因为他不熟悉日本人作战的特点,也没有地形优势,可在大龙山,他就是一山之王,他对大龙山的地形烂熟于心,手下也都擅长在山里与敌人周旋。他冷声道:"小日本想在我的地盘上撒野,那是活得不耐烦了。大龙山机关重重,是他们能来的地儿?你们带足弹药,守住自己的位置,轻易不要放枪,就用陷阱困死他们。"

土匪们见赵老末沉着冷静,也都安了心,各自找到隐蔽物藏在后面,密切关注着山下。山下枪声稀稀落落,不时能听到惨嚎声和叽里咕噜的怒骂声。大龙山到处都挖有陷阱,不仅在林子里,就连上山的小径也有,他们做了记号,自己人都能避开。陷阱里插满了用竹子削成的利刃，平时捕捉猛兽，有敌来犯时就是杀伤力极强的武器。枪声渐渐停止，日军犯怵了，不敢蛮攻。

赵老末想了想，决定在日本人找到攻山办法前先下手为强。火力上土匪并不占优势，但胜在地形熟，功夫好，大龙山到处都是山洞，也方便掩蔽。他带上五十多人，看到小日本，猛不丁地开一枪换个地方，小日本都被打蒙了，拖着十多具尸体和几十个伤员连滚带爬地撤出了大龙山。

井上一夫暴怒，立即向县里日本宪兵请求支援。日本宪兵司令山本想到自己在木扎差点就被土匪用酒毒死，立即调动了五百人的队伍向大龙山进发。剿匪规模扩大。

5

共产党的游击队也正在紧张地准备着。

董明霞收到乔洪涛从刘红驹那儿弄来的消息后，立即指示乔洪涛和朱子青联系，她要见见忠义救国军司令王佩飞。这两支队伍素来各自为政，互不干扰，如今因为小日本对大龙山的剿匪，本着国共两党联合抗日的精神，两个负责人坐到了一起商议救援之道。双方商定在县城援军来大龙山的路上设伏，汇合打击日军，以解赵老末后顾之忧。商定之后，董明霞立即告辞，王佩飞却扭头对身边的人慢条斯理地说：“让共产党和日本人打，我们忠义救国军先按兵不动。”

他看了看远处的蓝天，悠然道：“兵不厌诈，共产党和我们都想争取赵老末，可赵老末不是个省油的灯，也不是个好控的主，不把他逼到末路，他不会接受任何人收编。让共产党先和小日本打，他们损兵折将，就没法在赵老末最需要帮助的时候出现。我们到时从天而降，他投奔我们的胜面就大了。”

董明霞自然不知王佩飞的小九九，当她带人按约定时间赶到伏击地点时，原本应该就位的救国军连个人影都没有。刚开始她还以为救国军在路上出了麻烦，待和小日本开打了十多分钟后，她终于明白王佩飞的用心。日军援军武器先进弹药充足，游击队已有多人受伤，双方战斗力悬殊，董明霞无奈，只得饮恨撤退。

突破董明霞设伏的日军源源不断地补充剿匪的兵力，日本人用手榴弹开路，将陷阱的伪装炸开，大龙山险象环生。赵老末想想硬拼不是日本人的对手，决定主动撤退。山上有条极其隐蔽的山洞可以直通背面的山脚,日本人不可能发现。山顶上还有二十多个肉票,赵老末管不着了,拽着宋江雪的胳膊就要钻进山洞。宋江雪不肯走,嚷道:"还有那么多人,你得带着走。"

"怎么带?一群老弱病残,我找死啊!"说着,赵老末弯腰把她扛到肩上就往山洞里跑。宋江雪狠狠地用拳头击打赵老末的后脊梁:"你不带走他们,日本人来了,会杀掉他们。"

赵老末把她往地上一丢,恶声恶气地说:"再打我就把你送回去,让日本人把你也杀了!"

子弹嗖嗖地从头顶飞过,宋江雪不由打了个寒噤,吓得不吭声了。赵老末紧紧地抓住她的手向前跑去。山洞昏暗,根本看不清,宋江雪只能紧紧跟着赵老末。

经过近半个小时,一行人跑到山洞出口,探出脑袋一看,赵老末大吃一惊,日本人就在洞外几百米处三五成群地搜索。他吩咐队伍分成四股,约好汇合时间,就各自散开。到底是几百人的队伍,动静还是大了些,日本人很快追踪而来。宋江雪钻了个山洞已经耗尽体力,深一脚浅一脚地走得跌跌撞撞。赵老末索性将她背在身上一路小跑。子弹长了眼睛一样追在他们身后,"扑哧扑哧"地钻进身边的草丛里。宋江雪掐着赵老末的肩膀,带着哭声道:"赵老末,你这个土匪,都是你害的,我今天要是死在这里,我做鬼都不放过你。"要不是赵老末,她现在还在家里好好待着,尽管那里像个冰窟窿,但自己好歹还活着,哪像现在,小命说没就没了。越想越难受,她不由放声哭了起来。

赵老末顾不上理她,埋头狂奔但他又怕背着她,目标明显被流弹给伤着,就又放下她,拉着她跑。两人慢慢地就落到了后面。丁火带着土匪不放心,不时地停下来守着他们。赵老末让丁火他们先走:"到背山的老丁家碰头。"丁火想着两个人的目标小,反而好逃脱,便应了,走的时候故意弄了些动静,引开一部分日本人的注意。

但日本人还是追踪而来,宋江雪甚至都能听到日本人用枪支拨拉树枝的声音,她腿一软,跌倒在地,抬头看着赵老末,说:"你走吧,别带着我了,犯不着耽误了自己。我刚刚那是说气话呢,我死了不会找你的,你晚上就放心睡吧。"

赵老末喝道："说什么浑话！我一个大男人自己跑，把你丢在这儿给小日本？你不知道小日本杀人不眨眼？"

"那你把那么多肉票留在山上怎么就不怕他们被日本人杀了？"宋江雪抓起手边的石块朝他身上砸去。

赵老末忍无可忍，叫道："你再撒野，我剥光你衣服绑在树上留给日本人。"宋江雪不敢置信地看他，哽咽地抽着气道："你，你没人性。"却迫不及待地抓住眼前的手站起来，拖着僵硬的双腿又跟着他拼命地往前跑去。

天色暗了下来，宋江雪力竭，眼前突然一黑，右脚一崴，手一松，尖叫一声，竟顺着山路滚到右侧的水塘里。日本兵显然听到了她的尖叫声，影影绰绰地往这边追赶。赵老末毫不犹豫地跳进水塘，迅速捂住她的嘴巴。日本人已经过来了，水塘边茂密的茅草挡住了日本人的视线，他们在暮色中虚张声势地朝水里放了几枪，又朝前追去。

站在齐胸的水里，两人都松了口气。宋江雪这才发现自己的胳膊正紧紧地搂着赵老末的脖子，整个人贴在他身上，脸腾地红了，急忙松手要推开她。赵老末此时却突然情动，一把拉过她，要解她衣服上的扣子。宋江雪又羞又恼，挣扎着哭叫道："赵老末，你不是个东西。"

赵老末仍旧忙着，含混不清地说："我不是东西，我是赵老末。"

宋江雪哭着说："你要是得手了，我就死给你看，让你白救我一场。"

赵老末抬起迷离的眸子看她，暮色里，宋江雪脸色苍白，唇色发青，眼睛红肿，他叹了口气，女人真是水做的，这一天工夫，她都哭了多少回了，可自己他妈的还就是吃这一套。他只得松开手，狠狠地说："你就倔着吧，总有一天，你会死心塌地喜欢上我！"

山上山下枪声越来越稀，赵老末松了口气，日本人不熟悉地形，一定不敢在夜里搜山，已经撤了下去。宋江雪在他身后又打了个喷嚏。尽管已是初夏，但山风微凉，两人衣裳尽湿，风过之后身上仍有寒意。他停下来回头看她被湿漉漉的衣服裹着的曲线毕露的身体，心里火烧火燎的。宋江雪揉着鼻子往前走，冷不防一头撞到他身上，还没抬头又一个喷嚏。赵老末眼睛里都有了笑意，真是的，这个女人就是打起喷嚏来，声音里都透着娇媚，唱戏一样拐着弯地留着颤音，听得他的心也颤颤地发抖。他把自己的衣服脱下来拧了一下，水还真不少。他看着她，很认真地说："你得把衣服的水拧干，要不，会生病的。"

她警惕地看他："不用，我不冷。"说完，又是一个喷嚏。

赵老末笑着摇头："我不看，我是个男人，说一不二。"说罢转过身去。

宋江雪想着他在水塘里的样子，当然不敢相信他，只是胡乱地将衣服撩起来一点拧了几下。两人继续上路了，她仍然警惕地和他保持着几步的距离。赵老末突然伸出胳膊，示意她停步。她一个激灵，忙蹑手蹑脚地躲到旁边的一棵大树后。赵老末回头看了她一眼，对她的反应很满意，朝她竖起了大拇指。宋江雪撇了下嘴，又往后缩了一些。

前面是一个受伤掉队的日本兵，一瘸一拐地走着。赵老末从腰上摸出一把锃亮的匕首，猫着腰追上去，抢起胳膊，狠狠地插入日本兵的后心，然后利索地往下一拉，日本兵猛地一挺腰身，猝然倒下，一声未发便一命呜呼。

宋江雪直到赵老末走到自己面前，仍然保持着瞠目结舌的表情。他轻声地笑了，伸手捏了捏她的脸蛋，说："第一时间撕裂他的心脏，他就来不及发出任何声音，我们就安全了。"

宋江雪知道他说的话有道理，只是眨眼之间一条命就没了，到底显得他残酷，不由心生惧意，下意识地挥开他的手，往后退了一步。赵老末眉头一挑，这姑娘，恨上自己出手歹毒了，亏了自己刚刚还考虑到要注意动作的力与美的结合呢。

老丁头是丁火的远房亲戚，关系还比较亲密，是赵老末比较放心的落脚点，但赵老末和宋江雪赶到时，老丁头家正乱成了一团，老丁头的孙子被白象山的一小股土匪给绑架了，要赎金五十块大洋。老丁头儿子已经去世，和老太婆、儿媳妇守着个孙子咬着牙熬日子。他是一个农户，偶尔上山打只兔子或者山鸡，弄点山货去镇上换点油盐钱，一年也攒不下五块大洋，这赎金哪里付得起？

白象山靠近牛奔镇，与大龙山相隔十里地，上面也有一股土匪，不过是一群乌合之众，五十来人，经常在牛奔镇惹事。丁火想带人去白象山把人抢回来，又不敢做主，见赵老末来了，喜出望外。赵老末听了丁火的主张，斜了他一眼道："抢人？你自己就是土匪，你绑来的肉票又被抢了你能服气？下回还不把肉票一家连锅端了?"

丁火一听赵老末的话,急了:"咋办?要不,就凑钱?反正我们也能凑出来,兄弟们跑时,身上都带了点。"

赵老末一巴掌就拍到丁火的脑门上,说:"这次给得爽快,下次还会找上门的。这事儿我们做的少吗?不动脑筋。这个问题要一次解决。打上去没有必要,犯不着撕破脸,咱们去一趟,他们应该给咱这个面子的。"他想了想,"动静不能太大,你和我两人上山就行。大家都跑了一天也累了,就在院子里凑合着休整一下。"他看了眼进了屋子就靠在墙上犯迷糊的宋江雪,对老丁头道:"给她找件干净的衣服换上,煎一碗姜汤让她喝,弄点细软的饭。"老丁头连连答应,吩咐正哭得昏天黑地的儿媳妇去招呼宋江雪。

宋江雪做噩梦了,一群狼拖着猩红的舌头,露着尖利的獠牙嗥叫着追她。她跑着跑着就看到赵老末背着手站在前面笑嘻嘻地看她,她赶紧冲过去,赵老末朝她伸出一只手,她去抓,一低头,那手变成了一只毛乎乎的虎爪。她尖叫一声,醒了。就着从窗户里照进来的清朗的晨光,她发现自己正躺在一张简陋的木板床上,身上搭了条被单,浑身是汗。她摸了摸自己的脑袋,不烫了,清爽了许多。她终于想起来了,赵老末带着丁火走了,这家的女人给她换了衣服,让她喝了姜汤,吃了点稀粥,然后她就睡着了。

外面动静不小,她侧着耳朵听出了孩子的哭叫声,不由松了口气,看来赵老末得手了。然后就吃了一惊,他得没得手你紧张什么?心里有点乱了。她慢慢地下床,摇摇晃晃地开了门,就看到这家的老头老太还有儿媳妇围着三四岁的孙子掉眼泪,丁火和几个土匪正安抚着。赵老末坐在一张矮凳上靠着对面的墙闭着眼睛休息。宋江雪知道他是累坏了,奔波了一天,又急行十里地上山,斗智斗勇地要人,还要在天亮之前赶回来。她慢慢走到他身边,居高临下地看他,阔大的额头,端正的五官。不知怎的,她觉得他比之前顺眼多了。赵老末似有感应,惺忪地睁眼,看她在看他,就朝她嘿嘿地笑。

宋江雪回过神来,面红耳热地扭过头去。赵老末抓住她的手,说:"这身衣服,好看。"她低头看自己,更是难堪。这家媳妇身量比她还小,白色土棉布夏裳有点局促地裹着她,胸口处的斜襟子盘扣都扣不上,丰满的胸部呼之欲出,而赵老末正目光灼灼地盯着它。宋江雪猛地甩掉他的手，急忙钻进房里。

太阳还没照进院子，枪声又响起来。赵老末皱了下眉头，日本人又开始搜山了。他们必须离开这里。他想把宋江雪留在老丁头的家，省得她跟着自己危险。宋江雪害怕留在这里被日本人抓到了，坚决不同意，冷着脸说："你敢留我在这儿，你前脚走我后脚就跑回家。"赵老末不以为然地说："尽管跑，回头我再去把你绑过来。"宋江雪见硬的不行，来软的："可是，你看看我，我和他们根本不像一家人啊，日本人来了，肯定要怀疑我。他们把我抓走了，那你不是白耗了这么大力气了？"

赵老末心里一动，这姑娘，好似舍不得离开自己，心里高兴，从身上掏出一把小巧的匕首，递给她，说："揣在身上，防身。"又上前拉住她的手，轻声道："走吧。"

没走几里路，赵老末他们就和日本人碰上了。好在日本人不多，他们利用熟悉地形的优势，与对方周旋。宋江雪抱着脑袋躲在一棵树后，居然也不是那么害怕。她不停地看着正在射击的赵老末，有时赵老末也回头看她，她便悻悻地转移目光，脸上发烫。

日本人火力猛烈，赵老末有些难以为继。他正在紧张地想着对策，身后却传来了枪声。他头皮一麻，若是日本人，前后夹击之下，怕是今天要完蛋了。

丁火惊喜地叫起来："老大，不是日本人，好像是救国军！"

果然是救国军！他们在王佩飞的指挥下，从赵老末的背后杀向日本人，局势立即扭转过来。半个小时不到，战斗就结束了。

赵老末知道王佩飞是特意来救援，并且已经收拾了别处几股日军，当下就表达了感谢。王佩飞顺势提出想收编赵老末的队伍："宋当家的，如今和别时不同，日本人已霸占了中国绝大部分地区，是中国人就该打小日本，但各自为政，不成气候，难免被打得到处跑。如果我们联合起来，拧成一股绳，日本人就拿我们没辙，我们就能有效地打击他们。我们忠义救国军是军统序列的，正规国军，你加入进来，以后更有前途。你看呢？"

赵老末多横啊，他恣睢惯了，受不了拘束，共产党也好，国民党也罢，哪怕你刚刚救了大龙山，他也不会松口。但是，他也不便直接开口拒绝，便想起了丁火从宋江雪那里听到的那个故事,他便依葫芦画瓢地说道:"我听说过一个故事,有个叫庄子的能人,楚王想让他当宰相,就派了两位大臣去找他。找到庄子的时候呢,他正在钓鱼。听清那二人的来意,他头也不回地说,你们楚国有个神龟,已经死了三千年了,被楚王打扮得漂漂亮亮地珍藏在宗庙里接受别人的朝拜。可是,这只神龟活着的时候,只是想着能在泥水里自由自在地拖着尾巴过日子。"他看了眼王佩飞脸上若有所思的表情,接着说,"我一个土匪,没读过什么书,但这故事的道理我明白,我赵老末自在惯了,不想被别人管束,从不打算被收编。今儿这事儿我大龙山欠你一个情,将来定当奉还。我还得回山收拾残局,这就先告辞了。"言罢,也不等王佩飞回应,掉头就唤着土匪回山。

6

大龙山上一片狼藉,留下来的二十多个肉票都被日本人杀了,无一存活。宋江雪手脚冰凉地看着他们表情惊恐鲜血淋漓的尸体,浑身颤抖。赵老末,你这个恶魔,如果不是你,他们就不会死在这里。他们会好好地活在亲人身边,继续着父亲、母亲或者丈夫妻子的角色。

奔波逃命时对赵老末产生的那点好印象,又烟消云散了。

土匪们也损失了几十人,还有二十多个受伤的。温度渐高,没经过有效处理的伤口极容易发炎,可山上没有专门的大夫,土匪们束手无策。当天夜里,有几人开始发高烧说胡话,宋江雪看不下去,主动守在一边照顾,她一边为伤者擦去额上的冷汗,一边忧心忡忡地对赵老末说:"我见过三嫂看病,这样的伤口一般的大夫恐怕看不了。三嫂说过,日本人那里有种药叫百宝丹,对枪伤特别有用,得想办法弄点来,要不然……"

赵老末点点头:"那就从日本人那里搞药。"

丁火犹豫了一下:"可是眼下弟兄们精疲力竭,攻打木扎不太现实,怎么搞?"

赵老末想了一会儿,说:"那就劫持日本军医,连人带药全弄到山上来。"

第二天,在木扎镇的内应说,有个叫小林真雄的日军军医明日要到牛奔镇坐火车去省城进药。他眉头一挑,决定智取小林真雄。

赵老末带着两个土匪到了牛奔镇，守在火车站，盯着每个进出的日本人，终于看到一个穿着便装的日本人提着一个箱子来了，样子和宋江雪给他们描述的小林真雄差不多。他们就连忙跟着他一起上了火车。

火车上的人不多，还有许多空位。赵老末三人在隔壁车厢找个位置坐下。火车开动不久，两个土匪坐到小林真雄对面，开始对他横挑鼻子竖挑眼，还出手打翻了他的药箱，箱盖上有一处被摔瘪了。小林真雄气极，但对这种无理取闹的行为也颇感无奈，只好自己弯腰捡拾。俩土匪又故意推搡他。小林忍不住，瞪眼看着他们，猛地一拳揍到对方一人的脸上，但到底只是个军医，没几下就被他俩打倒在地，眼看对方的脚就要踩到他脸上，赵老末突然出现，三下五除二就把俩人打得连连求饶，在赵老末的呵斥声中屁滚尿流地跑了。

小林对赵老末再三表示感谢，赵老末连连摆手。他弯腰帮小林捡拾地上的药箱，惊讶地说："你是大夫？"

小林点头："是的。"

赵老末丝毫不掩饰脸上的惊喜表情说："实不相瞒，我这次去省城，就是为了请个好大夫，我父亲肚子疼，老毛病，牛奔镇的大夫瞧了好几个，总也摆治不好。"

小林想了下，说："我可以去看看。老人家肚子疼，病因复杂，不能耽误了，但你得等我到下午才行，我要去省城进点药。"

赵老末自然知道他要拿什么药。日本人此次攻打大龙山，伤亡也不轻，急缺治疗枪伤的药品。他隐住内心的喜悦，连声感谢，两人约好下午在车站碰头。

小林真雄和赵老末傍晚回到牛奔镇时，天已经暗了下来。还没走出车站，小林就看到上午火车上挑衅自己的那两人一脸坏笑地朝他走来，他意识到什么，正想回头去看赵老末，腰上已经被顶上一把枪。"老实点。"赵老末的声音阴森森的。小林的脸色立即白了，下意识地将装满百宝丹的药箱紧紧抱在怀里。

小林真雄被带上了大龙山，连眼都没蒙，他心里暗道糟糕，这分明是不给他下山的机会了。

大龙山的土匪忙而有序，一部分人照顾伤员，一部分人在重新布置山上的陷阱，甚至还有一部分人又下山绑来了四个肉票。小林给最后一个伤员包好伤口，浑身已经汗湿。他给伤员交代了注意事项后，就坐到窗户边的椅子上休息。窗外景色秀丽，竹林旁，赵老末正低头和一个女孩说些什么。女孩穿着月牙色的长衫，衣角不时被风掀起，像一只调皮的蝴蝶，飒飒欲飞。她的脸被赵老末遮挡住看不清楚，但她紧绷的双肩和防范的姿态透露出她对身边这个男人的抗拒。小林突然想起了李美兰，自从发现被他利用后，她就再也没有理过自己。他一次次地去药铺，试图重新靠近她，但她面对他时也是这样绷紧了肩膀，拒绝的意思显而易见。他叹了口气，这次能不能平安回去还是个问题。他是日本人，赵老末不会留他这条命。现在想起来，他是多么后悔伤害了那个叫李美兰的女孩。他摇了摇头，把目光投向窗外。女孩和赵老末背道而走，女孩腰肢松软，步履轻缓，颇是惬意。再看赵老末，步伐速度很快，肢体绷紧，手脚用力，显然是怒气冲冲。小林纳闷地想，这个女人究竟是谁，竟能惹了土匪赵老末却又没有任何事。他越看越觉得女孩的身影有些熟悉。他贴近窗户仔细一看，愣住了，那不是被绑上山的宋家大小姐宋江雪吗？木扎都传言宋家迟迟没收到土匪的勒索信，是因为她早被赵老末给杀了，可看这情形，宋江雪不仅活得好好的，看样子过得还不错。他扯了下嘴，英雄难过美人关，赵老末定是被宋江雪给迷住了。就是不知道，宋江雪刚刚怎么违逆赵老末了，把他气成这样。

宋江雪是因为小林真雄才和赵老末争执起来的。日本人来剿匪，倒让宋江雪和一帮子土匪更加熟悉起来。他们说话也不再避她，让她听到了晚上要活埋那个日本军医的消息。她知道小林真雄，喜欢三嫂的那个日本军医嘛。当初，她为了追求乔洪涛，有段时间经常待在药铺，看到小林不时地来找三嫂。三嫂的表情是快乐的，甚至还有些羞涩。这人看上去还算好，没见他做过什么坏事。他要是死了，三嫂一定会难受。她喜欢三嫂，不想她难受，就要赵老末放了他。赵老末自然不肯，她就狠狠地呛了他一顿，什么残暴无道丧尽天良禽兽不如，铺天盖地连珠炮一样。赵老末说不过她，气极，却又舍不得打骂她，只得气哼哼地走开了。

赵老末已经放出话来要把那个日本军医活埋了，可宋江雪又不让，如果他食言了，手下会如何看自己？可如果活埋了这个日本军医，宋江雪那边又没法交代，前面为她做的一切都算是白做了。越想越郁闷，就一个人坐在那里喝闷酒，喝得多了，浑身发烫，迷迷糊糊就摸到了宋江雪的房前。宋江雪不肯开门，他就好声好气地哄着:"江雪,你听话,开门,你开门我就放了那小日本。"她不疑有诈,开了门,他就饿狼一样把她扑到床上。宋江雪羞恼地一巴掌扇到他脸上。啪的一声脆响,赵老末愣了,这张脸虽然糙得慌,但挨打确是第一回,还是个女人动的手,可他还不能还手,细皮嫩肉的,下不了手。他咬着牙一把扯下她的短裳,宋江雪顾不得遮掩自己的身体,伸手从枕头下摸出赵老末给她的那把匕首,横到自己脖子上。赵老末酒醒了一半,眯起眼睛,冷笑道:"这是闹哪门子的贞洁烈女?!绑到大龙山的女票从来没有贞洁一说。"

宋江雪把匕首用力往下一压,刀刃刺进肉里,鲜血立即沿着雪白的皮肤铺陈开来,触目惊心。她尖叫道:"那我还得感谢你让我贞洁了这么些天?!赵老末,我告诉你,要么立即离开这个房间,要么现在就收尸。想要我,你就奸尸吧!"宋江雪突然就感叹,有其母必有其女,骨子里自己和母亲竟然一样地狠。她不禁难受起来,怨了母亲那么多天,今儿算是有点理解她了。手上又加了点劲儿,接触皮肤近五六公分的刀口全部刺进肉里,猩红色的血越过漂亮的锁骨,滴落到腿上,被浅青色的棉布悄无声息地吸收蔓延,渐渐地就生出了一朵形状奇怪的花。

赵老末头疼欲裂,这个不知好歹的女人,他赵老末要是不喜欢她,还能留她到现在?流这么多血,她不知道疼吗?她的笑是什么意思,嘲笑我,看不起我?他站起来,摇摇晃晃,手指着她,想说什么又说不出来。她抬头看他,无所畏惧的眼神,毫不在乎的眼神,像她手上的匕首,正一刀一刀地凌迟他的心。他狠狠地转过身,垂着脑袋退出她的房间。

宋江雪舒了口气,放下手中的匕首,拿来衣服堵住伤口,忍不住"嘶"地抽了口凉气,眼泪都流了出来,疼,真的疼。她低头看自己赤裸的上半身,红白交织,在朦胧的月色里显得妖冶。想起赵老末刚才大手所经之处,脸不由一红,忍不住啐了一口自己,心里也有点迷惑,对赵老末,自己到底怎么了?

刚找来一件衣服套上,外面突然传来一个女人的尖叫声、咒骂声,寂静的夜里女人瘆人的哭叫一下子击碎了宋江雪脸上不经意的柔情。赵老末这个禽兽,他这是在向她示威,用占有另一个女肉票来提醒自己的处境。她银牙紧咬,早知如此,刚才就应该把匕首捅到他身上,而不是糟践自己的脖子。

但这又是个机会，自己趁机寻个借口接近小林自不在话下。

她强迫自己忽略掉女肉票的哭喊声，各人有各人的命，自从父亲和哥哥们出事，她就明白了这个道理。她捂着脖子走近关押小林的屋子。看守的土匪是个二十出头的小伙子，见了她，赶紧站起来招呼："嫂子，这么晚了……"又寻思着都听到那女肉票的叫声了，大龙山上敢动女肉票的，也只有老大。他干脆闭了嘴，省得说错了话。

"我脖子伤了，找这个大夫包扎一下。"她挪开压住伤口的衣服，血立即漫开来。

小伙子吓了一跳，忙不迭地打开门。她朝他笑笑，说："你先歇着去，到时间再来吧。"

到时间指的就是活埋小林真雄的时间，小伙子对这三个字心领神会。他摸了摸脖子，守了四五个小时，也乏了，闭会儿眼去。

小林真雄对宋江雪的出现吃惊不小，见了她脖子上的伤口，皱了眉头，仔细地替她处理好。宋江雪直勾勾地盯着他，比起木扎镇里拿着长枪动不动就耀武扬威的日本兵，眉清目秀面目儒雅的小林看上去更像是一个来自大城里的读书人，他若是不穿日本军装不说日本话，谁能猜到他是个日本人？她在心里盘算了一会儿他和李美兰守在一起的可能性，才慢悠悠地问："你喜欢我三嫂吗？"

小林愣了一下："为何这么问？"

"你喜欢她吗？"宋江雪盯着他的眼睛，固执地问。

"喜欢，"他沉默了一会儿，心想反正也不能活着下山了，就把自己的心意告诉她的小姑子吧，也不是希望宋江雪能转告李美兰，只是想着将来的某一天，她们姑嫂在一起唠嗑的时候，她偶然想起他对她三嫂的心意，随口一说，让李美兰明白也行啊。"很喜欢，可我以后再也见不着她了……但愿以后会有一个男人好好待她，护着她。她胆小，别让她害怕才好。我多么希望她能明白，利用她我虽不得已，但确是我毕生最后悔的事情。"

"看出来你对她是巴心巴意地好。我三嫂真幸福，有个男人能这样想她。可惜啊，顶多一个小时候，你就会被这帮土匪活埋了，坑都挖好了，在竹林里，我来前瞧过了，很深。北方的竹子不好长，小而细，但大龙山的竹子格外壮实——都是人血喂出来的。"

小林倒也不怕，说："我知道我活不了了，我能理解，战争本来就是这样……"

宋江雪却打断了他："你以后要对我三嫂好，我们宋家的女人，我最喜欢她。宋家的女人都不幸，但我希望她能得到幸福。"

"你想放我走？不行，"小林立即明白了她的意思，"你放我走，土匪不会放过你的，我不能这样做。"

宋江雪笑了："看不出来，你倒是一条汉子。那就更值得我冒这个险了。你得走，只有回到木扎，才能好好待我三嫂，走不了，那就认命，化成血泥肥了大龙山的绿竹吧。"

小林真雄见宋江雪一脸坚决，想了想，说："那我带你一起走，你留在这儿我不放心。"

"留在这儿或者回宋家，对我来说都一样。你回去后，也别提在这儿见过我，记住没有？是生是死，那是我的命。来山上一遭，我宋江雪已经不再是原来的宋江雪了。"言罢，宋江雪轻叹了一声，原来不谙世事，娇生惯养总爱怨天尤人的宋江雪已经死了，现在的宋江雪反而理解了母亲。和木扎相比，和宋家相比，她甚至都有点喜欢上大龙山了。

小林真雄见她坚决不走，也就不再勉强。宋江雪带着他，躲过岗哨，把他带到竹林边，给他指点了下山的路，让他快走。

看着小林真雄的背影消失在竹林里，宋江雪回到屋里，他留下的药箱就在桌子上，宋江雪仔细地清理了一下，伤员们还要换药，这个她做得来。那段时间泡在李美兰和乔洪涛的药铺里，为了在心上人面前展露自己的慧心，自己学得十分用心。唉，也不过是数月前的事情，现在想起来，怎么好像发生在前世一样？门外响起了脚步声，看守的土匪回来了，在门外小声叫道："嫂子，伤口包扎好了吗？时间到了。"

宋江雪懒懒地应了一声。

土匪推开门，看见只有她一个人坐在那里，头都不抬地整理着药箱，土匪大吃一惊："嫂子，人呢？"。

宋江雪满不在乎地说："我放他走了。我知道那个坑挖好了，实在没人埋，埋我吧。"

土匪跺跺脚关上门跑了。宋江雪知道他是去找赵老末，冷笑一声，索性坐在那里等他。

几分钟后，门被一脚踹开。赵老末衣衫不整地出现在门口，脸色阴沉朝她吼道："你为什么把那个日本人放了？日本人是中国人的仇敌，人人得而诛之，你还向着日本人？"

宋江雪瞪了她一眼，然后转过脸去看窗外的月亮。

"为什么不说话，为什么不说话，你不是牙尖嘴利能说会道吗？"赵老末一个箭步冲到她面前，抓小鸡一样将她拎起来，"仗着我喜欢你，就敢对我使脸色，就敢无视我？宋江雪，你别不知好歹，我赵老末能把你抬上天，就能把你砸到地上。"他回头瞪着那个土匪，恶狠狠地问："你说，她之前对你说什么了？"

土匪哆嗦地说："嫂子说，那个坑挖好了，实在没人埋，就、就埋她吧。不是，不是，老大，你别生气。"土匪好像意识到什么，吓得连忙劝他。

赵老末反而笑了，说："宋江雪，你在我身边生不如死是吧？行，我成全你，你记住，这是你自找的。"他回过头，对着身边的人喊道："给我把她活埋了。"

一帮子土匪大眼瞪小眼，谁也不敢上前。谁不知道日本人剿匪时老大命都不要也要护住这个女人啊。现在他在气头上，你傻不拉叽地照做，等他清醒了，给你要人，你到哪里再去给他找个大活人？

"老大，老大，你冷静点，嫂子那不是说气话吗？你哪能当真啊？"丁火是赵老末的心腹，胆子大些，赶紧劝道。

宋江雪心道，看看，看看，这就是让你开始心动的男人。哼，前一刻想爬到你身上，被你拒了，下一刻他就爬到别的女人身上，然后毫不犹豫地要你的命。这种日子，真他妈的没意思。刚想到这儿，她立即又悲哀了，死就死吧，没什么可留恋的。

她伸出柔嫩细白的手，将赵老末紧扣在她衣领上的手指一根又一根地掰开，她的神情是如此专注，似乎周遭没有能够干扰她的事情。他俩的手都在用力，脖子上的血渗出白色的纱布，触目惊心："手脏，别碰我。"她丝毫不掩饰对他的厌恶，既然一心求死，自然无所畏惧。

赵老末颓然地松开手，心里闹腾腾的，不知道说些什么好。

宋江雪将束住头发的红绳松开，拨弄了一下，乌发立即铺满肩头。她缓步走到门口，沐浴着山顶清澈如水的月光，轻声对丁火道："桌上的药记着准时给他们换上，我都做好了标记。"

丁火忙点头："知道了，嫂子，哎，你这是去哪儿呀？"

"你们老大说了，要将我活埋了，你们不敢动手，怕他秋后算账。别怕，怪不得你们，我这是自寻死路呢。"宋江雪转身，熟门熟路地朝竹林走去，一干人束手无策一齐扭头看赵老末。

赵老末咬牙切齿地在屋子里困兽一样折腾，手到之处，无论桌椅，全都抡了起来，片刻之后，屋内便没了一样完整的物件。

等他们再回头看竹林，宋江雪竟然不见了。又是一阵慌乱。赵老末跑到事先挖好的坑前，发现宋江雪竟然已经躺在里面，白皙修长的双手交叉着放在胸前，黑乎乎的头发披散在泥土里，衬得小脸格外静美，像朵夜色里绽放的天女花。她像睡着了一样闭着眼睛，呼吸沉稳。

别说赵老末了，连其他的土匪都舍不得移开目光。这样美好的女子躺在这里，你能想象到她即将被黄土淹没成为一堆白骨？他们比赵老末还着急，推搡着丁火让他求情。丁火却摆摆手，看看赵老末那痴痴愣愣的表情，他是瞧出来了，赵老末就是埋了他自己也舍不得埋掉这个女人啊。

果然，赵老末妥协了，他知道此时如果自己再强硬，这个女人他就彻底丢了。脸面这东西，在心上人面前，不要也罢。他跳下坑去，蹲着看了她一会儿，也不叫她，自己也躺下，侧身搂住她，也闭了眼睛。慢慢地，他竟睡着了，在她和泥土的芬芳里，竟然一直睡到天明。土匪们瞧得新奇，也不放心，就各自在坑上面或躺或歪着睡到了天亮。

7

天还没亮，宋家就响起了敲门声。留根揉着眼睛开门，不见人，却发现地上有个细长的竹筒，筒身粗壮，颜色清脆，竹筒的另一端被一张油皮纸给蒙了起来。留根一惊，踉跄着喊着老太太就往厅堂跑去。

一家人都被惊醒了。

留根抖着嘴唇说："太太，这竹子，只有大龙山才有这样的竹子，这东西，是大龙山送来的！"

宋钱氏脸色剧变，她听出留根的言下之意，竹筒里不会装什么好东西。她的女儿，难道……

"打开看看，"她抖着手，指着竹筒对留根咬着牙道，"我没了丈夫，没了儿子，再没了女儿，一样能活。"

金咏梅和李美兰用手绢死死捂住自己的嘴，倒是汪冰，还在发愣，赵老末没绑走孩子，却绑走了宋江雪，让她和董少宾大出意外，大龙山又迟迟不要赎金更是令人匪夷所思。这会儿送来这个竹筒，又是什么意思？

留根抖抖霍霍地扯开包扎油皮纸的绳子，揭开油皮纸，往里面看了一眼，就忍不住呕了起来。"太太，太太，"他哭了起来，"呜呜，呜呜，是眼睛，眼睛……"

宋钱氏眼一翻，整个人都从椅子上瘫了下去。金咏梅和李美兰忙去扶着她，脸色煞白，眼泪哗哗地淌着。汪冰也懵了，她从未想过要伤害宋江雪，她只想让宋钱氏吐点钱出来。事情怎么会这样呢？

竹筒里还有一张纸，写着两行字，留根把它展开给金咏梅看，金咏梅看完就号啕大哭。纸上写的意思是，宋江雪已经被大龙山的土匪杀了。厅堂乱成一团，李美兰昏了过去，汪冰双手捂脸，泪水从手指缝里流出，她满心悔恨。她再恨宋家，也不恨这个毫无心机的小姑子啊。

宋江雪没有出嫁，牌位被放入宋家祠堂。按照风俗，由族长宋柏生主持仪式，三个嫂子到祠堂里送她。宋文彬和宋学礼得了消息也来了。刚把牌位入列，宋钱氏一身白衣进来了。白发人进祠堂送黑发人，这不合规矩，但她哑着嗓子对宋柏生说："我这一生算是白活了，五个孩子，都没了。我要送送他们。"又看了眼站在一旁的宋文彬和宋学礼道："劳小叔子费心了，还来送你侄女一程。这下，你不会担心土匪要娶了小雪霸占宋家了吧。"

宋文彬一心夺取宋家家业，自然有话："话不能这么说。我看小雪很有可能是为了保住自己的清白叫土匪给杀了,是个烈女呀。"他话锋一转,又道,"不过,如果是这样,土匪没有捞到好处肯定不会善罢甘休,一定还会再来。所以,宋家家业,还是我宋文彬接管为妥。再说了,宋学礼那边有日本人撑腰,没人敢打宋家的主意。"

宋钱氏满心悲苦,见宋文彬已经不说人话,冷笑道:"宋文彬,你就这样抱日本人的大腿,也不怕日本人害死的那么多亡灵在天上看着你?"

宋柏生也很生气:"宋文彬,你儿子是个汉奸,你不以为耻反以为荣?还敢以此要挟宋家?"

宋文彬知道自己心急说错了话,不敢再吱声,他偷偷地看了眼儿子,宋学礼脸上也是青一阵白一阵。

李美兰看了他一眼,心里不由轻叹一声,他这个汉奸身份,完全是为了自保,却令他举步维艰。她愿意信他,信他不会是谋害宋家的真凶,更信他一定会坚守住中国人的良心。

8

那双装在竹筒里被认为是宋江雪的眼睛,当然不是来自宋江雪。

那个清晨从大龙山的土坑里一觉睡到自然醒后,赵老末一脸柔情地就着微光望着还在酣睡的女人,他知道这一辈子离不开她了。他决定对她不来硬的,他不仅要她年轻充满诱惑的身体,更要她那颗朝气无畏的心。他看她眼皮子下的眸子微微颤动,看她缓缓睁眼,愣愣地看着自己,他怦然心动,暗骂一声,妈的,你这个土匪赵老末,竟然也会有爱情。

宋江雪醒过神后就想自己爬出坑去,但胳膊劲道不够,试了几次,身体总往下滑。赵老末见了,忍不住伸手把她托了上去。她恼怒地回头瞪了他一眼,爬起来拍拍身上的泥土就回了屋子。赵老末爬上来,拎着丁火递过来的药箱屁颠屁颠地跟着走了进来。宋江雪对着镜子清理着头发里的碎土与树叶,脖子伤口上的纱布已经成了血黄色,看来恢复得不妙,不时皱着眉头。赵老末瞧着不忍,走到她面前,低声下气地说:"伤口流血太多,不换药要感染了,感染了就麻烦了。你把那个叫小林的日本人放了,再抓他上来就不容易了。"

宋江雪没有吭声，依旧对着镜子挑着头发里的碎土与树叶。赵老末压住脾气，继续好声好气地说："别生我气了，人放了就放了，我也没怎么着你，干吗给我脸色？你就不能好好地和我相处吗？"

他蹲下来，试探着把手放在她膝盖上，温柔地说："把药换了，好不好？"

宋江雪避开他的手，走到窗边，看着窗外的竹林不吱声。赵老末正待开口再说什么，丁火急匆匆跑来，似有急事要说，但看看宋江雪又不便开口。

"就在这儿说。"赵老末道。

"老大，那个女肉票，她把自己吊死了。"丁火小心翼翼地说。

赵老末嗤笑一声："她倒想得开，一了百了。"

宋江雪听了闭上眼睛，咬牙切齿地说："禽兽！"赵老末没理她，扭头对丁火说："死了也别放过，给我把她的眼睛挖下，送到宋家去。"

宋江雪吃惊地回头看他，他果真就是坊间传闻中那个凶残的恶人。

赵老末看了一眼宋江雪，又笑嘻嘻地对丁火说："再附张条子，就说宋江雪已经被杀了，让他们别指望了。"

他又扭头盯着宋江雪说："宋江雪，你是生是死都给我留在这里。现在，你赶紧换药吧。"

宋江雪深深地吸了口气，压抑住内心的痛楚，重又扭过头去，懒得搭理他。赵老末却也不恼，吩咐丁火说："去把另外三个肉票的眼睛都挖下来，告诉他们，这是拜宋家大小姐所赐。"

宋江雪忍不住大骂道："赵老末，你不是人，是畜生！"

赵老末道："换，还是不换？"他见宋江雪还不接话，冲丁火叫道："等什么等，要我亲自动刀不成？给我把他们眼珠子挖下送到宋大小姐面前来瞧瞧！"

丁火赶紧抬腿要走，耳边却传来了宋江雪心灰意冷的声音："我换药。"

赵老末脸色松弛下来，示意丁火离开，然后上前帮她将纱布撕开，伤口周边皮肤泛白，溢出来的血泛着黄脓，得除去腐肉重新上药，这可比不得新鲜的伤口容易处理。他将她打横抱起，放到床上，让她朝向他侧躺着，露出脖颈上的伤口，说："伤口感染了，我要剔掉腐肉再上药，有点疼，你忍着。"

"你会吗？"她知道他不骗她，却不信他有这个本事。

"干我们这一行的,一般的伤口都能自己处理。你这是刀伤,皮外伤,刀口不深,除去腐肉,上点白药就行。"赵老末说罢就动手,果然动作娴熟。他点了盏煤油灯,将一把小匕首烘烤了一会儿,用刀尖仔细地清理着她脖子伤口上的腐肉,她疼得浑身是汗,佝偻着身体,却忍住不发出声音,只是双手死死掐住床帮。赵老末手脚很利索,给她上了白药后,用白纱布仔细地铺在上面,固定好,方才擦了把脸上的汗,他认真地看了眼她苍白的脸,赞道:"真是好样的,不像个娇滴滴的大小姐,让我更喜欢你了。现在好了,后面及时换药就不会有问题。"

宋江雪疼得没法说话,汗落下来身上又觉得凉飕飕的。她哆嗦着嘴唇说:"给我盖被子,冷。"

赵老末摸了摸她后脖子,知道是冷汗加上饿了两顿导致的,就唤人端上了一盆热水,对宋江雪道:"是饿得,我已经让人烧了点稀粥,一会儿就吃。我先给你用热水擦一下冷汗,一会儿就暖和了。"

宋江雪摇摇头:"你出去,我自己擦。"

赵老末看她一眼,点点头道:"好,你动作慢一点,小心头晕。换身干净的衣服就会舒服多了。"说罢,便君子一样地退了出去,小心翼翼地掩上门,站在门口,他又觉得自己窝囊,亲爹亲妈他都没这么用心服侍过。

正待在门口暗自发着牢骚,屋子里突然"哐当"一声,他赶紧推门进去,就看见盛水的盆子被打翻在地,已经脱去上衣的宋江雪紧闭双眼,支撑着桌子的胳膊微微颤抖,漂亮的蝴蝶骨撑开匀称的骨架,丰满的乳房随着晃动的身体在轻轻起伏。赵老末挪不开眼睛,心里头一股邪火让他浑身发烫,他喘着粗气上前,哑着嗓子道:"都头昏眼花了,还逞能?躺床上我给你擦。"说罢,也不等她开口,弯腰便抱着她到床上躺好。宋江雪浑身无力,只好由着他拿着软布在身上擦拭。这是个忒熬人的过程,赵老末眼珠子要滴出血来了,心爱的女人半赤着身体在眼皮子底下,他还得装成个正人君子的样子。白瓷一样的肌肤软乎滑腻,逼着他现出真实的面目,他一把扔掉手里的软布,大手盖住了女人丰满的乳房,喉咙里发出满足的轻叹。他侧头看着宋江雪,她正使劲儿地睁开眼,迷迷糊糊地看着他,两人谁也不说话。

赵老末呼吸渐粗,猛地将她抱坐起来,两人紧紧地贴着。宋江雪皱了下眉头，猫一样地哼了声："疼。"赵老末赶紧低头看她的脖子，刚刚动作剧烈，碰到她伤口了。

"江雪，嫁给我好不好？遇到你之前，我赵老末从未喜欢过一个女人。现在，你来了，我这心窝子里整天想的都是你。"赵老末小心翼翼地避开她的伤口，搂紧了她，笨拙地向她表达着情意。

"我说不同意，你会放过我吗？"宋江雪木木地问。

赵老末毫不犹豫地说："不会，我会在身边圈住你，对你好，一直到你同意为止。"

宋江雪苦笑，不让我自由还叫对我好，真是土匪的逻辑，但昨晚躺在土坑里，刚开始她并没有睡着，而是在心里翻来覆去地想这些天的经历，像梦一样，一点都不真实。赵老末确实是一个无恶不作的土匪，他是一个坏人，但他对自己的好也是真实的，实打实的。她并非木头人，日本人围剿大龙山，让他们同生共死了一回，她对他确实也有些动心。这和喜欢乔洪涛不同，那时她是仰望着乔洪涛，而他对自己却是虚情假意，甚至还拿自己的性命来为他做事。而这个土匪，愿意为她低到尘埃里去。女人终归要找一个男人的，是找自己爱的男人，比如乔洪涛，还是找一个爱自己的男人，比如这个赵老末呢？经历了这么多，她觉得还是找一个爱自己的男人更可靠。她想通了，所以后来才在土坑里踏实地睡着了。

她凝视着他，缓缓说道："你要娶我，我也瞧出这是你的真心实意……但你要告诉我，去宋家绑架孩子是谁的主意？"

道上的规矩，线人的名字是不能说的。但赵老末毫不在意，只要宋江雪乐意，别说是名字，让他杀了线人都成。他说得很痛快："是董少宾，木扎的保安队长董少宾。"

宋江雪愣了一下，饿了两顿的头脑有点绕不过来，宋家已经再也没人去地下赌场了，他董少宾凭什么又来打宋家的主意？

黄河鸽子鱼事件

1

宋江雪成了赵老末的压寨夫人。

赵老末大摆宴席，大龙山上张灯结彩，红彤彤的灯笼挂满竹梢，远远望去，大龙山成了红色的世界。宋江雪穿戴上赵老末给她定制的凤冠霞帔、锦衣红服，静静地坐在屋子里。这间屋子被赵老末重新布置过，换了一张满顶床，红彤彤、金闪闪、描龙绘凤的"口"字形的床脸，四周床脸板壁上，均漆上通红的土漆，金色线条勾画出了各种各样美丽、祥和的民俗图案，有龙凤呈祥、花好月圆、麒麟送子、松鼠如意之类，喜气洋洋的。屋外的宴席露天摆放，从下午三点钟就开席，土匪们喝酒划拳的声响一浪高过一浪。隐隐约约地，赵老末豪情万丈地嚷着"喝，喝，喝"的声音传来，宋江雪眼眶不由得满是湿意，这就是她的婚礼，那个在外面喝得兴高采烈的男人就是她的丈夫，那个终将出现在自己生命中的男人。这个男人，对自己是在意的。那天给她换药，尽管她已经答应成为他的女人，他最终还是心疼她身子弱，喘着粗气苦哈哈地放过了她。她想，他对她是真的喜欢了。她想，既然应下婚事，就安安心心地和他好，和他过日子，为他生儿育女。这么想着，不由有点害羞起来。

外面突然安静下来，赵老末高声道："下面请王司令说两句！"

宋江雪愣了一下，竟然还请了外面的客人，谁敢来大龙山赴土匪的婚宴？她好奇地走到窗户边往外看，有好几桌坐着统一着青灰色军装的军人，其中一个正端着酒杯站着说道："我参加赵兄弟的婚事，一来贺喜，二来还是不改初衷，还想力劝赵兄弟能以国家民族大义为重，和我们忠义救国军合作，共同杀敌，保家卫国。"

赵老末听了，打着哈哈道："今天是我赵老末的大喜日子，只谈家事不谈国事，大家尽兴，喝个痛快。来，我们大家都敬王司令一杯，感谢王司令百忙之中给我赵老末面子，喝。"

众人举杯，此起彼伏地叫道"喝喝喝"，正要喝下杯中酒，新房的门"吱呀"一声打开，新娘子宋江雪缓缓从屋内走出。赵老末忙迎上去，柔声问她："怎么了，小雪？"

宋江雪抬起左手掩了下口鼻，低头说："我在屋里听到王司令来大龙山，想着该出来敬杯酒才是礼数。"

王佩飞赶紧站起来，笑道："好好好，这杯酒我喝，弟妹如此贤淑，赵老弟当真是好福气呀。"

赵老末有点疑惑地看了眼宋江雪，将手中的小半杯酒递过来，宋江雪左手接过，右手捏住左边宽大的袖笼，一抬头，就将酒吞下腹中，微笑着倾斜手中的杯子朝王佩飞示意。王佩飞哈哈大笑："好，巾帼不让须眉，请！"说罢仰头便喝。宋江雪等的就是这个时候，她右手极快地从左袖中掏出一把匕首，朝王佩飞的胸口扎去，眼看就要扎到衣服，手臂却突然被架住，是赵老末，他的手掐着她柔嫩的手腕，小声喝道："小雪，你这是怎么回事儿？"

王佩飞已经闪到一边，惊魂未定地看着一脸杀意的新娘子，疑惑地说："不知王某人何时得罪过弟妹？"

宋江雪想挣脱赵老末的手，无奈力不从心，她挣扎着朝王佩飞吼道："我呸，谁是你弟妹？你杀我爹杀我四个哥哥，我宋家男人一朝灭门，都是你这个人面兽心的畜生干的，我不杀你我誓不为人。"

王佩飞不可置信地看她："你是……你是宋家的大小姐？"不由想起了坊间

传闻，又看了看赵老末，说："原来赵老弟喜欢上自己的肉票了，当真是人生如戏啊。不过，宋小姐，我想这其中必定有什么误会，我不知道你怀疑我的根据是什么，但我王佩飞顶天立地，没做过就是没做过。救国军杀的是小日本，从不拿平民百姓开刀。"

王佩飞自然没有说实话，确实有人要他杀了宋家的男人，劫了嫁妆。他带着救国军劫了嫁妆，却没有杀人。他本来想把这些都说出来，但又考虑到现在是赵老末的大喜之日，说了这些，可能不妥。更重要的是，他们没杀宋家的男人，宋家的男人却在同一天被杀了。除了救国军，有这个能力的只有赵老末的土匪和共产党的游击队。救国军不会干这事儿，共产党的游击队也绝对不会干这事儿。那就只有一个可能了，正是赵老末的土匪杀了宋家的男人。现在自己又来参加赵老末的婚礼，新娘还是宋家的女人，他王佩飞如何说？只能推个一干二净。他想，这也不算欺骗宋江雪，他们确实没杀人。宋江雪当然不知道他心里想的这些，她看着一脸正色的王佩飞，心里的念头动摇了。宋家人都知道，宋学礼酒后将迎亲路线告诉了林双江，林双江又告诉了救国军，但那条路线后来并没有用，救国军并不知改动后的路线。她回头看赵老末，好像是寻找个主心骨，赵老末正一脸沉思，隐隐有种担忧，见她看他，赶紧道："我想这其中必定有点什么误会，来来来，扰了大伙儿的酒兴了，满上满上，丁火，带着弟兄们好好招呼王司令。"

宋江雪依偎在他怀里兀自颤抖，鼻尖上尽是细微的汗珠。他抬手轻轻拭去，看了她半晌，弯腰将她抱起，在土匪们的哄笑声中进了新房。关好门，赵老末微皱着眉头，坐到她身边，想到自己的手上沾满了宋家男人的鲜血，他的心一下子揪了起来，这天大的秘密，绝对不能让她知道。他盯着她的眼睛，喃喃地说："小雪，你记住，从今以后，我不会做任何伤害你的事，我会全心全意保护好你，不让你受任何委屈！"

宋江雪泪眼朦胧地看着他，重重地点了点头。这个男人，值得自己托付一生。

2

宋江雪成了大龙山压寨夫人的消息传到了木扎镇，成了人们谈起就眉飞色舞的八卦话题。宋家酒楼里，酒客们都追问汪掌柜这宋家大小姐是如何貌比天仙，如何心思玲珑，才能将杀人如麻的土匪赵老末勾兑得魂不守舍？不仅舍不得杀她，甚至还娶了她，对她言听计从。汪冰一脸笑意地周旋，心里到底松了口气，小姑子没死就行，嫁给赵老末是祸是福，都是她的命。

但宋家到底还是被这个消息拖累了。

宋文彬之前就预言过宋江雪会成了大龙山的压寨夫人，赵老末成了宋家女婿后就会来霸占宋家家业，宋柏生同意他的这个看法，也支持他因此接管宋家家业。当宋柏生通过木扎卖菜的做衣服的小贩们确认赵老末娶的新娘确实是宋家大小姐宋江雪后，立即到祠堂里砸了宋江雪的牌位，并声明宋氏宗族从此将她扫地出门，然后跑到宋钱氏那里，直接通知她十日之后，宋文彬接管宋家家业。

接二连三的打击，让宋钱氏更显衰老，已经如秋日里萧瑟西风中老槐树上的一片枯叶，随时都可能脱离枝头飘零坠地。宋江雪那装在竹筒里的两只眼睛成了她赶不走的噩梦，为了别人的孩子放弃亲生骨肉，只是为了守住宋家，到底值与不值，她已无力辨别。如今虽传来女儿未死的消息，但又成了土匪赵老末的压寨夫人，她这一辈子就这么毁在大龙山里，想当初她情窦初开喜欢上乔洪涛，自己横加干涉，却不料却落个如此更加不堪的结果。她破败的心肺本已不堪重负，宋柏生又给她下了十日之后宋文彬接管宋家家业的最后通牒，甚至都没打算听她辩白。她一时也没了办法，心灰意冷，竟一病不起，只能拉了媳妇金咏梅，交代再试一试，如果实在没有办法改变十日之后宋家易主的局面，她决定就认命了。

金咏梅能做的，只有找刘红驹拿主意。刘红驹思索半天，还是实话实说，清官难断家务事，宋柏生用私刑，他可以用政府禁用私刑为借口干涉；宋江雪被绑到大龙山生死未卜，他可以挑动日本人剿匪，可现在，他没有任何理由可以阻止宋柏生做主将宋家交与宋文彬。但他看不得金咏梅伤心，决定还是出面调停一番。只是宋柏生已经被宋家家业归属的事情纠缠得甚是不耐烦，打定主意一次性解决，因此对刘红驹插手宋家家事极为反感，刘红驹无功而返。看着病床上白了半头的婆婆，金咏梅小心翼翼地提出，要不，让弟媳李美兰出面，请日本人来镇住宋柏生？宋钱氏坚决拒绝，她说，宋文彬一家是狗，日本人却是一群狼，赶走了狗却来了更凶猛的狼，宋家别说要保家业了，被剥皮拆骨都有可能。

金咏梅到底不甘心，她去药铺找李美兰商量，李美兰也明白宋家家业如果到了宋文彬手里，对自己意味着什么，尽管她并没有原谅小林真雄，但想想实在没什么办法，就同意去找他试试。

小林真雄从大龙山上逃回来后一直没有找过李美兰，他喜欢她，这点他从不怀疑，但他也清楚，来往多了，自己日本人的身份会让李美兰为难。他不想让她为难，他决定要将爱情之花在盛放之前扼杀掉。他想他就快成功了，他就要忘掉她耳垂后面那颗浅色的小痣，忘掉她看着医书时不自觉靠拢过来的柔软的身体，他就要将她赶出自己的梦境，他就要……可是，有人告诉他，她要找他。他立即站起来，迫不及待地冲到军营门口，果然看到李美兰站在那里，眼里满是忧愁。

"你，找我有事？"说完这话，小林就恨不得咬自己的舌头，没事她会主动来找他吗？

"你说吧，只要我能帮上忙。"他赶紧说。

李美兰有点尴尬，之前对他心生怨念，恨不得他从此以后彻底消失，现在有事了，又巴巴地找上门，但她也没有办法，眼下也只能找他。她嗫嚅着将宋家的处境讲与他听，希望他能出手帮帮宋家。小林真雄叹了口气，为难地说："这是你的家事，我的身份只是一个军医，无职无权。当初帮你把学礼君救出来，也是因为宋家是木扎的大户，长官想进一步了解宋家才给的人。眼下，我可能帮不了你。"

李美兰知道他绝不是推托之词，但她还是坚持说："你到底是日本人，他们会忌惮你，哪怕再延迟几天，让我们再想想办法也好。"

小林心里黯淡了许多，她这样一个柔弱的女子怎能承担一个家族的命运呢？他想起宋江雪冒着风险将自己从土匪手里私自放掉，除了她心地善良，未尝没有三嫂李美兰和他相熟的原因。他使劲地点点头，这个日本人的身份，对她若是有用，就权且试试吧。

小林没有想到的是，宋柏生还真不怕日本人，根本就不买他的账，他都懒得看他一眼，只是看着李美兰，冷笑一声，说："我说侄媳妇儿，想不到你还有这个本事，能拉一个日本人来给宋家撑腰。你这是瞒着婆婆的吧？不要忘了，你婆婆素来最恨日本人插手宋家的事儿。我告诉你，他日本人再横，也不能在宋家横，我宋柏生不吃这一套！十日之后，宋家的家业就由宋文彬看管，你们收拾好衣物，准备各自回娘家吧。"他这些话，是说给李美兰听的，自然也是说给小林真雄听的。如果李美兰没有带着小林真雄来，他还真有可能不会说这些难听话，但看着李美兰把日本人带来了，他心里就有气，说话就重了。

李美兰哪里能揣摸到宋柏生的想法？她气得浑身发抖，宋柏生根本就是个不讲人性的老东西，几天之内，就想把宋家拆散，让孤儿寡母净身出户自谋出路，何其残忍！但她不知如何表达自己的想法，只是伤心欲绝地流着眼泪。

小林气愤得想要冲上去和他理论，被李美兰死死拦住。宋柏生更是不屑，坐下来自顾自地喝茶。双方正在僵持着，宋学礼突然来了，他看了看泪水涟涟的李美兰，又看了眼一脸愤懑的小林，心里明白了七八分，再问了李美兰，果然还是因为宋家家业的事情。他走到紧紧地绷着脸的宋柏生面前，说："族长，你就不用再费心了，对宋家的家业，我宋学礼没有任何觊觎之心。"

宋柏生放下茶盏，正襟危坐，严肃地说："学礼，这家业不是你要不要的问题，而是那帮女人能不能守得住的问题。你也知道大龙山上的土匪赵老末成了宋家女婿，如果他想霸占宋家怎么办？"

宋学礼说："那也是宋家自己的事，谁也管不着。他宋家家业丰厚，也不是族长您老人家给的，更不是宋家某个人给的，那是她们的家人一手打拼的，谁也没资格剥夺。族长，我说句不中听的，这几个女人守着宋家已经很不容易，作为族长，不帮便罢，怎能时不时地去威胁她们，让她们坐立难安？你于心何忍？"

"你，你，"宋柏生被宋学礼的话堵得心口发闷，"你懂什么？这是族里的规矩！"

宋学礼抿嘴一笑，说："这族里的规矩我是不懂，但是，族长，我把话放在这儿，你要是把宋家的家业交给我父亲，到时传到我手上，我一定会把它们拱手交给日本人。到时候，你也无权干涉我这个宋家男人做出的决定吧，族里的规矩嘛。"

宋柏生吃惊地看着宋学礼，不知说什么是好。宋学礼乘胜追击："这接管宋家的事儿，我自会和我爹说去。您老啊，以后别再盯着宋家的事儿了，把自个儿的心操坏了，可没人念您的好。告辞。"言罢，谁也不看，转身便离开祠堂。

这场迫在眉睫的危机就这样被宋学礼三言两语迎刃而解。而且，还解决得颇为彻底。宋文彬气得大骂，宋学礼寸步不让，坚决不让他接管宋家。宋文彬再去找宋柏生，宋柏生让他先去把儿子摆平再说，如果摆平不了，这宋家家业就是落到土匪手里，也比落到日本人手里好。宋文彬如果没有摆平自己的儿子，他就不管这事儿了。

宋钱氏听了李美兰的转述，心生感慨，宋学礼到底和他爹不一样，他曾被自己逼成那样了，现在还帮着宋家说话，对这已成囊中之物的宋家庞大家业毫不动心。这么说来，他确实毫无杀害宋家男人的动机啊。这样一想，她觉得自己的胸口轻松了许多，但转瞬，她想到了另一个活着回来的男人，心里又"咯噔"一下，痛到彻骨，会是他吗？而李美兰却没有想这么多，她想着宋学礼在祠堂慷慨陈词的模样，心里对他充满了感激，自己没看错，他确实是一个好男人。

3

宋钱氏的身体慢慢见好，开始在院子里四下走动，一会儿靠在这棵老槐树上，一会儿又坐到那棵老槐树下。她心思重重地晒着太阳，流了一身汗，擦把身子回屋里睡下。睡不着就瞪着屋顶发呆，心里一遍又一遍地思量着宋家的未来。她已经力不从心了，惨案出来后，她强撑着度过了步步危机的一个个日日夜夜，实在太累了，守不动了，宋家要靠儿媳妇们来守了。她看出来了，金咏梅已经和刘红驹好上，汪冰整日留在酒楼不回家，恐怕已搭上了董少宾。李美兰最胆小，好在那个日本军医对她颇有情意。只是，这些事儿只能暗里来。她们是堂堂正正的宋家媳妇，要想守住宋家，一辈子就只能是宋家的媳妇。她考虑了半天，喊来了金咏梅，也不旁敲侧击，直接对她说："咏梅，你和刘红驹的事儿要固定下来，既然你不能甩掉宋家儿媳的身份，要不，就让孩子认他做干爹吧。"

金咏梅明白婆婆的心思，立即应承下来。刘红驹自然也很乐意，有了这样的名头，以后出入宋家或者和金咏梅来往也顺溜些。

宋家未来继承人拜了木扎镇镇长做干爹，是件很有面子的事情，宋家挑了个黄道吉日上供焚香，大摆筵席，把宋氏家族的人尽数请到宋家酒楼，楼上楼下摆了三十多桌，好不热闹。四岁的宋祖佑撅着肥硕的小屁股对着坐在上位的刘红驹三跪九叩，干爹喊得脆生生的。刘红驹为他取名树秀，宋祖佑就又有了个名字叫刘树秀。宋家送了刘红驹一顶金咏梅亲手缝制的礼帽,刘红驹给干儿子准备了一套银筷银碗。酒楼外鞭炮炸了近一个时辰,全木扎都知道,以后谁要是得罪了宋家那就是得罪了镇长。

酒席办得异常丰盛,汪冰从县里请来大厨,许多食材来自邻县,甚至是去省城进的货,天气较热,它们都被大量的冰块围着保鲜。鞭炮声里,开始上菜,食客们摩拳擦掌,垂涎欲滴。走堂的伙计银鱼一样穿梭在人流里。菜一上,许多见过世面的人都倒抽凉气,这次宋家动真格的了,这每桌首先上的是四冷荤,卤水金钱肚、水晶肴肉、五彩鸡丝、黄河鸽子鱼。就鸽子鱼这一道菜,就能看出宋家的家当雄厚,这玩意儿肉质细白,能壮阳补肾,在以前那是贡品,皇帝吃的菜。老话说"天上的鹅肉,山里的鸡,比不过黄河的鸽子鱼"。鸽子鱼生活在黄河水流湍急的峡谷中,很不容易捕捞。寒冬沉入河底冬眠,初春苏醒,三四月间产卵;夏季黄河汛期水流特别混浊时,它才不得不浮出水面换气,这时就是人们捕捞的良机。如今无论大小,都要卖上一两块大洋一条。三十桌,就这一道菜,近百块大洋没了,够一般人家五六年的日常开销了。另外,还有四凉菜、四大菜、八热炒、四点心、两碗粥、两汤羹。许多人一辈子也没吃过这桌上的一道菜,于是各个都埋头苦吃,恨不得身上多长一个胃。

汪冰看着酒席上笑意盈盈的金咏梅,心里对婆婆的偏心更是意见深重,想当初给日本人办酒席,那是赚钱的正当生意,先前垫点都怨声载道,可这回,实打实地往外砸钱,她眉头都不皱一下,都是儿媳妇,差距怎么这么大呢?再想想,她原本对刘红驹有那么点心思,哪知世事弄人,他偏偏喜欢的不是她,而是金咏梅。想到这里,汪冰心里纷乱如麻,又看看一桌桌吃相寒碜的食客,眉头皱得更紧了,她都说没必要请这么多人,宋钱氏非坚持不可,说要搞得热热闹闹,其实许多人她们根本就不认识。她不耐烦地转身欲走,突然发现情况有点不对,有几个食客匆忙离开桌子,还没走几步便"哇"地吐了一地。桌身摆放拥挤,有的直接吐到别人身上。那人还没来得及抱怨,更多的人站了起来,吐成一片,一时桌椅声哗啦不停,更多人干脆趴伏在桌上吐了起来。汪冰吓坏了,赶紧先唤了个伙计让他去找董少宾,然后急切地寻找刘红驹。刘红驹一直在敬酒,没吃什么东西,他也发现不对劲,正往厨房里跑去。汪冰反应过来,是的,这些人应该是中毒了。她赶紧跟着他往厨房跑。宋家酒楼乱成一片，许多人开始上吐下泻，又来不及找茅房，都拉在了身上。哭声，骂声，惊恐的呕吐声，让赶来的李美兰怔在门口，手足无措。这么多人她根本看护不来。身后响起了急急的脚步声，她忙回头，看到长春堂的乔洪涛提着药箱赶来了。她感激地朝他笑笑，赶紧俯身检查中毒者。她和乔洪涛检查了几人，商量了一下，确定是中毒，至于如何中毒的，中了什么毒，他们没把握。大厅里臭气烘烘，中毒者情绪激动，用仅有的一点神智咒骂着宋家，甚至还有人举起椅子想砸人。李美兰头疼欲裂。正在这时，董少宾带着几十人冲进来，恶狠狠地盯着那些人，他们泄气地扔下椅子，也不敢叫骂了，抱着肚子蹲在地上呻吟。

李美兰和乔洪涛出了一身汗，两人商量了一会儿，因为不知道到底是何种原因中毒，就开了张普通的方子，用生甘草、绿豆水煎服。

宋钱氏嘱咐人立即着手准备。

药水很快煎好了，喂食给患者，效果不大，还是在吐，有人开始晕厥了。李美兰无助地看着婆婆，宋钱氏脸色发黄，坐在一边喘着粗气。她不敢去看满地狼藉和哀号的人们。无论是宋家，还是她自己，都经不起折腾了。

李美兰焦急地看着乔洪涛，连声问他："怎么办，怎么办？"乔洪涛也是一脸焦急，却也没什么办法。

门外传来汽车紧急刹车声，开车的是日本兵。小林真雄带着两个日本人从车上跳下来，跑进酒楼。人们看到三个穿着军装的日本人进来了，一时呆住了，竟然也忘记了呕吐。李美兰如遇救星，忙迎上去，声音哽咽道："你来了啊？你来了就好了，我治不了他们。"

小林冲她点了点头："别着急，交给我吧。"

他蹲下来查看了几个人，又翻看了呕吐物，便从药箱里拿出注射器，将一些药水兑到一种粉末里，摇匀后吸入，准备给患者注射。

"这是什么？"李美兰奇怪地问他。

"这是西药，对解毒效果很好，无论是食物中毒还是药物中毒都能缓解，先缓解，再找到原因有针对性地解毒。"小林一边说着一边扒开食客的裤子将药水注入他们的臀部。他的助手也手脚不停地替食客注射。

李美兰心灵手巧，马上就学会了，拿起另一个注射器，帮他换着针头，让他两只轮换使用。小林走马灯似的忙个不停，一点都不觉得累，他很高兴这个时候能在她身边，陪她渡过难关。

西药果然管用，一会儿工夫药效就出来了，很多人可以坐起来趴着休息了。小林又吩咐端来一锅烧开的淡盐水，让他们补充一下消耗掉的水分。场面控制住了，李美兰松了口气，擦了把汗，瘫坐到椅子上喘气。

刘红驹在厨房仔细察看，没发现什么问题，但他知道问题一定出在菜里面。他走到大厅，将小林、李美兰还有乔洪涛喊到厨房，让他们也看看。小林想了想，说："这些人中毒不像是被人下了药，倒像是食物不新鲜引起的，我观察了一下呕吐物，都有鱼肉。从下腹到呕吐的时间来看，应该是鱼肉中毒。"

刘红驹带着疑问看着汪冰，汪冰想了想，说："那是黄河鸽子鱼，但它不可能变质，我们都是用冰块围住的。"

"我觉得可能是鱼肉问题。桌上的许多菜我也吃了，但就是没吃鱼肉，我敬了酒回桌上时，鱼肉就已经被吃光了。"刘红驹说，"鸽子鱼向来稀有，一上桌就被瓜分完了，我还遗憾了一下，想着晚上再来讨点吃呢。"

"还有没烧的鸽子鱼吗？"小林问。

汪冰点头，带他们去食材间看，就见一个木柜被厚实的棉被包裹着，里面放满了冰块，还有几条尺把长的鸽子鱼，鱼身完好无损。

刘红驹凑近看了一会儿，用一旁的竹夹夹起一条，问："这鱼是不是都像我这样拿？"

汪冰点头："这鱼金贵，大师傅都是这样拿鱼的，但你夹的位置不对，他们只夹头部，不夹鱼身。"

刘红驹皱起了眉头："那为什么这鱼鳍下面会有人的手指印呢？"

大家低头去看，果然，鱼鳍下面有个位置凹下去了，有成年人的大拇指大小。

所有人都明白了，有人在这鱼上动了手脚。刘红驹绕着木柜转了两圈，眼睛又盯向一旁的长木凳，有一端隐约显出渗入到木头里的水渍。他用力地按了按，将手指放到鼻下，浅淡的鱼腥味。他示意一下乔洪涛，乔洪涛和小林都依葫芦画瓢地嗅了一下，心里都明白了，有人将鸽子鱼从冰柜中拿出，放到外面一段时间后又放了回去。此时，鱼肉已经变质，但重新冰冻之后再进厨房，大厨忙得团团转，自然发现不了。烹饪时鸽子鱼加入调料，即便没有完全除去变质的味道，一般人都第一回吃这稀罕玩意，自然不会察觉。

小林对众人说："可以确定是鸽子鱼变质导致的中毒，鱼在室温二十度以上搁置五小时后，病菌大量繁殖并产生肠毒素，这种毒素耐热力很强，经加热煮沸半个小时，仍可保持其毒力而致病。这两天温度还出奇地高，放在外面两三小时，这鱼就不能吃了。"转身又对李美兰说："你开个中医的方子煎服药给他们按时喝下，应该没有问题。"

李美兰点头，看向乔洪涛："用紫苏叶怎么样？"

乔洪涛想了想，说："可以，再准备点姜汁调服，紫苏叶煎得浓一些，多备点，给他们每人装上一壶，带回去兑些水喝。"

李美兰看了眼小林，他正看她，眼神温柔。她想了想，走到他面前，轻声说："今天这事儿多亏了你，以前的事儿，我不怪你了。"静了静，又说，"我回药铺抓药，先走了。"

小林听她说既往不咎，顿时喜不自禁，赶紧趁热打铁："我和你一起去吧，药量很大，我怕你一个人忙不过来。"

李美兰刚想说还有乔掌柜帮忙，刘红驹看了看两人，插嘴道："我看就这样吧，你们俩去抓药煎药。乔掌柜，麻烦你随我出去安抚下众人，你是镇上的大夫，你把情况说一下，你的话比宋家自己的大夫更要管用。"

刘红驹说得在理，李美兰便不再坚持，带上小林抓药去了。药煎好，服侍众人喝了，又给每人灌了一壶。汪冰让董少宾的保安队帮着将众人送回各家。刚开始时，众人都有怨言。宋钱氏开口每人补偿十块大洋，那些人离开时倒有点欢天喜地，吐一场换来半年的开销钱，还是值得的。等忙完了，天也黑了，一干人才回到家里。

到底是谁使的坏？目的是什么？这问题让宋家人如鲠在喉。

金咏梅揣测说："会不会是小叔？他三番五次想霸占宋家，一直没有得逞，怀恨在心做这事也不是没有可能。"

汪冰摇摇头："不可能，外人根本就不知道我们的食材放在哪里。再说了，放食材的屋子没有窗户，门上了锁，钥匙只有一把，我随身带着，谅他宋文彬也没这个本事。"

刘红驹摸着下巴想了一会儿，扭头看着汪冰说："你的意思，这食材也只有宋家自己人才知道放哪里了？而且，要想进屋子，必须从你这儿拿走钥匙才行？这么说来，这事儿有内鬼啊。会是谁呢？"

宋钱氏问汪冰："这几日你很少回来，有没有可能在外面不小心被人拿走钥匙？"

她显然指的是董少宾。

汪冰脸上一红，她自然听出了婆婆的意思，婆婆竟然怀疑董少宾，这让她有些恼怒，你竟然知道董少宾不是个好东西，为什么却要把我分配给他？恼怒归恼怒，却也不好发作。她相信这事儿不会是董少宾做的，一来她守着他，他没有机会，二来董少宾也不会瞒她的。那会是谁呢？她想了一会儿，突然想起了什么，忙说："昨天晚上留根到我那儿过，正好来了批新鲜食材，我走不开，就让他拿了钥匙开门，他还帮伙计把食材搬进去，会不会他把钥匙在肥皂上按个印，又配了一把？"她犹豫地看了眼婆婆，她知道婆婆对留根十分信任。

宋钱氏皱着眉头不说话。

刘红驹说："如果是留根，他为什么要破坏宴席呢？对了，我想你们也不会忘了，宋家出事当天，活着回来的除了宋学礼，就是留根啊。你们从来就没怀疑过他吗？"

宋钱氏勃然大怒："怀疑留根？怀疑谁也不能怀疑他！留根是我从小养大的，不是儿子也当儿子看了。现在，宋家的男人死光了，就只剩下他一个，他是宋家的顶梁柱！"

顶梁柱？刘红驹皱了下眉头，他听金咏梅说过宋学礼仗义帮助宋家的事儿，再次肯定了自己的判断，宋学礼不像杀害宋家男人的人，那么，同样活着回来的留根就有了嫌疑。他看了看金咏梅，她正朝他微微摇头，暗示他别顶撞宋钱氏。他沉思了一下，淡淡地说："这事儿总归是有人故意干的，所有的迹象表明，是宋家自己人干的，目前我们知道的也只有留根碰了钥匙，除非还能找到第二个，否则留根就不能排除掉嫌疑。至于他为什么要这样做,也只有他自己知道了。老太太,我知道你不喜欢我这么说,如果听进去了,您就防着点;听不进去,您就当我没说过。我现在是孩子干爹,总不至于不为宋家打算。"

说完这话,他见宋钱氏仍旧绷着脸,一副余怒未息的样子,觉得自己再待下去也没多大意义了,就告辞走了。金咏梅跟着他出来,见他脸色不悦,忙说:"你是不是生我婆婆气了?她就是这样,你别在意。"

刘红驹摇摇头:"不生气,只要不直接关系到你,再大的事儿我都不生气。这两天我那儿也有点糟心事儿,不顺,有点烦。"

"什么事儿?说来听听。"金咏梅陪着他边走边问。

"这都是爷们的事儿,说给你听,你就会瞎担心,我会解决的……今天和我一起回去吧?"他眼神热乎乎地瞅着她。

她红着脸低下脑袋,轻声道:"不了,今天出了这事儿,我还是待在家里吧。"

刘红驹叹了口气,回头望望百十米外的宋家大院,说:"也好,我送你回去。"

金咏梅转过身来,看看院子,又看看他,两人都笑了。

送走了金咏梅,刘红驹的笑容戛然而止,他一想到那糟心事就笑不出来了。他很少待在政府的办公室,一有时间就满镇上跑,办公室的事儿,一般都是武剑替他照应着。几天前,武剑告诉他,他发现办公室的抽屉被人翻过了。他曾故意把木扎镇新任镇长刘红驹的任命书折了个角,这次打开一看,那个角竟然被抹平了。刘红驹一愣,这么看来,有人对他的身份产生怀疑。他找任命书干什么呢?刘红驹翻来覆去地看着任命书,目光落在照片上,心里一动,那人肯定是翻拍照片送往南京证实他的身份去了。

这真是个令人头疼的问题。会是谁干的呢?

刘红驹猜得不错,确实有人翻拍了他的照片,这人就是朱子青,只不过他不是送往南京,而是送往了重庆。他一直怀疑刘红驹会不会是军统的人,根据他的行事方式,既不像商人,也不像汪伪政权的官员,哪有汪伪政权的官员出卖日军情报的?他要么是军统的人,要么是共产党的人,但他上次把共产党游击队的撤退路线也出卖给他了,那就剩下一种可能了,他是军统的人。但让他失望的是,重庆很快来了回复,他们看了照片,此人根本就不存在军统任何人事档案中,换句话说,军统没有这号人物。重庆方面同时指示朱子青争取刘红驹为军统做事,如果他只为日本人做事且对军统不利,就借机除掉。

逃离木扎

1

　　转眼间到了1943年的秋天，战争在两三年前就陷入胶着状态。日本短期内灭亡中国的计划早已破灭，被迫在中国进行持久战。他们在各地成立维持会，想要利用中国人管制中国人。木扎镇自然也要成立维持会，井上一夫知道宋家在木扎的势力，就让宋学礼当说客，说服族长宋柏生出任维持会会长。宋柏生颇有节气，对日本人痛恨入骨，自然不同意。他讽刺道："宋学礼，你自己当狗还当上瘾了，还想把我也拉进去。我告诉你，我是顶天立地的人，不是四肢趴地的狗。你喜欢当，你尽管当去，别打我主意，我们不是同类。"

　　宋钱氏这回却说了宋学礼爱听的话，她对宋柏生说："族长，你也别动怒，这汉奸不过是一种叫法，他宋学礼当了所谓的汉奸两年多了，你见过他做什么伤天害理的事儿吗？没有。所以啊，我倒想劝劝你，你不妨就去当那个什么维持会的会长，这样也可以庇护宋氏宗族嘛。"

　　宋柏生冷笑："是庇护你宋家吧。宋家太太，我就算体谅你处处为宋家考虑，也不会因此丧失我最起码的良心。国家兴亡匹夫有责，我一介老朽，不能为国事出力谋事已是愧疚，怎能做出为虎作伥之事。我宋柏生，就是死，也不会和日本人狼狈为奸的。"

宋学礼自己就不愿做汉奸，劝起硬骨头宋柏生自然也没什么劲儿，最后无功而返，井上一夫听了他的回话恨恨地说，若不是非常时期，早就把宋柏生一枪给崩了。

这确实是一个非常时期。这一年，整个世界反法西斯战争都进行得异常激烈，日本要阻止反法西斯力量的进攻，开始进行大量的物资储备供应前线。木扎镇的日军物资中转站将宋家所有的仓库占用，装满了枪支弹药，旧的去了，新的又来了。这段时间屯集的是粮食，准备运往前线。从刘红驹处得到情报的游击队准备劫走粮食，只是，这次行动难度较大，董明霞觉得有必要寻个盟友相助，她不敢再次指望背信弃义的忠义救国军，决定再上大龙山，联合土匪赵老末展开行动。她没有想到，赵老末此时已经决定接受救国军的改编，他虽不知道游击队和救国军是否有恩怨，但一山不容二虎这个道理他清楚，所以，董明霞和游击队副大队长杜立三一出现，他就使了眼色，让手下下掉他们的枪，并关押起来，准备把她两人交给救国军，以表示自己接受改编的诚意。他叮嘱看守的土匪赵小安说："无论如何不能让你嫂子知道这事儿，要不然，她又要闹腾了。她现在身子重，我可架不住她提任何要求，她就是要上天，我也得给她扶梯子。"

被卸了枪的董明霞懊恼不已，怎么就没想到救国军也会来拉拢赵老末呢？她看了眼窗外，那个叫赵小安的土匪手握一把短枪，身姿笔直地站在屋前的草地上。董明珠看了眼他的身板，有点奇怪，看不出来土匪中也有这种军人气质的。她小声地喊道："小伙子。"

赵小安左右看看，最终回头，指着自己鼻子问她："你喊我？"

董明霞说："小伙子，你是不是参加过什么部队？"

赵小安身子一僵，问她："你这话怎么说？"

董明霞说："我看你站哨的样子好像受过专门训练，土匪都是乌合之众，哪里有像你这样的？"

赵小安沉默了一会儿，说："我以前是胶东游击队的，后来走散了，到了这边。"

董明霞兴奋起来，胶东游击队，这不就是自己人吗？她忙说："同志，我们是自己人。据我所知，胶东游击队杀小日本厉害着呢。你看，我们麦河游击队也是杀小日本的，你和我们走吧，当土匪只会欺负自己人，是孬种。"

赵小安走过来，看着她，很认真地说："可是我当了一年多土匪，也干了些坏事，这要是被组织上知道了，会受处分的。"

董明霞劝他说："你这都是叫环境给逼的，又不是主观上故意这样做的。你若加入我们的队伍，我向你保证不追究你当过土匪，你看行不行？"

赵小安看看她，又看看杜立三，杜立三立即说道："我们队长一言九鼎，大伙儿特服她。"

赵小安沉思了一会儿，一咬牙，说："成，我跟你们走。"

他打开门，带着他们走进竹林。正是中午，土匪想必都在休息，竹林里很安静，竟然没遇到一人，一直快到山脚，才看到一个二十出头的土匪慢悠悠地往山上走来。他看到他们三人，疑惑地看了眼赵小安，问他："赵小安，你这是干吗去呢？"

赵小安含糊不清地说："噢，老大交代的。"

那个土匪不以为意，点点头就要擦身而过，赵小安胳膊突然勒住他的脖子，用力向右一掰，一声闷响，那土匪就被结果了。董明霞来不及阻止，惊讶地看着他，但想想此时正是逃跑之际，下手重也合情理，就不再多说，三人赶紧离开。

回到麦河根据地，董明霞就和政委苏松林发生了争执。既然已经指望不上赵老末，苏松林决定独自攻打日军物资中转站。董明霞竭力反对，此战既不能打成运动战，又不能成为伏击战，只能是攻坚战，而物资中转站在日军重兵保护之下，无论是兵力还是武器都远甚于游击队，双方力量过于悬殊，如若强攻，游击队必败无疑。

苏松林坚持道："无论如何，我们必须要把中转站的粮食夺过来。日本人缺少吃的，自然也就没什么战斗力了。与其让前方将士牺牲，不如我们做出牺牲。这一仗必须打！"

董明霞苦口婆心地说："粮食一定要夺，仗一定要打，但明知道强攻必败无疑，为何还自寻死路？土匪这儿行不通，我们还可以联合救国军，只要好好做工作，他们也会明白这个道理。"

"救国军?"苏松林冷笑道,"董队长,我看你是好了伤疤忘了疼,救国军就是一帮顽固的家伙,上回商量好的联合对日作战呢?你被打得节节后退时,他们在哪儿?这个时候还敢指望他们?他们不在背后捅上一刀就谢天谢地了。"

董明霞沉着脸不说话。苏松林放低了声音说:"这仗无论如何都要打,土匪也好,救国军也罢,谁也指望不上,只能靠自己,到时我也参加战斗,多一杆枪多一分力量。这是组织的决定,你准备执行吧。"

董明霞看了他一眼,扯了下嘴角,苏松林是政委,动不动就拿组织来压她,她还真的没法和这个"组织"讲道理。"组织"只会让她执行。但苏松林要参战,她又是不愿意的,苏松林从前一直在抗大教书,没有进行过多少军事训练,要枪法没枪法,要体力没体力,到时候还得派人专门照顾他,真还不如不去。董明霞摇了摇头,说:"既然决定了一定要打,那咱们还是按老规矩来,你在这里留守,我去。"

2

尽管做了周密部署,但这仗打得如此艰难,还是超出了董明霞的想象。

部队昼伏夜出,半夜时分到了木扎镇外。按照计划,游击队在凌晨一点半展开行动。根据踩点人员的情报,这个时间点离日军哨兵换岗还有半个小时,是他们精神最松懈的时候。董明霞不放心,让队伍隐蔽下来,自己带着杜立三悄悄地潜伏到中转站抵近侦察。她发现日军站岗人员多了一倍。她心里突然隐隐约约有些不安,觉得日军好像有了防备。游击队本来只能靠偷袭速战速决,如果日军预先有防备,那这仗就没法打了。可如果就这样撤回去,谁知道苏松林又会如何责难她呢?

这仗还是要打的。董明霞咬了咬牙,对杜立三说:"你带着大伙儿不要和日本人正面对着干,避开火力,但仍要制造动静引起他们的注意,在这里佯攻。我带人把粮仓烧了。粮食抢不走,我也不会把它们留给小日本。"

杜立三依计而行,战斗打响后,日军突然打开探照灯,亮如白昼,粮仓四周的围墙上出现了十多挺机枪。日军果然有准备。董明霞顾不得多想,带着十多个人猫着腰从另一个方向向粮仓奔去。日本人的火力和探照灯都被吸引到了杜立三带的队伍那里,她带着的十多个人摸到粮仓后的围墙。围墙两米高,布有铁丝网。她身手敏捷地攀上围墙,用随身携带的铁钳将铁丝断开,其他人跟着她钻了进去。大家将后背上的包裹打开,从里面掏出压得紧紧实实的棉花,快速地将它们撕得松软,然后将它们点燃,扔到各个角落里。火焰很快腾空而起,日军发现中了游击队的调虎离山之计,赶紧回撤,几处高脚楼更是把探照灯满地儿照。董明霞指挥其他人翻过围墙后,自己正要攀墙,日军的探照灯打在身上,子弹立即呼呼地往她这边飞来,她忙扑到围墙的死角处。子弹如此密集,她根本无法还击,只能拼命往后缩着身子,即使这样,一颗子弹还是射进了她的腹部。她闷哼一声,伸手压住伤口。日本兵的脚步声越来越近,她摸了下腰上的手榴弹,大不了,就和鬼子一起死了。

她用力地吸了口气,每一场战斗都会死人,自己运气好,这么多场战斗,能坚持到现在已经是赚了,没什么舍不得的。戏文上说,十八年后又是一条好汉,怕什么,不就是再等上个十八年吗?董明霞张嘴大口地换气,心里轻声地数着数字,为自己的生命倒计时,五、四、三……前面有枪声,她立即竖起耳朵细听,是粮仓那儿传来的,看来是杜立三带人来支援了。她摇摇晃晃地想试着站起来,冷不防一个人影呼啦一下从她的头顶上跳下来,接着听见有人喊她:"明霞,是我。"这声音有些熟悉,再一想,她立即被吓住了,是他!他也在木扎镇!乔洪涛怎么从未提过?

刘红驹把一根粗麻绳绕到她身上,然后一扬手,站在围墙上面的武剑就开始往上拉,他托住她的腿往上送,见她上了围墙,自己便退后两步,助跑,蹬墙,轻轻巧巧地就翻过了两米高的围墙。

大股的日军涌出来,杜立三只得边打边撤。看来是没法和游击队会合了,刘红驹和武剑只得借着夜色的掩护,轮流背着董明霞一路狂奔,一直跑到宋家的后门,左右看看无人,急急地敲门。门开了,是花婶开的门,看到两人还背着一个人,身上还流着血,吓了一跳:"咋回事儿啊?"

"快喊三少奶奶到大少奶奶房间,别声张。"刘红驹扶着武剑背着的董明霞,焦急万分,他的后背湿湿腻腻,他知道,那是董明霞腹部伤口流出的血。

花婶立即去叫人了。

金咏梅的卧室外有个独立小厅，武剑将董明霞放下来，擦了把汗，这才看清她的脸，吓得不由后退一步，赶紧回头去看金咏梅。灯光昏暗处，金咏梅惺忪着睡眼走了过来，她看到董明霞，也愣住了。武剑来回看看两人，再看看一脸担忧的刘红驹，想了想，心里似乎明白了些什么，但到底是什么，他自己又说不清了。

金咏梅心里咯噔一下，她看着董明霞，就像看到了镜中的自己。武剑想不明白的，她想明白了，这人和刘红驹有关系，并且很可能是非常亲密的关系，他喜欢的不是她，而是这个和她长得差不多的陌生女人。想明白了这些，金咏梅顿时无比失落。

刘红驹将武剑唤到身边，耳语了一阵，武剑便出门了。

李美兰反应快，虽然对深更半夜出现在宋家，并且和大嫂长得极为相像的这个女人感到震惊，但医者救死扶伤的本能让她更担忧伤者腹部的伤口。这很显然是枪伤，这个女人身份不一般。她简单地处理了一下，对刘红驹说："刘镇长，我这儿没有白药，压不住血，我记得长春堂乔掌柜那儿有，你得赶紧去弄一点过来。"

刘红驹眼神不离董明霞，点头说道："我知道，我已经让武剑去了。"

李美兰看了眼大嫂，对刘红驹说："这子弹我从未取过，手生得很，怕是她要遭罪了，你要不放心，乔掌柜或许……"

"不，"刘红驹很干脆地打断她的话，沉声说，"你取，她能受得住。"

金咏梅咬紧嘴唇，看着刘红驹欲言又止。正好听见动静的宋钱氏也出来了，她上前扶婆婆走到董明霞身边。宋钱氏见了她的长相，也愣了一下，但很快就被李美兰手上的血吓住了，连珠炮地问："怎么回事？这人受伤了？什么人干的？怎么到我们这里来了？"

"是小日本打的，我和武剑救了她，她伤得很重，必须立即救治，我只能带她到这里找三少奶奶。"刘红驹也不隐瞒。

宋钱氏眉头皱成了"川"字："怎么能招惹日本人呢？这要是被发现了，宋家怎么也逃不了干系。"

"只要你们不说，没人会知道。"刘红驹看了看眼前众人，冷声道，"她是为了打日本人受伤的。"

宋钱氏点点头，叹了口气："好，咱们不说，留根他们都在侧院，内院也就我们几个女人知道，不会说的。美兰啊，好好给她看，不容易啊，一个女人家能做出这等大事……你们嘴巴紧点，别透露出去了。刘镇长，看好了，你就赶紧把这姑娘送走吧，我宋家经不起任何折腾了。"

正说着，武剑回来了，他从怀里掏出了一些纱布一把小巧的匕首还有一瓶百宝丹，递给李美兰，然后附着刘红驹的耳朵轻声道："我没告诉乔掌柜这事儿。"刘红驹点点头："知道了。"

李美兰对刘红驹说："你们先出去，大嫂留下来帮忙就行了。"

董明霞腹中的子弹并不深，只是流血较多，等他们出去了，李美兰脱了董明霞的上衣，小心翼翼地将弹头剔出来，处理好伤口，包扎好，已经是满头大汗。她直起腰，刚要松口气，看到金咏梅盯着伤者的脸蛋沉默不语。李美兰低头看了看昏迷中的女人，开口安慰金咏梅道："嫂子，别想多了。"

金咏梅苦笑了一下，刘红驹和她，看来彼此都有秘密，有没有多想，并不重要。

3

物资中转站战斗结束后，日本人清扫战场，在一处墙角的位置，发现了一摊血迹，知道纵火者受伤，断定还没有离开木扎，便立即封锁了木扎镇搜捕伤者。

天刚亮，刘红驹就被震耳欲聋的敲门声惊醒。他迷迷糊糊地开门，门外站着两个日本人，说是井上一夫有请。刘红驹带上武剑去见井上一夫。到了办公室门口，武剑留在门外，刘红驹走进去，还没走到井上面前，井上便抬高声音道："红驹君，你马上带人去宋家抓捕那个受伤的共产党分子。"

刘红驹心里一震，微微侧头用余光扫了眼武剑，武剑会意，捂住肚子苦着脸对外面的人小声说："肚子疼，得去趟茅房。"

刘红驹看着井上一夫，一脸困惑："太君，发生什么事了？我去宋家抓谁去？"

井上说："昨天晚上，土八路偷袭中转站，烧了粮食，有个受伤的，被宋家藏起来了。"

刘红驹大吃一惊:"什么,宋家敢窝藏土八路?"

他摇了摇头,又说:"一帮子女人,哪有那个胆呀!太君,您是不是听错了消息啊?"

"胡说,提供消息的就是宋家的人,怎么会错?"井上一夫发怒道,"那个土八路是个女的,你赶紧去给我把她抓过来。"

他见刘红驹还在犹豫,瞪着他吼道:"你们这群人办事,拖拖拉拉,要不是皇军在忙,根本就用不着你们,还不快去!"

刘红驹赶紧朝井上点头哈腰称是,一路小跑,心里惊愕不已,董明霞昨晚送到宋家,今早就有人告密,还是宋家的人,这个人是谁?估计武剑已经安排妥当,刘红驹找到保安队,叫上董少宾,把井上一夫的意思传达了一遍,两人带上二十多人直扑宋家。

宋家大门紧闭,董少宾一脚踹在门上,门轰隆地响了一下,纹丝不动,又有几人上来,一阵猛踹,门被踹开了。留根慌慌地跑来,问道:"刘镇长、董队长,有何贵干?"

董少宾眉头一挑,冲着手下吼道:"给我搜。"

二十多人立即散开,逢门就踹,一时间宋家鸡飞狗跳。折腾了半天,除了宋家自己人,连个外人的影子都没有。

刘红驹皱着眉头,故意提高声音对董少宾道:"难道太君的消息有误,不是说是宋家自己人给的消息嘛。"他回头仔细观察着宋钱氏、金咏梅和留根、花婶夫妻俩的表情。因为李美兰不在,他早就放下心来,知道武剑这小子已经在李美兰的协助下将人转移走了。那么,眼前这四人中必定有个告密者,会是谁呢?

宋钱氏心思百转千回,她虽不知内里乾坤,但看李美兰不见了,刘红驹镇定自若,当下有数了。但刘红驹话里有话让她吃惊不小,看眼前这架势,确实是消息外泄的样子,是谁呢?内心虽然疑惑,外表还得做镇定状道:"刘镇长,我不知道你在说什么,一大清早就把宋家弄得鸡飞狗跳,也不说明原因,我们宋家到底哪里得罪了你们?"

董少宾哼了一声,冷冷地说:"老太太,这是唱哪出啊?明明是你们宋家的人报告太君,说有个土八路躲到宋家了,这会儿又想撇清啊?"

"不可能!"宋钱氏斩钉截铁地说,"我们一帮子妇道人家,从来搞不懂什么政治,只想好好过日子,无论如何也不会主动招惹是非,你们不要造谣中伤!"

刘红驹走到她们面前,眼睛像把刀子,挨个儿看了一遍,又回头看那些保安队员,说:"真没搜着?"

"没有。"保安队员很笃定地答道。

刘红驹一脸无奈,回头对董少宾说:"董队长,看来这消息有误啊,我们还是先回去报告太君再说吧。"

董少宾左右看看,宋家所有的门都敞开着,实在没有什么好查的地方了,他点点头说:"撤吧,撤吧,大清早的就不消停。"

"慢着!"刘红驹刚想松口气,宋学礼的声音从大门外传来,他的心倏地拎了起来,这事儿,宋学礼出声了,井上一夫必定也来了。果然,井上一夫跨进了院子,朝宋学礼叽里咕噜说了一阵。宋学礼微微地皱了皱眉,压抑着声音说:"太君说,消息绝对不会有假,一定是有人事先把土八路给转移了,只要把宋家在场的所有女人都带走,严刑拷问,一定会问出来的。"

刘红驹脸色一变,正想劝阻,门外传来了宋柏生的声音:"你们这么多男人,帮着日本人欺负这几个女人,也不嫌臊得慌!你们中还有宋氏的族人,连保护本族女人的胆量都没了吗?真是愧对宋氏列祖列宗!把宋家的女人留下来,要去,让我去!"在场的保安队员不少人也是宋氏族人,许多人羞愧地低下脑袋。宋柏生背着手跨进门来,轻蔑地扫视一圈,又看了眼刘红驹和董少宾,至于宋学礼,他根本不屑看一下。

井上一夫眯起了眼睛,宋学礼伏在他耳边轻声道:"他就是宋家的族长宋柏生,不愿当维持会会长的那个。"

井上一夫又叽里咕噜说了一阵日本话,宋学礼走到宋柏生面前,面无表情地朝门口做了个请的动作:"族长,太君说,那就请你走一趟吧。"宋柏生斜了他一眼,冷哼一声,抬头挺胸地出了院子。一大帮子人跟着走出去,刘红驹落在最后,临拐弯前又回头看了眼院子里的人,最后把目光定在留根身上,若有所思地笑了一下。

就在刘红驹、董少宾带着保安队来到宋家的时候，武剑带着女扮男装的董明霞跟着李美兰往长春堂走去。董明霞刚取出子弹不久，浑身乏力，只能软软地靠在武剑身上。幸亏大清早的，街上没个人影，要不然，这么热的天，两个大男人挨得这么近，成何体统。

"这是去哪儿？"董明霞迷迷糊糊地问。

"镇长说了，去长春堂乔掌柜那儿。"武剑对刘红驹愈发佩服，昨晚从宋家出来，他就告诉自己要机灵些，一旦出现变数，就把董明霞送到长春堂乔洪涛处。师傅就是师傅，道行高，有先见之明能未雨绸缪，要不然这个时候，自己就是热锅上的蚂蚁，手忙脚乱不知往哪里走。

"乔掌柜？乔洪涛？！"董明霞愣了一下，停下脚步断然道，"不行，不能去那里。"

武剑怔住了，果然是师傅喜欢的女人，不讲理起来一模一样，都这个时候了，还挑剔去处？他好声好气地说："镇长说了，乔掌柜那儿安全。"

董明霞一动不动地站在那儿，固执地说："绝对不能去，就是死，我也不去。"

武剑没辙了，他看着董明霞，无奈地问她："那你想去哪里？"

"只要不是那里，哪里都行。"董明霞听出武剑妥协，又无力地靠到他身上。

武剑抬头看天，再磨蹭，太阳就要出来了。李美兰想了一下，说："要不，藏我那儿去？"他听了，立即点头，果断地和李美兰往药铺走去，内心深处对刘红驹更加佩服。刘红驹告诉他，乔掌柜那里是最安全的去处。如果她死活都不去，他有两个选择，第一，直接打晕了把她送给乔掌柜；第二，送到李美兰的药铺，李美兰善良，一定愿意的。她那儿，日本人小林真雄经常去，最危险的地方也最安全。所以，今天一大早他翻了宋家内院的围墙溜进宋家后，偷偷找到李美兰，让李美兰给董明霞换上男装，一起从后门离开，没有惊动宋家其他人。打女人，他武剑做不出来，尤其还是刘红驹在意的女人，他怕自己即使下得了手，回去以后也会被刘红驹打得满地找牙，说不定真的会被他一巴掌拍到墙上去，抠都抠不出来。

董明霞被李美兰安置在阁楼上，那里也曾经是宋学礼藏匿的地方。

李美兰的药铺，不仅小林真雄经常来，宋学礼来得更欢。这俩人对李美兰一个比一个殷勤。李美兰倒不是故意对他俩若即若离，完全是依照本心，她对俩人都不反感，但对两人也没有更多的念想。她原本对小林真雄产生了点朦胧的情愫，但是白药事件后，尽管她体谅他的难处原谅了他，但自己也清醒了许多，小林不是个坏人，但他是个日本人。她不可能选择一个日本人的。同理，宋学礼人不错，做汉奸也是情非得已，但到底是为日本人做事，她也不愿和他有进一步的发展。她坦然地和他们说话聊天，只要涉及情感，她就像乌龟一样把脑袋缩回到坚硬的壳里。俩人都没招，只能有事没事就往她的药铺跑。小林真雄是军医队长，一个联队的日军，即便没有刀伤枪伤，头疼脑热的也占了他不少时间。宋学礼的空闲时间更多些，他一进药铺就像回到家一样舒坦，有时还无比怀念地仰望一下阁楼。

　　从宋家将宋柏生带到日军驻地后，宋学礼就跟着井上一夫外出了。第二天，他便跑到李美兰的药铺里，李美兰不在，伙计说外出进药了，伙计说完，就忙自己的去了。宋学礼转悠到阁楼的楼梯处，摩挲了下楼梯扶手，糙糙的，有点硌手，这触觉令他心里痒痒的，不禁想看看自己曾经藏匿过的阁楼。举步往上走，到了尽头，愣住了，什么时候上了锁？他凑近门缝往里看，后脊梁顿时冒出一层冷汗，一个身穿男子服装的女人，正躺在地上的木板上。他立即调转身子下了楼，坐在大门口发了一会儿呆，太阳照到他身上，火辣辣的，他把板凳挪到屋内，靠在柜台上，抬眼看了看阁楼，又垂下眼睑，似打盹一样，过了一会儿，竟然发出轻微的鼾声。

　　宋学礼睡着了，但没睡多长时间就被人推醒了，是个日本兵。他告诉宋学礼，井上一夫让他去宋柏生家里一趟，继续做他的工作，一定要让他当木扎维持会的会长。他愣了一下，说："宋柏生不是被抓来了吗？"日本兵叽里咕噜了一阵，宋学礼听明白了，昨天宋柏生被抓后，井上一夫把他交给手下诱降，让他当维持会会长，他坚决不从，被严刑拷打，浑身是伤。井上一夫外出回来后，怕将他打死不好向木扎的宋氏交代，就让人送回去了。

　　宋学礼心里暗想，我这不是去找骂吗？但井上一夫发话了，能不去吗？别忘了自己就是日本人的一条狗。他苦笑了一下，抬脚离开了药铺。

宋柏生被日本人打得不轻，躺在床上奄奄一息，院里静悄悄的。李美兰刚才来过，她查看伤势后，让宋柏生的家人去山上找几味草药，接着就去了长春堂，她需要白药，乔洪涛那里有。宋学礼在院里站了一会儿，最后只得硬着头皮走进了宋柏生的屋子。宋柏生听到脚步声，一看是宋学礼，对日本人的新仇旧恨全都涌上来，愣是吃力地支撑起半个身子，咳着、喘着气，将宋学礼一顿恶骂。宋学礼冷眼看他，骂吧，骂吧，嘴巴长在你的身上，就让你痛快去吧。他本来准备就在那里听着，随他骂，反正他又没少一根毫毛。他还是高估了自己的心理承受力，当他听到宋柏生说"你别忘了，杀死宋家男人的事情还没和你算账呢"，他突然就暴怒了，他的前程和命运全都是因为这个子虚乌有的罪名才发生了改变，他一直被这个咄咄逼人的老头蔑视着诬陷着，他满腹委屈浑身是嘴都说不清。他本来从南京回来就是躲日本人的，现如今，就因为这个，为了活命当了日本人的走狗，就连李美兰也对他刻意保持着距离。归根结底，全是怪这个死老头！他越想越气，刚开始是手抖，接着腿也抖，最后全身都在发抖。他神经质地到处看，最后目光落在宋柏生头边的另一个枕头上。他冲过去，将它拿起来，转身便将它死死地按在宋柏生的脸上，嘴里恨恨地叫道："我杀了宋家男人，你亲眼看到了？你没看到，你就乱说？我让你胡说八道，让你胡说八道！"宋柏生越挣扎，他越用力，几乎用尽了全身的力气，松手的时候，手指竟然僵硬得不能弯曲。

宋柏生僵硬地躺在床上，挣扎导致伤口又流出了许多血，将白色的短衫染出一朵硕大的红花。他的眼睛睁得圆圆的，似在发怒，似在说你们看，宋学礼果真是凶手，他又杀了一个宋家男人。

宋学礼愣愣地看着死去的宋柏生，倒抽一口凉气，半晌，咽喉里发出一声奇怪的呜咽声。他一屁股坐在宋柏生旁边，缓缓地抱住了脑袋。许久许久，他才伸手用力地抹了把脸，慢慢地合上了宋柏生死不瞑目的双眼，颤抖着说："你好好走吧，就是你，这都是你逼得我走到了这一步……"

4

宋柏生是族长，一生为宋氏殚精竭虑，最后又是如此有气节地死于日本人的酷刑，木扎整个宋氏家族都悲痛欲绝，自然要为他办好后事，让他走得庄严隆重,但他一生拮据,族里老人商量了,各家出点,宋家出大头主办。宋钱氏让金咏梅请来刘红驹帮忙照应。刘红驹一口答应,他觉得这是一个将董明霞送出木扎镇的机会。日军在宋家没有找出来受伤的土八路,自然不甘心,将整个镇子严密封锁了,五步一岗,十步一哨,连只苍蝇都飞不出去。刘红驹亲自去了趟棺材铺子,挑了个棺壁棺盖都七分厚的楠木棺材。棺材铺的掌柜高兴得嘴都合不拢,这棺木价格昂贵,摆放这里好几年都卖不出去,现在终于脱手了。

到了晚上,有三个黑衣人溜到了棺材铺门前。

这三个黑衣人就是刘红驹、武剑和董明霞。刘红驹左手拿了块长方形的木板,右手扶着还很虚弱的董明霞。两人之间的气氛有点尴尬,几年未见,双方都不再是从前的那个人。刘红驹已经想明白了,当年她中意的是乔洪涛,即便自己心思粗糙,也看得出来,她对乔洪涛不自觉流露出的小女儿情态。他有点心灰意冷,人一心灰意冷便诸事不顺,索性就离开了伤心地。董明霞对乔洪涛有感觉,他还是有那么点羡慕和嫉妒。所以,这次董明霞受伤,他都不曾通知乔洪涛,他一定会想法子将她平安送走,也不枉自己当年喜欢过她一场。另外一个情况他也不得不防,乔洪涛是共产党的卧底,万一出事儿了,日军一网打尽,那就更糟糕了。

他看了眼正在门上捣鼓的武剑,摇了摇头。这个笨手笨脚的家伙,三分钟都过去了!他抬脚踢了一下他的屁股,示意他过来扶住董明霞,然后接过他手里的薄如叶片的刀片,摸索了一会儿,门闩就被拔开了。三人赶紧进去,将门关好。武剑掏出根迷香放在旁边卧室睡着的掌柜的鼻子底下,把他打发到更深的发财梦里。刘红驹爬进棺材内,将最底层的木板凿了几处缝隙方便空气流通,然后朝棺材两侧硬板上钉了几根粗钉子,招呼董明霞进去躺下,再将木板搭在钉子上。然后将棺木恢复原状,便和武剑离开棺材铺子。

从头至尾,刘红驹和董明霞两人竟然没有交流,武剑看得一头雾水,他小声地问:"师父,那位是你的老相好?"

想想明天就能把董明霞平安地送出去,刘红驹的心情很不错,于是便老老实实地答道:"喜欢过,不过是单相思,人家不喜欢我。"

武剑不由大了胆子,揣测道:"难不成她和乔掌柜是一对?"

刘红驹有点吃惊地看他，这小子，没有一点提示，这他也能猜出来？

武剑得意地说："很好猜嘛，她是你过去的心上人，你很在乎她的伤，却瞒着乔掌柜。我们要把她送到乔掌柜那里藏起来，她也不肯去。这些不正说明乔掌柜和她之间关系不一般吗？也说明你这方面比不过乔掌柜，所以故意刁难瞒住他，哈哈哈。"武剑两手捧着后脑勺越说越兴奋，最后哈哈地笑起来。

刘红驹难得地没有用眼睛瞪他，也没有说出要把他拍到墙上去这类欺负人的话，只是无限惆怅地望着头顶上的星星，暗自神伤。

第二天一大早，刘红驹带着几个身强体壮的年轻人把棺木抬到了宋家祠堂，举行完仪式后，宋柏生就要被送到木扎镇外宋氏祖坟长眠于此。一路上，漫天的纸钱，飘摇的白幡，哀恸的哭嚎让人心悲痛眼迷离。走到木扎镇唯一的出口时，送葬队伍被日本兵拦下盘查，宋学礼一身白衣上前和日本兵交涉，刘红驹也上前说了一番，队伍又顺利出行。棺木入土后，送葬队伍返回，只留下几人堆坟包，武剑给每人递了根烟，没一会儿，这几人就迷迷糊糊地倒下了。刘红驹和武剑手脚利索地打开棺木，抽去宋柏生身下的挡板，将董明霞拉了出来，然后将一切复原。

董明霞就这样逃离了木扎镇。

刘红驹的心事了了一桩，宋家的麻烦却接连不断。

宋柏生被日本人严刑拷打致死，族长由宋文彬接任。宋钱氏知道，没了宋柏生的牵制，宋文彬对宋家一定不会善罢甘休。这件事让她忧心忡忡。

果然，宋文彬当了族长后的第一件事儿就是准备接收宋家家业。他告诉儿子宋学礼，三天后，他们将成为木扎最有钱的父子。宋学礼不买他的账，冷笑道："这钱我可不好意思要，你能鸠占鹊巢，霸人家业而不心虚，那是你道行高，我不行，我还想要脸要皮呢。"宋文彬被儿子的话气得浑身发抖，却又占不了理。两人不欢而散。宋学礼干脆到宋家找宋钱氏，开门见山地让宋钱氏放心，他宋学礼绝不会觊觎宋家财产，也不会同意父亲霸占。宋钱氏不由一阵唏嘘，看来自己真的是错怪宋学礼了。李美兰在一旁看着听着，心里对宋学礼的好感不由更深一层。

很多时候，女人的思维缺少连续性，比如宋钱氏。当时宋家灭门，活着回来的俩人都可疑，她毫不犹豫地排除掉留根，笃定是宋学礼给凶手递的信。现在，她觉得宋学礼不可能是图谋宋家家业的人，却忘了，既然排除掉宋学礼，那留根她就得再好好思量一下，但她好像彻底忘掉了留根也是嫌疑人，也不再提凶手的事儿，似乎是不愿想，也不敢想。不过，刘红驹不是女人，他考虑问题向来缜密。拜干爹酒宴上的鸽子鱼事件，他已断定是留根所为，董明霞藏身宋家，大清早消息就外泄，他也怀疑是留根所做，但宋家的女人都愿意相信留根的清白，金咏梅认为就是汪冰做的，也不相信是留根所为。

刘红驹问她："汪冰当时不在家，她怎么会知道呢？"金咏梅不服气地说："那留根住在侧院，根本就听不到内院的动静啊，他怎么会知道你把董明霞带到宋家呢？"

"你别忘了，花婶知道这事儿。她完全有可能告诉了留根。他们是夫妻嘛，是夫妻自然无话不说。"

"你也说了是有可能，而不是肯定。我觉得留根是个老实人，他没有告密的必要啊。"

刘红驹想了一下，说："你还记得井上一夫说的那句话？他说把宋家所有女人都抓走。我听出意思了，告密者一定不是女的，是个男的。"

金咏梅也愣了一下，说："这么说来，有点道理……但是，你没有证据啊。"

刘红驹的眉头深深地皱了起来，说："你怀疑汪冰，我觉得没有任何道理。你也知道，汪冰现在和董少宾在一起，董少宾是个什么人，你更知道。如果他知道宋家藏了董明霞，按他做事的特点，他会以此要挟，先榨干宋家，再将宋家卖给日本人，彻底毁了宋家。所以，汪冰就是告密，也只会告诉董少宾，不会直接去找日本人。我想来想去，就留根嫌疑最大，你得提防着点他。"

金咏梅点点头，柔声说道："你这么一说，我也觉得留根很可疑了，到底还是你想得周密些。"

刘红驹将她揽在怀里，许多糟心事在柔情蜜意里被扔到爪哇国去了，但有件事儿他不能不提，他以为金咏梅会主动问他，但她一直没问，没问不代表不介意。早晚都要面对，不如主动一点。他问她："你就不想问问那个受伤的董明霞，到底是怎么回事吗？"

金咏梅沉默了一下，缓声道："我记得孔老夫子说过，逝者如斯夫。我想，她应该是属于那已经流逝的时光里的人，也该是一去不复返的人，我为何不珍惜当下，反而纠缠你的过去呢？"

刘红驹松了口气，金咏梅的知书达理将他的心收拾得妥妥帖帖。

刘红驹身陷温柔乡，武剑就无所事事了。他在街上转悠了半天，停下脚一看，竟然转到宋家酒楼了。他脸一红，知道自己心里还在挂念着那个女人。他有点恨自己，这个女人有什么好呢？像风月场里出来的，一点都不像良家妇女。我呸。他愣了愣，搞不明白自己是呸她，还是呸自己。他刚要掉头走开，汪冰细长白皙的胳膊就搭上了他的肩膀。一瞬间他魂飞魄散，瞠目结舌地看着她。汪冰伏过身来，贴着他耳朵细声道："我是白骨精？你这般怕我。"

武剑的血往头上涌，耳朵里除了"白骨精"三个字啥也听不到。他僵硬地转过身，在汪冰娇媚的笑声中抬腿一路狂奔。

内鬼

1

董明霞的平安归来让游击队一片欢腾，他们以为她牺牲了，甚至有人都抹了几把英雄泪。苏松林在惊喜过后却有了顾虑，木扎在第一时间被日本人封锁，她怎么可能全身而退？她一个女人家，会不会受不了酷刑投降了日军？

苏松林想想就后怕，他问董明霞是怎么脱险的。

董明霞是相信苏松林的，但她却不相信其他人。这次偷袭日军物资中转站，日军预先做了准备，可见有人向日军通风报信了。也就是说，游击队里有日本人的眼线。她如果告诉他，是刘红驹和宋家的女人把她救了，内鬼知道了，那刘红驹与宋家的女人们就有了危险。

董明霞就说是自己躲起来的。

苏松林看着董明霞躲躲闪闪的目光，心里更觉得可疑。他摇了摇头，说："你是腹部中弹，这么重的伤，怎么可能是自己躲起来的呢？就说是你自己躲起来的，你还会给自己做手术取子弹吗？"

董明霞当然也不能说是李美兰帮她的，她只好点点头，咬定是自己做的。

苏松林看她说得支支吾吾，更加坚信自己的判断了。他果断叫人把董明霞看管起来，说是这事儿必须得调查，调查清楚了就放她，暂时委屈她了。

董明霞瞪着他，生气地说："老苏，我给你说实话吧，确实是有人帮我逃出来的，但我现在不能告诉你。你难道没有觉得，我们这儿有内鬼吗？这次偷袭中转站，我们所有的部署日军一清二楚，如果不是临时变计，我们就可能全军覆没。"

苏松林却义正词严地说："你不要给自己找理由，攻打中转站失利，那是你大意导致的。中转站这么重要，日军防守自然严密，这有什么奇怪的？不要一有问题就怀疑自己的同志而不反思自己的行为。"

董明霞气结，看着他说不出话来。

苏松林乘胜追击："你啊，总是一意孤行。就说上次收编土匪那事儿，我是坚决不同意的，土匪怎么可能可靠呢？你非要去，第一次不成，还要去第二次。你看，被人家扣留了吧。还有，忠义救国军就是一群王八蛋，你也要去和他们搞联合，结果怎么样？被人家耍了吧。董同志，董队长，咱做事一定要有原则，一定要靠自己，不要动不动就要和人家结盟，去依赖没有保证的外部力量。"

他见董明霞脸色发白，双手捂住腹部伤口处，觉得自己过于严厉了，就放低了声音："你这伤一时半会儿也好不了，就在这儿好好养伤吧。你说也罢，不说也罢，我会去调查清楚，如果确实没有问题，自然会还你公道。"

董明霞将头扭到一边，淡淡地说："苏政委，这次游击队单打独斗攻打中转站，是你决定的。导致我们牺牲了那么多同志，我想，作为一个有原则的领导，一定会好好地自我检讨。"

苏松林郁闷了，他出去转了转，看着根据地空旷了许多，心里不由地一阵苦涩。战斗结束后，杜立三向他汇报了当时战况之惨烈，他也怀疑自己让队伍独自攻打日本人的物资中转站的决策是不是错了。

"苏政委，您在这儿有事儿？"身后传来赵小安的声音。这个赵小安军事素质不错，跟董明霞从土匪窝里出来后，好几次任务都干得挺漂亮的。

他看了看赵小安，大概是压力太大急于宣泄，他竟朝赵小安倾诉了："你说，我让队伍独自攻打中转站的决定是不是太草率了？唉，我们的人损失太大，这根据地，都空了。"

赵小安安慰道："政委，打仗这事儿谁也说不准，能够预料到结局的，那是神仙。任何决定都不做，当然也就无所谓对错，但作为一个领导，总会做决定的。不管怎么说，我们至少把日军的粮食烧了，也算是圆满完成上级布置的任务了。再说了，打仗牺牲是难免的，只要是打日本人，牺牲也是值得的，我们不怕。"

苏松林心里轻松了一些，他拍了拍赵小安的肩膀，不错，是个好小伙子。

2

日本人将木扎兜底翻了个遍，没有找到在中转站受伤的女八路，最后不得不解除了封锁。井上一夫明知女八路就在木扎镇，却让她顺利逃脱，心情郁闷。他思前想后，也想不出来那个女八路是如何逃出木扎的。他问宋学礼："我听说中国有个秘术叫遁地术，莫不是真的？要不然，那个女八路怎么能逃出这天罗地网？"

宋学礼脑海中又出现了李美兰药铺阁楼上那个躺在地上穿着男装的女人，毫无疑问，她就是井上一夫要找的女八路。他深吸了一口气，恭声说道："太君，这遁地术是中国古代道家的说法，只是传闻，还真没见过。挖地道倒是有，清朝的曾国藩两兄弟围攻南京太平门的时候，就是从城外挖了个地道直通城内，才里应外合进了城的。"

井上一夫的眉头皱得更紧了："可我们也没发现有人挖地道。"

宋学礼提醒他说："太君，您不觉得这里面有点问题吗？游击队每次进攻，目的性都很明确，抢过药，烧过粮食，还半路上拦过围剿大龙山的援军，最后还都能顺利逃走。他们对这边的情况好像了如指掌。"

宋学礼所说的这些情况，并不是想把井上一夫的注意力引到李美兰身上，他觉得谁都能想到这些，他不说，井上一夫也能想到，他说出来了，反而更能取得井上一夫的信任。井上一夫再狡猾，也不可能想到李美兰的身上，那样一个弱女子，怎么可能做出这样的事情呢？宋学礼心里一动，这事儿绝对不止李美兰一个人，那么，还有谁在帮她？

井上一夫看了看他，脸上果然露出赞许之意，点了点头，说："你所说的，我也想到了。《孙子兵法》有云，知己知彼，方百战不殆。他们当然会在木扎安排内应。"

宋学礼紧紧地皱起了眉头，忧心忡忡地说："这会是谁呢？"

井上一夫看了看他，笑了笑，说："学礼君，你们中国人还有一句老话，螳螂捕蝉，黄雀在后。他们在木扎安排有内应，我当然也会在他们那里安插内应。你看着吧，几天之内，他就会查出这个人到底是谁。"

宋学礼吃了一惊，这事儿会不会牵扯到李美兰呢？他心脏咚咚地跳着，脸上却露出浓得化不开的媚笑："太君英明，一定能手到擒来。"

宋学礼从井上一夫那里出来，忐忑不安，觉得应该尽快通知李美兰，可又觉得告诉了李美兰，以她的性格，必定会乱了手脚，小林真雄又常去她那里，她反而容易露出破绽。他安慰自己，既然是内应，这人定有过人之处，自然会潜伏很深，要想查出来没那么容易。

他怎么也没有想到，这人竟然会在这个非常时期跑回麦河根据地，主动把自己暴露出来了。日本人的内应发现他的身份，自然也不是什么难事了。

乔洪涛跑回麦河根据地，是为了面见苏松林，为董明霞作证。他从钱掌柜那里得到消息，董明霞自逃离木扎回到麦河后，因无法洗清自己的嫌疑一直被苏松林关押。这让他忧心不已。他自然知道掩护董明霞逃离木扎镇的是刘红驹，除了他，没人有这个能耐。他去镇公所问了刘红驹，刘红驹也没瞒他。他有些生气，质问刘红驹，为什么不告诉他？刘红驹则是一脸嘲讽，说他连自己都保不住，还想保护董明霞，这不是想让日军一锅端吗？

这么大的事情，他竟然一直都没插上手，乔洪涛心里自然不是滋味，但仔细想想，刘红驹说的也不是没有道理。这个男人，心里对董明霞还是有情意的。虽然心里难受，但他还是感谢了刘红驹。

乔洪涛清楚，自己的身份特殊，绝对不应该出现在麦河，但他不能明知董明霞受了冤屈自己却坐视不理。他身在木扎，证词最有说服力，苏松林也很信任他，相信听了他说的，就会放了董明霞。

乔洪涛见了苏松林，几句话下来，就试探出董明霞并没有告诉苏松林是刘红驹救了她。他有些犹豫，董明霞为什么没有告诉苏松林呢？他一时想不清楚，但有一点他能肯定，董明霞不告诉苏松林，自然有自己的道理。他就顺势告诉苏松林，是自己安排的人掩护董明霞逃离的，当然，他安排的是什么人，也不方便告诉苏松林，这也是为了保密需要。苏松林联系了董明霞说的，还真对照上了，也就信了他，立即把董明霞放了出来。

董明霞出来看到乔洪涛，大吃一惊。很明显，根据地已经被日本人渗透了，现在内奸在暗处，乔洪涛出现在这里，身份自然也就暴露了。他如果再回木扎镇，那就是自投罗网了。

她又气又急，这个男人，为了她，竟然置纪律于不顾，自己一直没有答应他，未尝不是因为清楚他的这个弱点，担心儿女情长影响了工作。她不让武剑带她到他那里，也是怕前功尽弃。她处处小心，谁知最担心的还是发生了。

她看着他，摇了摇头："你不该来的。"乔洪涛自然也清楚自己的行为意味着什么。他眼里充满痛苦："我如果不来，你就会一直被关着……"

董明霞凄惨一笑："你能安插到木扎是件很不容易的事情，和我受的这点委屈相比，孰轻孰重，你心里还没数吗？乔同志，你糊涂啊，你糊涂啊……"

听着董明霞称呼自己是"乔同志"，乔洪涛心如刀绞，泪水几乎要夺眶而出了，她离他这么近，却又是那么远。他喃喃地说："董队长，我是做错了，可我对你的情意……那是真的。"

他终于忍不住，大颗大颗的泪珠涌了出来。

董明霞叹了口气，语气也和缓下来，但却又是坚决的："你不说，我心里自然是清楚的。我已经告诉过你，赶走日本鬼子之前，我是不会考虑个人问题的。我是女人，我如果结婚了，就会有孩子，有了孩子，我就有了牵挂。我不想有这样的牵挂，我要把我的一切，甚至是生命，都用来打鬼子。所有的一切，都没有比这更重的了，我希望你也这样想。"

乔洪涛心里翻江倒海，她这个态度，他是知道的，他也曾经恨过她，恨她对他的疏远，但她对他的疏远并不是因为她不爱他，而是因为她对鬼子的恨超过了对他的爱，可正是这一点，又是深深吸引他的。如果她不是这样一个人，也许他就不爱她了。这是一个无解的人生问题。他必须要面对。他擦干眼泪，点了点头："董队长，我错了，我不应该上山，你放心，我立即下山，以后再也不来了。"

董明霞摇了摇头，说："你既然来了，那就不要回去了，山上有内鬼，他自然也知道你了。"

乔洪涛不愿意待在山上，每天看到她，却又不能拥有她，只能被痛苦所折磨，最好的办法就是像刘红驹那样远走高飞，回到延安，或者到其他部队去，但他没有这个勇气，是的，这也需要勇气，需要离开自己心上人的勇气。有时想想，他很佩服刘红驹，与其痛苦，不如快刀斩乱麻，说走就走。组织安排他在木扎镇潜伏，他觉得对他和她来说，都是最好的。虽然他们不能见面，但想想都在一个部队里，都在一个地方，那也是甜蜜的。

他咬着嘴唇想了一会儿，说："我还是下山吧。日军在木扎镇的这个毒瘤迟早要铲除，那里更需要我。再说，游击队里有日军内奸，也只是我们的猜测。能够在木扎镇潜伏下来不是一件容易的事儿，仅仅因为我们的猜测就放弃，那就太不值了。我必须回去。我会谨慎应对，以防万一。如果我真的遭遇不幸，那么正好证实游击队有内奸。"

他充满期待地看着董明霞，见她仍然没有松口的迹象，他凄凉地笑了笑，说："董队长，你应该知道我对你的感情……我待在这里，对你，对我，都不大好……我还是回去的好。"

董明霞愣了愣，呆呆地看了他一会儿，嘴唇颤抖着，低低地说："……也好，那你回去吧。"

话到最后，她的声音竟有些哽咽，眼里闪烁着泪花。她忙扭过头，擦了一下眼睛，说："看这风大的。"

其实根本就没风。

乔洪涛害怕自己再待下去也会哭的，他转过身，大踏步地走了。刚走了两步，身后传来了董明霞的声音："洪涛，你一定要注意安全，若有风吹草动，立即离开木扎，我，我在这儿等你……"

乔洪涛再也忍不住，泪水涌了出来，但他的身子只是顿了一下，然后加快脚步，更快地走了。他的脚步是轻松的，他甚至想放声高歌。她心里还是有他的，她还是爱他的。等了这么多年，终于得到回应。正是傍晚时分，夕阳正好，火红火红，他走了好远，又回头，看到山坡之上，董明霞被嵌入到夕阳余晖中，浑身洋溢着红得耀眼的光芒。多么想，多么想把她拥在怀里，吻着她的额头，轻轻地对她说，我爱你，我们战后就结婚，白首不相离……

直到乔洪涛消失在山路尽头，董明霞立即转过身，快步赶回部队，叫来杜立三，告诉他，以后有任何计划，要控制在最小范围内，知道的人越少越好。她脸色凝重："我们中间有内鬼，这是一定的，你找几个可靠的党员，注意观察，发现有谁不对劲，可以先控制起来，然后立即报告。"杜立三也觉得事态严重，庄重地点了点头，立即去布置。

董明霞站在门边，看着袅袅升起的炊烟，蹙眉沉思，这个内鬼，到底是谁呢？看谁都像，又都不像。她摸了摸浑浑噩噩的脑袋，感觉有点头疼，决定还是先睡一觉，养足精神再说吧。敌在暗处，我在明处，这是场看不见硝烟的战斗，并不比真枪实弹轻松。

这是她洗脱嫌疑后睡的第一个安稳觉，因为安稳，心里就舒坦，她竟然梦到了在延安那段平静祥和的时光。梦到了乔洪涛，梦到了现已成为木扎镇镇长的刘红驹，当然，那时他还不叫刘红驹。梦里的场景都很美，景色美，人也美，尤其到了新年，家家户户都会张贴剪纸，鞭炮放得震天响，震天响……不对，不是鞭炮声，是枪声。董明霞猛地一惊，刚掀开被子，杜立三已经冲了进来，叫道："队长，日本人来了。"

尽管战斗突如其来，但游击队员沉着应战。根据地核心阵地前是一条狭窄的山谷，一边是呈九十度的峭壁，一边是深不见底的悬崖，游击队在峭壁之上准备了巨大的滚石。日军本意是偷袭，但不幸还是被隐蔽在树枝间的游击队暗哨发现了。苏松林立即带领游击队员爬到峭壁之上，有的队员往下推滚石，有的队员甩手榴弹，日军躲无可躲，除了被砸死的，还有不少被滚石带着掉下悬崖的。董明霞出来，立即和杜立三一起指挥剩下的游击队员居高临下地射击，一枪一个鬼子。

井上一夫见势不妙，赶紧收拢部队撤退。

根据地安静下来，看着一片狼藉的战场，董明霞更加肯定游击队中有内鬼，而且这个内鬼还是个新成员。根据地建立起来有三年多时间了，山路十八弯，日本人从来没摸准过位置，这回摸得可真准，一下子就冲到了核心阵地前。如果没有内鬼报信,他们摸得进来吗?她把心里的疑惑对苏松林说了,苏松林想了一会儿,一拍大腿,恍然大悟道:"一点没错,肯定有内鬼。你想想,乔洪涛昨天刚来,今天日本人就打进门了,就是他,一定是他!"

董明霞哭笑不得:"政委,你这话就是污蔑了,乔洪涛又不是昨天刚知道根据地的位置,他要是内鬼,早就告诉日本人了。再说了,昨天他来过,下山他就告密,第二天就让小日本来进攻,有这么笨的内鬼吗?"

苏松林张张口,说不出话来。董明霞说得对,内鬼如果这么笨,早就暴露在光天化日之下了。不过,董明霞这话,明里暗里的不也是说自己笨吗?他有点生气,这不是分析情况,排除嫌疑吗?干吗搞得像人身攻击?

董明霞却没注意到,她沉思了一会儿,说:"眼下情况不太妙,外有日军,里有内鬼,日军肯定已经清楚了我们的实力和部署,救国军表里不一,赵老末也靠不住,这里已经不安全了。我建议转移根据地。"

苏松林一听,更不乐意了,麦河根据地地处木扎和牛奔镇之间,两侧分别是大龙山和伏龙山,既能钳制通往两个镇的要道,危险时刻还能随时往两侧山脉突围,地理位置极其优越,而且,经营这么多年,生活物资补给也十分方便,说放弃就放弃,到哪里还能找到这么好的地方呢?他立即反驳道:"董队长,你们女人总是疑神疑鬼的,你说有内鬼就有内鬼了?根据地被发现也是正常的。我们这里易守难攻,怕什么?这次日本人来不也灰溜溜地撤了嘛。我不同意转移。"

董明霞看了看苏松林,苏松林一脸固执地看着她,她只得说:"根据地到底要不要转移,不是我俩能够决定的,我们听听大伙儿的建议,开会民主表决吧。"

苏松林点点头:"成,那就开会表决。"

苏松林是政委,专门做人思想工作,说起话来一套一套的,有许多高深的理论,甚至对他认为的无组织无纪律现象都能上升到流氓无产阶级学说。游击队员绝大多数不识字,听不懂他的话,虽然佩服他能口吐莲花,但都知道那是虚的。战场上,你嘴皮子再厉害也挡不了一颗子弹。他们信服的,是董明霞作为一个女人,却能在枪林弹雨中身先士卒。她凭借一流的枪法、敏捷的身手和反应迅速的大脑将他们一次次带离险境。此番她既然建议转移根据地,那就一定到了非转移不可的地步。最后表决时,反对意见只有两票,一票就是苏松林,另一票是新加入的赵小安。赵小安的解释是，他刚来这里，不太了解状况，这些天一直跟着政委，觉得政委的意见还是有道理的。

少数服从多数，当天中午，游击队便向伏龙山转移。伏龙山与大龙山遥相呼应，地势比起大龙山更为险峻，因此连土匪都不愿意上伏龙山。董明霞和队员们习惯了这种奔波，苏松林就不行了。他一直以来都留守根据地，很少参加实战，体力自然不能和队员们相比。这刚爬山，他就落在了后面。赵小安扶着他往上走。两人和前面的队伍距离越来越大，赵小安不由发牢骚道："唉，一个女人怎么这么强势？都爬到男人头上了。在我老家苏北那儿，哪里有女人说话的份？"

这话说到了苏松林的心窝子里，他气喘吁吁地点头，一边挪动着麻木的双腿一边道："小安，话不能这么说啊，董队长还是很能打仗的……唉，她是不把我放在眼里，是有点独断专行。"

赵小安见苏松林面部表情复杂，对董明霞似有愤懑之意，趁机为他打抱不平说："说什么民主、表决，她就知道别人不敢反对她。你看看现在，说转移就转移，兴师动众的，搞得大伙儿不得安生。政委，你以后别委屈自己了，拿出点气魄来，你这样，我都觉得委屈。"

苏松林颇为感慨地叹口气，赞赏地拍了拍他的肩说："你说的有道理，但我们眼下的敌人是日本人，要搞好团结。我们还是快点吧，落下太多会叫人看扁的。"说罢，便喘着粗气使劲地甩着胳膊往上爬，赵小安也不再说话，跟在他身后不时地托他一把。

伏龙山的地势决定了上下山都不是件容易的事。游击队过来后，很快就陷入缺盐少粮的困境。这山上有许多野生可食的山果，包括小苹果、杏子、李子，甚至山丁子。只是，一帮壮汉顿顿吃野果子，这身体也吃不消啊。山里的鸟挺多的，百灵、云雀、腊嘴、画眉等等唧唧啾啾地在林子里叫唤着，有战士受不住了，开枪捕杀了几只，被关了禁闭，倒不是心疼鸟儿，而是眼下战事紧张，子弹何其宝贵，怎能浪费在捕捉鸟雀上？

赵小安成了苏松林的心腹，苏松林也感觉他是自己的知音，就把他调到身边当了警卫员。他见苏松林日渐憔悴，就要下山去买点肉食。苏松林同意了，董明霞却不同意，她认为下山风险太大，会引来日本人的注意，再说一个人也买不来多少东西。苏松林和她争执到最后，两人各退一步，董明霞同意赵小安下山，苏松林同意董明霞再派一个人跟着下山，两人一来有个照应，二来也能多买点生活物资带上山。董明霞派的是副大队长杜立三。临行前，她看了眼戴着顶青色棉布礼帽扮成商人模样的赵小安，将杜立三拉到一边，让他跟紧赵小安，如果形势不对，就结果了他。

董明霞怀疑游击队的内鬼就是原大龙山的土匪赵小安。细细想来，游击队这段时间发生的一切，都是在赵小安来了之后，他的嫌疑实在最大。

就在赵小安和杜立三准备下伏龙山时，驻扎在木扎镇的井上一夫叫来了宋学礼，他让宋学礼中午去一趟汪冰的酒楼。他拿出一顶青色的棉布礼帽，这在木扎是一顶极其普通的帽子，一般做小生意的人都戴它。他把礼帽戴在宋学礼的头上，交代道："你到酒楼大厅，把帽子放在一进门右手的衣帽架上，到时会有一个人，也会把他的帽子放在同一个衣帽架上。他会拿走你的帽子，你把他的帽子拿回来给我。"

宋学礼走出井上一夫的办公室，摸了摸头上的帽子，从心里叹了口气，妈的，这汉奸的帽子我是摘不下来了。

赵小安和杜立三到木扎的时候，已近中午，赵小安道："我们找个地儿吃点东西，然后去买半片猪带回去。"

杜立三摸了摸肚子，点点头。两人走进宋家酒楼，一进门，赵小安随手将帽子放到右手边的衣帽架上。两人点了一素一荤两个菜，动作迅速地解决掉，赵小安拿了帽子戴在头上去结账，杜立三在一边背着手等他。两人又去肉铺买了半片猪肉，卖肉的掌柜乐得两眼冒光，大热天的猪肉不好卖，用冰围着又浪费钱，这两人一买就是半片猪，他立即阔气地赠送了一副猪下水。

回到山上，杜立三向董明霞汇报，赵小安这一路上都十分规矩，没有任何可疑之处。董明霞眉头皱了起来，平白无事，赵小安不会下山的，他要是内鬼，这其中一定有诈。她再细细地问了杜立三，杜立三很肯定赵小安没有任何异常。董明霞有点疑惑了，难道是自己冤枉了赵小安吗？他这次下山，到底有什么意图？杜立三那么精明，如果赵小安有什么异动，他不会发现不了的。也许，就是因为杜立三盯得紧，他来不及把情报传递出去？但愿如此，希望他不会给潜伏在伏龙山的游击队带来任何麻烦。

董明霞和杜立三都没想到，赵小安此次下山，不是为了日本人关于游击队的情报，而是要揭发潜伏在木扎镇的共产党内应。宋学礼把礼帽放在衣架上，然后坐在一个角落里，盯着衣架。井上一夫这么安排，很明显，是让他传递情报。他是中国人，出现在宋家酒楼，自然很正常，但一个日本人出现了，那就比较引人注目了。宋学礼很好奇，前来传递情报的人是个什么人呢？他后来看到了赵小安带走了他的礼帽，他却不认识他。这个为日本人服务的家伙来自哪里？忠义救国军？赵老末的土匪？共产党的游击队？想到共产党的游击队，宋学礼心里一紧，李美兰救过共产党的人，这个家伙会不会是来告密李美兰的？他越想越怕，找了一个僻静处，悄悄地检查了一下礼帽，在礼帽的夹层发现一张纸条，上面有个名字。宋学礼看到这个名字愣了一下，脑袋有点懵，乔洪涛。他会是什么人呢？是忠义救国军的人，还是共产党的人？或者是赵老末的人？不管他是什么人，他就是日本人要找的人，必定无疑。宋学礼心里一紧，乔洪涛和李美兰接触挺多的。他的心咚咚地跳着，得赶紧找个机会提醒李美兰，要和乔掌柜保持点距离，以防被牵连。他把写着乔洪涛名字的纸条折回原来的样子，小心翼翼地放回礼帽，然后戴好，若无其事地走回了日军军营。

井上一夫看到乔洪涛的名字，笑了。果然是他。几个月前，就怀疑过他。当时是小林真雄出的主意，引蛇出洞，只不过没有被当场抓住把柄。后来事情多了，顾不上他。他打发走宋学礼，把纸条递给旁边的日军军官，那人看了，问他："要不要马上去将他抓起来？"

井上一夫慢悠悠地摇了摇头："不，现在不动他。赵小安前脚下山，乔洪涛后脚被抓，太明显了，对赵小安不好。他好不容易才打入共产党的内部，我们要保护好他。再说，乔洪涛现在还有点用处，放长线钓大鱼，你派人二十四小时盯紧他，看看都有什么人和他联系，到时一网打尽。"

3

自从宋学礼放话不会觊觎宋家后，宋文彬果然消停了。宋家的外患暂时解决了。宋钱氏躺在床上想，后面的日子该顺点了吧。宋文彬虽然当了族长，但宋学礼是个正直的小伙子，发誓不动宋家一根针线，还有什么人会算计宋家呢？越想越轻松，闭上眼睛，慢慢地睡着了。

她没想到的是，借着夜色的掩护，自家人的算计正在紧锣密鼓地进行着。

这个算计是由董少宾挑起的。董少宾看汪冰白天忙得团团转，晚上见了他，累得腰酸背痛，精神萎靡不振，就替她打抱不平，为什么要给金咏梅的假儿子忙活呢？干脆一不做二不休，把宋家家业夺过来，那忙得也实在啊。

汪冰吓了一跳，瞪着眼睛问他："这怎么行？"

董少宾劝她："如果这样下去，你一辈子都得守在宋家，咱俩只能不明不白下去。再说，我现在在给日本人做事，你别看日本人占上风，他们不可能真的打败咱们中国，总有一天会把他们赶跑的。日本人跑了，我可跑不了，到时候，我浑身是嘴都说不清，一定会被当成汉奸。与其这样，不如咱们早做打算，把宋家家业夺过来，变卖成现金，咱们远走高飞。"

汪冰有些意外，问他："你真的肯带我走吗？"

董少宾忙赌咒发誓，自己这一辈子都爱她，他由爱生恨离开她，当了土匪，一直到现在未娶，就是心里装着她。他这些年来，一直没有其他女人，还是因为心里有她。他不想和她做露水夫妻，他要和她愿得一心人，白首不相离！

汪冰的泪水不禁涌了出来，她相信他对她的爱。有这样一个男人，还有什么可求的？她当即点了点头，问他，要怎么做呢？董少宾给她合计，宋钱氏已经身染重疾，如门外的蜡烛，指不定因哪阵风就被灭了火焰。她自己也意识到这一点，现在许多事都让大媳妇金咏梅拿主意，很显然是在培养她做自己的接班人。要想谋夺宋家家业，就要从金咏梅下手。金咏梅的靠山是刘红驹，要想动金咏梅，必须得先动刘红驹。刘红驹在木扎虽然势头正猛一时无两，但是人就会有毛病，只要逮住他的把柄，就不怕扳不倒他。除掉金咏梅，宋家就只剩下胆小懦弱的李美兰了，她呀，就是手里的一只跳蚤，随便捏捏就会完蛋。

董少宾眯着眼睛说："咱们一步一步来，第一步，先等老太太这片秋风里的叶子落下再说。"

汪冰心里虽然还有点害怕，但想想能和他远走高飞，离开这个伤心地，那也是好的。她咬着嘴唇点了点头。

宋钱氏的身体确实一天不如一天。早上起床的时候,她发现胸口好像被压上了一块大石头,喘不过来气,也爬不起来。李美兰诊断了一下,有点拿不准,便让花婶去请长春堂的乔掌柜。

宋学礼在大街上看到乔掌柜拎着药箱跟着花婶急匆匆地往宋家方向走,他想起纸条上的那个名字,心里一紧,就抬腿跟上了乔洪涛。他见乔洪涛只是到宋家给宋钱氏看病,松了口气,但他见李美兰不时地凑近乔洪涛询问药方,心里还是有点紧张,等乔洪涛走了以后,他把李美兰拉到一边,悄悄地说:"你以后离乔掌柜远一点,他是大夫,你也是大夫,对自己要有点信心。"

李美兰见他说话时眉头紧锁,神色紧张,不由感到奇怪,问他:"你怎么了?好像专门告诫我不要理乔掌柜似的,他得罪你了?"

宋学礼摇了摇头,李美兰心地善良,如果不点明,她未必明白。他犹豫了一下,还是说了实话:"他没得罪我,他得罪日本人了,日本人已经盯上他了。日本人不能惹,你要离他远点。"

李美兰被吓住了,她连声"噢噢"地点头。宋学礼见她紧张得小脸发白,又赶紧安慰道:"你别害怕,不是还有我嘛,只要你按我说的做,离他远点,准没事儿。"

李美兰还是害怕,当第二天宋钱氏又发病时,面对金咏梅提出的再请乔掌柜来一趟的建议,她小心翼翼地说:"嫂子,妈这个病我一个人能行的,还是别请乔掌柜了。"

金咏梅听出她的声音有些异常,满眼疑问地看着她。她嗫嚅地说:"我听宋学礼说,乔掌柜得罪了日本人,日本人已经盯上他了。如果我们和他走得近,怕是会被牵累到的。"

金咏梅心里一怔,宋学礼是日本人的翻译,他的话不会是空穴来风。宋家和乔掌柜交往比较多,但和刘红驹与他的交往相比,相差了十万八千里。乔掌柜到宋家,那是给病人看病。可刘红驹呢,就连移走门前火炬松下宋东子的尸体这种绝密大事,他都喊乔掌柜帮忙,可见,他俩不是一般的交情。不行,这事儿得赶紧告诉他,让他心里有数,离乔洪涛远一点。

金咏梅立即赶到镇公所,进了刘红驹的办公室,赶紧关上门,把自己从李美兰那里听到的一五一十地告诉了他。

刘红驹心里一下子就明白了,乔洪涛的身份暴露了。很显然,日本人暂时没有动他,就是准备放长线钓大鱼,现在不知道暗地里有多少双眼睛盯着长春堂呢。他的汗毛全都竖了起来,他看了看金咏梅,故作轻松地说:"你就别担心我了,我和他关系也不熟,不过是偶尔帮个忙什么的。你放心,我心里有数。"

送走了金咏梅,刘红驹在办公室走来走去,觉得这个事情无比棘手。人,是必须要救的。他和乔洪涛在延安曾是同志,都喜欢同一个女人,而这个女人对他们又若离若即,再加上他厌倦了政治,于是就离开了延安。他不想参与任何党派之争,但命运却让他再次遇到了他们。现在乔洪涛身陷重重危机而不自知,如果他坐视不管,他良心过不去,也对不起董明霞。可乔洪涛必定被日本人看得死死的,如何才能做到神不知鬼不觉地把信息传递给他而自己又不会被日本人怀疑上呢?眼看过去了一两个时辰,刘红驹还是束手无策。时间不能再拖了,如果有人要和乔洪涛接头,肯定是自投罗网。越拖下去,损失越大,必须当机立断。

刘红驹想了想,把武剑叫来,把整个事情给他讲了一遍。武剑虽然有些毛手毛脚,但三个臭皮匠顶上一个诸葛亮,万一他真的有什么好法子呢?

刘红驹把问题抛给武剑,谁知武剑却说:"按照你以往的风格,你应该是这样决定的,咱们只是在木扎做一场特殊的生意,人家那是在刀光剑影地厮杀,咱们最好还是别介入了。"

刘红驹瞪了他一眼:"我就是想改变一下这风格才来找你商量的嘛。"

武剑像他肚里的蛔虫一样,嘿嘿笑道:"镇长,你这是担心如果不帮乔掌柜就会被女人看扁吧?到底是哪个女人?是金咏梅,还是董明霞?"

刘红驹伸手打了他脑袋一下:"让你帮我出主意呢,别嘴贫了,快想想。"

武剑见他表情沉重,知道他是认真的,忙收起嬉皮笑脸,皱着眉头想了一会儿,犹豫着说:"乔掌柜已经被盯得死死的,咱既要把消息传递给他还要自保,只能光明正大地去趟长春堂,整些事情让他自己悟出来。我想了一个办法,你看看行不行。咱就说有人举报乔掌柜的店里卖百宝丹,咱带保安队上门搜查,找个机会悄悄向他示警,你说怎么样?"

刘红驹眼睛一亮,这个办法倒可以试试。他眉头舒展开来,笑道:"你小子行啊,要出师了呀!"

武剑乐呵呵地把师父的夸奖笑纳了,然后说:"那我就去找董队长要人去了。"

保安队的人董少宾给得很大方,本来就是服务木扎镇的嘛,你镇长要人公干,怎么能不支持呢?但他们没想到的是,董少宾听说他们是去乔洪涛那里搜百宝丹,他在脑袋里转了几圈,你刘红驹和乔洪涛也没什么过隙,平常都是睁只眼闭只眼,这会儿怎么又认真了?这里面有文章。他既然已经准备对付刘红驹了,那刘红驹做任何事他都会多留个心眼。武剑带人前脚刚走,他后脚就派了四个保安队员在木扎镇外的路口埋伏起来,嘱咐他们,如果见到乔洪涛要出镇子,务必抓回来。

武剑带着十多人到了镇公所,刘红驹立刻动身,气势汹汹地带着他们赶到长春堂。乔洪涛不明就里,冷着脸瞪着十多人在他药铺里折腾,对刘红驹又来捣乱恨得牙齿发痒。刘红驹数次想给他递眼色,可惜人家瞧都不瞧他一眼。刘红驹没辙了,就把眼色递给了武剑。武剑立即冲着那十来个保安队员叫道:"里面还有一个药房,我们进去搜。"说完,带人冲到里屋折腾去了。乔掌柜气得浑身哆嗦,瞪着刘红驹说:"刘镇长,你有完没完?折腾什么呀?"大部分保安队员都跟着武剑进去了,却还有三四个磨磨蹭蹭地东翻翻西找找。刘红驹心里焦急,脸上却不动声色。他看了看身边那几个保安队员,他们一时也没有离开的意思,他也不好强行让他们离开,只得回过头来,对着气急败坏的乔洪涛笑了一下,说:"乔掌柜,你别着急啊,这没做亏心事就不怕鬼敲门,也不过再等个三五分钟嘛。这样吧,让他们忙,我陪你说说话,打发打发时间。"

乔洪涛怒气冲冲地问他要说什么,刘红驹忙开口说道:"明朝开国皇帝朱元璋你知道吧?他的老婆马皇后可是个贤良的人,她曾经送给军师刘伯温两样东西,你知道是什么吗?"

乔洪涛一愣,他当然知道这个故事。朱元璋当了皇帝,对有功之臣乱加猜疑,甚至对开国元老刘伯温都动了杀机。马皇后知道后,悄悄让太监送给刘伯温一个盒子,里面放着一枚枣,一颗桃。刘伯温聪明过人,自然一下子就猜出马皇后这是在暗示他"早逃",他连夜带着家人逃离了京城,躲过了杀身之祸。乔洪涛立即又想起在麦河根据地时董明霞说的内鬼的事儿,心里有了数,他朝刘红驹微微点头，嘴里却不屑地哼了一声："别东扯葫芦西扯瓢地浪费我时间了，你们到底搜出什么来了？还让不让我做生意了？"刘红驹啧啧两声，笑了笑说："看不出来，乔掌柜脾气还是蛮大的嘛。"然后扭头朝里面大声嚷嚷道："查到了没有？有什么禁药，统统给我没收带走！"武剑在里面应了一声，带了些药出来，说："没查到百宝丹，我看这些药也是不能卖的。"

乔洪涛看了看，委屈地叫了起来："这算什么禁药？这都是一些平常的西药嘛。"

刘红驹不耐烦地甩了下脑袋："把药带走。"

刘红驹带着一行人大摇大摆地离开了长春堂。刘红驹一走，乔洪涛立即关门从后门离开。情况随时会发生变化，他必须分秒必争地离开木扎。他没想到的是，刚出木扎镇，突然从路边钻出四个保安队员，举着枪齐刷刷地对着他。乔洪涛心里一紧，有说不出的懊恼，自己还是过于莽撞了。自己的身份无疑已经暴露了，可这些天一直都平安无事，想来日本人暂不动他，是要放长线钓大鱼。刘红驹来递消息，他应该将计就计，缓上几天再离开。从眼前这架势来看，刘红驹怕也是被人算计了。

刘红驹把从长春堂查到的药品直接拿到了井上一夫的办公室，邀功一样把去长春堂查扣违禁药品的事儿向他汇报了。他心里清楚，他去长春堂这事很快就会有人报告给井上一夫，与其这样，还不如自己先说为好。井上一夫听了，眉头深深地皱了起来，他这不是打草惊蛇吗？但他也不能训斥刘红驹，刘红驹又不知道乔洪涛是共产党。

他忙问刘红驹："那个乔掌柜呢？"

刘红驹一脸不解地说："他还在店里，这些药我瞧了，说能卖也能卖，说不能卖也不能卖。妈的，那个举报的人说他那里有百宝丹，搜个底朝天，没找到百宝丹，我只好把这些药给收了。没找到百宝丹，我还真一时拿他没办法。不过，太君您放心，我会盯紧他的，有个风吹草动，我就把他拿下。"

井上一夫紧紧地绷着脸，冷冷地举起手制止了他："不用了。"他扭过头，对身边一个日军军官吩咐道："你马上去长春堂将掌柜抓来。"

他话音刚落，就听到门口有人说："不用了，人我带来了。"

众人抬头去看，只见董少宾押着五花大绑的乔洪涛走了进来，他得意扬扬地看了眼刘红驹，又谄媚地转向井上一夫说道："太君，乔掌柜不知怎么回事慌慌张张地就想离开木扎，幸好我事先有布置。"

刘红驹心里一紧，暗暗骂道，狗日的董少宾。

没有刘红驹什么事了，他只得告辞回了镇公所。他和武剑呆呆地坐在办公室，两人想了半天，最终也没什么办法能把乔洪涛救出来。董少宾这一手，刘红驹是怎么也想不出来的。他为什么要这么做呢？难道仅仅是想向日本人邀功吗？

武剑摇了摇头，忧心忡忡地说："师傅，我看这事儿不简单，他一方面借给咱保安队，一方面又派人守着镇子抓乔掌柜，这不是明显给你设的套吗？他很可能是算计你的，至少是一箭双雕，既讨好日本人，又来算计你。"

刘红驹茫然地盯着武剑，像是对武剑说的，又像是自言自语："我一直对他都拿捏着分寸，并没有逼他，他为什么还要来算计我呢？"

两人想了一会儿，还是不明白。

刘红驹烦躁地走了几个来回，最后停在了武剑跟前，眼睛里闪出冰冷的光芒，恨恨说道："不管他是什么意图，他竟然出卖同胞，死心塌地地投靠日本人，就冲这个，也绝不能让他久留。"

武剑庄重地点了点头，说："我明白，找个机会我把他收拾了。"

刘红驹摇了摇头，说："现在还不到时机，以后再说，咱们还是先想想如何应付乔掌柜的事情，既然董少宾是一箭双雕，那他必定会在日本人那里想方设法把我牵连进去，我们得有个心理准备……武剑，万一我出了什么事儿，你要立即离开木扎，走得越远越好……"

武剑的心悬了起来，眼睛里有了泪花，喃喃地说："师傅……"

刘红驹笑了笑，拍了拍他肩膀，说："我只是让你有个心理准备，你也别担心，事情还没到这一步嘛……我自然会小心应对。"

武剑猜对了，董少宾确实是想借日本人的手把刘红驹干掉。

4

乔洪涛是共产党的人已经毋庸置疑，日本人下了重手要在他身上挖到更多的情报,但一直到太阳落山,血肉模糊的乔洪涛就是不张嘴。

审讯室里充满了血腥味,空气混浊。井上一夫有些受不了,出去了。

董少宾忙跟了过去,追上井上一夫,说:"太君,您不觉得奇怪吗?这刘红驹前脚去长春堂查药,他乔洪涛后脚就想逃跑,事情怎么会这么巧?这是不是刘红驹在给他报信?"

井上一夫摇了摇头:"他怎么可能给他报信呢?乔洪涛是共产党的人,他是南京政府派来的,他为什么要帮他?"

董少宾忙说:"他表面是南京政府派来的,可万一暗地里也是共产党的人呢?"

井上一夫停下了脚步,皱着眉头沉思了一会儿,说:"就算他是共产党的人,可他也不可能知道乔洪涛的身份已经暴露了,怎么可能通知他逃跑呢?这还是说不通,不过……"

他踌躇了一下,细细回味了董少宾所说的,也不由觉得刘红驹的举动确实可疑。他回头吩咐手下道:"把刘镇长请过来。"

刘红驹一踏入审讯室,就被迎面扑来的血腥味冲得差点呕吐起来。他咽了口唾沫,强行把涌到喉咙的胃液压了下去,朝井上一夫鞠了一躬,毕恭毕敬地说:"太君叫我来,有何吩咐?"

井上一夫指着呈大字形被绑在口字型木框上受刑的乔洪涛说:"这个共产党的嘴巴太紧,审不动了,你来吧。"

刘红驹看了眼正在一旁等着看场好戏的董少宾,有些为难地说:"我怕我胜任不了,误了皇军的事儿。这个恐怕董队长更有经验,我可是见过他的本事。"

董少宾知道他指的是他对王安庆动刑的事,也不以为意,说:"我审的都是小毛贼,他们怎么能和乔掌柜比呢?那些小毛贼破点皮就叫苦连天,这个乔掌柜可是个共产党,魔障附体,不吃我那一套。再说了,你来之前,我也试过了,我是一个粗人,还真对付不了他。你们都是弯弯肠子挺多的文化人,也许惺惺相惜,说不定你一开口,他啥都交代了。"刘红驹暗骂一句老狐狸,再看井上一夫,他的眼神里已经带着点审视了。刘红驹再推辞就说不过去了,他只得悄悄做个深呼吸,走到乔洪涛跟前。乔洪涛身上已经没一块好肉,一些部位还有烧焦的痕迹，这是上过烙铁了，身上还在吧嗒吧嗒地往下滴着血。听到动静，还残存着一点意识的乔洪涛抬起头，两人目光相撞，刘红驹心里一阵绞痛。乔洪涛的眼睛里毫无惧意，相反一派清明，眼神里甚至还带着点嘲笑。

刘红驹定了定神，说："乔掌柜，你是一个大夫，你来告诉我，你身上的血还能流多长时间？或者你告诉我，一个人承受皮肉之苦的极限在哪里？"

乔洪涛当然不会回答他，又低下头，好像要昏迷过去了。

刘红驹围着他转了一圈，对董少宾说："董队长，您十八般武艺全用上了呀。"

"还有一样没有上，"董少宾笑着对身后的日本兵说，"准备一大盆盐水来。"

刘红驹心里又抽了一下，更加坚定了自己的决心，此人不可久留。

日本兵很快端了个大脸盆过来，里面盛满了放了盐的清水。董少宾接过脸盆递到刘红驹的手里，笑哈哈地说："镇长，你来吧。"

刘红驹回他一笑，接过盐水，转过身来，毫不犹豫地抬起胳膊就要将盐水泼到乔洪涛身上。

"慢着，"董少宾拦住了，伸手从脸盆里捧了点水，一点一点地淋到乔洪涛身上。他看着盐水经过的肉体剧烈地颤抖，回头对刘红驹说，"像你那样倒可不行，要慢慢地，一点一点地让水淋满他全身，要渗到每一个伤口里。"

刘红驹点点头："成，这方面你经验丰富，我受教了，甘拜下风。"再不忍，众目睽睽下，他也只能将手中的盐水沿着乔洪涛的前胸后背大小腿淋了下去。乔洪涛全身痉挛着发出痛苦的呻吟。

刘红驹叹了口气，说："乔掌柜，你就别逞能了，你若真晓得太君要的东西，就说吧。"

乔洪涛猛地抬起头，朝他淬了一口带着血的唾沫："畜生！"

刘红驹擦了擦脸，回头看了看井上一夫，摇了摇头，说："太君，我看这家伙是不吃我这一套的，还是来硬的吧。"

井上一夫眯着眼睛看着他，缓缓说道："刘镇长，我有情报，说你和这个人是一伙的。"

刘红驹瞪大了眼睛，惊慌地急急辩白："我和他是一伙的？什么一伙？我都不知道他是干啥的，你要不说他是共产党的，我还真不知道他是共产党的人。我可是南京政府派来的，共产党可是我们南京政府的敌人，抓到一个杀一个，没啥含糊。太君，我刘红驹虽然是个芝麻官，谨小慎微，是个小人物，但这样的罪名放在我身上，我实在承受不起……太君，这可是人命关天的事儿，得有证据。这是谁说的？我要和他对质，他要是有证据，我立即就地伏法……"

董少宾见井上一夫脸色似有缓和，急了，打断了他："你和他不是一伙的？你和他不是一伙的，那为什么你前脚去长春堂，他乔洪涛后脚就逃？分明是你提醒他逃跑的。"

刘红驹也急了，朝他挥着胳膊叫道："我听说他那里藏有百宝丹，第一个想到的就是带人去抓他。我要是和他一伙的，我不早就一个人跑去通知他吗？还要带那么多人干什么？人还是你保安队的人，你把他们叫来问问，我去长春堂有没有离开他们的视线？有没有背着他们和这个人说过一句话？你保安队那么多人盯着我，我如何通知他？董少宾，你血口喷人也要动动脑子！"井上一夫皱着眉头，不耐烦地摆摆手，制止了两个人的争吵。董少宾着急地看着井上一夫，说："太君，证据确凿，要不是我派人埋伏在镇子外，这个乔洪涛就真的被他放跑了……"

井上一夫看了看乔洪涛，又看了看刘红驹，刘红驹也眼巴巴地看着他，一脸求他主持公道的表情。井上一夫掏出手枪，将子弹上膛，伸到刘红驹跟前，冷冷地说："这个人没什么用处了，董队长忙了一天，刘镇长，那就麻烦你来结果了他吧。"

刘红驹接过手枪，转过身来到乔洪涛眼前，乔洪涛吃力地抬头看他，充满嘲笑地看着他，恨恨地说："狗汉奸，开枪吧，老子到了阴间地府也决不会放过你……"

刘红驹将枪口顶在他的心脏部位，一枪毙命，这将是最快最好的死法。他使劲儿地咬住嘴唇，压制住从心底发出的颤抖，手指猛地一扣，他仿佛听到了食指指骨关节弯曲咬合声，扳机瞬间扣压住枪柄，随着一声沉闷的枪声，乔洪涛的身体像遭到电击猛地向前挺起，仅有的一点热血从胸口迸溅而出，溅在刘红驹的脸上，覆盖了他眼角的泪痕……

刘红驹闭上了眼睛。如果有天堂，希望你能到那里；如果有来世，但愿你过得比我好。别了，你一路走好，我会为你报仇，董少宾，必须下地狱！

刘红驹转过身，笑呵呵地把枪还给了井上一夫，井上一夫朝他点了点头，竖起了大拇指："你的，大大的良民！"

董少宾的脸色灰白，他看着刘红驹的背影，脸抽搐了几下，身上不由出了汗水。

5

乔洪涛被木扎镇镇长刘红驹枪杀的消息被夏天的风儿吹到了四面八方。

大龙山上的宋江雪已经显怀了，听到这个消息时，她正在花圃里看着赵老末修剪天女花。赵老末一直记着宋江雪不爱俗物玫瑰爱高洁的天女花，和宋江雪结婚后不久，他打听到白水县内有座极高的山，顶上就有天女花，竟带了丁火，两人千辛万苦地摘了来，还找到当地一个老花匠，向他学了培植天女花的技巧，如今竟在四百米高的大龙山山顶培育出了亭亭玉立的天女花来。宋江雪更加明了赵老末的心意，对他也愈发温柔起来。赵老末受到鼓舞，对天女花也愈发上心，但凡在山上，他都亲自打理，像个辛勤的园丁。每到这个时候，宋江雪都会站在一旁陪着他。

丁火急急地赶来，给赵老末汇报了自己刚下山打听到的消息，其中就有乔洪涛被刘红驹枪毙一事。宋江雪本来没在意，听到乔洪涛的名字，身子一震，忙竖起耳朵细听。听着丁火讲完，她抚摸着肚子的手停住了，抬眼看着前方浩瀚的竹海，想起那个站在夕阳里眉眼都很温润的男子，眼泪不由涌了出来，这个男人，就这样死了吗？

赵老末直起身子，有点吃惊地看着她，问道："你喜欢过他？"

他虽是这么问的，但还是伸出手来，要为她拭去脸上的泪水。

宋江雪却扭过脸避开了，说："这泪，让它再流会儿吧……"

赵老末见不得她伤心，把她圈在怀里，轻轻问她："要我为你出气吗？"

宋江雪缓慢而又坚定地点了点头："那你就把刘红驹杀了吧。"

她想到了金咏梅，刘红驹是金咏梅的相好。这虽然是母亲的安排，但金咏梅那么快就和刘红驹相处得如胶似漆,她心里未尝没有恨意,在她看来,这是对大哥的背叛,也是对宋家的背叛。他们那不是爱情,是苟合。既然如此,杀了刘红驹,既是为自己曾经爱过的乔洪涛报仇,也是为大哥要个公道。再说,他是个汉奸,日本人的狗腿子,人人得而诛之,没什么可惜的。

赵老末回头喊道:"丁火。"

丁火应了一声,跑上前来,赵老末恨恨地说:"你带上一个人,去木扎除掉刘红驹。"

他说不清,自己到底是在恨乔洪涛,还是恨刘红驹。

想杀刘红驹的,并非宋江雪一个人。游击队政委苏松林也想杀了他。董明霞却不同意。她相信刘红驹。不管刘红驹眼下的身份如何,他既然能冒风险救自己,那就不会对乔洪涛下手。虽然是刘红驹开枪打死了乔洪涛,但那一定是情势所迫。即使他不开这一枪,日本人也会开这一枪的。两人争执起来,谁也不肯让谁。这场争执让董明霞心力交瘁。乔洪涛死了,这个放在自己心底里的男人,为了证明她的无辜才跑回根据地为她作证,因而暴露了自己,枉送了性命。

而开这一枪的又是刘红驹。那么,应该去找刘红驹报仇吗?当然不,最要命的那一枪并非来自刘红驹,而是那个内鬼。一定是赵小安。他刚下趟山,乔洪涛就出事儿了,不揪出他,整个游击队都会有灭顶之灾。

董明霞见苏松林仍然坚持要除掉刘红驹为乔洪涛报仇,不由得悲愤地冲他叫道:"苏松林,如果不是你坚持,赵小安要是没能下山,乔洪涛就一定不会出任何问题……"

苏松林影影绰绰地知道一点三人之间的感情纠葛,现在好了,一个男人杀了另一个男人,说不定,还真是为了她呢。这么一想,也就想通了董明霞为何如此失态了。他反而冷静下来,耐心地对董明霞说:"董队长,赵小安是你从土匪窝里带来的,你现在却说他是内鬼,这不是自相矛盾吗?明明杀死乔洪涛的是刘红驹,听说他还是从延安跑到南京去的,算得上是个地地道道的汉奸了,你不想法除掉他,怎么反而要找无辜的赵小安的麻烦?赵小安下山时,杜立三也是跟着去的,如果他报信,杜立三怎么可能不知道?再说了,如果赵小安是日本人安插进来的奸细,日本人最想除掉的就是你我,他现在是我的警卫员,怎么就没对我下手呢？随时都有机会呀！"

董明霞说："这哪里是除掉一两个人的问题？日本人好不容易安插进来一个人，还不是想把整个游击队都消灭了吗？"

苏松林摇了摇头，说："兵无将领则乱，打个不恰当的比喻，射人先射马，擒贼先擒王，他赵小安如果是日本人的奸细，他不先对咱们下手，却要图谋整个游击队，怎么可能呢？"

董明霞气极，这个苏松林顽固僵化，根本没法交流。她气冲冲地出来，找来杜立三，让他再好好想想下山后赵小安的一举一动。杜立三从头到尾地想了一遍，最后还是摇了摇头。

董明霞问他："我记得赵小安戴了一顶帽子下山，有没有戴回来？"

杜立三忙答道："对，他是戴了一顶帽子，他戴回来了。"

董明霞皱着眉头追问："到了木扎镇，你有没有始终盯着这顶帽子？"

杜立三想了一下，很肯定地说："他一直都戴着这顶帽子，吃饭的时候，他把帽子放在酒楼的衣帽架上……"

他眉头突然皱起来："镇上很多人都戴着这种帽子，那衣帽架上不止一顶这样的帽子……会不会他们就是在衣帽架上交换了这顶帽子？"

两人对视了一眼，问题可能就出在这里。

董明霞交代杜立三说："这事儿没有人赃俱获，咱们只能是猜疑，你心里有数就行，不要再和苏政委说了，以免打草惊蛇，他太相信赵小安了。你立即下山去找刘红驹，问问他是否知道什么人出卖了乔洪涛。你如果不方便进镇公所，就去宋家找宋家大少奶奶金咏梅，她会帮你找到刘红驹的。下山的事儿你隐秘点，别让苏政委和赵小安发现。"

杜立三点了点头，说："我这就去。"

6

杜立三下了山，在山脚一户人家买来一些麦芽糖，担了挑子来到木扎镇，在街上叫卖了一阵，看看镇公所门口站着保安队，就转着到了宋家，在大门外高声叫卖。宋祖佑牵着金咏梅的手，迫不及待地将杜立三唤进宋家院子里。杜立三一边给孩子称量麦芽糖,一边低声地告诉金咏梅,他要见刘红驹一面。金咏梅虽然有点不明所以,但还是把刘红驹叫来了。刘红驹这几日憔悴不堪。她当然知道原因,日本人在木扎贴了告示,说长春堂的乔掌柜是共匪,已被镇长刘红驹击毙云云。木扎镇的百姓见了他都绕道走,背地里提到他的名字就会吐口水,说他是汉奸。刘红驹和乔洪涛关系不错,他亲手杀了乔洪涛,要想过了他自己那一关,怕也是很艰难的。

杜立三见了刘红驹,两人躲在一边,杜立三表明身份,说是董明霞派他来的,开门见山地问他:"不知刘镇长是否知道到底是何人出卖了乔掌柜?"

刘红驹摇摇头:"我确实不知道,我知道他被日本人盯上了,这事儿也是从金咏梅这儿得知的,金咏梅又是从李美兰那儿得知的,李美兰又是听日军翻译宋学礼给她讲的。我得知这个消息,立即想办法通知他,没想到还是晚了一步。"

"你去通知过乔掌柜?"

"对,日本人已经把他监视起来了,我是带着保安队去的,乔掌柜就是要离开木扎镇时被董少宾的人抓到的。"

刘红驹把自己知道的一五一十地给杜立三讲了,眼睛里已经有了点点泪花。

"既然如此,你为何要杀了乔掌柜?"杜立三不解地问。

刘红驹苦笑道:"他已经活不下去了,即便那个时候你们能救出他,那些伤也会要了他的命。日本人把枪递到我手上,我不杀他,日本人也会杀他,他可能会走得更痛苦……我很感谢乔掌柜,他知道日本人怀疑我也是共产党,就一个劲地骂我是汉奸。他走得很英勇。"

刘红驹的声音有些哽咽。

杜立三不吭声了,他当然明白刘红驹所做的一切是被情势所逼不得已而为之。这个人真是个谜,他明明是汪伪政权的人,为什么还要帮助董队长、乔掌柜呢?仅仅是因为他们曾经的友谊吗?但他同时也在帮忠义救国军。他到底是什么人呢?

刘红驹深深地吸了口气,继续说道:"我虽不知道到底是谁出卖了乔掌柜,但我敢肯定,游击队里有日本人的奸细,这是井上一夫亲口所说。你帮我转告董队长,我虽然和你们不是一路的,但我在这里只是混口饭吃,作为一个中国人,我绝不会伤害自己的同胞，这点请你们放心。"

杜立三点点头，说："她也想到你杀乔掌柜一定是被日本人所逼，这说明日本人也怀疑你了，眼下你处境堪忧。她让我转告你，一定要小心，她说乔掌柜已经出事了，不想再看到你出事。"

刘红驹的眼睛红了，他被迫杀了与她亲近的人，她竟然还信任他关心他。他那颗沉重的心轻松了许多，脸色也舒展了一些。刘红驹送走了杜立三，信步到了金咏梅的房间。金咏梅看到他，一脸忧心忡忡。乔洪涛好好一个人，说死就死了，连个尸首都没保全，和日本人打交道太可怕了。看看四下无人，她悄悄地对刘红驹说："我们走吧，离开木扎，好不好？不要宋家什么财产，我把我女儿领回来，跟着你走，不求富贵，只求有个平安的日子，好不好？"

刘红驹将她轻轻地拢到怀里，说："其实我也想走，但是现在还不行，我在木扎还有许多事没有做呢。"

"这些事难道比你的生命还重要吗？"金咏梅仰起脸看着他，喃喃地问。

刘红驹点了点头："可以这么说吧，每个人都有自己的追求和责任。乔掌柜有，我也有。等我完成了，我就带你和孩子走，走得越远越好，你暂时再等等。"

金咏梅说："那你方便给我说说是什么事吗？"

刘红驹咬着嘴唇想了一会儿，摇了摇头："我不能告诉你，但你放心，我做的事绝不是伤天害理的事儿。你还是不要知道的好，你知道多了，对你反而不好……我这完全是为你好。"

金咏梅红着眼睛点点头，说："那我不再问了，你要注意安全，你成了汉奸，我怕有人会来找你麻烦。"

刘红驹笑着刮了一下她的鼻子，说："我会提高警惕，我还要照顾你一辈子，不保重好自己怎么行？"

金咏梅的担心不是没有道理的，从宋家出来，麻烦就找上他了。

刘红驹隐约觉得有人在跟踪他。已经是傍晚时分，大街上没什么行人，刘红驹加快了步伐，朝一条偏僻的小巷子跑去，身后果然传来了清晰的脚步声。从声音上判断，起码有两人。这里是个死巷子，可以解他后顾之忧，他躲了进去，掏出手枪，心里数了三声，深呼吸，猛地探出头去，抬手便朝来人射击。那人应声而倒，却是一个人。刘红驹心里咯噔一下，暗叫不妙，立即把身子往后缩去，但还是迟了一步，另一个人原来已经绕到了另一侧，一枪击中了他的右腿。他腿一软，跌坐在地上。他一手撑地一手抬枪回击，那人躲在墙后，但刘红驹仍在不停射击，一来让那人暂时无法近身，二来枪声会引来在街上巡逻的保安队。果然，没过多久，保安队呼三喝四地赶来了。

刘红驹浑身一软，瘫倒在地。

这两人正是赵老末派来的。他暗杀刘红驹不成，反而为他解除了在日本人那儿的嫌疑。井上一夫听说刘红驹遇刺后，对董少宾说："这一定是共产党来找刘红驹报仇的。我之前就觉得他不像是共产党的人，他到长春堂查药的事儿不过是个巧合。"

董少宾却说："我看这像是苦肉计。"

井上一夫笑了一下，不无讽刺地说："我有个朋友在美国唐人街生活，说中国人很有意思，即使在外人的眼皮子底下讨生活，也是和自己人斗来斗去。"

董少宾讪讪地不吱声了。井上一夫的话说到这个份上，他就不好再说什么了，只是在心里把井上一夫的祖宗十八代骂了个遍，刘红驹把你玩得团团转，你还在这里自作聪明呢，真是蠢得像猪。

井上一夫亲自探望了刘红驹，对他好一阵安慰，以示自己对他的信任。刘红驹依旧是日本人的红人。董少宾不仅没能扳倒他，反而又在井上一夫那里为刘红驹加了分，心情十分郁闷，只能另等时机。

7

刘红驹是木扎的大汉奸，他的事儿当然就受人关注。他遇刺的消息很快就传到了伏龙山。董明霞大吃一惊，待听说他无大碍，这才放下心来。到底是什么人刺杀的？她担心是苏松林派的人，她问了苏松林，苏松林当然不承认，她再私下调查，苏松林确实没有派人下山干这事。这就奇怪了，难道是忠义救国军？没有证据，谁都有可能刺杀他，汉奸人人得而诛之，就是一个普通的老百姓刺杀他也没什么奇怪的。董明霞不由得为刘红驹捏了一把汗。经过这么多事，她相信刘红驹并不是一个卖国求荣的汉奸，他活着，对游击队的作用更大。他相信刘红驹会帮助她的。

她突然眼睛一亮，对杜立三说："我准备派赵小安去刺杀刘红驹。"

杜立三吓一大跳，一脸困惑地看着她。

董明霞解释道："派赵小安去刺杀刘红驹，一石两鸟，一来咱们是为乔洪涛报仇，如果赵小安是日军派来的奸细，可以趁着这个机会为刘红驹洗刷嫌疑，让日本人更信任他。二来，可以测试出赵小安到底是不是日军的奸细。他如果是日军奸细，那他一定不会对刘红驹下手。"

杜立三说："如果赵小安不是日军派来的奸细，他真杀了刘红驹怎么办？"

董明霞说："所以，我要你跟着他一起下山，他如果真要杀刘红驹，你就及时制止，我愿意冒这个险。我们也要想到另一个可能，赵小安是日军安插来的奸细，但他为了保护自己的身份不暴露，还是会杀掉刘红驹的。你的担子很重，既要盯紧赵小安，同时也要保护好刘红驹。"

杜立三点了点头："董队长，你放心，我一定会完成这个任务的。"

董明霞和杜立三安排妥当后，两人找到苏松林，董明霞谈了自己的打算，说她想通了，刘红驹既然当了汉奸，还杀了乔洪涛，那就应该把他除掉。她建议派杜立三和赵小安下山刺杀刘红驹。他们两人去过木扎，熟门熟路，应该不会有什么问题。苏松林一听说要赵小安下山刺杀刘红驹，立即摇头反对："山下情况那么复杂，刘红驹已经遇刺过一回，一定会严加防范，诸葛亮的空城计也只用过一次。不行，已经错过最佳时机了，我反对再去干这种鲁莽的事儿。"

赵小安却说："政委，刘红驹杀了乔掌柜，是个大汉奸，留着他，终究是个祸害。我知道这次下山会有危险，但我有信心。"

他见苏松林还不肯松口，就有点难过地说："乔掌柜就是在我下山回来不久出的事儿，我知道董队长怀疑我，我确实是值得怀疑的。这次我和杜副队长去刺杀刘红驹，正好也是给我一个证明我清白的机会。"

董明霞忙说："小赵你也不要想多了，你要相信我和苏政委，我们绝不会放过一个坏人，但也绝不会冤枉一个好人。"

苏松林看了看赵小安，想了一会儿，终于下了决心："董队长既然如此坚持，虽然已经错过了最佳刺杀时机，但小安愿意去试一试，那我也同意了。你们两个小心一点,见机行事,没有十成十的把握,决不要轻举妄动,宁愿放过这个汉奸,也不要鲁莽。"事情就这样决定了。

杜立三和赵小安刚进入木扎镇,赵小安就皱着眉头说:"这回刺杀刘红驹不比上次,咱得从长计议,我们得先找个落脚点,细致地做好前期准备工作。"

杜立三担心他这是为了套出游击队设在木扎的其他联络点,遂叹了口气说:"唉,咱在木扎只有乔掌柜这一个落脚点,可惜已经被破坏了,我们就随便找家客栈吧。"

赵小安点了点头,说:"也只能这样了,杜队长,咱们先吃饭吧。要不,咱还是到上回的那酒楼?"

杜立三同意了,两人一起去了宋家酒楼。经过衣帽架时,杜立三像是想起了什么,随口问赵小安道:"我记得上回你戴了顶帽子,这回怎么不戴了?"

赵小安说:"这回任务不一样,戴帽子反而显眼。"两人坐下来,刚喝了口茶,金咏梅从里面出来,正好看到杜立三,赶紧笑着打了个招呼:"哟,来喝茶呀。"

杜立三暗道不好,只得硬着头皮看着金咏梅,困惑地问她:"这位大姐,你认错人了吧?咱们认识?"

金咏梅心思玲珑,马上意识到有问题,遂装作很认真地又看了他一眼,然后尴尬地笑了笑,轻声说:"对不起对不起,我看错人了。"

杜立三笑着摇摇头:"没事儿没事儿。"

赵小安看了眼金咏梅的背影,也笑着摇摇头,说:"还是你眼缘好,唉,怎么就没个漂亮的女人认错我?"

两人吃完了饭,赵小安提议说:"杜队长,刘红驹受了伤,一定在家休息。咱们得先去摸摸他住在哪里。动手的时候,咱尽量别用枪。不过,万一非得用枪,惊动了敌人,咱们得迅速撤退,要不,咱们分头去摸一摸?"

杜立三想了想,如果不同意,那自己秘密监视他的意图也太明显了,不如将计就计,跟在他后面,看看他到底有什么动静。想到这里,他就点点头,说:"好,你去摸摸刘红驹住在哪里,我去摸摸咱们撤退的路线,两小时后,咱们还在这儿碰头,天黑以后再找地儿落脚。"

杜立三看着赵小安出了酒楼，立即跟了上去。赵小安倒没什么警觉，自顾自在大街上走着。杜立三不敢大意，紧紧地跟着。赵小安在一个卖山货的小贩跟前蹲下来，好像在讨价还价说着什么。过了一会儿，赵小安站起身来，好像要扭头往后看，杜立三忙闪到墙后，等他再探出身来，赵小安早就不见踪影了。

赵小安钻进了一条小巷，拐进了一间民房。没过一会儿，井上一夫就到了。井上一夫见了他，立即立正敬礼："松本阁下别来无恙。"

原来，赵小安是日军华北驻屯军特务机关的，原名松本正清，赵小安是他的中国名。他从小在中国东北长大，中国话说得比中国人还要好。他的职务比井上一夫还要高，井上一夫自然对他恭恭敬敬。

赵小安笑道："的确有些时间未见，你的中国话说得大有进步。"

井上一夫在他对面坐下，唤人上茶，说："和您这个中国通比起来，还差得远呢。"

赵小安开门见山地说："这次下山，是游击队派我来刺杀刘红驹的。"

井上一夫沉思了一下，说："很明显，这是共产党在考验你，他们已经怀疑你了。这个任务你也别理会了，干脆就回来吧。"

赵小安喝了口茶，摇了摇头，说："你不用为我担心，我还是要回去的。到目前为止，只有董明霞在怀疑我，苏松林对我深信不疑。我的任务是把这支土八路彻底除掉，连根拔起，现在任务还没完成。好不容易打进了他们内部，我怎么能轻言放弃呢？"

井上一夫说："既然这样，那你就必须干掉刘红驹，这样才能得到共产党的信任。"

赵小安说："我知道董明霞的用意，她想借此来测试我一下，看我敢不敢杀掉刘红驹。我将计就计把刘红驹杀了，再加上苏松林对我的信任，这个女人就是怀疑我，估计也没什么办法了。不过，这次下山，她还派来了游击队的副队长杜立三监视我，这小子盯得很紧，倒是棘手。"

"那我就把他抓起来吧。"

赵小安断然否决了："不行，杜立三必须得死，但不能死在你手里，也不能死在这里。既要杀了他，又要让他死得自然，没任何疑点，经得起推敲。"

两人商量了一阵，最后商定，杀掉刘红驹后，日军追击两人，赵小安再伺机干掉杜立三。

商量好后，赵小安看了看墙上挂的钟表，距离他和杜立三汇合的时间还有一个小时。他喝了口茶，品了品，说："这里可真好啊，好久没有好好地过一天安生的日子了。这茶不错，大红袍？算一算，我已经有一年多没喝过它了。"

赵小安陶醉在久违的茶香里时，杜立三已经回到了酒楼。跟丢了赵小安后，他不无懊悔，却也没有办法，只得到镇子四周转悠，寻找安全的撤退路线。他跟着一个卖完柴火回家的老头，很快就找到了一条偏僻的小路。他不敢耽搁时间，立即就赶了回来。赵小安还没回来。酒楼里人还不少，进来的人都把帽子取下放在衣帽架上，样式都差不多。杜立三心中一动，如果赵小安那次是把情报放在帽子里，然后挂在衣帽架上，走时拿走另外一顶，如果不注意，还真是不好发现。他仔细地回想了一下，那时确实没有注意到这一点。这让他心里更加不安，那次在这样至关重要的地方大意了，这次又跟丢了赵小安，真是够窝囊了。

杜立三喝着茶，心神不宁，他的样子引起了汪冰的注意。她观察了一会儿，觉得这人不像是普通人，再仔细地看看，怎么都觉得他腰里鼓鼓囊囊，像是带有短枪。隐约记得和他同行的另一个人也很可疑，眼下又不见踪影。他们是什么人？是土匪？是共产党？是忠义救国军？无论是哪一拨的人，他们要是在酒楼动起家伙来，枪弹无眼，那都是可怕的。她越想越怕，叫来一个伙计，让他赶紧去找董少宾，就说酒楼里来了可疑的人，身上好像还带着家伙。

董少宾一听，喜形于色，不管这人是土匪，还是共产党、忠义救国军，都是日本人的死敌，把他们抓住了，在井上一夫那里可是大功一件，还不把刘红驹赶到一边去？他立即带上人手，直扑酒楼。

杜立三听到动静，往窗外一看，看到保安队来了，心知不妙，迅速闪到窗户边，抬手一枪，把一个刚从楼梯爬上来的保安队员撂倒了。保安队没有什么实战经验，乱放着枪，嗷嗷地叫着，就是没人敢往上冲。杜立三倒不怕他们，但他担心时间一长，惊动了日军，那就不好办了。他揣摩着这一阵子的枪声足以向赵小安示警，就连击几枪，然后翻过窗户逃走了。

赵小安听到枪声，倾耳听了一会儿，看着井上一夫问道："这是从宋家酒楼传来的,肯定是在抓和我一起下山的杜立三。愚蠢!我正好不在,这不是让我的嫌疑更大了吗?这是你安排的吗?"

井上一夫也很吃惊,他忙摇了摇头,说:"别人根本就不知道你们下山的消息,怎么可能会去抓你们呢?"

赵小安站了起来,说:"你带人去看看那里是什么情况,但愿杜立三没有落到你们手上,如果他被抓了,或者死在那里了,我就是有一万张嘴也说不清了,前功尽弃了……"

井上一夫立即带着日军赶去,看到是保安队,气得当场甩了董少宾两个耳光。董少宾捂着脸看着他,一头雾水。井上一夫叫道:"你这个混账东西,你来凑什么热闹?"

董少宾看着井上一夫气急败坏的样子,心知自己这次是做错事儿了,他不敢提是汪冰让他来的,结结巴巴地解释说,他带保安队巡逻经过这里,看到一个可疑人物进了酒楼,他跟了进来,谁知那人突然掏出枪拒捕……

井上一夫不等他说完,恨恨地瞪他一眼,吼道:"滚!"

董少宾只得灰溜溜地带着保安队走了。

8

杜立三逃离酒楼,与赵小安失去联络。他倒不着急,赵小安还有刺杀任务,一定会跟踪刘红驹。刘红驹就住在镇公所里,赵小安迟早也会打听到的。杜立三偷偷地翻墙进了一家院子,偷了一身晒在院里的衣服换了,然后隐匿在镇公所的后围墙那儿。

刘红驹受了皮肉伤,小林帮他取出子弹后,用了百宝丹,很快就控制了伤口,下地走路也只是皮肉疼。武剑内疚不已,守着刘红驹寸步不离。这会儿,刘红驹正坐在桌前看书,他就抱着膀子站在门口胡思乱想,觉得刘红驹挨这一枪,归根结底还是怪自己。两人一直都是形影相随,焦不离孟,孟不离焦,到底是从什么时候开始刘红驹不让他再跟着他呢?他认真地想了一下,记起来了,自打和金咏梅好了后,刘红驹就嫌弃他碍眼了。他也知趣,有成人之美的热忱,因此就不再亦步亦趋地跟着了。他想了想,以后再也不应该这样了,该跟着还得跟着啊，大不了离他们远点好了。

他正在胡思乱想着，金咏梅的奶妈来找刘红驹，说是让他去趟宋家。武剑有点不耐烦，对刘红驹说："她又不是不知道你受伤，她自己不能来吗？"

"你让她一个寡妇老往我这儿跑，像什么样子？"

"那你作为一个镇长，老往人家寡妇那儿跑，就像样子了？"武剑反问。

刘红驹瞪他一眼，没理他，对着镜子收拾身上的衣服。

"我也跟着去。"武剑小声说。

刘红驹笑道："我没那么背，三天两头地被人家追杀。你就在这儿待着，我很快回来。"

武剑摇摇头，态度坚定："我不放心，一定得跟着。我不会碍你事的，大不了你关门，我给你守着。"

"你在门外我也有心理障碍，就留在这儿。"刘红驹不高兴地说。

武剑见他绷着脸，看样子是真不高兴了，立即蔫了，不再坚持了。

刘红驹一来，金咏梅就把他引进屋子，关上房门。刘红驹觍着脸凑过去，笑嘻嘻地说："你让奶妈来找我，就是想我了？"

话刚说完，又觉得不妙，只见金咏梅神色不太对劲，忙警觉起来："你遇到什么事了？"

金咏梅不安地说："今天上午，我在酒楼看到了上回来找你的杜立三。我和他打招呼，他竟然装作不认识我。我觉得很奇怪。后来，我听说，保安队跑到酒楼去抓他，还动了枪，好在他最后还是跑掉了。我害怕这事会牵扯到你，就想告诉你一声。"

刘红驹心头一惊，立即问她："当时就他一个人吗？"

"他身边还有一个男人，比他年纪稍微大些，我和杜立三打招呼时，那人就盯着我看。"

刘红驹心里明白了，杜立三装作不认识金咏梅，一定是因为身边那个人的缘故。换句话说，身边那个人是杜立三不信任的人，也有可能就是日本人的奸细。金咏梅无意间的一个招呼，已经暴露了自己。

金咏梅见他脸色沉重，知道自己做错事了，害怕极了，抓住他的胳膊，说：

"我是不是做错事了？你会不会有事？我不想你有事。"说着，眼泪就出来了。刘红驹心里有点乱，但看到金咏梅顺着脸颊流下的泪水，又很不忍心，给她擦了擦泪，轻声说："这些问题我会处理好的，你不用担心，在家带好孩子。你晚上关好门窗，有什么动静别急着出来，让留根和你婆婆他们处理。万一遇到什么事，你赶紧找我。"刘红驹急急地出了宋家大院，刚走到大街上，突然有一种不安的感觉，似乎身后有人跟踪。他猛地回头，却是熙熙攘攘的人流，并无异常，但那种感觉不但没有消失，反而更加强烈。他抬头望了眼灰蒙蒙的天空，长叹一声，这日子，也忒不顺了，早知道，还是让武剑跟着好了。受伤的右腿到底还是不利索，好在他熟悉地形，走了两步，虚晃了一个向后看的动作，然后闪身躲到路边一块土墙后，掏出手枪，借着土墙掩护向外看去，只见两个年轻男人站在大街中间，慌乱地东张西望。他正准备举枪瞄准，身后传来了子弹上膛的声音，他一怔，回头一看，十米开外，一个比杜立三年纪稍大的人手持短枪正对着自己。刘红驹头皮一麻，这个可能就是金咏梅说的那个人了，那么，大街上的那两个人又是谁？难道是他瞒了杜立三又找了帮手？这次可真成了砧板上的鱼肉，只能任人宰割了。刘红驹没想到的是，大街上的那两个人，并不是赵小安的帮手，他们是赵老末派出来的土匪。第一次暗杀未遂后，赵老末并没有放弃。对赵老末来说，宋江雪要杀刘红驹，他就一定要为她达成心愿。经过一番挑选，他再次派了两个精干土匪下山。这两个土匪在木扎踩好点，准备了几天，好不容易逮住这个机会。他们在大街上正要动手，看到刘红驹似有察觉，猛地回头，他们忙把脸扭向一边，再回过头来，刘红驹却不见了。两人看了四周，发现只有这堵土墙可疑，再仔细一看，却发现有人已经拿枪对准了刘红驹。这两个土匪也愣了，不知道那人又是什么人，他们正在犹豫，突然又冲出来一个人，举枪对准了那人，大声叫道："赵小安，赶紧把枪放下，这是董队长的命令。"

那个叫赵小安的人摇了摇头，说："我执行的是苏政委的命令。"

两个土匪明白了，这两人是共产党游击队的，奇怪的是，他们一个要杀刘红驹，一个不让杀。管它呢，你们执行你们的命令，我们执行我们的命令，赶紧把赵老末交代的任务完成再说。两个土匪慢慢伸向腰间，准备掏枪。杜立三的余光看到土匪的动作，枪口一转，立即开火击中一个土匪。另一个土匪趁机拔出手枪，向杜立三还击。赵小安见杜立三无暇顾及这边，立即瞄准刘红驹扣动扳机。千钧一发之际，斜里跃过一个人影，将刘红驹狠狠地撞了出去，来人正是武剑。子弹击中了武剑的肩膀，鲜血汩汩流了出来。刘红驹立即抬手还击，打中了赵小安的左腿。那边，杜立三已经结果了第二个土匪，听到枪响，忙回过头来，见赵小安受伤，赶紧扑过来用身体护住赵小安，慌慌地逃走。

枪声引来了附近的保安队，日军驻军方向也响起了刺耳的号声。杜立三酒楼受袭，本来怀疑是赵小安通风报信，但仔细一想，袭击酒楼的是保安队，而不是日军，似乎不是赵小安出卖的，倒像是保安队误打误撞。赵小安无比坚定地要杀死刘红驹，也让他有点吃不准了，至于他这是为了执行命令锄奸，还是为了继续潜伏而牺牲刘红驹，根本来不及细想，他下意识地搀扶着赵小安吃力地往前跑。

日军很快发现了他们，紧紧追了上来。

出了镇子，看了看已经甩不掉日军了，杜立三把赵小安放在草丛中，叮嘱他说："你先藏在这里，我去把鬼子引开。"赵小安却拉住了他的手，说："杜队长，我受伤了，反正逃不掉了，你把手榴弹给我，我来掩护，你走。"杜立三心头一震，董队长一直怀疑赵小安是内鬼，会不会是怀疑错了？如果他是日军安插的奸细，那么，日军理应放他一马，不可能真的追杀过来，但看目前这个样子，日军是动真格的。看来，赵小安不可能是内鬼。他把赵小安的手捋下，坚决地摇了摇头，说："你藏在这里不要出声，我们一定能回去的。"他说完，猫着腰，借着地形的掩护，一边向鬼子开着枪，一边飞快地向另一边跑去。他心想，跑得越远越好，把鬼子引开了，赵小安就得救了。

日军紧紧地跟着杜立三，子弹啾啾地在他身边飞着。杜立三看到不远处有座庙，他刚要冲过去，一颗子弹飞来，击在他的腿上，他踉跄两步，扑倒在了地上。他立刻翻身伏在地上，朝着鬼子射击。子弹打完了，日军慢慢地围了上来。当日军团团围着他时，杜立三突然咧嘴笑了，嘴角边带着嘲笑，伸手拉响了身上的手榴弹……

9

赵小安回到伏龙山,把杜立三牺牲的经过详细地讲了。董明霞自责不已,觉得自己还是过于鲁莽了,小看了赵小安。她一点都不相信他,杜立三的死不会那么简单。想归想,她确实又没证据可以揪出赵小安,她只得把泪水吞到肚里。只要抓到赵小安的把柄,她一定会让他血债血偿。

木扎一行,杜立三牺牲,赵小安必定已将伏龙山根据地的相关情报送给了日本人。如果不出意外的话,日本人部署停当,一定会出兵攻打根据地。她想提醒苏松林,但想想苏松林对赵小安那么信任,她告诉他了,两人不免又是一番争吵。她只得暗中交代游击队员,做好随时战斗的准备。

果然,第四天,日本人对伏龙山展开进攻。伏龙山地势极险,上山之路崎岖难行,最初转移到这里,游击队也是寻了好几天,才找到一条最便捷的路。枪声一响起,董明霞立即派人守着这条路,毫无疑问,赵小安一定也会把这条路告诉日本人。

苏松林看董明霞有条不紊地应敌,知道她早有准备,心里有点不高兴,她分明是早有计划却没有找他商量。难道她现在还在怀疑赵小安吗?真是一个固执的小心眼女人。

赵小安察言观色,看出苏松林对董明霞有意见,就上前挑拨说:"政委,这么大的事情,董队长事先都不和你商量,分明眼里没有组织啊。"

苏松林故作大度地说:"她是队长,军事的事情,还是她做主比较好。"

赵小安说:"咱们这是双主官,就是她做主,事先也得和你商量一下嘛。我觉得董队长有私心,她这是想独揽大功,把你排除在外。"

苏松林瞪了赵小安一眼,厉声说道:"赵小安,革命队伍最重要的就是搞好团结,你这样说可不对……"

嘴上是这么说的,但心里却觉得赵小安说的确实有道理。

赵小安也不害怕,继续说:"政委,如果这一仗功劳都被董队长一人占了,我觉得太不公平了,她能指挥打仗,你怎么就不能指挥打仗?再说,咱们守在这里不动,鬼子如果不退,那是不是太被动了?我觉得董队长带少量兵力守在这里，你带大部队偷偷下山，从后面攻击日军会更好，前后夹击，轻而易举就能把鬼子击溃。"

苏松林想了想，觉得赵小安的这个主意不错。他就找到董明霞，谈了自己的看法，如果仅守住这条路会很被动，最好兵分两路和敌人周旋。董明霞不太愿意，认为这样容易分散兵力，不能集中拳头制敌。苏松林不高兴了，觉得赵小安说的有道理，董明霞确实是想自己一人独揽大功。董明霞愈不同意，他愈坚持。大敌当前，董明霞不想再起争执，只得同意了，分给了他一半兵力，并且一再叮嘱他，要严格遵循"敌进我退，敌退我追，敌驻我扰，敌疲我打"的十六字游击方针，绝对不能和日军硬碰硬。

游击队兵分两路，一路由董明霞带领守着路口，一路由苏松林带领，秘密潜入山下，从背后袭扰敌人。

董明霞本来准备借助地形在这条险峻的山路上消耗敌人，但苏松林带着另一部分游击队下了山，如果她与日军在这里形成僵持局面，日军很可能会分出更多兵力对付苏松林带领的游击队。她不得不改变原定计划，且打且退，像磁铁一样吸引着日军步步紧跟，希望能将更多的日军吸引到自己身边，掩护苏松林。苏松林本来确实是想按照董明霞说的袭扰日军后方，但赵小安一再怂恿他，兵贵神速，要出其不意地突袭日军，这样才能收到最好的效果，让董明霞看看，他苏松林也非等闲之辈，同样能打仗。苏松林经不住他的煽动，命令部队全力向日军攻击。哪知日军早就有准备，防守甚严，枪声一起，日军随即反击，反而紧紧地咬住了他们的尾巴，怎么也摆脱不了。一看伤亡越来越大，苏松林心里慌乱，这仗就越打越混乱，打到最后，伤亡一大半。苏松林不得不下令撤退。队伍打了败仗，士气低落，一听撤退，各自为战，呈逃跑之势。苏松林又落到了最后，他一边气喘吁吁地爬山，一边自我反思，看来自己是真不懂打仗，在这方面，自己确实不如董明霞，以前总振振有词地干涉董明霞的战斗部署，不知道给她带来多少麻烦，以后再也不能这样了。正想着，抬头看到赵小安气喘吁吁地从后面跟来，他心里热乎起来，这个家伙真不错，到这个时候了还想着自己。

前面有个陡峭的斜坡，赵小安轻松地爬了上去，苏松林爬到一半又滑了下来。以往遇到这种情况，赵小安就会伸手拉自己一把。他下意识地去看赵小安，又立即呆在那里，站在斜坡上面的赵小安手拿短枪居高临下地对准他。

苏松林的心倏地沉了下去："赵小安，你这是什么意思？"

赵小安笑了笑，说："苏政委，我一直都想找个机会谢谢你，要不是你，我可能早就被董明霞干掉了。她的怀疑是对的，乔洪涛是我出卖的，杜立三也是我弄死的，根据地的位置也是我透露的。我确实就是你们要找的那个内鬼。"

苏松林手脚冰冷，浑身哆嗦，董明霞是对的，错的是自己，董明霞从木扎镇回来，自己不相信她，逼得乔洪涛现身为她作证，他这才暴露了身份。赵小安找借口下山，董明霞不让，自己偏要他下山，这才让他有机会把信儿传递出去，日军才得以抓到乔洪涛……

赵小安笑呵呵地说："苏政委，你现在是不是非常后悔？说真的，要不是董明霞对我的怀疑太深，我真想留在你身边，看你还能蠢到什么地步，看着你一个劲地帮我，我心里那个乐呵啊……"

苏松林颤抖着手指着赵小安愤怒地叫道："你这个民族败类！卖国求荣的汉奸！"

赵小安摇了摇头，冷冷地说："你又错了，我不是中国人，我是地地道道的日本人，华北驻屯军中佐，你能死在我手里，也应该感到欣慰了。"

苏松林倒吸一口冷气，日军居然派出这样高级别的特务打进游击队，他们有什么目的？他猛地举起枪，但根本来不及击发，赵小安扣动扳机，苏松林应声而倒，他躺在地上，大睁着眼睛，茫然地看着天空。

10

苏松林猜得没错，日军华北驻屯军之所以派出松本正清来到木扎镇，是因为他们得到情报，有人潜伏在木扎镇，要破坏物资中转站，但到底是什么人，毫无头绪。赵小安本来是想打入军统的忠义救国军或者共产党的游击队，无奈这两支队伍都防范甚严，他只得从赵老末的土匪那里下手。到了游击队，经过这段时间的观察，他觉得游击队队伍单薄，山下也只有一个乔洪涛，有心无力。他心里未免着急，再加上董明霞已经怀疑他了，本来想借这个机会把游击队除掉，奈何董明霞决定固守在山上，日军很难攻击。他只得怂恿苏松林带兵出击，能消灭游击队多少就消灭多少,然后就趁机离开游击队。他本能地感觉到要破坏物资中转站的另有他人。

很可能是忠义救国军。

松本正清刚到联队部,与井上一夫还没说上两句话,就有日军骑兵飞奔而来报告:木扎镇被忠义救国军端掉了!

日军只得仓皇撤退,回到木扎,日军军营一片狼藉,除了少数十几个人,留守的日军大部分被干掉。这次清剿伏龙山游击队,井上一夫是志在必得,调走了大部分兵力,但他仍然不敢大意,在物资中转站留下了百十人,十多挺轻重机枪、掷弹筒,估摸着就是有人来攻打,一时半会儿也拿不下来,只要顶上半天,清剿伏龙山的日军再杀个回马枪,定叫他们损兵折将。

他没想到的是,来的是忠义救国军,他们兵分两拨,一路攻打军营,他们没有从修有坚固碉堡、炮楼的正门进攻,却先占领了一墙之隔的镇公所,镇公所里只有刘红驹、董少宾带的保安队,一见忠义救国军来势凶猛,跑得比兔子还快。救国军炸掉围墙,从里面往外打,很快就把留守军营的日军干掉,然后汇合大部队一起攻打物资中转站。

忠义救国军虽然人数多,但武器及单兵素质却没法和日军比,按道理说,他们是打不下来物资中转站的,哪知道,他们正面进攻的兵力是佯攻,另外大拨人马悄悄地通过一条偏僻小巷突袭,突入物资中转站,引燃了弹药库、枪械库、燃油库,整个物资中转站陷入一片火海之中。正面佯攻的忠义救国军士气大振,前后夹击,除了跑掉三四个,竟然把百十个日军都干掉了。

井上一夫脸色铁青地打量着一片灰烬的物资中转站,忠义救国军这仗打得太顺了,一气呵成,行云流水。他们去清剿共产党的游击队,大部队都离开了木扎镇,本来觉得对付游击队是小菜一碟,速战速决,就是有人攻打木扎镇也不是问题。谁知就在这短短的时间内,竟然就让忠义救国军得手了。他把伤兵叫来细细问了,忠义救国军打响的时候,他们其实也刚刚到伏龙山,也就是说,忠义救国军早有预谋,事先埋伏在木扎镇附近,就等他们离开然后发起进攻。还有他们的进攻路线显然也是经过精心谋划,攻打军营是从防守最弱的镇公所突破,攻打物资中转站是从那条不为人知的小巷突入。那条小巷早就被砖石封死,救国军怎么会知道呢？

井上一夫扭头问松本正清："忠义救国军这次进攻，是经过精心策划的，他们会不会是和那帮土八路商量好的？让土八路吸引我们的兵力，牵制住我们，然后他们乘虚而入？"

松本正清摇了摇头："他们没有和共产党的游击队联系，这次完全是他们一家干的。也真是奇怪了，忠义救国军怎么对木扎的情况摸得这么清？"

他说完这话，心里一动，他要找的那个人，说不定就是一手策划了这次进攻的人。

会是谁呢？

他想来想去，觉得刘红驹最可疑。可董明霞让他刺杀刘红驹时，杜立三在关键时刻却制止他不要开枪，很明显，刘红驹和董明霞是一伙的，他要帮的话，应该帮着董明霞才是，怎么会帮和共产党不共戴天的军统的部队呢？

松本正清没有猜错，忠义救国军这次攻打木扎镇，完全是刘红驹的主意。

当刘红驹得知井上一夫要攻打伏龙山游击队时，他笑哈哈地看着武剑，说："咱们的大生意来啦！"

武剑兴奋地说："我立即去伏龙山把这个情报卖给游击队，师傅，你说吧，咱要多少钱？"

刘红驹弯起食指在他脑袋上敲了一下，说："你什么时间才会有点出息？这个情报算啥？日军一出动，伏龙山就会知道，人家自然会想办法，用得着你去操心吗？"

武剑一脸迷惑："那你为啥还说咱有大生意呢？"

刘红驹看了一眼门外，武剑忙过去掩了门。刘红驹压低声音，说："咱这次不玩小的，要玩就玩个大的，咱让救国军来把木扎镇留守的日军干掉，再把物资中转站毁了。"

武剑吓了一大跳，摸着脑袋吃惊地看着刘红驹："师傅，你不是在给我开玩笑吧？日军主力虽然走了，但他们守卫物资中转站的兵力还是不少的，靠忠义救国军鱼目混杂的几百人，能办到吗？这可不是儿戏，是要掉脑袋的事情。"

刘红驹说："这次咱们不但卖情报，还卖一送一，把如何攻打木扎镇的方案也卖给他们，保证他们能打下日军军营，还能端了日军的物资中转站。这个生意至少值一千块大洋。"

武剑瞪大了眼睛："那么多？那人家会不会干？"

刘红驹很自信地笑了笑，说："王佩飞不是傻瓜，他一定会干的，他要是做到了，重庆会重赏他的，别说一千大洋，甚至上万大洋都有可能，他是赚了。"

武剑也激动起来，笑嘻嘻地凑过来，觍着脸说："师傅，你快说说，你这个值一千块大洋的方案是啥，让小的见识见识。"

刘红驹收起脸上的笑容，找出一张白纸，又拿来一支笔，严肃地看着武剑，说："你给我看好了，从现在开始，我说的每一句话，你都要给我一字不漏地记下来。"

刘红驹用笔在那张白纸上画着，一会儿工夫，整个木扎镇都移到了纸上。他用笔又画了几个箭头，一一给武剑讲解，攻打日军军营，先从攻打镇公所开始，到时他和董少宾带着的保安队会象征性地抵抗一下，然后就撤退，镇公所与日军一墙之隔，日军防守最弱。攻打物资中转站时，以一小部分兵力放在正面佯攻，大部分兵力从日军那条封闭的小巷子突进，日军在那里几乎无防守，然后前后夹击……

刘红驹讲解完以后，瞪着眼睛问武剑："你记着没有？"

武剑连连点头："我记住了，我记住了。"

刘红驹把那张草图递给了武剑，让他立即赶到致和丝绸庄，把它送给朱子青，同时把方案也一字不漏地复述给他，务必让忠义救国军按照这个方案攻打日军。

武剑把草图揣在身上，还有点不放心："师傅，你这个方案好是好，但这价钱，是不是，是不是有点太贵了？咱做人也不能太那个了吧。"

刘红驹哭笑不得，又弯起食指敲了一下他的脑袋，说："你个小屁孩懂啥？我这要价已经够低了。你给朱子青说说，这一千块大洋，一个子都不能少。你还要告诉他，我刘红驹公平买卖，童叟无欺，他们要是不放心，打完木扎再给我钱，如果没打下来，或者失败了，我一个子都不要。"

武剑点了点头："师傅做生意确实让人放心，看来咱要发大财了。"

他说着正要走,刘红驹叫住了他:"我差点忘了,你还要给朱子青讲,事成之后,这一千块大洋一个子都不能少,全部送给伏龙山董队长手里。"

武剑惊奇地看着刘红驹,困惑地眨了眨眼:"这可是咱拿命来换的,怎么能白白送给游击队?"

刘红驹说:"他们打不打日本人?既然打日本人,那怎么是白白送给他们的?他们需要枪炮,缺衣少粮,这一千块大洋算啥?反正国共合作嘛,王司令又不缺钱,就算是他支援游击队的。再说,日军这次清剿伏龙山,游击队肯定会有损失,正好拿这钱救急。"

武剑还是有点不情愿,嘟哝了一句:"别忘了,你现在可是南京政府派来的。"

刘红驹在他肩膀上拍了一巴掌,说:"你不是不知道这个镇长是咋来的,你还真入戏了。"

武剑叹了一口气,说:"好吧好吧,给游击队就给游击队吧……连我都搞不明白了,你究竟是什么人?"

刘红驹瞪他一眼:"贫嘴!快去吧。"

朱子青得到这个情报,自然喜出望外,立即把情报送给了忠义救国军,王佩飞依计而行,果然大获全胜。他倒也爽快,一个子都不少地把一千块大洋送给了伏龙山的游击队。游击队损失不小,这笔钱简直是雪中送炭。当得知这是刘红驹的主意时,董明霞皱起了眉头,刘红驹到底是什么人?他不可能是地下党,难道他是军统的?军统是反共、搞摩擦的老手,念在昔日情分上,他偷偷地接济一下游击队,也是可以理解的,但像这样大摇大摆地让军统的忠义救国军来接济,就有点奇怪了。董明霞摇了摇头,他不像是军统的人。也许,也许就像他说的,早已经不问政治,混口饭吃吧。他接济她,也许就是念一份旧情而已。

11

井上一夫和松本正清都觉得刘红驹可疑。收拾停当,第一件事就是把刘红驹抓起来。

审讯室里,面对松本正清的责问,刘红驹坚决不承认自己和忠义救国军有什么关系，忠义救国军一打进来，他一直和董少宾的保安队在一起，差点命都没了。他一刻都没有离开过董少宾的视线，不可能给忠义救国军带路什么的。这一点，董少宾可以作证。

董少宾自然心虚，忠义救国军一打响，他就急得像热锅上的蚂蚁，保安队是他的资本，他连一个人都不想损失。没打两枪，他就焦急地催促刘红驹撤吧撤吧，刘红驹还很不情愿地同意了。所以，刘红驹说什么，他都忙一个劲地点头称是。

松本正清只好换个方向，问他和伏龙山游击队的关系。刘红驹也没有试图隐瞒他和董明霞的关系。他是这样解释的：几年前，他在延安一个小学当过教员，认识了同是教员的董明霞。两人互有好感，差点就结了婚。后来，董明霞变心，他大受打击，离开了延安，投身到南京汪精卫政权。董明霞关键时刻让杜立三保住他，想必也就是冲着几年前的那份情。现在他已经效忠南京政权，道不同不相为谋。

松本正清审视着刘红驹："你真是一个奇怪的人。你到底是个什么样的人呢?"

刘红驹淡然一笑，说："太君，我是南京政府派来的，也是来协助皇军建设大东亚共荣圈的。"

松本正清和井上一夫站到一边耳语了一阵。

松本正清走回来对刘红驹说："我们需要和南京政府联系，核实你的身份。在这之前，就委屈你先留在这儿了。"

刘红驹忙一个劲地点头："好的好的，应该应该。"

松本正清眼睛眯起来，又问他："我听说你和宋家金咏梅关系好，是不是因为她长得像董明霞?"他在酒楼第一次看到和杜立三打招呼的金咏梅时，吓了一跳，以为是董明霞下山亲自来执行任务了。

刘红驹稍稍想了下，说："太君观察得真细，我说实话吧，最初吸引我的确实是她的容貌，男人嘛，对自己喜欢的第一个女人总是记得很久。不过，我现在喜欢的是金咏梅这个人。董明霞是你们的敌人，也是南京政府的敌人，当然也是我的敌人，如果遇到她，我自然会知道如何做。"

松本正清点了点头，说："刘镇长看来还是个聪明人。"

日本兵过来刚把刘红驹拖走，牛奔镇日军宪兵司令部的电话就来了，对井上一夫狠狠训斥了一番，限令他在一个月内把物资中转站重建起来。井上一夫满头大汗，大气都不敢出，只能对着电话机毕恭毕敬地一个劲地点头"哈依"。

没了镇长，重建物资中转站的事儿就只好交给了董少宾。董少宾倒是积极，带着保安队到各家各户督促出人出工，家里没壮男的，或者不想出工的，那也好，拿钱来解决。就连宋家也没放过，狠狠地敲诈了一百块大洋。

在董少宾带领的如狼似虎的保安队的监督下，重建工作进展倒很快，半个月不到，已经有点模样了。这天，井上一夫从工地回到屋里，南京政府的电话也来了，告诉他，人事处确实有刘红驹的档案，他在四年前被派到木扎镇当镇长。刘红驹的身份得到了核实，虽说他曾在延安待过一段时间，但这样的人南京现在到处都是，扬名日伪特工部的李士群本来还是一名留守南京的共产党呢。

井上一夫放下电话，正准备通知手下放了刘红驹，有日本兵进来通报："宋家有个女人前来求见。"

井上一夫愣了一下，脑袋里闪出金咏梅的模样，不由得精神一振，肯定是这个女人前来为刘红驹求情了。他忙让那个日本兵把那个女人带来。

来人正是金咏梅。

木扎镇被忠义救国军突袭，枪声炮声到处都是，宋家紧闭大门，大气都不敢出。好不容易枪声停下来了，刚松了一口气，接着就听说刘红驹被日本人抓走了。金咏梅顿时浑身冰冷，谁都知道日本人杀人不眨眼，宋柏生、乔洪涛，还有卖麦芽糖的杜立三，都被日本人弄死了。她不想刘红驹出事，她得想办法。刘红驹在她最无助的时候出现，为她遮挡风霜，现在她也想尽自己所能去救他，哪怕有一丝希望，她也要牢牢抓住。想来想去，能够和日本人靠上边的，只有李美兰和宋学礼。李美兰认识小林真雄，但小林真雄到底还是日本人，还曾利用李美兰诱捕乔洪涛，日本人肯定是向着日本人的，不能找他。剩下的只有宋学礼了，可宋学礼因为有参与宋家灭门惨案的嫌疑，自己也不曾待见他，她去求他，他未必用心。她转而一想，李美兰曾经救过宋学礼，如果她去求他，宋学礼不会不上心的。想到这里，她立即火烧火燎地找到李美兰，央求李美兰带着自己去找宋学礼,让宋学礼在日本人那儿为刘红驹求情。

可惜宋学礼跟着松本正清去了牛奔镇,过了半个月才回来。他一回来,立即被李美兰叫到了药铺,金咏梅见到他,忙把自己的意思对他说了。

宋学礼听了,很诚恳地说:"这事比较难办,不是我不愿意出力,而是我去求情不大合适,一来我和刘镇长没有值得说道的交情,理不直气不壮,二来,我就是一个翻译,说得不好听,就是一个汉奸,不仅自己人看不起,在日本人那里也不过是一条狗,人微言轻,恐怕也没什么用。"

李美兰见他说得凄凉,心里也一阵难过,为难地看着金咏梅,说:"大嫂,学礼说的也是实话,日本人哪里会听一个中国人的话?怕是学礼去了也没什么用,咱还得想别的办法。"

宋学礼皱着眉头想了一会儿,看了眼金咏梅,说:"我虽然不能去,但大嫂可以去试试。"

金咏梅和李美兰皆是一脸困惑,他都和日本人说不上话,更何况是和日本人无一丝交情的金咏梅了?

宋学礼说:"大嫂,咱们把话说开了吧,你和刘镇长的关系,木扎镇的人都知道。刘镇长虽被日本人抓起来了,但也没遭罪,只不过被关起来了而已,想来也不是什么大事。再说,宋家那么多的仓库都被日本人征去做仓库了,这次又被忠义救国军炸毁了。如果你以刘镇长未婚妻的身份去求井上一夫,我想,他会考虑考虑的。"

他盯着金咏梅,问她:"你愿不愿意嫁给刘镇长?如果愿意,那就可以这样去做。"

金咏梅的脸红红的,她点了点头,说:"我自然愿意,只要能让他从日本人那儿出来,做什么我都愿意。"

金咏梅来见井上一夫,精心打扮过,她穿了身浅白色的斜襟掐腰长衫,乌发在脑后整齐地盘了发髻,露出光洁宽阔的额头。井上一夫见了,忙站起来,伸手示意她坐在对面。金咏梅忐忑不安地坐下来,手放在哪里都觉得不妥,最后只好放在桌子上。井上一夫给她倒水,好像是无意的,轻轻地碰了碰她的手,她心里一惊,赶紧把手收回,放在了膝盖上。

井上一夫眯着眼睛问她:"你找我是为了刘红驹?"

金咏梅有点害怕,她强作镇定地点点头。

井上一夫解开军装扣子,把身子往椅子上一靠,声音阴冷地说:"刘红驹的罪可大可小,不但私通救国军,还私通共匪,这可是死罪。"

金咏梅慌慌地抬头看他,声音颤抖着辩白:"不是的不是的,刘镇长是南京派来的,是为太君们服务的……"

井上一夫笑眯眯地看着她,她因惊恐而紧紧地缩着身子,样子无助而可怜。刘红驹确实帮助过共产党游击队的董明霞,说他通共,还真不是冤枉他的。日本人难道已经知道了这件事?金咏梅越想越怕,脸色愈来愈白。

井上一夫站起来,走到她跟前,抬起她的下巴,说:"对我们大日本帝国的军队来说,土八路不值一提。至于刘红驹通共这件事,我说他是共匪,他就是,我说他不是,他就不是。"

他看她的眼神充满淫欲,毫不掩饰,金咏梅自然是能看懂的,她不由浑身颤抖,结结巴巴地说:"刘镇长是我的未婚夫,太、太君,您放了他吧……"

井上一夫的手摸到了她的脸上,慢悠悠地说:"你想让我说他不是共匪,对不对?"

金咏梅忙慌慌地点着头,喃喃地说:"我们宋家会很感谢太君……"

"想让我说不是,那就要看你的表现了。"

井上一夫的手向下滑到她衣服领口,一颗一颗地解着扣子。金咏梅苍白着脸,她想站起来跑掉,但她知道自己是不能这样做的。如果牺牲自己的肉体可以救出刘红驹,那就牺牲吧,即便再痛苦,她也会咬碎了牙齿忍受,就当是被疯狗咬了。

那个魔鬼扯掉了她的衣服,把她按在桌子上、推到墙上,像狗一样在她身上蠕动着,她闭着眼睛,大颗大颗的泪水涌了出来……

刘红驹终于被放了出来。

日本人把他关起来,他倒并不担心。他在延安待过的经历并不是大不了的事儿,摇摆不定的墙头草比比皆是。他也不怕日本人调查,南京政府确实派了一个叫刘红驹的人来木扎当镇长,只要南京政府不来人认他,他完全可以瞒天过海。

他在木扎待了四年，日本人用惯了他，相当顺手，如果没有什么把柄，日本人又何苦再找个生手使唤呢？

果然不出他所料，半个月后，他就被放了出来。回到镇公所，宋学礼和金咏梅早已经在那里等着他。他有点吃惊，他们怎么知道日本人会在今天放了他？转而一想，莫不是宋学礼为他说了话，井上一夫就顺水推舟放了他？他忙双手作揖，对宋学礼说："感谢感谢。"

宋学礼赶忙摇头："不要谢我，你能出来，我只是出了个主意，救你的，是我大嫂。"

刘红驹一震，看着眼睛红肿的金咏梅，叹息一声，也不顾宋学礼在场，将她拥到怀里，轻声说："难为你了。"

金咏梅强忍着泪水，故作轻松地笑笑，颤声道："只要你能出来，做什么，我都不觉得为难。"

宋学礼在一旁说："刘镇长，大嫂是以未婚妻的名义找的井上一夫，所以，你们办喜事时别忘了邀请他。"

听到井上一夫的名字，金咏梅不自主地颤抖了一下。刘红驹何等警觉，这个动作哪里能逃出他的眼神？他低头看她，看她脖颈处几处淡青色的瘀痕，马上就明白了她是如何救自己的，顿时心痛如针刺。他紧紧地搂住她，说："咏梅，让你受委屈了……"

金咏梅一阵心酸，泪水再也忍不住，哗哗地流了下来。宋学礼还以为两人多日不见，是喜极而泣，就笑着说："你们两个好好说说话吧，我还有事，先走一步。"

看看宋学礼走了，刘红驹捧起金咏梅满是泪水的脸，恨恨地说："咏梅，你真傻啊……你别难过了，你放心，我一定会让日本人血债血还，总有一天，我要亲手宰了这个畜生……"

金咏梅惊恐地看着他，摇了摇头，急急地说："红驹，我不要你这样做，我只愿你平平安安地守在我身边，咱们踏踏实实地过日子，不要再打打杀杀了，我害怕……"

刘红驹眼睛红了，再次把她拥在怀里，低低地说："咏梅，我们结婚吧。从此以后，咱们光明正大地待在一起，再大的事我来顶着，谁也不能再欺负你。"

金咏梅用力地点点头，呜咽着说："好。"

12

松本正清得知井上一夫放了刘红驹很是生气，质问他为何不通过自己就擅自决定。井上一夫道："南京方面打来电话了，确实有刘红驹的人事档案。"

松本正清冷哼一声："人事档案？人事档案也有可能是假的，半路上出了岔子也是有可能的，冒牌也是有可能的，各种意想不到的情况都有，你就这么把他放了？"

井上一夫听他这么一说，也觉得自己大意了，他不安地说："要不，我让南京政府派人来认一下？或者给他拍张照片送到南京政府让他们认认？"

松本正清走了几个来回，摇了摇头："南京政府肯定有共产党、军统渗透进去，如果刘红驹是他们的人，他敢过来，就有把握能把这事摆平。你再问问南京方面，刘红驹有没有结婚？如果结婚了，他老婆在哪里？"

井上一夫有点搞不明白松本正清的意思，但他不敢多问，赶紧再给南京政府打电话，那边很快回复说，刘红驹已经结婚了，老婆就住在南京。

井上一夫吃了一惊，这家伙在南京有老婆，竟然在木扎又成了金咏梅的未婚夫，胆子未免太大了些吧。

松本正清没理他这个茬，面无表情地说："你立即让南京方面把刘红驹的老婆送到这里来。他可以在别的方面做假，但如果他是冒牌的，瞒过了别人，总瞒不过自己的老婆吧。"

井上一夫听松本正清这么一说，顿时茅塞顿开，不愧是搞特务的，果然有一手。他立即通知南京方面，立即让刘红驹的老婆从南京赶来。

美人秦香莲

1

虽然南京经历过屠城之痛，但毕竟已经过去五六年了，作为汪精卫政权的首都，日本人也有意打造出一个模范城市的样本来，慢慢地又繁荣起来。南京浦口火车站每天都熙熙攘攘，南来北往的人流如过江之鲫。

刘红驹的老婆王可欣穿着紫色绣花旗袍，外罩一件白色镂空斗篷，一张扑满白粉的脸上黑眉红唇，高高的颧骨倒显出她一份英气。古人说，女人颧骨高，杀夫不用刀。这种说法其实一直都令她心神不宁。她一脸忧心地看着远处长江上的雾霭。四年前，丈夫去北方一个小镇任职，说好在那里安顿好了就来接她和老人孩子。这都四年了，他一个电话都没有，一个子儿也没寄，她只好靠着家里的那点积蓄度日，一个人咬着牙照顾着老人拉扯着孩子。前天，一个叫三浦友和的日本人带着一个中国人突然找到他，那个中国人介绍说，他叫李衡，是政府特工总部的，他们怀疑刘红驹被人冒名顶替了，所以要带她走一趟，去认一认那个叫刘红驹的镇长是不是自己真正的丈夫。她瞪着眼睛看着他们，心脏咚咚跳个不停。她曾经想过，丈夫这几年杳无音讯，要么是彻底变心，要不就是身遭不测。很可能是后者。因为就算他在外有了别的女人，不理她，但不可能几年都不问一下老人和孩子。她怎么也没想到，怎么可能会有人来冒充自己的丈夫呢？不管怎么说，见了那人，是不是自己的丈夫，自然就一清二楚了。她胡乱地收拾了点东西，彻夜未眠，第二天一大早，三浦友和和李衡就来了，三浦友和告诉她，李衡将负责把她安全送到木扎。王可欣点点头，心里有种不祥的感觉，这么长时间都不联系，丈夫一定是出事了，那人很可能是冒充的。她忙把公婆叫到一边，低声交代，她去那个小镇找到丈夫后，一定会来接他们去那里团聚。如果一个月内她没回来，那就说明她也出事了，到时一定要去政府向这个叫三浦友和的日本人要人。老两口虽不知道发生什么事了，但见媳妇这样说，神色也凝重起来，重重地点头。

　　过了长江，到了南京浦口火车站，等了半个时辰左右，一辆冒着浓浓白烟的绿皮火车隆隆驶来，李衡弯腰拎起她随身带的藤编箱子，向三浦友和点点头，然后示意王可欣跟他走。王可欣犹豫了一下，转身看了眼三浦友和，三浦友和朝她鞠了个躬，说："拜托了！一路顺风。"

　　她忙慌慌地也朝他鞠了个躬，她很奇怪地觉得这个日本人更值得信任，倒是这个李衡，虽然也是一脸和善，但却让她有种胆战心惊的感觉。

　　上了火车，找到了座位，李衡坐在她对面，也没什么话说，闭着眼睛养神。她下意识地看了看车厢里的乘客，多半像他那样在打瞌睡。她越来越不安，瞪着眼睛看着窗外飞驰而过的树木与道路，强迫自己不要睡着了。

　　火车走了约莫一个多小时，在一个车站停了下来，一群小贩跑过来，趴在窗前叫卖小吃。坐在对面的李衡突然睁开眼，低低地说："到了，下车吧。"王可欣一愣，这才一个多小时，怎么就到北方了？火车才走了一站，离南京还不远呢。她脑袋嗡地一响，遇到麻烦了，自己要出事了。她赖在座位上不动，李衡也不吭声，上来拽着她的胳膊，像铁钳一样，轻而易举地就把她拖下了火车。她还没站稳，就看到一个身材和自己差不多的女人朝她笑意盈盈地走了过来，身后还跟着一个粗壮的男人。她同样穿了件紫色的旗袍，烫着梨花头，拎了个藤编箱子。这个女人走到李衡面前点了点头，说："咱们走吧。"

　　李衡丢下王可欣的箱子，冲着那个粗壮的男人说："这个女人我就交给你了。"说完，他接过那个女人的箱子，和她一起转身上了火车。火车很快又发出凄厉的吼声离开了。王可欣有点发蒙,就这么抛下自己走了?她一回头,那个粗壮男人冷冷地说:"拎上箱子,跟我走吧。"

她情知不妙,想跑,可哪里跑得了?她想叫,那个粗壮男人上来拥着她,外人看来,两人像亲密的夫妻,实际上他却从口袋里掏出一块手帕塞进了她嘴里,然后又用一条纱巾把她大半个脸围了起来,挽着她的胳膊,就像在照顾一个重病的人一样拖着她走。出了火车站,把她塞到一辆汽车里,出了城,拉到了野外一处茅草丛生的地方,又把她拽下车来。王可欣使劲地摇着头,想把嘴里的手绢吐出来。粗壮男人看了看他,上前把手绢扯了下来,脸上带着讽刺的笑容,说:"不用我再给你解释了吧,你应该知道是咋回事了。"王可欣再傻,也看出来了,他们用另一个女人代替她去认夫了。很显然,丈夫早就死了,并且也是这帮人害死的。她强忍悲痛,苦笑了一下,说:"你这是要杀人灭口了吗?"

粗壮男人笑了笑,点了点头,从腰里掏出手枪,对准了她。王可欣倒是豁出去了,镇定地说:"你不能杀我,你如果杀了我,你们的调包计就会露馅的。我丈夫三四年没有和我们联系,我岂是毫无察觉?我临行前和家里人说了,一个月内我不回南京就说明我出了事,就说明木扎的那个刘红驹是假的,他们就会到政府去找那个叫三浦友和的日本人要人。"

粗壮男人愣了一下,眼睛眯了起来:"你真的这么说了?"

王可欣说:"你要是不信,可以去问问李衡,他也在场。"

粗壮男人的眉头紧紧地皱了起来,样子有点犹豫不决。

王可欣继续说道:"我来猜猜这到底是怎么回事吧。我丈夫在四年前还没来得及到木扎就被你们杀了,你们又派了个人去取代他,那人现在被日本人怀疑了,所以日本人让我去确认。你们没办法,只好又故技重演,再找个假老婆去演戏,为了以防万一,就要把我也杀了,同样是和杀我丈夫一样神不知鬼不觉,一切都毫无破绽。我猜得对不对?我既然能猜出来,自然就有防备。我不知道你们是什么人,但你们真是狠毒啊,杀了我丈夫,又要来杀我,我还有孩子和两个老人要赡养……"说到伤心处,她的眼里不由得流出了泪水。

粗壮男人脸上的肌肉抽搐一下,握着枪的手也微微颤抖,他不无苦恼地说:"整个事情大概就像你说的那样,实际上我还没你清楚,我的任务就是把你杀掉。有一点你想错了，我们不是坏人。那你想怎么办？"

王可欣冷笑了一声，说："你们不是坏人？我丈夫只是想在乱世之中有份职业养家糊口，他做过什么坏事？我只是一个普通的家庭妇女，我又做过什么坏事？你们说杀就杀。我们死了，就剩下老人和孩子，他们谁来照顾？你们还有人性吗？你们就不怕报应吗？你还好意思说你们不是坏人吗？"

粗壮男人的脸腾地红了，脸上露出痛苦的表情，枪口不自觉地垂了下去，他深深地吸了口气，说："我要是不杀你，我们的人就有危险。你说，你要是我，怎么做？"

王可欣心里稍微镇定了一些，听这个男人的意思，事情还有转机。她忙说："你这么说，我倒真的有些相信你们本来没那么坏的。如果我是你，很简单，你们不是想让我消失吗？那就把我放了，我保证带上老人和孩子离开南京，远远地躲起来……我丈夫死了，我只能自认倒霉，我没别的想法，就想平平安安地把老人送走，把孩子养大……"说到这里，不由一阵心酸，泪水更多，声音哽咽。

粗壮男人似乎也有悲伤之意，眼圈也微微红了，他收起手枪，想了一会儿，对她说："这样吧，我们出钱出人，把你们一家人护送到重庆去。你们到了那里就安全了，我们也安全，即便日本人发现有什么不对，也找不到你们了。"

王可欣愣了一下："你们是重庆的特工？"

粗壮男人点了点头，说："我们也不容易，是在拿命抗日，都是为国家为民族……我为你丈夫的事情感到抱歉，但请你相信，我们不是坏人……"

王可欣摇了摇头，说："你们不是坏人，也不应该滥杀无辜……算了，我们不说这些了，我只求你们说话算话，把我们全家人平平安安送到重庆。你们做到了，我自然也能做到，再也不提我丈夫的事情。"

粗壮男人点点头，说："我现在就带你回南京，你在轮渡那儿等着。我给我的上司汇报，他们同意了更好，会派人护送你们，如果不同意，我就把你家里的老人孩子接过来，亲自送你们到重庆。"

王可欣点了点头，说："好，我听你的……其实，你还是一个好人。"

那个粗壮男人看了看她，眼里已经有泪花闪烁，他扭过头去，揉了揉眼睛，说："今天的风儿可真大啊。"

2

刘红驹很长时间没再去致和丝绸庄。自从乔洪涛牺牲，他也懒得去日本人那里打听什么情报了，再加上日军物资中转站被救国军摧毁，还在忙着重建，确实也没有什么重要情报，自然和致和丝绸庄就没什么生意可做。

难得这么清闲，他就想着把与金咏梅的婚事办了。金咏梅为了救他，受了那么大的侮辱，做了那么大的牺牲，他就得为她负责，给她一个说法。何况，他本来也是喜欢她的。他对金咏梅说了，金咏梅自然也是满心欢喜。谁知，真要着手筹办时，却没想到因金咏梅的寡妇身份，办起来有些麻烦。首先，宋钱氏得给儿媳妇立个再嫁证明，要写上："立字据人宋钱氏，因子亡媳寡，茕茕无依，虽年事尚轻，实无谋生之能力。嫁、守固然乃个人之道德，当任其自由自主。经双方家长同意，说合人等介绍，其情愿再婚配于刘红驹足下为室，按惯例聘礼洋一百元整，以供余残年赡养之资，嗣后各无异说。倘有亲族干涉者，余一面承当。空口无凭，立字据为证。时间：民国三十二年十一月十一日。"这件事已经办妥了。宋钱氏自觉身体大不如前，来日不多，不想在最后这点日子再折腾什么。她只是要求宋祖佑不能改姓，必须还姓宋，还是宋家的人，确保他将来继承宋家家业。刘红驹和金咏梅自然满口答应。金家当家的自然希望女儿能够再觅良人重获幸福，也没什么问题。

安抚好家人，还要安抚好族人。北方民风保守，民间鼓励寡妇守寡，寡妇咬牙度日，被誉为刚强。如果再嫁，叫"又吃一井水"，别人会看不起她，尤其是族人。刘红驹找了族长宋文彬，他料到宋文彬会在族人面前替金咏梅说话。只要金咏梅再嫁，他宋文彬以后再谋夺宋家家业，金咏梅就没有发言权了，他也就少了个对手。果然，当宋文彬得知金咏梅要再嫁给他，立即就很热乎地东奔西走，向族人游说宋家大儿媳再嫁的合理性，为金咏梅再嫁扫清舆论障碍。

除了这些，还有让人头疼的。再嫁寡妇的仪式具有颇多的歧视，比如说不能走大门，要走偏门。比如说不能上大花轿，只能上小轿子。小轿子还不能进门，要待在偏门百米处，再嫁寡妇还要光着脚走到轿子里。刘红驹一想到金咏梅要赤脚在满是石子的路上走那么远，心里就闹得慌，于是干脆请人将宋家偏门到小轿落脚处都铺上了软乎乎的黄土。

忙得差不多了，刘红驹才放下心来到镇上转悠两圈。宋家酒楼他是不热衷去了，汪冰本就心机重，如今和阴毒的董少宾搅在一起，想想就让人毛骨悚然。这个女人啊，貌美如花就如宋家的"霸王香"，令人垂涎欲滴，但却勾搭上了让人避之不及的董少宾，唉，算了吧，这种女人还是敬而远之的好，大不了学武剑，绕着她走还不成？正想着，他一抬头，就看见武剑从酒楼里出来了，面红耳臊地一路小跑，看上去腿脚还有点虚软。刘红驹"嗨嗨"叫了好几声他才反应过来，然后像做错了事的孩子一样慢腾腾地挪到他面前，撇了撇嘴，一副欲哭无泪的样子。

刘红驹开玩笑似地说："怎么啦，你被汪冰睡啦？"

武剑倏地睁大了眼睛，瞠目结舌地看着刘红驹。

刘红驹吃了一惊，完了，他真的被汪冰睡了？

武剑对汪冰一直爱恨交织。这是种奇怪的感觉，他对汪冰，未见其人，先闻其名，他在"老车把式"添油加醋的讲述里产生了她是个风骚、美丽女人的第一印象，这个印象让他产生无限遐想，他把自己对女人有限的认识全加诸到她身上，这个女人就变成了他所能认知的最诱惑人的妖媚女子。待第一次见到她，他才发现，她已经远远地超过了他贫乏的想象，哪里是风骚、美丽所能涵盖，简直是风情万种，以至于只要见到她，他就浑身发软，头重脚轻，仿佛醉了酒。他不喜欢这样的感觉，所以能躲就躲，能避就避，但还是出事了。

上午，致和丝绸庄的朱掌柜来找刘红驹，刘红驹不在，武剑就出来到处找人，最后找到了宋家酒楼。刘红驹不在，汪冰在。汪冰给他倒了一杯水，他喝下去后就觉得头昏脑涨，浑身燥热，看着汪冰花瓣一样的红唇双眼冒火。汪冰倒了水也不回避，媚眼如丝，声音绵软。他头脑一热，忍不住上去抱住了她，她好像并不反感，似乎还回应着他。他浑身颤抖，头脑一片空白，待回过神来，就发现自己正压在汪冰的身上，也不知是谁扑倒了谁。汪冰媚眼如丝地看着他，他想挣扎着起来，可身子赖着不动……

刘红驹笑呵呵地说："这么说，你小子还真行啊，不是她睡你，而是你把她睡了。"

武剑脸红了,揣摩了一下刘红驹的话,不解地问:"我睡她和她睡我有什么区别吗?"

刘红驹绷起了脸:"有,如果是你主动睡的,也就是被她迷住了,犯了个男人都会有的毛病。要是她主动睡你,那你就要小心了,你别忘了宋东子是怎么死的。再说了,她是董少宾的女人,董少宾最近盯上咱们了,他要是知道了,会有什么反应?如果是他有意让汪冰这么做的,他的目的又是什么呢?难道她要从你身上套出关于我的事情?"

武剑有些着急了:"你怎么这样说话呢?难道就不能是她喜欢我吗?你说的那些根本就不存在,对我没用,我可不是个为了个女人就会背信弃义的人。"

刘红驹低低地说:"但愿是她也喜欢你吧。不管怎么说,我觉得在此之前,你还是要避开她的好。咱俩在木扎,可是步步危机,大意不得。"

武剑有些不情愿,吞吞吐吐地说:"你都要和人家结婚了,我怎么就不能也喜欢人了?你这是只许州官放火,不许百姓点灯。"

刘红驹摇了摇头,说:"咱俩的情况不一样,喜欢人没错,但还要看这个人是谁。你单纯,汪冰可不是个单纯的人,她要想算计你,你根本就不是她的对手。"

武剑苦着脸不服气地嘟哝:"你这是被人害苦了,看啥都是算计,人家明明是喜欢嘛……"

刘红驹无可奈何,知道武剑这是情窦初开,把汪冰当成了宝贝,一时半会儿也说服不了他,只能慢慢来。他便岔开话题问道:"你说致和丝绸庄朱掌柜找我?"

武剑连忙点头:"他让你有空去趟丝绸庄,说你订的丝绸到货了,让你取货去。货多吗?我去帮你。"

刘红驹自然没有订过丝绸,他知道这是朱子青要见他的借口。他对武剑说:"我一个人去他那里就行了,你只要好好待着,不要给我惹祸就行了。"

到了致和丝绸庄,朱子青已在店里恭候多时,见他来了,赶忙给他上了盏热茶,笑呵呵地说:"刘镇长,恭喜啊,听说很快就要大喜了,我这儿进了一批上等桑蚕丝，你给新娘子挑一些?"

刘红驹看他这么殷勤，知道是自己上次那个价值一千块大洋的情报的作用。救国军尝到了甜头，自然对他青睐有加。他心情也很好，低声问朱子青："你老板对上次的买卖还满意吗?"

朱子青堆起满脸笑容："满意满意，我老板还说，有机会找个时间想和你见见面，要好好谢你呢。刘镇长，我是说真的，你就给新娘子挑一些吧，我一个子都不要。"

刘红驹呷了口茶，说："朱掌柜当真会开玩笑，这些东西是她娘家备的，我哪里懂这些？你今天找我肯定不是为这事，你有话就直说吧。"

朱子青笑了："刘镇长爽快，我老板很感谢上次的货，他让我问问你，怎么这段时间没货了？最近不做生意了?"

刘红驹放下茶，想了一下，说："咱们就直说吧，我对你们有些不满意。上次物资中转站那批粮食的情报，你们按兵不动，只有共产党的游击队动了手，让人家吃了大亏。我把那一千块大洋转送给他们，也算是表达一下我的歉意。我在想，你们对我的情报要么是不信任，要么就是不感兴趣了。那我干吗还要热脸贴你们的冷屁股呢？除了你们，自然也能在别处卖个好价钱。"

朱子青赶紧说："别别别，看你这话说的，我们怎么可能不感兴趣呢？游击队的事，刘镇长你也是知道的，不是我们不配合，而是他们不配合，跟我们抢地盘，还搞摩擦，日本人是敌人，共产党同样也是民族、国家的大敌。他们之间狗咬狗，对我们有利。"

刘红驹冷笑一声，说："你们玩的这些我不感兴趣，没意思。我一个生意人，不巧混了个芝麻官，却被日本人逼着亲手杀了乔掌柜，还因此顶着汉奸的名头被人在大街上追杀了好几回。唉，我这也是在刀口上走着赚钱啊，干不了了。"

朱子青愣了愣，有些不安："听你的意思，还想金盆洗手?"

刘红驹不动声色地点了点头："我成家了，该好好过安稳日子啦。"

他以为朱子青会急起来，谁知，他不但没有和他急，反而直起身子，抱着膀子，笑眯眯地看着他，像是变了一个人，慢悠悠地说："刘镇长，你想得美啊，可惜晚了，你回不了头了，也不会有安稳日子过了。"

刘红驹端着茶水的手停在半空，皱着眉头看他，等他继续往下说。

朱子青说："日本人已经让南京政府的特工把你在南京的老婆带来了。"

刘红驹一惊，手里端着的茶杯差点掉了，他忙放在桌子上，瞪着眼睛看着朱子青。真刘红驹有老婆？她要来木扎镇了？她要是来了，他再有能耐，这个假刘红驹也装不下去了。

"你是从哪里听到的这消息？"

"刘镇长，咱明人不说暗话，你我都知道，日本人把你老婆从南京找来，是想确认你到底是不是刘红驹本人。也就是说，你在南京政府里的档案是真实存在的，不过小日本不信你。你确实是假冒的，这我也知道，那女人一来，你就要被打回原形了。你到底是什么人，我不知道。但凭你的所作所为，不会是共产党的人，也不像是南京政府里的人，你也不是我们的人，我把你的照片早就传到了重庆，他们查了，你既不是军统的，也不是中统的。我不管你是什么人，想干什么，只要你肯为我们军统做事，继续给我们提供情报，我们来给你解决这个问题。"

刘红驹眉头都皱成个川字了，他实在想不出来他们会有什么法子来解决。他半信半疑地看着朱子青，问他："你们怎么解决？"

朱子青脸上有些得意："我们军统的能耐超出你的想象。我告诉你吧，我们已经把真刘红驹在南京的老婆换成军统的人了，她会来这里配合你演好这场戏，日本人会更加相信你，你的镇长还是好好的。以后有情报，我们当然还会付钱给你。怎么样？这个生意你只赚不赔啊。"

刘红驹飞快地在脑袋里盘算，他要是不答应朱子青，军统不帮这个忙，日本人就会立即把他抓起来，那结果就只有死。可要是答应了朱子青，假老婆一来，金咏梅怎么办？他抱住脑袋有点发怔。朱子青心情愉悦地看着他，优哉游哉地说："对了，你老婆叫王可欣，是个不错的美人。你南京家里还有两个老人，一个孩子。我只能帮你到这里了，至于其他事情，你只能自己看着办了。"

刘红驹苦笑了一下，说："好吧，我答应你了。"

朱子青点了点头，又给他满满地斟了一杯茶，很满意地笑了。

3

刘红驹和金咏梅的婚礼轰动了整个木扎。这种轰动,金咏梅经历过一遭,那是她第一次嫁人,因为嫁妆丰厚而引人侧目。但这次轰动,不是因为金家又出了丰厚的嫁妆,也不是因为刘红驹把整个婚礼办得大张旗鼓红红火火,而是这个婚礼不同凡响:新郎的老婆来了!

婚礼是在镇公所的礼堂里举行的。刘红驹和金咏梅拜过天地,拜过高堂,正要夫妻对拜时,门外突然传来了一声凄厉尖叫:"刘红驹,你这个陈世美,杀千刀的,我和你拼了!"

这句话犹如平地惊雷,余音绕梁,三日不绝于木扎镇,让人津津乐道了大半年。

刘红驹听到这声尖叫,暗叫不妙,抬头去看,只见一个少妇模样的女人风尘仆仆地闯进来,满身杀气地向他冲来。他正在紧张地思考如何应付,那个女人突然换了方向,向金咏梅扑去,双手直奔金咏梅桃花一样的脸蛋。金咏梅被眼前的变故吓得目瞪口呆,木头一样地看着少妇那双骨节分明的手袭向自己的面门,根本就没任何反应。千钧一发之际,刘红驹伸出胳膊,将她搂在怀里来个三百六十度大旋转,成功避开了魔爪。少妇收势不住,身子直接扑到地上,江南所特有的掐腰丰乳裹臀的旗袍凌乱不堪,露出修长雪白的大腿衬着紫红色的丝绸布料,令人转不开目光。她用拳头狠命地砸着地,地上的鞭炮纸屑纷纷躲闪。她的手砸疼了,就不停地拍着地,尖声哀号:"刘红驹,你个陈世美,丢妻弃子,你的良心被狗吃了!老娘不活了,和你拼了!"

围观的人们很快就明白是怎么回事了,这个刘红驹,原来家里还有原配,还有孩子,居然还和金咏梅结婚,成何体统?这下好了,原配杀来了,看你如何收场。他们同情地看着那个女人,她脸上挂着鼻涕泪水,披头散发,拍打着大地,大声号哭着,悲痛欲绝。

刘红驹知道这是朱子青安排的假老婆,他本来以为这个女人也就是逢场作戏闹闹就算了,没想到她如此入戏,搞得像真的一样。他哭笑不得,但又不得不上前装作吃惊的样子问她:"王可欣,你怎么来了?"

王可欣从地上抓起一把土朝他扔去,哭着喊:"我怎么不能来?你在这里花天酒地,把我们娘俩扔在家里不闻不问,有你这样的男人吗?你还结婚?你害了我们娘俩不说,你还害人家黄花闺女,还和人家结婚……"

金咏梅自然不是黄花闺女,她脸腾地红了,茫然地看看她,又看看刘红驹,她已经明白是怎么回事了,这个打击比失去丈夫还要强烈,她除了伤心、悲痛,还感受到了巨大的羞辱,但她却完全不知道如何应付,苍白着脸站在那里摇摇晃晃。

这幕精彩绝伦的现实版陈世美与秦香莲的大戏让观众赞叹不绝,木扎镇地处偏僻,民风淳朴,几十年来谁人瞧过这等精彩?谁也舍不得先走,武剑劝了这个又哄那个,嘴皮子磨干了,没一人挪动步子。汪冰看了眼武剑的拙样,心里不由一软,她将手伸到董少宾的腰上,掏出他的枪,走到王可欣面前蹲下,将枪塞到她手里,柔声说道:"别拍地了,小心疼了自己的手,拿着,这个管用。"

刘红驹吓得不轻,朝汪冰大喊:"你疯了?快把枪拿回来!"

王可欣看着手里的枪,好像没有见过一样,翻来覆去地瞧着。汪冰忙帮她把保险打开,又把她的手指塞到扳机处,柔柔地说:"你想把谁杀了,就对准谁,一扣这扳机,他就完蛋了,好用得很,你试试。"王可欣不哭了,挂着鼻涕,充满感激地看着汪冰,喃喃地道:"这个管用,这个管用,谢谢你了,大嫂。"

汪冰愣了一下,不易察觉地皱下眉头,这个女人并不比她年轻,却喊她大嫂,这不是分明恶心她吗?刘红驹不是个好东西,看来这个女人也不是个软茬,这样也好,让他们斗吧。

王可欣跌跌撞撞地爬起来,两手握住枪,好像是对准刘红驹了,又好像拿不住枪对不准,枪口对着人群晃过来晃过去,晃到哪里,哪里的人就往一边躲。突然"砰"的一声,枪响了,子弹不知道飞到了哪里。礼堂里一片安静,鸦雀无声,几秒后,突然一片喧哗,片刻工夫人们便哗啦啦地作鸟兽散。都瞧出来了,这个半路杀出来的美人秦香莲已经头脑不清神智混沌,她手里有枪,这可不是闹着玩的。一会儿工夫,礼堂里只剩下了当事人、新娘亲属和前来贺喜的松本正清、井上一夫。

汪冰斜了眼目瞪口呆的武剑，他站在那里，茫然无措，完全忘了自己该干什么。她拽了拽董少宾的袖子，朝王可欣努了一下嘴。董少宾正抱着膀子津津有味地看热闹，见汪冰示意他，忙几步跨到王可欣身后，一把将她手里的枪夺了下来。

井上一夫和松本正清一直没闲着，仔细地观察着各人的表情。金家当家的摇头叹息，宋钱氏抱着宋祖佑闭目不语。李美兰扶着摇摇欲坠的金咏梅，不敢置信地盯着神情悲伤的王可欣，一脸百思不得其解的模样，汪冰抱着胳膊冷冷地看着，一副看好戏的模样。刘红驹脸红脖子粗，惊慌失措。

事情超过了金咏梅的想象，她头昏脑涨，摸索着抓住李美兰的手，低低地说："我们回去吧。"

宋家的人都跟在金咏梅的身后走了，没人去理呆呆地站在一边的刘红驹，他苦着脸看着一身嫁衣的金咏梅窈窕的背影，又看了眼蹲在地上呜呜哭泣的王可欣，长长地叹了口气，抱着脑袋也慢慢地蹲了下来。

婚礼被搅黄了。陈世美刘红驹穿着鲜红的新郎官礼服垂头丧气地走在大街上，身后跟着凄凄惨惨戚戚的王可欣。街两边的人见了，都捂住嘴憋着笑看他们。刘红驹尴尬地低头走着，经过致和丝绸庄时，他抬头看了眼倚在门边的朱子青，朱子青朝他咧嘴笑着，亲热地朝他打着招呼。刘红驹嘴巴咧了咧，苦着脸朝他笑笑，心里把他十八代祖宗都骂了一遍。

新房设在镇公所，武剑早就布置一新，门前悬挂了两个大红灯笼，窗户上贴满了寓意吉祥的剪纸。女人站在门前，狠狠地看着，突然冲过去，把灯笼扯下来，扔在地上，使劲地踩着，大声地叫："我让你结婚，我让你结婚！"还不过瘾，又过去把窗户上的剪纸也撕了。刘红驹吃惊地看着她，这女人也忒能装了，干什么特工啊？到十里洋场演戏去，准是一流的水平。

天黑了，刘红驹睡在地上，闷闷不乐地看着窗外的月亮。如果没有秦香莲大闹婚礼，此时此刻，就是他和金咏梅的洞房花烛夜。他叹口气，辗转反侧，怎么也睡不着。睡在床上的王可欣支起身子，笑嘻嘻地说："你叹什么气呢？我一个清白的女人家来当你的老婆，我都不叹气，你倒叹起气来了。"

刘红驹哭笑不得："你到时拍拍屁股就走人了，我还得在这里生活，你让我以后如何见人？如何见金咏梅？你是一时的，我这可是一生啊。"

王可欣严肃地点了点头，说："恩，这确实难办。你这人其实还不错，我要不是已经有意中人了，留下来当你老婆，倒还不错……真对不起了，我还真不能当你的真老婆。"

刘红驹知道她是在跟他开玩笑，却也没什么话和她说，他们军统的事情，他懒得知道，知道得越多越危险。

沉默了一会儿，王可欣一脸好奇地问他："你到底是什么人？搞得神神秘秘的。"

刘红驹闷声道："我就是一个生意人。"

王可欣摇摇头："你别骗人了，我们花了这么大力气，就是为了一个生意人？我知道你是从延安出来的，你是不是共产党？"

刘红驹撇了撇嘴，说："我是共产党？那我为啥没救乔洪涛，还把他杀了？那共产党为啥满大街地追杀我？"

王可欣皱起了眉头："那你是军统的人？"

刘红驹笑道："你不就是军统的人吗？我是不是军统的人，你还不知道？"

王可欣认真地说："那也未必，我们在军统都是在册的人，但我们都知道军统有一批人员名单不在花名册上，只有戴老板一人掌握，直接指挥。这些人是特工中的特工，上海、南京都有，连日本人、汪精卫都拿他们没办法。"

刘红驹语带讥讽地说："连你这么能干的人都不是，这么说来，你们戴老板掌握的人应该都是办大事的人。木扎这个鸟不拉屎的地方，能有什么大事？"

王可欣说："谁说这个地方不重要？这里的物资中转站补给了小半个北方战场。如果把它给破坏了，那可是件了不起的事情。我们军统把装备最好的救国军放在这里，还不是为了这个？说到这里，还真得感谢你，听说还是在你帮助下才把它破坏掉的……这么说来，你还真像是我们军统的人。"

刘红驹笑了一下，摇了摇头："我说不是就不是，咱们这是生意。别给我谈感情，谈感情伤钱。我问你，你来救我，是不是就是为了让我以后继续给你们弄情报？"

王可欣点了点头，说："我们老板很重视你，不仅要保护你，还想让你加入军统,继续留在这里,日本人的物资中转站重建后,咱再把它干掉。"

刘红驹苦笑道:"你们也真看得起我,我哪有这个能力?我本来是来这里和宋家做生意,哪知宋家的男人都死了,只好阴差阳错地做起了这个镇长。和你们做生意,也是迫不得已,这里又没别的生意可做。唉,宁做太平狗,不做乱世人啊。要是有别的活路,我早就离开这里了。"说完,又是一声长叹。

王可欣见他情绪不高,也不再言语。月光伴着清风吹进屋里,刘红驹满脑子想的都是金咏梅,想着她伤心、悲愤的样子,心里揪着疼,身下铺了两层被褥,但他还是觉得寒意逼人。

第二天早上起来,吃过武剑买的早点,王可欣把嘴一抹,起身准备好好打扮自己。刘红驹纳闷地问她:"你这是要去哪里?"

王可欣奇怪地瞪着他,说:"这还用问吗?你们这些负心的男人哪里知道女人的苦啊?你抛家弃子不说,还在这里又结新欢,我千里寻夫,结果正赶上丈夫要和别人结婚。你说,这事儿能这么了了吗?没那么容易,我还要去金咏梅那里大闹一场,这个狐狸精,勾引我丈夫,我不去闹闹能行吗?"

刘红驹一夜没有睡好,黑着眼圈蔫不拉几地叹口气,说:"我真服你了……好吧,到了那里,拜托你注意点分寸,手下留点情。我是真想和她过日子,等你走了,我还得收拾烂摊子呢。"

王可欣从新房的衣柜里挑了件鲜红的紧身旗袍,披了一件黑色尼龙斗篷。这身衣服使得她曲线毕露,比起北方的宽大斜襟棉服,显得轻盈贵气。和昨日大闹婚礼现场不同,她这次可是要展现出自己正妻的优势和气势。她盘好头发,画好淡妆,水灵灵地回过头来,笑嘻嘻地看着刘红驹。刘红驹一打量,痛苦地闭了下眼睛,她这是要去向金咏梅示威啊。

王可欣风情万种地敲响了宋家大门,花婶一见是她,赶紧跑去请示宋钱氏。宋钱氏躺在床上有气无力地说:"唉,真不知道是哪辈子做的孽,让她闹吧,已经是个笑话了。你去陪着咏梅,别让那个女人伤了她。其他人,该干吗干吗,别理她。"

正是秋末,北方清晨温度都在十度以下,王可欣迈着两条随时从旗袍缝里露出的长白腿,摇曳生姿地走到宋家庭院里。用人们从庭院经过时偷偷地瞄她两眼,然后再瞄一眼跟在她身后愁眉苦脸的刘镇长,慌慌地离开了。唉,这样的热闹才叫热闹啊,可惜,老太太吩咐过了,不让看。

花婶本意是让金咏梅躲起来,但金咏梅却不愿意,自己又没做错什么,错的是他刘红驹,和这个女人相比,自己的遭遇更惨。她有什么理由找她撒气?她强打精神迎了出来,一身鹅黄色的缎子棉袄,将她郁郁寡欢的小脸衬得雪白,白得见不了一丝血色。久病未愈的奶妈贾雪荣跟在她身后,似乎想为她鼓鼓劲儿。花婶小跑几步,赶到金咏梅前面,把她护在身后。这个女人昨天大闹婚礼,她也见识了,是个泼辣的女人,不能让她伤了金咏梅。双方站定,花婶和贾雪荣看着王可欣和刘红驹,眼睛里都是满满的愤怒。

王可欣冷笑了一声,说:"你们就算把她围成个铜墙铁壁,她也是个夺人丈夫的狐狸精。"

金咏梅强作镇定,她一宿未眠,将自己和刘红驹的事儿从头想到尾,有悲伤,有委屈,有愤怒,折腾了一晚,现在反而平静了。她拨开前面的花婶,走到王可欣面前,平静地说:"你也不必到我这儿一哭二闹三上吊了,女人赢不来男人的心才玩这些玩意,我金咏梅看不上。你也不要再丢了刘镇长的脸,我虽与他做不成夫妻,到底还有几分情义在,木扎镇就这么点地方,我不想让他今后做事被人笑话。"

她的话竟说得如此周全,冷静客观,既表明了自己的立场还处处为刘红驹考虑,王可欣手持大刀却砍到了棉花上,顿时哑口无言。刘红驹心事重重地看着知书达理的金咏梅,心里也清楚,金咏梅这话也只是给王可欣说说而已,以柔克刚,王可欣如果再撒泼,只会让自己更难看。这是女人间在斗心眼,可他知道她心里未必是这么想的,说不定恨他恨得要死。一定是这样的,因为她根本就不看他一眼,就好像他不存在一样。他多想她能抬头看自己一眼,看到此刻他眼中无限的依恋和炽热的爱。

金咏梅看王可欣无话可说,又意犹未尽地加了一句:"你放心,不是我的东西,我从不强求。"

王可欣看着优雅的金咏梅,在寒风中缩了缩脖子,干巴巴地说:"知道不是你的东西就好。"她回过头来,正要招呼刘红驹走人,却看到他双眼直勾勾地盯着金咏梅，不觉动怒，扯着他的胳膊吼道："看什么看？再看也不是你的，小心长针眼，走，回去。"怒气冲冲地扯着他出了宋家大院，却见门口围了一大堆人，正看得起劲儿，王可欣柳眉一挑，尖声叫道："看什么看？回家看好自家男人去！"

众人讪讪地后退，让出一条路来，刘红驹臊着脸挤出人群，他看王可欣还是很生气的样子，讪讪地说："木扎民风淳朴，从来没出过这事儿，都新奇着呢。"

王可欣却像入戏了一样，回头瞪他一眼："这个女人真是气死我了。"

刘红驹想笑可又笑不出来，这个女人，好像真的把自己当作他的老婆了，觉得自己在气势上输了金咏梅一截，心里有火呢。他刚要劝她，何必假戏真做呢？王可欣低低地说："别说话，有人看着呢。"刘红驹心里一惊，眼角余光就看到松本正清站在不远处一棵树下，若有所思地看着他们。王可欣索性甩掉他胳膊，上前揪着他的耳朵，狠狠地骂道："你这个挨千刀的，老天爷咋就不打个雷劈死你呢？走到街上，咋就没让车撞死你呢？我的命真苦，怎么就找了你这样一个畜生……"

刘红驹有苦难言，心里再难受，也只能被她揪着，听她骂着。

王可欣这么一闹腾，完全打消了井上一夫对刘红驹的怀疑。护送王可欣的是南京政权特工总部的李衡，他把王可欣送到木扎后就一直住在日军军营，井上一夫也与负责南京政府特工的三浦友和联系了，李衡和王可欣可都是货真价实的，三浦友和亲自把他们送到火车上，看着火车开走的。松本正清虽不甘心，但百般琢磨，也找不到刘红驹和王可欣之间的漏洞，只能作罢。

王可欣不能在木扎耽搁太长时间，因为南京那里还有老人和孩子需要她照顾。没过几天，两人就做出了和好的姿态，她挎着刘红驹的胳膊，有事没事就到街上逛。也是，夫妻床头打架床尾和嘛。王可欣回南京前，刘红驹带着她到致和丝绸庄挑选桑蚕丝布料，想让她带回去。南方丝绸种类丰富，品相华丽上身舒适，北方以棉布居多，但桑蚕丝却是一枝独秀。王可欣进内室挑选布料，刘红驹知道她有话要对朱子青说，就坐在店铺里喝着茶，眼睛盯着大街，也算是替他们把风吧。偶尔路过几个百姓，看到他，还是忍不住偷偷嘀咕两句。刘红驹想着金咏梅，心情就有点郁闷，无聊地看看门外阴沉沉的天空，木扎要进入冬天了。

王可欣一边挑选着布料，一边对朱子青讲述自己对刘红驹的看法："我摸不透他真正的身份，刚开始觉得他像是咱们的人，可我试探后，又觉得他更像共产党的人。你不是说，他上次还让救国军把那一千块大洋送给共产党的游击队了吗？如果他是咱们的人，哪怕是戴老板亲自掌握的，应该也知道，咱们抗日，但同时也防共，不可能像他这样大手笔地接济他们的。"

　　朱子青说："你才来了这几天，摸得透才怪，他一出现在木扎，我就注意上他了，但到现在也不晓得他到底是哪边的。"

　　王可欣将选好的布料拿在手里，笑了笑说："我的任务已经完成了，明天就会离开这里。关于刘红驹，上面的意思是既要利用他，也要防范他。"

　　朱子青一想到刘红驹这几天蔫蔫的样子，心里就畅快，他说："这几天你在这儿，看刘红驹吃瘪的样子，我都觉得痛快。我倒想看看，明天你走后，他能怎么哄回金咏梅。"

　　王可欣摇了摇头，笑着说："看来，他把你折腾得够呛啊。"

　　朱子青苦笑道："可不是嘛，这家伙让人又爱又恨，你都不知道到底是该恨他还是该喜欢他……唉，不管那么多了，只要他跟咱们合作，那就是一件好事。"

　　王可欣来的那天晚上，刘红驹失眠了一个晚上，她要走了，他又失眠了。她拍拍屁股就走了，却把这个烂摊子留给他了。他如何向金咏梅解释，才能既不暴露王可欣来木扎的真实用心，又能成功地挽回她的心呢？这个问题在脑中盘踞了一晚，太阳出来了他还没想出招来，最后决定，啥招也不用了，就死皮赖脸地求她原谅，无条件地任她使唤吧。无论她对自己多么冷情，自己也要主动贴上去，一点一点地将冰块融化，重新开始。这么一想，他心里就踏实了。

　　他把李衡和王可欣送到了牛奔镇火车站，两人刚走，他就迫不及待地往回赶，终于在中午时分赶到了宋家。

　　宋家大院里很冷清，只有花婶在低头扫着地上的槐树叶。看到他进来了，低低地说："镇长，你还是回去吧，大少奶奶说了，她不见不姓宋的男人。"

　　刘红驹知道自己现在的形象已经糟糕透顶，南京家里娶了秦香莲，还藏着掖着在外面骗婚。秦香莲刚走，他就又出现在另一个女人家里。这不就是一个典型的朝三暮四的陈世美吗？

他叹了口气,对花婶说:"你不懂,有时候你见到的不一定是真的,你以为假的,有可能就是真的。"

花婶听不懂,皱着眉头问他:"你说啥?你能不能说些我能听懂的?"

刘红驹没理她,直接朝金咏梅的屋子走去。花婶想拦他,但想了想,还是停下来了,看着他的背影叹了口气,真是孽缘啊。

金咏梅早就听到了刘红驹的声音,忙伸头朝外面看,看到他正在给花婶说话,心里充满幽怨,自己还是看走眼了,他怎么会是这样的男人呢?他从前说的那些话都是骗人的,都是为了和她好,他看上的是她那能让他快活的身体,而不是她这个人。他若真是爱她,是不会瞒着她的,会把自己已有家室的情况告诉她的。如果他告诉她了,她未必不会理解。两人隔着千山万水,几年不见,婚姻早已名存实亡,她不会和他计较的。她最不能原谅他的是,他居然隐瞒着她。这说明了什么?说明他对她并不是真心的。金咏梅越想越难受,我这算是什么呢?一个和他勾三搭四的坏女人?真是丢人啊,在大喜之日,原配在众目睽睽之下杀来,自己成了木扎最大的笑话,婚礼成了闹剧。这一切都怪这个男人,如果他对她哪怕有一点点的真诚,早点告诉她真相,让她心里有所准备,也不会造成眼下这样难堪的局面。你现在来这里干什么呢?你叫我如何原谅你?

刘红驹敲了敲门,屋里没任何反应。他犹豫了一下,推开了门,进了内室,只见金咏梅面朝墙壁侧躺在床上,那身影弯弯曲曲的,像雾霭中朦朦胧胧连绵起伏的青山,令人渴慕却又不真实。他坐在床边,哑着嗓子喊了声"咏梅",便不知再说些什么是好。

金咏梅冷声道:"刘镇长,过去我不知道你已经有了婚姻,才起了和你在一起过日子的贪念,是我的错。现在,我已决定改正错误,你也改正错误吧。"

刘红驹急急说道:"不,我们都没错,我对你的感情一直都是真实的……至于那个王可欣,我不知如何向你解释,我也不想解释了,我只求你相信我这个人,相信我对你的感情。你可以忘掉我有妻子这件事,然后和我一起生活,她反正回南京了,再也不会来了。"

"忘掉就不存在了吗?"金咏梅冷笑一声,声音都能凝成冰块了,"她还在那里,守着你的孩子,照顾你的父母。怎么能说不存在呢?你真让我失望,你不仅是个感情上的骗子，还是一个无情无义的不孝子。你就别说了吧，越说越让人失望……你走吧，别来了，你帮过我，我也帮过你，算是扯平了，谁也别记挂谁了，就这么着各自过各自的日子吧。"

如果不把王可欣的真实身份说出来，把前因后果一一讲清楚了，金咏梅看来是不会原谅他的。但他偏偏又没法给她讲，这种事，她知道得越少越好，她够不幸了，他不能再给她带来灾难。刘红驹默然地坐了一会儿，他有一肚子的话要对她说，但却都是无法言说的秘密。屋里的气氛冰冷，令人尴尬，刘红驹不得不垂头丧气地离开了宋家。

4

宋家最近日子过得惨淡，宋钱氏身体不佳缠绵病榻，金咏梅遭遇情变连屋门都不出，汪冰和董少宾厮守一块又不注意影响，在木扎声名狼藉，只剩个李美兰在宋家和药铺间来回奔波。她也闻得出宋家的衰败之气。宋文彬难得消停了一阵，宋家女人紧紧绷了四年处处提防的弦，现在每个人都如同泄了气似的，失去了弹力的弹簧。宋祖佑长大成人是一个漫长的过程，这个过程让宋家的女人们看不到希望，心灵深处都弥漫出一种即将腐朽的绝望。对于李美兰来说，守着药铺倒能让她与外界沟通，觉得自己还有点用处，心里踏实一点。小林真雄不断地给她带来医药方面的典籍，教她使用西药，学习新知识确实能让人对生活充满希望。小林每次来到药铺，她都表现得很愉悦。这种愉悦感染了小林，也鼓舞了小林，终于有天晚上，他再也忍不住，端坐桌前，就着昏暗的灯光写了封求爱信，这封信洋洋洒洒几千字，用李时珍仿神农遍尝百草表达自己爱她的勇气，用张仲景耗尽毕生精力写成《伤寒杂病论》来表达自己爱她的恒心，用盘尼西林的问世将给世界医学带来翻天覆地的巨变来表达他们的爱具有无限可能……

写完后，小林小心翼翼地将信封好，想了好几种送信的方式，偷偷地塞进药铺的门缝里、交给药铺的伙计让他转交给她，或者把它夹在一本医书里送给她，更干脆的，直接交给她，用火热的眼睛看着她……不行，中国人对情感的表达很含蓄，还是由第三方转交最好，既含蓄又郑重，还可作为两人情感的见证人。他想来想去，觉得只有宋学礼最是妥当，他既是宋家的人，和李美兰年纪相仿也说得来，这样也能减少李美兰的尴尬。说干就干，他立即找到宋学礼，把信郑重其事地递给他，千叮咛万嘱咐地交代，一定要亲手交给李美兰。

宋学礼应承下来，待他一走回屋子，他就关上门，扯开信封，展开信纸，一字不落地将信看完。他感觉到信里的每一个字都是一颗子弹，将他击打得体无完肤。这个日本鬼子，居然向一个中国女人求爱！你们在中国杀人放火，现在还想抢跑中国女人，简直是畜生！他心里憋着熊熊火焰，恨不得能从嘴里喷出来，将眼前的这封信烧成灰烬。

宋学礼觉得，小林根本就不适合李美兰，他是日本人，是中国人的敌人，他和李美兰走得近，只会给她带来灾难。最适合李美兰的是他宋学礼，只有他，才能保护她。他之所以迟疑着不敢表白，是怕自己的汉奸身份让她为难，她那么含蓄、羞涩、纯洁，恐怕从未有过再找一个男人的想法。这个小日本，只顾自己的感受，哪里能让李美兰得到幸福？越想越气愤，宋学礼一把撕碎了小林的求爱信，换了身干净衣服，跑到小林真雄住的地方，连门都没敲，直接推门而入。宋学礼并不怕他，他只是一个军医，一脸温文尔雅，他能怎么着他？

小林见了他，一脸憧憬，小心翼翼地问："那信交给她了？"

宋学礼摇头："没有，我不会把那封信交给她的。"

小林皱了眉头，不解地问他："为什么？你不愿意帮我吗？"

宋学礼看了他一眼，说："要是别的事，我很愿意帮你。你对我而言，有救命之恩，我自当报答，但是，那封信，我不能交给她。"

小林看着他，目光充满谨慎："你想说什么？"

"李美兰已经有心上人了，她心思单纯，你的信只会给她带来困扰。"

小林愣了一下："她有心上人了？我怎么不知道？是谁？"

宋学礼神色自若地说："是我。"

小林愣了愣，张口结舌地看着他。

宋学礼有些得意地说："我们早就好上了……你要是真关心她，你就离她远些吧，你是日本人，她是中国人，你们怎么可能会在一起呢？"

他说完这句话，看着小林哆嗦着嘴唇还是说不出话来，心花怒放，转过身，得意扬扬地走了。

日本人的一盘棋

1

大龙山的竹子又冒了新芽，嘹亮的婴儿啼哭声激荡在清晨的鸟语花香里。宋江雪额头缠着个一指宽的红色棉布条，露出圆滚滚的乳房，猫一样的孩子一边用力地吮吸着乳汁，一边用手按住了另一个乳房。

"这孩子随我，多霸道，吃一个还占一个。"赵老末笑嘻嘻地坐在一边，看得心痒痒，他把孩子的手轻轻挪开，空着的乳房正往外滴着乳白色的奶汁，他觍着脸道："小雪，我也喝一口。"说完低头就要凑过去，被宋江雪一掌拍在脑门上推开："不害臊，和儿子抢口粮。一会儿你让他怎么吃？都说大人的嘴有火气，也不干净，你想儿子生病？"

赵老末呵呵地傻笑着抱着娘俩道："人家说女人生孩子会变傻，我怎么觉着你好好的，我倒变傻了。"

宋江雪低头看着怀中的孩子，他闭着眼睛，好像要睡着了。她轻轻地把乳头从孩子的口中拔了出来。孩子牙床咬得紧，她有点疼，不由抽了口凉气。赵老末见了，赶紧拧了条热毛巾给她捂上，然后把孩子抱到床边的小摇篮里放好。

宋江雪看着他低眉顺目地照顾孩子，心里甜得像蜜。赵老末看她瞧着自己时双目含情，心里也激动不已。他将她抱入怀里，嗅着她一身奶味，说："小雪，我怎么觉着遇到你之前的日子都是白活了？现在我才真正觉得这日子有滋有味的。"

宋江雪低低地说："可能是因为有了孩子吧，孩子每天都有新变化，让人觉得这日子真新奇，也有盼头。不过，这个孩子挺折腾人的，两三个人围着他转还忙不过来。"

赵老末笑呵呵地说："男孩子嘛，就该闹腾。两个人帮着还忙不过来吗？要不，再让丁火找个人过来，三个人差不多了吧？"宋江雪点了点头："再找个人也是好的。都说不当娘不知报娘恩，带大一个孩子真不容易。"

她的情绪突然低落下来："快两年了，现在也不知道我妈，还有几个嫂子现在怎么样了，族长他们还有没有再去刁难她们。"

赵老末想了想，说："一个星期后孩子满月，你要是想家里人，我就给他们下请帖，请他们来吃满月酒，你看怎么样？"

宋江雪红着眼睛点点头，依偎进他的怀里。

赵老末的请帖到了宋家，每个人都觉得这是个烫手山芋，大龙山那个土匪窝，想起来就让人哆嗦，还去那儿吃酒席，谁能吃得下去？

宋钱氏却想女儿了。女儿是她心里的结，她当着她的面，亲口说出了放弃她的话，女儿还在怨恨自己吗？把孩子生在土匪窝里，她会不会遭罪？月子坐得好不好？会不会落下什么毛病？这些都让她担心。她沉思了一会儿，抬头问金咏梅道："你是怎么想的？"

金咏梅说："妈，我觉得咱们不能去。如今时局混乱，日本人之前还上大龙山剿过匪，可见他们是不待见土匪的，我们要是上山，被他们知道了，就会被人抓住把柄，说我们勾结土匪。我们吃过日本人的苦头，惹不起，只能躲得远远的，更不能主动送上门去。"

宋钱氏觉得她说的也有道理，但心有不甘，试探着说："要不，咏梅啊，你再去问问刘镇长？"

金咏梅沉默了，没有说话。

宋钱氏自然知道她的心事，叹了口气，说："我知道那件事情伤了你的心，让你在木扎抬不起头。其实啊，人都是为自己活的，老顾虑别人的看法，自己就会活得缩手缩脚。我看得出来，刘镇长对你是真心的，他不是一个随便的人。他那个南京的老婆已经回去三个多月了，他也来了不知多少次，他还是想和你和好，你给他个台阶下吧。许多事情如果没有个有能力的男人，是做不来的。你一个女人家，就别逞能了。我这个身子骨，也熬不了多长时间了，我活着还能帮帮你，百年之后呢？祖佑要想顺利地继承家业，没有刘镇长这样的男人帮扶着，我不放心啊。"

金咏梅神色松动了一点，但还是没有吭声。

李美兰说："嫂子，要不，我去请他来，就说有事找他商量，你看这样行不行？"

金咏梅叹了口气，说："我心里很乱，确实不知道该怎么做好，你们看着办吧。"

刘红驹一收到李美兰托人捎来的话，便立即赶到宋家，到了宋家院子里站了一会儿，这气儿还没喘匀，宋钱氏就招呼他赶紧进屋。他看着宋钱氏递给他的大红请帖，斟酌了好大一会儿，说："木扎现在是日本人的天下，什么事儿都不能存着侥幸心理。这样吧，咱们也不瞒着日本人，我把这请帖交给井上一夫，一来表明宋家的清白，二来可以摸摸日本人的想法，他们如果没意见，我觉得去趟大龙山，也没什么可怕的。"

宋钱氏听得频频点头。

刘红驹看了眼坐在一旁的金咏梅，轻声说道："这些事以后就交给我吧，你们放心好了，我会处理好的。"

金咏梅仍旧低头看着手里的粉色手绢，似乎没有听到他说的话。

宋钱氏说："那就麻烦刘镇长了，就按你说的办吧。"

刘红驹舔了舔嘴唇，脸红着对宋钱氏说："宋老太太，我和咏梅已经拜过堂了，算是真正的夫妻，我和南京的那个妻子其实早就名存实亡了。"

宋钱氏叹了口气，说："刘镇长，这话怎么说呢，你那个妻子如果没出现在木扎过，倒也罢了，可现在，政府到底还有个重婚罪啊。"

刘红驹愣了一下，这个问题他倒没有想过。他不敢再看金咏梅，忙对宋钱氏说:"我先去找下井上一夫,把这件事办了。"说完,逃也似的离开了宋家。

井上一夫看了赵老末的请帖,又让人叫来了松本正清。松本正清皱着眉头想了一会儿,对井上一夫说:"宋家应该去大龙山,不管怎么样,赵老末现在是宋家的姑爷,这亲戚情分还得维持着。后面如果要招降赵老末,宋家也能说上话。"

井上一夫点了点头,说:"我们人手有限,剿匪不如招安。我看赵老末对宋家的大小姐是真心喜欢,如今孩子都有了,正是他高兴的时候,不如趁这个机会,我们也去个人贺喜,同时劝他归顺。行与不行,至少也向他传递了我们的想法。"

松本正清说:"也好,给孩子做满月酒是个大喜事,他也不会撕破脸。"

井上一夫说:"要不,麻烦松本先生亲自去一趟?你在山上一年多,对山上人和事都熟悉。"

松本正清苦笑着摇了摇头:"赵老末已经把我当作了叛徒,估计也知道我后来到了共产党的游击队里做了卧底。跟土匪处了一年多,我很了解他们,他们最恨背叛。赵老末心狠手辣,我去了,估计就下不来了。"

站在一旁的小林真雄突然说道:"我去过大龙山,虽是被逼的,不过也救了一些土匪,他们肯定不会为难我。当时又是宋家大小姐放了我。现在她给赵老末生了个儿子,赵老末想必对她言听计从,我还可以通过她来劝降赵老末。"

井上一夫点头道:"看来,还是小林君走一趟更合适。你带上些紧俏的药品上去,表示我们的诚意。另外,宋家现在是金咏梅当家,想必他们会让她去。"他又看了眼站在旁边的刘红驹,说:"刘镇长也一定不放心,你也一起去吧,顺便劝劝赵老末,识时务者为俊杰,加入日军对他百利而无一害。"

刘红驹赶忙点头答应了,能有一个机会和金咏梅待在一起,他自是求之不得。

回到宋家,只见大家已经忙碌起来。庭院里,花婶和三个用人正低头染红鸡蛋,宋钱氏坐在槐树下用金黄色的缎面料子缝着一套婴孩的衣服,还不停地抬头指导面前的用人酿米酒。她想着女儿,心里感慨万千,她就这么一个女儿,赵老末一个土匪,总不至于把爹妈带在身边,生孩子的许多事儿肯定不懂。按规矩,孩子生下来三天,外婆就该带上亲手酿制的营养食品去看看外孙,现在孩子出生好几周了，这当娘的才知道，还是赶紧着把满月的"送祝米"做好吧。

她见刘红驹来了，忙问他："日本人同意了吗？"

刘红驹点点头："同意，不过，日本人也要派人去，看看能不能让他们归顺。您老年纪大了，我看就让咏梅去吧，我也去。"

宋钱氏一惊："怎么日本人也要去？"

赵老末和日本人打过仗，算是仇敌，说是劝赵老末归顺，谁知道他们操的是什么心，万一动刀动枪呢？

刘红驹忙安慰她说："日本人去的是小林真雄，就他一个人，没事。赵老末如果想归顺，这也是好事，这里的条件总比山上好。有我跟着，您就放心吧。"

宋钱氏放下手里的针线，看着刘红驹说："你去了我自然放心，我这里准备些东西，你们正好捎上。"

刘红驹好奇地问："这都准备些什么？动静挺大的。"

"我们这边的规矩，孩子满月，外婆是要'送祝米'的，我要给孩子准备好新衣裤、手推车、摇篮。新衣裤我自己缝，手推车和摇篮已经让留根到集上买去了。这红鸡蛋应该是赵老末那边准备，我估摸着他那边没老人，也不会懂，就自己备下了。到时，四个装一袋，叫他那些手下一人拎一袋，但愿他们能念着小雪的好，平常就不难为她了。"眉宇间有点落寞，和以往的凌厉相比，慈祥和蔼了许多，像个外婆的样子。

刘红驹说："老太太想得周全，赵老末瞧了，也会明白你的心意。"

宋钱氏犹豫了下，试探着问："你说赵老末那样穷凶极恶，我要是想让小雪出了月子回娘家住几天，他会同意吗？我们这儿的规矩，叫'出窝'，我还要给孩子肩膀上搭花线，脖子上挂银坠子，要保佑我外孙长命百岁。这本来是要外婆亲手挂上的，可我这年纪这身体，哪里能上得了大龙山哦。"

刘红驹说："我会尽量试试，赵老末为了孩子，想来也会同意的。"

金咏梅听说刘红驹也要上山，心里既感到踏实又有点担心，一来担心经过那场闹剧一样的婚礼后，自己如何与他相处，二来她知道小姑子对乔洪涛一直芳心暗许，可乔洪涛死在刘红驹手里，她一定不会善罢甘休。小姑子虽然在宋家不声不响，但也是个敢作敢为敢爱敢恨的人。这次刘红驹自投罗网，小姑子要是翻脸不认人，刘红驹的处境就很危险。她顾不得再使小性子，看看刘红驹与老太太说完话了，就让贾雪荣把他叫了过来。她看着刘红驹，红着脸，低低地说："你也不是非去不可，你放心，赵老末既然主动送来请帖，想必也是有诚意的，再说，他就是看在小姑子的份上，也不会为难我的。"

刘红驹见她脸色缓和，心里一热，说："如果只有宋家的人，我确实不担心，赵老末这人虽然凶残，但也是一个讲情义的人，想必他也不会为难宋家的人。但这次还有个日本人跟着去，他是去劝降赵老末的，我怕因此惹怒了他，连带着你也危险。"

金咏梅摇了摇头，说："我不是担心自己，我是担心你……小雪在被抓到大龙山之前，她很喜欢乔洪涛，尽管我婆婆不同意，她还是不改心意。你杀了乔洪涛，她肯定也知道了。赵老末对她上心，她要是恨你，想让赵老末杀你，也不是没有可能。我最担心的就是这个，不怕一万，就怕万一，你还是不要去了吧。"

刘红驹开心地笑起来："咏梅，你这是关心我，是不是？"

金咏梅的脸一下子冷起来："你不要自作多情，我不希望你去，是因为好好一个满月酒，不想被你搞砸了。"

她虽然说得狠，但刘红驹却不为所动，这个女人还是喜欢他的。他上前一步，抓住她的手，把她拉在怀里。金咏梅一惊，使劲要挣脱，奈何刘红驹紧紧地环拥着她。她生气地瞪着他，说："你快放开我，你再不放开我，我就要叫了。"

刘红驹笑嘻嘻地看着她，说："你叫吧，你叫得越响越好，我就怕别人不知道呢。"

金咏梅还真不敢叫了，脸色绯红，越挣扎越没劲，身子慢慢地就软了……

2

丁火带着十多个土匪在大龙山脚下迎接。

本来以为宋家的人是骑马或者坐着马车来，哪知宋家财大气粗，竟然是乘着一辆卡车来了。卡车稳稳地停在他们面前，正要迎上去，却看到从车上下来一个日军军官，皆是一惊，再一细看是日军军医小林真雄，丁火自然认识他，这些人中也有被他救治过的，这才松了口气。他们伸着脖子看车上还有什么日本人，看到的却是刘红驹。丁火的脸色就变了，他们两人实际上打过照面，两次刺杀，负责这事的都是丁火。刘红驹也认出了他，因为他知道前因后果，就不以为意地朝他笑笑，但丁火却不领情，第二次刺杀刘红驹时，两个手下都被杀了，这让他心里很难受。金咏梅下来后，看到丁火的脸色阴沉，心里一惊，忙过去对丁火笑着说："我婆婆给小姑子带了些东西，还得请大家帮忙拿上山去。"然后又挎上刘红驹的胳膊，满面春风地对丁火说："来，我给你们介绍一下，这是我丈夫刘红驹，也就是木扎镇的镇长。"丁火一愣，他现在成了宋家的女婿？他瞪了眼刘红驹，也没搭话，径自过去指挥众人把宋钱氏准备好的东西从车上搬下，东西很多，光是红鸡蛋和喜饼就是两担，还有六坛米酒，孩子的衣物，推车，摇篮。搬下来以后，正要走，土匪们拿出黑色布条，丁火说："冒犯各位了，上山得蒙着眼睛。"三人被蒙上布条后，在土匪的搀扶下磕磕绊绊地往山上走去。金咏梅担心土匪借机对刘红驹下手，紧紧地拉着他的胳膊。刘红驹自然明白她的用心，心里热乎乎的。但他的注意力不在这里，在脚下的路上，他能感觉出来，这走的路曲里拐弯，是有讲究的。刘红驹在心里默默地记着步数、拐弯、上坡下坡，他并不担心土匪会杀他，但万一需要，自己也不至于慌乱。

到了山上，解开蒙在脸上的黑布，小林真雄和刘红驹被丁火带着去见赵老末，一个土匪带着金咏梅去见宋江雪。宋钱氏准备的物品已经放在了宋江雪的屋里，她抚摸着这一件件婴儿衣物、推车、摇篮，不禁泪如泉涌。金咏梅着急地把她拉到一边，心疼地说："你还是别看了，这月子即便出来了，也不能掉泪呀，这对眼睛不好。"

"嫂子，咱妈怎么样了？"

"婆婆的身体有点弱，和以前相比，也变了很多，好像都想通了。你两年多不传回个音信，她特别想你，总怪自己，害得你掉进土匪窝里吃苦受罪。"

宋江雪压抑住眼眶的涩意，说："我其实能理解咱妈，特别是我自己当娘以后。你回去告诉咱妈，让她放心，赵老末待我很好。嫂子，你来看我，我真的很高兴。其实，家里什么事儿我都知道，虽然人在这里，赵老末什么事儿都告诉我，就是想你们想得慌。三嫂还好吗？她是家里最胆小的。"

"我们也都很想你，天天盼着你能回来……你三嫂挺好的，整天研究和医药有关的书，那个小林跑得很殷勤。我听小林说，当时是你放了他？赵老末这样都不为难你，看来对你是真好。"金咏梅叹了口气，又说，"对咱们女人来说，管它什么身份的男人，对你真好才是难得的男人。你听听这孩子名字，赵雪末，一听就是你们俩的孩子。这名字真好，是他起的吧？"

宋江雪"嗯"了一声，说："他对我确实不错。我来这儿以后，他也肯听我的话，很少再作恶事，绑的人也是那些奸恶的人。虽然可能也瞒着我做些什么，但到底比以前好了许多。"

她看了看消瘦的金咏梅，关切地问："我听说你和刘镇长都结婚了，他的老婆却在半路杀了出来？"

金咏梅叹了口气，心情一下子糟糕起来，把事情经过简单地给她说了一遍。

宋江雪说："大嫂，你别怪我，我还真不明白，你到底喜欢他哪点？他是个汉奸，又杀了抗日的乔大哥。我气不过，让赵老末派人杀他为乔大哥报仇，只是伤了他的腿，还损失了两个兄弟……"

金咏梅赶紧说："小雪，刘镇长这人其实人很好，他杀乔掌柜也是迫不得已。你也知道，他和乔掌柜的关系一直很不错，移走埋在咱院里宋东子的尸体，也是他找乔掌柜帮的忙。我听他说，乔掌柜那时已经被日本人折磨得快不行了，就是被人救下来，神仙也医不好他。乔掌柜也是一心求死，日本人怀疑刘红驹和乔掌柜是一伙的，逼着他开枪。还有，刘红驹听说乔掌柜被日本人盯上了，就冒险跑到长春堂给他报信，让他快走。他就是因此被日本人怀疑上的。乔掌柜本来可以逃走的，可惜，董少宾那个烂人竟然在镇外设了埋伏，把他给抓了。杀死乔掌柜的真正凶手不是刘红驹，是董少宾和日本人。"

听了金咏梅说的，宋江雪猛地想起，赵老末告诉过她，当初让土匪上宋家绑架宋祖佑的，就是董少宾。她咬着牙，恨恨地想，只要抓住时机，她一定会让赵老末杀了他。

宋江雪还有一件事不解，那就是小林真雄为什么也跟着他们上山来了。

宋江雪说："赵老末没给日本人发帖子，日本人怎么也厚着脸皮来了？我可不想赵老末和日本人打交道，脊梁骨会被人捣烂的。"

金咏梅忙说:"我听说他是来当说客的,日本人想招降赵老末。"

宋江雪冷笑一声,摇了摇头,说:"赵老末就是投降共产党和救国军也绝不会投降日本人,他们做梦去吧。"

这边姑嫂二人叙话,那边议事堂里,小林真雄已经向赵老末挑明了来意。赵老末好像很感兴趣,若有所思地看着他,问他:"我要是带队伍下山,你们出什么价码?"

小林一听他问价码,知道事情有转机,当即很开心地把井上一夫给的底线亮了出来:"我们联队长说了,你肯归顺,就将队伍编为保安团,董少宾的保安队也编进来,编成一个营,你任团长,所有士兵换装换枪,枪和我们装备的枪一样,绝对让你和兄弟们满意。"

赵老末喝了口茶,摇了摇头,说:"忠义救国军和共产党的价码开得可比你们高啦。"

小林一愣,随即明白过来了,赵老末这股势力盘踞木扎这么多年,堪称地头蛇中的蛇头了,各种势力自然都在争取。他很自信地说:"他们根本就不是我们的对手,自身难保,哪里还顾得上你们?所谓的价码,怕也只是空头支票,而你接受我们改编,立即就能兑现。"

赵老末朝他竖起了大拇指,说:"好,爽快,我喜欢。我可以下山接受你们的改编,我啥条件都没有,不要枪不要炮不要钱,我只要一个人,你们把那个无耻叛徒赵小安交出来,我要亲手砍下他的脑袋,否则免谈。"

小林愣了一下,为难地摇了摇头,说:"你要什么都行,但要他不行,实不相瞒,他是我们华北驻屯军的长官。我们是诚心想和你合作,希望您能三思,不要闹到刀兵相见,逼我们上山剿匪的地步……"

赵老末冷哼一声:"你以为我怕你们了?你们又不是没剿过。大不了,我就去投奔救国军或者共产党,反正我是不会上日本人的贼船。我赵老末再坏,良心不会坏,死也不会当汉奸。"

他说完,看了一眼刘红驹,脸带嘲讽。刘红驹朝他笑了笑,就像什么都没听到一样。

小林有些失望,脸色就显得不好看。赵老末还以为他害怕了,哈哈一笑安慰他说："你放心,我不会扣下你的,两军交战不斩来使,我懂这规矩。再说,你也是来参加我孩子的满月酒,是客,和小雪还是熟人。"

虽然没劝降成,但因为宋家来了人,算是认了这门亲事,赵老末高兴,这场满月酒就喝得很实诚,连小林都忘了自己的不快。他也好,刘红驹也罢,和土匪们喝成一团。宋江雪让人给每个土匪发了红鸡蛋和点了红的喜饼,土匪们兴高采烈地接过去,嘴里嚷嚷着"谢谢丈母娘"。

宋江雪站在窗前看着欢腾的酒席,又看了看怀里抱着的儿子,儿子已经换上外婆亲手缝制的小袄,她心里暖烘烘的。一切都很美好。赵老末忙里偷闲跑来,看她心情不错,上前环拥着她,轻声细气地说:"我就喜欢看你开心的样子。"宋江雪抬头看着他,温柔地说:"孩子满月了,好带了。咱妈给我送来了这么多东西,让我感觉到了娘家的温暖。最关键的,你有骨气不当汉奸。"

赵老末有点害羞地笑了笑,搂紧了她,换了一个话题:"你和你大嫂处得怎么样?我看你俩待在屋里说个不停,让我都有点嫉妒呢。"

宋江雪开心地笑了,说:"我大嫂可以说是我们宋家几个媳妇中最好的,她有主见,人也坚强。宋家出了这么大的事,能走到今天,全是靠她和咱妈撑着。"

赵老末沉默了一会儿,问她:"我记得听你说过,你大嫂身边好像有个年纪挺大的奶妈?"

宋江雪点了点头:"对,她对我大嫂可好了,我大嫂就是她从小带大的。出嫁了,她也跟着到了我们宋家。她对我大嫂可是巴心巴肺地好,寸步不离,不是亲娘,却比亲娘还要亲,有时连我看着都嫉妒呢。"

赵老末说:"你这么一说,我也想见见她了。她今天怎么没跟着你大嫂一起来?"

宋江雪的脸垮了下来:"她可能不方便吧。我们家出事后不久,她的身体突然就不好了,这几年都是躺在床上的时候多。我三嫂给她看了,说她累了筋骨。我还纳闷呢,她虽然有了点年纪,也不过刚过五十,平时就是陪着我嫂子进进出出,也干不了大事,怎么就伤了筋骨了?"

赵老末又陷入了沉默。

宋江雪有点奇怪,问他:"你怎么不吭声了?在想什么呢?"

赵老末把脸扭到一边,瓮声瓮气地说:"小雪,你听我一句话,你跟你大嫂好好处,不要惹她。"

宋江雪不解地说:"你这叫什么话?她对我那么好,什么叫好好处?什么叫不能惹她?听起来好像她是个坏人一样。"

赵老末尴尬地笑笑,说:"小雪,你别想那么多,我这还不是为你好吗?怕你受委屈。我第一次见你大嫂,就是在绑你的那个晚上,当时光线很暗,我连她长什么样都没注意。不过,那时我就感觉到她身上有股煞气。今天我又细细地看她了,你知道,我会相面,她虽然长得漂亮,但还是能看得出来,她是一个极有心机的人,这心机,用对了地方,自然是好事,但用在不好的地方,也是让人防不胜防。我怕你大嫂用错了地方。"

宋江雪有点生气,扭了扭身子,从他怀中挣了出来,气呼呼地说:"你还好意思说她,她再坏,也坏不过你这个货真价实的土匪,你别忘了,你从前是如何对待那些女肉票的……算了,不说了,越说我越生气。"

赵老末脸红了,讨好地说:"我只是随便说说,你随便听听……不过,你也要听进去,我再坏,我也绝对不会害你。"

宋江雪听了这话,细细想想,他和自己在一起这两年来,确实像变了一个人,他对自己的好,那是真好。她有点感动,低低地说:"你说的也不是全没道理。我哥在的时候,我大嫂就是个蛮厉害的角色。现在,宋家的事儿,我妈基本上放手给大嫂了,她要没点煞气,还真当不好这个家呢。"

赵老末说:"但愿如此,希望这后面,宋家能顺风顺水些吧。"

宋江雪没有看到,他隐在黑暗中的脸突然露出绝望之色,但也是一闪即逝,他很快又恢复了深情款款的模样。

3

从大龙山回来,金咏梅细细地给婆婆宋钱氏讲述了整个经过。宋钱氏听了一遍又一遍,一再问宋江雪是瘦了还是胖了,赵老末对她有没有发脾气,对她好不好。金咏梅一一回答了,第二天宋钱氏又要再让她讲讲,又要再问。金咏梅所说的一切,她都听不够,也听不厌。

他们怎么也没想到，就是到了这个时候，宋文彬仍然没有死心，刚从大龙山回来不久，宋文彬就带着族人找上门来，再次向宋家发难。这次的借口是，金咏梅和刘红驹已经拜了堂，算是夫妻了，宋江雪给土匪赵老末生了个儿子，无论从哪个方面来看，宋家家业都岌岌可危。他不能眼睁睁地看着宋家家业落到外人手里，逼着卧病在床的宋钱氏交出家业。

宋文彬这次是铁了心要拿到宋家家业，他带去的族人站满了宋家的庭院，宋钱氏让留根把她从屋里背到屋外的太师椅上坐下，花婶将在外面的汪冰和李美兰也喊了回来。木扎地方小，消息传得快，刘红驹很快就听到了，他知道眼下只有宋学礼才能阻止他的父亲，就立即跑到日军驻地，拉上宋学礼直奔宋家。宋文彬看到儿子又来搅局，火气更大，他指着宋学礼的鼻子大骂："你这个不孝的东西，今天这事儿你要敢张嘴，我就和你脱离父子关系。"

宋学礼已经很不待见他爹，冷声道："是吗？你这是要把宋家家业拿到手，再娶个小媳妇，再生个小杂种以后为你送终？你一而再再而三地逼人太甚，就安的这个心？"

宋文彬气得手捣着儿子，哆嗦嘴唇却说不出话来。宋学礼不再理他，转过身来，对站在宋钱氏身后的李美兰说："美兰，你愿不愿意嫁给我？"

所有人都大吃一惊，他要娶个寡妇？

李美兰的脸腾地就红得发烫，她羞得恨不得钻进地缝里。他这人，这是在说什么疯话呢？

宋学礼声音更大了："美兰，我娶了你，就没人敢再来谋夺宋家的家业了。我会和你们一起守着宋祖佑，等他长大成人，咱就将宋家完好无损地交到他手上。"

围观的人群有了唏嘘声，有人说："这父子俩倒会演戏，宋家儿媳嫁给族长儿子，这宋家家业，还不就成了族长家的了？"

宋钱氏其实听出了宋学礼的潜台词，他背后有日本人撑腰，宋文彬不敢来硬的。她接过话来，说："学礼，你想娶美兰，可以，但你要倒插门。"宋学礼愣了一下，倒插门可是个有伤自尊的事儿，就连金咏梅嫁给刘红驹都没提这个茬，但他又想，他和宋家本来就是一家人，这倒插门倒也没什么说不过去的。于是，他很坚定地说："可以，我愿意。"

宋文彬瞠目结舌地看着这一切，自己养的儿子，现在却要倒插门成了人家的儿子，这成何体统？但这事儿要细究起来，又是自己引出来的，自己要是不来宋家这一趟，这事就不会发生了。说来说去，还是自己机关算尽太聪明，搬起石头砸了自己的脚。这个逆子，哪里能领会到，他所做的这一切，还不是为了他？他眼前一黑，一头栽到地上，周围的人们一阵慌乱。

宋钱氏却好像什么都没看到一样，转过身拉住李美兰的手，轻声问她："美兰，你愿意吗？"

李美兰低着头，她已经被推倒风口浪尖，除了同意她别无选择。她飞快地点了点头，低低地说："我愿意。"说完之后，她犹豫了一下，还是小跑过去，蹲在宋文彬跟前，把把脉，吩咐众人赶紧把他抬进屋里，她好准备救治。

最高兴的要数宋学礼了。

他没有想到，父亲一场谋夺宋家家业的风波成就了自己和心上人的好事。宋钱氏也很满意，择日不如撞日，很快就确定了他们结婚的日子。宋学礼铆足马力，将这场婚礼举办得异常隆重。宋家酒楼办了三天流水席，日本人给足了他面子，松本正清、井上一夫带着小林真雄和十多个随从都出席了。

几家欢喜几家愁，此时最糟心的，要数小林真雄了。他看着一身红衣被扶进新房的李美兰，心里如同刀割了一样，只好一杯又一杯地喝着闷酒。另一个是宋文彬。宋文彬作为新郎官的父亲并没有出现在婚礼上，他窝在逼仄的房间里，红着眼睛对老婆李月华咬牙切齿地骂道："迟早有一天，我要宰了这个不孝子。"

除了这两人，还有一个心里也不痛快，这人是留根。留根头昏脑涨地穿梭在酒席间，给日本人点头哈腰斟酒夹菜，殷勤得像个哈巴狗。日本人对他的服务大喊"哟西"，十分满意。没人知道这个勤快的宋家管家此时的满腹心事，宋家已经有了个厉害的刘红驹，现在又来了个宋学礼，宋学礼身后是日本人。这两人，都不是省油的灯啊。宋家将来会怎么样？谁知道呢。他抬头看了眼春风满面的新郎官，又垂头敛目地去服务日本人了。

流水的宴席，只要象征性地出点份子钱，就可以坐下好好吃一顿。许多人宋学礼都没照过面，但还是喜滋滋地敬酒，他叮嘱着这些陌生人吃好喝好。就算是混进来平常和他有过节的人,他也是这样客套着,然后高举酒杯,一口饮下。

美好的日子就要开始了。

4

婚后的李美兰神采奕奕,脸蛋也越来越红润,只是在药铺闲下来时,坐在柜台前,眼睛里偶尔会闪过一丝惆怅。从答应嫁给宋学礼之后,小林就再也没有来过药铺了。他送的书早已看完,没事的时候便一遍又一遍地翻看。和宋学礼成婚,完全是赶鸭子上架。她对宋学礼是有点好感,但因为从未想过要和他在一起过日子,这种好感仅是单纯的"那个人为人不错"的感觉。不像小林,因为志趣相投,和他在一起有说不完的话,以往每天下午四点钟前后,他都会踏着夕阳走进药铺,忙的时候还能帮着抓药,即便不说话,对视一眼也令人心情舒畅⋯⋯

这天日落时分,趴在柜台上的李美兰叹了口气,他是不会来了。正想着,有两个穿着长衫马褂的男人一脸焦急地走了进来,慌张地说:"大夫,我们家老夫人不知怎么搞的晕了过去,麻烦你赶紧帮我们去看看吧。"

李美兰立即拿出药箱,从柜台下钻出来,问道:"在哪里?你们来的时候是什么情况?"

其中一个男人说:"就在镇子外面,坐了马车准备回县城的,不知是不是身子弱,经不起颠簸,我们也说不清,劳烦您去看看。"

李美兰回头喊了一个伙计,叮嘱看好店,就随他们二人快步朝镇外走去。

这一走,天黑了都没回来。宋学礼感到有点不妙,在药铺里来回踱着步。月亮出来了,药铺的门洞开着,电灯光线昏暗,宋学礼眼前一片乌黑,李美兰出事了,会不会是因为自己这个汉奸身份?有可能。没想到刚结婚,他就连累了她。他越想越怕,又不好立刻去告诉宋钱氏,老太太年纪大了,经不起折腾。他想了想,去找了刘红驹。刘红驹也百思不得其解,为钱,应该绑架宋祖佑才是。难道真的是像宋学礼想的那样,因为他是汉奸,所以就拿他老婆开刀?如果是这样,李美兰的生命就有危险了。刘红驹安慰他说:"你别担心了,你媳妇心好,这方圆十多里的人都知道,她不会有事的,很可能还是想要点钱。这几天你就守在店里,一有消息,就来告诉我。"

宋学礼听了，干脆吃住在药铺。第三天午后，一个货郎挑着担子走进宋家药铺。宋学礼正精神萎靡不振地趴在柜台上，那人在他面前停下，说："有人让我给你捎个信儿，绑架你夫人的是忠义救国军。他们说要你们宋家出钱支持抗日，三日之内，准备一千块大洋，带到窟窿山山脚下的土地庙，到时自会有人见你。"

一千块大洋不是个小数目，宋学礼拿不出来，只好找了刘红驹，两人一同到宋家跟宋钱氏商量。宋钱氏一听，十分生气，说："忠义救国军就是这样救国的？绑架老百姓，逼着老百姓出钱，有这样救国的吗？我看宋家的男人都是他们杀的，现在又绑了我宋家的儿媳妇，想要钱，没门！学礼，这钱不能给，你去向日本人报告，让日本人灭了他们。"

宋学礼着急了，报告日本人，救国军一气之下肯定对李美兰不利，他焦急地说："大娘，这事儿不能报告日本人，一报告，美兰一定凶多吉少。那些人杀惯了人，凶残啊。"

刘红驹也说："老太太，学礼说得对，不论怎么样，先把人救出来再说。李美兰对于宋家来说没有功劳也有苦劳，一千块大洋虽然多，但也不过是身外之物，只要您这个儿媳妇平安，其他的都可以从长计议。"

宋钱氏冷静下来，叹了口气："这些道理还用你们说？别说一千块大洋，五千块大洋宋家也会出的。美兰虽然再嫁，她也是我家老三的媳妇儿，我怎么会让她出事儿呢？我不过是在说气话罢了。我让留根这就去钱庄拿钱。"

宋学礼松了口气，对刘红驹说："这事真是麻烦刘镇长了。时间长了，我担心美兰会害怕，下午你就和我一起过去吧。"

刘红驹想了想，说："等钱来还有点时间，我去镇上有点事，一个小时后回来。"说罢他就离开了宋家，然后直接去了致和丝绸庄，找到朱子青。丝绸庄正好没客人，刘红驹当场就痛斥朱子青："你好歹堂堂一个男人，绑架一个手无寸铁的弱女子，要挟宋家出钱抗日，你们救国军就是这样救国的？你朱子青就是这样把情报递给救国军的？"

朱子青愣在那里，半响才莫名其妙地说："没有啊，我递什么情报了？"

刘红驹眉头紧皱，不是朱子青递的情报，救国军怎么会在木扎行动？想想也是，给宋学礼带来信的只是一个走乡串户的货郎，救国军看来没有用朱子青这条线。莫非木扎还有人给救国军送情报,而且是专门针对宋家的?这个人是谁?会不会和五年前宋家灭门的线人是同一人?身上的汗毛都战栗起来,他深深地吸了口气,离开了丝绸庄。

宋学礼和刘红驹带着一千块大洋在窟窿山脚下的土地庙见到了救国军的人,宋学礼一看,大吃一惊,这人就是送信的货郎。这人胆子也太大了吧。刘红驹却对那人有了兴趣,一路上问东问西,原来他是救国军的侦察员。宋学礼恨他恨得要死,还以为他只是一个普通的货郎,原来是救国军的人,早知道,直接把他送到日本人那里。刘红驹却朝他竖起大拇指,夸他有勇有谋。

到了山上,见到了救国军司令王佩飞。王佩飞满面笑容地迎来,熟人一样拍了拍两人的肩膀,招呼他们坐下。宋学礼有些着急,张口就想问李美兰在哪里,刘红驹却将他按到座位上坐下,说:"着急什么?弟媳妇不会有事儿的,王司令是职业军人,不会为难无辜百姓。"

王佩飞听了哈哈大笑道:"刘镇长果然有见地。没想到您也亲自来了,我也一直对您很好奇,见了您本人,当真是一表人才智勇双全啊。"

刘红驹客气道:"过奖,过奖,我也就是一个生意人,啥事赚钱就做啥事,富贵险中求,也就是一亡命之徒罢了。"

宋学礼看着两人寒暄,眉头紧紧地皱着,焦灼地东张西望。刘红驹见了,忙说:"王司令,这一千块大洋我们带来了,我这位兄弟和夫人是新婚宴尔,舍不得分离,还求您高抬贵手,早点放人吧。"

王佩飞笑道:"我们用这种方式筹款抗日也实在是迫不得已,让你们见笑了。对了,窟窿山是我们的一个据点,刘镇长你虽来木扎四年,但肯定没到过这里,这里风景不错,你可以看看去。回来时,顺便把李夫人也带到这边来。"

话音刚落,站在一边的那个货郎就过来,向刘红驹做了一个请的手势。刘红驹明白,王佩飞这是要和宋学礼单独交流。他心里有些疑惑,一手交钱,一手交人,他们两个还能交流什么呢?他心里突然一动,难道宋学礼和王佩飞早就认识?难道四年前宋氏灭门惨案真的和宋学礼有关?

刘红驹这次完全猜错了。他前脚刚走,王佩飞对宋学礼的态度就发生了改变,他的语气充满蔑视:"我是打小日本鬼子的救国军,你是给小日本卖命的汉奸。按理说我见了你就该一枪崩了，但是，"他放低了声音，"我也清楚你的事，你完全是被逼无奈才走上了这条路。你是中国人，日本人迟早要完蛋，回头是岸，你还有机会救自己。"

宋学礼战战兢兢地问道："我怎么回头？"

王佩飞说："我绑李美兰不是为了钱，而是为了见你，希望你能为我们救国军服务，把日本人的动静传给我们，也算是将功赎罪。"

宋学礼有点害怕，为救国军传递日本人的消息？乔洪涛不就是这样的人吗？他最后死得多惨。

王佩飞见宋学礼表情犹豫不定，脸就阴沉起来："你可以不答应，那我就当你是铁了心要把汉奸当到底，我为国除奸，然后把你的脑袋割下来放在木扎镇最显眼的位置，让人们看看当汉奸的下场。"

宋学礼面色惨白，他也一直怀疑是忠义救国军杀了宋家男人，料想他们心狠手辣，自己为日本人服务，自然也算是一个汉奸，他要为国除奸也是合情合理。他颤抖着问道："那我的情报给谁？"

"致和丝绸庄的朱掌柜。"

"致和丝绸庄？"宋学礼大吃一惊，脑海中出现了朱子青敦实的身材，白胖的脸，见人就咧着嘴笑的和气模样，真是知人知面不知心，他竟然是救国军的卧底。

王佩飞阴冷地盯着他说道："除了你，没人知道朱子青和救国军的关系。如果他出事，我要你举家陪葬！"

宋学礼连忙点头："不会，不会说的，你放心。"

王佩飞还想说些什么，就听屋外传来刘红驹的声音："没事了，弟妹，咱们这就下山去。"宋学礼赶紧站起来跑了出去，一把将惊魂未定的李美兰抱在怀里："对不起，是我不好，没能照顾好你。"

刘红驹笑着摇头道："别在这儿儿女情长了，天色不早了，快点下山回去吧，老太太也担心着呢。"又向王佩飞抱了下拳，说："王司令，我们就告辞了。"

王佩飞却叫住他，把他拉到一边，笑呵呵地看着他说："你就不问问我，我为什么会要一千块大洋，而不是两千块大洋或者三千块大洋？"

刘红驹一愣："什么意思？"

王佩飞说："我看刘镇长是实诚人，我就不妨给你说实话吧，我们这次绑李夫人，其实刘镇长也有责任。"

刘红驹皱着眉头看他："这话怎么讲？"

王佩飞说："刘镇长还记得上次那一千块大洋吗？你没要，你让我们送给了伏龙山共产党的游击队。我这人说话算话，打完仗后，立即就让人送过去了。但我寻思着，我们身为军统，怎么能给共产党送钱呢？这打完日本人，国共必有一战，我们这不是搬石头砸自己的脚吗？这样的傻事不能干，所以，我想来想去，这一千块大洋我们不能掏，只能是宋家掏。你们这次送来的一千块大洋，其实算是给伏龙山共产党游击队的。如果那一千块大洋是刘镇长自己要的，我王佩飞敢对天发誓，我绝对不会动宋家的人。"

刘红驹的脸涨得通红，他瞪着王佩飞，说："王司令，我敬你打日本人，是条汉子，却没有想到，你原来是这样一个人，这太卑鄙了……"

王佩飞打断了他："在你看来是卑鄙，我却觉得我没做错。现在虽然国共合作，但我很清楚，共产党才是我们的心腹大患。我只是尽我作为军人的本分。"

刘红驹的眼睛眯了起来："你这样耍我，就不怕我以后再也不与你们合作？"

王佩飞摇了摇头，说："刘镇长怎么用了合作这个词？我记得我们这只是生意。你要赚钱，我要打日本人，这生意好得很，这钱也好赚得很，刘镇长就舍得放弃了？再说，我虽不知道刘镇长是什么人，但我看得出来，刘镇长是个愿意打鬼子的人，既然要打鬼子，这木扎周围，兵力最强、财力最强也就我们了，你的情报不卖给我们还能卖给谁？"

刘红驹也不得不承认，这生意如果要继续做下去，还真得像他说的那样，还得给他们。他淡淡地笑了笑，说："王司令，咱们既然把话说清了，那我也警告你们，这是最后一次打宋家的主意，我现在也是宋家的一员，决不允许类似的事情再发生。你们要是心狠，就别怪我手辣。我刘红驹虽是一个生意人，但也是一个不怕事儿的人。"

王佩飞哈哈一笑，亲热地揽住他的肩，边走边说："时间不早了，你们也赶紧回去吧……刘镇长，你还是没有明白啊，我已经给你讲得很清楚了，以后动不动宋家，主要是看你刘镇长了。你如果不帮伏龙山的共产党，那自然没事，如果你还想帮助共产党，那我就有意见了……"

两人说着，来到了宋学礼和李美兰跟前，三人会合了，便一起向山下走去。

王佩飞看着他们的背影消失了，回头对那个货郎说："去把留根带过来。"

不一会儿，留根跟着货郎过来了。

原来，绑架李美兰，既能讨得赎金又能逼着汉奸宋学礼为救国军做事，这是留根出的主意。当然，他要的是赎金，王佩飞要的是卧底，所以两人一拍即合。

王佩飞说："留根，你要的赎金我帮你要过来了，不过，我考虑了一下，现在打鬼子处处都需要钱，这笔钱暂时就放在我这里，就算你捐出来抗战的吧。将来胜利了，我一定报告重庆，大大地嘉奖你。"

留根嘴角抽动了一下，低声说："我听王司令的。"

王佩飞笑道："我们合作一直都很愉快嘛。"

留根哭丧着脸，喃喃地说："王司令，你们说话不算话，当初说好了不仅抢嫁妆，也要除掉人。你们只拿走了嫁妆，人却一个都没动。"

王佩飞说："我不管你留根和宋家有什么深仇大恨，这是你自己的事。我们忠义救国军是正规军，即便抢嫁妆也是为了抗战，除了汉奸，除了共产党，我们不杀自己的同胞，你不要把我们当作土匪了，我们可是正规军，赵老末和共产党的队伍没法比的。再说了，倒是你留根心狠手辣啊，让我们抢钱杀人不说，还暗地勾结土匪杀人，是不是你还想让土匪趁机灭了我们救国军？"

留根连连摆手，结结巴巴地说："我可没有勾结土匪，我都指望在王司令您这儿了。"

王佩飞显然不信他，扬起声音问道："那宋家男人都死得差不多了，你怎么还活着？"

留根缩了下脖子，说："我怎么知道呢？也许是运气好吧。"

王佩飞哼了一声，又问："你提出绑架李美兰，刚开始为什么想让我杀掉宋学礼？你打的是什么主意？"

留根讪讪地笑着说："我这不是和宋家有仇嘛。"

王佩飞饶有兴趣地看着他，说："我来猜猜看，你是宋家的管家，却一直要对宋家下手，让我出手杀宋家男人，还不放心，背地里又找来了土匪。你想，把宋家的男人杀光后，宋家的女人就任你摆布了，本来这事已经成了，哪知宋学礼入赘宋家，他身后是日本人撑腰，你要想图谋宋家就难了，所以，宋学礼也得死，是不是这样？"

留根着急地说："王司令，我真的没勾结土匪，那次我确实只给你们一家说了……"

王佩飞打断了他："你找没找土匪，和我没关系，我也不关心，你想怎样折腾宋家，是你自己的事儿。我只想提醒你一下，从今往后，宋学礼是我们救国军的人了，还有刘红驹，这两个人，你绝对不能碰。如果你敢惹他们，我绝对不会放过你。"

留根喃喃地说："王司令太高看我了，这两个人，一个背靠日本人，一个是个人精，我哪里敢惹他们？"

王佩飞冷笑一声，说："是吗？别人不了解你留根，我王佩飞还不了解吗？你要是真想惹他们，估计他们还真不是你的对手。反正我把话先撂在这儿，你如果想试试，你尽可试试，只是到时别后悔了。"

留根笑笑，却也没吭声。王佩飞冷冷地看着他，摇了摇头。国难当头，有的人担匹夫之责，奋勇报国；有的人贪生怕死，投降求荣；也有的人只顾谋取不义之财，满足个人私欲，比如这个留根。

5

朱子青不知道救国军为何突然绑架李美兰，却在三日后收到救国军的消息，说是以后可以联系宋学礼去弄相关情报。他心里便明白，王司令绑架李美兰，很可能就是为了这事。宋学礼是日本人的翻译，大事小事自然都能清楚一二，他确实比刘红驹知道得多，又是文弱书生，自然也好控制。经过乔洪涛事件，再加上老婆前来木扎大闹一场，日军虽然解除了对刘红驹的怀疑，但很可能已经处处防备着他。宋学礼确实是个理想的卧底。朱子青便在丝绸庄里等着，等了两星期，也没见到宋学礼上门。日军物资中转站基本已经重建起来，人员配置和防御也重新调整了，宋学礼却连一个情报都没有送来。朱子青心里便有些忐忑，宋学礼是被迫做了救国军的卧底，不像刘红驹，目的明确，就是为了钱。他可能是心不甘情不愿。必须把他牢牢抓住。既然他不来，那我就去。

朱子青说干就干，立即去了宋家药铺，抓了几服药，还有一服，李美兰找不到，只好到后面的小屋去找。朱子青也不急，耐心地等着宋学礼。

宋学礼到了药铺，看到朱子青也在，脸色都发青了，他伸头去看，看到李美兰正在药铺后面的小屋里忙着，这才松了口气。朱子青笑着拍了拍他的肩膀，低声说："宋家姑爷，我们是不是有些事情还没说清楚？"

宋学礼不作声，朱子青开门见山地说："我就不客气了，长话短说，我要你三天之内搞清楚日军驻扎木扎镇的人数、武器，还有人员配置和岗哨。三天之后没有这些东西，你就等着给你媳妇儿收尸吧。"说罢，又笑笑说，"简单的事情简单做，没什么难的。"

朱子青走到了门口，又回过头来，冲着小屋里的李美兰说："我这药拿不全没关系，剩下的那服药，你配好后，就麻烦学礼送到丝绸庄吧。"

宋学礼颓然坐下，他哪敢去弄日本人的情报？他当初离开南京就是为了躲日本人，现在在日本人那里做事，每天也是战战兢兢小心翼翼，他清楚自己的心理素质，想想要与日本人做对，腿就发软，更别说要弄日本人的情报了。他就想做一个普通人，他不惹事，事也不要来惹他。

李美兰从屋里出来，见他不停地唉声叹气，很奇怪地问道："你怎么了，遇上什么事了？"

宋学礼本不想告诉她，怕她担心，但憋在心里又难受，就蔫蔫地说："我救你回来，还答应了救国军的一个条件，就是要给他们弄一些日本人的情报。"

李美兰也吓坏了，说："这要是被日本人知道了，是要命的。我们既然已经下山了，能不能就不理会他们的话？"

宋学礼摇了摇头："他们有人有枪，能人也多，想来木扎镇就来了。他们说了，要是我不干，就会让你陪葬。我不想让你出事……我才娶你为妻，还想咱们还没好好地过日子呢。这些可恶的救国军，他们找谁不行，干吗非要找我？"

李美兰说："好好想想，咱们一定有办法的。实在不行，就给他们弄一些无关紧要的情报,或者你就编一个应付他们,他们哪里知道是真是假呢?"

宋学礼犹豫了一下,这样迟早会露馅啊。可如果真要给他们真实的情报,自己就得下功夫到日本人那里搞,可弄不好,情报没搞到,自己的小命倒没了。最关键的是,得先把朱子青要的情报搞出来。怎么搞呢?唉,管不了那么多了,就按李美兰说的,自己编吧,混过一时算一时。

当天晚上,宋学礼就在一张纸条上胡乱地写了些数字,画了几张草图,第二天一大早,他提着一服中药袋子,把情报送到了致和丝绸庄。出了丝绸庄,他长长地松了口气,至少能安生一段时间了。

宋学礼怎么也没想到,从他离开药铺开始,就有一个人一直在偷偷地跟着他。那人就是留根。留根知道王佩飞不肯杀汉奸宋学礼,是为了让他为救国军服务,既然如此,只要跟住他,就能逮住他出卖日本人的证据,日本人要是知道他是救国军的卧底,一定不会放过他。借日本人的手除去他不就是一件水到渠成的事儿?

宋学礼从致和丝绸庄出来,回到家里闷坐一会儿,也没什么事儿,就到街上兜了一圈,然后来到日军驻地上班。刚推开办公室的门,就看到井上一夫端坐在椅上,双手叠交着放在桌上,饶有兴趣地看着他。宋学礼的心一下子揪起来,他走上前去,结结巴巴地说:"太君,您找我有什么事儿?"

井上一夫笑呵呵地问他:"去致和丝绸庄了?那是女人爱去的地方,你一个大男人,去凑什么热闹?"

宋学礼心里一慌,腿一软,"扑通"一声跪了下来,颤抖着声音道:"我是去了丝绸庄,我去给救国军送情报了。"

井上一夫还是一脸笑呵呵的表情,一点都不觉得意外。他当然了解宋学礼,他的反应也在他的意料之中。他点了点头,像个老朋友一样走过去,把他扶起,让他坐在对面,亲切地抚着他的肩膀,说:"你呀你呀,真是糊涂啊,咱们共事两三年了,谁对你好,谁对你坏,你心里还没数吗?你看看你,有事儿还瞒着我,早对我说了,我也能给你出出主意嘛。"

他越这样,宋学礼越害怕,他事无巨细地供出了救国军绑架他老婆逼他上山,威胁他当卧底的事儿,也供出了致和丝绸庄的朱子青就是他的接头人。井上一夫皱着眉头，问他："这么说，刘红驹也知道这事儿？"

宋学礼忙摇了摇头："他应该还不知道，救国军的王佩飞威胁我干这事时，把他支走了。"

井上一夫又问："那你觉得，王佩飞和刘红驹熟不熟呢？"

宋学礼自然知道日本人一直对刘红驹不放心，如果放在从前，刘红驹是死是活，和他完全没关系，但现在不同了，他是金咏梅的丈夫，自己是李美兰的丈夫，要是因为他的原因害了刘红驹，金咏梅不会原谅他，宋家不会原谅他，李美兰自然也不会给他好脸色看。再说，他确实也没看出刘红驹和王佩飞有什么关系。他忙说："太君，这事儿和刘红驹完全没关系，我主要是怕一个人上山，所以就把他拉上去壮胆，他确实只是想帮我，想帮宋家。"

井上一夫的眉头紧紧地皱着，一声不吭。

宋学礼擦了一把脸上的汗，慌慌地说："太君，虽然他们威胁我，但我没想过要背叛皇军，我也不敢背叛，我送给他们都是假情报，是我胡乱编的，我发誓，绝不会对皇军造成一丝一毫的损害。"

井上一夫站起身围着他转了两圈，又来回走了几步，然后在他面前站定，说："我相信你，你的良心大大的好。我不去追究你没有主动报告的责任，但你也得以实际行动向我表明你的忠诚，现在就有一个这样的机会，不知道你愿意不愿意接受这个考验。"

宋学礼忙一个劲地说："谢谢太君，谢谢太君！我愿意，我愿意。"

井上一夫说："那好，过几天，我们的物资中转站会有一批军火，将在十八日启运前线，我把运输路线、押车兵力数量都给你，你去送给致和丝绸庄的朱掌柜。"

宋学礼吓得脸色发黄，连连摆手："不，不，不，我不会把任何情报送给他们的。"

井上一夫摇了摇头，说："你必须得把这个情报送给朱掌柜，你放心，我可以给你明说，这是一个假情报。"

宋学礼慌慌点头："我送，我送。"

又过了两天，井上一夫让宋学礼再送出一份假情报，说日军准备在十六日到伏龙山清剿共产党的游击队。井上一夫说："我要下一盘棋，我会让这个假情报像真情报一样，你不用担心，我会进行相应部署，让所有人都以为我真的会清剿伏龙山，即便以后被发现是假情报，也怪不得你，军队临时改变部署是经常有的事儿。再说，你也可以给他们解释，是日本人骗了你。"

宋学礼知道日本人一定是在利用这些假情报来对付救国军，到底如何对付，他不知道，但如果救国军知道这是假情报，自然也就清楚日军的阴谋。他如果告诉朱子青这情报是假的，救国军没事，但日本人一定会宰了他，甚至祸及家人；可是送了，救国军受了损失，必不会放过自己。他知道自己已陷入绝境，一边是汹涌的洪水，一边是灼人的烈焰，无论选择哪种做法，他都无法善终。斟酌来斟酌去，再想想救国军抢了宋家的嫁妆，还差点杀了宋家的男人，还有这次绑架李美兰，敲诈了一千块大洋，他们虽然抗日，但也好不到哪里。日军如果利用这些假情报把他们消灭了，也解了自己的后顾之忧，再也不用担心他们来找他的事儿。他决定还是按照日本人说的来做，至于后面的事儿，听天由命吧。

朱子青收到宋学礼送来的情报后，有点不放心，他从窟窿山回来那么长时间都不和他联系，现在这么积极地接二连三地送来了情报，还都是重量级的情报，这其中会不会有诈？如果有问题那就是灭顶之灾，不能不防着。他决定还是去找下刘红驹验证一下。经过这么长时间的合作，他觉得刘红驹还是靠得住的。

他出发前去镇公所的时候，刘红驹正在钱掌柜的山货铺里。

乔洪涛的长春堂虽然没了，但刘红驹知道山货铺的钱掌柜也是共产党的人，他这次要卖给他们的情报至关重要，日军将在十六日清剿伏龙山。当他听说后，第一时间赶到了钱掌柜那里。钱掌柜大吃一惊，准备立刻化装潜入伏龙山。

刘红驹离开山货铺，快到镇公所时，遇到了朱子青，两人打过招呼，朱子青邀请他去宋家酒楼喝茶。到了酒楼，找了一个包间坐下，朱子青告诉他，日军准备攻打伏龙山的共产党。刘红驹点了点头，说，确实有这个事儿。说完以后，他撇了撇嘴角，带着讽刺的表情问朱子青："共产党不也是你们的敌人吗？你们难道还想去救他们？"

朱子青说："刘镇长，你对我们有误会，虽说我们防范共产党，但只要他们打日本人，我们还是会和他们合作的。"

刘红驹吃惊地看着他，问他："你们真会救他们？这是你的意思，还是王司令的意思？"

朱子青说："我还没把这份情报送回去，但我敢肯定，王司令的想法会和我的一样，甚至包括你。我们当然要救伏龙山的游击队，但不是直接去救，我们围魏救赵。这个计策，刘镇长应该很熟悉了。上次日军攻打伏龙山时，我们救国军不是趁机攻打木扎大获全胜了吗？"

刘红驹摇了摇头，说："如果是我，这次我就不会这样做。"

朱子青疑惑地看着他："这话怎么说？"

刘红驹说："诸葛亮的空城计也没有用过第二次。既然上次你们这样打过一次木扎镇了，还把日军物资中转站干掉了，日军这次攻打伏龙山，必定会做好防范，估计木扎镇不会再像上次那样让你们那么容易打进来了。"

朱子青沉默了一会儿，说："你说的也有道理，但这个机会这么好，我觉得王司令也会试试的。"

刘红驹想了想，说："我倒有一个办法，你们不妨和伏龙山的游击队联系一下，让他们留下少数兵力在伏龙山与日军周旋，大部队悄悄开下山，和你们汇合一起，在十六日攻打木扎镇，这样可能还有一丝胜算。"

朱子青想了想，点了点头，不得不承认刘红驹的这个方案反而更好。他答应会把他的这个想法给王佩飞司令汇报，到底如何打，最后还得听王司令的。

国共双方都得到了日军要攻打伏龙山的情报，立刻忙碌起来。董明霞最初的想法和刘红驹一样，想联合救国军一起乘机攻打木扎镇。哪知和救国军联系后，王佩飞却借口上次攻打木扎镇人员伤亡过大，近期无力再发起这么大的一场战斗，拒绝了。董明霞没有办法，只得在十六日凌晨，带领人马下山，在日本人进山的必经之路设好埋伏，准备打日军一个措手不及。

日军在清晨六时也行动起来，浩浩荡荡的队伍开出木扎镇，向伏龙山方向赶去。

清晨七时，忠义救国军开动，前往木扎。

日军走出镇子不远，经过一个岔路口，一条路通往伏龙山，另一条通往窟窿山，井上一夫突然命令日军改变方向，开往通往窟窿山的那条路。他们以急行军的速度前进了七八里后,赶到一条峡谷,兵分两路,迅速占领了两边的制高点,设下了埋伏。

在此之前,井上一夫对谁都没有说,松本正清自然也不知道,他疑惑地看着井上一夫,井上一夫满脸得意之色,解释道:"这是我下的一盘棋,我们这次行动的目标,不是伏龙山上的几个土八路,而是忠义救国军。"

日上三竿,日军终于等来了救国军。救国军毫无防备,一下子钻进了日军的包围圈。经过一番苦战,救国军最后全军覆没,王佩飞身中数弹,重伤在地,当几个日军端着刺刀逼近到他身边要抓活的时,他突然拉响了身上的手榴弹,与日军同归于尽。

董明霞带着游击队埋伏在半路,日军却迟迟不到,她顿觉不妙,迷惑不解之时,突然隐隐约约听到远方传来枪声,前后一联系,立即明白这是日本人的阴谋,引诱救国军去钻圈套。她赶紧带上游击队前往支援,可惜赶到时,战斗已经结束,日军早已经撤退。董明霞痛心地打量着狼藉的战场,硝烟仍在低空弥散,刺鼻的硫黄味血腥味让人无法呼吸,遍地都是救国军士兵的尸体,他们有的甚至没来得及将肩上的枪支拿下,就被日军打死了……

游击队们默默地打扫着战场,将死者抬到一处,帮他们擦去脸上的血污,整理好衣服,然后开始挖坑,准备就地掩埋。董明霞找到了王佩飞的尸体,他怒目圆睁,胸口炸了一个破洞,血迹斑斑。董明霞慢慢蹲下,合上他的双眼,为他整理好遗容,将他和他的士兵们埋在一起。处理完这一切,董明霞让战士们把旁边的一棵树砍倒,做了一个木牌,题上"抗日军人不朽",插在了坟墓前。游击队员们集合起来,举起步枪,向着天空鸣枪,为他们送行……

他们曾是伟大的军人!

6

井上一夫回到木扎镇,立即带兵直扑致和丝绸庄,丝绸庄已经落了锁,朱子青不知去向。

朱子青跑路并非知道自己暴露了,也不是因为知道了宋学礼送的情报是假的,他只是要尽快离开木扎镇。王佩飞通知他,重庆方面认为,救国军既然在木扎镇安插了宋学礼，同时镇长刘红驹也可以利用，而军统在南京人手比较紧，他先撤出来，先回重庆，然后再找机会到南京潜伏。朱子青觉得走之前有必要见一下刘红驹。他潜意识里总认为刘红驹是戴老板直接掌握的特工，都是一个道上的，以后总有见着的时候。他告诉刘红驹，今天救国军会杀向木扎，把日军重建的物资中转站干掉。

刘红驹的眉头皱了起来："你们单独干，还是联合了伏龙山游击队一起干？"

朱子青说："王司令的意思是，伏龙山游击队牵扯着日军主力，我们正好乘虚而入……"

刘红驹有些不安："我总觉得有点不妥，上次就是这样打进来的，日军这次不会如此大意。"

朱子青说："日军在木扎镇有一批军火，两天后就要启动了。他们现在押车的兵力很多，不好下手，如果在此之前没把它破坏掉，以后恐怕就没机会了。今天正好是个机会。"

刘红驹有点犹豫地问朱子青："我并没有听说过中转站来了批军火，这消息可靠吗？"

朱子青说："这消息不会有错，给我们提供情报的人能直接接触日军，不会有问题。"

朱子青心里却想，就算你是镇长，也比不过日本人的翻译知道的多啊。

朱子青走后，刘红驹忧心忡忡，烦躁不安，不时地到街上看看。快到中午时，日军唱着军歌回来了，个个眉飞色舞，哪里像打了败仗？他心里咯噔一下，他们打的是伏龙山游击队还是救国军？他让武剑赶紧打听打听，没过多大一会儿，武剑带来了救国军中伏全军覆没、司令王佩飞阵亡的消息。

刘红驹如遭雷击，颓然坐回座位，他把整个事情前因后果细细想了一遍，很显然，日军前去攻打伏龙山游击队的消息是假的。日军太狡猾了，居然连自己都上当了。他上当了没什么，多说让伏龙山的游击队虚惊一场。他心里一紧，这个假情报其实并不是针对游击队，而是针对救国军的。他朱子青说有批军火要从木扎启运当然也是假的，日军故意弄出这些假情报，目的就是为了让救国军上当，前来攻打木扎，然后趁机消灭。他本来觉得这个情报和救国军关系不大，所以并没有告诉朱子青，朱子青也给他讲了，他另有情报来源。而这个情报来源传递给他的都是假情报，很显然，朱子青中套了。

他抬起头，急急地对武剑说："你快去致和丝绸庄告诉朱掌柜，让他赶紧逃走，他的身份已经暴露了。"

武剑急急赶去，迎面遇到井上一夫正带着日军扑向致和丝绸庄，他忙闪到一条小巷里，等确认日军一无所获，这才回到镇公所，告诉了刘红驹。

刘红驹松了口气，看来朱子青已经得知消息，及时逃走了。这也算不幸中的万幸吧。

刘红驹心里不好受，无处可去，只好去了宋家。他来到金咏梅的屋里，金咏梅见他魂不守舍，知道遇上了大事儿，赶紧体贴地给他倒了杯热茶。刘红驹说："我不想喝茶，我要喝酒。"金咏梅又唤花姊端来酒。刘红驹一杯又一杯地不停地喝着，也不听金咏梅的劝，很快就喝高了。他放下酒杯，瞪着眼睛看着金咏梅，恶狠狠地说："这事儿到底是谁干的？让我知道了，饶不了他。"

金咏梅吓了一跳，问他："什么事儿？"

刘红驹摇了摇头，说："你还是不要知道的好……"

金咏梅的眼睛湿润了，低低地说："我们那次的婚礼虽然半途而废，但我原谅你了，我想通了，有没有名分，我也不在乎……我在乎的是你这个人，你如果也在乎我，那你有事儿为什么还要瞒着我呢？难道还要像上次那样等那个叫王可欣的女人找上门来，你才肯告诉我吗？"

刘红驹举在半空中的酒杯僵在那里，他看了看金咏梅，把酒杯放在桌上，把她揽了过来，给她擦着泪水，低低地说："咏梅，你别想那么多，确实也没什么事儿，就是窟窿山的救国军被日军消灭了，我和他们王司令交情还不错，心里难受……"

金咏梅温顺地偎依在他怀里，说："红驹，你以后能不能不管这些事儿了？你只是一个小小的镇长，哪里能得罪日本人？你别忘了，你上次还无缘无故地被日本人抓去了……"

她想到了自己所受的屈辱，泪水不由涌了出来，声音哽咽。

刘红驹自然也会想起来，他双手托起金咏梅的下巴，盯着她的眼睛，一字一顿地说:"我一刻都没有忘记,所以我才会管这些事儿,只要日本人在,我就不会停下来,木扎镇的鬼子,我一个都不会放过。只要是中国人,就要与鬼子死磕到底……"

金咏梅的眼中涌出了更多的泪水,她紧紧地抱着他,使劲地点了点头,说:"我只是担心你……"

7

还有一个人,比刘红驹还要难受。这个人就是宋学礼。

井上一夫带着日军回到木扎镇,拍着他的肩膀把他好好地夸了一番,还把自己手腕上戴着的手表捋下来,亲自给他戴上,说是送给他了。宋学礼赶紧点头哈腰地表示感谢,脸上的笑容比哭还难看。

宋学礼耐心地等到傍晚,看看没自己什么事了,这才惶惶不安地离开了日军军营。走在去宋家药铺的路上,宋学礼觉得头昏目眩,把平整的大路走得坑坑洼洼。一切都遂他的意,救国军全军覆没,朱子青也吓得逃走了,没人会找他算账了,也不能威胁收拾宋美兰和他全家了。但事情真的发生了,他却并没有感到轻松,反而心里更觉沉重,那么多人,都是因为他的假情报而送了命。朱子青跑了,但他一定不会放过自己的。自己这条命,哪里够偿还那么多人?

回到药铺,他找来一瓶酒,一杯又一杯地灌着闷酒,想早点喝醉,昏昏沉沉,什么也不想,一了百了。李美兰问他,他也不说。李美兰倒也没再追问,看他快把一瓶酒喝得底朝天了,就去了阁楼,想再给他拿下来一瓶。男人嘛,借酒浇愁,醉一场,醒了,也就好了。李美兰站在阁楼的门口,突然停下来了。宋学礼抬头看她,她脸色苍白地回头冲他摇了摇头。他脑袋嗡地一响,慌忙跳起来去腰里摸枪,枪就在枪套里,却怎么也拽不出来。朱子青手里拿着枪,从阁楼里出来,一步一步地逼过来,宋美兰惊愕地一步一步地往下退着。

朱子青本来已经离开木扎镇,但在半路上,遇到几个行人,得知救国军被日军半路伏击,已经全军覆没,司令王佩飞阵亡。他跪倒在地,悔恨不已。很显然,自己被宋学礼骗了,他提供的情报都是诱饵,他是个不折不扣的汉奸。他悄悄地溜回木扎镇,藏在宋家药铺的阁楼里,耐心地等着宋学礼回来。

宋学礼还在慌乱地拽着枪套里的枪，朱子青冷眼看着他，他连枪套的扣子都没解开，哪里能把枪拽出来？朱子青不由在心里长叹一声，就是这个窝窝囊囊的男人，一个连枪都拽不出枪套的男人，居然害死了几百名兄弟！他把枪对准宋学礼，几乎就在他扣动扳机的同时，李美兰尖叫一声，猛地扑了过去，用自己的身体护住宋学礼，子弹穿过她的肩膀，鲜血溅射在宋学礼衣服上，像朵朵盛开的鲜花。

大街上突然响起了刺耳的哨声，在大街上巡逻的日军、保安队听到枪声，向宋家药铺扑来。井上一夫见朱子青逃走，迅速部署追捕，虽然没找到，但加强了巡逻，大街上到处都是全副武装的日军和保安队。

朱子青一击不中，想开第二枪，但李美兰又遮挡住了宋学礼，他手抖了抖，只得收起枪，迅速离开药铺，钻入药铺旁边一条小巷，飞身攀越围墙，消失在了茫茫夜色中。

嫁祸大龙山的下场

1

夜色深重,汪冰睁大眼睛瞪着屋顶毫无睡意,她听着董少宾的呼吸声,心里异常烦躁。今天上午,听说日本人把窟窿山救国军消灭了;中午,满大街都是日本人挨家挨户地搜人;晚上,李美兰被人用枪打伤了肩膀……五年了,她在这里生活了五年时间,从未像现在这样对木扎镇产生厌倦之意。宋家的两个儿媳妇金咏梅和李美兰都已有了着落,只有自己还不明不白。那两人都有非再婚不可的理由,金咏梅是以未婚妻的名义把刘红驹从日本人那里救出来,不结婚不好交代;李美兰是为了保住宋家家业迫不得已而为之。她们的理由都光明正大,她想和董少宾成婚,却找不到什么正当理由,外人知道了,还会笑话她。再说,董少宾名声又坏,对宋家只有亏欠,没有贡献,宋钱氏怎么可能松口让她嫁给他?刘红驹和宋学礼成了宋家的姑爷,这两个人背后又是日本人,想要再图谋宋家家业就更不易了。想想自己为宋家劳碌这么多年还一无所有,汪冰就觉得不值。女人的年华易逝,再不及早为自己做打算,以后就没机会了。这个家,是宋钱氏的,是金咏梅和李美兰的,根本就不是她的,她就像一个外人一样。她心里一动,既然不是自己的,那干吗还赖在这里呢?真还不如和董少宾一起离开这里,找一个地方，踏踏实实地过日子算了。她看了看沉睡中的董少宾，忍不住把他推醒了："少宾，我想和你商量个事儿。"

"什么事儿？"

"我想离开木扎了。我不喜欢这里，我想换个地方，好好过日子。"

董少宾愣愣地看着她，一时没转过弯来。

"我们去南方吧，找个山清水秀的地方，买个带院子的房子，我给你生两个孩子，一个男孩一个女孩，把他们带大，我们老了以后就天天在一起，种种菜养养花，好不好？"

"你舍得放弃宋家？"

"宋家？有什么舍不得的？宋家就是我的坟墓，我要不离开这儿，就会被活活憋死。本来还指望着时机来了，分点财产，后半辈子也有个依靠了，可现在，宋学礼都成了宋家的姑爷，刘红驹也算是了，我还有什么希望呢？还不如识相一点，尽早放弃，另找活路。"

"你就这样走了，你甘心吗？"

汪冰苦笑一下："也许这就是我的命吧。我想通了，不是你的，强求也没用，我感到很累，不想再争了……"

董少宾有点动心了。能得到汪冰，他已经很满足了。再说，自己在木扎镇只是一个小小的保安队长，也没什么可留恋的。刘红驹是日本人的心腹，早已在木扎站稳了脚，自己想取代他显然是不可能的。即使他取代了刘红驹，得到了日本人的青睐又如何？日本人根本就不把你放在眼里，和他们打交道，像龟孙子一样，要打就打要骂就骂，憋屈得慌，还真不如弄笔钱，带上心上人，离开这个是非之地。

董少宾说："我听你的话，你要到哪里我都陪你去，但我作为一个男人，不能让你吃苦受累，咱要走的话，也要弄上一大笔钱再走，至少不能让你再过那种担惊受怕的日子。"

汪冰瞪着眼睛问他："你能到哪里弄一大笔钱？我觉得不用了，你手上不是有点钱吗？我也有点积蓄，咱们节俭些，养咱半辈子应该没事了。"

董少宾当然知道从哪里弄一大笔钱来，他搂住汪冰，低低地说："木扎也只有宋家有钱，我听说李美兰被绑架，宋家出了一千块大洋。上次让赵老末把宋祖佑给绑了，这个土匪关键时刻昏了头，把宋江雪绑走了。这次我们自己干，你看行不行？"

汪冰想了想，却摇了摇头，说："我看还是算了吧，我和他们毕竟曾是一家人，也有感情，别打他们主意了。再说，现在宋家不比从前了，宋学礼背后有日本人，宋江雪背后是大龙山的土匪，刘红驹也不是吃素的，我们哪个都得罪不起，弄不好，羊肉没吃着，先惹了一身臊。"

董少宾说："你说的也有道理，可就这么走了，我觉得便宜了他们，你在他们家辛苦了那么多年，没有功劳也有苦劳。再说了，你嫁到宋家可是带着大笔嫁妆来的，现在赤条条地走了，我都替你叫屈。我们也不是要害宋家，我们只是把你应该得到的那一份拿走而已。"

汪冰皱着眉头想了一会儿，觉得自己就这样走了，确实有点冤。金咏梅、李美兰都得到了她们想要的，就自己不明不白地和董少宾鬼混着，名声也坏了，最后啥也没有，也未免有点惨。她有点迟疑地问董少宾："又不能绑宋祖佑，那还能绑谁呢？"

董少宾脱口而出："金咏梅不是还有个女儿吗？咱们就把她女儿绑走了。到时就说是土匪干的。赵老末又不知道这里面换孩子的乾坤，绑了那孩子也正常。"

汪冰低头想了一会儿，绑了金咏梅的女儿，宋家肯定会帮着出钱赎人。另外，这孩子是换来的，宋家必不敢大张旗鼓，只能偷偷地掏钱赎人。她点了点头："但你不能伤害了她，咱只是要些钱，钱拿到了就行。我毕竟在宋家待了几年，就是一块石头揣在怀里也会被捂暖的，伤害宋家的事儿，咱不能做。"

董少宾说："你放心，咱要的是钱，不是人，把她女儿绑来后，我会好好照顾她的。"

汪冰点点头，算是同意了，她再三强调，拿到了赎金，就立即放人，然后两人一起离开木扎，远走高飞。

2

绑架这事儿，董少宾很有经验。当土匪那阵儿就干过不少，到了木扎，也没生疏，早几年有赌徒欠了赌场的债赖着不还，他就带着保安队的人干过几票，不仅拿回了赌资，还顺便敲诈了不少赎金。他自信自己做起这事儿，应该不会比大龙山的土匪差。

第二天晚上，董少宾带着保安队员张田甲出现在金家所在的白水县县城。金家是当地大户，院子守卫比较森严，他和张田甲转了两天，一直找不到下手的机会。到第三天，正好是县城的赶集日。金家在县城有许多商铺，这天生意繁忙，当家的和用人们都去帮忙了，只留下金咏雪和一个女佣带着孩子在家守门。

两人在金家门外守了一上午，不见一人回来，便放了心。中午一点左右，他俩来到了金家，女佣开了门，还没来得及问话，就被张田甲勒住咽喉，没一会儿就软了。他俩关上门，蒙上脸，很快找到了金咏雪母女。金咏雪一见他俩来势汹汹，就知大事不妙，她把孩子紧紧搂在怀里，颤声问道："金咏梅现在当了宋家的当家，是不是连这个孩子也要夺回去？"

董少宾看她一眼，拿起旁边一个枕头顶住枪口，对准她。

金咏雪惨白着脸道："你们不是我姐姐金咏梅派来的，你们是来绑架孩子的？"

董少宾点了点头。

金咏雪叫道："如果你们放过我们母女，我告诉你一个秘密，你可以向我姐姐要更多的钱，她是木扎镇最富有的宋家的大儿媳，也是现在宋家当家的。"

董少宾将手里的枪放下了，饶有兴趣地看着她。王安庆死在宋家时，他和金咏雪见过面，也说过话，他不敢张嘴，怕被她听出来。

金咏雪道："没有人知道我哥是怎么死的，只有我知道，他是叫我姐姐害死的。她在他喝的水里下了药，一个晚上我哥哥就烂掉了。"

张田甲问道："她能下得了手？"

金咏雪道："是我哥作恶在先，他在外面搭上了恶人，那恶人看上了我姐姐，他就下药要将我姐送给那人。要不是姐姐的奶妈机警，带人跟了过去，她早就生不如死了。"

张田甲不解地问她："你让我们去找你姐去，难道你就不怕我们把你姐给杀了？你跟你姐也有仇？"

金咏雪恨恨地说:"本来要嫁给宋家老大的是我。宋家老大来相亲时,她故意先出来,宋家老大见到她就喜欢上她了,她这不是故意害我吗?"

张田甲摇了摇头,说:"感情上的事儿,谁能说清呢?这事儿还真不能怪她。"

董少宾瞪他一眼,张田甲立即明白,这是嫌他啰唆,忙瞪着金咏雪说:"谢谢你告诉我们这么多事儿,可惜我们只要这个孩子,绑大人太麻烦了。"说完,他上前试图从金咏雪怀里把已经吓呆的孩子夺过来。金咏雪死死护住孩子,带着哭腔求他们:"你们就拿我说的那事儿也能逼金咏梅拿出钱来,就放过我孩子吧。"

张田甲猛地将她推倒在地,夺过孩子,两人转身就走。金咏雪爬起来,扑上来抱住了走在后面的董少宾的腿。董少宾蹬了几下没甩开,就弯腰掰她的手,掰开她一只手,刚丢开,她胡乱抓挠着,就扯下了董少宾蒙在脸上的毛巾。两人同时愣了一下。董少宾叹了口气,说:"我本来不打算杀你,这不能怪我,只能说是你自己找死。"

他回过头来,拿过那只枕头压在她身上,子弹穿过枕头射进她的胸口也只是发出一下沉闷的"噗"声,没人听到这声沉闷的枪声。

董少宾看着金咏雪的尸体愣了愣,心里有些不安,这事儿如何对汪冰说呢?他摇了摇头,算了,能瞒一时就瞒一时吧。

孩子绑到了,如何把信送到宋家颇为棘手。原本将信直接塞进宋家大门就行了,可现在,木扎到处有日本人在巡逻,一个不慎,那就是人赃俱获。

"要不,让留根给宋家递个信?"汪冰说,"留根老实,没有心眼,让他递信儿不会有问题。"

董少宾想了想,点了点头,自从宋家男人出事,作为宋家管家,宋钱氏对留根极度信任。让他来传信,再理想不过。

汪冰有点不放心,问他:"你把孩子藏哪儿了?别凶孩子,别让孩子吃苦。"
她再不待见金咏梅,也没恶到伤害一个无辜的孩子。

"放到张田甲姑妈家了,也交代过了,不要亏了孩子,你放心吧。"董少宾握住她的双手,轻声道,"我们拿到了钱就走,到时咱也会有个孩子的,你想要几个都行……"

汪冰有点动容,红了眼睛说:"咱们拿了赎金,一刻都不耽搁,立即就离开这里,走得远远的,我俩好好地过安安稳稳的日子……"

3

张田甲在宋家门口守到留根,把他拽到一边,低声说:"你是宋家管家留根?我是保安队的,有事儿找你。"

留根纳闷地看着他:"找我何事?"

"我昨晚在街上巡逻,刚走到一处巷子,就被一个土匪用刀架在脖子上,他说,他们绑架了宋家大少奶奶的女儿,让我转告你们宋家拿出两千块大洋赎人,三天之后让我把大洋送给他们。"

留根眼珠子一转,两千块大洋?这可不是个小数目,又想了下,土匪怎么知道金咏梅有个女儿?不对,即便宋江雪与赵老末再伉俪情深,也不会把这天大的秘密告诉土匪,这里面肯定有问题。再说,赵老末已经和宋家和好,这门亲戚都认了,他还会绑架宋家的人吗?这里面绝对有鬼。他装作没听明白的样子,愣愣地说:"这事儿要告诉老夫人,你告诉我做什么?"

张田甲缩下脑袋,有点敬畏地说:"我听说宋家老太太很厉害。你说那土匪怎么就找到我了?我怕说不清,你是宋家管家,告诉你也一样。"

留根点着头道:"说的也有道理,辛苦兄弟了。"他抬头看了看天,说:"现在老夫人和大少奶奶都不在家,等她们一回来我就转告她。时间还早,咱们找个小酒馆喝一盅,顺便你再把事说细点,我好给老夫人传达。"

张田甲在保安队里算是最有能力的一个,所以才成了董少宾的心腹,他什么都好,就有一点不好,贪酒。他一听留根请他喝酒,犹豫了一下,怕自己喝多了,说出不该说的话,可又禁不住酒的诱惑,心里一个劲地告诫自己,酒量减半,平常能喝一斤这次只喝半斤,能喝半斤这次只喝一两,只要不喝多,应该也没事。

想是这样想的,但一看到酒就啥也忘了,张田甲架不住留根一杯又一杯地劝酒,一会儿工夫就趴下了,一脑子糨糊地问什么说什么。留根问他是谁绑了金咏梅的女儿？董少宾。问金咏梅的女儿现在在哪里？我姑妈家。一问一答，言简意赅，一晚上的打算，两天时间的摸底，一下午的行动，抵不过一分钟，全吐露出来了。

留根不禁笑出声来，连老天爷都在帮他，想睡觉，枕头就来了；肚子饿，天上就掉馅饼。正在一筹莫展，这个家伙自己送上门来了。他丢下烂醉如泥的张田甲，在镇上转了几圈，看日落西山，估计此时宋钱氏和金咏梅都在家，就在心里哼着小曲儿回去了。宋钱氏看他刚回来，问他："大半天都没见你，街上有什么有意思的事，怎么现在才回来？"

留根说："天有点闷，我就多走了会儿吹吹风。老夫人，我还真在镇上遇到一件有意思的事儿。"

宋钱氏"噢"了一声："正好闲来无事，你说说听听。"

留根说："我刚才在街上正转着，一个保安队的人找我，说他正想到宋家来，既然遇到我了，他就先跟我说了。他说，有个土匪找他让他转告宋家，大少奶奶的女儿被土匪绑走了。我当时就把他骂了一顿，八成是喝黄汤喝多了，我家大少奶奶那是儿子，哪里有女儿？您听听，这事儿有意思不？真是没事儿找事儿。"

宋钱氏和金咏梅脸色同时变了，换孩子这事儿，她们一直叮嘱花婶不能告诉任何人，包括留根。听留根这话的意思，他到现在也不知道这事儿。花婶的嘴巴看来还是严的。他不知道换孩子的事儿，却说出了土匪绑走了大少奶奶女儿的话，看来这事儿是真的了。也就是说，在金咏雪那里的王思佑被土匪绑架了。可如果这事是真的，金咏雪怎会不来求助？正想着，门口传来了呜咽声。金咏梅站起来一看，竟是金家的管家刘伯。她心里一紧，赶忙迎了上去。

刘伯哭着告诉金咏梅，昨日县城有集，金家的人都去忙生意了，只留了二小姐和孩子，还有一个女佣在家。晚上天黑了，他们回到家才发现女佣在院门口被人勒死了。赶紧跑到金咏雪的房间看，就看到她被人用枪打死了，孩子不见了。

"按照规矩，再加上天热，今天中午我们就把二小姐下葬了，来不及叫你。忙完这，我就赶紧来给您报丧了。老爷说，那孩子肯定是被土匪绑架了，我们正在等消息呢。"刘伯一把鼻涕一把泪地说。

宋钱氏见金咏梅一副魂不守舍的样子，心里也急得慌。不知道他们口中所说的土匪是不是大龙山的赵老末。赵老末不知道王思佑的底细，误绑了孩子也是正常。如果真是赵老末，凭他现在和宋家的关系，这事儿倒也简单了。但赵老末不会不知道金家和宋家的关系，宋江雪现在又在大龙山，怎么可能会让他做出这种事呢？就怕不是大龙山的土匪干的。她扭头问留根："那个保安队员是谁？能不能把他叫来？"

留根有些为难地说："他叫张田甲。他说，他把话捎来就行了，让咱们千万不要找他了，这可是掉脑袋的事情，他不想牵扯进来。"

金咏梅忙对宋钱氏说："妈，那咱们要不要让汪冰通过董少宾，把这个张田甲叫过来再问问？"

宋钱氏想了一会儿，摇了摇头，说："算了，这事儿知道的人越少越好，我信不过汪冰，她不给我惹事儿就谢天谢地了。董少宾更不能找，宋家的事儿，他知道得越少越好，这人就是一条狼，他不咬你就谢天谢地了，怎么能再引狼入室呢？"

她扭过头来问留根："那个张田甲还说了什么？"

留根忙说："他还说，土匪要四千块大洋赎金，三天内让我交给那个保安队的，土匪到时会跟他要。"

"四千块大洋？"宋钱氏和金咏梅同时惊叫出声，这数目也太大了，宋家一时半会，怕是也拿不出来。

留根道："那个保安队的就是这么说的。"他是这样打算的，故意提高一倍的赎金，宋家舍得，他就能从中谋得两千块大洋；舍不得，激怒了董少宾，杀了那孩子，他也解气。是的，他的心里有股气，怨气，对宋家的怨气。这种怨气究竟是什么，他也说不清，自打懂事起，他就自卑地活着，明明想要一样东西，还得十分诚恳地表明自己不想要，违背自己内心压抑自己的欲望，只是为了讨宋家两个老的、五个小的欢心。时至今日，他也说不清到底是哪些事情激怒了自己，从而埋下了毁掉宋家的想法。现在好了，他的愿望就要实现了。他觉得自己天生擅长掩饰，游刃有余地利用各种势力，忠义救国军、日本人、董少宾，甚至土匪。他拼命地掩饰住眼角的快意，故意似不明所以地问："大少奶奶娘家二小姐的孩子被绑了,他们怎么能说成是宋家的孩子被绑呢?这可开不得玩笑。"接着,又很无措地问道:"老夫人,这可怎么办?"

宋钱氏看了眼金咏梅说:"就算是亲家女儿的孩子,我们该帮的也得帮,想来土匪也会给金家传信。"她看了看六神无主的金咏梅,想到王思佑才是老大的亲骨肉、自己的亲孙女,心里一阵疼痛:"咏梅啊,你先别急,如果是大龙山的土匪做的,我们派人上山说一下,肯定不会有大问题。就算是别的土匪做的,不是还有三天时间吗?我看看家里能动的钱有多少。你呢,再去找找刘镇长,让他拿个主意。听妈的话,别再纠结他老婆的事了,你们拜过堂是事实。我还是那个观点,一个女人家,没有男人靠着,这日子过不下去的。要不,趁现在天还没有黑透,你这就去找找他?"

金咏梅也顾不得矜持了,慌乱地站起身来,说:"那我这就去。"

留根看看金咏梅的背影,又看了看宋钱氏,在心里冷笑,自己在宋家几十年兢兢业业辛辛苦苦,为宋家忙碌奔波,到头来得到了什么?什么也没有。同样都是下人,他的老婆花婶每天侍候她们,忙得像个陀螺一样停不下来,而金咏梅带来的奶妈贾雪荣却像个阔太太一样,整天啥也不干,说是腰疼,就整天躺在床上休养,而花婶忙得腰疼时,她们谁又关心过她?她们根本就没把他当回事,就连金咏梅女儿的事儿,她们到现在还瞒着他!你们就装吧。

刘红驹听金咏梅说了,倒比她冷静,他把瑟瑟发抖的金咏梅搂在怀里安抚着,说:"你先不要着急,这里有问题。换孩子这事儿,赵老末不可能知道。虽说你小姑子和他感情很好,但这个可不是能够随意拿出来说的事儿。"

金咏梅瞪大了眼睛:"你的意思是,可能并不是赵老末的土匪干的?抓走我女儿的是知道宋家换孩子的人,他还想嫁祸给赵老末。"

刘红驹很坚定地点了点头:"对,这事儿绝对不会是赵老末做的。尽管你可以说,他并不知道王思佑的真实身份,但他不应该不知道金咏雪是你的妹妹,有宋江雪在他身边,他怎么可能会对你妹妹下手?并且还把人打死了。赵老末再凶残,有宋江雪在山上,他就不会做出这样的事。"

金咏梅仔细地想想,也觉得他分析得有道理。上次到大龙山喝满月酒那回,她就看得出来,赵老末还是很喜欢宋江雪的。宋江雪也告诉过她,他已收敛很多，基本不做大恶之事了，绑架孩子，应该不会做了。但如果真是这样，那就更可怕了，她倒宁愿是赵老末所为，这样孩子的安全才有保障啊。

刘红驹见她更是六神无主，忙安慰她说："你先别着急，咱再想想，知道宋家换了孩子的人，就是老夫人，三个儿媳妇还有花婶，我，宋东子。宋东子已经死了，老夫人、你、我自不必说，剩下的就只有李美兰、汪冰和花婶。李美兰善良胆小，做不出这样的事，更何况，她上个星期不知道为何受了重伤，正在休养。花婶呢？你想想，留根的样子像不像知道了换孩子的事儿？"

金咏梅摇了摇头："他的样子不像，他也很纳闷，他是把保安队那个传话的事儿当笑话说的。直到我们金家的管家来报丧了，他还是不明白为什么土匪将那个孩子说成是我的女儿。"

刘红驹在屋里走了两个来回，停了下来，说："那就有可能是汪冰了。汪冰和董少宾打得火热，她有可能告诉了董少宾。董少宾贪财、狠毒，没准就是他的主意。那个叫张田甲的保安队员是贼喊捉贼。"

金咏梅立即起身着急地说："那我们赶紧去找他。"

刘红驹将她轻轻地按到回座位上，说："现在还不能去找他，咱们只是猜测，并没有证据，他肯定不会承认的，把他惹急了，他要起了杀人灭口的念头，孩子就危险了。"

金咏梅急哭了，五年时间，她没有尽过一天做母亲的责任，现在女儿又出了性命攸关的大事，如果有一点点差池，她都不想活了。

刘红驹想了一会儿，说："找到孩子是最重要的，至于谁干的，那是下一步的事儿。但凭咱们宋家，人手还不够，我想去趟大龙山，找下赵老末，他那里人手多，还都是三教九流。他要是肯帮忙，比咱们在这里瞎忙更有用。"

金咏梅使劲地点了点头。

刘红驹抚摸着她的头发，轻声安慰她："咏梅，我会将你的孩子当成自己的孩子，你放心，我一定会把她找到的，让她回到你身边。"

金咏梅感到疲惫不堪，当天晚上，她就留在了刘红驹那里。她原以为自己会彻夜难眠，谁料躺在他身边竟然很快就睡着了。待她睁开眼，窗外有了一丝亮光，刘红驹早已不在身边，想必他已经出发去了大龙山。

4

天还未亮，竹林里一片静谧。

刘红驹到了大龙山山顶，土匪通报了赵老末。赵老末吃了一惊，从山脚到山顶，一路上设下许多陷阱，没人带着，就着微弱的月光，刘红驹是怎么上来的？

刘红驹看出他的疑惑，解释道："去年孩子满月，我虽被蒙了眼睛，但我一直在心里默默地记着走过的路，所以，我这次就是闭着眼睛，把上次的路重走了一遍而已。"

赵老末的眉头皱了起来："有这本事的可不是一般人，你究竟是什么人？"

刘红驹笑了，问他："你说呢？"

赵老末心里清楚，他不可能告诉自己的。管他是什么人，只要不惹他，和自己也没什么关系。他就换了话题问他："一大早就到这里了，想必半夜就出发了，你有急事？"

"金咏梅妹妹被人打死了，孩子被人绑架了。"

"不是我干的，"赵老末条件反射地摆手澄清，"我可不会再打宋家任何主意了，小雪知道了，还不扒了我的皮？"

刘红驹见他急不可耐地洗清自己，忍不住笑了起来："人说一物降一物，想不到大名鼎鼎的土匪赵老末，竟然也如此惧内，见识了。"

两人正说着话，后面的屋子里传来孩子的哭声。赵老末皱了下眉头，说道："大清早的，小雪要睡不好了。"

不一会儿，一个中年妇人将一个白胖的孩子抱了过来，赵老末接过去，很熟练地抱在怀里，轻轻地拍着孩子的背，几分钟后，这孩子又趴在他宽阔的肩膀上昏昏欲睡。

刘红驹很奇怪地看他："你带孩子很熟练嘛。"

"还不错，只要我在山上，我都自己带。"赵老末将自己的一件外裳轻轻地搭在孩子身上，抬头问刘红驹，"你上山就为这事儿？你以为是我干的？"

"报信的人说是你干的。"

"你信？"

"我不信。"

"那你来我这儿是要我帮忙？"赵老末眯着眼睛看他，"你心里已经有数了，就是不知道孩子在哪里，怕伤了孩子？"

刘红驹点点头，斟酌着说："你这方面比我有经验，咱就直说吧，你们肯定绑过孩子，要把绑来的孩子放在哪里，如何照顾，肯定有一套。有你们的帮忙，我相信很快就能把孩子找出来了。你可是宋家的姑爷，帮与不帮，你可要想好了。"

"帮，怎么会不帮？"

宋江雪披了件长衫走了出来，朝着赵老末细声说道，"这么长时间不见你过来，我就想可能有事，所以就想来把孩子抱走，结果都听见了。事到如今，我也不瞒你们那个了，那个孩子不是大嫂妹妹的，是她自己的，也是我哥的遗腹子，是我们宋家的骨肉，我家老末怎么会不帮呢？"赵老末愣了愣，满眼疑问。宋江雪就简单地把换孩子的事情说了。

赵老末嘴角一咧，说："原来是这么回事，咱俩要是早在一起了，哪里还有这么麻烦？我带人下山，把那个宋柏生、宋文彬杀了不就一了百了了？"

宋江雪亲昵地瞪他一眼："你呀，就是一个土匪，整天就知道杀杀杀，看看人家刘镇长，你以后也多动动脑子。别扯那么多了，你倒是说说，帮，还是不帮？"

赵老末忙一个劲地点头："帮，帮，一定帮。"

这个事情办妥了，刘红驹就回去了。他是木扎镇的镇长，日本人万一有事儿找不到他，再无端怀疑他，那就不好了。

赵老末当天就忙起来了，他亲自带队，除了留下少数人，土匪全都下了山，他们或扮成货郎，或扮成卖麦芽糖的，或扮成收山货的，或扮成流浪汉，以白水县县城为中心走街串巷。有个卖麦芽糖的土匪来到了距县城二十多里一个叫牛马村的村庄，一个中年妇女来买麦芽糖，旁边有人奇怪地问她："张家嫂子啊，你家不是没孩子嘛，怎么这两天总有孩子哭，现在你又来买糖？"

张家嫂子眼神有些慌乱："我们家一个亲戚出远门了，暂时把孩子搁我这两天，不太好带，总是哭，多给她买点糖，明天就带走啦，不再闹腾了。"

这个土匪赶紧把信儿传给坐镇县城指挥的赵老末，赵老末听说后，就扮成乞丐，衣衫褴褛地来到牛马村挨家挨户乞讨。他到了张家，看到有个大约四五岁的女孩满脸泪痕地啃咬着麦芽糖，一个女人用一块毛巾给她擦汗。

赵老末心里有数了，他决定先回山再做打算。

回到大龙山，见到宋江雪，赵老末得意扬扬地邀功："我已经查到孩子下落了。"

宋江雪有点奇怪："那你怎么没把孩子救回来？"

赵老末神秘地笑了笑，说："这事儿不急，明天有人要来带走孩子，我就在那儿等着，我要看看，究竟是谁吃了豹子胆，敢与我亲家的人过不去，还要嫁祸大龙山。"

第二天凌晨，赵老末带上四个土匪再次下山，来到张家，一柱迷香迷倒所有人，他们进了屋子，关上门，倒了点茶品了起来，优哉游哉地等人过来。天还没亮，有人敲门，赵老末在暗处看了下，屋外只有一个人。他示意一个土匪开门，其他人躲在门后两侧。门开了，张田甲刚进来，土匪们便一拥而上，将他按倒在地。

赵老末点了灯，用脚踢了踢张田甲的脸，一脸杀气地说："你知道我是谁吗？"

张甲田惶恐地看了看他，摇了摇头。

赵老末说："我是大龙山的赵老末。我告诉你，你们惹上大麻烦了，居然敢把这事儿栽赃在我们大龙山的头上。你说吧，是谁在打我们大龙山的主意？"

张田甲心中惊慌，但如果供出董少宾，以董少宾的心狠手辣，他也别想活命了，就很有骨气地把头扭向一边，不理赵老末。

赵老末道："反正你都得死，你说了，你一人死；你不说，这屋子里七口人全得陪着你死。"

张田甲慌了，他知道这些土匪是啥事儿都干得出来，这还真不是威胁他的。他脸色苍白，脸上的汗珠不停地滚落着。他颤抖着问赵老末："你说话算话吗？如果我说了，你就放过其他人？"

赵老末点点头："我赵老末虽然只是一个土匪，但说出来的话砸地一个坑，我若说话不算数，天打五雷轰。这你还不信吗？"

张甲田深深地吸了口气，灰着脸说："是我们保安队长让做的。"

赵老末吃了一惊："保安队？董少宾？"

张田甲默认。

赵老末将孩子抱在怀里，转身走了出去。后面的土匪捂死了张田甲后，很快就跟了过来。赵老末回头叮嘱道："别告诉你们嫂子又杀人了。要想后面无忧，就得前面做得利落，她一个女人家未必能懂这些道理。"

几个土匪点头如捣蒜："那是那是，我们今天一个人都没杀。"

赵老末把王思佑带回山上，她看到宋江雪，竟也不胆怯，主动伸手要她抱，惹得宋江雪母爱泛滥，一手一个孩子，逗一会儿这个，亲一会儿那个，一脸笑意。两个孩子特别投缘，很快就玩在一起。宋江雪看着高兴，就想把王思佑留在山上多待一段时间，赵老末只得派人前去木扎给金咏梅传话。

宋江雪赶紧叫住赵老末："只用给我大嫂说，思佑找到了，先在大龙山陪雪末一段时间，让她放心，千万不要告诉她这事儿是董少宾指使的。"

赵老末有点纳闷："为啥不能告诉她？至少也要让她防着点吧。"

宋江雪说："董少宾绑架这孩子，也就是想去宋家讹些钱，我担心这事儿还牵连到二嫂了。宋家的事儿已经够多了。大嫂他们如果知道是董少宾指使的，去找他的话，董少宾有人有枪，要是狗急跳墙，宋家哪里是他的对手？就是有刘红驹，怕也是不行。他们即使不去找董少宾，但言行上也可能会流露出来，让董少宾警觉了。这事儿得先放一放，找准机会一击而中，让董少宾毫无还手之力才行。我们宋家经不起折腾了。"

赵老末点了点头，说："我听你的，你把这事交给我，逮个机会，我亲自找他算账。"

金咏梅听了前来传话的土匪说的，松了口气儿。她问，到底是谁干的？那个土匪就按赵老末吩咐的，说是张田甲干的，已经把他弄死了。送走报信的土匪，金咏梅赶紧又带着奶妈贾雪荣回了一趟娘家，父亲再次白发人送黑发人，心思剧痛，健康状况十分堪忧。这二女儿金咏雪的孩子王思佑也只能交付金咏梅抚养了，一切都由她做主。细细想想，她也因祸得福，金家只剩下她一个继承人,未来金家所有的财产将由她继承。宋家庞大家业自然也是儿子的。从金家回来的路上,贾雪荣感慨万千,虽说金家不幸,但自家小姐总算是守得云开见月明了。

汪冰回到家里,听说赵老末救出了孩子,大吃一惊。董少宾让张田甲把孩子转移个地方,谁料他竟然被杀,孩子也不知所踪。这么看来,土匪杀了张田甲,带走了孩子。谁能想到,宋家竟然去求了赵老末帮忙。也怪自己大意,根本就没想到这一层。那赵老末知不知道,绑架孩子的就是董少宾呢?汪冰赶紧问道:"到底是什么人干的?太丧心病狂了。"

金咏梅告诉他,就是保安队的张田甲干的,他还想嫁祸赵老末的土匪呢,结果给自己招来了杀身之祸。

汪冰心里还是有些慌,找个借口赶紧从家里出来,找到董少宾,将自己的担忧说了。董少宾沉默了一阵,说:"金咏梅他们知道咱俩的关系,既然这事儿她们也没瞒你,说明她们还不知道。很可能张甲田知道自己终是一死,就咬定是自己干的。"

汪冰慌慌地点了点头,忧心忡忡地说:"但愿如此吧,看这事弄的,羊肉没吃了,倒惹了一身臊,这钱不仅拿不到,还后患无穷啊……"

董少宾安慰她说:"你也不用太担心,要除后患也不是没有办法,赵老末迟早会送金咏梅的孩子下山回宋家,你这段时间多回家看看,一旦发现他送孩子回来,立即通知我,我去捉拿他。正好日本人也想除掉他,我一举两得,既除了后患,又立了大功。"

汪冰一时没了主意,只得点了点头。

贾雪荣处处想着自家大小姐,她见汪冰这几日天天回宋家颇为反常,不由心生警惕,对金咏梅道:"大小姐,你不觉得二少奶奶这些日子有点古怪?"

金咏梅正低头给王思佑缝制一件粉色小褂,想到她穿上后可爱的模样,心里满是柔情,对奶妈的话便有些不以为意:"有什么古怪的?这里本来就是她的家。"

贾雪荣的腰疼病又犯了,躺在床上,形容枯槁。她喃喃地说:"可是她每次回来,就找各种借口到你屋里来。她与你一直不和,现在不是问你身体,就是问孩子何时回家，这可不像是她的做派，你还是提防些好。"

金咏梅想想，觉得汪冰的举动确实有些古怪。她移到床边坐下，拉过奶妈枯柴一样的手轻轻抚摸着，说："奶妈，我最喜欢你说这些提醒我的话，你要快点好起来，我以后还要你时时刻刻陪着我，提醒我。"

贾雪荣笑了："大小姐，现在啥都好了，老爷家的都是你的，宋家也是你的。美中不足的就是那天婚礼天意弄人，但我看得出来，刘镇长是真心对你。我这身子骨坏了，怕是支撑不了几天，你以后啊，万事都要多思量思量，多听听他的话。"

金咏梅脱了鞋子，躺到她身边，将她搂在怀里，说："你比我亲娘对我还好，我亲娘只疼那个狼心狗肺的哥哥，只有你一直护着我，要不是你，我现在……"她拭去眼角的泪水，继续说道，"就是你这病，也是因为我才落下来的，你这一辈子都是为了我活着，你也放心，我会像对待自己的亲娘一样给你养老送终……"

贾雪荣拍了拍她的手，轻轻地摇摇头，有气无力地说："都不说了，孩子过几天就能回来了，你好好带他们，好好地和刘镇长过日子，我也就放心了。"

金咏梅点点头，又挨近了她些，闭上了眼睛，想着很快就能和亲生骨肉团聚，心情舒畅，很快就睡着了。贾雪荣将被子给她搭上，也很快进入了梦乡。

金咏梅还是想念自己的孩子，没过几天，她托人给大龙山捎信，想让他们把王思佑送回来。

赵老末准备让丁火将孩子护送回木扎镇，宋江雪期期艾艾地说："我也想回去，我都两年多没见着我妈了，我听说她身体一直不好，我想把赵雪末也带回去让她老人家看看，你说行不行？"

赵老末看她盯着自己的眼睛扑闪扑闪地，像一只小鹿一样灵动，心里不由就酥了，头就不受控制地往下点了起来。宋江雪得意地扑倒在他怀里，娇笑道："我就知道你会答应我的。"

赵老末叹了口气："我算是栽到你手上了。你一个人回去我不放心，让丁火护着我也不放心，干脆，我也去一趟，见见丈母娘？丑媳妇要见公婆，坏女婿也要见丈母娘嘛。"

"那我妈要是骂你怎么办？"

赵老末觍着脸道："骂我？打我都成！到底是我抢了她宝贝女儿，只要能让她老人家出气，怎么都成。但是，防人之心不可无，我要好好计划一下，有备才能无患嘛。"

"我嫂子一定盼着孩子早点回去呢，要不，先让丁火给她报个信，让她能安心？"

"好，听我媳妇的。"赵老末心里觉得这样有点不妥，自己毕竟是土匪，还打过日本人，要是消息走漏了，会给别有用心之人可乘之机，但宋江雪是他的心头肉，只要她说了，他就一定会去办，大不了后面计划得再周全些。

5

金咏梅得了消息，高兴得不行，精神抖擞地叮嘱花婶到街上买鱼买肉，准备好好迎接赵老末一家。

汪冰一回到家，就看到金咏梅神采奕奕，心里一动。她见金咏梅进了内院，便去了厨房，看到准备了丰盛菜肴，便问花婶："呦，今天有事儿？准备这么多？"

花婶见她难得和颜悦色地说话，赶紧答道："大少奶奶吩咐的，说中午要来客人，不知道是什么客人，看把大少奶奶高兴得。"

汪冰看了看日头，似有些困惑地说："早着呢，这会儿就准备了？"

花婶道："我听大少奶奶说，一会儿就到了，怕他们饿，也不拘时间了，先烧着，饿了就能吃上。"

汪冰压住内心的激动，点点头说："这些天你们大少奶奶难得这么高兴，你们用心些。"说完，出了厨房，漫不经心地离开宋家。看看出了宋家院子，就一路小跑着去找董少宾。董少宾一听，断定来客是赵老末。他来到保安队，耐心地等到快晌午了，估摸着赵老末他们已经到了宋家，便带领二十多名保安队员往宋家赶去。

董少宾时间还是算早了点。乔装打扮过的赵老末、宋江雪带着两个孩子坐着马车，到了半路，马车的一个轮子坏了，又收拾了半天，一直快到晌午了才赶到木扎镇。刚进了镇子,就看到董少宾带着一队人马杀气腾腾地往宋家方向走去,赵老末立即明白董少宾要对自己下手,马上让车夫调转车头,离开了木扎镇。

董少宾到了宋家,一看扑了空,慌忙给自己找个理由,说是听保安队员汇报,有可疑的人在宋家周围转悠,怕对宋家不利,所以赶紧过来看看。

送走保安队,金咏梅出了一身冷汗,赶紧盘问花婶,买菜时遇到什么人了?给他们说了什么话?花婶也不知道哪里出了差错,说不出个所以然来。金咏梅只得自认倒霉,也许是花婶在买菜时让董少宾的人看到了,起了疑心吧。好在赵老末一直没来,怕是也得到了风声。谢天谢地,没出什么大的乱子。

井上一夫直到第二天才知道赵老末进了木扎镇还能全身而退,不由大发雷霆,把隐瞒消息想独自立功的董少宾狠狠地训斥了一顿。董少宾灰头土脸,左右不是人。宋江雪回到大龙山就闷闷不乐。赵老末知道她思家心切,安慰道:"这回回不了家,下次回,我一定再寻时机。"

宋江雪抬头看她,咬牙切齿道:"我要杀了董少宾!我爹我哥他们出事的前一天,他出现在宋家,要拿走宋家百亩良田。宋家为此在祠堂开会,要给兄弟分家。就因为这个事儿,商量着改变了迎亲路线。第二天,就在迎亲路上出了事。有时我想,如果董少宾那天没出现,宋家没有在祠堂开会,迎亲路线这个话头就不会被提起,我爹和我四个哥哥就不会死,宋家的女人就不会遭这么多的罪。你说,我怎能放过他!"

只要提到宋家灭门惨案这个事儿,赵老末就心惊肉跳。他沉默了好一会儿,说:"董少宾虽然可恶,但也不是非杀不可。如今他有把柄在我手上,我可以让他为大龙山做事。杀了他有点可惜。"

宋江雪摇了摇头:"我不懂你们男人的心思,董少宾一直欺负宋家女人,之前让你绑架祖佑,之后还绑架了王思佑,这回还打你的主意。打你的主意,就是打我和孩子的主意。赵老末,你要是出事了,我还能活下去吗?在这个乱世里,你的孩子还能无忧无虑地长大吗?你不是有仇必报吗?你能冒着我和赵雪末被他伤害的风险让他为你做事?"

赵老末此时有点恍惚,宋江雪的话嗡嗡地响在耳边,像一颗颗炸弹,轰得他眼前一片烟尘,烟尘里,五年前射杀宋家男人的场面历历在目,求饶声,哀号声、惊恐的鸟鸣声、迸溅的鲜血、横陈的尸体，还有一顶扎眼的草帽。

宋江雪见赵老末发怔，不快地嘟起嘴，瞪着眼睛道："你若不想杀他，我去，我会想出办法除掉他。"

赵老末回过神来，深深地叹口气，如果可以重来，那次他就不该起贪念，结果嫁妆没有抢到，人，能杀的都杀了。这是他头一回做的赔本买卖，就得到了一点点杀人的订金，却有可能把自己现在这个家赔进去了。

他坐到宋江雪面前的椅子上，有点难受地抬头看她："小雪，别说气我的话了，我怎会让你冒风险？杀董少宾对我来说轻而易举，对你却是登天之难。你怎么如此刚烈？你这样子让我害怕，我怕有一天，我不小心做错了事，你就会毫不犹豫地……"

宋江雪很干脆地打断了他："性质不一样。你是做过很多错事，做错事了就改，你肯改我自然会原谅你，这点道理连小雪末都知道。"

赵老末"嗯"了一声："我改，我一定改，只要你肯原谅我。"他说着，凑近她，弯下身子，把头埋在她的怀中，像个孩子。宋江雪抚摸着他一头乌发，心里有种怪异的感觉，又抓不住。她急着除掉董少宾，又急巴巴地问："那你想怎样除掉他？"

赵老末直起身子，眼睛盯着她，说："你不要着急，我自有办法。你也要做好准备，杀了董少宾，汪冰也不能留。就拿今天这事儿来说，董少宾是如何知道咱们要回去的？只能是汪冰告诉他的。甚至这次绑架的主意，也可能是汪冰出的。"

宋江雪怎么可能没意识到汪冰是此次绑架的主谋，但她不敢往下想，立即摇头，斩钉截铁地说："不，她是我嫂子，再坏也是我哥哥的媳妇，你不能杀她。哥哥不在了，她是无助寂寞了才找上董少宾，哥哥若在，她不会这样。"

赵老末叹了口气，说："小雪，你越来越善良了……好，我不杀她，我听你的，以后我都听你的。"

宋江雪紧追不舍："那你到底什么时间杀了董少宾？"

赵老末恨恨地说："我现在就派人杀了他。"

6

赵老末派丁火下山,找到刘红驹,把绑架王思佑的事情原原本本地给他讲了一遍,所有的这一切,全是董少宾干的。

刘红驹大吃一惊,金咏梅告诉他,大龙山的人找到了王思佑,说是张甲田一人所为。刘红驹最初也有点不信,但再细细想想,觉得也不是没有可能,也就信了。这个董少宾,真是头顶长疮,脚底流脓,坏透了。

丁火让他想法在晚上把董少宾单独约到宋家酒楼。刘红驹知道这是赵老末要对董少宾下手,自然答应得痛快。这个木扎的毒瘤,他若是找到机会,也早就将他除掉了。但他又觉得在宋家酒楼杀他,似乎有些不好。

丁火说,他们家老大要在那里杀他,就是为了给汪冰看看,人在做,天在看,自作孽,不可活。念她是宋家的媳妇,这次就放过她。在宋家酒楼收拾董少宾,算是给她一个警告。

刘红驹想想,也就同意了。

把丁火送走后,刘红驹把武剑找来商量这事儿。他觉得把董少宾约到酒楼,也不是难事,只是董少宾从来不单独外出,身边总是跟着两个随从。如何把这两个随从支走就难了。武剑想了想,说:"也没那么难,我请他们喝茶好了,我平时和那些保安队的人走得挺近,都熟。你和董少宾待一个包间,我和他们待另一个包间,把门都关着,事好办。"

一切都很顺利,董少宾不疑有它,高高兴兴地跟着刘红驹到了宋家酒楼。到了楼上,刘红驹对武剑说:"你招呼两个小兄弟到隔壁去,我和董队长要谈些事儿。"武剑赶紧搂着董少宾的随从到了隔壁的包间。

汪冰看着他们分别进了不同的房间,却起了疑心,盯着看了好大一会儿,看那两个随从还没有出来的意思,她就端着菜走进刘红驹和董少宾所在的包间,问道:"少宾,你的人呢?平时不总是在外面守着吗?"

董少宾皱着眉头看刘红驹,刘红驹给他斟了杯酒,笑着对汪冰说:"在隔壁呢,武剑在陪他们喝茶,我和董队长要谈些事儿。"

汪冰脸上的肌肉抽搐一下,撇着嘴带着嘲讽说道:"刘镇长,你和董队长一向不和，只是彼此还互相给个面子，但这面子还没好到单独约到酒楼吃饭吧。我今天就把话挑明了，刘镇长你也不要怪我，你把董少宾约到这里，到底想干什么？"

董少宾一听，也觉得不对劲，"唰"地站起来，掏出手枪对准刘红驹："你说，你到底想干什么？"

刘红驹双手一摊，说："董队长，你紧张什么呢？宋家二太太，你也太多心了，但你有一点说得对，我和董队长确实不和，所以我只是想和董队长叙叙，我们俩以后别对着干了，都是自己人，干到最后两败俱伤，叫小日本看笑话。"

董少宾看看汪冰，她紧紧地绷着脸，脸上一层寒霜。她显然并不相信他的话。他赶紧又扭头看着刘红驹，手里的枪仍旧对着他。刘红驹皱着眉头盯着他看，心里却暗暗叫苦，这些土匪，动作怎么这么慢？

正在这时，门突然被人从外面一脚踹开，董少宾一个激灵，调转枪口对准门口，刘红驹动作更快，右手蛇一样地顺着他胳膊游了上去，转瞬便卸掉了他的枪，然后一个手刀劈到他后颈上，董少宾眼一翻，昏了过去。

这进来的正是大龙山的土匪，有四个人，其中一人拿了条大麻袋。他们也没想到刘红驹如此利落地就解决掉了董少宾，赶紧冲他点头表示感谢。土匪上前将不省人事的董少宾装进麻袋里。临走时，又看了眼呆立一边的汪冰，说："把她也带走。"

刘红驹皱了下眉头说："她也要带走？你们老大可没说过。"

四个土匪看看他，又互相看了看，说："那她就留给你了，你知道不能透出风声，该怎么做，你心里应该有数。"

刘红驹点点头："你们放心。"

土匪刚走，汪冰就向门口冲去，刘红驹伸手拉住她。她张嘴就要大叫，他忙捂住她嘴，低声喝道："你叫一声试试看，叫一声你就必死无疑，就是土匪不动手，我也要动手。"

汪冰吓得闭了嘴，小声地哭起来，她问："他们会拿他怎么样？"

刘红驹叹了口气，说："他得罪了赵老末，他是活不了了。"

汪冰抱头顺着墙蹲了下来，痛苦万分地说："都是我，都是我，是我害了他。我想离开这儿，就撺掇他绑架金咏梅的孩子弄笔钱，还嫁祸给了土匪，是我该死，是我该死，"她突然跪倒在地，抱住刘红驹的大腿，哭道，"我求你，我求你救他，只要他不死，我就带他离开木扎，哪怕他残了，成了废人，我也带他走，我只是想和他过上普通的日子啊，我这也有错吗？"

刘红驹把她拉了起来，按着坐在椅子上，说："你有这个想法没错，但你找错人了。董少宾作恶太多，很多人都想他死，他开设地下赌场，木扎多少人家因此家破人亡？他带人抓了乔洪涛，害他惨死在日本人手里，共产党会放过他？他让大龙山土匪绑架宋祖佑，又绑架了王思佑，还栽赃赵老末，赵老末是他能栽赃的？前几天竟然异想天开，想抓赵老末送给日本人邀功，你认为大龙山土匪能放他？他们不是不想杀你，而是因为宋江雪不让他们杀，你毕竟是她二嫂。你能活着，应该感到万幸。"

汪冰苍白着脸，绝望地摇了摇头，说："没有他，我活着还有什么意思？我知道他是一个坏人，但他对我好，除了他，你们谁拿正眼看过我？你们谁又像他那样关心过我？"

刘红驹叹了口气，说："事已至此，你能做的，就是尽快忘掉他，以后的日子还长着呢，你其实也不坏，只是爱错了人……"

汪冰心里更难过了，她本来爱的并不是董少宾，而是他刘红驹，但造化弄人，刘红驹喜欢的却是大嫂，自己赌气找了董少宾，一错再错。她知道救董少宾无望，默默地流了好一会儿的泪，想想他对自己的好，还是心疼，喃喃地问："他们会怎样弄死他，他会痛苦吗？"

刘红驹摇摇头，想了会儿说："我想，他们会让他安静地上路吧。"

其实他知道，他们不会让董少宾好好死掉的。

董少宾被土匪带到大龙山竹林深处时，天空中已经有了点点星光。赵老末和宋江雪早已等在那里，他们的脚边是一个挖好的大坑，散发着泥土的清香。

董少宾慢慢醒来，发现自己被反绑着躺在潮湿的黄土坑里，一锹一锹的黄土朝他劈头盖脸地掀过来，赵老末和宋江雪面无表情地站在坑边上看着他。转动了下眼珠，看到了夜空里隐隐的星光和一轮皎洁的明月，想到了汪冰，一行泪水不禁缓缓地流了出来……

7

　　武剑接管了董少宾的保安队。

　　这天，闲来无事，刘红驹信步到了保安队，武剑忙把他迎进屋里。刘红驹坐下来，问他："保安队的人怎么样，还听你的话吗？"

　　武剑说："没事，他们个个听我的，我对他们也很好。"

　　刘红驹点了点头，说："那就好，但你也不能放松，一是要把保安队整顿好，从前那种偷鸡摸狗的事情不能再有了；二是要抓紧训练，把他们当作正规军来训练，将来会用得上的。"

　　武剑也严肃起来："师傅你放心，我现在天天做的就是这两件事儿。"

　　刘红驹呷了一口茶，像是突然想起了什么，问他："那天晚上土匪踹门的声音那么大，你就在隔壁，那两人怎么没有动静？"

　　武剑笑道："他们巴不得董少宾出事，他在保安队就是皇帝，还是个凶残无道的皇帝，他们早想造反了。那声音响起的时候，我看他们，他们好像没听见似的。"

　　刘红驹看了看他，好像不经意地说："我听说，你经常去看汪冰。"。

　　武剑的脸红了，他支吾着说："她因为董少宾的事很伤心，我就去多陪陪她。她一个女人家，也不容易。"

　　刘红驹点点头，说："你现在做的其实就是收拾董少宾留下的烂摊子……从前的事儿过去就过去了，她确实也不容易。你要真喜欢她，就好好地待她，她人不坏，跟着坏人，也许她也就成了坏人，但跟了好人，也就成了一个好人，就看这个人是谁了。"

　　武剑的脸更红了，说："我就是觉得她不容易……可我不知道她对我怎么样。"

　　刘红驹笑道："你呀，心急吃不了热豆腐，女人的心是水做的，你要耐着性子，小火熬着，会熬热的。"

　　武剑困惑地问："怎么熬？"

　　刘红驹问他："你现在与她怎么相处？"

"我每天都去酒楼给她撑着场子,不让她给别人欺负了,只要她回头,我一定就在她视线里。她现在就住在酒楼,晚上我都是等她落了锁才离开。"

"做得很好。这都俩月了,怎么样,她对你的态度有变化吗?"

"刚开始爱理不理,现在和我说话了。"

"好事啊,这就是我说的用火熬着。你看,她这水快熬热了吧。"

"我答应她将来有机会,就带她去大龙山拜祭董少宾。"

刘红驹静默了一下,有点恨铁不成钢地说:"这火,你就慢慢熬吧。"

活死人

1

转眼到了1945年，夏天还没过完，一个惊天的消息传到了木扎镇，日本人投降了。各地的日本兵都向附近的中国军队投降。但是，驻扎在木扎的井上一夫和松本正清拒绝向董明霞的游击队投降，说是等待上级的命令。董明霞决定攻打木扎镇。山货铺的钱掌柜告诉刘红驹，就这几天，董明霞将派联络人来找刘红驹商谈一些事情。

刘红驹怎么也没有想到，这个联络人竟然是致和丝绸庄掌柜朱子青。看着刘红驹疑惑的表情，朱子青淡然地说：“我本来准备回重庆，结果，宋学礼的假情报让忠义救国军全军覆没，连王司令都阵亡了。假情报是从我这里出去的，我没脸回去，就留下来准备寻找机会替兄弟们报仇。再说，我也怕回去了，军统不再信任我，索性就投奔了共产党。反正都是中国人，都是为了打小日本。”

刘红驹大吃一惊，问他：“那些假情报是宋学礼给你的？那他知道不知道那是日军设的陷阱？”

朱子青悲痛地点了点头，说：“宋学礼很清楚那是假情报，他实际上已经成为日本人的帮凶。这次抓到他，我绝对不会放过他。”

刘红驹痛苦地皱着眉头，艰难地说："如果宋学礼确实知道那是假情报，那他是罪有应得，是个不折不扣的汉奸……"

朱子青说："刘镇长，你先把宋学礼放到一边，为你自己着想吧。在乡亲眼里，你可能比宋学礼更像是汉奸。你是南京政府任命的，表面上也是为日本人干事的，现在小日本已经投降了，南京政府也垮台了，你也要为自己的后路着想。我劝你抓紧时间立个功，也好洗白自己。这次正好是个机会，董队长的意思，希望你能带领保安队反水，和游击队里应外合，消灭驻在木扎的日本军队。"

刘红驹微笑道："我是不是汉奸，我自己清楚，你也清楚。我在木扎，没有为日本人伤害过一个中国人，即便是情势所迫，我也尽可能帮助中国人。董队长的计划，我自然愿意配合，这倒不是为了洗白自己，我只是作为一个中国人为打鬼子尽自己微薄之力。还有，我要说明的是，消灭日本人后，保安队还是保安队，不会和共产党搅和在一起。"

朱子青目光复杂地看了他一眼，说："好，我会把你的意思转告给董队长的。"

保安队的工作并不难做。都是血气方刚的小伙子，平时总被日本人像狗一样使唤，都窝了一肚子火，却又敢怒不敢言，现在有机会了，自然愿意出口恶气，好歹也洗刷掉身上背负的日本人狗腿子的憋屈。所以，当董明霞指挥游击队向驻在木扎的日军发动攻击时，保安队在刘红驹、武剑的带领下临阵反戈，突袭了日军军营，接着炸了日军的弹药库。刘红驹和武剑指挥保安队员用缴获日军的迫击炮、掷弹筒向日军阵地轰击。看着把日军轰击得并不多了，保安队发起冲锋，董明霞趁机带着游击队从正面攻击，日军被左右夹击，狼狈不堪，最后除少数逃跑，大部分被歼。

战斗打响后，刘红驹就很注意井上一夫，但一直到战斗结束，他都没能找到他，死的活的都不见影子。他想，最危险的地方最安全，井上一夫或许根本就没离开日军军营。他回到日军军营，井上一夫果然坐在办公室里，穿着整齐的军装，挂着指挥刀，端端正正地坐在那里。

刘红驹拉过一张椅子，在他对面坐下，微笑着说："井上君，你怎么也不会想到还有这么一天吧？"

井上一夫斜了他一眼，冷冷地说："我们战败了，但你也别得意得太早，这不是结束，真正的悲剧刚刚开始，国共两党很快就会撕破脸皮大打出手，你们中国人就杀中国人吧。"

刘红驹冷笑道："那只是你一厢情愿的想法，我们自然会找到解决办法，可惜，你是看不到了。"

井上一夫说："你要杀了我吗？"

刘红驹庄重地点了点，说："对，我要杀了你，你手上沾满中国人的鲜血，特别是救国军几百名兄弟，他们也是死在了你手上。你想这么轻易回去，怕是没那么容易。"

井上一夫傲慢地说："你想杀我怕是没那么容易，我们这是投降，你们必须得按国际法善待我们……"

刘红驹打断了他："你什么时间投降了？你是被游击队打败的。再说了，现在只有咱们两个，我把你打死了，然后说你是自杀的，没人会不信的。"

井上一夫紧紧地皱着眉头，眯着眼睛打量着他，问他："你到底是什么人？"

刘红驹道："我是一个堂堂正正的中国人。"

井上一夫摇了摇头，说："我早就应该想到你是共产党了，松本阁下曾说你是共产党，我还不信。"

刘红驹微笑着看着他，表面平静，内心里却是翻江倒海，刚才井上一夫说的国共两党将撕破脸皮大打出手，也不是没有可能，就一个小小的木扎来说，这几年里，有共产党，有忠义救国军，有重庆的军统，还有南京的汪伪政权，各种势力混在一起，各自为战，那时有日本人这个共同的敌人，现在日本人投降了，这些势力又该如何相处呢？

井上一夫还以为他默认是共产党了，冷笑一声，说："你虽然是共产党的人，可惜还是站错了队，最后胜利的必定是国民党。"

刘红驹站起来，哈哈大笑起来，说："我如果说我是国民党的呢？"

井上一夫一愣，迟疑着摇了摇头，说："不可能，你怎么可能会是国民党的人呢？"

刘红驹举起枪，对准他的胸口，淡淡地说："你这人好奇心真大，我是共产党的人也罢,是国民党的人也罢,我现在却是作为一个普通的中国人向你讨还血债……"

他扣动扳机,枪响过后,井上一夫重重地摔倒在地,双腿猛地一蹬,再也不动了。

松本正清是被董明霞击毙的。游击队与日军肉搏时,松本正清眼看队伍不支,转身溜回,从军马棚里牵出一匹马,急急地向木扎镇外逃去。董明霞看到后,忙冲向军马棚,骑上马紧紧追赶。松本正清发现董明霞追来,惊恐万分,不时地回头向董明霞射击,但他的枪法哪里比得上董明霞?几声枪响之后,他从马背上重重摔下,待董明霞赶上去,他早已经气绝身亡。

小林真雄跑掉了。他本来在军营里救治伤员,保安队反水杀进来后,见到日本兵就杀。别的日本兵拿的是枪,只有小林真雄手里拿的是手术刀,身上还穿着白大褂。那些保安队员也都认识他,平常也几乎没见他带过枪,印象中他根本就不像一个日本兵,所以也就放过了他。他赶紧跑回卧室,换上一身老百姓的衣服,偷偷地骑上一匹军马,逃离了木扎镇。

出了木扎镇,小林真雄却犯了愁,自己能到哪里去呢?到处是中国人,他的中国话虽然说得流利,但要是稍一用心,还是能听出他的日本人腔调。那些中国人可不是熟悉他的保安队员,他们绝对会把他杀掉的。他犹豫了一下,决定先去大龙山投奔土匪赵老末。既然宋江雪放过他,那这次也不会杀了他,等形势明朗下来,再去找日军大部队。

小林真雄到了大龙山,正如他所料,宋江雪念及李美兰对他的情义,又想着他不过是个军医,手上并没有沾染中国人的鲜血,况且还为土匪们医治过,再加上大龙山也没个像样的医生,也就为他说了话,赵老末便答应将他收留。

没有跑掉的是宋学礼。

2

游击队强攻木扎镇的战斗一打响,汉奸翻译宋学礼就躲了起来。他在日军军营的水井里呆到了半夜,听听没什么动静了,这才偷偷地爬上来,顺着墙根溜回了家里。家里没有掌灯,和屋外一样黑,他颤抖着拉开灯,只见满头白发的父亲和一脸褶子的母亲垂着脑袋在黑暗中相对而坐，默默流泪。宋学礼扑通一声跪倒在他们身边，颤抖着声音低低叫道："爹，娘，日本人被打败了，你们救救我，你们千万要救救我……"

宋文彬猛地一惊，愣愣地看着他，喃喃地说："你怎么还敢回家？"

宋学礼哽咽着说："我不回来我能到哪里？我不能再连累了美兰……"

母亲慌忙伸手掩住他的嘴巴，带着哭腔低低地说："你不要说话，被人发现可不得了……"

他们已经为他担心了一整天。战斗结束后，游击队的人、保安队的人分别来了好几拨，让他们交出宋学礼。他们亦惊亦喜。惊的是儿子已经被人当汉奸盯上了，喜的是，他们还在找宋学礼，那就意味着他还活着。

他们接着又陷进更大的惶恐之中，就说他可能还活着，可又能活几天呢？即便万幸能多活几天，怕也是生不如死。木扎所有人都知道他是汉奸，共产党不会放过他，国民党也不会放过他，木扎的百姓更不可能放他一马，一人一口唾沫都能淹死他。他不过二十多岁，因为帮着日本人翻译中国话就要送命吗？

宋文彬颤抖着手摸了摸儿子的脸，说："学礼，你不能活，你必须得死，现在就得死，你现在不死，将来还是死，会死得更惨。"

李月华瞪大眼睛看着丈夫："你疯了？他是你儿子！就因为阻止你夺人家家业，就是因为娶了个寡妇，你就想让他死？"

宋文彬没理会妻子的责骂，沉声对宋学礼说："你不死，太多人不罢休，我听说忠义救国军全军覆没，就是因为你送了假情报，是不是？"

宋学礼呜呜地哭道："我也是被日本人逼的，我不送那个假情报，我们全家就得死。我怎么会知道那份假情报会带来那么严重的后果？"

宋文彬叹了口气，说："我虽然不了解什么政治，但我也知道，游击队是共产党的，救国军是国民党的，眼下，他们都要你的命啊，你去当土匪吧，土匪现在也成了宋家的亲家，还是不待见你。只要你一天不死，他们就会找你一天。儿子啊，现在想起来，什么都没意思，只有活着才是最重要的。所以，你只能当个活死人。"

宋学礼看着他爹，迟疑地说："爹，你想让我装死？"

宋文彬点点头:"游击队的人走了以后我就在琢磨,万一你回来了该怎么办。我已经想好了,你躲起来,我和你娘给你弄个坟墓,对外就说找到了你尸体,把你埋了。"

宋学礼说:"我能躲到哪里?"

宋文彬叹口气,说:"宋家有个小阁楼,荒废了许久,还是我和你大伯小时候躲猫猫的地方。没人知道,宋家大厅上的屋顶与旁人家不同,无论从外面看,还是从里面看都是坡形,但中间有个夹层,阁楼就在里面。你大伯当家后,在原来的屋顶上又加了一层,正好包住阁楼。要想进去,从后面上屋顶,掀开几块瓦片就成。建这房子时,宋钱氏还没进门,她都不知道。我大哥那时的意思是,北洋军阀天天打仗,如果打到木扎来,全家就可以躲到夹层的阁楼里。我马上就带你躲到那里。我会去找你媳妇,让她照顾你。"

宋学礼听说有这样的阁楼,有点吃惊,同时也觉得很幸运,躲到那里无疑最安全,这是目前唯一能想到的法子了。一切安排妥当,宋文彬就放出风来,说宋学礼的尸体被找到了,他把他背回了家里。他找了几个邻居前来帮忙,几个邻居到了宋家,看到堂屋里放着一具棺材,宋学礼的尸体就躺在棺材里,脸上按照当地风俗用一张白纸盖着,手上拿着一枚铜钱。宋文彬、李月华老年丧子,自是悲痛,哭得天昏地暗。几个邻居也不胜唏嘘。宋文彬本来是族长,按说这葬礼应该办得隆重些,但宋文彬说,还是算了吧,他为日本人做事,名声坏了,还是赶紧把他埋了吧。当天晚上,几个帮忙的邻居回了家,宋学礼从棺材里爬出来,父子两人把棺材盖子盖上。在宋文彬的带领下,宋学礼偷偷地溜到宋家阁楼躲了起来。

第二天一大早,几个邻居赶来,抬着棺材到了山上宋家祖坟,把宋学礼埋了。整个过程冷冷清清,就像埋了一条狗一样。"这就是当汉奸的下场。"许多人咂咂嘴说道,语气里很是解恨。

等到朱子青和刘红驹得到消息,宋学礼已经被埋下了。两人又不放心,找到那几个帮忙的邻居,他们也证实,亲眼看到了宋学礼的尸体,他确实死了。两人只得作罢。

这事儿却没能瞒住宋钱氏。她是从李美兰的神色里推测出宋学礼是诈死,而且就藏在宋家。至于藏在哪里，她也百思不得其解。直到有次偷偷跟着李美兰，看她从主屋的后面进入一个偏门，爬上竹梯上了屋顶，才悟出宋学礼可能藏在屋顶上，可那里怎么能够藏人？她同样困惑不已，便一直守在竹梯下。李美兰从屋顶下来，看见婆婆，见瞒不过，才交代了宋学礼就藏在这屋顶夹层中的阁楼里。宋钱氏一听说这阁楼是丈夫当时为了防止战乱的未雨绸缪，顿时心酸，再看看媳妇惊慌、无助的样子，心里更疼，这个媳妇，是她最放心的，没有一点心机，巴心巴肺全是为宋家。再说，宋学礼本来也不是一个坏人，他当上汉奸也有自己逼迫的原因，但他不计前嫌，为了护住宋家不惜与父亲反目，当下心中不忍，便决定睁只眼闭只眼，由着李美兰偷偷摸摸地上阁楼送饭。过了几日，金咏梅也发现了，偶尔回来的汪冰也察觉出不对，但大家的想法和都宋钱氏差不多，谁也不忍伤了一向胆小慎微的李美兰，彼此心照不宣，没人问，也没人说。

汪冰仍不时地想起董少宾，虽也知道他的死是恶有恶报，但总归过不了自己这一关，他对她，还是真心的。两人要不是鬼迷心窍想起绑架孩子，得罪了赵老末，也不会落个这样的下场，说不定现在两人早就离开了木扎，也许他已经娶了她，名正言顺地在一起，就像金咏梅，就像李美兰。

她终究没有她们的福气。靠在窗户边上叹了口气，突然看到武剑身着藏青色保安队制服，器宇轩昂地跨上了酒楼的台阶。她收回目光，看看涂满粉色指甲水的十指，心里有点发酸。她和武剑的一夜情，她无情，他有意，她知道武剑对自己情根深种，每天坚持不懈地到酒楼来。木扎人都知道，汪冰攀上了保安队的新队长，甚至有人戏言保安队是汪冰的私家护卫队。武剑听闻也不恼，汪冰也就不当回事儿。可是，不当回事不等于没事儿。他一直与她谨守礼节，从未有不轨之举，连带着她自己的言行也端庄了许多，和酒客也不再调笑。

这种样子其实不错，不累，简单。人一轻松了，看人看事就不那么刁钻，说起话来也心平气和。武剑就喜欢她这样的改变，一次小酒喝高了，他壮着胆子摸着她的小手傻乎乎地笑，支离破碎地说："这样的你，我喜欢，很喜欢，我不怕火小，我有耐心，我慢慢熬。"

言不成句，但她还是听懂了，但她却不敢呼应他对自己的情义。她看得出来，他心地单纯，人又不错，可以找一个更好的人，犯不着和她在一起。他来得愈是殷勤，她对他愈冷，能躲着就躲着，躲不过了，脸上也是冷冷的，说话淡淡的。他想讨好她，可又不知道如何讨好，看着他满脸通红手足无措的样子，汪冰又觉得自己过分了。

看到武剑来了，汪冰内心苦苦挣扎了一会儿，想躲，起身站起来，走到半路，却又折回来，还是迎了上去，口气也亲热了一些："来了啊，进来喝杯茶吧。"

武剑"嗯"了一声，进了包间。

汪冰一边给他泡茶，一边说："大红袍，刚来的，你品品。"

武剑不好意思地摸摸脑袋，说："我喝茶就是灌水，不懂。"

汪冰浅浅一笑，说："水也是有不同味道的，要看喝它时是什么心情了。"

武剑端起杯子，细细地品了一下，说："好喝，满口清香。"

汪冰笑道："看起来心情还不错？"武剑见汪冰不像往日那样冷淡，心花怒放，说话也大胆了："看到你，我就心情好，在你这儿，喝什么味道都是最好的。"

汪冰见惯了别人的虚情假意拐着弯说话，反而被他直接而青涩的表达方式弄得有点不好意思，遂转了话题说："这段时间有操心的事吗？"

"日本人投降了，汉奸也都罪有应得了，现在也就没什么事了，就是整天带着保安队在镇上转悠，看看有没有漏网的汉奸。"

汪冰抿了抿红唇，想起了宋学礼，看了看武剑，最后还是把话烂在了肚子里。如果这事儿武剑知道了，抓到了宋学礼，应该算是一个大功，对他前途有帮助，可想想李美兰，她心又软了。还是算了吧。但她的心里也是沉甸甸的，躲得了一时，躲不了一世，这将来可怎么办呢？

汪冰的担忧不是没有道理。没有亲手制裁宋学礼，一直是朱子青的一块心病。活该这天出事，这天午饭的时候，镇上有家老太太突发急病，痛得满地打滚，家里人赶紧去李美兰的药铺找她，药铺的门关得紧紧的。那人就一溜小跑跑到宋家，金咏梅正带着孩子在院里玩耍，听他要找李美兰，吞吞吐吐地说，李美兰没在家，一直在药铺啊。旁边的宋祖佑却叫道："妈，我小婶在家，她早就回来了。"金咏梅的脸色大变，训斥宋祖佑道："小孩子知道什么？你小婶明明在药铺。"宋祖佑被母亲训斥,有些委屈,嘟起了嘴。王思佑觉得母亲错怪了哥哥,仰起小脸,着急地为哥哥做证:"妈,我哥没骗你,我也看到了,我小婶手里提着饭盒到后院去了……"

金咏梅着急了,厉声说道:"你俩瞎说什么?不知道就别瞎说。"

两个孩子看见金咏梅生气了,吓得小声哭了起来。来人有些尴尬,正要走时,却看到李美兰从后院出来了,忙惊喜地迎上去,把家里有人生病的事儿说了,李美兰听了,赶紧找了药箱跟他走了。

等李美兰看好了病,带着那人到药铺抓了药,那人在回来的路上却起了疑心,李美兰明明在家里,金咏梅却一再否认,这是为什么呢?再联想到游击队和保安队都在抓汉奸,就觉得可疑,会不会宋学礼并没有死,而是藏在了宋家?他越想越觉得有这个可能,就顺路拐到镇公所,报告了镇长刘红驹。

活该那天出事,朱子青正好也在那里和刘红驹闲聊。他是来劝刘红驹把保安队编入游击队,并说,上头可能会把游击队升级成野战军,将来就是正规军了,无论是对保安队集体来说,还是对个人来说,都更有前途。他不说这话还好,一说这话,刘红驹的脸色就变了,瞪着朱子青问他:"老朱,你这是什么意思?你们共产党把地方部队升级成野战军,是不是准备要和政府军打仗了?"

朱子青也不瞒他,说:"现在虽然国共在重庆谈判,但能不能谈成,谁也没数,我们不能不做好准备。这也只是我的揣测,但按我的经验,这事儿说不定还真得要靠打仗来解决。"

刘红驹想起井上一夫临死前说的话,心里就觉得别扭,他冷冷地说:"如果再打仗,那就不是打日本人了,而是中国人打中国人了,你觉得那样好吗?"

朱子青的脸色也严肃起来:"刘镇长,你也清楚,我虽然从前当过国民党,但现在是共产党的人了,有比较,才能看出谁好谁坏。国民党从头到脚都腐败透了,没指望了,民族的未来只能靠共产党了。"

刘红驹笑了笑,脸上带着嘲讽,说:"你本来是国民党的人,摇身一变成了共产党,立即就为共产党说话了,含蓄一点也好啊,你这个弯拐得有点大,我跟不上来。"

朱子青的眉头紧紧地皱了起来:"刘镇长,你这是什么意思?你自己是什么人呢？你说你是汪伪政权的人，可我们都知道你是冒牌的，你又不是军统的人，为什么处处都替国民党说话呢？"

刘红驹一愣，随即哈哈地笑起来，说："我现在不是被重庆政府又任命为镇长了嘛，我这人没别的毛病，就是干啥事入戏快。老朱啊，你是听延安共产党的，我是听重庆国民党的，他们谈出个结果了，咱们就照办。没谈出个结果之前，你我还是各为其主，咱们相安无事，我向你保证，我们保安队就是负责地方治安的，只要游击队不犯法，咱们井水不犯河水不说，你们的粮饷也由政府提供，管吃管喝。我能做的也就这些了，让我们改编到游击队去，那是万万不可能的。没日本人可打了，倒是你们游击队，可以考虑考虑改编到我们保安队来……"朱子青哭笑不得，正要告辞，那人就来了，把自己找李美兰看病的经过详细讲了一遍。两人听了，俱是一惊，细想一下，又都觉得甚有可能，宋学礼之死的消息完全是宋文彬夫妻放出来的，除了几个邻居谁也没见过他的尸体。大伙儿当时都觉得，宋学礼这样死去了也好，大脑却疏于思考。细细想来，疑点却很多。

刘红驹叫了武剑，三人赶到了宋家，一阵折腾，却没有找到宋学礼。朱子青皱着眉头想了一会儿，对刘红驹说："你们先在这里守着，我再去找那几个帮着埋人的邻居问问。"

朱子青走了，刘红驹站在宋家庭院里，看了眼目光躲闪的金咏梅，心里已经清楚，宋学礼十有八九没有死。看看金咏梅就知道了，她能对其他人伪装得很好，却因为习惯在自己面前放下伪装而暴露了真相，真相就在她那双张皇如小鹿的眼睛里，水水的，却不敢直视他。他其实并不愿意把宋学礼找出来，然后让他被冠以汉奸之名处决。从内心来讲，宋学礼也不算是坏人，只是懦弱，你救国军胁迫他做内应，手段也有些脏。宋学礼被夹在救国军与日本人之间，任何一方都能要了他的命，还有他的家人。说到底，他只是个可怜人啊。他也知道，朱子青是绝对不会放过宋学礼的。他现在虽然是共产党的人了，但救国军在他眼里，还是一支抗日队伍，你宋学礼还是一个十恶不赦的汉奸。这不但是他的意思，就连董明霞也是这么认为的。宋学礼落到游击队手里，是绝对活不了的。他现在肯定藏在宋家，要怎么做，才能保住他，同时对游击队那边也有个交代？

他心里突然一动，宋学礼如果是诈死，那么，棺材里必定没人，虽然宋文彬瞒过了那几个帮忙的邻居，但以朱子青的精明，未必能瞒过他。刘红驹看了一眼武剑，武剑以为他有什么悄悄话要对金咏梅说，忙很善解人意地走到了一边。刘红驹低低地对金咏梅说："宋学礼到底是不是真的死了，明天开棺验尸就知道了。"

金咏梅正要说什么，朱子青铁青着脸回来了，叫了刘红驹、武剑，离开了宋家。走在路上，朱子青对刘红驹说："我问过了，那棺材里很可能就没人。那些帮忙的邻居是前一天看到棺材里有人，过了一晚上，第二天去埋时，棺材盖已经盖上了，到底有没有人，谁也不知道。现在只有一个办法，开棺验尸。"

刘红驹吓了一跳，说："这可是个大事，宋文彬绝对不会同意的。"

朱子青说："他要是不同意，更说明心里有鬼。"

刘红驹说："这也不一定，入土为安。再把人扒出来，这事儿放在谁家，谁家也不会同意的。宋家在木扎镇是个大家族，宋文彬又是族长，如果出事儿就是大事。我作为镇长，我要为木扎镇负责，我不同意。"

朱子青说："宋学礼是汉奸，你如果包庇他，那你就是同谋，别忘了，你也曾是汪伪政权的人，至少表面上是的。"

刘红驹笑了，说："你别给我戴这么多大帽子，我也不是吓大的。你如果执意要开棺验尸，那请你们董队长来给我讲，现在还是国共合作，该有的程序也一定得有，我们不能说开棺就开棺。这不是儿戏。"

朱子青想了想，觉得刘红驹说的也不无道理，就说："董队长去县里开会了，明天才能回来。"

刘红驹说："那就明天再说吧。"

朱子青说："如果走漏风声怎么办？"

刘红驹奇怪地说："就咱们三个人，怎么会走漏风声？"

朱子青看了看武剑，又看了看刘红驹，说："我还是把话说开吧，我就是不放心你们两个，你和金咏梅算是两口子了，武剑嘛，喜欢汪冰，这谁都知道。你们和宋家的关系太近了，从现在开始，咱们三个就在一起，省得万一出了差错，你怀疑我，我怀疑你，伤了和气。"

刘红驹苦笑着摇了摇头,说:"老朱啊,你这人就是这么实诚,我讨厌你这一点,但也喜欢你这一点。好,那从现在开始,咱们三个就在一起吧。"

当天晚上,两人就住在刘红驹屋里,朱子青和武剑打地铺。半夜里,刘红驹起来,说要上厕所,朱子青忙说,他也要上厕所。武剑觉得好笑,故意逗朱子青,等两人回来,武剑也说要上厕所,朱子青不放心,也要跟着他一起去。折腾了一晚上,吃过早饭,三人又一起到了游击队,耐心地等到快晌午时,董明霞终于回来了。董明霞听了朱子青说的,怀疑归怀疑,但也和刘红驹一样,觉得这事不妥。朱子青却信誓旦旦地坚持,宋学礼肯定是诈死,棺材里必定没人。董明霞拗不过他,只好同意了。

董明霞带了二十多名游击队员,刘红驹让武剑也带了二十来名保安队员,浩浩荡荡地开进了宋文彬家,说明了来意。宋文彬果然不愿意,但架不住朱子青坚持,最后只得同意了。

宋文彬也只是做做样子,所有的一切昨天晚上都安排妥当了。

昨天刘红驹和朱子青他们一离开宋家,金咏梅就跑到药铺,问了李美兰,这才得知宋学礼果然没死,就藏在宋家屋顶的夹层里。她忙把刘红驹、朱子青、武剑三人搜查宋家的事儿说了,当然也讲了刘红驹所讲的开棺验尸的话。李美兰听了,腿都软了。两人一时也没了主意,只好去找宋文彬商量。几个人商量的结果,就是移花接木。保安队反水攻打日军时,也死了一些队员,就埋在镇子外面的山沟里,晚上偷偷地挖开一个坟,把那人的尸体移到宋学礼的坟墓去。两个女人一听就吓得不轻,但除了这个办法,似乎也没其他更好的办法了。

当天半夜,在木扎镇外宋家祖坟出现了两个人影,步履迟缓的宋文彬走在前面,背着个麻袋的宋学礼吃力地跟在他后面。父子二人挖开了竖有宋学礼墓碑的坟墓,将麻袋里的一个已经腐烂的尸体放入空空的棺木里,然后重新填埋好。连年战乱,活人都艰难,更别说照料死人了。虽是宋家祖坟,这两年也是疏于照料。坟墓杂草丛生,到处有野狗趴弄的痕迹,所以即便将一座坟挖开再填,与周围相比,也不显得突兀。忙完了后,两人一身汗,阴风恻恻,汗落回身上冰凉刺骨,顿时觉得毛骨悚然。

第二天,董明霞带着朱子青、刘红驹来挖坟,棺盖刚挪开点,一股腐尸味呛得众人连连后退，刘红驹捂住口鼻，探着身子看到棺材里露出的一双男人的脚，回头看了看朱子青，朱子青脸上白一阵红一阵，一脸意外，却也无话可说。董明霞不耐烦地挥了挥手，说："盖上盖上，没错的。"

刘红驹等人开棺验尸的时候，宋学礼已经转移到了宋家药铺的阁楼上。昨天晚上从坟场回来后，他便直接来到这里躲了起来，宋家屋顶夹层虽然隐秘，但宋家几个女人都知道自己躲在那里，朱子青也已经怀疑，那么迟早都会被人发现。换到这里，只有李美兰和宋文彬知道，一个是他妻子，一个是他父亲，都是他的至亲家人，自然不会陷害他。

李美兰本意是想和他一起离开木扎镇，走得远远的，宋学礼却犹豫不决，能走到哪里呢？全国各地都在抓汉奸，到了外地，人生地不熟，更容易暴露，还真不如躲在这里，再慢慢想办法。

李美兰想想，也只好这样了，就不再说什么了。

3

宋学礼再也没有回到宋家阁楼，宋钱氏松了口气。他在，她不说；他不在，她也不问。多事之秋，多一事不如少一事。她站在院子的老槐树下，抬头看了看坡形的屋顶，那里丝毫不见阁楼的影子，她发了一会儿呆，无精打采地回到屋里。宋家越来越冷清了，李美兰总是待在药铺，汪冰守着酒楼，家里只剩下她和金咏梅、宋祖佑，用人除了花婶、贾雪荣和留根，其余都被她遣散了。她不承认也不行，宋家衰落了。

她慢慢地躺下，闭了眼，想着丈夫儿子，满脑子都是昔日热闹的庭院，人来人往，欢声笑语，想着想着，泪水慢慢溢出。她吃力地抬手，还没碰到眼睛，就感觉到有一根粗糙的手指在她眼角划过，擦去了那滴泪。她不由吃了一惊，睁眼一看，是留根。她松了口气，又闭上眼睛，喃喃说道："留根啊，有事吗？我有点累，想睡一会儿。"

留根在床边的椅子上坐下，轻声说："老夫人，我就问你一件事，问完了，你尽管睡，睡一辈子都没事儿。"

留根说话的语气和平时完全不同，不再是唯唯诺诺木讷呆愣，反而言语轻快口齿伶俐。宋钱氏睁开眼,很奇怪地看他:"你想问什么?"

"宋学礼去哪儿了?我看三少奶奶这些天一直都在家里,连药铺的生意都顾不上,就猜到宋学礼肯定躲在这里了,但我找了很久,都找不到他藏身之处。刘红驹、朱子青他们昨天来,折腾半天,也没找到。按理说,不应该这样啊,我在宋家几十年,一草一木都了如指掌,怎么可能连我都找不到呢?这宋家到底还有什么是我不知道的?你到底把他藏哪儿了?"

宋钱氏皱了眉头,很警惕地看他:"你知道那些做什么?"

留根靠上椅背,跷起二郎腿,笑道:"宋学礼是汉奸,他害得忠义救国军全军覆没,朱子青虽说投了共产党,但恨他出卖抗日军队,董明霞也恨他,刘红驹更不用说了,他现在成了国民党的官儿,抓汉奸也是他的分内事。你说我要是去报告了,会不会拿到一笔奖赏?"

宋钱氏以为自己听错了,一脸惊愕地看着他:"留根,你知道你在说什么吗?"

留根干脆站了起来,坐到宋钱氏的床边,把嘴巴凑到她耳边,低低地说:"我当然知道,我一直都知道自己在做什么,想要什么。刘红驹认干儿子那天,酒楼出了事,他们都怀疑我,听说只有你护我,我很感动啊。这么多年我做牛做马,你终于把我当回人看了。"

宋钱氏的眉头越皱越紧,留根竟然敢轻狂地坐到她的床上,她已经吃惊不小,又听他口气不对,完全像变了一个人,更是心中大惊,呆呆地看着他,一时竟不知道说什么好了。

留根嘿嘿地笑起来,笑声带着满满的得意:"老太太,你太固执了,总是相信自己的判断,你要是相信刘红驹一点点,也许就不会有今天了。也许我说错了,不是你蠢,是我太聪明,我表演得太好,把你骗得团团转。"

宋钱氏觉得自己什么都明白了,包括宋家灭门惨案,所有的这一切,都是留根干的。她头晕目眩,哆嗦着想爬起来,却被留根一根手指头戳到肩头按了回去:"别忙,你还是躺着吧,省得一会儿晕了,还得再躺回去,多麻烦。"

宋钱氏扯开嗓子喊:"咏梅,咏梅啊,花婶,花婶……"

留根笑道:"别喊啦,嗓子喊破了也没人搭理你,我把她们都支出去了,整个宋家现在只有我们俩,咱们可得好好算下账。老夫人,你还是告诉我吧,你们到底把宋学礼藏哪里了?你可别告诉我说,他就埋在坟里了。那具尸体能骗了朱子青他们,可骗不了我。我去镇子外边埋那些打仗死的人的坟看了,有人挖走了一具尸体。我还真服了你们,这调包计用了一次又一次,还都成功了。老夫人,你别怪我,我这也是给自己找条后路。如果把宋学礼找到了,我就可以取得朱子青的信任,投了共产党,以后好混事儿。你还是告诉我吧,就算帮帮我了。"

宋钱氏惊恐地摇了摇头,说:"我听不懂你在说啥,留根,我们宋家一直待你不薄,你到底想干什么?"

留根痛苦地摇了摇头,说:"你看看,你还说待我不薄,那为什么到现在还在装糊涂?你摸着良心问问,这几十年来,你真的待我不薄吗?从前四个少爷做的任何错事,大少爷在外拈花惹草,二少爷在外偷鸡摸狗,三少爷寻衅斗殴,四少爷拿了老爷的宝贝去卖,你不是说都是我怂恿的,甚至是我做的吗?我在宋家干了几十年,巴心巴肺的,可我得到了什么?你口口声声说把我当作你儿子了,可你儿子娶的媳妇是什么样,给我娶的媳妇又是什么样?她只能算是个不下蛋的老母鸡。你这是待我不薄吗?爸妈给我起名叫留根,可我连半个子女都没有,哪里还有根可留?你什么时候想过这事儿?你们根本就没正眼看过我,把我当成你们宋家养的一条狗,随意使唤,你们就不想想?狗再忠诚,疼到了极点,也会咬人的。"

他站起来,回头从桌子上端起一碗药,在上面吹了吹,看了看宋钱氏,笑了笑,说:"给您说了这么多,说得我口干舌燥。这药我熬了半天,温度正好,既能治病又能解渴。老夫人,您尝尝?"

宋钱氏已经明白了一切,她像看一个怪物一样看他,连连摇头,身体不由自主地在被子里蜷成一团。她不是害怕,是愤怒,一团火在羸弱的身体里喷涌着,烧得她疼得无法伸展身体。自从排除宋学礼的嫌疑,她便觉得宋家灭门惨案可能和留根有关。可她不敢深思,也不敢细想,她逼着自己找各种理由各种借口来说服自己,宋家男人出事根本就没有递信的,是她算错了吉时,倒了厄运,才遭遇了这灭顶之灾。自欺欺人也好,装聋作哑也罢,护住眼前的宋家才是最重要的。她不甘心,还残留着一丝丝希望,颤抖着声音问他:"留根,你告诉我,宋家灭门惨案,是不是也有你一份?"

留根点了点头:"对,就是我干的。我给你们当牛当马当狗几十年,最后却落了个一无所有,你说,我能甘心吗?把宋家男人送走了,这偌大的家业,至少一半也是我的……老夫人,您不能怪我,走到今天这一步,都怪您啊。现在有了宋祖佑,还有个刘红驹,我看我是没戏了,我也累了,不想争了。您老人家也累了,我就再侍候您最后一次,把您送上路吧。您看看,我是不是一个特别好的管家?"

宋钱氏恨恨地说:"你是一个畜生,畜生!"

留根笑道:"人之将死,其言也善。谢谢您说了实话,我是你们宋家的一条狗,可不就是一条畜生吗?你既然给我说了实话,我不妨也给你说了实话吧,让你也走得明明白白清清楚楚。这事儿我早就开始谋划了,老四迎亲这样好的机会我怎么会放过呢?我主动给老爷提议改变迎亲路线,老四结婚前两天我就通知忠义救国军了,那时我还没和老爷说呢,但我自信老爷会听我的。后来被关在祠堂里的宋学礼是我放的,酒楼里鱼肉中毒是我做的,收容共产党董明霞的事是我向日本人告发的,绑架李美兰逼宋学礼给忠义救国军当卧底的主意是我出的。这些都是我干的。老夫人,你看看,我是不是很能干?比起你那四个不争气的儿子来,是不是强了很多倍?我做的这么多事儿,他们要是能做出来一件,也不至枉送了小命。可你和老爷呢?你们谁又觉得我能干了?谁又把我真正地当作你们家人看待了?这几十年来,我风里来雨里去,为你们宋家做牛做马,混到头来,还是一个下人,连娶个老婆的资格都没有,推给我一个不会下蛋的老母鸡,我还不敢说不要,我还得时时刻刻感激你们,得记住你们的恩情,得报恩……"

留根说着,想着自己这几十年受的委屈,越想越伤心、悲愤,不由流出了泪水。他擦了一把泪,眯着眼睛阴冷地看着宋钱氏,说:"说了这么多,真累,真渴,可是,这碗药我又不能喝,这是为你准备的。你放心,它味道还不是那么苦,也没什么害处,就是麻痹一下心脏,外表没啥变化,就连你那宝贝儿媳妇李美兰也看不出来。再说,你本身也有心脏病。你看看,我考虑得周到吧?"

宋钱氏没有力气再斥责他了,说到底,只能怪自己看错人了,怎么也想不到竟然会是他,养了这么一条毒蛇。一切都晚了,一切都无可挽回了。这个男人让她恶心。她万念俱灰，闭上了眼睛。

留根端着药碗凑到脸色灰白的宋钱氏嘴边，柔声说道："老夫人，你怎么只有出气不见进气呢？那可不行，这碗药我熬了几十年，你不喝就走了，怎么对得起我？来，听话，我扶你起来。"他一手端碗，一手将宋钱氏扶起来。宋钱氏缓缓睁眼看他，一声叹息，张开了口，很配合地将药喝完。她慢慢地躺回去，眼神空洞地看着留根，轻声道："孩子他爹，老大老二老三老四，你们都来了呀……"

留根头皮发紧，颈后汗毛战栗，猛地回身，身后却无一人，再回头一看，宋钱氏已经闭上了眼睛，悄无声息。

4

宋文彬来到宋家，一进院子，触目皆是惨白，白对子、白灯笼、白衣、白帽、白幡。他低头看看自己的一身白衣，鼻子一酸，倒是真伤心起来。但是，这次，他还是来打宋家家业主意的。宋家主心骨宋钱氏突发心脏病离世，入赘的女婿宋学礼也不在了，他来接管也就顺理成章了。

金咏梅自然不愿意，她对这个苍蝇一样紧盯着宋家家业不放的叔叔厌恶至极，懒得和他多说一句话，冷着脸看他在那里说个不停。汪冰倒是一脸平静地往盆里添加纸钱，就好像这个人根本就不存在一样。李美兰低着头连声叹息，他明明知道自己的儿子没有死，却还在这里演戏，图的还不是宋家的家业？这真是人为财死，鸟为食亡，连亲情都不要，这样的公公真是令人寒心。金咏梅突然开口打断了他，说："我小姑子已经接到母亲病亡的消息，受不住晕了过去，暂时不能下山，但赵老末传来话，待小姑子身体好一些，就会下山来拜祭我婆婆。他还说了，这宋家的事儿，以后他定会全心关照。你来接管也可以，但赵老末也是宋家的一员，等他来了，咱们再来商量吧。"

宋文彬顿时手脚冰凉，再掂量一下也觉得无趣，想想儿子已经是个活死人，自己争这些也实在没有什么意思，于是便朝宋钱氏的遗像鞠了个躬拖着腿离开了。

看看宋文彬走远了，李美兰忧心忡忡地说："嫂子，赵老末常年在山上，也不愿意接受游击队和保安队的改编，共产党和国民党也防着他，他怕是很难下山的。再说，他到底只是宋家的一个女婿，嫁出去的闺女泼出去的水，怕也无法干涉，这样下去也不是个办法。族长这样没完没了，也是因为入赘的宋学礼不在。我有一个主意，你和二嫂看看行不行？"

金咏梅问她："你有什么主意？"

李美兰说说："你和刘镇长两情相悦，要不然让刘镇长入赘宋家吧。"她看了一眼汪冰，说："二嫂如果愿意，也可以找个人入赘，族长就再也没有理由为难我们了。"

金咏梅看了看汪冰，汪冰好像没有听到，仍然低头烧着纸钱。自从董少宾死了以后，她像换了个人似的，一副对什么事儿都心灰意冷的样子。她知道汪冰最近和武剑走得很近，但她不提，自己也不好说。可是，让刘红驹入赘宋家，木扎人人知道他还有个姿容出色的正妻，这样一来，她不就是成了小妾了吗？她虽是寡妇，好歹也是金家堂堂大小姐，做小，绝不可能。

忙完了宋钱氏的葬礼，金咏梅去镇公所找了刘红驹，把自己的想法开门见山地说了，他只要和老婆离婚，她就会嫁给他。但要入赘宋家，当宋家的上门女婿，以后有了孩子就姓宋。刘红驹点头说："好，我本来就是一个孤儿，以后这里就是我的家了，入赘就入赘吧。"

金咏梅有些着急，说："这倒不是重点，重点是你得先和你南京的那个老婆离婚。"

刘红驹露出为难的表情，说："咏梅，我实话告诉你吧，我其实没有老婆，上次来的那个是假老婆。"

金咏梅根本就不信他，撇了一下嘴，说："既然是假老婆，你那时为什么不说？怎么现在让你离婚了，倒变成假老婆了。你说，你是不是不想和她离婚？对了，你们不是还有一个孩子吗？你不会说孩子也是假的吧。"

刘红驹把手一摊："这还真没办法，我还真的得说，老婆是假的，那孩子自然也是假的。"

金咏梅白了他一眼："那么多双眼睛都看到了，你还想狡辩？"

刘红驹说："我骗你是狗好不好？那次是迫不得已，日本人怀疑我不是南京派来的，我为了自保，不得不找人演了场戏。"

金咏梅有些微微不悦，说："你说是假的，那就是假的？现在日本人已经没了，还不由得你说？"

刘红驹苦笑一下，说："好好好，你不就是想要个离婚证吗？那好，我给你搞个离婚证来不就行了？"

金咏梅一阵心酸，泪水在眼里打着旋儿，要不是在镇公所，她真的就要放声大哭了，这个男人，到了这个时候，居然还在这里东一榔头西一棒槌地给她绕圈圈。他为什么要这样对她？还不是因为他根本就不爱她，没把她当回事嘛。她带着哭腔，说："刘红驹，你能不能给我正经一些？你刚才说那是一个假老婆，既然是一个假老婆，为什么现在又说要给我搞一个离婚证？我在你眼里，到底是一个什么人？你忍心这样对待我吗？你若不想离婚，你就直接说吧，我不强求……"

刘红驹急了，说："我说的都是真的，你到底要怎么样才能相信我？"

金咏梅盯着他，一字一顿地说："我不相信你！你即使把离婚证拿到我面前了，我也不相信你！离婚证也有可能是假的。你如果真心想娶我，你就让她再来一趟，亲口给我说说，她愿意和你离婚，要不然，要不然……"

刘红驹忙连连作揖："算了算了，姑奶奶，你不要说了，我听你的就是了，我让她再来一趟，再来一趟。"

送走了金咏梅，刘红驹却发了愁，王可欣是军统的人，朱子青已经脱离了军统，他还能把她找来吗？再说了，这么多年来，南京又是对日斗争最激烈的地方，她有没有活着还是个问题呢。刘红驹找了朱子青，朱子青听他说了，倒答应得很爽快，他虽然离开了军统，但军统未必知道他投靠了共产党，再说了，现在仍旧是国共合作，他可以试试。经过努力，他还真的联系到了当初陪王可欣来到木扎的特工李衡。王可欣也是个爽快的女人，听李衡说了原委，立即丢下手里的事儿，从重庆坐了四天四夜的火车来到木扎镇。两个女人坐在宋家酒楼畅谈一番，立即就还了刘红驹的清白。她们相谈甚欢，离开酒楼的时候都挽起对方的胳膊，亲密无间。刘红驹跟在她们身后，有点啼笑皆非。

王可欣人忙事儿多，要赶紧回重庆。刘红驹和金咏梅商量了一下，晚上在宋家酒楼为她饯行，同时请朱子青作陪。王可欣很爽快地答应了。酒宴进行了一半，王可欣喝得有些微醺，她站起来向刘红驹敬酒："蒋委员长马上要回南京了，我着急回重庆，就是为了回南京的事儿做准备。非常感谢你在抗战中给我们提供的帮助，可我到现在都不知道你的真实身份，我一直都很好奇，你总该告诉我们了吧。"

刘红驹一饮而尽，哈哈笑道："我给你们说过多少次了，我确实只是一个生意人，你们给我钱，我卖情报给你们，我只不过是个比较讲义气和诚信的生意人。你们想太多了，我没什么神秘的。"

朱子青摇了摇头："你根本就不是一个生意人。你冒死弄来的情报给了救国军，还详细设计了攻打日军的方案，要了一千块大洋，最后却给了游击队。有你这样的生意人吗？"

刘红驹见他说得认真，也就收起了笑脸，说："我这生意人还有正义感，那时只是看不惯你们的救国军，都是抗日队伍，说好的好好配合打鬼子，关键时刻却放了人家游击队的鸽子，让人家受了损失，我让你们出血补偿游击队，这也说得过去吧。"

他见朱子青还想说什么，忙冲着王可欣说："你能不能不要那么急着回去？木扎的风光其实也不错，多待几天，放松放松嘛。"

王可欣笑道："你就别转换话题啦，我们这都是为你好。你啊，还是好好为自己打算打算，你若是戴老板单线联系的特工，就该知道，戴老板他已经为国捐躯了，如何证明你的身份可就是个头疼的问题了。"

朱子青点了点头："这确实是个问题。你不要忘了，在汪伪政权的档案里，你还是他们派来的，虽说现在重庆政府也承认你是木扎镇长了，但这只是权宜之计。我想，过了不多长时间，国民政府就会重新派人来接收这里，你仍然摆脱不了汉奸的身份，要趁早谋算啊。"

刘红驹若有所思地点点头，这确是一个棘手的问题。他见席间气氛有点沉闷，便举杯道："好了好了，今天晚上我们不谈让人闹心的政治，喝酒，今朝有酒今朝醉，一醉方休。"

这一顿酒喝得痛快，除了不沾酒的金咏梅，他们仨都趴下了。金咏梅只好让汪冰喊来武剑，让他亲自把王可欣送到客栈，保安队的两个人把朱子青送回住处。刘红驹靠在金咏梅肩头上傻笑，他见她以妻子的身份忙活着，心头十分宽慰，觉着自己四处漂泊，无根无系了这么些年，总算有个家了，越想越舒心，忍不住很响亮地在她的脸上亲了一下。金咏梅难为情地看了看站在一边的汪冰，伸手偷偷地掐了他胳膊一下，他也不生气，爽朗地笑起来。

刘红驹被金咏梅安置好，醉意上来，很快沉沉睡去。第二天一大早，还在浓浓睡梦里，突然被一阵剧烈的拍门声吵醒，门外传来武剑焦急的喊声："老大，快醒醒，快醒醒，出事了！"

刘红驹从床上爬起来，嘴里嘀咕着去开门："这要不是什么大事，我就把你拍到墙上去，抠都抠不出来！"

武剑一说，刘红驹脸色大变，酒一下子醒了，确实出大事了，王可欣被人杀了！

武剑说，他按照刘红驹的交代，昨晚将她安全送回客栈，今天一大早就去客栈接人，送她去牛奔镇坐火车回重庆。敲了半天门，没人应声。找了客栈老板打开门一看，没人。老板说，昨晚这个女客人说头晕不舒服，想出去买点药，问晚上有没有卖药的地方。他想了想，宋家药铺的掌柜经常住在店里，就让她去那儿买，不知道为什么到现在还没回来。

武剑赶紧去宋家药铺找人。宋家药铺没开门，他敲了半天没人理会，觉得有点不妙，一脚将门踹开，就看见王可欣脸朝下趴在柜台前的地上，已经气绝。他慌乱地到处查看，哪里有李美兰的影子？他蹲下来仔细检查王可欣的尸体，在她后心处找到一个细小的伤口，像是被很尖细的利器戳破了心脏。这不可能是李美兰干的。他想起前段时间对宋学礼诈死的怀疑，赶紧跑来找刘红驹。

刘红驹胸口发闷，王可欣的死实在出乎他的意料。这个女人有勇有谋，有情有义，当初，为了消除日本人的怀疑，千里迢迢赶到木扎，这次为还他清白，长途跋涉而来。以他对她的了解，她在抗战时期，也必定坚守在险象环生的对日斗争一线，出生入死，抗战胜利了，她却莫名其妙地死在这里了。到底是谁杀了她？他摸了摸脑袋，觉得嫌疑最大的就是宋学礼。可以肯定，宋学礼并没有死，而是藏匿在李美兰的药铺，很有可能，王可欣昨天撞到他了，他就杀人灭口。如果是这样的话，他是无论如何也保不住他了。他闷声对武剑道："你快去通知朱子青。"

"我已经让人通知了，他马上就会过来，下一步怎么办？"

刘红驹说："你在这里等着朱子青，等他来了，你们一起到宋家去找我，我先去了解一下情况。"

到了宋家，他找到金咏梅一问，金咏梅开始还想瞒着他，可一听说王可欣死在了宋家药铺，李美兰也下落不明，她大吃一惊，这才说了实话。宋学礼果然还活着，从宋家的阁楼转移到了李美兰的药铺。刘红驹不由感到一阵懊恼，如果那时他不暗示金咏梅开棺验尸，如果那时没有心存偏袒，也许早就抓到宋学礼了，也就没有这样的悲剧了。这个窝囊的男人，成事不足，败事有余！

武剑和朱子青没过一会儿就赶来了。

刘红驹把自己了解的情况简单地给两人说了一下，然后问武剑："昨天晚上保安队巡逻，可曾听到车马声音？"

武剑答道："没有，没听到有人汇报。街道坑洼很多，半夜里坐车马，动静会很大，保安队一定会察觉到。"

刘红驹点了点头，说："他们看来是徒步逃跑的。李美兰一个女人家，跑不快，这个时候顶多跑到窟窿山附近。"

他扭头对武剑说："武剑，你把日军留下来的汽车开出来，咱们立即开车追，一定能追上。"

武剑开车，刘红驹和朱子青带了两个保安队员，一跑狂奔，终于在窟窿山山脚下追到了李美兰和宋学礼。其实他们两人本来是可以避过刘红驹等人的追捕的。当天晚上，两人跑出木扎镇，李美兰说，避开大路，上山，绕点山路再到牛奔镇坐火车逃跑。宋学礼早就慌得六神无主，恨不得立刻赶到牛奔镇，坚持要从大路走。两人跑了五六里，李美兰累得气喘吁吁，哀求他停下来休息下。宋学礼焦急万分，不停催促她快走。李美兰说，要不，咱们先找个地方躲起来，待到天黑了再走也行。宋学礼也不答应，还是要赶紧赶到牛奔镇去。结果，他们跑了一夜，累得半死，四个轮子的汽车一个多小时就追上他们了。

两人已经十分狼狈，见到刘红驹和朱子青他们从车上下来，一下子瘫软在地。宋学礼脸色灰白，李美兰倒松了口气，这样也好，事情有了开头，总得有个结果。

李美兰从没想到，事情会变成这个样子。

她一直在说服宋学礼早日逃离木扎，宋学礼却担心逃走了，生活无着，没吃没穿。李美兰一下狠心，就打起了宋家的主意。她知道宋钱氏放汇票的地方。宋钱氏虽然去世了，金咏梅当家做主，但一时半会儿，估计她也没来得及把汇票换个地方。她就趁昨天金咏梅不在家时，偷偷地去查看了一下，果然有些汇票还在。她没敢多拿，拿了相当一千块大洋的汇票偷偷地回了药铺。宋学礼一见有这么多钱，也就同意了。两人商量好，从牛奔镇坐上火车，前去广州，再找机会到香港去。两人本来决定当天晚上神不知鬼不觉地离开木扎。好不容易熬到月亮上了屋顶，正准备开门离开，门外竟传来敲门声。她和宋学礼吓了一跳，屏气凝声地站在门内。来人正是王可欣，她酒喝得有点多，头疼欲裂，想到这里包些可以解酒的药来。她敲了敲门，一点动静都没有，试着推了推门，门外没落锁，门里却反锁了。她断定有人在药铺，就更加坚定地敲着门。

敲门声像一记记重锤击打在李美兰的心上，她怕敲门声引来巡逻的保安队，慌乱之下赶紧示意宋学礼开门。宋学礼一向没有主张，李美兰咋说他就咋办。他猛地一开门，正在不耐烦地拍打着门的王可欣没有准备，一下子扑倒在门里。她到底是个有经验的特工，虽是在醉酒之中，但还是身手敏捷，顺势一滚，单手撑地跃起，待看清他们两人，却也是上次大闹木扎镇认识的，再看两人正整装待发，疑惑地问他们，深更半夜的，他们这是准备去那儿啊？宋学礼认出她是刘红驹在南京的妻子，唯恐她一回去就告诉刘红驹，那所有的这一切就都前功尽弃了。王可欣见两人支支吾吾地说不出什么来，就摆了摆手，说："我不管你们的事了，赶紧给我弄些醒酒的药来，他奶奶的，你们木扎这霸王香还真是厉害啊，居然把老娘都放倒了，这不是对老娘霸王硬上弓吗？"她说完这话，觉得自己幽默，不由得趴在药柜上哈哈地笑。李美兰赶紧给她抓药，可哪里想到，宋学礼突然拔下她头上的金簪，用尽全身气力，猛地插进了王可欣的后心……

李美兰从地上抬起头来，瞪着刘红驹和朱子青说："人是我杀的，不管学礼的事，你们放了他吧。"

朱子青冷哼一声，举枪对准宋学礼，难掩满腹悲伤："放了他？他一个人害了几百抗日军人，杀人偿命，枪毙他几百次都是便宜他了，你说我能放他吗？是你杀了王可欣？你以为我会信吗？她要是没喝酒，几个男人都近不了她的身，你能杀了她？宋学礼，你真是作孽啊，死了死了还要再害死一个人……多么好的一个姑娘，你知道不知道，她在抗战中杀死了多少鬼子？"他说着，眼里竟流出了一串串的泪水……

宋学礼叹了口气，造化弄人，一步错步步错。他想不明白，自己怎么就成了这个样子，从那天牵着一头骡子站在村口的老槐树下等着陪堂兄弟们迎亲开始，他的命运就彻底沦陷了。先是被诬为致宋家灭门的凶手，接着被迫寻求日本人的保护而成了汉奸，又被逼成为忠义救国军的卧底，阴差阳错又帮日本人全歼了救国军……自己这一生，就是躲来躲去，现在终于无处可躲了，那么，就不躲了吧。他爬到李美兰的身边，握住她的手，看着朱子青，颤声说道："我知道，我罪孽深重，我只求你们放过美兰吧，所有的事情都和她没关系。那个女人是我杀的，簪子也是我捅进去的……"

朱子青将子弹推上膛，走上前去，将枪顶住宋学礼的脑袋。

刘红驹赶紧过去拦住他："老朱，杀戮已经太多，宋学礼也是被逼的。再说，现在有政府，讲法制……"

朱子青打断他的话："你若是我，每天背负着沉甸甸的几百条人命，他们都是因为你而死，你会是什么心情？我现在虽然是共产党的人，但窟窿山的弟兄们都是打鬼子的，是爱国爱民族的热血男儿，今天，我就在这儿祭奠他们吧。"他毫不犹豫地扣动扳机，宋学礼顿时脑浆迸裂，软软地倒了下去。李美兰的手还紧紧地抓着他的手，脑浆鲜血也溅了她一身，她怔怔地看着地上圆睁双眼的宋学礼，内心如木扎寂寥的寒冬一般萧瑟。四个多月了，他日日躲避在阁楼里，不见天日，提心吊胆，像只见不得光的老鼠，卑微地活着。现在，他终于解脱了，尘归尘，土归土，这也好，这也好啊。

她松开宋学礼的手，合上他的双眼，又拭去他脸上的红的血白的脑浆，给他整理好衣服。她做这些的时候，神情宁静，嘴角微微上翘，含着笑意，就像在照顾一个听话的孩子。她坐正了身体，伸出手指仔细地梳理自己的头发，慢慢地从头上拔下金簪，簪尖沿着乌发缓缓下行，经过耳朵时，她看了眼刘红驹，嘴角那抹微笑像春风般漾出。刘红驹心头一凛，上前抓住她的手："你要干什么？"

李美兰怆然道："我活着还有什么意义呢？"

刘红驹道："你如果爱这个男人，就好好活着，为他赎罪。"

武剑接了过去："是啊，你有一身医术，救了那么多人，大家都感念你，也需要你。"

李美兰愣愣地看着他们，仿佛在问"我行吗？"

刘红驹看了看朱子青，又回头对李美兰说："游击队缺医少药，急需像你这样的人。宋学礼害人，你就救人。"

李美兰看向朱子青，朱子青朝她点了点头。她站了起来，捋了捋耳后的头发，说："好，我参加游击队，用我这一生来为他赎罪吧。"

当天，武剑就按刘红驹的吩咐，把李美兰送到了游击队，董明霞自然万分高兴，说游击队正在筹备建立卫生队，让李美兰当了队长，虽然现在只有她一个人，但将来人会越来越多的。

宋钱氏、金咏梅、汪冰等人听说了，也为她高兴。对李美兰来说，这可能是最好的归宿。

杀掉你的爱人

1

宋祖佑和王思佑特别玩得来，六岁的孩子正是精力最旺盛的时候，花婶一个人带不动，就经常喊留根帮忙。留根力气大又会想着法子玩，扑蝉套鸟逗蛐蛐儿，在孩子眼里几乎是无所不能，俩孩子见到他就眉开眼笑屁颠屁颠地跟着他跑。金咏梅见孩子喜欢和他在一起，忙起来的时候就把孩子丢给他。

留根每次点头憨厚地应着，转过身去看孩子时，便是恶毒的眼神。每当俩孩子喊他"留根，你去抓只鸟来""留根，你去捉个蛐蛐儿""留根，带我们出去玩"时，都让他想起了小时候在宋家被四个兄弟无休无止使唤的日子，那时他就知道了自己在宋家，只是一个卑贱的人。它像一颗种子生根发芽，每天都在茁壮成长，现在终于长成一棵参天大树了。四兄弟死了，两个小儿又来了，还把他当作下人随意使唤，自己的命难道注定如此卑贱吗？内心病态的痛苦，令他寝食难安，辗转反侧的夜里，他只有反反复复地想象着将俩孩子按进水里，看着数不清的气泡在他们四周泛起的画面，这才能半梦半醒着慢慢睡去。刚睡去，清晨又来了，孩子的欢乐的叫声把他吵醒了。他坐在床上，盯着窗外，无限懊丧那只是一个梦，现实还是如此痛苦。他被这可恶的失眠所折磨，一天天地瘦下去了。他觉得，只有把这俩孩子除掉了，他才能好好地睡一觉，才能酣睡到天亮，连梦都不做一个。他太享受这样的睡眠了，人生的种种不得意尽在其中得以抚慰。留根是一个说干就干的人，雷厉风行，也是因为这一点，宋文忠非常赏识他，让他当了宋家的管家。这一天，他把两个孩子带到河滩上玩。他有点傻气地说，河里有许多许多的虾兵蟹将，它们穿着铁皮铠甲拿着青龙宝剑威风八面。他还把脑袋探进水里，然后甩着一头一脸的水珠子兴高采烈地说看到了看到了。两个孩子一脸羡慕，迫不及待地学着他的样子，把小脑袋伸进水里。他控制不住笑出声来，蹲下身子，一手按着一个脑袋，就像梦里一样，看着无数个气泡扑通扑通地冒了出来，在阳光的照射下，五彩缤纷，美丽极了。慢慢地消失了，河面一片平静。

宋家的继承人淹死了，金咏梅的亲身女儿也淹死了。

留根跪在老槐树下，一个巴掌一个巴掌地狠抽着自己，他满脸泪水，鼻涕长长地垂下来，一遍又一遍地重复着"叫你拉肚子，叫你拉肚子……"花婶抹着眼泪在院子里给两个孩子收拾身体，他们好像睡着了一样，还是那样憨态可掬，好像随时都能醒来，满院子地叫嚷追逐打闹。这一切都怪丈夫，他带着孩子到河边摸虾子，正玩着，他拉肚子，赶紧跑到草丛中，一袋烟的工夫不到，出来后就不见了俩孩子……

花婶担心地看了眼金咏梅的屋子，里面安静得可怕。

金咏梅看到两个死去的孩子，扑到跟前，一手抱着一个，哭声还没出来，眼前一黑，栽倒在地，昏迷不醒。刘红驹坐在床头，看着大槐树下把自己抽成猪头一样的留根，眉头紧紧皱着，心里充满重重疑虑。一个成年男人看孩子，竟能让两个孩子以同样的方法死去，怎不令人感到蹊跷？不但是刘红驹，就连花婶也觉得蹊跷。她流着泪给孩子梳理头发，竟然发现两人头皮上都出现了大人的手指印。他们不是自己溺亡的，是被人强行按住脑袋浸入水里死去的。这能是谁？只能是留根。她浑身颤抖，几乎没法呼吸。刘红驹的意思是，孩子赶紧埋了，金咏梅醒来再看到，难免更加伤心。花婶强忍悲痛，将孩子穿戴整齐，镇上专门处理夭折孩子尸体的老人赶来，她塞了许多钱，却又不敢多问，目送孩子离开宋家，不知他们要被埋葬在木扎哪块地方了。

留根还在抽打着自己的嘴巴，花婶站在一旁看着，不知是不是自己的错觉，她竟然觉得他嘴角处始终保持着笑意。她被自己的发现吓坏了。她走进屋里，慢慢地收拾着屋子，想了想，便开始翻找留根的东西，找了半天，终于发现衣橱的抽屉有层搁板，拉开搁板，里面竟然有一沓银票，粗略地数数，不下两千块大洋。银票下面还有一个牛皮纸包的药包，她低头闻了闻，恍惚着有点像老太太离世前嘴角的味道。她呆呆地站在衣橱前，大脑一片空白，连留根进来都没发现。

留根慌忙将她推到一边，手忙脚乱地将东西放好，转身见花婶一脸悲愤地看着自己，他膝盖一软，跪了下去，不用花婶问一句，他把自己做的所有的事情都说了出来，事无巨细，一直说到月亮升起。他想，他是太想让人知道自己的作为了。那么多人，被他玩弄在股掌间，他那么得意那么快活，若没人知道，该是多么令人沮丧。他越说越兴奋，恨不能手舞足蹈，骨子里都有种酣畅淋漓。他很满意地看着花婶惊骇的表情，然后就觉得身体里冒出来一股邪火，他站起来，一把将花婶扑倒在床上。就是在花婶身上忙着，他还是抑制不住地说道："死老太婆还说把我当成儿子，看看她给自家儿子娶的媳妇，一个赛一个漂亮，一个身家比一个强，到我这儿，就把你这个不下蛋的老母鸡打发给我。这是当成儿子的做法？女人嘛，灯吹了还不都一样？我只要把你想成大少奶奶，想成二少奶奶，想成三少奶奶，啧啧，味道就不一样了……"他喋喋不休地说啊说啊，他觉得自己有使不完的劲儿，身下的花婶，一会儿变成高雅知性的金咏梅，一会儿变成风情万种的汪冰，一会儿又变成婉约贤淑的李美兰，一次又一次，他在自己的臆想里快活地驰骋，哪怕花婶昏了过去，他也没停下来。

到底是累了一晚上，第二天鸡叫了三遍他才醒来。他侧过身子看了一下，花婶已经起床了。他穿好衣服，来到厨房，花婶正在那里煮汤。留根绕着汤锅转了两圈，又仔细地盯着花婶，花婶板着脸没理他。他拿起一边的空碗，给自己盛了一碗，看着里面切成方块的腰花"啧啧"了两声，说："还是自己的老婆知道疼人，怎么样，昨晚舒服吧？知道我累了，特地给我补补？"吹了吹热气，递到嘴边，又瞥了眼花婶，果然瞧出她正低着头死咬住嘴唇一脸哭丧相，他冷哼着笑了笑，把碗凑到她嘴边，说："喝下去。"

花婶挣扎着摇头不喝，可她哪里敌得过留根，被他强行捏住下巴，灌了进去。花婶流着泪想冲出厨房，却被他一把推了回去。她想扯开喉咙喊叫却无法发出声音，几分钟的工夫，汤里的毒药药性发作，五脏六腑都似被利刃凌迟，她口吐白沫抽搐了几下便没了声息。

留根冷冷地看了眼脚下的尸体，离开厨房，穿过寂静的庭院，回到屋子躺下，没想到还能再睡个美美地回笼觉。一直到刘红驹把门踹开，他才醒过来，眯着眼睛看眼刘红驹，不乐意地嘀咕："干什么这么大动静？大清早的。"

刘红驹冷冷地看着他，说："花婶中毒死在厨房了，你不知道吗？"

留根一惊，翻身坐起，胡乱地套上衣服，跳下床，推开刘红驹，光着脚急急向厨房奔去。院子里的石子磕破了他的脚趾头，他都浑然不觉。花婶还像几个小时前那样躺在那里，眼角的泪痕，嘴角的白沫都清晰可见。留根号啕大哭，嘴里嘟囔着："你傻呀，孩子出事是我的错，你再喜欢他们也不该想不开呀。"他这么一哭，大家都知道了，花婶这是因为丈夫看护不当造成孩子夭折而自责，再加上舍不得孩子才服毒身亡。

刘红驹看着哭天抢地的留根，摇了摇头，交代刚赶过来的武剑帮忙处理后事。

刘红驹回到金咏梅的卧室，她挣扎着支起半个身子，问刘红驹："花婶怎么样了？能不能抢救过来？"

刘红驹沉重地摇了摇头。金咏梅失了魂一样地问刘红驹："花婶可喜欢这俩孩子了……宋家这是怎么了，被什么恶灵缠上了吗？"

刘红驹坐在她床边，犹豫了一下，说："咏梅，我觉得留根有问题。"

金咏梅愣了一下，摇了摇头，说："你想多了，不会的，留根在宋家长大，不会有二心……我和那俩孩子没有子女缘分，留根是无心的。花婶也走了，你就不要再怪他了……"

刘红驹见她固执己见，也不和她争辩，说："咏梅，我和武剑要先回一趟镇公所打理一下，晚上就接你和奶妈一起过去，宋家还是先别住了，省得睹物思人，好不好？"他给金咏梅盖好被子，然后等她回答。

金咏梅闭着眼睛轻轻地点了点头。

在回镇公所的路上，刘红驹总觉着留根疑点太多，越想越不对劲。孩子出事后是花婶处理尸体的，莫不是花婶有所发现才被他杀人灭口？如果真是这样，他为何要杀毫无抵抗能力的孩子？再想想宋家灭门惨案，刘红驹不禁打了一个冷战，很有可能，那件事就是他做的。

刘红驹站住了，回头对跟在身后的武剑说："你赶紧回宋家把留根带来，不要让咏梅发现。这个留根，一定有问题。"

武剑应了一声，转身向宋家大院赶去。

武剑跨进宋家大院，看见留根在厨房里忙活。他奇怪地问他："留根，你在厨房做什么？"

留根眼疾手快地将一包药粉揣进口袋，说："家里没人了，我给大少奶奶烧点开水。"

武剑说："现在别忙了，镇长让你去一趟，好像说准备把师娘接过去，正忙着布置房间，让你去帮帮忙。"

留根应了一声，跟在武剑的后面往镇公所方向走去。一路上，武剑也不说话，只是快步地往前走，留根摸着口袋里的毒药惴惴不安，就在武剑出现之前，他刚准备把这毒药放进烧着的水里，想把金咏梅和贾雪荣主仆一并毒死，然后就带上钱财跑路。他知道刘红驹早就怀疑自己，这次看来凶多吉少。经过宋家酒楼时，他突然喊了声"二少奶奶"，武剑下意识地扭头去看，脖子被人用手掌用力砍了一下，立马就瘫倒下去。留根调头转身，跑到街上，雇了一辆马车，向大龙山赶去。金咏梅相信他，宋家大小姐宋江雪一直对他不错，赵老末一向听宋江雪的，他们三人相信他，刘红驹就是再怀疑他，没有真凭实据，谅他也不敢怎么着他。

留根跑到大龙山，守在山脚处的土匪听说是宋家的人，不敢怠慢，蒙了他的眼睛就把他带上山来。宋江雪见他慌慌张张，忙问他怎么回事。他说镇上的保安队要抓他，他就逃这儿来了。宋江雪问："你犯了什么事，为什么要抓你？"

留根"扑通"一声跪下，放声大哭道："大小姐，你肯定还不知道，昨天因为我疏忽，带祖佑小少爷和思佑小姐到河边玩时急着拉肚子，他们俩不小心淹死了。"

宋江雪大惊，宋祖佑从小待在宋家，王思佑还在山上待过几个月，和他们一家三口感情都很深，她身子摇摇欲坠，几乎站立不稳："你说什么，都死了？

那，那我大嫂……"

赵老末赶紧上前拥住她。他恶狠狠地瞪着留根，骂道："你一个大男人，两个孩子都看不好？是故意的吧？"

留根赶紧争辩道："姑爷，我没有理由啊，宋家对我恩重如山，更何况是俩孩子？我老婆花婶因为这个，早上也服毒自杀了……老天爷啊，怎么死的不是我……"

"花婶也死了？"宋江雪浑身又是一抖，她可是花婶带大的，两人感情深着呢。

留根哭道："我也是早上起来才发现的……我闯下这么大的祸，她过意不去，心里难过啊，是我把她害死的……"

赵老末眯着眼睛问他："就因为这个，保安队要抓你？"留根痛苦地点点头："刘镇长八成是怀疑是我害了孩子，我杀了花婶，所以要抓我……两个孩子，是宋家的根苗，我怎么可能害他们呢？花婶是我几十年的患难夫妻，我能下得了那个手吗？"

"那你就跑了？你跑了不就说明你心里有鬼吗？"

"我怕说不清被冤枉……我也确实说不清啊。"

赵老末看了看宋江雪，宋江雪有气无力地朝他点了点头。

赵老末对留根说："你就先在山上待着，等我打听一下，这事儿后面再说。"

宋江雪头脑沉沉地看着留根，想到刘红驹做事稳重，不该无缘无故抓捕留根，不由对他将信将疑。可自己从小到大，与他和花婶朝夕相处，他老实巴交，整天默默无闻、任劳任怨，怎么可能会干出这样伤天害理的事呢？不可能，这不可能！

2

这天中午时分，董明霞再次来到大龙山。

赵老末和宋江雪正在商量，准备回趟木扎。正在这时，董明霞带着警卫员来了。她仍然是劝说赵老末接受游击队的改编。赵老末犹豫不决，宋江雪却想有个安定的环境。宋家遭遇了这么多事情，她想留在家里陪陪大嫂。她劝赵老末：

"董队长这是第三次来大龙山了,有三顾茅庐之德,想来必有诚心。再说,雪末都三岁了,还没见过山下的世界,你也不想他一辈子都待在山上吧?"

宋江雪的话,赵老末一向都是听的,但他心里还有疑虑。他问董明霞:"我曾经关押过你,要把你送给救国军的王司令,你们共产党不记仇?"

董明霞哈哈一笑:"王司令也是打日本人的,就算你把我交给王司令,我也不会受到伤害。再说,你那时打算投奔他,也是为了抗日。"

赵老末又问:"我当土匪这些年,做了些伤天害理的事,你们不会秋后算账?"

董明霞沉吟了一会儿,说:"以前的事情,我们可以既往不咎,但参加了我们游击队,就必须接受我们的改造,遵守我们的纪律。如果再有违反,那就是要严加惩治的。即使是我,也是一样的要求。你能不能做到?"

赵老末看了眼一脸期盼的宋江雪,缓缓地点了点头。宋江雪笑了,开心地握住他的手,他接受了改编,她就不用担心孩子会被人叫作土匪崽子了。

送走董明霞,宋江雪在赵老末的陪伴下回了趟木扎。他们在镇公所里看到了金咏梅,她脸色发黄,形容枯槁,仿佛老去了十岁,整个人黯淡无光如枯萎的秋日黄花。她看到了宋江雪牵着的赵雪末,鼻子一酸,又流泪了。宋江雪忙安慰说:"嫂子,别伤心了,把身子养好,你和刘镇长以后会有孩子的。"

金咏梅胡乱地抹了把泪,哑声说道:"小雪,你看看,为什么咱们宋家会有这么多灾难呢?到底做了什么孽,老天爷这样对待我们?我们宋家真的就要家破人亡了吗?"

宋江雪握住她的手,说:"嫂子,你快别这样灰心,宋家还有你,还有二嫂,还有我,一切都会好起来的……"

金咏梅苦笑道:"你这话怎么和刘红驹说的一样?我知道你们是在安慰我,可我现在真的快受不了了……刘红驹还说留根有问题,我知道留根伤了武剑后跑了。虽然孩子是因他而死,我恨他没带好孩子,可我不信他有问题,他若是有问题,那多可怕呀。你说,他会有问题吗?"

宋江雪犹豫着摇了摇头:"我也觉得他不大可能,毕竟从小就被咱们家收留了,几十年了,都是咱们家的一员了,他怎么可能会这么狠心呢?我不相信一个人会这么坏。"

金咏梅使劲地点了点头，又看了眼旁边白胖白胖的孩子，哽咽着说："你这回回来，就不会再走了吧，宋家太冷清了。"

宋江雪红着眼点头道："恩，我再也不走了，但我还得先再回趟山，把东西收拾收拾，我和老末就下来陪你，你和刘镇长也回来，好不好？以后谁也不能再打宋家的主意了。"

宋江雪还是没能下来。

她刚从木扎回到山上，赵雪末就生病了，一到半夜就啼哭不止，满脸惊惧，怎么哄都止不住。小林真雄诊断了一番，对赵老末说："从身体上看没有什么问题，我想，按你们中国人的说法，这孩子恐怕是见了不干净的东西，被吓住了，过段时间也许就没事了。"赵老末想到这段时间宋家的遭遇，确是不祥，这次下山，怕也是沾上了邪气，便信了他的话。他坚持让宋江雪留在山上照看孩子，不忙着下山。他自己带了大部分土匪到木扎镇接受共产党的改编。

临下山前，留根找到他，期期艾艾地说，能不能替他向金咏梅、刘红驹求求情，他确实是无辜的，待在山上没什么事儿，闲得心慌。宋家那么多事儿，他也不放心。

赵老末答应了。

游击队收编了土匪，一下子兵强马壮起来。董明霞任命赵老末为副大队长，赵老末自然也是高兴。把这一切忙完，他去找了刘红驹，也没瞒他，留根现在正躲在大龙山，他和宋江雪都觉得他不大可能是杀死孩子和花婶的元凶。孩子那事儿，只是意外，花婶之死很可能是她自己感到内疚和悲痛所致。刘红驹想了想，如果这些事情都是留根做的，那他的心理不是一般的强大，他没真凭实据，确实拿他没办法。毕竟现在就像他自己说的，有政府，得讲法制。他又去了一趟宋家，找到金咏梅，金咏梅也同意留根回来。刘红驹忍不住，还是提醒她说，留根即使回来了，也不能大意，平常留点心，有什么不对，及时告诉他。金咏梅虽然觉得刘红驹这是对留根存在偏见，但也没再争执，只是敷衍地点了点头，算是答应了。

留根得到消息，赶紧从大龙山下来，回到宋家，立即把以往被遣散的用人又找了回来，金咏梅又让汪冰搬回来住，还给宋江雪留了个大屋子，打扫得干干净净，整个宋家大院又慢慢恢复了往日的生机。看着忙里忙外的留根，金咏梅觉得，自己没有看错人，留根是个让宋家放心的人。

3

宋学礼死后，宋文彬就再也不想打宋家家业的主意。他如此执着于宋家的家业，实际上还是为了留给儿子。现在儿子没了，还争什么争？宋家这几个月，又遇到了这么大的变故，说起来也够不幸的。老婆李月华已经彻底失常，目光呆滞，与外界毫无交流，只活在那个有儿子的世界里。他现在每天守着她，偶尔到祠堂转转。这天，从祠堂出来，看到留根经过这里，就叫住他问："我听说刘红驹答应入赘宋家，怎么也没个仪式啊？"

留根说："我也不清楚，这得问大少奶奶和刘镇长。"

宋文彬说："总归还是要举行个仪式的，不然，外人会笑话咱们宋家的。"

留根把他的话转述给金咏梅和刘红驹，金咏梅也觉得有道理。再说，自己这是二婚，上次举行一次，成了闹剧，不说热闹，就是走过场，也得意思一下。他们就商量着，已经有过结婚仪式，不如就举办个家宴，请一些族里的老人见证一下，走个形式就可以了。留根听了，忙点头道："我这就去准备。"

家宴就在宋家院子里举行。留根请来了族长宋文彬，还有四个族里的老人。汪冰和武剑还有赵老末都来了，再加上刘红驹夫妻俩，热热闹闹地坐满了一桌。席间觥筹交错，喝得很欢。金咏梅接过留根端来的一碗汤，抿了一口就放下了，她咂了咂嘴，问道："这是什么汤？味道有点怪。"

留根说："我也不清楚，是族长让我端给你的，说是对你身体好。"

刘红驹愣了一下，看了眼宋文彬，虽然他在儿子死后，很是消沉，不再对宋家咄咄逼人，态度好了许多，但还没到这么关心的地步。宋文彬目睹金咏梅和刘红驹恩恩爱爱，想起了儿子，心里难受，一上桌子就开始借酒浇愁，这会儿喝得正猛，根本就没理会这边。刘红驹心里猛地一惊，捏住金咏梅的下巴，拿起勺子就压住她的喉咙，金咏梅一阵作呕，把刚吃的东西都吐了出来。她纳闷地看着一脸惊惧的刘红驹，强压住胃部不适，颤抖着问："怎么了？"

刘红驹冲着武剑喊:"快,快去找大夫。"

武剑知道不妙,立即跳起来,冲出门外。

赵老末明白那口汤可能有问题,担心地问刘红驹:"她就喝了一口,又被你弄吐了,不会有事吧?"

刘红驹红着眼睛对他说:"她的呕吐物里有股杏仁味,是氰化钾。"

赵老末自然知道氰化钾的厉害,站起身来,一脚踹翻留根,吼道:"我就觉得你小子有问题,你老实交代,为什么要下毒?"

留根手指着喝得烂醉如泥、正浑浑噩噩趴在桌上胡言乱语的宋文彬,说:"是他让我端上来给大少奶奶的呀,我哪里知道这里会有毒?肯定是他,他肯定是因为儿子被镇长逮到杀了怀恨在心。对了,对了,我记起来了,我带俩孩子去河滩上玩的时候,和他打过照面,他一定是跟上了我,趁我拉肚子时溺死了孩子。还有,还有花婶,花婶要是想自杀,为什么还要熬一锅汤?一杯水就成了啊,一定是他,偷偷地把药放在汤锅里了。这回,这回也是他提议给镇长举办入赘仪式的……"

赵老末见他说得振振有词,立马跑去将宋文彬拎起来,宋文彬迷迷糊糊地看了看赵老末,嘴里含糊道:"儿子,儿子,你来了呀,喝酒不?你不喝酒。吃菜不?不能乱吃,嘿嘿嘿……"他的手搭上了赵老末的肩膀,打着酒嗝道:"你别怕,我很快就会去陪你了,人就是一世,早晚都是个死,哈哈哈……"赵老末沉着脸,听着他的酒话,愈发像是在汤里动过手脚。他把他狠狠地往地上一摔,宋文彬摔倒在地,身体受痛,清醒了一些,茫然地看了看他:"怎么了,发生什么事了?"

金咏梅这会儿也觉得腹中绞痛,她痛苦地小声呻吟着。赵红驹看她脸色不对,越来越青,心里愈发着急,把她抱在怀里,尽力地安慰着她别怕,大夫一会儿就来,没事的,一定会没事儿的……

刘红驹只顾照看金咏梅,哪里顾得上这边?

留根从地上爬起来,上前扶起宋文彬,说:"大少奶奶喝了你让我端给她的汤,好像中毒了,"他的手碰到他的上衣口袋处,不由奇怪地说,"咦,你口袋里装了什么?"他伸手掏出个小纸包。赵老末打开一看,是晶莹的白色粉末。

他凑近闻了一下,有股隐隐约约的杏仁味。他不由大怒,掏出手枪顶在他脑袋上吼道:"你还有什么话说?"

宋文彬的酒彻底醒了,他摇着手,惊恐地说:"我不知道这东西是什么,哪里来的,哪里来的?我为什么要害咏梅啊,我害了她也没用啊,我儿子都死啦,我……"

赵老末见他还不承认,愈发生气,手一抖,一声枪响,宋文彬颓然倒下,赵老末狠狠地朝他身上吐了口唾沫。

武剑找来的大夫刚跨进门就听见枪声,吓得腿一软就趴倒在地上,武剑赶紧将他扶起来,带到刘红驹身边。金咏梅安抚丈夫道:"你别担心,我只喝了一口,都吐出来了。我不会有事儿的,我还要陪着你过一辈子呢。"

刘红驹抽着鼻子点点头,让大夫赶紧给金咏梅看。大夫先去闻了闻那碗汤,皱起眉头,说:"谁这么毒辣?这药杀头大象都绰绰有余。"又低头闻了闻金咏梅的嘴角,叹了口气,问刘红驹:"喝了多少?就喝了一口?"

刘红驹着急地说:"对,就那一口,我已经用最快的速度让她吐出来了,这,这,这行不行?"

大夫艰难地摇了摇头:"下药太多,一口足够令她毙命,虽说你反应够快,绝大部分吐了出来,可是,还有些粘在口腔、咽喉、食管上,那些还是会要她命的。这是氰化钾呀,一丁点一丁点就能要人命的。"

金咏梅惊恐地看着大夫,拼命地摇头:"你瞎说,我现在不是好好的吗?"

大夫说:"药会慢慢地渗透到身体里,"他觉得对她再说下去有些不妥,就扭头低低地对刘红驹说,"刘镇长,你还是带着夫人进屋吧,再好好说说话吧,时间不多了,不是我无能,华佗再世也救不了啊。"

刘红驹终于落泪了,这世间最残忍的事莫过于此,心爱的人在怀里慢慢死去,他不舍,她害怕。从此以后,他俩将天人相隔,他又将孤单一人。他将金咏梅抱起来,佝偻着背,像个老人一样慢慢地朝屋里走去。汪冰愣愣地看着这一切,当刘红驹抱着金咏梅往屋里走时,她不禁捧着脸呜呜地哭了起来,虽说她和大嫂斗个不停,但终究风里来雨里去相守这么多年,特别是宋家的男人去了,靠的是她们女人,再吵再闹,彼此还是亲人啊。她扑到武剑的怀里,痛哭流涕。赵老末低垂着脑袋，想着山上的宋江雪和孩子，恨不能立刻回去，时时刻刻都和他们守在一起。这个可怕的世界，只有亲人与亲人在一起，才是最值得珍惜的。

每个人心情都很沉重，都很清楚，留给金咏梅的时间不多了，他们或坐或站，揪着心看着金咏梅的卧室，尽管都知道不大可能，但还是盼着能有奇迹出现。

金咏梅躺在床上，觉得浑身乏力，呼吸越来越沉重，她扭头，看着正坐在床边握着她手的刘红驹，喃喃地说："红驹，你上来，躺在我身边，抱着我……"

刘红驹忙在她身边躺下，她手脚无力地瘫软在刘红驹的怀里，轻声说："谢谢你，红驹，能死在你怀里，我已经很满足了，老天待我不薄，我很感激你这些年陪着我……"

刘红驹的泪水缓缓地流了出来，他抚摸着她的长发，低低地说："咏梅，别说傻话了，你一定没事的，没事的……我会一直陪着你，永远陪着你……"

金咏梅凄惨地笑了一下，摇了摇头，说："那大夫没骗我，你在骗我……我没力气了，我感到很累很累，红驹，我不能陪你了。你听，外边有人在哭，是汪冰在哭吗？她哭我吗？她也蛮可怜的，你以后也要好好地待她……我就要走了，红驹，我不要下地狱，我想上天堂，祖佑和思佑一定在天堂，我要是下了地狱，就见不到他们了……"

刘红驹心如刀绞，满是泪水的脸沾在她脸上，失声痛哭："咏梅，你不要说傻话了，你会好的，你会好的……你不要怕，我在这儿陪着你，你就在我的怀里睡吧，我会一直陪着你……"

金咏梅的声音越来越低，说话越来越吃力，她长长地喘了口气，说："红驹，你什么都不要说了，听我说，好不好？我听人说，临死前，把做错的事都忏悔了，还是可以上天堂的，趁我还有口气，我要好好地忏悔……"

金咏梅费力地咽了口唾沫，说："我必须得说，说出来了，我才能一身轻松地上路，我才能再见到他们……这很好，很好，我的俩孩子走了，要不是你，我也早就走了。红驹，你别难过，也别怪自己没照顾好我，这是天意，这是老天爷对我做的事儿的报应。我做了太多太多的错事了，我的亲哥哥把我骗到镇上一家酒楼，在我的茶里下药，把我剥光送给一个下三烂，要不是奶妈及时带人救了我，我就会被他强暴，然后卖到妓院去。他还在我娘面前倒打一耙，说是我主动勾引别人。那年我才十七岁，他就毁我名节，可是，我娘还那么信任他，就是不信我说的，还狠狠地打了我耳光。我气不过，下药毒死了他，我找到一种很毒的药水撒在他身上，他一夜就烂了。"

她吃力地伸开左手，手心里有一块隐隐约约的伤疤，如果不细看，还真看不出来。她说："你看，这是我知道被亲哥哥下药后，怕自己迷了心智，被他们杀害了，把自己的手掐得血肉模糊。从我毒死我亲哥哥那一刻起，我就是行尸走肉了，我这一辈子全毁了。我的名声坏了，在老家没人要我了。我还没出嫁，我娘就先给妹妹定下了宋家老大，老大未嫁就嫁老二，就摆明着老大有不能嫁的理由，这在我们那里，会一辈子都抬不起头。我就故意在学仁第一次上门时，打扮得漂漂亮亮地出现在他面前。"

她看着刘红驹，眼神温柔地笑道："我是多漂亮的人啊，我一打扮，就把他吸引住了，他死活要娶我。我就成了宋家大少奶奶。我娘和我妹妹咏雪从此就恨上我了。要不是我爹公道，坚持给我应得的嫁妆，我怕是又成了木扎的笑话。所以，一直到宋家出事时，除了新婚必要的回门，我都没有再回过娘家。"她喘了口气，胸口愈来愈闷，她不敢停口，她要说，她知道再不说，再不忏悔，她一定见不到天堂里的孩子，她是多么地想见他们啊。

"董少宾设计让学仁赌钱输掉了宋家几百亩良田，老大因此被剥夺了继承权，宋家分家，他一无所有。我恨我公公，他不看在他儿子的面上，也要想想我啊，想想即将出生的孙子，可他没有……我一定要为儿子争取他应该有的，我让奶妈给大龙山土匪送信，我让土匪劫了嫁妆后留下那个戴草帽的，其他人都杀掉。这真是报应，宋家的男人都死了，可戴草帽的却变成了留根，我的丈夫被我亲手害死了……奶妈那一夜奔得急，彻底伤了身子骨，现在只能躺床上……我死后，求你好好待她，她待我比亲娘还亲啊。"

"知道为什么你一怀疑留根，就被我否定了吗？那是因为我才是真正的凶手啊……"她的声音开始断断续续，刘红驹耳朵出现了奇怪的啸叫声，他不可置信地看着怀里皮肤开始泛红的女人，觉得有点陌生。宋家的悲剧，竟然是她一手策划的，她怎会是如此狠毒的人？可是，他看到的，从来都是他喜欢的样子啊，美丽、理智、通情达理、孝顺公婆……

金咏梅的手脚开始抽搐，她头痛欲裂，口齿开始含糊不清，但她还在说："我为了丈夫，丈夫死了；我为了孩子，孩子死了，我这都是报应啊……都是报应……还好，还好，我曾为了你，叫那日本人占了便宜，可你好好的，我要你好好地活着，好好地活着……"

她说不出来话了，神智开始不清，她很努力地睁大圆圆的眼睛，死死地盯着刘红驹的眉眼，脸上露出不舍的神情。刘红驹撕心裂肺，把女人紧紧地抱在怀里，心口贴着心口，脸贴着脸，像藤与树的纠缠，放声大哭……

4

金咏梅还未及下葬，贾雪荣也去了。她从来都是为了自家大小姐而活，杀了金家少爷，杀光除了姑爷以外的宋家男人其实都是她的主意，没想到却把大小姐置于地狱了。她死了，她自然要追随而去，上穷碧落下黄泉，她是要陪着小姐的。她艰难地翻身，趴在床上，将脸死死地压住枕头，终于憋死了自己。刘红驹决定将她和金咏梅合葬在一个棺木里，像一对母女那样头靠着头，手握着手，但愿到了另一个世界，她们能成为真正的母女。

刘红驹把自己关在屋里，有点了无生趣的意思。他想着自己这多年来一直不忘董明霞，以为从此不会再为别的女人动心，可是遇上了金咏梅，他才明白什么叫两情相悦。这是他真正的爱情，本以为能细水长流，却横遭不幸，与爱人天人相隔。而金咏梅最后的忏悔对他的打击更是如山崩地裂，她完全变成了另外一个人，一个他无法相信也无法接受的人。他该怎样面对以后的日子呢？木扎的日本人没了，他来木扎的目的早已达成，他在这里还有什么意义呢？是时候要离开了，但离开之前，有一件事儿，他必须要做。

两天后，他出了屋门，武剑正焦头烂额地在院子里乱转，见他出来，方放下心来。刘红驹表情淡漠，低低地说："武剑，当年宋家灭门惨案，主谋是金咏梅，递信的是贾雪荣，凶手是大龙山的土匪。这个案子，本来是那个真刘红驹要做的事儿，咱们就善始善终，把它了结了吧。你立即带上保安队，把赵老末捉拿归案。宋家虽然破败至此，但宋家还有一个汪冰，宋学礼一直被冤着，虽死了，该正名就正名,该追究就追究。"

武剑愣在那儿看着刘红驹,半晌方嗫嚅道:"师傅,师傅,师娘怎么会……你是不是搞错了?我不相信。"

刘红驹神情黯然:"这是她临死前亲口给我说的,如果不是她亲口说的,我也不会相信。"

武剑终于相信了,他摇了摇头,伤心地说:"师傅,您大可不必说出来,这事,太惨了……"

刘红驹点了点头:"我也只是给你说说,让你明白宋家灭门的凶手到底是哪些人,让你心里明明白白。你当然不会再把它说给别人,我也会护着咏梅的名声,她本来不应该成为这样一个人……你去把赵老末抓起来吧,这毕竟是几十条人命,我们还有法制……"

他朝武剑挥了挥手,又转身回到屋子,关上门,遮断了外面的阳光。

武剑回到保安队组织好人马,冲到赵老末的驻地。赵老末却早有防备。他估计着金咏梅在最后时刻会向刘红驹说出宋家灭门的真相。在刘红驹把自己一个人关在屋里这两天,他一直没闲着,不但把带下山的人都聚在了一起,连山上留守的旧部都陆续来到了木扎。这一切都是悄悄进行的,理由是提防共产党清算旧账。如果刘红驹不知道宋家灭门真相就算了,如果知道了,并且还想找自己的麻烦,那就撕破脸皮,杀出木扎镇,重回大龙山做自己的土匪。

武剑带领的保安队一出现,土匪们也立刻做出反应,拔枪相向,双方僵持在一起,虎视眈眈。赵老末从屋里出来,对武剑说:"武队长,你是国民党的,我现在是共产党的人,国共还没撕破脸皮,咱们至少面子上还得说得过去吧,你这是唱的哪出?"

武剑冷笑道:"这和国共无关,刘镇长让我奉命来拿你……"

赵老末立即打断了他,说:"你不用说了,我明白了,这不是公事,是私事,既然是私事,那咱们私下里谈比较好,千万不要让兄弟们为咱们的私事而动了刀枪,连累了无辜。你说是不是?"

武剑看了看,如果硬来,保安队未必是土匪的对手。赵老末说的未尝没有道理,枪声一响,子弹无情,不知又有多少无辜死于非命,还有,赵老末至少名义上是共产党的人了，这一开打，就是国民党与共产党火并了，这个责任也不是他武剑能承受的。

武剑说："那你说怎么办？国有国法，家有家规……"

赵老末笑道："武队长，你急什么？我已经说过了，既然是私事，咱们就私下里解决。来来来，就咱俩，谁也不带武器，咱们到屋里来谈。"

他说着，掏出手枪，递给了身边一个土匪。武剑看了看，谅他也不敢有什么小动作，就也把枪递给了身边的一个保安队员，跟着赵老末到了屋里。

赵老末掩了门，低低地说："武队长，你不用多说了，我知道你是为何而来。你告诉刘镇长，我赵某人自从和小雪在一起后，就再也没做过伤天害理的事。宋家的事，我比谁都后悔，可是，这世上没有后悔药。我只希望能瞒住小雪，宋家接连出事，她已承受不起，让她知道这事儿是我干的，她能受得了吗？我是决不会再伤害她了，也不愿意再让她受伤，这事儿，如果刘镇长能高抬贵手……"

武剑说："国有国法，家有家规，自古以来，杀人偿命，你识相的话，就乖乖束手就擒，跟我回去，这事儿也许还有转机……"

赵老末摇了摇头："我跟你回去了，那就是一起大案，你觉得刘镇长会放过我吗？我实话对你说吧，你要想把我抓走，那是不可能的，但我也不会为难你，我也不会留在木扎，让你们向共产党要人，惹得你们国共之间又起纠纷。我立即带上我的人马退回大龙山，你们放心，我们绝对不会下来袭扰木扎镇。你要是不同意，那我也没办法，就让你的保安队和我的队伍好好打上一仗吧，不过，我也提醒你，至少眼下我的队伍名义上还是共产党的，你们可是在打共产党……"

武剑紧紧地皱着眉头，知道他这是耍无赖，但你也不能不说他说的还是有道理的。怪就怪自己太莽撞了，还以为带了保安队来，是代表政府执法，赵老末会乖乖地束手就擒，没想到他要和他兵戎相见。更要命的是，他都忘记了和董明霞打个招呼，这要真是刀兵相见，确实是在和共产党的队伍开战。再和刘红驹商量已经来不及了，他只得眼睁睁地看着赵老末带着土匪们离开了木扎镇。

赵老末刚出木扎镇，就看到留根倚在一棵树下，显然是在等他。想想宋家只剩下留根这个老字辈的人了，就让土匪将他一并带上，以后是再也不能回木扎镇了,也算是给宋江雪留个念想吧。

　　大龙山上鸟语花香,棉花样的白云近在咫尺如人间仙境。宋江雪挽着袖子露出藕一样浑圆白嫩的胳膊,带着孩子在林子里挖竹笋,泥土的芬芳沁人心脾,她看着赵雪末高高地撅着屁股,顿起了玩心,伸出一个指头往儿子屁股上轻轻一点,肥肥胖胖的孩子就头重脚轻地向下倒去,松软的泥土和青色的竹子护住了他幼小的身体,他不仅不恼,还好脾气地朝着宋江雪咯咯地笑着,笑容里有种刻意的谄媚。宋江雪扑哧一声也笑了起来,她抱起沉甸甸的儿子,想起了赵老末,他都下山半个月了,怪想他的。正在给孩子收拾身上的碎土,下面林子里传来了鸟雀被惊起后在竹子间乱窜的噗噗声。宋江雪直起腰朝下面看去,一会儿,有个土匪跑上来,兴高采烈地叫道:"嫂子,老大带着队伍回来了!"

　　宋江雪感到奇怪,怎么突然回来了?不是说好的,安顿好后,接他们娘俩下山吗?她抱着孩子慌慌地迎过去,赵老末老远看见她,便走得飞快,后来干脆跑起来。来到她身边,将娘俩都搂在怀里。身后的土匪都上来了,见状都笑出声来。赵老末将孩子接过来单手抱着,另一只手牵着宋江雪回到山顶。

　　宋江雪给他打来热水擦汗,问他:"怎么突然回来了,山下出什么事了吗?"

　　赵老末随口道:"噢,共产党的纪律太严,啥都管,没什么意思,弟兄们都吵着要回来,我就只好带他们回来了。"

　　宋江雪皱了皱眉头,心里有点不悦,人家游击队这么多年都受得了,为什么偏偏你们就受不了?但见他刚回来,也不好多说什么,以后再慢慢和他说吧。她笑了笑,摇了摇头,将水倒了后就去哄孩子睡午觉。赵老末心思沉沉地站在她身后,看着她轻轻拍着儿子,听着她声音轻柔地哼唱悦耳的摇篮曲,眼睛酸疼,竟有一种想放声大哭的感觉。宋江雪回头看他,他忙又慌慌地把头扭向一边,心里愈发沉甸甸的。他不敢再看她,慢慢地出去了。

　　宋江雪哄睡了孩子,坐在床边愣了一会儿,觉得赵老末这次回来,和往常大不一样。往常离开半天,回来就百般殷勤,想方设法地要和她亲热。这次却一番心事重重的样子。他是不是有什么事儿瞒着自己?他难道又做了什么恶事?是的,一定是的,就是因为这个,共产党才不要他们的。她越想越觉得不安,就想去问问丁火。他是赵老末的心腹,肯定知道一些什么。她起身简单收拾一下,便去了丁火那里。丁火不在，门也没关严实，她也懒得让人去找，遂推门走进去等。丁火屋子有点乱，衣服扔得到处都是，鞋子也是东一只西一只，床头的柜子抽屉半开。她皱着眉头看了一圈，实在受不了，索性给他收拾起来。脏衣服放一边，干净的衣服折叠好，鞋子用脚踢踢整齐，一转身，右腿在空中划过一道圆弧，脚搭上了柜子抽屉，轻轻一伸腿，抽屉往里进了一些，再伸腿，抽屉不动了，她使了使劲，好像卡住了，她用手往里面推了推，不行，就弯腰使劲去推。"咔嗒"一声，抽屉里的一层板错了位。她把木板拿出来，看了看里面，有银票、戒指，还有……她好奇地用小拇指勾出银票下面露出的一截金链子，一块怀表露了出来。

珐琅面、黄金壳、珍珠口、微雕画。

如五雷轰顶，她呆在那里。

这是她买给父亲宋文忠的礼物，她记得很清楚。大约八九年前，宋文忠去上海谈笔生意，她听说十里洋场的繁华，也闹着去。作为家里唯一的女儿，宋文忠对她宠溺甚深，自然就带了她。到了上海，他谈生意，她就逛铺子，在一家钟表洋行，她看上了这块怀表，想到父亲带上它能增添一份儒雅，就用所有的零花钱买了它，送给父亲时，他脸上露出的惊喜和快慰如今还能记得起。

父亲的怀表怎么会在丁火的手里？

难道说，宋家灭门惨案不是救国军干的，是赵老末干的？宋江雪顿时眼冒金星，随即感到天旋地转——因为自己刚刚闪过的那个念头。她一屁股坐在床边，浑身上下到处都痛，她喘了口气，才发现，最痛的是心口。

浑浑噩噩地出了丁火的屋子，行尸走肉一样在竹林子里晃悠。太阳渐渐西走，她两手交握，手心里握住父亲从不离身的怀表，不知道何去何从。宋家出事后，她悲伤她难受，但怎么也比不过母亲和三个嫂子，她们搭进去的是全部的人生，而自己，却还有无限的可能。看她们日日如坐针毡地算计，她保持着微妙的距离冷眼旁观，被母亲使唤着做些什么，她就满腹委屈心生埋怨，恨不得立即离开宋家脱离苦海。到了大龙山和赵老末在一起，她才觉得自己过上了真正的日子，也才逐渐理解了母亲和三个嫂子的苦楚，宋家女儿的责任心也渐渐建立。现在，现在，她竟然发现，杀害父兄的凶手就是自己的丈夫，是土匪赵老末。他是母亲的仇人、三个嫂子的仇人，还是自己的仇人。她还为他生了个儿子，还一心想和他过一辈子。这个男人，从一开始就知道自己杀了她的父兄，还霸占她的心，他就那么狠毒！如果她没发现这块怀表，他是不是要隐瞒她到死？

"大小姐，你怎么在这里？"

身后有人喊她，她回过头，是留根。留根？留根怎么也上来了？留根和赵老末？她的大脑飞快地转动了一下，宋家迎亲那天出事，回来的只有宋学礼和留根，留根受了伤，宋学礼完好无损，所以，所有人都认为是宋学礼报的信，没人怀疑过留根。在这之前，赵老末也数次出言帮过留根，现在，赵老末突然回山，留根也跟着回来，他两人的交情一定不浅。难道说，六年前，赵老末杀宋家男人，那个报信的就是留根？

她不动声色地走近他，问他："留根，你怎么上山来了？宋家是不是又有什么事儿？"

留根嘴一张，就嚎了起来："大小姐，大少奶奶她，她也死了！"

宋江雪呆住了，脑袋像是被一根木棍狠狠地敲了一下，宋家有谁还活着？为什么一个一个地死去？金咏梅，那可是宋家的主心骨，连她都去了，宋家是真的完了！半晌后，她喃喃地问他："留根，你是来给我报信的吗？"

留根点点头，狠狠地说："大少奶奶是被族长下毒害死的，姑爷已经为她报了仇。"

宋江雪在心里冷笑，宋文彬？宋文彬是想一心谋夺宋家家业，但说到底，他也只是一个一无是处的懦弱男人，胃口很大，胆子却小，他哪里有这样的本事？他要是敢害了金咏梅，也不会到死都没能得到一丝一毫的宋家家业。毫无疑问，这事还是留根干的，并且是联合赵老末干的，害死了金咏梅不说，居然还嫁祸在宋文彬头上，这两人，到底是什么样的人啊？简直连畜生都不如！她万分悲痛，慢慢地往回走，经过他的身边，右手伸进裤子口袋，那里有把小巧的匕首，是赵老末给她用来防身的。她悄悄地褪去刀鞘，紧紧握着刀柄，正要掏出来刺过去，留根凑上来，体贴地说："大小姐，你可要保重身体啊，宋家现在就你和二少奶奶了。"

宋江雪点了点头："留根，你也是宋家的人，我和二嫂只是两个女人，以后宋家的事儿就只能全靠你了。"

留根点头道："大小姐你放心，我一定会好好打理宋家。"

宋江雪突然笑了一声，这笑声听起来有点古怪，像夜色中乌鸦嘎嘎的叫声，刺耳、尖利。留根抬头担心地看了她一眼，说："大小姐，你也别伤心了，等过些日子，你和姑爷下山，这宋家，姑爷就可以担起来了。"

"唉，等过些日子再说吧。"

宋江雪左手一松，手里的怀表掉到地上，她身子晃了晃，摸了摸额头，半哑着嗓子对留根说："我头晕，你帮我捡一下。"

留根立即弯腰，将怀表捡到手里，然后就愣住了，宋文忠在世时，他天天跟着他，自然认得出这只怀表，他记得迎亲那天，他身上也带着这块怀表……他猛地感觉不妙，正想抬身，后心处一阵剧痛——宋江雪在他身后将匕首没根插入他的后心，然后往下用力一拉。她曾亲眼瞧见赵老末就是这样快速地杀掉了一个日本兵。她是多么聪明的人啊，一学就会。

留根哀号着朝地上栽去，抽搐着扭头看着宋江雪。宋江雪叹息了一声，是自己力道不够，还是留根足够强壮？竟叫他发出了声音。赵老末明明说过，这样的刀法会撕裂心脏，让人发不出任何声音，也就不会引来敌人。好在此时土匪们都很忙碌，好在大龙山常有野兽出没，即便被人听见这异常的声音，也会被当成是野兽的嗥叫。她死死盯着留根的眼睛，看着那里慢慢泛起一片灰白，慢慢黯淡无光。他的脸正好压在怀表上，宋江雪蹲下身子，看着怀表沉默良久，留根那张令人厌憎的脸还是可怕的，她终究没有将它抽出来。她站起身来，望了望无边的竹林，慢慢转身，像个老人一样踱回屋子。赵雪末睡醒后找不到妈妈，哭得惊天动地，半天没见妈妈来哄，也就不再装模作样了，自己正抱着个枕头讲故事。看见宋江雪进来，他狗腿子一样去拉她的手，把她拉到床边坐下，很严肃地说："你和爹都跑哪里去了？把一个小孩子留在屋里很危险，下回可不许这样啦。"

他说着爬到宋江雪的腿上跨坐好，抱着她的腰身轻声说："好啦好啦，我知道你不是故意的，我原谅你了。"宋江雪看着眼前的儿子，活脱脱一个小赵老末，那眉那眼，还有笑起来时微扯的嘴角……她猝然扭过头去，眼泪不争气地流了出来。她吸了吸鼻子，摸着儿子的小脸说："雪末，妈妈带你到崖边玩，好不好?"

"可是你不是说,那里危险,大人孩子都不能去吗?"孩子一脸困惑地看她,见她神情悲伤,又赶紧说,"不过有妈妈的地方,怎么会有危险呢?我们去吧。"

宋江雪咬牙道:"路远不好走,妈妈来背你好不好?"

"我这么大了,怕你背不动啊,让爹背我好了。爹力气大,他说他要抱着我把大龙山跑个遍,爹很厉害的。"

"不了,我们先去,你爹有事儿,随后过来。"宋江雪站起来,说,"雪末,你不是跟娘习了几个字吗?你给爹留个纸条,就说我们去崖边等他。"

"好呀,可是我会写边,不会写崖。"赵雪末不好意思地绞着小手说,"妈妈写,我学,好不好?"

宋江雪摸了摸孩子的脑袋,拿出纸笔写了"崖边"两个字,赵雪末很认真地依葫芦画瓢写了下来。宋江雪将自己写了字的纸扔了,然后让孩子站到桌上趴上自己的后背。两人出了门,赵雪末从后面搂住她的脖子,有一口没一口地亲着,开心极了。

赵雪末睡醒哭起来的时候,赵老末听到了。以往赵雪末哭的时候,只要他在山上,总是第一时间跑去哄他,但今天,赵老末听到了哭声,虽然条件反射立即站起身来,但还是没有去。眼前他有更要紧的事去做。他正和一窝子土匪商量,准备离开大龙山另谋出路。他杀了宋家男人的事情怕是瞒不了多久,只要宋江雪一下山便会知道。宋江雪喜欢的是山下的世界,他不能将她一辈子困在山上,更何况还有个孩子,以后还会有更多的孩子。唯一的法子,就是在宋江雪知道真相前远远离开木扎。他从不敢想象,宋江雪若是知道了真相,会发生什么事情。

能到哪里去呢?至少也要离开木扎几百里,甚至上千里,越远越好。

土匪们正七嘴八舌地出着点子,一个土匪跑了过来,尖声叫道:"老大,不好了,竹林里死了个人,好像是刚上山的宋家管家。"

赵老末愣了一下,心里咯噔一下,顿觉大事不妙。他赶紧起身跑到竹林里,留根脸朝下栽在地上,伤口从后心处往下走,一把匕首插在那里。匕首刀把纤秀,赵老末一眼就认出了是宋江雪的。

宋江雪为何要杀了留根?她一个弱女子,下手如此狠辣,像一个老道的屠夫,刀子插入心脏后迅速下划,将心脏整片割裂,若不是力弱,怕是肋骨也能断上几根。他蹙紧眉头想,这种刀法是自己独有的,她什么时候学会的?她为什么要杀他?她一直怀疑是留根杀了两个孩子和花婶,莫不是她发现了什么证据?

正想着,蹲在尸体旁察看的丁火站起身来,脸色惨白地看着他,颤巍巍地说:"老大,我、我对不住你,嫂子她、她一定是知道宋家那事儿了。"

赵老末脑袋"轰隆"一声,瞪着眼睛问他:"她怎么知道的?你们谁告诉她的?"

丁火摊开手,手里攥着的正是那块怀表。他哭丧着脸说:"这、这是在留根身下发现的。"

赵老末吃惊地看着丁火:"这、这些不是早让你处理掉了吗?"

丁火一个耳光抽到自己脸上:"是我贪心,没舍得扔掉,我把它收到抽屉的暗层里……"

赵老末呆了一会儿,最可怕的事情终究来了,宋江雪知道他杀了她父兄,会怎么样呢?她人呢?他冲土匪们叫道:"你们嫂子呢?"

土匪们惊惶地看着他,慌乱地摇着头。

一个更可怕的念头闪过他的脑际,自己似乎曾听到孩子的哭声,这会儿怎么又没有了?他不由又惊叫道:"孩子呢?"他拔腿往屋子跑去,土匪们赶紧跟在他身后。

屋里空荡荡的,娘俩都不在,桌上留了一张纸条,上面歪歪扭扭写着两个字"崖边"。

赵老末愣了愣,他看了看身后的土匪,像是问他们,又像是在问自己:"去崖边?他们去那里干什么?为什么是孩子写的字?"

丁火最先反应过来,带着哭腔说:"老大,咱们赶紧去吧,那悬崖可是深不见底……"他话音刚落,赵老末人已经窜出屋子。

宋江雪抱着赵雪末坐在悬崖边,赵雪末睡着了,长长的睫毛微微颤动,似乎正在做一个美丽的梦,脸上露着笑意。悬崖深不见底,半山腰飘着洁白的云彩,鸟从天空中飞过,唱着动听的歌谣。她轻轻地哼着歌儿,山风轻柔,将歌声传得很远很远。赵老末老远就听到了,顺着歌声拼命地奔跑,看到宋江雪坐在悬崖边，忙收住了脚步，胆战心惊地看着她，似乎有一肚子话要对她说，却又不知道从何说起。

宋江雪站了起来，轻轻笑了一下："你来了啊，我就知道你肯定会来的。"

赵老末出了一身冷汗，叫道："小雪，你别动，我求你，你千万别动……"

"你杀了我爹和我四个哥哥，而我，却夜夜与你同床共枕，还给你生了个儿子。"她的表情如此平静，声音如此平和，却令赵老末毛骨悚然。她的眼神蒙了一层水汽，看着赵老末，又像是看着没有尽头的天边，"我是宋家的女儿，我自然要给他们报仇。赵老末，我要杀你，可以在你的饭里下药，可以在你睡着的时候割断你的喉咙，或者把匕首插进你的胸口……可是，但凡我想到那样的画面，我就下不了手……"她的声音低沉下去，似乎懊恼自己对赵老末还是有感情的，但随即她又扬起了声音，似乎很兴奋，"可是，我想了想，那样未免太便宜你了，我不会那样做的。我有更好的办法，我可以杀了你爱的人，你的妻子和你的孩子。"

宋江雪朝怀里睡熟的孩子脸上亲了一下，又抬起头来，笑眯眯地看着赵老末，说："我知道你很爱他们，没了他们你会很痛苦，我要杀了他们，让你以后每一天都生不如死……"

赵老末脸上肌肉抽搐，眼前发黑，他可怜巴巴地看着她，哀求道："小雪，你别这样，你说过，不管我犯过什么错，只要改正，你都会原谅我。我自从喜欢你的那一刻开始，没有一天不后悔当初做过的事。可是我已经做了，时光又不能倒转。我那时就发誓对你好，什么都听你的，好好地和你过一辈子……你不能这么狠心，小末也是你的亲骨肉啊……"

宋江雪的笑意更浓，看上去充满柔情蜜意，却也让人不寒而栗。她说："对，小末是我的亲骨肉，所以我要把他带走，我们娘俩相伴，也不孤单，你就一个人孤零零地在这世上……你看看小末，他多乖啊，他睡着了，不会怕，也不会疼的……"

赵老末绝望地瞪着她，嘶哑着喉咙叫道："小雪，杀人偿命，我做的孽，就让我来还，你带着孩子回来，我跳下悬崖，只要你们好好活着，我去死……"

他说着，往前走了两步，宋江雪立即往后退了一步，她再退一步，就要跌入万丈悬崖。赵老末忙停了下来。

宋江雪摇了摇头，眼神里闪过一丝戏谑，说："赵老末，我刚才说的那么多，真是白说了，我如果想让你死，那还不容易吗？我要你活着，那才是难的……你不要动，没用的，我会在你抓到我之前跳下去，你说是你快，还是我快呢？"

赵老末眼睛充血，心痛地哀叫："小雪，你别跳，别跳啊……"

他伸出手，跟跟跄跄挣扎着要过来拉住她。

宋江雪笑意盈盈地看着他越来越近的手，突然扭过身子，往前一跨，飞快地向悬崖下坠去，很快消失在雾色霭霭的云里……

赵老末惨叫一声，一步跨出去，竟想一同跳下去，紧跟身后的两个土匪抓住他，将他按倒在地。

赵老末举手握拳砸向地面，锋利的石子割破了手掌，竟没有一丝痛感，像野兽一样号叫着。

他渐渐平息下来，脸朝天躺在地上，看着正在给他包扎手心的小林真雄，喃喃地说："他们娘俩没了，我怕是也活不了了。"

小林摇摇头不知说什么好，只能低头处理伤口，半晌才出声："我听到李美兰嫁给宋学礼的消息，也以为自己活不了了。"

赵老末抬头看他："可你现在还是好好的。"

"嗯，挨过那段时间，就会把她放在心里怀念。"小林真雄充满忧伤地说，"是我不好，没有坚持的勇气，也没有帮她脱困的能力，她才无奈嫁给了宋学礼……"

赵老末摇了摇头："我不是你，李美兰也不是小雪。小雪说对了，活着比死还难，与其活着哀悼，不如永世伴她。"

他猛地挺身坐起，推开小林真雄，飞奔到悬崖边，张开双臂跳了下去……

各自珍重

1

木扎镇长春堂成了游击队的队部，董明霞就住在这里。

长春堂早已经不再卖药治病了，乔掌柜没了，这里就空了下来。董明霞一进木扎，就到了这里。这里的每一样东西，都还是乔洪涛在时的样子。她睡在他的床上，用他的茶壶烧水，用他的杯子喝茶，甚至还把他留在衣橱里的长衫改成了两件中衣贴身穿在身上。他们之间的爱恋是一场精神之恋。从麦河根据地分别后，她都想好了，等赶走日本人，她就会与他结婚生孩子。现在，日本人被赶走了，他却不在了，他离开人世的时候，恐怕还不知道他所爱的女人终于有了想和他一起白头到老的念头。

只是，就算他还活着，眼下能不能过上自己如意的小日子还真说不准。她刚刚接到上级的指示，虽然重庆谈判签订了停战协议，但国军利用停战的机会，正在加紧向解放区调兵遣将，一场内战迫在眉睫，让她必须做好应对的准备。

几天后，国民党的军队就要进驻木扎，为以防万一，她必须立即带着部队撤离木扎。

董明霞感觉到了事情的严重性。

没了乔洪涛的木扎也没什么好留恋。她将乔洪涛用过的茶杯和那件没穿上身的中衣放进箱子，离开了长春堂。她交代过朱子青，游击队已经做好了撤离的准备，随时都可以出发。离开木扎之前，她觉得有必要去见见刘红驹。在刘红驹和武剑的带领下，保安队军容严整，训练有素，不是正规军，却有正规军的素养。如果能把他和保安队争取过来，游击队无疑如虎添翼。

刘红驹见到董明霞主动来找她，吃了一惊。她在木扎近半年，有什么事儿都是让朱子青来和他交涉，她从来都没有找上门来。他怕见到她，倒不是会想起死在自己枪口之下的乔洪涛，形势逼迫下的作为，他早已过了心里这一关。他怕的是，她再逼着他加入游击队。朱子青就多次游说过他，他都一一拒绝了。她来游说，他自然还是拒绝，但这又会伤了她的面子，这是他不愿意的。

他移开目光不去瞧董明霞，低头问道："找我有事？"

董明霞朝他笑笑，说："咱们开诚布公好好地谈谈吧，我什么都不会瞒你的。谢谢这半年来你对我们游击队的关照，我们就要离开这里了。"

刘红驹有点惊讶："为什么要离开？重庆谈判不是签了停战协定了吗？"

董明霞摇了摇头："协定签了是签了，但说白了，那只是一张纸而已。如果有人不想遵守，随时都可以撕毁。我怕是国共两党很快就要兵戎相见了。你难道不知道吗？各地的国军正大举向解放区移动，看样子是准备开打了。我刚接到上级命令，我们很快就要带着部队离开这里了。"

刘红驹眉头紧紧地皱了起来："我只是一个小小的镇长，你说的这些情况，我还真的不知道……如果你说的是真的，那我们以后有可能是敌人了？"

董明霞也沉默了。她看着刘红驹，想起了多年前在延安，但凡有空，他们仨总会结伴同行，在夕阳下的田垄上散步，于清风明月下，畅谈人生讴歌理想。他们那时对未来有无数的设想，下定决心，哪怕是暗谷险滩，也要勇往直前。现在，一个人牺牲了，一个成了共产党，一个成了国民党，将来还有可能是敌人。她摇了摇头，说："我们也可以不是敌人，而是亲密战友。"

刘红驹笑了笑，说："我就知道，你又游说我加入共产党……我们各为其主，恕我不能从命。"

董明霞愣了一下，说："你真的是国民党的人？"

刘红驹没有回答，低头沉默了一会儿，才说："咏梅在这里。"

董明霞点点头，说："如果你改变主意，我会等你。"

刘红驹抬头看她，有点玩世不恭地问道："是等我加入你们的队伍，还是等我与你在一起？"

董明霞有点懊恼自己突然说出这样的话，但还是老实地对他说："你知道我和洪涛之间的关系，忘掉他也不是一时半会儿的事，就像你离不开木扎，是因为金咏梅葬在这里。你呀，还是和从前一样，正经事儿都要用不正经的话来说。我希望你能认真考虑一下我的建议。我不管你是真的国民党，还是假戏真做，国民党到底怎么样，你应该也了解。我们共产党虽然还弱，但我们代表了民族和国家的未来，胜利也一定是属于我们的。"

刘红驹点了点头，说："我很佩服你有坚定的信念，但我也有我的信念。我们好聚好散，就是将来真要开战了，我希望我们还是尽量不要在战场上遇到了。你多保重。"

董明霞失望地看了看他，摇了摇头，起身告辞了。

刘红驹闷头坐了一会儿，又起身来到门口，看着董明霞愈来愈远的背影，一脸凝重。

2

董明霞带领游击队撤出木扎不久，一支国军开进了木扎。刘红驹早就接到了通知，特地让武剑赶制了青天白日旗，插遍了木扎，随风飘扬。木扎镇的居民在刘红驹的组织下，聚集在街道两边欢迎。每个人脸上都是喜气洋洋，这是木扎镇光复后，国军第一次来到木扎，自己国家的正规军，当然看着亲切。

国军果然威武，机枪大炮，队伍前不见头后不见尾，脚步踏在大地，铿锵有力。人们卖力地挥舞着手里的小旗，喊着欢迎国军的口号。等大部队走过去了，后面还有一支队伍，虽然都穿着崭新的国军军装，但怎么看都觉得有些面熟。再一细看，这不是赵老末的土匪吗？没错，走在队伍前的是丁火和小林真雄。天啊，怎么还有日本人呢？他们张着嘴看着他们，欢迎的声音慢慢沉寂下来。

刘红驹也看到了。赵老末死掉的消息他早已得知，丁火投了国军也没什么意外，意外的是国军队伍里居然会有日本人。如果国共真要打起仗来，不但是一场同胞相残的悲剧，而且还有日本人在帮他们杀中国人，这算什么呢？他突然有种不祥的预感，但到底是什么，他又说不清。

来到木扎的是一个团。刘红驹让武剑出面安排，武剑就带着他们驻进了原来日军的军营。

忙完了这一切，刘红驹坐在办公室里等着他们，他们一定会来。果然，当天下午，他的办公室就来了两个国军军官，带着一队士兵，后面还跟着丁火和小林真雄。来人一进来就让人把他绑了。

刘红驹似乎并没觉得意外，很平静地看着他们，问道："为什么要抓我？"

为首的一个军官冷笑一声："我真佩服你，做了这么多年汉奸，居然到现在还没有跑掉。"

刘红驹说："我是汉奸？我倒感到好奇，我做过哪些卖国求荣的事？"

国军军官撇了一下嘴："死到临头，嘴巴还这么硬！我问你，共产党的乔洪涛是不是你杀的？杀了也就杀了，谁让他是共匪呢。这个就算了，但国民政府任命的镇长林双江是不是你杀的？救国军是不是你出卖的？"

刘红驹笑了："救国军是我出卖的？你们能不能编个更靠谱的？"

国军军官把头转向小林真雄，小林真雄冲他点了点头，说："我当时就在日军联队长井上一夫身边，我亲眼所见，确是刘镇长出卖的救国军，是他设计的方案，也是他送出的假情报。"

刘红驹惊愕地看着他，不解地问他："小林君，我一直认为你是一个君子，现在怎么也会睁眼说瞎话了？算了算了，我明白了，你到底还是一个日本军人，是不是还在恨我带保安队反水，杀了你们的联队长？你要为他报仇？"

小林真雄傲慢地把头扭向一边，根本就不看他。

刘红驹也不生气，他看着那两个国军军官，一脸风清月明的笑容："你们搞错了，我不是汉奸。林双江虽是国民政府任命的，但我来到这里时，他已经叛变投敌了。再说，哪怕我是汉奸，你们也拿我没办法。我是军统的人，军衔是上校,并且还是戴老板亲自派我和武剑前来潜伏,破坏日军的物资中转站的,我们的确也做到了。"

国军军官冷笑道:"戴老板已经死了,死无对证。相反,有人证,有物证,你就是汪精卫政府的汉奸。你杀了重庆政府任命的镇长林双江。要不是你亲手击毙了共匪乔洪涛,我现在就能把你就地正法。"

刘红驹还要再说什么,国军军官一挥手,两个士兵扭着他的胳膊把他押了出去,他经过小林真雄的身边时,看到他嘴角边露出一丝狞笑。刘红驹摇了摇头,自己还是看错人了,禽兽毕竟是禽兽。

2

刘红驹被关押的地方他倒是熟悉,就是日军曾经关押过他的地方。

戴老板已经死了,他和武剑都是戴老板一人掌握的特工,军统任何档案里都没有他们的记录,除非有奇迹出现,自己这条命看来要完了。

奇迹还是出现了。

半夜时分,一个人影出现在牢房前,他拨弄了一阵,弄开了锁,将刘红驹带了出去。跑到木扎镇外,他拉下遮着的面巾,竟然是朱子青。刘红驹不解地看着他,问他:"怎么会是你?你们不是撤走了吗?"

朱子青说:"国共之间这一仗看来不可避免了,上级认为,我到底是军统的人,留在敌人这边比在战场上作用更大,让我继续潜伏。你快走吧,他们准备过几天就召开公审大会,把你当作汉奸枪毙了。"

刘红驹眯着眼睛问他:"你告诉我的太多了,这是做特工的一大忌讳,你就不怕我转身就把你卖了吗?"朱子青笑道:"我救了你,你欠我一条命,在还我这条命之前,你绝对不会要了我的命。还有啊,董队长也相信,你不会是个甘于寂寞的人,她打赌你一定会去麦河根据地找她。"

刘红驹不置可否地笑笑,回头看了看木扎,问他:"武剑呢?是不是也把他抓起来了?"

朱子青摇了摇头,说:"你就放心吧,武剑早就向国军表示要带保安队接受改编,国军现在对他很信任。"

刘红驹困惑地看着他："你说的是什么意思？"

朱子青不好意思地挠挠头，说："我就不瞒你了吧，武剑早就是共产党员了。你也不能怪他，我们一再动员你加入游击队，你不愿意嘛，我们就去做武剑的工作，武剑倒比你看得清楚，他现在留在国军，将来需要时，会起义的。"

刘红驹愣了愣，这个消息太意外了，但你不得不佩服共产党的能耐，像朱子青这样的军统，转变过来，一下子就信念坚定，就连武剑，居然也会瞒着自己加入共产党。战争还没开始，胜负已定，国民党看来是必败无疑了。

朱子青把手伸在嘴里，学了一声鸟叫，黑暗中出来了一个人影。刘红驹愣了愣，那人走近了，却是身着长褂长裤男子装扮的汪冰，手上提了一个藤箱。刘红驹惊讶地看着她，她脸红了红，说："武剑说，他要放手大干一场，把我放在木扎，他不放心，让我跟着你走，他将来会来找我的。"

刘红驹抬头看天，摇了摇头，笑道："他知道我要去哪里吗？"

汪冰笑道："你当然是去游击队嘛。"

刘红驹愣了一下，正要说什么，朱子青冲着他抱拳说道："刘镇长，哦，不，我应该叫你刘同志，我得赶紧离开了。山高水长，各自保重，胜利后我们再相见。"

刘红驹苦笑一下，点了点头，这家伙，已经拿他当同志了。他就那么肯定，他就真的听他的话，前去投奔共产党？

看着朱子青消失在茫茫夜色中，刘红驹伸手替汪冰拿过了藤箱，箱子有些沉。汪冰看他有些疑惑，便微笑着注视着他，说："我把宋家的药铺和酒楼，还有'霸王香'酒坊，都处理了，武剑让我把这些钱带上送给游击队，还有一些金器银器来不及出手，我也带上了。"

刘红驹点点头，赞赏地说："汪掌柜，我以后得对你刮目相看了，武剑这小子，有福啊。"

汪冰羞涩地笑了笑，低低地说："刘大哥，你以后不要叫我汪掌柜了，就直接叫我汪冰吧。"

刘红驹摇了摇头，说："不，我不会叫你汪冰的，该叫啥叫啥，我还是老老实实地叫你弟妹吧。时候不早了，咱们赶紧赶路吧。"

两人走在沉寂的夜色中，月光如水，一路上说着话，倒也不觉得很累。不知不觉，东方出现了鱼肚白。他们来到了一条岔路口，一条通往朱奔镇，一条通往麦河根据地。刘红驹停了下来。

　　汪冰问他："刘大哥，你要走哪条路？"

　　刘红驹回头看着她，一脸神秘的笑意："你猜猜看。"

　　太阳喷薄欲出，整个世界一片明亮。

一稿 2016年2月21日

二稿 2016年3月13日

三稿 2016年4月19日

四稿 2016年4月30日 于南京太平门